천곡 송상현의
학문과 사상

천곡 송상현의
학문과 사상

조영임 · 서대원 · 박종천 외 공저

국학자료원

책을 간행하며

『천곡 송상현의 학문과 사상』은 천곡 송상현宋象賢(1551~1592)을 집중 조명한 연구논문 집이다. 송상현은 임진왜란 때 동래부사로 왜적에 맞서 싸우다 의롭게 순절한 분으로, 그의 살신殺身과 사생捨生의 정신으로 인해 당대는 물론 오늘날까지 높이 추앙받고 있는 역사적 인물이다. 그러나 높은 명성에 비해 그에 대한 밀도 있는 학문적 연구가 매우 저조한 편이었다. 이러한 사정을 안타깝게 여겨 2018년, 2019년 두 차례에 걸쳐 천곡 선생을 집중 조명하는 학술대회를 개최하였고, 그 결과물을 모아 이 책을 펴내게 되었다.

『천곡 송상현의 학문과 사상』에는 11명의 연구자와 그들의 논문 12편이 수록되었다. 그 내용을 간략하게 정리해 보면 다음과 같다. 먼저, 박종천, 서대원의 「천곡 송상현의 사상과 『천곡수필』, 『泉谷手筆』에 보이는 性理 사상 고찰」은 천곡 문중에서 가전되는 유필인 『泉谷手筆』을 통해 천곡 선생의 사상과 철학적 측면을 조명한 것이다. 조영임의 「천곡泉谷 송상현宋象賢의 한시 연구」, 「천곡 송상현에 대한 애제문 연구」는 천곡이 남긴 28수의 한시를 분석하여 문학적 측면을 조명하고, 아우러 천곡 사후 나라와 개인이 남긴 애제문을 분석하여 그것이 갖는 의미를 분석하였다.

또한 박덕준의 「천곡泉谷 송상현宋象賢 유묵의 서법연구」는 천곡이 남긴 유묵을 서법적인 측면에서 분석한 것으로, 서법가로서의 면모를 확인시켜 준 논문이다. 이상훈의 「천곡 송상현 순절의 의미와 임진왜란」과 이현주의 「충절의 서사적 표상, 천곡 송상현과 동래부순절도」는 임진왜란과 그 당시 천곡이 순절한 의미를 역사적으로 재조명하고, 당시의 모습을 생생하게 그린 동래부순절도가 의미하는 바를 천착하였다. 정수환의 「17세기 淸州 莘巷書院과 宋象賢 추모의 정치적 함의 -송상현 祠廟와 書院을 중심으로-」는 청주 지역과 천곡이 역사적, 정치적으로 어떠한 관계망 속에 있는지를 조명한 것이다.

아울러 박찬기의 「일본 근세 문학에 나타난 도요토미 히데요시와 송상현」과 이영남의

「중국에서의 '임진왜란' 연구 현황과 전망」에서는 임진왜란이 동아시아가 가담한 국제전쟁이라는 점에 착안하여 일본과 중국에서는 천곡을 어떻게 인식하고 있었으며 그 연구 현황은 어떠한지를 살펴보았다. 백용식의 「문화콘텐츠의 입장에서 본 천곡 송상현의 가치와 활용」에서는 천곡이 지닌 정신적 가치와 의미를 오늘날 어떻게 활용할 것인지에 대하여 여러 측면에서 탐색하였다. 마지막으로 천곡에 대한 본격 논문이라는 의미가 있어 오인택 교수의 양해를 얻어 「조선후기 '충렬공 송상현 서사'의 사회문화적 성격」을 함께 수록하였다.

이상과 같은 연구 논문이 나올 수 있도록 애써 주신 연구자분들께 감사의 인사를 드린다. 덕분에 역사, 사상, 문학, 서법, 문학콘텐츠 및 국내외 연구 동향에 이르기까지, 천곡에 대한 종합적인 조명이 이루어질 수 있었다. 이러한 연구는 한국사에서 차지하고 있는 천곡의 위상을 고려할 때 앞으로 연구의 폭을 더 넓히고 심화하는 계기가 될 것이다.

마지막으로 천곡 송상현의 고귀한 정신을 널리 선양하고 기리기 위해 후원을 아끼지 않은 여산송씨 지신공파 충렬공 천곡종중에 감사를 드린다. 천곡 종중의 깊은 관심과 후원으로 이 논문집이 발간되었음을 밝힌다. 이 책의 발간으로 천곡 송상현을 더욱 깊이 있게 이해하고 연구하는데 조금의 도움이 되기를 바라는 마음 간절하다.

이 책의 출판을 위해 힘써 준 정구형 국학자료원 대표께도 감사의 인사를 드린다.

2020년 8월

조영임 배상

차 례

|박종천|

　현재 고려대학교 민족문화연구원 교수로 재직 중이다. 종교학과 조선시대 유교문화와 일상생활을 연구중이다. 저서에 <예, 3천년 동양을 지배하다>, <조선시대 예교담론과 예제질서>(공저), <조선 후기 사족과 예교질서>(공저), <서울의 제사, 감사와 기원의 몸짓>, <다산 정약용의 의례이론>, <일기를 통해 본 조선 후기사회사>(공저), <귀신 요괴 이물의 비교문화론>(공저), <일기를 통해 본 양반들의 일상세계>(공저), <조선 유학의 이단 비판 >(공저), <양동마을과 공동체의 미래>(공저), <석천마을과 공동체의 미래>(공저), <만화, 생사의 미궁을 열다>, <한국인의 문화유전자>(공저), <유교와 종교학>(공저), <제사와 제례문화>(공저), <문화재 유형별 활용 길라잡이>(공저), <교육과 성리학>(공저) 등이 있고, 편서에 <정본 주자어류소분>이 있으며, 번역서에 <다산 정약용의 풍수집의>, <역주 국조전례고>, <성호 이익의 심경질서>(공역), <역주 시경강의>(공역), <청대 만주족의 샤먼 제사 -제사전서무인송념전록 역주>(공역) 등이 있다.

천곡 송상현의 사상과 『천곡수필』

|박 종 천|

천곡 송상현의 사상과
『천곡수필』*

1. 머리말

천곡泉谷 송상현宋象賢(1551~1592)은 임진왜란 때 순절한 극적인 일화로 유명한 절의節義의 표상이다. 이로 인해 송상현에 대한 연구는 임진왜란 초기 동래성 항전 당시 활약상에 집중되었으나[1], 최근에는 당대와 후대에 사회적 기억과 역사적 영향이 지속적으로 반복되고 변주되는 양상이 새롭게 주목받고 있다. 역사적으로는 국가적 추모사업에 앞서 동래지역 수령을 중심으로 지역민들의 민심을 수습하고 위무하기 위해 송공사宋公祠를 건립하고 그것이 다시 충렬사忠烈祠로 사액되는 과정을 거쳐 추숭작업이 진행되었다는 사실을 규명하거나[2], 조선 후기에 군율軍律로서의 충의忠義와 유교적 영웅화로서의 절의節義가 표창되면서 「송동래전」, 『동국신속삼강행실도』, 『선조수정실록』 등 충렬공 송상현 서사가 구축되는 과정을 추적하거나[3], 전쟁 당시 현장의 다양한 정보와 전문傳聞을 채록한 『고대일록孤臺日錄』의 송상현 기록이 관찬사서인 『조선왕조실록』과 다르

---

* 이 논문은 2018년 11월 9일 충북대학교 우암연구소가 주최한 <천곡 송상현의 학문과 사상> 학술대회에서 발표되었으며 『국학연구』 38집(2019. 3.)에 게재되었음.

1) 최효식, 「임란 초기 동래성의 항전에 대하여」, 『新羅文化』 26, 동국대학교 신라문화연구소, 2005.
2) 변광석, 「임진왜란 이후 동래부사의 동래지역 인식과 기억사업」, 『지역과 역사』 26, 부경역사연구소, 2010.
3) 오인택, 「조선후기 '忠烈公 宋象賢 敍事'의 사회문화적 성격」, 『역사와 세계』 40, 효원사학회, 2011.

게 구성되는 양상을 검토하는[4] 등의 연구가 진행되었다. 문학적 관점에서는 임진왜란 당시 동래성을 버리고 도망간 경상감사 김수金睟(1547~1615)와 경상좌병사 이각李珏(?~1592) 등과 달리, 끝까지 동래성을 지키며 순국한 송상현의 죽음에 대한 애도와 절의에 대한 기억이 조선 후기에 사회적 책임을 저버리는 행태에 대한 사회적 비판으로 재소환되는 양상을 분석하거나[5], 조선 후기 송상현에 대한 애제문哀祭文 분석을 통해서 살신성인殺身成仁, 의중은경義重恩輕, 단좌부동端坐不動, 안고경顔杲卿 등의 주제들이 반복되고 변주되어 관념화, 규범화, 정형화된 절의의 표상으로 송상현이 추숭되었으며 그에 대한 애도와 슬픔의 사정私情이 자기 위로와 치유의 카타르시스 역할을 했다는 점이 해명되기도 했다[6]. 이런 연구들을 통해서 송상현이 조선 후기 사회에 미친 영향력이 일정하게 밝혀졌다.

그러나 정작 그의 사상에 대한 연구는 찾아보기 힘들다. 그 까닭은 우선 자료의 부족 때문이다. 송상현이 남긴 문자 기록은 직접 지은 시詩와 표表 등 몇 가지 이외에는 과거 시험 준비를 위해 남들이 지은 대책문對策文을 초록抄錄한 『천곡수필泉谷手筆』[7] 정도가 있을 뿐이다. 실제로 그의 문집을 보면, 자작한 시 몇 수 외에는 국왕이 내린 공식 사제문賜祭文을 비롯하여 당대인이나 후대인들이 그를 추숭하고 기리는 내용을 담은 제문祭文, 축문祝文, 만사輓詞, 부시附詩 등이 대부분이다.[8]

이러한 양상은 송상현의 사상가적 측면보다 실천가적 면모를 더욱 잘 보여준다. 그러나 이로 인해 그의 사상이 지닌 특성은 거의 알 길이 없다. 그렇다면 이렇듯 그가 직접 남긴 자료가 부족한 상황에서 그의 사상을 간접적으로라도 유추할 방법은 없는가? 이를 위해 필자는 단편적이나마 문집에 담긴 사상적 내용을 분석하여 그의 사상적 경향성을 찾고, 그와 연관하여 『천곡수필』에 대한 분석을 시도하고자 한다.

---

4) 민덕기, 「임진왜란기 정경운의 『孤臺日錄』에서 보는 아래로부터의 聞見정보 - 實錄의 관련정보와의 비교를 중심으로」, 『한일관계사연구』45, 한일관계사학회, 2013.

5) 장미경, 「壬亂 武將의 상징화 양상」, 『열상고전연구』23, 열상고전연구회, 2006.

6) 曹永任, 「泉谷 宋象賢에 대한 哀祭文 연구」, 『東方漢文學』76, 2018.

7) 송상현, 『역주 천곡수필』, 조영임·서대원·이영남 옮김, 국학자료원, 2017.

8) 송상현의 문집인 『泉谷集』은 2종이 있는데, 형태와 내용의 차이가 있다. 1835(헌종 1)년 활자본으로 인쇄한 규장각본은 민족문화추진회에서 2권 1책의 영인본으로 간행했으며, 후손가에서 소장한 가장본(家藏本)은 5권 1책본이다. 문집 두 종 모두 1권에 속하는 자작시 몇 수와 극소수 글 외에는 2권본의 제2권과 5권본의 제2권부터 제5권까지는 모두 남들이 기억하고 추숭하는 내용뿐이다. 『泉谷集』(민족문화추진회 영인본); 忠北大學校 人文學研究所 編, 『泉谷先生集: 附忠烈祠誌』(청주: 청주시, 2001) 참조.

첫째, 송상현이 직접 남긴 기록들과 동시대 인물들의 기억과 평가에서 드러나는 단편적인 사상적 경향을 먼저 검토하고자 한다. 그가 남긴 시와 표 중 일부는 그의 사상적 경향성을 추출할 만한 것이다. 또한 송상현의 사상의 총체적인 전모는 아니고 단편적이라는 한계는 있지만, 동시대 인물들의 기억과 평가를 통해서도 그의 사상적 경향성을 확인할 수 있다.

둘째, 이러한 사상적 경향성의 토대 위에서 『천곡수필』을 분석하고자 한다. 『천곡수필』은 독창적 작품이 아니라 송상현이 과거시험 준비용으로 다양한 대책문을 모아서 친필로 쓴 대책문 선집이다. 따라서 일정한 기준과 안목에 따른 취사선택이 이루어졌다. 필자는 이런 점에 주목하여 『천곡수필』의 구성과 내용을 다른 대책문 선집과 비교함으로써 대책문의 취사선택에서 드러나는 송상현의 독특한 관심과 사상적 특징을 찾고자 한다. 특히 송상현이 선택한 대문對文은 최소한 그가 이해하고 공감하는 내용을 담고 있을 것이라는 합리적 가정을 하고 그 내용 분석을 통해 송상현의 사상을 간접적으로 유추하고자 한다. 이러한 작업은 16세기 선비의 실제 과거시험 준비의 사례를 검토하는 동시에 16세기 과거시험을 통해서 부각된 시대적 관심과 사상적 특징을 논의하는 의의도 지닌다.

2. '충의'의 기억과 '정정자지靜正自持'의 자세

1) 송상현에 대한 평가와 충의의 기억

송상현은 임진왜란 때 순국한 '절의'형 선비다. 송상현의 절의는 개인의 절의에 국한하지 않고 타인의 절의를 초래하거나 적군까지 교화시키는 사회적 영향력 면에서 특히 주목받았다. 실제로 그의 절의는 첩실들의 절개와 수행원의 의리를 파생시켰고, 지역민들에게 추모와 애도의 정을 불러일으켰으며, 적군의 존경과 인정까지 받는 '감화' 혹은 '교화'의 힘이 있었다. 그리하여 조선 후기 절의 서사의 전형으로 정형화되어 큰 영향을 끼쳤다. 실제로 17세기 송상현 서사의 전형으로 유명한 신흠申欽(1566~1628)의 「송동래전宋東萊傳」을 보면, 두 명의 첩, 곧 함흥 기생 김섬金蟾과 이양녀李良女의 절개와 더불어 송상현을 수행하다가 함께 죽은 신여로申汝櫓(?~1592)의 의리까지 함께 기록하였다.[9] 이렇듯 절개와 의리 및 존경을 파생시키는 절의의 감화력은 가문의 긍지로 지속적으로 전승되었으며, 동래지역의 지역적 추숭과 국가적 공인뿐만 아니라 역사적 기억으로 반복적으로 소환되었다.

먼저, 송상현의 충의는 가문의 긍지이자 전통으로 대대로 전승되었다.『천곡수필』에 실려 있는 후손의 시를 살펴보면, 그의 '순국신충殉國臣忠'과 그 첩들의 '정규부덕正閨婦德', 곧 절의의 '충忠'과 절개의 '열烈'이 가문의 긍지이자 가보家寶로 대대로 전승되었다. 이 시에서 '충심'과 '부덕'이 모두 가숙家塾과 효문孝門, 곧 반듯하고 효성스러운 집안의 가풍에서 배양되었음을 강조하는 점은 주목할 만하다.

> 吾門有二傳家寶. 우리 집안에 전하는 두 가보가 있는데
> 五世承宗子姓孫. 오대동안 종자宗子와 성손姓孫이 계승했네
>
> 名祖筆持心正畫. 이름난 조상의 붓은 바른 획의 마음가짐이요
> 夫人環著手雙痕. 부인의 반지는 손에 끼운 두 개의 흔적이니
>
> 正閨婦德從家塾. 규문을 바루는 부덕은 가숙家塾을 따르고
> 殉國臣忠出孝門. 순국 신하의 충심은 효자 집안에서 나오네
>
> 兩物猶存今愛惜. 두 물건을 여태껏 간직하여 사랑하며 아껴서
> 各傳冢婦與宗昆. 집집마다 총부冢婦와 종자宗子에게 전하노라[10]

아울러 이런 가풍은 집안 차원을 넘어서서 「송동래전」이나『동국신속삼강행실도』등을 통해 사회적 차원의 모범으로 확산되었으며, 송상현에 대한 사회적 추모와 국가적 추숭은 송공사 혹은 충렬사의 주기적 제사를 통해 지속적으로 기억되었다. 이는 기본적으로 임진왜란 때 그가 보여준 절의의 순국에서 비롯된 것이지만, 남의 잘못을 지적하거나 불의한 사회를 통렬하게 비판하는 방식이 아니라 자기 수양을 통해 덕성과 도량 및 위의

---

9) 申欽,『象村稿』卷 30,「宋東萊傳 前稿」,「金蟾傳」,「李良女傳」,「申汝櫓傳」.
10)『역주 천곡수필』, 번역문 174~175쪽(원문 234; 영인본 341, 이하는 번역문만 표시함). 이하 인용문은 번역문을 참조하되, 필자가 원문에서 직접 번역했다.

威儀를 몸소 구현하여 모범을 보이는 자세에서 배태된 것이다. 송상현의 30년 지기知己인 민인백閔仁伯(1552~1626)은 청주목사로 재임하면서 1595(선조 28)년에 송상현의 장사를 지내기 위해 준비하면서 다음과 같은 제문을 지었다.

> 아! 영령께서는 덕성德性이 크고 넓었으며 도량이 뛰어나고 훌륭해서, 때때로 말씀과 낯빛에 걱정과 기쁨을 가볍게 드러내지 않았네. 스물 나이에 사마시司馬試에 합격하여 성균관에서 공부하면서 경전經傳을 잠심潛心하고 틈틈이 자사子史를 일삼았네. 일찌감치 과거에 장원급제하여 당시에 명망이 높았으나, 아첨을 좋아하지 않고 고요하고 올바르게 스스로 견지했네. 경연經筵에 참석하여 임금의 덕을 잘 길렀으나, 그가 무용武勇이 있다고 천거하니 융막戎幕에서 보좌하였네. 스스로는 다 마땅하다고 하였으나 남들은 좌천이라고 생각하여, 사간원과 사헌부는 임금의 잘못을 바로잡았네. 과실을 들추어내지도 않고 꺾이지도 않은 채 무너진 기강을 떨치려고 하다가 직급을 올려 병부를 나누었으나 실제로는 좌천된 것이라네.[11]

송상현은 어릴 적부터 크고 넓은 덕성, 뛰어나고 훌륭한 도량, 신중한 언행과 위의 등을 갖추었으며, 성실한 공부를 통해 과거에 급제하여 명성이 높았다. 그러나 아첨을 좋아하지 않았고 늘 '고요하고 올바르게 지조를 견지하는 태도'[靜正自持]를 보였다. 이러한 자기 수양이 근간이 되어, 지방 무관으로 좌천되었을 때도 임금의 잘못된 처사라고 비판하며 바로잡으려고 했던 공론公論과는 달리, 그 어떤 불만이나 원망도 드러내지 않았다. 송상현은 남의 과실을 들추어내는 것을 좋아하지 않았으며, 권력에 의해 꺾이지도 않았다. 그저 주어진 상황에서 지조를 지키면서 묵묵히 최선을 다할 뿐이었다. 이런 자세는 임진왜란 당시 전황을 안이하게 판단하거나 판단과 자기 책무를 저버리곤 했던 임금이나 신하들의 잘못된 생각과 행동을 비판하기보다는 묵묵히 동래성을 지키다가 순국하는 형태로 구현되었다.

임진왜란의 위기상황에서 지도자들이 자기 책무를 저버리고 달아나는 세태 속에서 묵묵히 자기 자리를 지키며 순국한 송상현의 우국충정과 절의정신은 영험한 현몽現夢이나 기이한 자연현상에 대한 기록과 기억 속에서도 지속적으로 재생되었다. 실제로 가장본

---

11) 閔仁伯,『苔泉集』,「祭忠烈公宋象賢文」."惟靈德性宏厚, 度量雄偉, 時而言色, 不輕憂喜. 妙年中選, 高蹈泮水, 潛心經傳, 餘事子史. 早擢魁科, 望重當時, 不喜脂韋, 靜正自持. 合在經幄, 善養聖德, 有薦其武, 乃佐戎幕. 自謂咸宜, 人以爲屈, 薇垣栢府, 繩糾君違. 不許不沮, 欲振頹維, 陞秩分符, 其實出之."

문집에 실려 있는 몽제시夢製詩 2수와 가장초家狀草에 실려 있는 기이한 꿈과 자연현상 기록은 송상현에 대한 애도와 추모의 기억이 영험성의 증언으로 재현된 것이다.

임진왜란 의병장 조경남趙慶男(1570~1641)은 송상현이 죽은 뒤 3년이 지난 1595(선조 28)년에 송상현의 몽제시夢製詩 한 수와 얽힌 일화를 『난중잡록亂中雜錄』에 적었다. 송상현은 임진왜란이 발발한 1592(선조 25)년에 죽었지만, 그의 혼魂은 뒤에 그 아들의 꿈에 나타나서 "국가의 화란禍亂은 아직 평정되지 않았고, 앞으로 겪을 일은 말할 수 없는데, 뜻만 지닌 채 그냥 죽었으니, 어느 때라야 눈을 감을꼬?"라고 말한 뒤 다음과 같이 율시 律詩 한 수를 읊조렸다고 한다.[12]

> 否運重回士女殲 비색한 운運이 되돌아와 사람들이 죽으리니
> 丙丁之禍碧於藍 병丙년과 정丁년의 화禍는 쪽빛보다 푸르리라
> 西行鐵瓮愁無酒 서쪽 철옹鐵瓮(영변)에 가자니 술 없을까 걱정이요
> 東走金剛喜有鹽 동쪽 금강金剛으로 달려가면 소금 있어 기쁘리라
> 翠蓋雖驚遼鶴唳 임금의 일산은 요동벌 학 울음에 놀라겠으나
> 黃巾竟碎漢靴尖 황건적은 마침내 한漢나라 신발 끝에 부서지리
> 他年待得干戈息 언젠가 다른 해에 전란이 그치기를 기다려서
> 吾骨須收瘴海南 내 뼈를 장기瘴氣 가득한 바다 남쪽에 거두리라

이 시는 송상현이 아들에게 현몽한 것으로, 비색한 운이 되돌아와서 사람들이 죽어나가는 전쟁 재발을 예고한 내용을 담고 있다. 병년이나 정년의 화는 황건적이 한나라 조정에 의해 진압된 것처럼 결국 일본이 전쟁에서 패퇴할 것이라는 예언인데, 실제로 임진왜란의 강화협상이 결렬된 이후 1597(선조 30)년에 발발한 정유재란에서 그러한 예고는 실현되었다. 이에 대해서 조경남은 사실인지 알 수 없는 소문이지만, "살아서도 나라를 위해 죽었는데 죽어서도 나라를 걱정한다."고 하여 칭송한 바 있다.[13] 윤계선尹繼善(1577~1604)도 이순신을 비롯한 순국 열사 27인의 꿈을 꾸었는데, 역시 비슷한 내용을 담고 있다.[14]

---

12) 『泉谷先生集: 附忠烈祠誌』, 105~106쪽. 趙慶男, 『亂中雜錄』 卷3, 「乙未[萬曆二十三年宣祖二十八年]」. "故東萊府使宋象賢之魂夢見其子報曰, '國家禍亂, 尙未平定. 前頭之事, 有不可言, 有志徒死, 瞑目何時?' 因寄一律曰, '否運重回士女殲, 丙丁之禍碧於藍. 西行鐵瓮愁無酒, 東走金剛喜有鹽. 翠蓋雖驚遼鶴唳, 黃巾竟碎漢靴尖. 他年待得干戈息, 吾骨須收瘴海南.'"

13) 趙慶男, 『亂中雜錄』 卷3, 「乙未[萬曆二十三年宣祖二十八年]」. "[此亦當時所聞而無從取正, 然豈必誣哉? 噫! 生而死國, 死而憂國, 巡遠之後如此者有幾人.]"

14) 『泉谷先生集: 附忠烈祠誌』, 106~107쪽.

송상현의 우국충정이 지닌 영험성은 조선 후기에 기이한 자연현상을 통해서도 지속적으로 환기되었다. 가장초家狀草의 기록에 의하면, 1812(순조 12)년에 무덤에서 뇌고성雷鼓聲이 일어나서 천지를 뒤흔들었는데, 그해 가을에 서쪽에서 실제로 도적들이 나타났으며, 음력 신사년 2월 6일에는 무덤에서 천둥소리가 크게 일어나서 바람 먼지가 자욱하게 하늘로 올라갔다는 기록도 있다.[15]

요컨대, 송상현의 우국충정은 국가와 사회에서 충의와 절의의 상징으로 끊임없이 확대 재생산되었을 뿐만 아니라 현몽과 이상 자연현상을 통해서도 나라에 곧 닥칠 위험을 예고하는 영험성의 형태로 지속적으로 환기될 만큼 사회적 영향력을 발휘했다고 평가할 수 있다.

2) '정정자지(靜正自持)'에서 비롯된 충의사상

그렇다면 송상현은 이러한 '충의' 혹은 '절의' 사상을 어떻게 구현했는가? 동래성이 함락되었을 때, 다른 사람들은 모두 도망갔으나, 송상현은 조복朝服을 꺼내 갑옷 위에 껴입은 채 미동 없이 호상胡床에 걸터앉았다가 북쪽을 향해 절을 하고 나서 부채에 시를 써서 아버님께 보내고 적군의 칼에 목이 베어서 죽었다.[16] 당시 고립무원의 상황에서 썼던 혈선血扇의 내용은 "군신의 의리[義]는 무겁고 부자의 은혜[恩]는 가볍다."는 '충의'의 시였다.[17]

孤城月暈, 외로운 성에 달무리 지는데
列鎭高枕. 여러 진영은 베개를 높였네
君臣義重, 군주와 신하 의리는 무겁고
父子恩輕. 부모와 자식 은혜는 가볍네[18]

이렇듯 공동체의 위기 상황 속에서 효보다 충, 사은보다 공의를 앞세우며 의연하게 죽음을 맞는 선공후사先公後私의 태도와 충의의 자세는 어디에서 비롯된 것인가? 이에 대

---

15) 『泉谷先生集: 附忠烈祠誌』, 107쪽.
16) 鄭景雲, 『孤臺日錄』 12월 17일(庚申); 申欽, 『象村稿』 卷30, 「宋東萊傳 前稿」; 趙慶男, 『亂中雜錄』 卷3, 「乙未 [萬曆二十年宣祖二十五年]」, 4월 14일 참조.
17) 『泉谷集』 卷1, 「擬唐魏叔玉謝復立仆碑」, 6~8쪽.
18) 『泉谷先生集: 附忠烈祠誌』, 「上親庭書」, 104쪽. 趙慶男, 『亂中雜錄』 卷3, 「乙未[萬曆二十年宣祖二十五年]」, 4월 14일.

해 확인할 수 있는 최초의 기록은 15세인 1565(명종 20)년 승보시陞補試에서 장원壯元했을 때 지은 「절구불음주絶口不飮酒」시다. 송상현은 애주가였던 송宋나라의 악비岳飛(1103~1141) 장군이 금金나라의 침공으로 인해 나라가 위기에 처하자 술을 끊고 하북河北과 양경兩京을 평정한 뒤 남산南山에서 임금의 만수무강을 기원하면서 술잔을 들겠다고 다짐한 고사를 본받아서 다음과 같이 읊었다.

岳武穆眞丈夫,	악무목 장군은 진정한 장부이니
血一斗膽一斗.	피가 한 말에 쓸개가 한 말일세
有手欲挽天上河,	손으론 하늘의 은하수를 당기나
有口不飮杯中酒.	입으론 한잔의 술도 마시지 않네
是時宗社如綴旒,	이때 종사는 깃발에 매단 술인 듯
南渡乾坤風雨後.	남으로 건너가니 천지는 비바람친 뒤
靑城忍看帝衣靑,	청성은 황제의 항복을 차마 보고
玉手殊非行酒手.	옥수는 술잔 돌리는 손이 아니네
爲人臣子共戴天,	신하요 아들로서 하늘을 함께 이고
飮器方期金主首.	술잔은 금국 군주 머리를 기약하네
名姝已却玉帳下	이름난 아가씨 옥 군막에서 물리치니
麴蘗安能近我口.	술을 어찌 내 입에 가까이 하겠는가
誰言憂國只細傾,	나라 걱정은 조금이라 뉘 말하는가
杜子之詩吾不取.	두보의 시는 내가 취하지 않겠노라
平河北定兩京復梓宮,	하북, 양경 평정하고 재궁을 회복한 뒤
然後痛飮三百杯,	삼백 잔의 술을 한껏 들이키고
拜獻南山壽.	남산에서 절 올리며 만수를 비노라[19]

송상현은 어린 나이에도 불구하고 이미 나라가 간신히 버티고 있는 위태로운 위기 상황을 대처하는 악비의 기개와 자세를 본받고자 하였으며, 시를 통해 위기에 빠진 나라를 위해 술과 여자를 단호히 물리치는 결연한 태도를 뚜렷하게 부각시켰다. 이러한 충심은 뒷날 사사로운 은혜를 넘어서서 공적인 충의를 드러내는 순국의 토대가 되었다.

공동체를 위한 충의를 강조하는 태도는 교서敎書를 작성할 때도 나타났다. 송상현은

---

19) 『泉谷集』卷1, 「絶口不飮酒[陞補壯元]」, 6쪽. "岳武穆眞丈夫, 血一斗膽一斗. 有手欲挽天上河, 有口不飮杯中酒. 是時宗社如綴旒, 南渡乾坤風雨後. 靑城忍看帝衣靑, 玉手殊非行酒手. 爲人臣子共戴天, 飮器方期金主首. 名姝已却玉帳下, 麴蘗安能近我口. 誰言憂國只細傾, 杜子之詩吾不取. 平河北定兩京復梓宮, 然後痛飮三百杯, 拜獻南山壽."

정여립鄭汝立(1546~1589)을 포획한 진안현감 민인백의 공로를 치하하며 책봉하는 교서를 직접 작성했다. 그는 "의리[義]는 역적을 토벌하는 것보다 더 엄중한 것이 없으니 … 정치는 충성[忠]을 포상하는 것보다 앞서는 것이 없으니"라고 하여 엄중한 의리와 포상할 만한 충성을 공동체를 지키는 공적 가치로서 매우 중시하였다.[20] 이러한 자세는 결국 임진왜란 때 물러서지 않는 충의로 구현되었다.

이렇듯 충의를 포상하는 자세는 강주江州에서 700여 명의 친족들과 화목하게 사는 의문義門에 공창公倉을 열어 진휼하는 조서를 의작擬作한 내용에도 반영되었다. 그는 혈연적 유대관계를 잘 구현한 가문을 칭송하면서 효치孝治의 이념에 따라 화목한 친족관계를 왕화王化를 드높이는 방식으로 사회적으로 확대하려고 했으며, 진휼의 황정荒政을 추진하는 과정에서 자기의 배고픔을 살피기보다는 남의 아픔을 더 급하게 여기는 보편적 구제[固周]를 대의大義의 관건으로 인식했다.[21]

다만 이러한 충의사상은 임금의 실정失政에 대한 날카로운 사회적 비판보다는 자기성찰을 통해 임금에게 선한 영향력을 끼치는 방향으로 전개되었다. 민인백이 '고요하고 올바르게 지조를 견지하는 태도'[靜正自持]를 송상현의 자세로 지목했듯이, 송상현은 불의에 굴복하는 일도 없었지만, 임금을 포함하여 남을 비판하기보다는 자기성찰의 관점에서 조용히 올바른 지조를 견지하는 자세로 일관했다. 이러한 태도는 간신배들의 참언에 따라 충성스런 재상 위징魏徵(1546~1589)의 비석을 쓰러뜨렸다가 뒷날 위징의 충의가 떠올라서 다시 비석을 세워주었던 당唐 태종太宗의 고사를 비의比擬하여 쓴 글에서도 잘 드러난다.[22] 그는 간신들의 아첨에 휘둘린 당 태종의 잘못된 판단을 날카롭게 비판하기보다는 임금의 뜻에 충분히 부응하지 못한 신하의 책임을 자기성찰의 태도로 반성하는 모습을 강조했다.[23]

---

20) 『泉谷集』卷1, 「教推忠奮義協策平難功臣通政大夫掌隷院判決事閔仁伯書」, 10~11쪽.

21) 『泉谷集』卷1, 「詔江州貸義門陳兟粟」, 8~9쪽. "… 今朕承遺大之業, 犀以孝之治, 修姻睦, 彝行所先, 擬隆王化, 議賑貸, 荒政之急, 思濟窮民, 自聆嘉行之優, 益勤寡衷之慕. … 大義亦關於固周, 猶己之飢, 急人之病."

22) 『泉谷集』卷1, 「擬唐魏叔玉謝復立仆碑」, 6~8쪽.

23) 같은 곳. "顧惟先臣之篤棐, 曾被聖朝之隆私, 夙秉許國之忠, 斷斷猗無他技也. … 人雖曰逝, 事是非之可明, 天實降監, 罪有無之寧逭. 忝謗求於視草, 順外未追於君陳, 蔑上賞於薦賢, 擧知亦乖於戥戒, 特寬恩譴於拏戮, 止令曳倒其貞珉. … 孽非降於自天, 責實在於賤父. … 伏遇皇帝陛下錄冤無間於存亡, 宅心克保於終始, 瞻荒墅而永念, 贈徽號而比干, 識誠臣而予嘉, 念勁草於蕭瑀, 至令長逝者魂魄, 獲蒙再造之恩榮. 臣敢不毋負世篤之貞, 益荷不勤而錄, 體前人乃心王室, 不替隕首之誠. 在後嗣克愼厥猷, 永保肉骨之德."

요컨대, 남의 잘못을 추궁하지 않고 자기성찰에 충실했던 삶의 자세가 바로 자기수양에서 배양된 사회적 헌신의 자세로서 충의정신의 근간이 되었던 것이다.

3.『천곡수필』의 구성과 16세기 중반 과거시험의 주제

1) 송상현의 과거 준비와『천곡수필』

송상현은 남달리 빼어난 자질을 타고났다. 열 살 남짓에는 경전과 사서史書를 통달했고, 책을 세 번만 읽으면 종신토록 기억할 정도로 총명했으며,[24] 특히 경전經傳을 집중적으로 공부했고, 틈틈이 자사子史를 일삼았다.[25] 그리하여 15세 때인 1565(명종 20)년 승보시에서 장원이 되었고, 20세 때인 1570(선조 3)년 식년시式年試에서 3등 50위로 진사進士가 되었으며, 26세 때인 1576(선조 9)년 별시別試 병과丙科 11위로 문과文科에 급제했다.[26] 승보시에서는 고관考官이 송상현의 답안지에 나타난 탁월한 자질을 보고 위대한 인재가 될 것이라고 경탄했으며, 영준한 사람들과 교유하고 시문을 지으면서 남들에게 주목받았다.[27] 당시 대과 시험의 주제는 '의당사문박사한유진원화성덕시擬唐四門博士韓愈進元和聖德詩'였던 것으로 보이는데, 일반적으로 과장科場에서 지은 글은 문집文集에 싣지 않는 법이기 때문에 현재 남지 않았다.

표 1.『천곡수필』소재 대책문의 주제와 저자(<한국역대인물 종합정보시스템>)

차례	주제	저자	과거 급제 기록(굵은 글자는 문과임)
1	육경六卿	송파松坡 조휘趙徽(1543~?)	선조1년(1568) 增廣試 丙科 3위 선조즉위년(1567) 式年試 생원 장원, 진사 3등

---

24)『泉谷集』卷2,「行狀[尤庵 宋時烈]」, 6쪽. "公生于嘉靖辛亥正月初八日, 生而秀異. 十餘歲, 悉通經史, 讀不過三遍, 終身不忘."

25) 閔仁伯,『苔泉集』,「祭忠烈公宋象賢文」. "惟靈德性宏厚, 度量雄偉, 時而言色, 不輕憂喜. 妙年中選, 高踏洋水, 潛心經傳, 餘事子史. 早擢魁科, 望重當時, 不喜脂韋, 靜正自持."

26)『泉谷集』卷2,「行狀[尤庵 宋時烈]」, 6쪽. "十五, 魁陞補試. … 二十, 中進士. … 又六歲而萬曆丙子, 擢文科, 補承文院正字."송상현의 과거 급제 기록은 <한국역대인물 종합정보시스템>을 참고했음.

27) 같은 곳. "十五, 魁陞補試. 考官見其文, 驚歎曰: '此秀才, 他日必成大材者也.' 自是, 所與遊皆一時英俊, 所著詩文必膾炙於人."송상현은 15세 때 사계 김장생과 이학(理學)의 벗이 되었으며, 33세 때 선조16년 신독재 김집의 스승이 되었다.

2	출처出處	김억령金億齡(1529~1589)	명종7년(1552) 式年試 丙科 14위 명종1년(1546) 式年試 진사 3등
3	장략將略	이준도李遵道(1532~1585)	명종19년(1564) 別試 丙科 7위 명종16년(1561) 式年試 생원 2등, 진사 2등 *책문策問: 학교불흥學校不興·풍속불미風俗不美·인심불순人心不純·기강부진紀綱不振·고금이단성쇠古今異端盛衰·승도치장僧徒鴟張·역대환시선악歷代宦寺善惡
4	도道	민충원閔忠元(1541~?)	명종17년(1562) 別試 甲科 亞元
5	장將	박욱朴郁(1527~?)	명종19년(1564) 式年試 진사 2등
6	은일隱逸	주은酒隱 김명원命元(1534~1602)	명종16년(1561) 式年試 甲科 3위 명종13년(1558) 式年試 생원 3등
7	군정軍政	민충원閔忠元(1541~?)	명종17년(1562) 別試 甲科 亞元
8	과거科擧	황대수黃大受(1543~1571)	명종19년(1564) 別試 乙科 2위 명종10년(1555) 式年試 진사 3등 *책문: 학교불흥·풍속불미·인심불순·기강부진·고금이단성쇠·승도치장·역대환시선악
9	이적夷狄	주은 김명원	명종16년(1561) 式年試 甲科 3위 명종13년(1558) 式年試 생원 3등
10	육폐六弊	주은 김명원	명종16년(1561) 式年試 甲科 3위 명종13년(1558) 式年試 생원 3등
11	성현사업 聖賢事業	김득지金得地(1531~?)	명종10년(1555) 式年試 진사 2등
12	역대흥망 歷代興亡	최계훈崔繼勳(16세기 미상)	명종8년(1553) 別試 丙科 18위 중종32년(1537) 式年試 진사 壯元 *책문: 치효治效
13	환시宦寺	춘헌春軒 서엄徐崦(1529~1573)	명종15년(1560) 別試 丙科 4위 명종10년(1555) 式年試 진사 壯元 어제御題 책문: 용인用人
14	귀신鬼神	안몽득安夢得	명종7년(1552) 式年試 생원 3등
15	천도天道	윤천민尹天民(1533~?)	명종19년(1564) 別試 丙科 9위 명종10년(1555) 式年試 진사 2등 *책문: 학교불흥·풍속불미·인심불순·기강부진·고금이단성쇠·승도치장·역대환시선악
16	조수솔성 鳥獸率性 오인실성 吾人失性	백담柏潭 구봉령具鳳齡(1526~1586)	명종15년(1560) 別試 乙科 亞元 명종1년(1546) 式年試 생원 3등 *어제 책문: 용인
17	인재人材	취죽翠竹 강극성姜克誠(1526~1576)	명종11년(1556) 重試 乙科 亞元 명종8년(1553) 別試 丙科 1위 *책문: 치효治效

『천곡수필』은 송상현이 과거시험 준비를 하면서 친필로 기록한 대책문 선집이다. 책에 수록된 17개 주제 중 16개는 1552(명종 7)년부터 1564(명종 19)년까지 명종明宗대 과거 급제자들의 대책문이며, 육경六卿 1개만 1568(선조 1)년의 대책문이다. 승보시에 임하는 1565년, 진사시에 임하는 1570년, 문과급제하는 1576년 등의 시간대를 고려해 보면,『천곡수필』은 승보시 장원을 한 뒤부터 진사시에 임하는 1570년 이전 혹은 문과급제하는 1576년 이전에 당시 과거시험 문제로 출제된 문제들과 모범답안을 취사선택한 것이라고 추정된다. 해당 주제의 저자와 과거 급제 기록은 [표1]과 같이 정리할 수 있다.

그런데『천곡수필』은 단순히 시험합격만을 목표로 만든 자료집이 아니었다. 만약 시험합격만을 지상과제로 삼았다면 장원들의 답안지만 추려내면 될 것인데, 실제로는 다양한 합격자의 답안지가 채택되었다. 이것은 조선 전기 장원급제자들의 답안을 모은『동국장원집東國壯元集』이나 조선 전기 전시展試의 우수 답안 선집인『전책정수殿策精粹』(1547) 등과 비교해 볼 때 확연한 차이점이다. 또한 전 시대 혹은 동시대의 다른 대책문 선집들이 국가 경영에 필요한 제도적 문제나 당시의 중요한 사회 현안만을 다루었던 데 비해,『천곡수필』은 귀신鬼神, 천도天道, 조수솔성鳥獸率性, 오인실성吾人失性 등 성리학性理學의 철학적 문제를 본격적으로 싣고 있다는 점에서도 새로운 경향성을 선보였다. 이렇듯 성리학의 철학적 주제를 직접 논의하는 양상은 조선 전기부터『천곡수필』이 만들어지는 시기까지 출간되었던 대책문 선집에서는 찾아보기 힘든 경향이었으나, 성리학의 이해가 심화되는 후대의 대책문 선집들의 경향[28]을 예고하고 있다는 점에서 눈여겨볼 만하다.

2)『천곡수필』의 특성과 사상적 특색

그렇다면『천곡수필』은 구성과 내용상 어떤 특징을 지니고 있는가? 이를 해명하기 위해서는 조선 전기 대책문 선집과 비교하는 것이 필요하다.『천곡수필』역시 대책문 선집이기 때문에, 전 시대와 동시대에 유행했던 대표적인 대책문 선집과 비교하면 16세기 중반 과거시험의 주제와 모범 답안에 반영된 시대적 인식과 더불어 주제의 선정이나 구성 면에서 송상현의 학문적 관심과 사상적 특색을 상대적이고 간접적으로 확인할 수 있다.

---

28) 朴在慶, 「조선시대 策文 연구」, 서울대학교 박사학위논문, 2014, 22~30, 119~120쪽, 특히 22쪽 참조. 이 연구에 의하면, 철학적 주제가 전체의 1/3에 이르는 양상도 확인된다.

표 2. 조선 전기 대책문 선집과 『천곡수필』의 주제와 구성 비교

東國壯元集 (15C-16C초)	殿策精粹 (15C-16C전)	東策精粹 (16C전-17C초)	泉谷手筆 (16C중)
正統	待野人, 備戰艦	喪道	六卿
西征	貢法	酒禍	出處
用賢退邪	輪對 婚禮 臺諫	酒禍	將略
待夷	置私兵 禮大臣 分政權 復政房	師道	道
終始	全材 經書 讀史 詩學 射	使价	將
紀綱	求賢才 汰冗官 修城郭	字畫	隱逸
民俗	善始善終	火	軍政
人才	人才	佛弊	科擧
敬天勤民	戎患	詩評	夷狄
四弊	天地人文	法制	六弊
九經	吏患策	工人	聖賢事業
三弊	紀綱	財用	歷代興亡
用儒	敬天勤民	財教	宦寺
邊務	紀綱	人物之生	鬼神
天地人文	紀綱, 法度	賢人君子之交	天道
弭災 足食 善俗	輔相策	官制	鳥獸率性 吾人失性
徙民	中和策	冠婚喪祭	人材
	弭灾策	出處	
	學校 風俗 教化	聖人之書	
	崇禮讓 善風俗	神僊之說	
	天文地理策		
	軍制變通		
	習尚策		
	夷狄之患		

조선 전기 책문策文 선집 편찬은 중종中宗 연간 이후 활성화되었다.[29] 책문 선집 중에 서는 특히 15세기 후반부터 16세기 초반까지 작성된 장원 급제자의 책문 17편을 수록한 책문 선집인 『동국장원집』, 역시 15세기부터 16세기까지 전시 우수 답안 25편의 선집인 『전책정수』, 16세기 전반 중종대부터 17세기 초반 선조대까지 과거 급제자 19인의 20편 책문 선집인 『동책정수東策精粹(일명 海東策文)』(선조 연간 편찬), 17세기 후반에 작성된 책 문만을 편집한 『책문준적策文準的』 등이 중요하다.

책문은 시무책時務策으로도 불리는 만큼 기본적으로 현안 문제에 대한 논의가 중심이 되는 경우가 많았다. 그에 따라 사서四書보다는 육경六經, 그중에서도 『서경書經』이 많 이 인용되는 경향이 강했으며, 하夏, 은殷, 주周의 삼대三代의 제왕들, 특히 요堯, 순舜 임 금이 자주 등장했다. 아울러 국가 운영과 관련된 거의 모든 분야가 망라되었으며, 문제

---

29) 위의 논문, 20~21쪽 참조.

유형은 종합적이고 복합적인 문제로 출제되었으며, 국정 현안에 대한 대안을 제시할 것을 요구하는 경우가 많았다.[30] 이에 따라 하은주 삼대의 이상사회에 대한 이념을 구체적이고 제도적으로 실현하는 문제, 그리고 그것을 위해 군주와 선비들의 수양과 성찰을 요구하는 문제 등이 자주 제기되곤 했다.[31] 그러나 점차 과책문이 쌓여 일정한 격식과 작문방식을 고수하면서 조선 후기에는 정형화된 답안의 문제점이 노출되기도 했다.[32]

이에 비해『천곡수필』은 1552년부터 1568년까지 실제로 작성되었던 16세기 중반의 책문과 대문 기록 중에서 송상현이 개인적으로 직접 뽑아서 모은 대책문 선집이다. 따라서 시기적으로 볼 때 15세기부터 16세기 전반까지 작성된 책문 선집인『동국장원집』혹은『전책정수』보다는 중종대부터 선조대까지 작성된『동책정수』에 가깝고 시기도 상당 부분 겹친다. 본래 과거시험 답안지는 문집에도 싣지 않는 것이 관례였기 때문에 민간에서 그것을 모아서 편찬하는 것은 어려웠으며, 직접 과거시험에 관여할 수 있는 상당한 직급의 관리가 아니라면 더욱 어려웠다. 따라서『전책정수』나『동책정수』등이 필사본이 아니라 목활자본으로 출간된 것은 광범한 유통과 영향력을 추정케 한다.[33] 이러한 선집들이 상당히 많이 유통된 영향력 있는 참고서들인 반면, 필사본『천곡수필』은 개인적 관심의 편집이 반영되었다는 점에서 비교된다.

그런데 대책문 선집의 주제와 편집을 비교해 보면, 시대 변화에 따라 상당한 관심의 변화가 있음을 알 수 있다. 주제 면에서는『전책정수』에 수록된 주제들이 공법貢法, 치사병置私兵, 예대신禮大臣, 분정권分政權, 복정방復政房, 기강紀綱, 이환책吏患策, 보상책輔相策, 이적지환夷狄之患 등 국가 정책이나 국가 운영의 현안들과 관련된 문제들인 반면,『동책정수』에서는 주화酒禍, 사도師道, 자획字畫, 시평詩評, 공인工人, 출처出處, 신선지설神僊之說 등 다양한 주제들이 등장하였다.[34] 편집에서는『전책정수』가 전시의 책문만을 수록하여 이름이 널리 알려진 사람들이 많은 반면,『동책정수』는 다양해진 주제와 더불어 이름이 알려지지 않는 인물들도 다수 등장한다.

---

30) 심재권, 「조선조 과거시험과목인 책문의 내용 및 주제 분석」,『한국행정사학지』37, 한국행정사학회, 2015. 참조.
31) 임완혁, 「朝鮮前期 策文과 士의 世界 認識 -殿策精粹를 중심으로-」,『漢文學報』20, 우리한문학회, 2009. 참조.
32) 이상욱, 「조선 후기 대책(對策) 형식의 역사적 추이」,『열상고전연구』44, 열상고전연구회, 2015.
33) 위의 논문, 21쪽 참조. 최식, 「策文의 특징과 글쓰기:『策文準的』을 중심으로」,『동방한문학』39, 동방한문학회, 2009. 참조.
34) 위의 논문, 20~21쪽 참조.

『천곡수필』은 주제와 편집의 측면에서 대체로 동시대 대책문 선집인『동책정수』의 경향을 따르고 있다. 그리하여 이름이 많이 알려지지 않은 사람들의 답안들도 채택되었을 뿐만 아니라 다양하고 심화된 주제들이 등장하고 있다. 특히 그 이전에 비해 성리학의 이론적 주제들이 본격화되는 것은 시대적 변화에 따른 성리학의 심화 과정을 반영하는 것이기도 하고, 성리학에 관심을 가진 송상현의 개성을 투영하는 것이기도 하다. 실제로 『천곡수필』은 육경六卿, 출처出處, 장략將略, 도道, 장將, 은일隱逸, 군정軍政, 과거科擧, 이적夷狄, 육폐六弊, 성현사업聖賢事業, 역대흥망歷代興亡, 환시宦寺, 귀신鬼神, 천도天道, 조수솔성鳥獸率性, 오인실성吾人失性, 인재人材 등의 17개의 주제를 다루고 있는데, 관직, 국방, 정치, 외교, 과거시험이나 인재선발 등은 기존에도 유사한 형태의 주제들이 자주 출제되었던 것이지만, 귀신, 천도, 조수솔성, 오인실성 등은 이전 대책문 선집에서는 찾아보기 힘든 주제들이다.

4.『천곡수필』의 모범 답안과 송상현의 사상

『천곡수필』은 사회적 제도, 시사 문제, 성리학의 철학적 문제 등을 다루고 있다. 물론 남들의 답안지이기 때문에 송상현의 독자적 사상이라고 할 수는 없지만, 수많은 대책문 가운데 취사선택을 했다는 점에서 본인의 사상과 통하는 것으로 여길 수 있으며, 최소한 그가 모범 답안으로서 이해와 공감을 표할 만한 내용들인 것은 분명하다. 따라서 직접적으로 사상적 저술을 남기지 않은 송상현의 사상을 간접적으로 유추할 수 있다.

1) 사회 제도 운영의 원칙

첫째,『천곡수필』은 사회적 제도 운영상 필요한 주제들로서 육경, 장략, 장수[將] 등과 더불어, 사회구조를 재생산하는 토대로서의 교육, 제도를 운영할 인재의 모집, 사회 진출의 자세와 연관된 도道, 은일, 출처 등의 내용을 다루었다. 그런데 선택된 답안지들은 모두 사회적 제도의 실제 문제점보다는 사회적 제도의 근본 취지와 운영의 기본 원칙을 강조하는 경향이 강했다. 답안지들은 대체로 정치와 국방을 포함하여 제도적 문제점을 진단하고 해결책을 처방하는 '법치法治'보다는 그 임무를 맡을 사람이 중요하다는 '인치人治'의 관점을 공유하였다. 특히 '지인안민知人安民'의 논리에 따라 적합한 사람을 잘 찾아 적절하게 등용하여 권한을 위임하면 그가 알아서 지혜와 능력을 발휘하여 실제로 모든 것이 잘 될 것이라고 보았다. 또한 적절한 인재를 알아보고 선발하는 임금의 '정성'과 더불어 사회적 출처의 기준으로서 신하의 '의'를 강조했다. 이러한 경향은 말단보다 근본을 중시하는 성리학적 사유의 반영이며, 송상현의 사상도 이런 관점을 공유했을 가능성이 높다.

육경六卿에 대하여 송상현은 조휘의 답안을 선택했는데, 조휘는 다양한 사례를 들면서도 일관되게 조선의 실정에 맞게 이호예병형공의 육부六部와 그 육부를 통솔하는 삼정승의 의정부議政府에 적임자를 등용하는가 여부가 성패의 관건이라고 말했다.[35] 특히 육부의 정치 실무는 육판서가 적임자인가 여부에 달려있으나 육판서가 적임자인가 여부는 그들을 관리하는 삼정승이 적임자인가 여부에 있다는 논리를 펼쳤다.[36] 이는 국가를 다스리는 구조가 왕으로부터 정승으로, 정승으로부터 판서로, 판서로부터 실무기관으로 점진적으로 위임하고 관리하는 방식이므로, 구체적 실무보다는 적절한 사람을 등용하여 위임하는 것이 정치의 근본임을 강조하는 사유라고 할 수 있다.

장략에 대해서는 이준도의 답안을 취했는데, 이준도는 적을 제압하는 장략을 모르면 나라가 낭패를 보지만 장략보다는 상황에 맞는 적절한 지혜로써 전쟁이 일어나기 전에 사전 예방 혹은 제압하는 것을 유자의 일이라고 주장하면서, 폭군을 방벌하는 제왕의 혁명, 공자가 선보인 인의의 교화, 주자가 드러낸 의리의 용기 등을 장략보다 앞선 것으로 중시했다.[37] 또한 이런 사유 방식에 따라 '적절하게 사람을 선택하여 믿고 임용하면 그 사람이 지혜와 능력을 다하여 맡은 임무를 수행할 것'이라는 고법古法에 충실해야 함을 역설했다.[38]

한편, 장수[將]에 대한 논의에서는 박욱의 답안을 채택했는데, 박욱은 기본적으로 "용병用兵의 도가 마땅한 장수를 구하는 데 달려 있지만, 장수를 임명하는 도는 임금이 밝게

---

35) 『역주 천곡수필』, 14~23쪽.
36) 위의 책, 23쪽.
37) 위의 책, 38~39쪽.
38) 위의 책, 40쪽.

살피고 정성스럽게 구하는 데 달려 있다."고 하여 용병의 도를 적절하게 수행할 임금의 의무를 더욱 강조했다.[39] 이는 '지인안민'의 구조를 군대 문제에 적용한 것으로 이해할 수 있으며, 임금의 책무를 더욱 강조한다는 점에서 성리학적 사유에 충실한 것이다. 또한 조선을 둘러싼 군사적 대치 상태를 개괄적으로 논의하고 나서, 말단보다 근본을 충실하게 하는 성리학적 사유에 따라 다음과 같은 대책을 제시했다. 이는 기본적으로 내수론內修論적 관점인 것이다.

> 지금의 계책은 나라를 대등하게 함으로써 외구外懼의 밑천으로 삼고 내정內政을 닦음으로써 강성하게 하는 것만 한 것이 없습니다. 엄하게 '유실무형有實無形'의 입장에서 자신을 닦고 만전을 기해 환란이 없도록 적을 대응한다면 서북쪽 오랑캐가 일어날 염려와 동남쪽의 근심은 군대를 번거롭게 하지 않아도 저절로 평정될 것이고, 한 장수에게 맡겨도 평정될 것입니다. 또 어찌 장차 인병을 얻지 못해서 적을 막지 못하는 근심이 있겠습니까?[40]

이에 비해 사회구조를 재생산하는 토대로서의 교육, 제도를 운영할 인재의 모집, 사회 진출의 자세와 연관된 도道, 은일, 인재, 출처 등은 공동체를 위한 출처의 자세로서 의義를 강조하고 현자와 인재를 등용하는 임금의 정성스러운 자세를 역설하는 경향이 강했다. 기본적으로 이들 답안은 모두 임금이 지성至誠과 예의를 다해 선비를 예우함으로써 공도公道를 확립할 것을 강조하는 한편, 본체와 근본이 정립되면 작용과 말단 현상은 저절로 잘 풀릴 것이라는 근본주의적 믿음을 견지하면서 위로부터 아래로 흘러내리는 모범적 교화의 효과를 역설했다. 이 역시 답안지의 논조가 거의 비슷하여 송상현이 공감하는 내용일 가능성이 높다.

교육 혹은 교화와 연관되는 도道에 대해서는 민충원의 답안을 선택했는데, 그 기본 논조는 "진실로 교육이 위에서 밝아지면 교화가 아래에서 이루어지고, 그에 따라 선비들은 모두 도를 구하고 인심은 절로 맑아져서 세상이 좋아질 것"이라는 식으로, 모범과 시혜의 교화적 효과에 대한 낙관적 믿음에 근거하고 있다.[41] 이는 성리학이 전제하는 사유,

---

39) 위의 책, 60쪽.
40) 위의 책, 59~61쪽.
41) 위의 책, 52쪽.

곧 본체를 밝히면 적절한 작용이 저절로 일어날 것이라는 하향적 모범 교육/교화방식에서 비롯된 것으로 보인다.

인재에 대해서는 강극성의 답안을 채택했다. 그는 "오늘날을 위한 계책으로 군주께서 마음을 바로잡아 단정하게 하여 염치의 풍속이 진작되고 공도公道가 시행되게 할 것이며 선비를 좋아한다는 소문이 퍼져 어진 사람이 흥기하게 해야 할 것"이라고 역설했다.[42] 그는 선비가 국가의 근본인데, 현실은 염치의 풍속이 없어져서, 결과적으로 선비들이 화를 피하고자 직언을 하지 않는 풍조로 인해 공도가 폐해지는 문제점이 드러났다고 주장했다.[43] 따라서 임금의 마음을 바로잡아서 직언할 수 있는 풍토를 만들어 공도를 회복하는 것이 중요한 과제로 부각되었다.

은일隱逸의 문제에 대해서는 김명원의 답안을 선택하였는데, 그 기본 논조는 임금의 지극히 정성스런 자세가 현인을 등용하여 세상을 선하게 만든다는 것을 거듭 강조하는 방식이다.[44] 그는 "성신星辰들은 스스로 높일 수가 없으니 끌어서 높게 하는 것은 하늘이며, 성현은 스스로 쓰일 수가 없으니 등용하여 쓰는 자는 임금인 것"이며, "만약 성상이 구하는 방식이 지성에 미치지 못한다고 한다면 무엇 때문에 대우하는 것이 그와 같으며, 성상이 구하는 방식이 지성에서 다 나온 것이라 여긴다면 한 선비조차도 부명하지 않은 것은 어째서입니까?"라고 하여, 현인이 은일로 남느냐 아니면 출사하여 세상을 잘 다스리느냐 여부를 임금의 지성과 예의 여부로 환원시켰다.[45]

출처出處에 대해서는 김억령의 답안을 채택했는데, 한결같이 '의'라는 기준에 따라 출처 여부를 정할 것을 역설했다.[46] "때를 잘 살펴서 행하고 사태를 생각하여 멈추어, 처음부터 끝까지 그 마땅함을 잃지 않고 의를 따를 뿐입니다. 그리고 도덕을 가슴에 품고서 천하를 망각하는 것은 의가 아니며 공명을 사모하여 자신을 수양하지 않는 것도 의가 아닙니다. 반드시 행하는 것도 의로써 하고 그침도 의로써 해야 하니, 의라는 한 글자를 행

---

42) 위의 책, 171쪽.
43) 위의 책, 172쪽.
44) 위의 책, 62~73쪽.
45) 위의 책, 64쪽.
46) 위의 책, 26~32쪽.

한 연후에 마음가짐과 한 일의 결과들이 제대로 될 수 있습니다."[47] 또한 공명만을 좇느라고 도덕에서 벗어나면 모진冒進의 문제점에 봉착하고 세상을 구제하는 의로움을 외면한 채 일신만을 깨끗하게 하면 난속亂俗의 문제점을 초래하므로, 군자는 은둔하여 세상을 구제하지 않으면 안 되고, 독선기신獨善其身만 하는 무리가 아니라 반드시 겸선천하兼善天下하는 이상을 이룰 것을 지향했다.[48]

2) 시사적 현안에 대한 대책

둘째, 시사적 현안에 대한 대책을 논의하는 것으로는 시무책의 성격상 군정, 과거, 이적, 육폐, 성현사업, 역대흥망, 환시 등의 문제가 다루어졌다. 답안지들은 대체로 각종 현안에 대해서 본말과 경중을 따져서 말단보다 근본을 강조했을 뿐만 아니라, 근본적인 것이 잘 이루어지면 말단적 현상은 저절로 해결될 것이라는 낙관적 믿음을 표명하고 있다. 이 역시 근본에 치중하는 성리학적 사유의 반영이라고 할 수 있다.

송상현은 군정에 대하여 민충원의 답안지를 채택했는데, 본말론적 사유에 따라 시세에 순응하여 군대의 역량을 축적하는 준양시회遵養時晦의 도를 밝히고 군사훈련을 시킬 때 여러 동작을 규정하는 좌작진퇴坐作進退의 절차를 아는 것이 근본이고, 한때의 고식지계를 따라서 활 쏘고 말 몰고 치고 찌르는 것을 엄하게 하는 것이 말단이다.[49] 그러나 이보다 앞서 효제충신孝弟忠信의 도로써 교육하고 예의인정禮義仁政의 교화를 미루어서 양육한 뒤에 적을 막는 군정을 행할 수 있다고 강조했다.[50] 또한 인심仁心으로 인정仁政을 펼치는 것을 중시하여, 전쟁을 방비하는 군대 양성에 앞서 교육과 교화를 해야 한다고 역설했다.[51] 전반적으로 군정의 전문적인 소견이라기보다는 군정을 운용하는 정치적 근본 자세에 대한 강조가 두드러졌다.

과거에 대해서는 황대수의 답안을 선택했는데, 그는 공도公道의 실현을 위해서 천리에서 비롯된 공심公心과 인욕에서 파생된 사의私意를 확실하게 분변하고, 사의가 발생되는

---

47) 위의 책, 27~28쪽.
48) 위의 책, 30~31쪽.
49) 위의 책, 76쪽.
50) 같은 곳.
51) 위의 책, 80쪽.

연유를 제거할 것을 제안했다.[52] 또한 과거제도의 공정함을 기하기 위해서 과거를 맡는 관리들을 신중하게 선발할 것을 강조했으며, 과거보다 폐단이 심한 문음門蔭의 문제점을 강렬하게 토로했다.[53] 문음제도의 폐지가 제도적 개선이라면, 과거 운영의 관건이 공정한 선발관이라는 인식은 인치의 중요성을 인식한 것이라고 할 수 있다.

이적에 대해서는 김명원의 답안을 채택했는데, 그는 남쪽 왜구와 북쪽 야인들과의 문제에서 늘 겪는 갈등을 군사적으로 해결하는 정벌과 외교적으로 해소하는 화친을 제시했다.[54] 김명원에 의하면, 정벌에는 군대를 동원하여 위엄으로 정벌하는 것과 때에 맞게 정벌하는 것이 있고, 화친에는 힘으로써 화친하는 것과 형편으로써 화친하는 것이 있다.[55] 나아가 정벌과 화친은 덕과 왕도가 쇠한 데서 비롯된 것이기 때문에 전쟁의 예방책으로 덕과 왕도를 진흥시키는 방안이 제시되었다.[56] 역시 근본을 배양할 것을 강조한다는 점에서 본말론적 사유이자 근본주의적 태도라고 할 수 있다.

육폐에 대해서도 김명원의 답안을 선택했는데, 그는 현실적인 여섯 가지 폐단을 극복하기 위해서는 경중과 본말을 나누고 근본 해결책으로 퇴폐해진 유술儒術을 회복시켜 교화를 통해 인심을 순화시킴으로써 저절로 풍속이 순후해지게 되면, 인사, 병무, 양전, 역로, 부세 등의 일들이 모두 저절로 순조롭게 해결될 것이라고 전망했다.[57] 이 역시 근본적 처방을 강조하면서, 개별적인 영역의 특수한 문제들을 인심을 순화하는 유술의 문제로 환원했다고 평가할 수 있다.

성현사업에 대해서는 김득지의 답안을 뽑았는데, 이 역시 성현이 마음을 정립하고 덕을 교화하는 양상을 강조하였다는 점에서 유사한 맥락을 역설하고 있다.[58]

역대흥망에 대해서는 최계훈의 답안지를 채택했는데, 그는 역대 치세와 난세의 사례들을 열거하면서 향락의 추구, 군사력 강화, 환관의 전횡, 번진에 대한 염려, 붕당의 재앙,

---

52) 위의 책, 84쪽.
53) 위의 책, 90~91쪽.
54) 위의 책, 94~95쪽.
55) 위의 책, 96쪽.
56) 위의 책, 102쪽.
57) 위의 책, 104~112쪽.
58) 위의 책, 113~122쪽.

반란 등 다양한 화란의 기미를 미리 포착하여 사전에 제어하는 것에 대하여 논했다.[59] 여기에서도 지엽말단이 아니라 근본본체를 중시하는 사유가 적용되었다.

환시에 대해서는 서엄의 답안지가 선택되었는데, 그는 역대 환시의 문제점을 열거하면서 환관의 재앙을 막는 방법을 설명했다. 그는 기본적으로 환관을 "음유한 자질로 사악한 술책만을 꾀하고 학문의 일을 알지 못하고 오로지 아첨하는 마음만 있는" 부정적 존재로 인식했다.[60] 이런 인식에 따라 환관을 음식을 준비하고 청소나 심부름이나 맡길 만한 존재이지, 현명함 여부를 가리는 것 자체가 무의미한 일이라고 생각했으며, 유능한 인재 등용의 원칙 적용 대상자에서 배제했다.[61] 나아가 환관의 폐단을 막기 위해서 임금의 덕으로서 '명明', '무武'를 역설했다. 임금이 자신의 마음에 깃든 사정邪正을 제대로 살피고 과감하게 선악을 결단하는 자세를 갖출 때 환관의 폐단이 사라질 것이라는 설명은 역시 문제의 해결이 제도가 아니라 임금의 덕과 의무로 환원된다는 점에서 성리학적 사유의 반영이라고 할 수 있다.[62]

3) 성리학적 이론의 문제

셋째, 『천곡수필』은 성리학의 사상적 핵심문제로서 귀신론, 천도관, 인성론 등을 특별히 주목했다. 이것은 나라의 질서를 구성하고 유지하는 사회적 제도 운영 혹은 당시 사회적 현안이나 과제를 집중적으로 다루는 일반적인 대책문 선집과 차별화된 부분이다. 실제로 『천곡수필』은 다른 대책문 선집에 찾아볼 수 없는 귀신, 천도, 조수솔성, 오인실성의 주제 등을 다루었다.

먼저, 귀신론에 대해서는 안몽득의 답안지를 선택했다. 성리학에서 귀신론은 기氣의 취산, 제사의 감응과 성경誠敬, 윤회설 등의 문제와 연관하여 논의되는데,[63] 『천곡수필』에 실린 책문의 요지도 이런 문제들에 대해서 논하는 것을 요구했다. 안몽득의 대문對文은

---

59) 위의 책, 123~129쪽.

60) 위의 책, 137쪽.

61) 같은 곳 참조.

62) 위의 책, 137~140쪽.

63) 귀신론의 논점과 역사적 전개 양상과 이이의 귀신론에 대해서는 박종천, 「유교적 귀신사생론과 의례의 실천」, 『한국유학사상대계 X: 종교사상편』, 안동: 한국국학진흥원, 2010. 참조.

대체로 일반적인 성리학적 답변 논리에 따라 충실하게 작성되었다. 그는 기본적으로 귀신의 체용體用에 대한 성리학적 이해에 따랐으며, 송대 도학자들인 장재와 정이천의 명제, 곧 '이기二氣의 굴신屈伸'과 '조화의 양능良能'이라는 명제에 따라 모든 귀신론을 전개했다. 또한 실체적 귀신을 전제하는 불교의 윤회설을 비판할 뿐만 아니라 흩어진 기인 귀신을 정성으로써 감동시킨다는 점과 더불어 혼과 백에 대응하는 분향과 강신주의 제사 감격 논리를 음양론적 논리에 따라 합리화했다. 이러한 귀신론은 주자의 귀신론에 충실한 율곡 이이의 귀신론과 유사한 성격을 보인다.[64]

천도에 대해서는 윤천민의 답안지를 채택했는데, 윤천민은 천문과 기상에 대해서 기본적으로 음양이기론과 천인감응설에 따라 설명했다.[65] 그는 자연과 인간이 모두 음양이기론의 틀에서 설명될 수 있으며, 자연현상으로 나타나는 천도가 인간 세상의 인사와 상호 영향을 주고 받는다고 생각하여, 천도의 운행은 모두 이기에서 말미암은 것이고 이기의 화평함과 화평하지 못함은 그 원인이 인도人道의 득실에서 근원한다고 주장했다.[66] 따라서 이상한 자연현상이 나타났을 때 순조로운 자연현상을 회복하기 위해서는 마음을 반성하여 올바르게 하고 기를 화평하게 하여 화순한 기가 하늘로 올라가서 감응하여 천심도 올바르게 되고 천기도 화평하게 되도록 해야 한다는 해결책을 제시했다.[67]

조수솔성과 오인실성에 대해서는 구봉령의 답안지를 선택했는데, 이는 짐승들은 본성을 따르는 데 비해 인간들은 본성을 지키지 못하는 현실, 곧 영명한 인간의 행위가 편벽된 미물만도 못한 현실에 대한 해석을 요구하는 것이었다.[68] 답안지에 의하면, 인간은 동물들 가운데 가장 완벽하게 사덕의 성性을 품부받았으나 마음이 있어서 감각기관의 욕망 때문에 본성을 온전하게 발현시킬 수도 있고 그렇지 않을 수도 있지만, 동물은 온전치 않은 본성을 품부받았으나 마음과 욕망이 없어서 품부받은 대로 본성을 발현한다. 따라서 마음이 없는 동물은 주어진 한계 내에서 본성을 그대로 발현하지만, 마음이 있는 인간은 욕망에 휘둘리는 마음을 다스려야 본성을 온전하게 구현할 수 있다. 이것은 마음에 욕망

---

64) 『역주 천곡수필』, 「귀신」, 141~147쪽 참조.
65) 위의 책, 148~156쪽.
66) 같은 곳, 특히 156쪽 참조.
67) 위의 책, 155쪽.
68) 위의 책, 157~167쪽.

이 없는 동물이 본성을 따르는 데 비해 마음에 욕망이 있는 인간은 본성을 상실하는 것을 대비시킨 것이다.

이렇듯 송상현은 성리학의 이론적 문제인 귀신론, 천도론/천인감응설, 심성론 등을 기본적인 수준에서 논의하는 답안지들을 특별히 선정했다. 이는 다른 대책문 선집에서 찾아보기 힘든 특징인데, 성리학적 이해의 진전에 따른 시험 주제의 변화와 더불어 송상현 개인의 개인적 관심의 반영이기도 하다. 실제로 송상현이 자사류보다는 경전류에 집중하여 독서를 했던 것도 이와 연관된다.

5. 맺음말

그동안 송상현에 대한 연구는 임진왜란 때 순국이 초래한 역사적 영향과 절의의 실천적 모범으로 추숭되는 과정이나 양상을 주로 다루었다. 그러나 직접적인 자료의 부족으로 인해 그의 사상에 대한 연구는 거의 찾아볼 수 없었다. 이 글에서는 그러한 난점을 극복하기 위한 대안으로 시와 표를 비롯한 일부 작품에 들어있는 사상적 경향을 추출하고, 그 내용과 동시대 인물들의 기억과 평가를 연결지어 평가함으로써 송상현의 사상에 대한 단서를 발견하는 한편, 『천곡수필』을 편집하는 과정에서 나타난 사상적 경향을 통해 간접적으로 송상현의 사상에 접근하고자 했다. 그 결과는 다음과 같다.

첫째, 송상현은 임진왜란 때 순국한 절의형 선비였지만, 그의 절의는 첩실들의 절개와 수행원의 의리를 파생시킬 만한 감화와 교화의 힘이 있었으며, 그에 따라 그를 추모하고 존경하는 제사가 자발적으로 지역적 애모와 국가적 추숭으로 이어졌다. 『천곡수필』에도 잘 나타나듯이, 그의 '순국신충殉國臣忠'과 그 첩들의 '정규부덕正閨婦德', 곧 절의의 '충忠'과 절개의 '열烈'은 가문의 긍지이자 가보로서 대대로 전승되었다. 이런 가풍은 집안 차원에서 머물지 않고 다시 「송동래전」이나 『동국신속삼강행실도』 등을 통해 사회적 차원의 모범으로 확산되었다.

둘째, 송상현의 절의정신은 불의한 사회적 문제점에 대한 통렬한 비판을 가하는 방식이 아니라 자기 수양을 통해 덕성과 도량 및 위의를 몸소 구현한 것이었다. 실제로 그는 어릴 적부터 크고 넓은 덕성, 뛰어나고 훌륭한 도량, 신중한 언행과 위의 등을 갖추었으며, 성실한 공부를 통해 과거에 급제하여 명성이 높았으나, 아첨을 좋아하지 않았고 늘 '고요하고 올바른 지조를 견지하는 태도[靜正自持]'를 보였다. 이러한 자기 수양이 근간이 되어, 지방 무관으로 좌천되었을 때도 임금의 잘못된 처사라고 비판하며 바로잡으려고 했던 공론公論과는 달리, 그 어떤 불만이나 원망도 없이 상황을 묵묵히 수용했으며, 임진왜란에 다들 달아나는 상황에서도 조용히 동래성을 지키며 순국하는 실천을 했던 것이다. 그리하여 그 우국충정은 사후에도 현몽과 자연현상을 통해서 나라에 곧 닥칠 위험을 예고하는 영험성의 형태로 지속되었다.

남의 잘못을 추궁하지 않고 자기성찰에 충실했던 송상현의 자세는 자기 수양에서 배양된 사회적 헌신의 자세로서 충의정신의 근간이 되었다. '정정자지'에서 비롯된 송상현의 충의사상은 효보다 충, 사은보다 공의를 앞세우며 의연하게 죽음을 감수하는 절의로 구현되었다. 절의의 자세는 이미 15세 때 승보시에서 장원을 했을 때 악비 장군을 소재로 삼아 작성한 「절구불음주」에서 이미 분명하게 드러났으며, 충의를 공동체를 유지하는 공적 가치로 확립하고 효치를 왕화로 드높이는 방식과 보편적 구제를 대의의 관건으로 이해하는 글로 나타났다. 다만 이러한 충의사상은 임금의 실정에 대한 날카로운 사회적 비판보다는 자기성찰을 통해 임금에게 선한 영향력을 끼치는 방향으로 전개되었다. 당나라 재상 위징의 사례를 비의하여 지은 글에서 간신들의 아첨에 휘둘린 당 태종의 잘못된 판단을 날카롭게 비판하기보다는 임금의 뜻에 충분히 부응하지 못한 신하의 책임을 자기성찰의 태도로 반성하는 모습도 이런 맥락에서 이해할 수 있다.

셋째, 송상현이 과거시험 준비를 하면서 친필로 기록한 『천곡수필』이라는 대책문 선집을 만들면서, 육경, 출처, 장략, 도, 장, 은일, 군정, 과거, 이적, 육폐, 성현사업, 역대흥망, 환시, 귀신, 천도, 조수솔성, 오인실성, 인재 등 1552(명종 7)년부터 1568(선조 1)년까지 과거 급제자들의 대책문 17개가 선별하여 편집했다. 『천곡수필』에는 동시대 대책문 선집인 『동책정수』처럼 이름이 많이 알려지지 않은 사람들의 답안들도 채택되었을 뿐만 아니라 다양하고 심화된 주제들이 담겨 있다. 특히 귀신, 천도, 조수솔성, 오인실성 등 성리학의 철학적 문제를 본격적으로 싣고 있다는 점에서 다른 대책문 선집들과 차별화된다. 성리학의 이론적 주제들이 본격적으로 부각되는 양상은 성리학의 심화 과정을 반영하는 것이기도 하고, 성리학에 관심을 가진 송상현의 개성을 투영하는 것이기도 하다. 물론 이는 공부과정에서 경전에 집중하고 틈틈이 자사를 읽었던 송상현의 성리학적 소양이 주제 선택에 영향을 미친 것으로 보인다. 그는 과거시험을 준비하면서도 성리학의 근간이 되는 귀신론, 천도론, 본성론 등의 이론적 문제를 소홀히 하지 않았던 것이다.

넷째, 『천곡수필』은 사회적 제도, 시사 문제, 성리학의 철학적 문제 등을 다루고 있는데, 이 내용들이 송상현의 독자적 사상은 아니지만 수많은 대책문 가운데 취사선택을 했다는 점에서 최소한 그가 모범 답안으로 이해와 공감을 표할 만한 내용들로서 송상현의 사상을 간접적으로 유추할 만한 작품이다.

먼저, 사회적 제도 운영의 원칙에 대해서는 사회적 제도 운영상 필요한 주제들로 육경, 장략, 장수 등의 내용들을 다루는 한편, 사회구조를 재생산하는 토대로서의 교육, 제도를 운영할 인재 모집, 사회 진출의 자세와 연관된 도道, 은일, 출처 등의 내용을 다루었다. 그런데 여기에서 선택된 답안지들은 모두 제도의 실제 문제점보다는 제도의 근본 취지와 운영 원칙을 강조하는 경향이 강했다. 특히 정치와 군대를 포함한 모든 제도적 문제점을 진단하고 처방하기보다는 그 임무를 맡을 사람이 중요하다는 '인치人治'의 관점을 강조하는 한편, '지인안민'의 논리에 따라 적합한 사람을 적절하게 예우하고 등용하여 권한을 위임하면 그가 알아서 지혜와 능력을 발휘하여 실제로 모든 것이 잘 될 것이라고 보는 근본 중심주의적 인식을 드러내었다. 나아가 적절한 인재를 알아보고 선발하는 임금의 '정성'과 더불어 선비의 출처 기준으로서 '의'를 강조했다. 이러한 경향은 말단보다 근본을 중시하는 성리학적 사유의 반영이며, 송상현의 사상도 이런 관점을 공유했을 가능성이 높다.

다음으로, 시사적 현안에 대한 대책으로는 시무책의 성격상 군정, 과거, 이적, 육폐, 성현사업, 역대흥망, 환시 등의 문제를 다루었다. 이 문제들에 대한 답안지들도 대체로 각종 현안에 대해서 본말과 경중을 따져서 말단보다 근본을 강조했을 뿐만 아니라, 근본적인 것이 잘 이루어지면 말단적 현상은 저절로 해결될 것이라는 낙관적 믿음을 표명하였다. 이 역시 근본에 치중하는 성리학적 사유의 반영이라고 할 수 있다.

마지막으로, 『천곡수필』은 성리학의 사상적 핵심문제로서 귀신론, 천도관, 인성론 등을 특별히 주목했다. 이것은 사회적 제도 운영이나 당시 사회적 현안과 과제를 집중적으로 다루는 데 집중했던 다른 대책문 선집들과 차별화된 부분이다. 실제로 『천곡수필』은 다른 대책문 선집에 찾아볼 수 없는 귀신, 천도, 조수솔성, 오인실성의 주제 등을 다루었다. 성리학의 이론적 문제인 귀신론, 천도론/천인감응설, 심성론 등을 기본적인 수준에서 논의하는 답안지들을 특별히 선정한 것은 성리학적 이해의 진전에 따른 시험 주제의 변화를 반영하는 것인 동시에 송상현 개인의 개인적 관심의 투영이기도 하다. 실제로 송상현이 자사류보다는 경전류에 집중하여 독서를 했던 것도 이와 연관된다.

요컨대, 『천곡수필』은 성리학적 관점에 충실하려는 경향이 강하게 나타난다. 본말과 경중을 나누고 본체와 근본을 강조할 뿐만 아니라, 본체와 근본이 바로 서면 현상과 말단은 저절로 잘 될 것이라는 낙관적 믿음을 드러내고 있다. 또한 임금—재상—신하—백성 등으로 이어지는 사회적 위계질서에서 임금을 비롯하여 정점-중심에 있는 존재의 정성과 의무를 강조하는 한편, 분야나 영역별로 전문적인 지식이나 제도적인 해결을 하기보다는 지인안민의 인치를 위해서 적절한 사람을 등용하고 권한을 위임하는 정치 시스템과 그에 맞는 사회 재생산 토대로서 교육과 인재 선발 방식 등을 제안하였다고 평가할 수 있다.

[참고문헌]

송상현, 『泉谷集』, 민족문화추진회 영인본.

忠北大學校 人文學硏究所 編, 『泉谷先生集: 附忠烈祠誌』, 청주: 청주시, 2001.

송상현, 『역주 천곡수필』, 조영임·서대원·이영남 옮김, 국학자료원, 2017.

閔仁伯, 『苔泉集』

申欽, 『象村稿』

鄭景雲, 『孤臺日錄』

趙慶男, 『亂中雜錄』

『조선왕조실록』

민덕기, 「임진왜란기 정경운의 『孤臺日錄』에서 보는 아래로부터의 聞見정보 -實錄의 관련정보와의 비교를 중심으로-」, 『한일관계사연구』 45, 한일관계사학회, 2013.

박종천, 「유교적 귀신사생론과 의례의 실천」, 『한국유학사상대계 X: 종교사상편』, 안동: 한국국학진흥원, 2010.

朴在慶, 「조선시대 策文 연구」, 서울대학교 박사학위논문, 2014.

변광석, 「임진왜란 이후 동래부사의 동래지역 인식과 기억사업」, 『지역과 역사』 26, 부경역사연구소, 2010.

심재권, 「조선조 과거시험과목인 책문의 내용 및 주제 분석」, 『한국행정사학지』 37, 한국행정사학회, 2015.

오인택, 「조선후기 '忠烈公 宋象賢 敍事'의 사회문화적 성격」, 『역사와 세계』 40, 효원사학회, 2011.

이상욱, 「조선 후기 대책(對策) 형식의 역사적 추이」, 『열상고전연구』 44, 열상고전연구회, 2015.

임완혁, 「朝鮮前期 策文과 士의 世界 認識 -殿策精粹를 중심으로-」, 『漢文學報』 20, 우리한문학회, 2009.

장미경, 「壬亂 武將의 상징화 양상」, 『열상고전연구』 23, 2006.

최식, 「策文의 특징과 글쓰기: 『策文準的』을 중심으로」, 『동방한문학』 39, 동방한문학회, 2009.

曺永任, 「泉谷 宋象賢에 대한 哀祭文 연구」, 『東方漢文學』 76, 2018.

崔孝軾, 「임란 초기 동래성의 항전에 대하여」, 『新羅文化』 26, 동국대학교 신라문화연구소, 2005.

한국역대인물 종합정보시스템 http://people.aks.ac.kr

| 서 대 원 |

　　연세대 철학과에서 학부와 석사를 하고 중국 북경대에서 박사를 하였다. 현재 충북대 창의융합교육본부 교수이다. 연세대 희귀본 자료 등을 정리하여 책을 내었고, 다수의 역서가 있다. 중국 고대 철학을 주로 연구하고 있으며 특히 경학과 제자학 그리고 삼교 교섭사 관련 연구를 진행하고 있다.

『泉谷手筆』에 보이는
성리性理 사상 고찰

『泉谷手筆』에 보이는
성리性理 사상 고찰

1. 들어가는 말

송상현宋象賢(1551-1592) 선생은 한국인이라면 누구나 아는 훌륭한 인물이다. 그는 임진
왜란壬辰倭亂 즉 1592년 동래성에서 중과부적衆寡不敵의 열악한 상황에서도 굴힘없이
왜적倭賊과 전투를 하다 장렬하게 순절하였다. 아마 이것이 일반적으로 한국 사람들이 알
고 있는 내용일 것이다. 앞에서 서술한 내용은 모두 진실이지만 사람들에게 약간 오해를 불
러올 수 있다. 임진왜란 당시 송상현 선생은 동래부사東萊府使라는 직무를 맡고 계시면서
전투를 진행하였다. 그러기에 송상현 장군이라고도 부른다. 물론 잘못된 칭호가 아니다. 단
지 이런 이유로 어떤 사람은 송상현 선생을 무장武將이라 생각할 수도 있을 것이다.

사실상 송상현 선생은 기본적으로 무신武臣이 아닌 문신文臣이다. 그의 이력을 간단하
게 살펴보자.

송상현 선생은 어릴 적부터 열심히 학문을 하고 경사經史에 능통하여 1570년 15세에
승보시陞補試에 장원을 하였다. 그 다음해 별시문과에 급제하여 승문원정자가 되었고
저작 박사가 되었다. 그 이후 여러 요직을 거쳤으며 질정관으로 명나라에 다녀오기도
하였다. 그러다가 1591년 동래부사로 부임하여 1592년 장렬하게 순사하였다.

선생의 일생을 보면 비록 전사戰死와 충절忠節로 후세에 알려져 있지만 기본적으로 학문입신學問立身의 경우이다.

임진왜란 당시의 동래전투는 여러 각도에서 볼 수가 있을 것이다. 민족사의 입장에서 그리고 당시 동아시아 정치사의 입장에서 등등 여러 각도로 볼 수 있을 것이며, 좁게는 당시 동래의 상황이나 참전하였던 개인들의 개인사 관점에서 연구할 수도 있을 것이다. 그러나 한 가지 우리가 반드시 고려해 보아야 할 것이 있다. 송상현 개인사의 관점에서 동래전투를 생각해 보는 것이다. 그중에서도 그의 충절이 도대체 어디에서 왔는가 하는 점이다. 동래전투의 민족사적인 의미, 동아시아 정치사의 의미 등은 그의 충절이 없었다면 모두 의미 없는 것이다. 이런 의미에서 본다면 선생 충절의 근원은 임진왜란 초 동래전투의 핵심이라 할 수 있을 것이다.

그렇다면 그의 충절은 어디에서 온 것일까? 단순한 무인武人적 기개 혹은 자신감에서 온 것일까? 이것은 그의 일생을 보건대 올바른 판단이 아닐 것이다. 필자가 보기에 선생의 충절은 학문의 소산이었을 것이다. 다시 말하면 평소 학문의 소양이 아니었다면 그런 충절이 가능하지 않았을지도 모른다는 의미이다.

이런 점에서 본다면 선생에 대한 연구에서 매우 유감스러운 것이 있다. 그것은 선생의 학문에 대한 구체적인 연구가 없다는 점이다. 그러나 그것은 연구자만의 잘못은 아니다. 길지 않은 생을 치열하게 사신 송상현 선생이 후세에 남긴 선생 학문의 결집은 충절이란 실천이었지 언설이나 주장이 거의 없기 때문이다. 즉 연구를 하지 않은 것이 아니라 연구하기가 어려웠던 것이다.

그럼에도 선생의 학문에 대한 연구는 반드시 이루어져야 할 것이다. 직접적인 언설이나 주장이 없다면 간접적인 방식으로 연구를 해야 할 것이다. 이런 점에서 본다면 『천곡수필泉谷手筆』은 매우 중요한 유물遺物이다. 송상현 선생의 자字는 덕구德求 호는 천곡泉谷이다. 그리고 '수필手筆'이란 '손으로 쓴 것'이란 의미이다. 그렇다면 『천곡수필泉谷手筆』이란 송상현 선생이 직접 베껴 써서 모은 글이다. 그리고 내용상 과거 공부를 위해 준비한 답안지이다. 그렇다면 이것은 단순한 '직접 써서 모은 자료' 이상의 의미가 있다. 이것은 선생이 보기에 훌륭한 답안들로 판단을 한 것이고 매일 읽고 외워 상구성송上口成誦한 자료이기 때문이다. 본래가 선생이 보기에 동의할 수 있는 답안들로서 읽고 외우는 사이에 또 선생 사상의 골육骨肉을 형성하였을 것이기 때문이다.

본 논문은 『천곡수필泉谷手筆』을 통해 선생 사상의 피모皮毛의 일부를 밝혀내는 것을 목표로 하고 있다. 그러나 『천곡수필』이 다루고 있는 내용은 상당히 광범위하다. 여기에서는 그중에서도 『천곡수필』의 성리사상性理思想을 서술하는데 주력할 것이다.

2. 문제 제기

『천곡수필』은 이미 앞에서 말한 대로 비교적 넓은 주제로 이루어져 있다. 그 중 성리학적인 내용이 농후한 것은 다음과 같은 작품들이다.

「귀신鬼神」, 「천도天道」, 「조수솔성鳥獸率性」

물론 이 이외 「출처出處」, 「도道」, 「성현사업聖賢事業」 등도 성리학과 무관하다고 볼 수는 없을 것이다. 이 글들의 성격을 우선 살펴보자. 우선 중요한 두 가지를 살펴보자.

① 거업擧業을 위해 준비한 모범 답안들이다.
② 송상현 선생이 수집한 자료들이다.

『천곡수필』은 명명백백하게 거업을 위해 준비한 모범 답안들이다. 이것은 매우 중요하다. 그렇다면 『천곡수필』은 당시 과거 문제의 일반적인 혹은 대표적인 문제 유형들이라는 것을 알 수 있다. 즉 당시 성리학의 기풍 및 흐름을 알 수 있다. 과거는 본래 관리 임용을 위한 고시이다. 이 시험에 여러 실용적인 문제[1] 이외에 성리학적인 문제가 나왔으며 일반적으로 그리고 대표적인 문제 유형이 바로 「귀신鬼神」, 「천도天道」, 「조수솔성鳥獸率性」, 「출처出處」, 「도道」, 「성현사업聖賢事業」 등이었을 것이다. 이 중 「귀신鬼神」, 「조수솔성鳥獸率性」은 매우 전문적인 성리학 문제이다. 조선 전기부터 이런 문제가 중시되었음을 알 수 있으며 일반 사자士子들도 이런 문제에 대해 고민하였음을 알 수 있다.

---

1) 『천곡수필泉谷手筆』의 여러 주제도 실용성을 가진 것들이며 중국의 대책문도 다분히 실용적인 주제들이다.

둘째 송상현 선생이 수집한 자료라는 점이다. 당시 이런 문제들에 대해 아마도 여러 답안들이 존재하였을 것이다. 그렇다면 『천곡수필』은 당시 예상 출제문제들에 대해 송상현 선생의 안목으로 모범 답을 골라 채록하고 공부한 것이다. 여기에는 이미 송상현 선생의 안목과 관점이 들어가 있다고 보아야 할 것이다. 이렇게 놓고 보면 재미있는 현상을 볼 수 있다. 송상현 선생의 몰년沒年은 1592년이다. 당연히 『천곡수필』은 1592년 이전의 작품이다. 아마도 1570년 송상현 선생 15세 이전에 이루어졌을 것이다. 그리고 여기에서 주로 다루어질 편들의 성립연대를 대략 살펴보자.

「귀신鬼神」: 안몽득安夢得 명종明宗 7년(1552) 임자壬子 식년시式年試 생원 3등三等
「천도天道」: 윤천민尹天民 명종明宗 10년(1555) 을묘乙卯 식년시式年試 진사 2등二等
「조수솔성鳥獸率性」: 구봉령具鳳岭 1526-1586 등제년登第年 미상未詳

과거 답안지임을 고려할 때 「귀신鬼神」은 1552년의 작품이고, 「천도天道」는 1555년의 작품일 것이다. 백담栢潭 구봉령具鳳岭의 등제년을 정확하게 알 수 없으나 그의 생몰년을 볼 때 아마 대략 유사한 시기일 것이다. 여기에서 주목해 살펴볼 것이 있다. 이 글들은 장원의 작품을 모은 것이 아니라는 점이다. 아마도 여러 우수한 답안 중 송상현 선생이 취사선택한 것일 것이다. 그리고 위 답안지는 대략 명종 시기의 학문 경향과 관련이 있을 것이다.

이렇게 볼 때, 이상한 점이 있다. 일반적으로 조선 성리학을 설명할 적에, 조선의 성리학은 퇴계退溪 이황李滉(1501~1570)과 율곡栗谷 이이李珥(1536~1584) 이후 성리학이 심화되기 시작하였으며 우암尤庵 송시열宋時烈(1607~1689) 이후 좀 더 정확하게는 한수재寒水齋 권상하權尙夏(1641~1721)의 제자들인 강문제현江門諸賢의 논쟁과 더불어 인물성동이론人物性同異論 등 주제가 주된 탐구대상이 되어 조선 후기의 사상계를 지배하였다고 한다.

이러한 조선 유학사의 흐름을 볼 때, 위의 주제들은 매우 시대에 앞서는 느낌을 지울 수 없다. 우선 「천도天道」는 좀 평범해 보이지만 성리학의 기본적인 주제일 것이다. 둘째 「귀신鬼神」은 성리학에서도 난해한 부분에 해당한다. 성리학적 수준이 난만爛漫하지 않으면 출제와 심사가 어렵고 답변을 하기도 어렵다. 세 번째 「조수솔성鳥獸率性」은 후대 인물성론의 선하先河로 보인다. 선생이 과거에 급제한 것은 퇴계 몰년인 1570년이며 이 글들은 모두 퇴계 당년의 작품이므로 성리학이 아직 크게 성숙하지 않았다고 평가되는 시기의 글들이다.

그렇다면 여기에서 무엇을 볼 수 있겠는가? 당시 성리학자들의 문제의식 중 일부를 알 수 있을 것이다. 이 주제들에 관심이 없었다면 출제를 할 수 있었겠는가? 둘째, 송상현 선생의 관심과 안목이다. 송상현 선생의 관심과 안목이 아니었다면 이렇게 편집하지 않았을 것이다.

필자는 여기에서 『천곡수필』의 몇 편을 통해 퇴율 성리학이 성행盛行하기 이전의 성리학의 관심과 송상현 선생의 관심과 안목을 살펴보고자 한다. 그러한 뒤 조선 성리학사를 참고하며 그 의미 등을 서술할 것이다.

3. 성리학설性理學說

『천곡수필』의 성리학설을 조사하기 위해 본래의 목차가 아닌 「천도天道」, 「귀신鬼神」, 「조수솔성鳥獸率性」 등의 순서로 살펴보겠다.

1) 천도天道

이 글은 매우 흥미로운 글이다. 왜냐하면 두 가지 체계가 함께 작동하기 때문이다. 좀 자세한 설명은 뒤에 보자. 우선 간단하게 문제를 정리해 보자.

> ① 일월日月 운행의 원인
> ② 별[星]에 관련된 질문과 함께 여러 자연현상과 인사人事의 관계
> ③ 서리[霜]에 의한 재해 등의 이유
> ④ 꽃은 대개 5수數인데 눈꽃만 6인 이유 및 우박의 정체
> ⑤ 만상萬象은 각각의 기氣가 있는 것인지 일기一氣에 의한 것인지?
> ⑥ 변고와 인사의 관계

현재적인 입장에서 보면, 위 질문들은 철학적인 문제들이 아니라 자연과학적인 주제들일 것이다. 단지 동서양을 막론하고 과거에는 모든 문제들이 철학의 문제라고 생각하였

고 철학적인 해석 혹은 해결을 추구하였다. 이 문제들에 대해 「천도天道」에서는 비록 하나하나에 대해 답을 하고 있지만 그 요약을 이야기하면 다음과 같다.

먼저 그 핵심 주장을 살펴보자.

저는 그러므로 천도天道의 운행은 모두 이리·기기에서 말미암는 것이고 이리·기기의 화평함과 화평하지 못함은 결국 인도人道의 득실得失에 근원한다고 주장합니다.[2]

이 주장은 평범해 보일지 모르지만 매우 난해한 내용이다. 우선 간단하게 분석해 보면 첫번째, 천도의 운행은 이기理氣에 근원한다는 점이다. 둘째, 천도天道의 운행과 인도人道의 득실得失이 밀접하게 연결되어 있다. 매우 난해한 주장이다. 좀 더 자세한 설명을 들어보자.

저는 다음과 같이 생각합니다. 음양은 동일한 이를 가지고 있고, 위와 아래는 동일한 기기를 가지고 있습니다. 이리가 동일하기 때문에 이가 있는 곳은 (어디라도 그 이가) 조금의 차이도 없습니다. 기기가 동일하기 때문에 기가 있는 곳이 어찌 이것과 저것의 다름이 있겠습니까! 그러므로 (모든) 물상物象의 분명하게 드러난 것들은 참으로 이理에 근본을 두는 것이니 그 이리가 되는 것에는 반드시 주장하는 것이 있습니다. 사태변화[事應]의 현저한 것들은 반드시 기기에 말미암는데 그 기가 되는 것에는 또한 주재主宰하는 것이 있습니다. 이와 같으니 천지의 운행에 어느 것이 이와 기가 아닌 것이 있겠습니까? 그러나 그 이기理氣의 운행이라는 것이 또한 인사人事의 득실得失에 말미암습니다. 그러므로 (천지운행의) 빽빽하게 나열되어 드러나 있는 것이 비록 사람과 관련이 없어 보이지만 그 길흉화복이 하늘에 나타난 것이 또한 인사人事가 어떠한지에 말미암지 않은 것이 없습니다. 왜 그러겠습니까? 천지와 만물은 본래 나와 한 몸입니다. 그래서 나의 마음이 올바르면 천지의 마음도 올바르게 되고, 나의 기기가 순조로우면 천지의 기도 순조롭게 되는 것입니다. 그렇다면 별들이 경위經緯를 이루는 것이나 주야에 속도를 달리하는 것이 비록 하는 것이 없으면서도 그런 듯이 보이지만 그 경위가 되는 이유와 속도가 다른 이유를 궁구해보면 모두 그렇게 하는 이리가 있는 것입니다. 더욱이 바람과 구름과 비와 이슬이 기기가 된 것이 어찌 아무 출발처도 없고 감응도 없다고 할 수 있겠습니까? 반드시 인사가 제대로 수행되었는지의 여부에 따라 천도가 따라서 변화가 되는 것입니다.[3]

---

2) 『泉谷手筆』「天道」愚故以天道之運行, 皆由於理氣; 而理氣之和不和, 歸之於人道得失之間也.

3) 『泉谷手筆』「天道」陰陽一其理, 上下同其氣, 理一也, 故理之所在無毫髮之差. 氣同也, 故氣之所寓無彼此之殊! 是以物象之昭著者, 固本於理, 而其所以爲理, 則必有主張者焉. 事應之顯明者, 必由於氣, 而其所以爲氣, 則亦有主宰者焉. 若是則天地之運行也, 何莫非理與氣哉! 然其理氣之運行, 亦由於人事之得失, 故其森列布著者, 雖若無與於人而其禍祥妖孽之見於天者, 亦莫非由於人事之如何耳. 何者? 天地萬物本吾一體, 故吾之心正而天地之心亦正,

여기에서 비교적 자세하게 주장을 알 수 있다. 우선 제일 중요한 것은 이 세상 즉 존재를 이기理氣로 보고 있다는 점이다. 즉 성리학적인 세계관을 가지고 있다. 그리고 좀 더 자세히 보면 흥미로운 점이 보인다. 본래적인 상태는 일리일기一理一氣라고 보는 것이다. 온 세상의 근원에는 동일한 하나의 이理와 동일한 하나의 기氣가 있다는 주장으로 아마도 이기론의 기본 구조를 태극太極과 태허太虛 두 가지로 파악하고 있는 듯하다. 그리고 이 일리一理는 기에 의해 이루어지는 현상의 원인이 된다. "(모든) 물상物象의 분명하게 드러난 것들은 참으로 이理에 근본을 둔"다는 말에서 이런 점을 확인할 수 있다.

그러나 기의 운동변화는 기에 의한 것이다. "사태 변화[事應]의 현저한 것들은 반드시 기氣에 말미암는다."라는 말에서 알 수 있다. 이 중 '사태 변화事應'는 기에 의한 것이기 때문에 기의 원인은 기라고 볼 수 있다.[4] 그러나 여기에서 그치지 않는다. 이 상황의 궁극적인 원인도 이理이다. 이 점은 "사태 변화[事應]의 현저한 것들은 반드시 기氣에 말미암는데 그 기가 되는 것에는 또한 주재主宰하는 것이 있다."에서 분명하게 알 수 있다. 이 중 "주재主宰하는 것"은 이理를 지칭한다. 그렇다면 '사응事應(사태변화)'의 근인近因은 기氣이고 원인遠因은 이理라고 보아야 할 것이다.[5] 세상의 현상은 만물 간의 작용[6]으로 이루어지지만 그 안에는 이理가 주재하고 있다는 주장이다. 여기에서 더 주목해 보아야 할 것은 이러한 세상의 현상들은 인도人道의 득실得失과 밀접한 관련이 있다는 점이다. 앞에서 인용한 다음 글은 주목해 보아야 한다.

> (천지운행의) 빽빽하게 나열되어 드러나 있는 것이 비록 사람과 관련이 없어 보이지만 그 길흉화복이 하늘에 나타난 것이 또한 인사人事가 어떠한지에 말미암지 않은 것이 없습니다.[7]

吾之氣順而天地之氣亦順矣. 則星辰之所以爲經緯, 晝夜之所以爲遲速, 雖若無所爲而爲之者, 究其所以經緯所以遲速, 則皆有其理者. 而況風雲雨露之所以爲氣者, 豈無所自而亦豈無所感乎? 必因其人事之修否而天道從而變矣.

4) 한 발 나가면 '氣機自爾'와 유사해질 것이다.

5) 여기에서 '사태변화'라고 번역한 事應의 원문을 음미해 볼 필요가 있다. 事應은 사실 반응 혹은 감응에 의해 발생한 현상을 말한다. 반응 혹은 감응이 존재하기 위해서는 다른 사물이 있어야만 한다. 이것이 근인일 것이다. 그러나 그 반응에는 반드시 원천적인 원인이 있어야 한다. 이것이 遠因 즉 理이다. 이 해석은 상당히 흥미로울 뿐 아니라 조선 성리학사를 분석할 때 재삼 음미해보아야 할 것이다. 氣機自爾와 有理論이 모순인지 아닌지와 관련이 있기 때문이다. 아울러 본 주장은 氣機自爾를 인정하면서도 본질적으로는 有理論의 입장임도 알 수 있다.

6) 氣感應

7) 『泉谷手筆』其森列布著者, 雖若無與於人而其禎祥妖孽之見於天者, 亦莫非由於人事之如何耳.

이와 같은 주장을 동양 철학사의 입장에서 보면, 이기론理氣論과 천인감응론天人感應論의 결합이라 할 수 있다. 이 이론이 어떻게 결합이 될 수 있을까? 사실 위의 이론에 이미 천인감응론은 배태되어 있으며 문장의 기법으로 보면 천인감응론을 끌어내기 위해 이기론을 포진시킨 감도 있다.

다시 앞의 이론으로 돌아가 보자. "사태 변화[事應]의 현저한 것들은 반드시 기氣에 말미암는데 그 기가 되는 것에는 또한 주재主宰하는 것이 있다." 이 중 사람[人]은 사물의 하나이다. 그중에서도 매우 중요한 하나라고 간주되었다.[8] 그렇다면 인人·사事간의 감응은 당연하다고 할 수 있을 것이다. 이런 이유로 인사의 득실은 필연적으로 사태에 반영된다. 그렇다면 천도 변화는 이렇게 정리될 수 있을 것이다. 근인을 꼽자면 인사의 득실이 있고[9] 원인에는 이理가 있을 것이다. 그러므로 이기론理氣論과 천인감응론은 서로 모순되지 않는다.

2) 귀신鬼神

귀신의 문제는 성리학 내부에서도 난제이다. 뿐만 아니라 과거의 사람들 심지어 현대의 사람들에게조차도 난제이다. 존재 유무와 존재한다면 귀신이 도대체 무엇인지, 귀신은 어떤 작용을 하는지, 그리고 귀신에게 제사를 지내면 귀신이 와서 그것을 인식하는지 등등의 문제는 매우 알기 어려운 문제이다.

대책문 귀신은 질문도 이와 유사하다. 질문의 글에 결문缺文이 다수 있어 정확한 파악이 어렵지만 대략을 말하면 다음과 같다.

① 귀신은 있는 듯 없는 듯하면서 만물을 주관하여 사람들에게 제사를 지내게 하는데 이것은 무엇인가?
② 제사의 분향과 강신은 이미 흩어진 기氣를 모아 귀신이 되는 것인가?
③ 정성에 의해 신이 온다면 신의 존재는 정해져 있지 않은 것인가?
④ 사람이 죽으면 귀신이 되었다가 다시 사람이 된다는 주장이 있는데 어떻게 생각하는가?

---

8) 만물의 영장이니 천지인이니 하는 것은 모두 사람이 사물 중 매우 중요한 위치를 점하고 있다는 것을 보여준다.
9) 물론 이것만이 유일한 원인은 아닐 것이다.

답안 주장의 대략을 살펴보자.

> 귀신의 체體는 태극이 아직 갈라지기 이전에 이미 은미하였으며 귀신의 용用은 태극이 이미 갈라진 후에 뚜렷하였습니다. 이 때문에 창창하고 정미로운 것은 하늘이 되니, 이에 하늘에 신神이 있고, 비옥하고 비등한 기운은 땅이 되니, 이에 땅에 신神이 있는 것입니다. 대저 이미 천신天神이 있은 연후에 또 발동하여 여러 신을 만든 것이 있으니 위로 해·달·별·추위·더위·물·가뭄이 이러하며, 이미 지지地祇가 있은 연후에 또 발동하여 여러 신을 만든 것이 아래에 나열되어 있으니, 산·천·악·도랑·구릉·무덤이 이러합니다. 사람은 그 사이에서 천지의 이치를 받아 성性으로 삼고, 천지의 기운을 품부 받아 형형形으로 삼아서, 살아서 사람이 되는 이치가 천지 만물의 이치와 더불어 서로 상관되지 않은 것이 없으며, 죽어서 귀신이 되는 이치 역시 천지 만물의 이치와 더불어 상통하지 않은 것이 없습니다. 그렇다면 천지의 신을 감격시키는 것은 사람에게 달려있으며, 해·달·별·추위·더위·물·가뭄의 신을 감동시키는 것도 또한 사람에게 달려 있거늘, 하물며 우리 사람으로서 우리 사람의 귀신을 감동시키는 일에 있어서이겠습니까![10]

귀신을 체용體用으로 나누어 태극미판太極未判과 태극이판太極已判에 배속하고 있다. 여기에서 태극미판太極未判은 일기一氣를 지칭하고 태극이판太極已判은 음양동정을 의미하는 듯하다. 흥미로운 것은 태극이판 이후 천신과 지신이 생겨나고 다시 여러 신들이 발생한다고 보는 점이다. 이 신들이 천지의 이理로 성性을 삼고 천지의 기氣로 형을 삼고 있다고 한다. 그리고 "이 몇 가지의 신은 모두 마땅히 제사 지내야 하는 것인데, 일월성신은 박식薄蝕과 절기를 잃게 되는 해로움을 없게 하며, 추위·더위·수해·가뭄과 같은 지나치거나 부족한 재앙을 끊게 합니다.[11]"라는 말을 통해 이 신들이 실질적 작용을 한다고 여기고 있음을 알 수 있다.

그러나 귀신과 사람은 본질적으로 다른 것이 아니다. 모두 천지의 이理로 성性을 삼고 천지의 기氣로 형形을 삼는다. 그렇다면 이기의 입장에서 본다면 동류라고 할 수 있을 것이며, 이미 '천도'에서 살펴본 대로 상호간 '감응'이 가능하다. 이것이 바로 제사의 원인

---

10) 『泉谷手筆』鬼神之體, 隱於太極未判之前, 而鬼神之用, 著於太極已判之後. 故蒼蒼而垂精者, 爲之天, 則於是有天之神焉. 腜腜而騰氣者, 爲之地, 則於是爲地之祇焉. 夫既有天神, 然後又發而爲群神者, 有之於上, 日月星辰寒暑水旱是也. 既有地祇, 然後又發而爲群神者, 列之於下, 山川嶽瀆丘陵墳衍是也. 人於其間, 受天地之理, 以爲性, 稟天地之氣, 以爲形, 生而爲人之理, 未始不與天地萬物之理, 爲之相貫, 死而爲鬼之理, 亦未始不與天地萬物之理, 爲之相通, 然則格天地之神, 在於人, 感日月星辰寒暑水旱之神, 亦在於人, 而況以吾人而感吾人之鬼乎?
11) 『泉谷手筆』惟此數者之神, 皆得其所以祭之耳焉, 則日月星辰, 無薄蝕失序之害, 寒暑水旱, 絶極備極無之災矣.

이며 제사에 의한 효과가 발생하는 이유이다. 제사에서 사람의 정성이 바로 이 감동感動의 원인이다. 「귀신」의 답변에서는 여러 방식으로 제대로 된 제사와 제사의 정성을 설명하고 있다.

또 한 가지 흥미로운 설명이 보인다.

> 우주 간에 변화하고 생성하는 이치가 천변만화하는 것입니다. 오는 것은 지나가고 간 것은 다시 돌아오는데, 이는 타일에 지나간 것이 다시 돌아오는 것이 아니라 다른 사물인 것입니다. 늙은 사람은 죽고 젊은이가 태어나는데 또한 타일에 죽은 자가 다시 살아온 것이 아니라 다른 사람인 것입니다. 그렇다면 어찌 피와 살을 가진 몸으로써 정기精氣가 이미 죽은 뒤에 흩어지지 않고 다시 사람으로 되는 이치가 있겠습니까[12]

사람이 죽어 정기가 되었다가 즉 귀신의 상태로 존재하다가 다시 사람이 된다는 주장을 부정하고 있다. 태어나는 사람은 과거의 정기가 되는 것이 아니라 새로운 기에 의해 이루어진다는 주장이다. 사실상 이 주장은 기본적으로 생생불식生生不息이라는 존재관에 입각하는 것으로 불교의 윤회설을 부정하는 것이다.

답안을 정리해 보면 기본적으로 성리학의 이기설에 의해 귀신을 설명하고 있으며 제사의 정당성과 정성의 효력을 주장하고 있다.

3) 조수솔성鳥獸率性

「조수솔성鳥獸率性」은 쉽지 않은 주제이며 동시에 흥미로운 내용이다. 질문 내용은 매우 방대하고 길지만 글의 제목을 알면 그 대략을 알 수 있다. 엄격하게 말하면 송상현 선생이 뽑은 이 글의 제목은 '조수솔성鳥獸率性'이 아니라 '조수솔성鳥獸率性·오인실성吾人失性'이다.[13] 그 의미는 '조수는 성을 따르는데 우리 사람은 성을 지키지 못한다.'라는 의미로서 전체 질문의 요지이며 동시에 전체 글이 해명해야 할 주제이다.

질문의 요지를 약간 부연하면 다음과 같다.

---

12) 『泉谷手筆』宇宙間. 百千萬變. 化化生生之理. 來者過而往者反. 則此非他日過者之復反. 而他有物矣. 老者死而少者生. 則亦非他日死者之復生. 而他有人矣. 然則豈以血肉之身. 精不散於既死之後. 而有復化爲人之理乎?

13) 현재 번역본에는 '조수솔성(鳥獸率性)'을 제목으로 하고 '鳥獸率性·吾人失性'을 문제의 첫 부분으로 번역하고 있다. 필자가 보기에는 바로잡아야 할 것이다. 어쩌면 '鳥獸率性·吾人失性'이 길어서 제목은 그 중 앞의 것만으로 하였는지 모르겠으나 그 이유가 무엇이든 진실과 약간의 거리가 있다고 생각한다.

천지간에 사람만이 사덕四德(仁義禮智)을 품부받아 오륜을 갖추고 있으나 그것을 제대로 발휘하지 못한다. 그런데 사물은 이 덕을 온전하게 품부받지 못하였는데도 그것을 잘 발휘하기도 한다. 왜 그런가?

이에 대한 답안은 크게 두 부분으로 나누어 설명하고 있다. 첫 번째 부분은 인물지성人物之性과 관련된 부분이다. 좀 길지만 중요하다.

> 저는 자사子思의 다음과 같은 말을 배웠습니다. "하늘이 명한 것을 성性이라 하고, 성을 따르는 것을 도道라고 하고 도를 닦는 것을 교教라고 한다." (이 말에 의거하면) 천지가 존재하면 바로 이 이理가 존재하는 것이고, 이 이理가 존재하면 바로 이 인물人物(사람과 사물)이 존재하게 됩니다. 이 이理를 근거로 위와 아래에 형상이 생긴 것은 천지天地이고, 이 이를 근거로 그 천지의 사이에 천명을 품부 받은 것은 사람과 사물입니다. 그렇다면 천지는 이 이를 근거로 이루어진 것이고 사람과 사물도 이 이를 근거로 이루어진 것입니다. 그 중에서 천지에 형체를 이루게 한 것을 이理라 부르고 사람과 사물에 명을 받은 것을 성性이라 부르는 것입니다.
> 그러므로 애초에 명을 해준 근원을 찾아 올라가면 사람과 사물이 동일하게 천지의 성[天地之性]을 얻은 것이나, 기품氣稟에 구애되어 (천지지성을) 풍부하게 발휘하거나 인색하게 발휘하는 차이가 있으며, 형질形質이 (천지지성을) 가려서 (천지지성과) 통하거나 막히는 다름이 존재합니다. 진실로 사덕四德이란 성性과 오품五品이란 윤리를 온전히 할 수 있는 것은 사람이며 온전히 할 수 없는 것은 사물입니다. (사덕과 오품을 다) 갖출 수 있는 것은 사람이고 갖출 수 없는 것은 사물입니다.[14]

천도天道에서 이미 밝힌 바처럼, 이 답안도 기본적으로 이기론理氣論에 기반을 두고 있다. 우선 천지 인물의 기본적인 구조를 이기를 통해 설명하고 있다. 천지와 인물 모두 이理에 근거하여 이루어졌다는 주장이다. 단지 천지의 형체를 이루게 한 것을 이理라 부르고 사람과 사물에 품부된 것을 성性이라 부르는 명칭의 차이만 있을 뿐이다. 그러므로 물론 그 근원을 논하자면 사람과 사물은 모두 천지지성天地之性을 가지고 있게 된다. 즉 천지 만물은 모두 일리一理에 근거한다는 주장이다. 그럼에도 기품 때문에 발휘되는 정도

---

14) 『泉谷手筆』 子思子之言曰: "天命之謂性, 率性之謂道, 修道之(謂)教". 自有此天地, 即有此理, 自有此理, 即有此人物. 以是理而形於上下者, 天地也, 以是理而命於其兩間者, 人與物也. 然則天地以是理也; 人與物亦以是理也, 而形於天地, 則謂之理. 命於人物, 則謂之性. 故原其初之所以命, 則人與物同得天地之性也. 而氣稟拘之, 有豊嗇之異, 形質蔽之, 有通塞之殊. 固其於四德之性五品之倫, 能全者, 人也, 不能全者, 物也. 能備者, 人也, 不能備者, 物也.

가 다르고 형질 때문에 통/불통의 차이가 발생한다. 이런 관점에서 보자면 성 즉 도덕을 모두 갖추고 있고 발휘할 수 있는 것은 사람이고, 제대로 갖추고 있지 않으며 제대로 발휘할 수 없는 것은 사물이다.

이 논조만 보면, 성을 모두 갖추고 있어 잘 발휘할 수 있는 것은 사람이고 사물은 제대로 발휘하지 못해야 할 것 같다. 그런데 그 반대의 경우를 볼 수 있다. 즉 금수만도 못한 사람도 존재하며 인간보다 훌륭해 보이는 금수도 존재하는 이유는 도대체 무엇인가?

이에 대해 다음과 같이 답변한다.

> 간혹 사람이 능한 사람이 될 수 없어 그 성을 온전히 할 수 없을 수도 있으며, 사물은 능한 사물이 될 수 있어 그 (사물들이) 온전히 할 수 없는 것을 온전히 하는 경우도 있습니다. 사물이 능한 사물이 되어 그 인륜을 갖출 수 있기도 하고 사람이 능한 사람이 될 수 없어 그 (사람이) 갖출 수 있는 것을 갖추지 못하는 경우도 있습니다. (이런 현상은) 진실로 인성(人性)에는 (하늘에서 타고난) 마음[양심]이 있으나 귀와 눈과 코 (등 감각기관)의 욕망이 천명의 성을 해칠 수도 있기 때문이며, 사물은 마음이 없어 천성의 한 부분을 보고 듣고 활동하는 사이에 없어지지 않기 때문입니다. 그래서 욕망이 있어 천리를 해치게 된다면 사람도 사물이 되는 것이고, 욕망이 없어 천성의 한 부분이라도 온전하게 할 수 있다면 (이 부분은) 사물이면서 사람입니다. 참으로 사군자士君子는 인물人物의 성을 곡진曲盡하게 하는데 뜻을 두어 매일 (어떻게) 사물과 윤리를 밝게 관찰할 수 있는지에 대한 학문에 대해 강습하여 인도人道가 사물로 돌아가는 것을 부끄럽게 여겨야 할 것입니다.[15]

여기에서 그 이유를 살펴볼 수 있다. 우선 마음[心]과 감각기관에서 그 이유를 찾고 있다. 사람은 마음도 있고 감각기관도 있다. 그래서 마음이 성性을 알아 실천할 수 있다. 또 한편 감각기관의 욕망에 따라 도리어 마음에 영향을 주어 이 성을 발휘하지 못하게 한다. 사물은 마음이 없기에 감관에 영향을 받지 않는다. 그렇기 때문에 비록 받은 것이 불완전하지만 그것을 온전히 발휘할 수 있는 것이다. 인물의 구조적 차이 때문에 이런 현상이 발생한다고 보는 것이다.

---

15) 『泉谷手筆』間或人不能人, 而不能全其性; 物有能物, 而能全其不能全. 物有能物, 而能備其倫, 人不能人, 而不能備其能備者, 誠以人性有心, 而耳目鼻之欲, 或戕其天命之性, 物有無心, 而天性之一端, 不泯於視聽生動之間爾. 是以有欲而戕天理, 則人, 而物也, 無欲而全天性之一端, 則物而人也. 此固士君子有志於盡人物之性, 而每日講習於明物察倫之學, 恥人道之歸於物.

또 하나 주의해야 할 것이 있다. 이 답안에 의하면 사람과 사물의 차이는 단순한 종의 차이가 아니다. 도덕을 행할 수 있으면 그것을 혹은 그 부분을 사람이라 부를 수 있고 비록 형체가 사람이라도 도덕을 행하지 않는다면 사물이라 불러야 한다는 것이다. 이런 의미에서 "학문에 대해 강습하여 인도人道가 사물로 돌아가는 것을 부끄럽게 여겨야 할 것입니다."라고 주장하고 있다. 즉 본 답안의 최종목표는 윤리의식의 고양高揚이다.

4. 전반적인 체계

이미 처음 부분에서 밝힌 대로 『천곡수필』은 송상현 선생이 과거를 준비하기 위해 준비한 모범 답안집이다. 그렇다면 우리는 다음과 같은 질문을 할 수 있을 것이다. 이 글들과 송상현 선생 사상과의 관계는 어떠한가 하는 점이다. 물론 가장 기본적인 사실은 인정하고 논의를 시작하여야 한다. 즉 본 글은 송상현 선생이 찬술한 작품이 아니기 때문에 송상현 선생의 사상 그 자체라고 말할 수 없다는 점이다.

이런 사실에 근거하여 다음과 같은 질문을 할 수 있다. 이것은 당시 모범 답안을 그냥 임의로 모은 것인가 아니면 어떤 관점을 가지고 모은 것인가 하는 점이다. 만일 '그냥 임의로 모은 것'이라면 선생의 사상과의 관계는 보다 멀 것이고 '어떤 관점에서 모은 것'이라면 이 글들이 비록 송상현 선생의 글은 아니라도 선생의 사상과 밀접한 관련이 있다고 보아야 할 것이다.

그럼 이것을 어떻게 알 수 있는가? 그것은 이 글들이 동일 혹은 유사한 체계 혹은 경향성을 가지는가 그렇지 않은가 하는 점에서 알 수 있다. 만일 '그냥 임의로 모은 것'이라면 거기에는 일정한 경향이나 체계가 존재할 수 없을 것이다. 만일 이런 입장에서 본다면, 필자는 다음과 같이 답을 할 수 있을 것이다.

『천곡수필』의 성리설은 비교적 일관된 체계와 경향을 가지고 있다.

이것은 무엇을 의미하는가? 몇 가지로 분석해 볼 수 있을 것이다. 첫째, 당시 학술의 공통적인 정설이었을 것이다. 둘째, 송상현 선생의 기본적인 관점이었을 것이다. 첫째의 입장을 완전히 부정할 수는 없을 것이다. 당시 존재와 세계 윤리 등을 성리학으로 설명하는 것은 당시의 기조였음을 부정할 수 없기 때문이다. 이런 큰 기조와 함께 대략적인 이기론 등도 당시 입장에서 그리 멀리 떨어져 있지 않을 것이다.

그럼에도 단순하게 당시 학술의 공통적인 정설 모음집이라 볼 수 없다. 그 이유는 다음과 같다.

첫째, 조선의 성리학은 퇴율 이전 그리 통일된 형태가 아니었다. 비교적 다양한 의견이 존재하고 있었다. 비록 이런 형태가 『천곡수필』에도 보이기는 하지만 지금처럼 비교적 일관된 체계가 될 수는 없었을 것이다.

둘째, 당시 모범 답안을 무작위로 모았다면 마땅히 장원한 글만을 모으거나 그 글들이 주가 되어야 한다. 그러나 『천곡수필』은 전혀 그렇지 않다. 급제한 답안들이기는 하지만 장원한 글은 아니다. 그것은 어떤 입장에서 선별하였다는 것을 의미한다.

그렇다면 『천곡수필』의 일관된 입장은 무엇인가? 필자가 보기에 다음과 같다. 우선 「천도」에 보이는 입장이 가장 기본적인 성리학 입장이라 판단한다. 세 편을 분석해 보면 마치 「천도」와 「천도」의 연역 혹은 부연 설명이라는 느낌을 지우기 어렵다. 그럼 살펴보자

① 이기론 : 본원적으로 일리일기一理一氣로 보고 있다. 아마 태극론과 태허론의 결합
　　　　　으로 이기를 이해하는 듯하다.
② 기의 운동 변화로 만사를 설명한다.
③ 감응론이 매우 강하게 존재한다. 천인감응론이라 불러도 좋을 듯한 부분도 많다.
④ 비록 기감응氣感應에 의해 만사가 이루어지지만 그 안에는 이가 주재하고 있다.
⑤ 심과 감관은 인간에게 윤리적 문제를 안겨 준다.
⑥ 윤리적인 것을 사람이라 부를 수 있다.

이 여섯 가지를 이해하면 위의 세 편을 어렵지 않게 분석할 수 있으며, 이 세 편에서는 이 내용들이 일관되게 주장되고 있다. 이 중 ④, ⑤에 대해 약간의 부연 설명을 해보자.

'④'에 의하면 어떤 상황 어떤 사물이든 단일한 원인이 있는 것이 아니라 복잡한 원인이 있다는 것을 의미한다. 그리고 천인淺因, 심인深因, 근인近因, 원인遠因이 존재함을 주장하고 있다. 만물은 기감응으로 이루어진다. 그래서 그 답안에는 '사응事應'이란 용어를 사용하였다. 기감응에도 구체적으로 살펴보면 매우 복잡한 양상일 것이다. 그런데 거기에 그치지 않고 그 안에 주재하고 있는 이理 더 나아가 천지지리天地之理까지 살펴야 할

것이다. 이런 관점이 사태를 구체적인 분석과 추상적인 분석 모두를 가능하게 만들었을 것이다. 또 그래야만 사태를 이해할 수 있다는 주장이다. 더욱이 ⑥을 함께 보면 이 심인深因과 원인遠因도 매우 중요한 것임을 알 수 있다.

'⑤'를 살펴보자. 심과 감각기관의 문제이다. 답안을 보면 사람에게는 심과 감관이 있고 사물에는 이것이 없다고 한다. 심과 감관은 기본적으로 기의 영역이다. 즉 기감응氣感應의 영역이다. 그러므로 이 '⑤'는 사실상 '④'에 포함되거나 연장선에 있는 내용이다. 단지 강조점에서 보자면, 구조상에서 서로 간섭현상이 당연하다는 논의가 아니라 간섭현상이 발생하기에 이것을 제대로 처리하여야 한다는 점이다.

송상현 선생은 이와 같은 관점과 체계 속에서 우수한 답안을 모아 『천곡수필』을 만든 것으로 보인다.

5. 『천곡수필泉谷手筆』의 가치

일반적인 이야기를 해보자. 『천곡수필』은 송상현 선생의 수택手澤이 남아 있는 친필본이다. 선생의 필체를 볼 수 있는 임란 이전 본이다. 이것만으로도 아주 충분한 가치를 가지고 있다. 아울러 임란 이전 퇴율의 학술이 학문의 주류가 되기 이전 당시 학술의 일단을 알 수 있는 중요한 자료이다. 물론 이미 밝힌 대로 송상현 선생의 관점도 볼 수 있는 소중한 자료이다. 그리고 당시 과거 공부를 하였던 흔적을 알 수 있는 자료이다. 즉 거업擧業의 한 현장을 볼 수 있다. 필자는 이 글을 쓰기 위해 살펴보면서 새로운 생각을 하게 되었다. 즉 거업擧業과 관련하여서이다. 사자士子 거업擧業 사상思想의 관계를 새롭게 살펴야 한다는 생각이었으며 이런 면에서 『천곡수필』은 매우 중요한 증거자료라 여겨진다.

다시 한번 지금까지의 논의를 살펴보자.

「천도天道」는 이기론과 감응론의 입장이다. 주자학과 천인감응론의 결합이라 할 수 있다. 천인감응론은 조선이 서구의 과학을 받아들인 뒤에도 완전히 폐기하지 않은 주장이다. 아마도 조선 전반의 사상이라 볼 수 있을 것이며, 그렇기에 주자학을 국학으로 하는 시절 천인감응론을 주자학 내부로 융합할 강한 필요성이 있었을 것이다. 이런 점에서 본다면 「천도天道」는 그런대로 성공작이라 할 수 있다. 후일 율곡栗谷의 『천도책天道策』은 명문천하名聞天下하는 명문이지만 그 내용을 보면 결국 주자학과 천인감응론의 결합이다. 『천곡수필泉谷手筆』의 「천도天道」와 주제 면에서 큰 차이가 없다.

「귀신鬼神」의 가장 큰 의의는 제사의 정당성과 효과로 보인다. 조선은 종묘제례 등이 극도로 발전하였던 사회이며 각 집안은 사당을 두고 제사를 지냈다. 그렇게 본다면 '귀신鬼神'은 매우 추상적인 주제이지만 사실상 매우 현실적이고 구체적인 논제임을 알 수 있다. 그리고 그 내용을 보면 「천도天道」의 기본이론을 부연하며 그 정당성과 효과를 설명하고 있다. 이런 의미에서 본다면 '귀신鬼神'은 조선 성리학사에서 꾸준히 연구했고 해야 할 주제라는 것을 알 수 있다.

「조수솔성鳥獸率性」은 본질적으로 두 가지 문제를 해결하고자 한다. 첫째 인물성人物性 문제, 둘째 윤리문제이다. 이렇게 놓고 보면 매우 재미있는 현상을 볼 수 있다. 율곡의 『천도책天道策』은 거업擧業의 산물이었을 것이다. 율곡이 과거를 보러 가 최초로 천도天道에 대한 문제를 보고 그 자리에서 양양수천자洋洋數千字를 일필휘지一筆揮之로 작성할 수 있었던 것은 물론 율곡의 천재성에 기인하겠지만 동시에 예상문제에 대한 선행된 연구도 중요한 원인이었을 것이다. 다시 말하면 사자士子들은 거업擧業을 준비하며 기출문제와 예상문제들에 대해 깊은 탐구와 준비를 하였을 것이며 그것은 사상계의 중요한 사상래원思想來源이었을 것이다. 그리고 이러한 과정을 거쳐 출제관出題官이 된 사람들이 출제할 적에는 다시 집적되고 정리된 사상을 중심으로 출제를 하였을 것이다. 다시 말하면 사자士子 거업擧業 사상思想이 호동互動 관계였을 것이다. 더욱이 조선의 사자들은 장시간 거업을 준비하며 자기의 사상을 연마하였으니 이런 현상은 매우 당연하다고 볼 수 있다.

이렇게 보면 매우 흥미로운 것은 「조수솔성鳥獸率性」이다. 우리는 인물성동이론人物性同異論 호락논쟁湖洛論爭은 우암 제자 한수재의 문하에서 발생한 것으로 알고 있으며 그 출발점은 『맹자孟子』 주석 해석의 차이라고 한다. 단지 『천곡수필』을 보면 이미 인물성론人物性論이 과거의 주요 출제문제 중 하나임을 알 수 있다. 그것을 사자士子들이 거업擧業을 할 적에 과거 답안을 참조하며 침잠 연구하고 수없이 작문을 해왔을 것이란 사실을 어렵지 않게 상상할 수 있다. 즉 인물성론人物性論은 거업에 의해 준비된 것이었다고 볼 수 있으며, 그것이 어떤 계기를 통해 거대한 이론과 분기로 발전하였다고 볼 수 있다.

이렇게 본다면, 조선 학술사를 탐구할 수 있는 새로운 방법 하나를 모색해 볼 수 있다. 조선 시대 과거의 출제와 답안 그리고 사자와 거업 그리고 사상의 변화가 호동互動한다는 사실을 바탕으로 조선 사상사를 역동적으로 구성해 내는 것이다. 기존의 입장보다 훨씬 더 사실에 가깝고 다이나믹하게 구성할 수 있을 것이다. 그리고 이런 연구의 가능성과 단초를 열어줄 자료가 바로 『천곡수필』이다.

6. 나가며

필자는 이미 앞에서 『천곡수필』은 주관적인 입장을 가지고 모범 답안을 골라 편찬한 책이라고 주장하였다. 즉 『천곡수필』에는 어느 정도 송상현 선생의 입장이 반영되어 있다는 것이다. 송상현 선생은 『천곡수필』이 성서成書 된 이후 아마도 이 책을 수불석권하며 읽고 외우고 사색하였을 것이다. 다시 말하면 『천곡수필』은 또 송상현 선생의 사상에 상당한 어쩌면 거대한 작용을 하였을 것이다. 이렇게 본다면 송상현 선생과 『천곡수필』은 상호영향 관계라고 볼 수 있을 것이다.

필자는 다음과 같은 질문을 해 보고 싶다. 일반적으로 사람은 죽음을 두려워한다. 더욱이 처참한 죽음을 더욱 기피하고 싶을 것이다. 왜병倭兵들의 시퍼런 칼날과 사방의 조총 그리고 수많은 공포와 위협 속에서 왜 쉬운 길을 택하지 않고 장렬한 전사라는 인간으로 선택하기 어려운 길을 선택할 수 있었을까? 필자는 이 선택과 『천곡수필』도 무관하지 않다고 본다. 즉 『천곡수필』이 형성해준 성리사상과 무관하지 않다고 생각한다. 『천곡수필』 일부의 글을 보자.

> 천지 만물은 본래 나와 한 몸이다. 그러므로 나의 마음이 올바르면 천지의 마음도 또한 올바르게 된다. 나의 기가 순조로우면 천지의 기도 순조롭게 된다.[16]

> 사덕의 성을 품부받은 것은 사람이다. 오품의 윤리를 갖춘 것도 사람이다. (그런데) 욕망에 빠지게 되면 사람은 사람이 되지 못하고 사물이 할 수 있는 것도 하지 못한다, 사덕의 성을 인색하게 받은 것은 물物이고 오품의 윤리를 편벽하게 구비한 것도 물物이

---

16) 「天道」 天地萬物本吾一體, 故吾之心正而天地之心亦正, 吾之氣順而天地之氣亦順矣.

다. (그런데) 욕망에 연루되지 않으면 물은 훌륭한 물이 되어 사람도 제대로 하지 못하는 것을 하게 된다.[17]

욕망을 가지고 천리를 해치기 된다면 사람이지만 사물이고, 욕망이 없어 천성의 일단을 온진히 한다면 사물이지만 (그 부분은) 사람이다.[18]

선생은 존망의 위기에서 이런 글들을 되뇌이지 않았을까? 죽음의 먹구름이 하늘을 덮고 소나기처럼 도검刀劍의 봉망鋒鋩이 사방에서 내리칠 때, 선생은 사물이 아니라 사람의 길을 굳건히 가신 것이라 생각한다. 삶의 욕망보다 의리의 욕망이 선생 마음에 가득하였을 것이다. 자기를 바르게 하고 천지를 바르게 하고자 하는 마음이 선생을 무외無畏의 길로 인도하였을 것이다. 이렇게 본다면 『천곡수필』의 성리학설은 단순한 학설이 아니라 인학人學이며, 단순한 인학人學이 아니라 사람이 되는 수양이며, 단순한 수양이 아니라 선생 삶과 실천의 현장이라고 보아야 할 것이다. 선생에게 『천곡수필』은 단순한 거업擧業 자료집이 아니라 일생 수신부守身符라 보아도 무방할 것이다.

---

17)「鳥獸率性」稟四德之性者, 人也, 備五品之倫者, 人也. 而一陷於欲, 則人不能人而不能物之所能也. 嗇四德之性者, 物也, 偏五品之倫者, 物也. 而不累於欲, 則物或能物而能人之所不能.
18)「鳥獸率性」有欲而戕天理, 則人 而物也, 無欲而全天性之一端, 則物而人也.

[참 고 문 헌]

송상현 원저: 조영임·서대원·이영남 옮김, 『역주 천곡수필』, 국학자료원, 2017.

배종호, 『韓國儒學史』, 연세대학교 출판부, 1985.

任繼愈 등, 『中國哲學史 通覽』, 동방출판중심, 1996.

黃彰健, 『經學理學文存』, 臺灣商務印書局, 민국 65년.

│조 영 임│

현재 중국 광서사범대학 한국어학과 교수로 재직 중이다. 한국의 고전을 지속적으로 번역하고 있으며, 한국과 중국의 문화를 한시와 연결하는 글쓰기에 관심을 두고 있다. 저서에『과일과 한시이야기』(2018),『계림일기』(2015),『조선시대 삼당시인 연구』(2009),『아들아, 이것이 중국이다』(2008), 공저에『내가 좋아하는 한시』(2013),『청주의 뿌리를 찾아서』(2012) 등이 있다. 번역서에『역주 천곡수필』(2017),『충청의 남한강을 읊은 선비의 시』(2017)(공역),『역주 연행일기(2014),『학어집』(2011),『역주 화양지』(2007)(공역),『동학농민국역총서』(2007)(공역),『우암선생언행록』(2006)(공역) 등이 있다.

천곡泉谷 송상현宋象賢의 한시 연구

|조 영 임|

천곡泉谷 송상현宋象賢의 한시 연구*

1. 머리말

이 논문은 임진왜란 당시 동래부사東萊府使로서 왜적에 맞서 싸우다 의롭게 순절한 절사節士이자 충신忠臣인 천곡 송상현宋象賢(1551~1592)이 남긴 한시를 전체적으로 조망하기 위해 쓰였다.

송상현은 본관이 여산礪山이며, 자는 덕구德求, 자호는 천곡泉谷이다. 26세에 문과에 급제한 이후 승정원정자에 보임補任되었다가 다시 저작著作·박사博士에 선발되어, 승정원 주서 겸 춘추관 기사관이 되었다. 그후 함경도 판관·지평을 거쳐 예·호·공 3조의 정랑이 되었으며, 두 차례에 걸쳐 종계변무사의 질정관으로 명나라에 다녀온 바 있다. 이어서 배천군수로 나갔다가 3년 만에 전직되어 경력經歷·집의執義·사간司諫과 사재감司宰監 군자감軍資監의 정正이 되었다. 1591년 동래부사에 임명되고, 그 이듬해에 임진왜란이 일어났을 당시 "싸워 죽기는 쉬우나 길을 빌리기는 어렵다戰死易 假道難"는 글귀를 써서 적에게 던지며 항전하였으나 형세가 여의치 않아 결국 동래성에서 순절하고 말았다.

---

* 이 논문은 2018년 11월 9일 충북대학교 우암연구소가 주최한 <천곡 송상현의 학문과 사상> 학술대회에서 발표된 것이며,『대동한문학』57집(2018. 12.)에 게재되었음.

그의 사후 이조판서·좌찬성에 추증되었으며, 충렬忠烈이란 시호가 내려졌다. 송상현은 『조선왕조실록朝鮮王朝實錄』과 『국조인물고國朝人物考』[1] 등 여러 문헌에 수록되어 있는 인물이다. 일찍이 우암 송시열은 '우리 동방 수백 년의 강상綱常을 부지'[2]하고, '인의成仁·취의就義의 아름다운 모범'[3]이 된 인물로, 동춘당 송준길은 '정충대절精忠大節'[4]을 지닌 분으로 높이 추숭하였다.

송상현은 당대는 물론 오늘에 이르기까지 명성이 높지만, 그에 대한 연구는 매우 저조한 편이다. 『천곡선생집泉谷先生集』[5], 『천곡수필泉谷手筆』[6]과 같은 기초 사료의 편역 및 번역 외에 송상현을 단독 주제로 한 논문은 겨우 두 편에 불과하다. 한 편은 송상현 서사가 만들어진 과정이 사회문화적으로 어떤 의미를 지니는가를 분석한 논문이고[7], 다른 한 편은 송상현의 사후 그를 애도하기 위해 창작된 시문이 가진 성격을 파악하려 한 것이다.[8] 따라서 그의 한시에 대한 논의는 전무하다. 물론 현전하는 시가 겨우 28수에 지나지 않아 그의 시세계를 가늠하기에 어려움이 없지 않으나, 옛사람이 말한 '상정일련嘗鼎一臠'의 말을 상기한다면 한 시대를 살았던 인물을 조망하기에 굳이 편수가 많아야 할 필요는 없을 듯하다. 여기에서는 그간 학계에서 조명받지 못한 송상현의 한시에 대한 전반적인 고찰을 시도하고자 한다. 비록 양적으로 풍부하지는 않지만 그의 시에는 현실에 대한 삶의 태도와 내면 의식이 내포되어 있다. 이러한 연구의 궁극적인 목적은 송상현을 보다 깊이 있게 이해하기 위함이다. 그동안 부족한 문헌 자료로 인해 그에 대한 연구가 진일보하지 못하였던 것이 사실이다. 그러나 제한된 자료를 통해서라도 송상현에 대한 이해를 높이려는 시도는 다각도로 이루어져야 할 것이다. 오늘날까지도 송상현에 대한 추모의 열기가 높은 데 비해 그가 어떤 사상과 학문을 지닌 인물이었는지에 대한 전모가 밝혀지지 않았기 때문이다.

---

1) 여기에 宋時烈의 <碑銘>이 전재되어 있다.

2) 宋象賢, 「行狀」(宋時烈 撰), 『泉谷先生集』 "用扶我東方數百年綱常"

3) 宋時烈, 「莘巷書院廟庭碑」, 『宋子大全』 "泉谷有成仁就義之懿"

4) 宋浚吉, 「淸州書院泉谷宋公追享通文 代牧伯作」, 『同春堂集』 "故東萊府伯宋公精忠大節, 赫赫在人耳目."

5) 忠北大 人文學研究所編, 『泉谷先生集』, 淸州市, 2001.

6) 조영임·서대원·이영남 공역, 『譯註 泉谷手筆』, 국학자료원, 2017. 참고로 이 문헌은 천곡 송상현이 젊은 시절 과거 공부를 준비하기 위해 여러 종의 대책문을 모아서 친필로 기록한 것이다.

7) 오인택, 「조선 후기 '忠烈公 宋象賢 敍事'의 사회문화적 성격」, 『역사와 세계』40, 효원사학회, 2011.

8) 조영임, 「천곡 송상현에 대한 애제문 연구」, 『동방한문학』76집, 동방한문학회, 2018.

2. 송상현의 시세계詩世界

천곡 송상현이 임진왜란에 '순절殉節한 의사'라는 고정화된 이미지 때문에 자칫 무인武人으로 오인할 수 있다. 그러나 송상현은 20세에 진사가 되었고, 다시 26세(선조 9년)에 문과에 급제한 문인이다. 일찍이 『조선왕조실록』에는, "송상현은 기국碁局이 탁월하였으며 시詩를 잘하는 것으로 이름이 났다."[9]라고 기록되어 있으며, 「선묘을미사묘제문宣廟乙未賜廟祭文」에도 "문무의 재주를 겸하고, 충효의 덕을 온전히 하였다."[10]라 하였다. 이정암李廷馣(1541~1600)은 「애송동래哀宋東萊」에서 "재주는 문무를 온전히 하여 천인 중에 빼어났다."[11]라고 한 바 있으며, 홍석기洪錫箕(1606~1680)도 「신항서원배향 시중수상량문莘巷書院配享時重修上樑文」에서 "천곡 송선생은 시서를 배운 학자이며, 문무를 겸비한 이름난 신하"[12]라고 하였다. 송시열宋時烈(1607~1689)이 찬한 「행장行狀」에도 "그가 지은 시문은 반드시 사람들의 입에 회자되었다."라거나, "문무겸재"[13]라고 하였으니, 이러한 제가의 평은 송상현이 시문에 능한 문인이었음을 알려주고 있다.

한편, 1835년에 송상현의 문집인 『천곡선생집』이 간행되기 이전에, 이미 그의 시첩이 따로 유통되었음을 다음의 자료를 통해 짐작할 수 있다.

> 이는 천곡 송공의 얼마 안 되는 금붙이[零金]다. 공의 충절은 밝게 빛나 일월 같은 성상이 돌아보고 비추어 주었으며, 그 시詩 또한 굳세고 깊으며 의기를 드날리고[勁深飛揚] 운율은 마치 하늘에 닿을 정도로 높으니, 어찌 성정에서 나와 그러한 것이 아니겠는가. 참으로 송공이 돌아가셨을 때 동래성의 남문에 뻗어있던 붉은 기운과 더불어 서로 광채를 발한다고 할 수 있다. 병란으로 인해 산일散逸되어 유고가 전하지 않으나, 봉황의 날개 하나로도 전체의 문장을 알 수 있으니 무슨 한이 있겠는가. 후손 宋𤩴가 약간 편을 수집하고 당대의 명필가를 찾아가 명문을 구해 집안의 보물로 삼았다. 내가 나이가 많아 교제가 드물고 지묵紙墨이 오래 되었으나 그 사이에 이름을 붙이는 것을 영광으로 알고, 이에 붓을 적셔 돌려보낸다.[14]

---

9) 『선조(수정실록)』 <선조 25년(1592) 4월 14일> "象賢卓犖有器局, 以能詩名."

10) 「宣廟乙未賜廟祭文」 "文武兼才, 忠孝全德"

11) 宋象賢, 「哀宋東萊」(李廷馣), 『泉谷先生集』, "才全文武挺千人"

12) 洪錫箕, 「莘巷書院配享時重修上樑文」, 『晚洲遺集』 "泉谷宋先生, 詩書學士, 文武名臣"

13) 宋象賢, 「行狀」, 『泉谷先生集』 "所著詩文, 必贈炙於人.", "公有文武兼才"

14) 尹鳳五, 「書泉谷宋公詩後」, 『石門集』 "右泉谷宋公零金也. 公忠節炳煥, 日月回照, 其詩亦勁深飛揚, 聲韻磨雲霄, 豈

위의 예문은 윤봉오尹鳳五(1688~1769)의 「서천곡송공시후書泉谷宋公詩後」이다. 윤봉오는 강문팔학사의 한 사람인 병계 윤봉구尹鳳九의 아우로, 당대에 필법에 뛰어나 그의 필체는 '석문체石門體'라 불렸다고 한다. 위의 글을 보면, 후손 송구宋靌가 송상현의 시를 수습하여 시첩을 만들고 윤병오에게 글씨를 부탁한 것으로 보이는데, 당시의 시첩이 오늘날『천곡선생집』에 전하는 약간의 시를 그대로 수록하였는지의 여부는 알 수 없다. 다만 시첩이 별도로 존재하였다는 사실만으로도 송상현이 '시문에 능한 문인'이었음을 입증하는 증거라 할 수 있겠다.

현재 남아 있는 송상현의 시는『천곡선생집』(문집총간)에 15제 24수,『천곡선생집』(가장본)에 4수가 있어 도합 28수이다. 기실, 28수의 소략한 자료를 통해 한 시인의 시세계 전모를 파악하고 이해하려는 작업은 매우 조심스러운 일이 아닐 수 없다. 그러나 한정된 자료를 통해서라도 시인의 의식세계를 탐색하는 일 또한 나름의 의미 있는 성과라 여겨진다. 이에 송상현의 한시를 청년기, 외직 시절, 질정관 시절 등 세 항목으로 분류하고, 각각의 시기에 산출된 작품에는 어떤 시적 정조가 바탕에 깔려 있는지, 어떤 의식적 경향을 보이는지 등을 주목했다. 왜냐하면 모든 시는 시인의 정조와 의식을 바탕으로 한 정서적 산물이기 때문이다. 이해를 돕기 위해 송상현의 한시를 도표로 정리해 보면 다음과 같다.

	시의 형식	제목	편수	소재 및 내용	수록 문집
청년기 시절의 시 (15세)	과시	黃鶯喚起遼西夢	1	꾀꼬리의 꿈	
		絶口不飮酒	1	불음주, 악비	
출사 이후~ 외직 시절의 시 (26세~39세)	5언절구	兎山吹笛院題詠	1	토산취적원 제영시	천곡선생집 (문집총간)
	7언절구	寄梧陰尹公斗壽	1	윤두수에게 부침	
	7언절구	輸城館	4	수성관에서의 감회	
	7언절구	贈別申書狀	2	증별	
	7언절구	送別景潤叔歸省福川	1	송별	
	7언율시	重出塞上	1	변방을 나서는 감회	

非流出性情而然耶. 眞可與萊城紫氣相暎發也. 兵燹散逸, 遺稿不傳, 而鳳凰一羽, 可知其全體文章, 則亦何恨乎. 其後孫霹光寶, 稡集如干篇, 求當代名筆, 爲家藏之寶, 余年衰交疎, 紙墨盖久, 而以托名其間爲榮, 玆染而歸之."

	7언율시	題鰲城客舍	1	오성객사에서	
	7언율시	龍安題詠	1	용안 제영시	
	7언율시	東閣書懷示黃晦之	2	황혁에게 부친 시	
출사 이후~ 외직 시절의 시 (26세~39세)	7언율시	題愁州客舍	3	수주객사에서	천곡선생집 (문집총간)
	7언율시	寄金景祖	2	김경조에게	
	7언율시	挽裵監司	2	배감사 애도시	
	7언율시	挽權同知常	1	권상 애도시	
질정관 시절의 시 (34~35세)	7언배율	長門春曉	1	장문궁	천곡선생집 (가장본)
		謁四皓廟	1	사호묘	
		謁徐孺子廟	1	서유자묘	
		燕子樓	1	연자루	
계			28		

1) 결연한 의지와 장대한 포부가 드러난 청년기靑年期의 시

이 장에서는 26세 이전 즉, 출사 이전에 지은 2편의 작품을 중심으로 살펴보도록 하겠다. 15세에 승보시陞補試에 장원했던 작품이다.

岳武穆眞丈夫	악무목은 참 대장부이니
血一斗膽一斗	피 한 말에 담이 한 말이라네.
有手欲挽天上河	손으로는 천상의 물을 끌어당길 기개가 있으나
有口不飮杯中酒	입으로는 한 잔의 술도 마시지 아니했네.
是時宗社如綴旒	종묘사직이 경각에 달려 위험한 때
南渡乾坤風雨後	남쪽으로 건너가니 천지는 비바람 친 뒤와 같았네.
靑城忍看帝衣靑	청성에서 황제가 항복하는 것을 차마 보고
玉手殊非行酒手	옥 같은 손으로 특별히 술잔을 돌리지 아니했네.
爲人臣子共戴天	남의 신하 되어 하늘을 함께 이고
飮器方期金主首	마시는 그릇은 바야흐로 금주金主의 머리를 벨 것을 기약하였네.
名姝已却玉帳下	명기도 이미 옥 휘장 아래 물리쳤는데
麴蘗安能近我口	술을 어찌 입에 가까이 할 수 있겠나?
誰言憂國只細傾	누가 말하였나, 나라 걱정은 다만 조금 기울일 뿐이라고
杜子之詩吾不取	두보의 시는 내가 취하지 않으려네.
平河北定兩京	하북을 평정하고, 두 서울을 안정시키고,
復梓宮然後	재궁을 수복한 연후에

| 痛飮三百杯 | 삼백 잔의 술을 실컷 들이키고 |
| 拜獻南山壽[15] | 남산처럼 만수무강하시기를 헌수하고자 하였네 |

위의 시는, 중국 민족의 영웅으로 추앙받고 있는 악비岳飛(1103~1141)의 고사를 인용하여 그의 충성심을 높이 찬양하고 있다. 악비는 중국 남송 초기의 상군이자 학자였다. 악비는 북송北宋이 멸망할 무렵 의용군에 참전하여 전공을 쌓았던 인물이다. 그는 북송이 망하고 남송 때가 되자 무한武漢과 양양襄陽을 거점으로 호북湖北 일대를 영유하는 대군벌이 되었으며, 연이어 금나라가 점유했던 중원 지역의 일부를 수복하였다. 나아가 북진하여 잃어버렸던 모든 영토를 되찾으려 하였으나 불행하게도, 고종의 신임을 받고 있던 진회秦檜의 모함으로 악비는 39세의 나이에 옥에 갇히고 결국 처형되었다.

악비의 사후 무목武穆이라는 시호가 내려지고 악왕鄂王에 추봉追封 되었다. 악비는 술을 몹시 좋아하여 술을 마시면 한 번에 두어 말까지 마실 수 있었다고 한다. 일찍이 고종이 악비를 불러서 "그대는 힘껏 강토를 수복한 뒤에 황하 이북 땅인 하삭河朔에 도착한 뒤에야 술을 마시도록 하게!"라고 말하자, 악비는 이때부터 술을 끊고 입에 대지도 않았다.

또한 오개吳玠란 자가 악비의 환심을 사고자 유명한 기생을 치장하여 보내자, 악비가 "나라의 임금께서 새벽부터 밤늦게까지 고단하게 애쓰시는데 한갓 대장이 되어서 안락을 누릴 수야 있겠나."라고 하면서 받지 않았다.[16]

송상현의 한시에는 악비와 관련된 위의 고사가 그대로 시화되었다. 성당 때에 우국충정의 시를 많이 쓴 두보는 "성도에 어찌 술이 없어서겠는가, 나라가 걱정되어 잔을 조금 기울일 뿐이네. 成都豈無酒, 憂國只細傾."라는 시구를 남긴 바 있다. 성도에 술이 많지만 나라를 걱정하여 조금만 마시겠다는 뜻이다. 그러나 송상현은, 두보의 '조금만 마시겠다'는 뜻마저도 취하지 않겠노라고 하면서, 하북과 두 서울을 평정하고 재궁을 수복한 뒤에야 비로소 삼백 잔의 술을 마시고 만수무강을 헌수하고자 한 악비의 충성심을 노래하였다. 이 한 편의 시에는 15세 청년의 나라를 위한 장대한 포부와 웅지, 그리고 결연한

---

15) 宋象賢, 「絶口不飮酒」, 『泉谷先生集』(家藏本).
16) 『宋史』 「岳飛傳」.

의기를 읽을 수 있다. 특히 '血一斗', '膽一斗', '三百杯'와 같은 시어에서 웅대한 기상과 젊은 혈기를 느끼게 한다.

일찍이 1897년 『천곡선생집』의 발문을 쓴 간재 전우田愚(1841~1922)는 위의 시를 천곡 시의 대표작으로 거론하면서 "일찍이 공이 15세에 지은 '악공불음岳公不飲'시를 읽어보 니 구구절절 충의가 어리고, 글자마다 피눈물이 맺혀 저도 모르게 간담이 씩씩해지고 의 기는 산처럼 치솟아 올랐다. …(중략)… 오늘날 우리나라의 신하가 이 시를 읽는다면 어 찌 마음이 무너져서 눈물을 흘리지 않을 자가 있을 것이며, 팔뚝에 불끈 힘을 주고 의기 를 떨치지 않을 자 있겠는가. 아! 공께서 백성을 가르치심이 참으로 간절하고, 참으로 원 대하도다."[17]라고 극찬한 바 있다. 한말 나라의 운명이 풍전등화와 같이 위급한 지경에 처했을 때 간재는 임진왜란 때 조금도 주저하지 않고 목숨을 내던진 송상현과 같은 의로 운 인재를 간절히 열망하고 있음을 미루어 짐작할 수 있다. 송상현이 악무목을 일컬어 '참 장부眞丈夫'라 한 첫째 구절에 시인이 위의 시에서 말하고자 한 뜻이 농축되어 있다. 비록 15세의 어린 나이이지만 송상현은 악무목 같은 참 대장부가 되기를 꿈꾸었고, 전 인 생에 걸쳐 악무목 같이 나라를 위해 충의忠義를 다할 것을 이때부터 굳게 다짐하였던 것 으로 보인다.

15세에 지은 또 다른 시편은 「누런 꾀꼬리가 요서의 꿈에서 일어나라고 부르다黃鶯喚 起遼西夢」이다. 시제에서 알 수 있듯 '봄날 꾀꼬리가 울어서 그리운 임에게 가는 꿈길에 서 얼른 깨어나라고 한다'는 뜻을 함유하고 있다. 이 시는 '봄날과 그리운 임'이라는 핵심 어로 연결되어 있다. 여느 청년에게서 볼 수 있듯, 그의 의식 속에도 나른한 봄날과 그리운 임으로 인한 아련한 감상과 애상이 얼마간은 깃들어 있다. 그러나 승보시에 장원을 한 어 린 수재秀才는 애써 이러한 감상적이고 애상적인 정조에서 벗어나려 하고 있음을 어렴풋 이 읽어낼 수 있다. '멀리 나비가 놀라 돌아오다遠蝶驚回'는 표현은 장자의 「제물론」에서 말한 장주와 나비 꿈을 자연스럽게 연상하게 되는데, 역시 미몽에서 깨어나 현실로 돌아 옴을 암시한다고 볼 수 있다. 15세의 송상현은 자신을 새롭게 설계하고자 하였으며, 그것 의 출발이 봄날과 임으로 대변되는 감상적인 정조에서 벗어나는 것이라 여겼던 듯하다.

---

17) 田愚, 「泉谷集跋」, 『艮齋集』 "愚嘗閱公十五歲所賦岳公不飲之篇, 句句忠義, 字字血涕, 不覺斗膽輪囷, 氣湧如山矣. (중략) 使今日我邦之臣子讀之, 其有不崩心而下淚者乎, 其有不扼腕而奮義者乎. 嗚呼! 公之教國人, 可謂切矣, 可謂 遠矣."

송상현이 출사出仕하기 전 청년기에 지은 작품이 비록 두 편에 불과하나, 여기에는 시인의 젊은 혈기와 의지, 미래에 대한 포부는 물론 청년기의 감상적인 심성도 표현되어 있음을 볼 수 있다.

2) 객수, 외로움, 그리움이 얽힌 외직外職 시절의 시

여기에서는 송상현이 26세에 문과에 급제한 이후 승문원 정자에 임명된 뒤로부터 41세에 동래부사가 되기 전까지 지은 작품들을 다루려 한다. 현재 남아 있는 작품 중에 이 시기에 해당하는 것이 함경도 판관 시절, 질정관 시절, 배천 군수 시절로 집중되었기에 '외직外職 시절'이라 하였으며, 질정관 시절의 시는 여타의 시와 시적 소재와 내용 면에서 변별되기에 별도의 장을 마련하여 서술하였다. 모두 22수首가 여기에 해당한다. 이제 관련된 시를 중심으로 논의를 진행하도록 하겠다.

紛紛世累萃中年	분분한 세상일 중년에 몰려들고
孤悶無因破玉川	외로운 시름에 속절없이 차를 마시노라
細草侵衣初冪歷	잔풀들이 옷소매를 스쳐 막 감싸고
寒江得雨更澄鮮	비 내린 찬 강은 더욱 맑고 산뜻하여라.
身隨漠北驚塵際	북방을 노니는 이내 신세 티끌 세상에 놀라고
家在湖南苦竹邊	호남에 있는 집 그리워 대숲 가를 서성이네.
會答深恩便歸去	마침 깊은 은혜 답하려고 돌아가는 사람 편에
寄書遙向故人傳	편지 부쳐 멀리 벗에게 전하네.
畫閣登臨屬暮年	그림 누각에 오르니 한 해가 저무는 시절이라
塞鴻歸後憶秦川	변방 기러기 돌아간 후 秦川을 생각하네.
滿簾江氣和煙滴	주렴에 가득한 강 기운 안개와 섞여 방울방울 떨어지고
排闥山光帶雨鮮	문 밀치니 산빛은 빗속에 더욱 산뜻하여라.
萬里鄉程迷日下	만 리 고향길에 서울은 가물가물한데
一秋明月照君邊	이 가을 밝은 달이 그대 곁을 비추리.
回首浮世誰知者	머리 돌려 보니 뜬구름 같은 세상에 아는 자 누구런가?
曲裏陽春莫浪傳[18]	양춘곡 노래 속에 따뜻한 봄을 함부로 전하지 마오.

---

18) 宋象賢,「題愁州客舍」,『泉谷先生集』.

위의 시는 경성 통판 시절에 지은 것으로 3수 중 2수만 인용한 것이다. 수주愁州는 함경 북도 종성鍾城의 옛 이름이다. 종성은 함경북도에 속한 지역으로 만주의 간도와 맞닿아 있는 변방이다. 두 편의 시에서 느껴지는 정조는 매우 흡사하다. 우선 시인은 소통할 수 없는 외로운 시름을 겪고 있다. 그리고 그 마음을 하소연할 길이 없다. 경성은 서울로부 터 1천 7백 여리 떨어져 있는 곳이다. 그곳에는 말을 통할 만한 벗이 없고 볼만한 문화가 없을 터이니, 시인은 홀로 차를 마시거나 차가운 강물을 보거나 편지를 쓰는 일로 외로운 심사를 달랬을 것이다. 두 번째 시의 주된 정조는 세모의 계절에 느끼는 외로움이다. 고 향을 떠나 객지를 떠도는 누구라도 세모에 이는 슬픔을 감당하기 어려울 터, 더욱이 머나 먼 변방에서 느끼는 심정은 더했을 것으로 보인다. 그리하여 '멀리 머리 돌려 사방을 보 아도 뜬구름 같은 이 세상에 아는 이가 없다'는 깊은 탄식을 하게 된다. 마지막 구에서 시 인은 양춘곡을 부르면서 따뜻한 봄날이 올 것이라는 말을 함부로 하지 말라고 하였으니, 도무지 봄날이 올 것 같지 않은 변방의 황량한 풍경과 함께 그 속에서 봄날을 즐기지 못 할 것 같은 시인의 서글픈 마음을 동시에 읽을 수 있다.

아래는 경성통판 시절의 시이다.

行春日暮到龍城   봄에 길을 나서 날 저물어 용성에 이르니
牒訴餘閑臥錦鯨   송사 문서 처리하고 여가에 비단 고래처럼 누워 있네
回首海云相識少   머리 돌리니 바다 구름뿐 서로 아는 이 적은데
十千官酒爲誰傾[19]   많고 많은 관의 술은 누구를 위해 기울일까

수성, 용성은 모두 함경북도에 속해 있는 지명이다. 시인은 통판의 임무를 띠었으나 할 일이 많지 않은 모양이다. 이곳은 아는 사람도 극히 드물어 오로지 보이는 것이라고는 바 다와 구름뿐이다. 더욱이 손님 접대를 위해 비치해 둔 관가의 술이 쌓여있건만 함께 마실 사람이 없다. '서로 아는 이가 적고[相識少]', '누구를 위해 술잔을 기울일까[爲誰傾]'라는 시구를 통해 외로움이 잘 드러나 있다. 특별히 이 시에서는 '금경錦鯨'을 주목할 필요가 있다. 동일한 「수성관輸城館」 제하에 지어진 4편의 시에는 각각 '단경斷鯨', '화경華鯨', '미경尾鯨', '금경錦鯨'이 표현되었다. 물론 각 편에서 보여준 고래의 모습이 동일하지 않

---

19) 宋象賢, 「輪城館」, 『泉谷先生集』.

지만, 드넓은 바다에서 높은 파도를 헤치며 힘차게 나아가는 고래의 역동적인 모습을 상기한다면 이 어구를 통해 시인의 웅장한 기상을 어렵지 않게 읽어낼 수 있다. 그래서 일찍이 이기홍李箕洪(1641~1708)은 "수성관 시에 '바다에 걸터앉아 천 길 고래를 동강낼 것을 생각하네'라는 구절로 본다면 더욱 공의 뜻이 크다는 것과 마침내 성취하는 바가 이처럼 드높다는 것을 증험할 만하다."[20]라고 말한 바 있다. 정문부鄭文孚(1565~1624)도 "벽 사이 훌륭한 시구의 값어치가 여러 성과 같은데, 입에 올려 칭찬키는 경자鯨字 넷이로다"[21]고 하면서 주목하였다. 31세의 젊은 송상현이 비록 변방에 있어 그 누구와도 함께 하지 못하는 외로움을 노래하고 있지만, 그의 가슴 속에는 고래같은 웅지를 간직하고 있음을 알 수 있게 한다.

다음의 시는 1585년(선조 18)에 다시 질정관에 차임되어 중국에 갔을 때 지은 작품이다.

重把金鞭出塞雲	다시 금채찍을 잡고 변새의 구름을 나서니
倦遊心事與誰論	떠돌기에 지친 심사 누구와 더불어 논할까?
懷人喜見鶯求友	사람 그리워 짝 찾는 꾀꼬리 보는 것만도 기쁘고
久客驚看犢抱孫	오랜 타향살이에 송아지가 새끼를 끌어안는 것만 봐도 놀라워라.
風擺楊花飛處處	바람에 버들 꽃이 여기저기 흩날리고
雨催農務急村村	농사 재촉하는 비 내리니 마을마다 급하구나.
世間行路難如許	세상살이 그 얼마나 힘이 드는가
不到摩天已斷魂[22]	마천령에 이르지도 아니한데 하마 넋이 끊겼어라.

위의 작품에도 외직을 떠돌고 있다는 고달픔과 외로움이 전면에 깔려 있다. 특히 제2구의 '떠돌기에 지친 심사 누구와 더불어 논할까'에 이 시의 주제가 응축되어 있다. 이러한 고달픔과 외로움의 정서는 곧바로 그리움으로 이어지고 있다. 꾀꼬리가 저희들끼리 우짖는 모습만 보아도, 송아지가 저보다 어린 새끼를 끌어안는 모습만 보아도 시인은 기쁘고 놀란다고 했다. 벗과 아내와 가족이 그리운 심정을 이렇게 표현한 것이다. 이러한 외로운 심정은 「동각에서 회포를 적어서 황회지 혁에게 보이다東閣書懷示黃晦之赫」의 "숭

---

20) 李箕洪, 『直齋集』 "與輪城壁上詩, 跨海千尋擬斷鯨之句而觀之, 則尤可驗公之志大, 而畢竟所成就如是卓卓也."
21) 宋象賢, 「輪城舘感泉谷先生韻」 (鄭文孚), 『泉谷先生集』, "壁間瓊韻價連城, 膾炙偏稱四字鯨"
22) 宋象賢, 「重出塞上」, 『泉谷先生集』.

산 구름과 영남의 나무로 오래도록 집을 떠나, 슬퍼하노니 티끌 세상에 백아가 적구나.嵩雲嶺樹久離家, 怊悵塵埃少伯牙."에서도 반복적으로 드러나 있으며, "안개 걷힌 포구 끝에 갈매기 떼 빛나고, 이슬 씻긴 먼 하늘엔 기러기 떼 빗겨 나네.烟開極浦鷗群烱, 露洗遙空鴈陣斜."라는 표현 속에서 고향을 떠나 만 리 머나먼 곳에 있어 가족도, 벗도 없이 쓸쓸하게 중양절을 보내는 심경이 드러나 있다. 한편 오랫동안 외직을 떠돌아다닌 시인은 미래에 대한 일말의 불안한 심리를 갖기도 한다. 「수성관輸城館」 첫 번째 시의 전결구에 "슬퍼하노니 장대한 계획 언제나 이룰까? 오색 구름에 남쪽을 바라보며 작은 마음 기울이네.怊悵壯圖何日了, 五雲南望寸心傾."에서 알 수 있듯이, 청년기에 나라를 위해 크게 쓰일 것이라는 웅대한 포부를 지녔던 송상현이지만, 출사 후 몇 년 동안 외직을 전전하면서 자신이 세운 장대한 계획이 어긋날까 슬퍼하고 있다. 이러한 심리는 다음의 시에서도 확인할 수 있다.

追隨妙躅到鰲城	묘한 자취 따라서 오성에 이르니
尊俎風流眼倍明	술자리의 풍류에 눈이 배나 밝아지네.
少年壯心看結綠	젊은 시절의 장한 마음 보옥寶玉과 같건만
異方衰鬢怊容成	타향에서 살쩍 세어 거울 보는 것이 두려워라.
秋深絶漠雙旌舞	깊은 가을 변방에 쌍 깃발이 펄럭이고
月冷長河一鴈聲	달빛 차가운 긴 강에 한 마리 기러기 소리 들리네.
倚柱不須吟轉苦	기둥에 기대어 괴롭게 읊조릴 것 없나니
文章千古只虛名[23]	문장은 천고에 다만 헛된 이름뿐이라네.

위의 시는 1586년 송상현의 나이 36세에 당시 이발李潑 등의 미움을 받아 은계도찰방 북도평사로 부임하였던 당시에 지은 것이다. 이 시에서는 함련과 미련을 주목할 필요가 있다. 함련의 '결록結綠'은 송나라의 보옥寶玉이고, '용성容成'은 거울이다. 당나라 때 사공도司空圖가 거울을 의인화하여 「용성후전容成侯傳」을 지은 것이 있다. 젊은 시절에 품었던 장한 마음은 여전히 아름다운 보옥처럼 빛나고 있는데, 타향에서 지금처럼 머리가 하얗게 세도록 그저 그렇게 세월을 보낼까 두려워 거울 보기가 겁이 난다고 했다. 여기에는 가슴에 품은 웅지를 펼칠 수 없는 당시의 처지에 대한 한탄인 동시에 아무것도 이루지

---

23) 宋象賢, 「題鰲城客舍」, 『泉谷先生集』.

못한 채 늙어갈까 하는 미래에 대한 걱정과 두려움이 내포되어 있다. 그래서 '한 마리 기러기의 울음[一鴈聲]'은 시인의 심리를 반영한 것이라고 보인다. 송상현이 젊은 시절부터 시를 짓기만 하면 인구에 회자되었다고 하였으니 일찍부터 문명이 있었던 시인이었다. 그렇건만 미련에서 그는, 문장은 그저 헛된 이름뿐이니 괴로이 읊조릴 것이 없노라고 말한다. 이것은 문장을 통해 자신의 뜻을 펼칠 수 없는 현실에 대한 강한 불만족의 표현으로 읽힌다.

이렇듯 출사 후에 쓰인 다수의 시에서는 객수, 향수, 짙은 외로움과 그리움이라는 애상적인 정조가 주를 이루고 있다. 이것은 외직을 떠도는 현실적인 상황과 뜻을 펼치지 못하는 내적 심리에 기반하고 있다고 보인다. 또한 외직을 전전하면서 자신이 세운 계획이 어긋날까 두려워하는, 미래에 대한 일말의 불안한 심리도 함께 엿볼 수 있다.

3) 역사회상과 감회가 드러난 질정관質正官 시절의 시

앞 장에서 언급하였듯이, 외직 시절의 시 중에서 질정관의 임무를 띠고 중국에 가서 지은 작품은 소재와 내용 면에서 차이를 보이므로 별도의 장을 마련하여 논의하고자 한다. 송상현은 그의 나이 34~35세(1584~1585년) 사이에 종계변무사의 질정관으로 명나라에 다녀왔다. 이 시절에 역사적 배경이 된 곳과 역사적 인물을 돌아보고 쓴 시는 4편으로, 모두 장편이며 중국을 배경으로 하고 있다. 그중에서 두 편을 살펴보도록 하겠다.

行藏有道去留閒	행장에 도가 있으니 떠나고 머무는 것이 한가롭고
同是年高兼德邵	이와 함께 나이가 높고 덕이 밝았네.
男兒天地貴全身	남아가 천지에 몸을 온전히 함이 귀한데
大雅明哲如公少[24]	반듯하고 밝음이 공들과 같은 이 적으리.

위는 질정관 시절 '사호묘四皓廟'를 참배하면서 그 감회를 쓴 시이다. 사호는 상산사호商山四皓를 말하는데, 중국 진秦나라와 한漢나라의 교체 시기에 폭정을 피해 상산商山에 숨어 살았던 동국공東園公, 하황공夏黃公, 각리선생甪里先生, 기리계綺里季 등 네 명의 노

---

24) 宋象賢, 「謁四皓廟」, 『泉谷先生集』.

인을 말한다. 이들은 상산에 은거하면서 피세避世의 뜻을 담은 '자지가紫芝歌'를 부르면서 임금이 초빙하여도 나가지 않았다고 한다. 후세에는 이들을 '덕망 높은 은자'로 높이 추숭하고 있다.

송상현의 이 시는 전체 38구로 이루어진 장편이다. 사호묘가 위치한 주변의 배경을 간단하게 서술하고, 이어 상산사호 당시의 시대적 배경과 그들의 활동 및 시인의 평가와 감회를 중심으로 시화하였다. 위의 인용문은 그 중간 부분인 29~32구에 해당한다. 여기에서 시인은, 진나라 때의 분서갱유를 차마 보지 못하여 골짜기에 종적을 감추고 별천지에서 바둑을 두며 살아가는 사호의 삶이 묘하다고 했다. 또한 한고조가 첩실의 아들을 사랑하여 태자와 바꾸려 할 때 태자의 모후인 여후가 장량을 이용하여 상산사호를 불러다 태자를 보좌하게 하자 고조가 마음을 바꾸었으며, 상산사호가 『시경詩經』의 「백구白駒」편을 인용하여 노래하고 다시 상산으로 돌아간 사실을 가지고 시화하였다.

송상현은, 이처럼 상산사호에 대한 역사적 사실을 시화한 후 위의 인용문에서 보이는 종합적 평가를 하였다. 그는 '상산사호가 행장行藏에 도가 있다'고 하였다. 행장은 용사행장用舍行藏의 줄인 말로, 『논어』「술이」편의 "쓰이게 되면 나아가 道를 행하고 버림을 받으면 물러가 숨는다.[用之則行 舍之則藏]"에 출처를 두고 있다. 유교적 관념에서 군자는 출처의 도를 매우 중요한 덕목의 하나로 인식하였다. 벼슬길에 나아갈 만하면 나가서 자신의 능력을 펼치고, 그렇지 않은 상황이 되면 주저 없이 물러나 자신의 도를 닦았다. 시인은, 상산사호처럼 진나라가 잔혹하여 나아가 도를 펼칠 수 없을 때 상산에 은거하여 지초로 연명했던 것이 옳은 일이었고, 한나라가 바야흐로 정치가 융성해지려 할 때 사양하지 않고 태자를 보위하여 왕조의 기틀을 다지는데 일익을 담당한 것도 또한 옳은 일이었다고 평가하였다. 시인은 사호를, 위수 가에서 낚시하다가 주나라 문왕과 무왕을 도와 천하를 평정하는데 공헌한 강태공 여상呂尙과 동급의 인물로 취급하고 있다. 이와 같이 역사적 인물에 대한 송상현의 선양과 평가는 다분히 유가적 사유에 의한 것임을 알 수 있으며, 이것은 송상현이 지향하고자 한 인생 지표 중의 하나일 것이라 생각한다. 이러한 사유는 「서유자묘를 참배하다謁徐孺子廟」에서도 거듭 확인된다.

行藏只用道有無　　　행장은 다만 도의 유무에 따를 것이니
聘幣吾何甘赴김　　　폐백으로 초빙한다고 내 어찌 즐겨 나아가랴?

那知陳榻竟長懸　　　진번의 의자가 필경은 오래도록 매달려 있음을 어찌 알랴.
返眞毫中頭永掉[25]　　도리어 참된 붓으로 머리를 길이 흔들었네.

　서유자徐孺子는 동한東漢 때의 학자인 서치徐穉이다. 공손하고 검약하였으며 덕이 높아 진번陳蕃의 천거를 받았으나 끝내 벼슬에 나가지 않고 농사를 지으면서 학문에 전념하였던 인물이다. 진번이 태수로 있으면서 다른 손님은 만나주지 않고 오로지 서치만 만났으며, 특별히 그를 위한 전용 걸상을 만들어 두었다가 그가 오면 내려놨다가 그가 돌아가면 다시 걸어놓았다는 연탑懸榻 고사가 유명하다. 송상현은 앞서 언급한 서치와 관련된 고사를 시화하고 위의 인용에서처럼 그를 평가함에 '행장行藏'을 언급하였다. 벼슬길에 나가고 물러나는 것은 오로지 도道의 유무에 관계된 것일 뿐 폐백으로 초빙한다고 나아가는 것이 아님을 말하였다.

　송상현은 이처럼 중국의 상산사호와 서치의 사당을 참배하고 나서 유사한 감회를 남겼는데, 이 두 편에는 모두 '용사행장用舍行藏'의 뜻이 함유되어 있다. "시라는 것은 사람의 마음이 외물에 느낌을 받아 언어로 표현되는 것"[26]임을 상기한다면, 여기에는 틀림없이 시인의 인생관과 처세관이 투영되어 있다고 할 수 있다. 사실 용사행장은 당시 사대부라면 누구나 갖고 있는 기본적인 출처관이었다. 송상현 역시 이러한 유가적 관점에서 출처出處에 대한 고민을 하였으니 그리 특별한 것이 아니다. 그러나 상산사호에 대한 역대의 평가가 사람마다 달랐던 점을 상기한다면 이를 통해 송상현이 평소 가진 출처관을 엿볼 수 있다. 예컨대, 퇴계 이황李滉(1501~1570)은 '상산사호는 욕됨을 피할 줄만 알았지 한고조 황후의 청탁이 부끄러운 줄을 알지 못했던 인물'[27]로 평가했고, 성호 이익李瀷(1681~1763)은 '난을 피하던 무리에 불과한 존재로 본디 뛰어난 식견이 없는 자들이며 두둑한 폐백만 가지면 쉽게 유치할 수 있었던 사람들'[28]로 폄하하였다. 이황과 이익의 폄하와는 상반되게 매천 황현黃玹(1855~1910)은 '보통은 처사는 나라가 어지럽거나 망하는 것을 아무렇지도 않게 보고는, 입을 다물고 수수방관만 하는데 사호 같은 사람들은 그렇지

---

25) 宋象賢, 「謁徐孺子廟」, 『泉谷先生集』.
26) 『詩傳』 「序」 "詩者, 人心之感物而形於言之餘也."
27) 李瀷, 「人事門-四皓」, 『星湖全集』, "退溪答南時雨書云, 四皓但知溲溺之辱可避, 而不知虐后橫戚之請, 為可恥."
28) 李瀷, 「人事門-四皓」, 『星湖全集』, "意者, 秦末天下雲擾, 彼不過斂迹避亂之類, 本無高世見識, 故厚幣可以誘致也."

않았으니 진실한 처사이며 진실로 세상을 구원한 선비'[29]라고 칭탄하였다.

이황, 이익, 황현은 모두 당대 손꼽히는 학자들이었으며 뭇 선비들의 준거가 될 정도로 기림을 받았던 분들이었으나 역사적 인물인 상산사호에 대한 평가는 이처럼 사뭇 달랐다. 이것은 옳고 그름의 문제가 아니라 각자의 출처관 혹은 처세관이 다른 데 기인하기 때문이다. 송상현은 사호를 '거류去留에 연연하지 않은' 인물로 평가하였다. '산림은 적막하고 의로움은 오래도록 황폐하여山林寂寞義久荒'란 시구에서 확인되듯, 그들 행위의 기준점을 '의義'에 두었기 때문이다.

어쩌면 이 같은 출처에 대한 평소 고민의 흔적이 훗날 임진왜란 당시 동래부사로서 어떻게 처신하여야 할지 판단해야 하는 위급한 상황에서 의義를 선택하도록 한 것이 아닌가 짐작해 본다.

3. 송상현 한시에 보이는 학당學唐의 흔적

송상현의 시풍은 『천곡선생집』서문을 작성한 이탁원李鐸源에 의해 처음으로 언급되었다. 이탁원은 1834년(순조 34년)에 동래부사에 임명되었고 그 이듬해에 위의 서문을 지었다. 관련 부분을 인용해 보면 다음과 같다.

> 처음 선생의 시를 읽어보니, 음조가 고결하고 운치가 격렬하여 풍소風騷에 초청할 만하니 바야흐로 중당의 시대에 나란히 할만하였고, 화평하면서 맑아서 피리와 경석이 함께 울리는 것 같고 장려하면서 애닲아 우조와 상조를 번갈아 연주하는 것 같았다. 가득한 기운이 말밖에 넘쳐나니 비로소 선생의 문장 또한 평범한 무리보다 특출남을 알았다.[30]

이탁원의 평에 의하면, 송상현의 시는 음조가 고결하고 운치가 격렬하며, 화평하면서 맑으며[和而淸], 장려하면서 애닲은[壯而哀] 풍격이라고 했다. 특히 송상현의 시가 '중당中

---

29) 黃玹, 〈四皓論〉, 『梅泉集』 "號稱處士而熟視人家國之亂且亡, 織舌袖手 (중략) 若四皓者, 其眞處士哉, 其眞救世之士哉."

30) 宋象賢, 〈泉谷先生集序〉(李鐸遠), 『泉谷先生集』 "始讀先生之詩, 音調古潔, 詞致激烈, 致聘風騷, 方駕乎中唐之際, 和而淸, 若笙磬之諧鳴, 壯而哀, 如羽商之迭奏. 奇偉之氣, 溢發言外, 始知先生詞翰亦絶出等夷."

'唐'시대에 나란히 할만하다고 칭탄하였다. 이탁원의 평대로 송상현의 시에는 당풍의 색
채가 짙음을 부인할 수 없다. 그래서 이 장에서는 송상현의 한시에 보이는 당풍唐風과 학
당學唐의 흔적을 살펴보려 한다.

먼저, 송상현 한시는 무엇보다도 '시인의 홍감'이 중시된다는 점에서 당풍의 경향이 있
음을 주목할 필요가 있다. 흔히 논리와 주장으로 사변적이며, 기발한 발상, 정교한 묘사
등을 위주로 하고, 경물을 묘사할 때에도 경물의 모습에서 시인의 철학적 주장을 펴거나
인생의 체험을 말한다면 송풍적 경향이 있다고 본다. 이에 비해 기본적으로 시인의 홍감
을 중시하면서 시의 대상과 합일을 추구하거나 대상 속에 감정이 이입될 때가 많으면 당
풍적 경향이 있다고 보고 있다.[31] 다음의 시를 예를 들어 본다.

白鶴邀爲侶　　　　　백학을 맞이하여 벗 삼고
林鶯聽作歌　　　　　숲 꾀꼬리 소리로 노래를 짓는다.
解衫須買醉　　　　　적삼 벗어 술 사서 취하게 마시리니
佳節莫輕過[32]　　　좋은 시절 훌쩍 지나지 말라.

위의 시는 『천곡선생집』 첫머리에 실려 있는 작품이다. 시제의 토산과 취적원은 황해
도에 있다. 봄날의 홍취가 이 시의 주제다. 백학과 꾀꼬리가 시인의 벗인 동시에 시 짓고
노래하는 소재가 된다. 좋은 시절을 그냥 보낼 수 없어 옷을 저당 잡혀 술을 사서 마시겠
노라고 한다. 여기서는 봄날의 경물을 묘사하는데 치중하지 않고 시인의 정감과 홍취를
위주로 표현하였다. 이 시는 봄날 시인이 느끼는 홍겨움 때문에 당풍으로 읽힌다.

誰憐江漢病蹉跎　　　뉘라서 가여워할까, 강한에서 병들어 고단한 이내 몸
怕聽陽關第一歌　　　양관곡 제일가를 듣기가 두려워라.
回首離亭杳難極　　　이별의 정자 돌아보니 아득하여 끝이 없어
憶君歸夢過灤河[33]　그대 그리워 돌아가면 난하 지나는 꿈 꾸겠지.

31) 이종묵, 「조선 전기 한시의 唐風과 宋風」, 『한국한시의 전통과 문예미』, 태학사, 2001, 435~443쪽.
32) 宋象賢, 「兎山吹笛院題詠」, 『泉谷先生集』.
33) 宋象賢, 「贈別申書狀湜」, 『泉谷先生集』.

위의 시는 신식申湜(1551~1623)을 이별하며 지은 것이다. 신식은 송상현과 동년同年이며, 학식이 높고 예악에 밝았던 인물이다. 전구의 양관곡은 양관으로 떠나는 사람을 위해 부르던 노래인데 대개 이별을 아쉬워하고 슬퍼하는 내용을 담고 있다. 결구의 난하灤河는 영평성永平城 부근에 있는 강 이름으로 그 곳 가까이에 백이숙제의 사당이 있다고 한다. 중국으로 사신가는 일행이 거쳐 가는 곳 중의 하나이다. 시인은, 신식이 떠나고 나면 고달픈 자신의 신세를 어디에 하소연할 것이며, 누가 있어 자신을 가엾어할 것인지를 묻고 있다. 자신을 알아주고 돌아봐 줄 사람의 부재를 이렇듯 표현한 것이다. 그리하여 이별의 노래인 양관곡을 듣기가 두렵다고 했다. 그들이 이별을 아쉬워하며 술잔을 돌리던 정자를 돌아보니 눈물이 어른거려 앞이 보이지 않는다. 이렇게 헤어지고 나면 틀림없이 꿈속에 나타날 것이라며 꿈속에서라도 만남이 이어지기를 바라고 있다. 이 시에는 어떤 이취理趣나 사변思辨이 개입되어 있지 않고 그야말로 이별의 정서와 슬픔의 정한을 충실하게 드러내었다.

이상에서 두 편의 작품을 예로 들어 송상현의 시풍이 당풍을 띠었다고 하였으나, 특별히 앞장의 '객수, 외로움, 그리움이 얽힌 외직 시절의 시'에 그러한 경향이 짙게 드러난다고 볼 수 있다.

한편 송상현의 한시에는 당시적唐詩的 표현을 그대로 가져온 예들이 상당히 많다. 이것은 학당學唐의 한 증거로 볼 수 있다. 그 예를 들어보기로 한다.

霜鋩憶昨採豊城	서릿발 헤치던 어제의 풍성을 생각하니
跨海千尋擬斷鯨	바다에 걸쳐 앉아 천 길 고래를 동강낼 것을 생각하였네.
怊悵壯圖何日了	슬퍼하노니 장대한 계획 언제나 이룰까?
五雲南望寸心傾[34]	오색 구름에 남쪽을 바라보며 작은 마음 기울이네.

위의 시는 경성통판 시절에 지은 4수 중 첫 번째에 해당하는 작품이다. 가슴 속에 웅지를 품고 있으나 펼치지 못하고 외직을 전전하는 데서 오는 처량함 혹은 안타까움이 드러난 시이다. 그런데 이 시의 기승구 "霜鋩憶昨採豊城, 跨海千尋擬斷鯨."를 보면, 하구下句는 이백李白의 「임강왕절사가臨江王節士歌」의 "어찌 천검에 의지하여, 바다에 걸터앉

---

34) 宋象賢, 「輪城館」, 『泉谷先生集』.

아 큰 고래를 잡을까安得倚天劍, 跨海斬長鯨."에서 그대로 차용한 것임을 알 수 있다. 「수성관輸城館」을 시제로 한 세 번째 시의 기승구는 "바람이 포구의 물결을 흔들어 성을 불어버리려 하고, 바다가 가까워 늘 꼬리치는 고래를 본다네.風撓浦浪欲吹城, 海近常看掉尾鯨."라 하였는데, 이 구절은 두보杜甫의 「태자의 장 사인이 직성으로 만든 자리를 보내오다.太子張舍人遺織成褥段」의 전결구 "서북에서 왔다는 손님이 털실로 짠 푸른빛 깔개를 내게 주길래, 풀어보니 풍랑이는 바다 무늬 속에서 고래는 꼬리를 흔들며 헤엄치고 있네.客從西北來, 遺我翠織成. 開緘風濤湧, 中有掉尾鯨."에서 그 뜻을 취한 것이다. 뿐만 아니라 「수성관輸城館」의 네 번째 시에 나오는 '금경錦鯨'의 시어 역시 두보의 시에서 확인할 수 있다. 「오성 객사에서 짓다題鰲城客舍」역시 두보의 표현을 가져다 썼다. "묘한 자취 따라서 오성에 이르니, 연회의 풍류에 눈이 배나 밝아지네.追隨妙蹋到鰲城, 尊俎風流眼倍明."의 하구의 '眼倍明'은 두보가 즐겨 쓴 '眼還明'에서 글자만 바꾼 것이다. 또한 같은 시 미련의 "기둥에 기대어 모름지기 읊조리며 괴로워할 것 없으니, 문장은 천고에 다만 헛된 이름뿐이라네.倚柱不須吟轉苦, 文章千古只虛名."의 하구는 두보의 「우연히 짓다偶題」에서 "문장은 천고의 일이라, 득실은 내 마음속으로만 하는 것이네.文章千古事, 得失寸心知."에서 취한 것이다. 물론 이 구절은 당나라 시인 유겸劉兼의 「강 언덕을 혼자 걷다江岸獨步」의 "높은 벼슬은 백 년의 긴 장물이요, 문장이라는 것도 천고에 다만 헛된 이름뿐이라네.簪組百年終長物, 文章千古亦虛名."에 그대로 보이기도 한다. 또한 송상현이 15세에 지은 「절구불음주絕口不飲酒」에 "누가 말하였나, 나라 걱정은 다만 조금 기울일 뿐이라고. 두보의 시는 내가 취하지 않는다네.誰言憂國只細傾, 杜子之詩吾不取."라 하였는데, 상구는 두보의 「좌복야에 추증된 정국공 엄무贈左僕射鄭國公嚴公武」의 "성도에 어찌 술이 없어서겠는가, 나라가 걱정되어 잔을 조금 기울일 뿐이네.成都豈無酒, 憂國只細傾."에서 그대로 뜻과 표현을 취한 것이다.

일찍이 조선 시대 서거정이 "옛 사람이 시를 지음에 한 구句라도 출처가 없는 곳이 없다"[35]라는 말을 한 바 있듯이, 대부분의 한시 작가들은 전고를 즐겨 쓰거나 전 시대 시인들의 표현을 상투적으로 옮겨 썼다. 송상현의 경우도 예외는 아니다. 그런데 특히 그는

---

35) 徐居正, 『東人詩話』"古人作詩, 無一句無來處."

당나라 시인 가운데 두보의 어구를 즐겨 썼다. 예컨대, '寸心傾', '長懷禁掖', '錦鯨', '愁眼', '鬢成絲' 등이 해당한다. 앞서 언급한 외에도 「동각에서 회포를 적어 황회지 혁에게 보이다.東閣書懷 示黃晦之赫」 시 수련의 전구 "숭산의 구름 영남의 나무처럼 오래도록 집을 떠나嵩雲嶺樹久離家"는 당나라 이상은의 시구인 "嵩雲秦樹久離居"를 그대로 차용하였음을 알 수 있다. 또 「오음 윤공 두수에게寄梧陰尹公斗壽」의 전결구 "신선 놀이에서 놀라 깨니 구름은 만 리에 아득하고, 배갯가에는 아직 두 줄기 눈물 자국 있네.驚罷遊仙雲萬裏, 枕邊猶得淚痕雙"의 외구는 당나라 원진元稹의 "보옥을 안고 배갯가에서 흘린 두 줄기 눈물 흔적 물들었네.持璞自枕頭, 淚痕雙血漬"에서 뜻을 가져다 썼다. 「수주객사에 짓다題愁州客舍」의 수련인 "분분한 세상 일 중년에 몰려들고, 외로운 시름에 속절없이 차를 마시노라紛紛世累萃中年, 孤悶無因破玉川."의 외구는 당나라 노동盧소의 "첫째 잔은 목과 입술을 적셔 주고, 둘째 잔은 외로운 시름을 없애 준다.一椀喉吻潤, 二椀破孤悶."에서 취한 것이다.[36]

이렇듯 그의 시에는 더러 송나라 소식의 흔적이 보이기는 하지만, 대체로 이백, 두보와 같은 당나라 시인의 영향을 받은 것으로 보인다. 특히 두보를 적극적으로 수용한 문인이었다고 할 수 있다. 두보의 수용은 그가 처한 개인적, 시대적 환경과 우국충정으로 가득한 내면 의식이 암암리에 일치하는 것이 많아서 자연스럽게 영향받은 것이 아닌가 유추해 본다. 현재 남아 있는 송상현의 한시를 통해 학당의 흔적을 확인하였는데, 이는 송상현 한시의 연원이 학당學唐에 있으며, 선조 무렵부터 당시풍이 시단의 중심에 서게 된 당시 문단의 흐름과 거의 궤軌를 같이 한다고 말할 수 있겠다.

---

36) 한편, 송상현의 시에는 학송學宋의 흔적도 보인다. 「수성관輪城館」 제하에 쓰인 두 번째 작품의 승구 '故山僧粥憶華鯨'는 송나라 蘇軾의 「정인원에 제하다題淨因院」란 시에 "신발 소리는 마치 얇은 얼음을 지나가는 듯하고, 죽을 먹으라 재촉하는 화경이 한밤에 울부짖는 듯하다.履聲如渡薄氷過, 催粥華鯨吼夜闌."라 하였는데, 그 하구에서 뜻을 취하였다. 여기서 화경華鯨은 절에서 범종을 치는 나무 공이에 새겨진 고래를 말한다. 또 「용안제영龍安題詠」에도 보이는데, 그 시 미련의 "어느 때에나 속진의 적삼 벗어 던지고, 오래도록 앉아서 낚시하는 바위를 따뜻이 하겠나. 何時脫却塵衫去, 坐久長敎釣石溫."는 소식의 「6년 1월 20일 다시 동문을 나서서 앞의 운을 써서 짓다六年正月二十日復出東門仍用前韻」의 "어찌 늘 보던 갈매기만 익숙해졌겠나, 이미 낚시했던 바위도 따뜻해졌음을 느끼나니. 豈惟見慣沙鷗熟, 已覺來多釣石溫."에서 변용한 것임을 알 수 있다. 소식의 시에 쓰인 '사구沙鷗와 익숙해졌다'는 것은 자연과 짝이 되어 속세를 벗어난다는 의미를 지니고 있어 송상현이 '탈진脫塵'으로 탈바꿈한 것이다. 비슷한 상황에서 전대의 시구를 활용하여 자신의 시에 녹여낸 것이라 할 수 있다.

4. 맺음말

여기서는 지금까지 논의한 바를 간단하게 정리하는 것으로 결론을 삼으려 한다. 현재까지 남아 있는 송상현의 한시 28수首를 세 항목으로 분류하여 살펴보았다. 첫째, 송상현이 15세에 창작한 두 편의 작품에서는, 장대한 포부와 웅지, 그리고 결연한 의기와 젊은 혈기가 드러나 있음과 자신을 새롭게 설계하고자 감상적인 정조에서 벗어나려 한 경향이 보이고 있음을 확인하였다. 둘째, 26세에 문과에 급제한 이후 승문원 정자에 임명된 뒤로부터 41세에 동래부사가 되기 전까지 지은 다수의 작품은 객수, 향수, 짙은 외로움과 그리움이라는 애상적인 정조가 주를 이루고 있음을 살펴보았다. 이것은 외직을 떠도는 현실적인 상황과 웅지를 펼치지 못하는 내적 심리에 기반하고 있다고 보았다. 셋째, 질정관 시절에 지은 4편의 작품은 모두 중국을 배경으로 하고 있는데, 그 중의 2편에서 용사행장用舍行藏의 유가적 출처관을 보이고 있음을 확인하였다. 마지막으로 송상현의 한시에 보이는 학당學唐의 흔적을 살펴보았는 바, 그는 이백, 두보와 같은 당나라 시인의 영향을 받았으며, 특히 두보를 적극적으로 수용한 시인으로 파악하였다.

앞서 언급하였듯이 송상현의 한시에 대한 연구가 전무한 탓으로 이 논문에서는 그의 한시 전반을 살펴보려 하였다. 28수에 불과한 제한된 자료를 통해 송상현 한시의 전모를 밝히려는 이 작업은 애초부터 논리적 취약성이 없지 않음을 인정할 수밖에 없다. 그렇다 하더라도 이를 통해 송상현을 이해하는 데 조금이나마 도움이 될 것이라 생각한다.

[참고문헌]

宋象賢, 『泉谷先生集』(家藏本)

宋象賢, 『泉谷先生集』(韓國文集叢刊 58)

金　集, 『愼獨齋遺稿』(韓國文集叢刊 82)

金長生, 『沙溪先生遺稿』(韓國文集叢刊 57)

閔仁伯, 『苔泉集』(韓國文集叢刊 59)

李箕洪, 『直齋集』(韓國文集叢刊 149)

李　瀷, 『星湖全集』(韓國文集叢刊 198)

宋時烈, 『宋子大全』(韓國文集叢刊 108)

宋浚吉, 『同春堂集』(韓國文集叢刊 106)

尹鳳五, 『石門集』(韓國文集叢刊 속69)

田　愚, 『艮齋集』(韓國文集叢刊 51)

洪錫箕, 『晚洲遺集』(韓國文集叢刊 속31)

黃　玹, 『梅泉集』(韓國文集叢刊 348)

洪直弼, 『梅山先生文集』(韓國文集叢刊 295)

徐居正, 『東人詩話』

『宋史』

『詩傳』

오인택, 「조선 후기 '忠烈公 宋象賢 敍事'의 사회문화적 성격」, 『역사와 세계』 40, 효원사학회, 2011.

이종묵, 『한국한시의 전통과 문예미』 「조선 전기 한시의 唐風과 宋風」, 태학사, 2001.

조영임, 「천곡 송상현에 대한 애제문 연구」, 『동방한문학』 76집, 동방한문학회, 2018.

忠北大 人文學硏究所編, 『泉谷先生集』, 淸州市, 2001.

|조 영 임|

천곡 송상현에 대한
애제문 연구*

1. 머리말

천곡 송상현宋象賢(1551~1592)은 임진왜란 때 동래부사東萊府使로 왜적에 맞서 싸우다 의롭게 순절한 분으로, 그의 살신殺身과 사생捨生의 정신으로 인해 당대는 물론 오늘날까지 높이 추앙받고 있는 역사적 인물이다. 그런데 높은 명성에 비해『천곡선생집泉谷先生集』[1],『천곡수필泉谷手筆』[2]과 같은 기초 사료의 편역 및 번역 외에 기실 그에 대한 밀도 있는 학문적 연구는 매우 저조한 편이다.[3] 특히 문학 방면의 연구는 거의 이루어지지 않았고 송상현에 대한 단편적인 언급은 대개 임진왜란과 관련되어 역사학 분야에 치우친 감이 없지 않다.

우리의 역사에 크고 작은 많은 전쟁이 있었지만 그중에서 조선시대의 임진왜란이야말로 전대미문의 참혹한 전쟁 중의 하나였음을 많은 사료가 입증하고 있다. 이것은 비단 조

---

* 이 논문은 2017년도 임진란사학술대회(2017. 11. 9) <청주지역의 임진란사 연구>(임진란정신문화선양회 주최)에서 발표한 내용을 수정 정리하여『東方漢文學會』(76集)에 게재한 것임.

1) 忠北大 人文學研究所編,『泉谷先生集』, 清州市, 2001.

2) 조영임 외 공역,『泉谷手筆』, 국학자료원, 2017.

3) 송상현을 단독 주제로 한 논문은, 오인택,「조선후기 '忠烈公 宋象賢 敍事'의 사회문화적 성격」, 역사와 세계 40, 효원사학회, 2011이 유일하다.

일 간의 전쟁만이 아닌 조선, 일본, 중국이 관여하여 동아시아 전체를 뒤흔든 국제 전쟁이었다. 7년간의 참혹한 긴 전쟁은 일개 백성으로부터 위정자에 이르기까지 조선에 땅을 딛고 살았던 모든 이들이 전쟁의 피해자였으며, 전 국토가 피로 물들어 당대는 물론 먼 후대에까지 깊은 상흔傷痕을 남겼다. 그렇다면 이러한 전쟁의 상흔은 어떻게 봉합되고 치유되었을까? 국가는 한 개인을 어떻게 위로하고, 또 개인은 어떻게 위로받았을까? 이러한 의문이 본 논문을 쓰게 된 동기이다.

본 연구는 고인故人을 애도하는 형식의 글인 '애제문'을 중심으로 임진왜란 당시 순절한 천곡 송상현에 대해 당대 문인이나 후대인들은 어떠한 생각을 가지고 있었는지, 공적, 사적인 애제문을 통해 국가와 개인은 어떻게 그를 위로하였는지, 또 그 속에서 문학은 어떠한 역할을 하였는가를 중심으로 서술할 것이다. 과거 한문학 장르 가운데 '애제문哀祭文'은 죽음을 계기로 망자亡子를 추모하고 애도한 매우 공식적이면서도 격식 있는 의례문儀禮文이었다. 이 논문은 문학이 갖는 자기 위로와 치유를 전통적인 제문의 형식에서 찾으려는 근자의 움직임과도 맞물려 있다.

이러한 논의를 위해 송상현을 애도하기 위해 창작된 여러 종류의 애제문을 내용적인 측면에서 분석하고, 그 애도의 의미를 '위로와 치유'라는 측면에서 접근하여 살펴볼 것이다. 이러한 연구는 천곡 송상현을 이해하는 또 하나의 단서를 제공함과 동시에 조선시대 임진왜란의 상흔을 치유할 수 있는 하나의 방편으로서 문학의 기능에 주목하는 계기가 될 것으로 생각한다.

2. 애제문哀祭文에 드러난 애도의 두 양상

애제문哀祭文이란 문예양식은 상당히 오랜 역사를 가지고 있다. 애제문의 개념에 대하여 논자에 따라 산천신에 대하여 기도하는 고문告文, 축문祝文, 도장문道場文, 재사齋詞, 청사靑詞, 제문祭文 등과 망자에 대한 애도의 정을 표시하는 애사哀辭, 제문祭文, 조문弔文, 뇌誄 등이 모두 넓은 의미에서 포함된다고[4]하는 이가 있는가 하면, "망자를 추모하고 애도하며 제저祭奠을 올리는 글"[5]로 한정하거나, "'신에 대한 제축祭祝'의 양식과 '인간

---

4) 심경호, 『한문 산문의 미학』, 고려대 출판부, 1998, 374쪽.
5) 장도규, 「회재 이언적의 정의적 제문 연구」, 『한국의 사상과 문화』, 2006, 9쪽.

에 대한 애도哀悼의 양식'을 포괄하여 제의祭儀의 의식문儀式文"[6]이라고 정의하는 이도 있다. 본 논문에서 언급하는 애제문은 신과의 의사소통을 주로 하는 축문祝文류는 제외하고, 인간의 죽음을 계기로 서술되는 양식으로 한정한다.

일찍이 유협의 『문심조룡文心雕龍』에 따르면, "예禮의 제사에는 그 말이 흠향歆饗을 고하는 데 그쳤는데, 중년의 제문은 언행言行을 아울러 찬양하니, 제祭에 찬讚을 겸하였다.…기도祈禱의 양식은 반드시 진실하고 경건하게 해야 하고, 제전祭奠의 모범은 공손하고 슬퍼야 한다."[7]라고 하였다. 이는 제문이 가지고 있는 내용과 형식에 대한 전반적인 문제를 언급한 것으로 보인다. 애제문이 고인의 행적과 학덕을 찬양하며 애도하는 내용을 담고 있는 것도 이에 연유한다. 애제류 문장은 고인이라는 특정 독자를 상정하여 쓰는 글이며, 실생활 가운데에서 빈번하게 창작된 실용문이다. 또한 개인의 정감 토로를 주된 표현 방식으로 삼기에 서정성을 조건으로 한다는 특징을 가지고 있다.[8] 애제문의 특성에 따라 정감 표출이 강화되거나 의례적, 공적 기능이 더욱 강조되는 경우가 있으나 모두가 문학 양식이라는 점에서는 이의가 없다. 애제문이 일반적으로 애도와 추모의 내용을 담고 있어 투식적인 글로 치부하기 쉬우나 애도의 대상과 창작자에 따라 나름대로 특색 있는 제문이 되기도 한다. 특히 한 인물을 대상으로 하여 여러 대에 걸쳐서 여러 사람에 의하여 창작된 경우 그 인물을 전체적으로 조망하는데 도움이 된다.

여기에서 활용할 애제문哀祭文의 자료는 크게 두 가지로 나뉘는데, 임금이 신하에게 내리는 사제문賜祭文[9]과 개인적 혹은 사회적 친분 관계로 창작된 일반 제문祭文 및 애도를 목적으로 지어진 만사挽詞[10]가 그것이다. 사제문과 제문은 내용과 형식 면에서 대동소이하지만 국가 기관에서 공적 의미를 가지고 생산하였다는 점에서 분명한 차이점을 보이고 있다. 다시 말해 사제문은 그것 자체로 공적 시스템인 것이다. 이제 이러한 두 종류의 자료를 중심으로 논의를 진행하도록 하겠다.

---

6) 이은영, 「조선초기 제문 연구」 이화여대 박사논문, 2001, 5쪽.

7) 劉勰, 『文心雕龍』 "禮之祭祝, 辭止告饗, 而中代祭文, 兼讚言行, 祭而兼讚.… 祈禱之式, 必誠以敬, 祭奠之楷, 宜恭且哀."

8) 이은영, 「애제문의 특징과 변천과정」, 『동방한문학』 31집, 동방한문학회, 2006, 259~260쪽.

9) 사제문(賜祭文)은 치제문(致祭文), 유제문(諭祭文)과 유사한 개념으로 쓰이고 있다. 사제문이 임금이 하사한 사실을 강조한 것이라면 치제문은 치제와 함께 내리는 제문이라는 의미가 포함되어 있고, 임금의 고유(告諭)라는 의미를 내세워 유제문이라고 하였으나 그 용례를 따로 구분한 것은 아닌 듯하다.(이은영, 앞의 논문, 2001, 105쪽 참조)

10) 제문과 만사는 모두 애제류에 속하나, 제문이 형식적 제약을 받지 않으나 어느 정도 공식적인 성격이 강하고 제전에서 읽히는 글인 반면에, 만사는 운문의 형식을 취하고 장례 때 사용되는 글이라는 차이가 있다.

1) 절의節義의 표상으로 추숭

송상현에게는 그의 사후 200여 년 동안 선조, 인조, 현종, 숙종, 영조, 정조, 순조 등 일곱 임금에 의하여 9차례의 사제문이 내려졌다. 이는 모두 『천곡집』(『한국문집총간』 58)에 수록된 것이다. 이 중에는 숭절사崇節祠, 동래단東萊壇에 내려진 사제문도 포함되어 있으나 내용상 송상현 개인에게 내려진 것과 크게 다르지 않아 자료로 포함시켰다.[11] 사제문의 편수로 역사적 인물의 고하를 평가할 수 없겠지만, 9차례에 걸쳐 내려졌다는 그 사실만으로도 송상현의 위상을 짐작할 수 있을 듯하다. 송상현이 제향된 충렬사忠烈祠, 정충사旌忠祠, 신항서원莘巷書院이 각각 1624년, 1657년, 1660년에 사액되었다는 사실도 송상현의 위상과 관련된다고 할 수 있다. 제문의 찬술자 중에 영조가 포함되어 있는데, 그가 제문을 직접 지었다는 것은 그만큼 송상현에 대한 깊은 관심을 드러내는 증거라 하겠다. 그 외 사제문을 찬술한 차운로車雲輅, 윤지尹墀, 여성제呂聖齊, 유숭俞崇, 유동원柳東垣, 김치인金致仁, 이돈영李敦榮 등은 당대에 문장으로 이름이 났거나, 예조참판, 대사간, 공조참판, 영의정, 대제학 등의 요직에 올랐던 인물들이다.

그렇다면 여러 대에 걸쳐 내려진 사제문은 어떠한 내용을 담고 있으며 그 공통점과 차이점은 무엇일까? 우선, 최초로 내려진 <선조 을미 사제문>[12]의 전문을 인용해 본다. 논의의 편의상 단락을 구분하여 표시하였다.

①바른 기상 외로운 기품, 훌륭한 모습 우뚝하다. 재주는 문무文武를 겸하였고, 덕은 충효(忠孝)를 보전하였다. ②일찍이 사헌부와 사간원을 거치매 그 위풍과 명성이 늠연하였고, 변경을 지키기에 이르러서는 장성처럼 우뚝함이 있었다. ③어찌 바다의 추로가

---

11) 사제문의 자료를 개괄하면 다음과 같다.

분류	제목	시기	저자
賜祭文	宣廟乙未 賜廟祭文	선조28(1595)	車雲輅(1559~?)
	仁廟甲子 賜墓祭文	인조2(1624)	尹墀(1600~1644)
	顯廟乙巳 賜墓祭文	현종6(1665)	呂聖齊(1625~1691)
	肅廟丁酉 賜墓祭文	숙종43(1717)	俞崇(1661~1734)
	英廟庚申 賜崇節祠祭文	영조6(1730)	영조6(1730)柳東垣(?~?)
	英廟庚午 賜墓祭文	영조26(1750)	
	英廟御製 壬辰 賜廟祭文	영조48(1772)	英祖(1694~1776)
	正廟癸卯 賜崇節祠祭文	정조7(1783)	
	大行朝壬辰 賜東萊壇祭文	순조32(1832)	李敦榮(?~?)

12) 「宣廟乙未 賜廟祭文」은 <선조 을미 사제문>으로 약칭하고, 기타 사제문도 이와 같이 약칭한다.

남방에 먼저 쳐들어올 줄 알았으랴. ④수양睢陽이 포위당했을 때 하란賀蘭이 구원하지 않았고, 북군北軍이 패할 때 안고경顔杲卿의 충분忠憤이 격발되었다. 사람의 꾀가 힘입을 데가 없으니 맹수의 뿔이 마침내 찢어졌네. ⑤구차하게 사는 것은 부끄러운 일, 죽음에 나아감이 영화로워라. 의리를 태산처럼 중하게, 목숨은 홍모鴻毛처럼 가볍게 여겼으니, 정충精忠이 있는 곳에 장한 기운 꺾이지 않았네. ⑥마침내 이 일이 알려져 비로소 포장의 은전을 거행하는데, 충의는 세상에 드러났지만 포상은 아직 시행하지 못하였다. ⑦한 잔의 술로써 제사를 드리니 어찌 애통하고 슬픈 마음을 다하랴. 정충精忠이 있는 곳에 장한 기개 헐리지 않을 것이다. 역귀는 화하여 산하山河를 만들었는데 왜적은 아직도 멸하지 않았으니 경은 어찌 눈을 감겠는가. ⑧내 이 비통한 애사哀辭를 헤아리시어 망령은 흠향하시라.[13]

1592년 동래성이 함락되고 부사 송상현이 첩과 함께 죽었다는 사실이 알려지고,[14] 1595년 송상현의 주검을 청주 가포곡으로 옮겨 장사를 지내게 되는데, 이때 위의 사제문이 내려지게 된다. 최초의 사제문이라는 점에서 시사하는 바가 결코 작지 않다. 중요 단락별로 살펴보도록 하겠다.

위의 ①과 ②에는 송상현의 기상과 덕성, 그리고 간단한 환력還曆이 서술되었다. 바른 기상, 훌륭한 모습, 문무를 겸하고 충효를 보전하였음과 위풍과 명성이 늠름하였다는 내용이다. 이는 고인의 훌륭한 삶을 효과적으로 전달하기 위한 서두 부분이라 할 수 있다. 물론 일반적으로 영웅이나 위인을 묘사할 때 자주 사용하는 관용적인 표현이기도 하다. 그러나 이것은 뒤에 이어지는 송상현의 이미지를 형상화하는데 중요한 역할을 하는 서술이다. 또한 '문무를 겸하였다[文武兼才]'는 내용은 기타의 사제문에서는 서술된 바가 없어 주목을 요한다. 『조선왕조실록』에 "송상현은 기국器局이 탁월하였으며 시詩를 잘하는 것으로 이름이 났다."[15]라고 한 자료적 근거가 있음에도 송상현이 애초부터 '문무를 겸비'한 학자요 문인이었다는 점이 종종 간과된 것 또한 사실이다.[16]

---

13) 「宣廟乙未 賜廟祭文」 "正氣孤稟, 英姿特立, 文武兼才, 忠孝全德. 早閟臺閣, 凜然風聲, 逮守邊陲, 有屹長城. 那知海醜, 禍先南鄙. 睢陽受圍, 蘭救不至, 北軍將破, 顔憤斯激. 人謀無賴, 獸角終裂, 偸生可羞, 就死爲榮. 鴻毛泰山, 義重命輕, 奈緣搶攘, 忠殂莫顯. 屬玆事聞, 始擧褒典, 忠能出世, 賞未学節. 一杯奠酹, 豈盡痛怛, 精忠所存, 壯氣未涅. 屬鬼當化, 山河可作, 此賊未滅, 卿豈暝目, 諒予悲辭, 庶幾來格."

14) 『조선왕조실록』 <선조 25년(1592) 4월 13일>.

15) 『조선왕조실록』 (선조 수정실록) <선조 25년(1592) 4월 14일>.

16) <선조실록> 28년 1월 12일 "송상현은 비록 활 쏘고 말 타는 재주는 있었으나 본디 선비의 명망은 없었는데…"라고 한 대목과 유계(兪棨)의 「동래충렬서원기東萊忠烈書院記」에 "우리 송공은 사문의 큰 명망이 있으신 분으로 세운 바가 탁렬하였으나 사祠를 세우고 서원을 세우지 않았으니 어찌 부족한 것이 아니겠는가?"라는 대목을 근거로 하

③과 ④의 서사에서는 무방비 상태에서 전쟁이 일어난 당시의 상황을 간략히 서술하고, 송상현을 중국의 역사적 인물과 비견함으로써 그 죽음의 가치를 객관화하고 있다. 기타의 사제문에서도 비슷한 서술태도를 취하고 있는데, 이때 거론된 인물은 안고경顔杲卿, 문천상文天祥, 장순張巡, 허원許遠, 소무蘇武 등이다. 그에 대한 예문을 들어본다.

> ○ 수양睢陽을 보존하지 못함에 적의 세력을 막기 어려웠고 안고경顔杲卿이 이미 죽으니 다만 유발遺髮만이 전하여졌다. <현종 을사 사제문>[17]
> ○ 나라가 어지러운 때를 당하면 충렬이 대대로 날리니 송나라에 문산文山이 있고 당나라에 장張·안顔이 있다. <영조 경오 사제문>[18]
> ○ 애오라지 성에는 도움이 끊겨졌으나 수양睢陽의 기개는 높았도다. <정조 계묘 사제문>[19]
> ○ 소무蘇武의 절의와 안고경顔杲卿의 터럭이 우리나라에 모여 있으나 오직 경의 충렬이 뛰어나다. <순조 임진 사제문>[20]

안고경, 장순, 허원 등은 당나라의 장수로 안록산이 반란을 일으켰을 때 굴복하지 않고 끝까지 항전하다가 죽임을 당한 인물들이며, 문천상은 원나라 장수에게 사로잡혀 3년 동안 구류되었으나 끝내 항복하지 않은 송나라의 충신이다. 그리고 소무는 한 무제 때 흉노에 사신으로 갔다가 붙잡혀 온갖 고초를 당하면서도 절의를 잃지 않고 19년 만에 돌아온 충신이다. 이들은 모두 나라를 위해 목숨을 바친 충신이거나 절개를 지킨 인물이었기에 충현忠賢을 포숭하고 절의를 장려할 때 많이 거론되었다. 특히 문천상은 조선의 성종과 선조 때에 그의 문집을 인쇄하여 반포하기를 아뢴다는 내용이 실록에 여러 차례 나올 정도로 조선 사회에서 숭앙하였던 절의의 인물이었다. 제문에서 표현하고자 한 것은 중국 역사에 충신과 절사가 있었듯이 조선에도 그러한 인물이 있음과 동시에 송상현의 위상을 이들과 동격에 놓고 평가하려는 의도가 있음을 알 수 있다. <순조 임진 사제문>에 "옛사람의 말에 장순과 허원이 당唐을 일으켰다 하였나니 그들은 적을 섬멸하지는 않았으나

여 송상현이 본래 명망이 없었다가 후에 사우에서 서원으로 확장되면서 '사문의 큰 명망이 있으신 분'이라는 이미지가 부각된 것으로 보고 있다.(전송희(2013), 42~45쪽 참조.) 그러나 최초로 내려진 사제문의 기록을 참고한다면, 이 부분은 재고의 여지가 있다.

17) 「顯廟乙巳 賜墓祭文」"睢陽不保, 賊勢難遏. 杲卿已死, 但傳遺髮."
18) 「英廟庚午 賜墓祭文」"國值板蕩, 忠烈代颺. 宋有文山, 張顔于唐."
19) 「正廟癸卯 賜崇節祠祭文」"聊城援絕, 睢陽氣高"
20) 「大行朝壬辰 賜東萊壇祭文」"蘇節顔髮, 鍾于我東, 惟卿卓烈."

강상綱常을 부지하였도다."라고 한 바와 같이, 송상현이 적을 토벌한 공로는 없지만 강상을 부지하고 풍속을 바르게 하였다는 점에서 그 공로를 높이 치하하였다. 결국 송상현이 윤리도덕을 지탱한 사표가 되고 있음을 언표한 것이다.

⑤의 "구차하게 사는 것은 부끄러운 일, 죽음에 나아감이 영화로워라. 의리를 태산처럼 중하게, 목숨은 홍모鴻毛처럼 가볍게 여겼으니, 정충精忠이 있는 곳에 장한 기운 꺾이지 않았네."라는 이 내용은 송상현의 인물됨을 평가하는 데 중요한 역할을 하고 있다. 여기서 그의 죽음이 대의大義를 위해 목숨을 버린 것으로 규정하고 있다. 특히 '의리를 태산처럼 중하게, 목숨은 홍모鴻毛처럼 가볍게 여겼다[鴻毛泰山, 義重命輕]'는 이 표현은 송상현이 왜적에게 해를 당하기 전에 부친에게 올린 "외로운 성에 달무리지고, 여러 진들은 단잠에 빠져 있네. 군신의 의리가 중하니 부모의 은혜는 오히려 가볍다[孤城月暈, 列鎭高枕. 君臣義重, 父子恩輕.]"라고 한 절명시를 변용한 것이다. 이 내용은 뒤에 이어지는 사제문에서도 표현상의 차이는 있지만 의미는 동일하게 중복, 계승되고 있다. 사제문의 순서대로 정리해 보면 다음과 같다.

> 1595년 선조 을미 <鴻毛泰山 義重命輕> ⇒ 1624년 인조 갑자 <卿獨確然 之死不二> ⇒ 1665 현종 을사 <殺身成仁 恩輕義重> ⇒ 1717 숙종 정유 <大義斯判 私恩寧顧> ⇒ 1730 년 영조 경신 <私恩是割 大義則判> ⇒ 1772년 영조 임진 <瞻彼東萊 慕卿守節> ⇒ 1832 년 순조 임진 <一札庭闈 恩輕義重>

이상에서 보이듯이, 선조, 인조, 현종, 숙종, 영조, 순조 등 송상현에게 내려진 사제문의 핵심 키워드는 '의중명경義重命輕', 다시 말해 '대의大義'임을 알 수 있다. <효묘 정유 사액정충사문>에도 "父子告訣, 義重恩輕"이라 하였다. 그렇다면 이것은 무엇을 의미하는가? 이는 유가儒家의 핵심 가치관 중의 하나인 '살신성인殺身成仁'[21]과 '사생취의捨生取義'[22]의 정신을 충실하게 이행하여 정의를 구현하는 데 앞장선 인물로 국가가 주도적, 지속적으로 선양하고 있다는 의미로 받아들여진다.

---

21) 『論語』「衛靈公」편에 '뜻있는 선비와 어진 사람은 삶을 구하느라 仁을 해치지 않으며, 오히려 몸을 희생해서라도 인을 이룬다.(子曰: 志士仁人, 無求生以害仁, 有殺身以成仁.'라 하였다.

22) 『孟子』「告子」편에 '생선도 내가 원하는 바요, 곰 발바닥도 내가 원하는 바이지만, 이 두 가지를 겸하여 얻을 수 없다면 생선을 버리고 곰 발바닥을 취하겠다. 삶도 내가 원하는 바요, 의도 내가 원하는 바이지만, 이 두 가지를 겸하여 얻을 수 없다면 삶을 버리고 의(義)를 취하겠다.(孟子曰: 魚我所欲也, 熊掌亦我所欲也, 二不可得兼, 於而取熊掌也, 生亦我所欲也, 義亦我所欲也, 二不可得兼, 生而取義也.)'라 하였다.

위의 <선조 을미 사제문>에는 없지만 송상현이 순절하기 직전과 순절 후의 반응은 기타의 사제문에서 반복적으로 표현되고 있다.

조복을 엄숙히 차려입고 상에 걸터앉아 움직이지 않은 채, 일편단심一片丹心 변함없이 흰 칼날에 마침내 돌아가셨다. <순조 임진 사제문>[23]

특히 위의 '상에 걸터앉아 움직이지 않았다[踞床不動]'는 표현은 '단정히 앉아 움직이지 않았다[端坐不動]', '털끝조차 움직이지 않았다[不動毛髮]'와 같이 유사한 어휘로 반복되었다. 이는 대의 앞에서 조금도 망설이지 않고 죽음을 택한 군세고 강직한 송상현의 정신세계를 표상하는데 기여하고 있음은 물론이다. 또한 송상현 사후 그의 죽음을 대하는 적의 반응은, 송상현을 보다 더 숭고한 인물로 형상화하기 위해 마련한 서사적 장치이다. <현종 을사 사제문>에 "노복도 함께 죽고 적賊도 또한 감동하였다"[24]라든가, <숙종 정유 사제문>에 "왜적의 무리도 감탄"[25]하였다고 하고, <순조 임진 사제문>에 "오랑캐도 감탄할 줄 알아 슬피 크게 통곡하고"[26]라고 하여 미개한 오랑캐마저도 대의大義를 취한 죽음에 공경을 표하였다고 언급함으로써 송상현의 죽음의 가치를 드높이고 있다. 이렇듯 공공의 적으로 간주되는 적장마저도 그의 죽음을 칭찬하였다는 서술은 송상현의 죽음에 대한 추숭과 애도를 극대화하고 있음을 알 수 있다.

사실 송상현과 관련하여 흥미로운 서사는 그의 애첩인 김섬과 이양녀이다. 신흠은 특별히 「송동래전宋東萊傳」 아래에 「김섬전金蟾傳」과 「이양녀전李良女傳」을 부기하면서 "김섬도 사로잡혀 3일 동안 적들을 쉴 새 없이 꾸짖다가 마침내 살해되었는데, 적들은 그 절개를 기특하게 여겨 관을 마련해 공과 함께 묻어 줬다."고 하고 "수길秀吉이 그를 범하려 하자 이씨는 죽기로 결심하고 거절하니 수길이 의롭게 생각하여 놓아 주고 전 관백의 딸 원씨源氏와 별원別院에 거처하게 하여 마침내 절개를 보전하고 귀국하였다."라고 하여 송상현을 따라 죽거나 절개를 지킨 애첩의 기사를 남겼다. 성호 이익도 「해동악부海東樂府」에 <김섬곡金蟾曲>을 별도로 기록하여 남겼다. 그러나 이 서사는 <현종 을사 사제

---

23) 「大行朝壬辰 賜東萊壇祭文」 "朝衣儼然, 踞床不動, 丹心靡渝, 白刃遂蹈."
24) 「顯廟乙巳 賜墓祭文」 "僕隷同刃, 敵人感動."
25) 「肅廟丁酉 賜墓祭文」 "異類亦嗟"
26) 「大行朝壬辰 賜東萊壇祭文」 "虜亦知感, 噴血齋嗟."

문>에 "노복도 함께 죽고[僕隷同刃]"로 압축되어 표현되거나, 마지막 사제문인 <순조 임진 사제문>에 "아! 섬蟾과 향香은 여인이거늘 어찌 알았으랴! 보고 감동함이 깊어 지아비를 위해 죽고 나라를 위해 죽었도다."[27]정도로 약술되었다. 향香은 정발의 첩 애향愛香이다. 이 서사 역시 나라를 위해 목숨을 바친 송상현의 의로운 죽음에 감동한 천첩의 종사從死를 삽입함으로써 영웅의 충절을 드높이는 보조 역할을 하고 있다. ⑥과 ⑦에는 송상현에 대한 포상이 시행되지 못하여 안타깝고 애통하다는 심정을 드러내었다. 이에 대한 부연설명은 다음 장에서 논의하였다.

결국 여러 대에 걸쳐 송상현에게 내려진 9편의 사제문은 표면적으로는 애도를 표방하면서 살신성인殺身成仁, 의중은경義重恩輕, 단좌부동端坐不動, 안고경顔杲卿 등의 몇 개의 핵심 키워드를 지속적으로 중복, 변주함으로써 절사節士의 이미지로 형상, 고착화하고 있음을 알 수 있다. 특정한 단어의 반복은 의미를 공유하여 일체감을 획득하는데 용이하다는 이점이 있다. 송상현이, 구체적 개성을 지닌 한 개인이었지만 시대를 거듭하면서 관념화된, 규범화된, 정형화된 절의節義의 표상으로 추숭되고 있다는 것이다. 사제문에서 제시한 송상현의 특징적인 면모는 고인의 삶 전체를 압축, 총괄한다는 점에서 매우 선언적宣言的인 의미를 지닌다. 다시 말해, 송상현은 '절의節義'의 인물임을 국가가 사제문을 통해 거듭 천명한 것이다. 그리고 절의의 인물임을 부각시키기 위해 거기에 부합되는 몇 개의 화소話素를 반복적으로 활용하였음을 알 수 있었다.

오늘날의 개념으로 본다면 이처럼 천편일률적인, 혹은 몰개성적인 사제문이 반복적으로 창작된 이유는 무엇일까? 일회성에 그치지 않고 대를 이어 사제문이 내려진 이유는 무엇일까? 이는 송상현을 절의節義의 표상으로 추숭하는 작업이, 전후 복구 작업의 일환이면서 동시에 전란에 대한 일차적인 수습의 마무리라는 성격을 가진다고[28] 할 수 있다. 그러나 임진왜란 발발 후 200여 년이 지난 시점에도 조선 사회에는 여전히 대의大義를 위해 목숨을 바친 송상현의 죽음을 애도하고 그것이 지닌 유교적 가치를 높이 선양하였다. 그리고 그러한 목적과 이유에 합당하게 국가는 사제문을 통해 이를 적극 활용하고 있음을 확인할 수 있었다. <숙종 정유 사제문>에는 "절의를 숭상하는 일을 나라에서 먼저 힘쓰

---

27) 「大行朝壬辰 賜東萊壇祭文」"嗟蟾與香, 女也奚識, 觀感者深, 殉夫殉國."
28) 정홍준, 「임진왜란 직후 통치체제의 정비과정」, 『규장각』11, 1988, 35쪽.

면 사람의 도리가 세워지고 풍성이 수립된다"[29]라고 하면서 송상현을 숭상해야 하는 이유를 제시하고 있다. 이는 다른 어떤 것보다 유교적 가치가 우선시된 조선 사회에 송상현의 절의는 교화와 계몽의 차원에서 지속적으로 유의미하였기 때문으로 보인다.

2) 상실감과 안타까움의 사정私情 표출

제문은 고인과의 관계 및 친소親疎 여하에 따라 애도를 표하는 양상과 슬픔 및 상실감의 깊이가 달리 표현된다. 이는 그들이 고인과 맺은 인연이 다르고 거기서 파생되는 감정도 다르기 때문이다.[30] 이 장에서 다룬 애제문은 앞서 사제문에서 중복적으로 드러난 송상현 죽음의 장면과 절의節義를 높이 표상하려는 주제의식 면에서는 대체로 동일하지만[31] 고인을 애도하는 슬픔의 결이 분명히 차이가 있음을 알 수 있다. 다음은 백사 이항복李恒福(1556~1618)이 지은 제문이다.

> 아, 달무리 진 외로운 성에서 담소하면서 지휘한 것은 공의 열렬함이 아니었던가. 시퍼런 칼날이 앞에 교차할 적에 꼼짝 않고 단정히 앉았던 것은 공의 충절이 아니었던가. 아, 동래산은 하도 푸르고 남해는 아득하기만 한데, 길이 남아서 훼손되지 않을 것이 있으니 천년 만년토록 공명을 드리운 거로세. 남문에 밤마다 붉은 기운이 번쩍번쩍 빛나서 북두성 자리를 쏘아 비추는 것은 공의 정기가 아니겠는가.…(중략)…나의 의리는 이

---

29) 「肅廟丁酉 賜墓祭文」 "褒尙節義, 有國先務, 人紀以立, 風聲用樹."
30) 이 장에서 다룰 애제문의 자료는 다음과 같다.

분류	제목	시기	저자
祭文	祭宋東萊象賢文	1595	李恒福(1556~1618)
	祭宋泉谷象賢文		鄭賜湖(1553~ ?)
	祭忠烈公宋象賢文		閔仁伯(1552~1626)
	祭宋東萊尙賢文		全湜(1563~1642)
	祭泉谷宋先生象賢墓文		閔維重(1630~1687)
	東萊忠烈祠祭宋公象賢文		吳翻(1592~1634)
	祭忠烈公宋象賢文		宋正明(1670~1718)
	祭忠烈公宋象賢文		宋象仁(1569~1631)
	宋東萊墓文湖幕時代方伯作		李沃(1641~1698)
挽詞	泉谷遷葬挽詞		柳根(1549~1627)
	弔宋東萊(幷序)		李海壽(1536~1599)
	哀宋東萊		李廷馣(1541~1600)
	哀宋東萊		具思孟(1531~1604)

31) 鄭賜湖, 「祭宋泉谷象賢文」『禾谷集』 "死而成仁, 不愧天地." 全湜, 『沙西集』 「祭宋東萊尙賢文」 "義動華夷, 名留汗史." 閔維重, 『文貞公遺稿』 「祭泉谷宋先生象賢墓文」 "忠臣死守, 妾人殉節, 異類無知, 亦欽其烈." 宋正明 "晉卓先名, 雎炳張節. 臨節一書, 爛若揭日." 李沃, 『博泉集』 「祭宋東萊墓文湖幕時代方伯作」 "忠臣死君, 妾人殉節."

조문에 있거니와 글은 죽은 이를 높이지 못하네. 객지에서 서로 만나고 보니 부의 없이 눈물만 흘려 부끄럽네. 인간의 오늘 저녁이 지하에는 천추로구나. 한 잔의 술로 하직하여라. 만 리 밖 그의 고향을 향하여! 아, 애통하도다.[32]

위의 제문은, 송상현의 유해를 고향으로 반장하려고 임시로 의춘宜春에 안치하였을 때 마침 이항복이 접반사接伴使로 이 현에 들렀다가 고인의 넋을 위로하기 위해 지은 것이다. 이것은 송상현을 애도하는 제문 중에 가장 유려流麗한 제문으로 꼽을 수 있다. 본문의 '월훈고성月暈孤城'에서 '월훈月暈'이 달의 주위를 에워싼 달무리처럼 적에게 포위된 고성孤城을 가리키며 한 고조 유방이 평성平城에 포위되었을 때에도 달무리가 섰다는 기록이 있는 것으로 보아 전쟁의 의미로 썼을 수도 있다. 그러나 아무래도 앞서 설명한 바 있는 송상현의 절명시-孤城月暈. 列鎭高枕. 君臣義重. 父子恩輕.-의 일부를 가져다 쓴 것으로 봄이 타당하다. 송상현이 그의 부친과 영결하면서 지었다는 시의 일부를 이항복이 떠올리는 것이 더 자연스럽기 때문이다. 인용된 위 제문에서는 급박하게 돌아가는 상황에서 부친과 영결하고 단정히 앉아 칼을 맞는 의연한 모습과 그가 남긴 공명은 산과 바다처럼 아득히 천추에 남을 것이라고 애도하면서 추숭하였다.

한편 "남문에 밤마다 붉은 기운이 번쩍번쩍 빛나서 북두성 자리를 쏘아 비추는 것은 공의 정기가 아니겠는가"라는 대목은 송상현 사후 문루 위에 자줏빛 기운이 뻗어 있어 왜적들이 두려워했다는 민간에 전하는 설화를 기록으로 옮긴 것이다. 이것은 뒷날 <정조 계묘 사제문>에 "붉은 기운 남문에 어리었다[紫氣南門]"로 표현되기도 하였다. 실제 민간에 전하는 설화였는지의 여부는 차치하고 이것이 송상현의 신비한 이미지 구축에 크게 영향을 미친 것은 분명하다. 위의 매 구의 '非公之烈耶', '非公之節耶', '非公之精耶'와 같은 반복적인 표현은 송상현의 인물됨을 강조하는 동시에 제문을 지은 자와 듣는 자 모두의 감정을 끌어올려 격앙되게 하고 있다. 또 중간중간에 '오호嗚呼', '오호통재嗚呼痛哉'와 같은 감탄구를 삽입함으로써 슬픔을 응집시키고 있다.

이항복은 송상현을 조문하는 것이 벗에게 행하는 의리일 뿐이지 자신이 지은 글로는

---

32) 李恒福,「祭宋東萊象賢文」『白沙集』"嗚呼, 月暈孤城, 談笑而指揮者, 非公之烈耶! 白刃交前, 端拱而不動者, 非公之節耶! 嗚呼萊山蒼蒼, 南海溟溟, 却有長存而不毁者, 千齡萬祀兮垂空名. 南門夜夜, 紫氣燁燁, 仰射于斗躔者, 非公之精耶! (중략) 某義在瀆綿, 文不崇終. 逆旅相逢, 涕愧無從. 人間今夕, 地下千秋. 一盃爲辭, 萬里狐丘! 嗚呼痛哉."

죽은 이를 높이지 못한다고 말함으로써, 죽음 앞에서 아무것도 할 수 없는 자신의 무력감을 애통해하고 있다. 아무리 훌륭한 만사를 쓴다 하여도 그것이 죽은 이를 치장할 수 없다는 헛헛함을 작가는 드러내고 있다. '눈물', '한잔 술', '고향'이라는 어휘를 연결하여 빚어낸 슬픔의 정서가 제문 전면에 흐르고 있다. 이항복의 제문에도 기본적으로 애도와 추숭의 의미가 담겨 있지만 그와 동시에 벗을 잃은 상실감, 헛헛함이 짙게 배어 있음을 알 수 있다.

다음은 송상현의 아우 송상인宋象仁(1569~1631)이 작성한 제문이다.

> 바다 밖을 떠도는 외로운 넋은 꿈에나 고향에 오리니, 충해忠骸를 한 번 수습하여 관에 넣어 운구하였다. 송경松京은 아득한데 호로湖路는 어디인고. 아직 고향으로 돌아가지 못했는데 외로운 넋을 누구에게 의탁할까. 늙으신 부모님과 생사가 영원히 멀어졌구나. .... 외진 가문의 의외의 불행에도 한 목숨 아직도 질기구나. 부모님 모실 날 얼마 남지 않았는데 양산梁山에 비바람 몰아쳤네. 신하가 되어 충을 다하였으니 형님이 돌아가셨다고 어찌 한탄하랴. 자식이 되어 효도를 하지 못한 아우의 인생 역시 구차하노라. 나그네 허리에서 큰 칼이 길게 운다. 해는 저물고 갈 길은 머니 인간 세상이 황혼이로다. 석 잔 술로 강신降神을 마치노라. 천고의 떠도는 넋이여![33]

송상인은 위의 제문에서, 고향에 돌아오지 못하고 떠돌 외로운 망자의 넋을, 자식을 먼저 보낸 늙은 부모의 처량한 모습을, 형님을 잃은 아우의 애통한 심정을 핍진하게 그렸다. 신하로서 충을 위해 목숨을 바친 형님을 안타까워하기 보다는 자식이 되어 부모에게 효도하지 못하는 자신의 인생이 구차하다고 탄식하였다. 형님의 빈자리를 충실히 채우지 못하고 있다는 자책과 함께 그의 부재를 슬퍼하고 있음을 알 수 있다. 제문의 역할이 고인을 추도하고 자신과 친인척을 위로하는데 주안을 둔다고 한다면, 위의 제문은 작가의 진정성과 독자의 심금을 울린다는 점에서 잘 쓰인 글이라 할 수 있겠다.

송상현이 서거한 1592년 그 해에 태어난 오숙吳翻(1592~1634)은 안찰사의 신분으로 동래와 부산을 순시하고 다음과 같은 제문을 남겼다.

---

33) 『泉谷先生集』 "魂孤海外, 夢到鄕曲, 忠骸一收, 歸襯再旅. 松京邈然, 湖路何處. 狐首未邱, 雙魂疇托. 白首雙親, 生死永隔. □弟强哉, □□□□. 偏門奇禍, 一命尙頑. 枯魚舍索, 風雨梁山. 爲臣止忠, 兄死何歎. 爲子未孝, 弟生亦苟. 逆旅腰間, 雄劍長吼, 日暮途遠, 人世黃昏. 三杯酹罷, 千古羈魂."

내가 안절사按節使가 되어 동래와 부산을 순시하여 그곳에 이르니 무너진 성채는 바로 선생이 명을 마친 곳이었으며 삼간 사표四表는 바로 선생의 신주를 모신 곳이었다. 이에 나는 또 탄식하고 흐느껴 울며 그 자리에 머뭇거리어 떠나지 못하고 눈물이 펑펑 바닷물처럼 솟았다. 아! 동래의 하늘과 땅이 첩첩하여 바다를 둘러 우뚝 솟은 것은 선생의 정신이 아니던가. 때때로 비바람을 모으고 우레를 울려 어룡을 몰아 수신水神을 굴복시킴은 선생의 위무가 아니던가.[34)]

오숙이 송상현과 비록 시대를 달리하였지만, 송상현이 명을 마친 곳이자 신주가 모셔진 곳에서 눈물이 바닷물처럼 펑펑 솟구친 것은 임진왜란의 역사적 현장에서 작가가 느낀 감회가 남달랐기 때문일 것이다. '허희歔欷' '왕왕汪汪', '오호嗚呼'와 같은 어휘들을 통해 작가의 슬픔의 깊이를 느낄 수 있다.

한편 사제문에서 볼 수 없는 송상현의 성품과 경력이 자세하게 추가되는 경우도 있다.

덕성은 굉후宏厚하고 도량은 웅위雄偉하였으며, 때에 맞게 언색言色에 드러내되 함부로 근심하고 기뻐하지 아니하였네. 묘년에 사마시에 합격하여 성균관에서 공부할 때에 경전에 잠심潛心하면서 틈틈이 자사子史를 익혔네. 일찍이 과거에 장원급제하여 당시에 명망이 높았으나 아첨을 좋아하지 않고 차분하고 바른 태도를 견지하였네. 경연에 참석하여 성덕聖德을 선양善養하였으나 그 무용武勇이 있음을 천거하여 이에 융막戎幕의 보좌관으로 나가게 되었네. 스스로는 다 마땅하다고 하였으나 남들은 좌천이라고 생각하여, 사간원과 사헌부가 임금의 잘못을 바로잡으려 하였네. 남의 과실을 들추어내지도 않고 기가 꺾이지 않고 무너진 기강을 떨치려고 직급을 올려 지방수령으로 임명하였으나 실제로는 좌천된 것이라네.[35)]

위의 제문은 송상현과 30년 지기知己인[36)] 민인백閔仁伯(1552~1626)이 저술한 것이다. 송상현의 사후 5년의 시간이 흐른 뒤인 1595년 선조 28년 청주 가포곡加布谷에 장지를 정해 관을 실어 옮길 때에 청주목사를 역임하고 있던 민인백이 재목을 모아 관곽을 만들고

34) 吳翻, 「東萊忠烈祠. 祭宋公象賢文」『天波集』"叨忝按節, 巡莅萊釜, 廢壘殘堞, 卽夫子授命之處, 三間四表, 卽夫子妥靈之宮. 玆又不佞, 歔欷感發, 盤桓不去, 而淚汪汪, 注于海者也. 嗚呼! 萊山之穹窿鬱弟, 環海而結峙者, 非夫子之精神耶. 時或集風雨震雷霆, 驅魚龍而伏陽侯者, 非夫子之威武耶."

35) 閔仁伯, 「祭忠烈公宋象賢文」『苔泉集』"惟靈德性宏厚, 度量雄偉, 時而言色, 不輕憂喜. 妙年中選, 高蹈泮水, 潛心經傳, 餘事子史. 早擢魁科, 望重當時, 不喜脂韋, 靜正自持. 合在經幄, 善養聖德, 有薦其武, 乃佐戎幕, 自謂咸宜, 人以爲屈, 薇垣栢府, 繩糾君違. 不訐不沮, 欲振頹維, 陞秩分符, 其實出之."

36) 閔仁伯, 「師友錄」『苔泉集』"宋象賢, 余少時友也."라고 한 기록이 있다.

일꾼을 징발하여 장사지내도록 하는 데 큰 힘을 쏟았는데, 이때 당시 지은 제문이다.

저자는 고인이 된 벗을 기억하고 애도하려니, 가장 먼저 그의 인물됨이 떠올랐다. 송상현은 덕성은 크고 후하며 도량은 웅위하며 언색言色에 감정을 드러내지 않는 중후한 성품의 소유자라 하였다. 비록 제문이 '찬讚'을 위주로 다소 과장된 칭송을 상투적으로 서술하는 것이 일반적이라고는 하지만, 위의 표현은 고인과 오랫동안 교유한 벗으로서 내린 인물평이니만큼 상당히 신뢰할 만한 서술이라 할 수 있다. 뒤에 이어지는 서술은 20세에 진사가 되고 그 뒤 다시 문과에 급제함으로써 당시 명망이 두터워 많은 이들의 기대를 모았다는 것과 비록 직급을 높여서 동래부사로 임명하였으나 실제는 좌천되었다는 내용이다.

민인백의 위 서술은 마치 행장, 비문, 묘갈명과 같은 비지류碑誌類에서 볼 수 있는 것처럼 고인의 환력宦歷을 자세하고 장황하게 서술하고 있다. 송상현을 애도한 기타의 제문에 이처럼 자세하게 서술된 경우는 없다. 그 이유는 무엇일까? 비록 이것이 역사적 사실에 근거하였으나 그 이면에는 '문무를 겸비한 명망 있는 인물'이 합당하지 않은 벼슬에 임명되었다는 일종의 '울분'과 그로 인해 죽음까지 맞게 된 '안타까움'이 깔려 있음을 알 수 있다. 정치적 이면에는 동인東人의 배척에 의한 것이었음을 밝힌 것이기도 하다. 여기에는 송상현이 '문무를 겸비'한 학자요 문인이었다는 점을 언급함으로써 임진왜란 순절자라는 위상에 상대적으로 묻힐 수 있는 그의 학문적 역량을 균형 있게 부각시키고 있다는 느낌이 들게 한다.

이 장에서 예로 든 제문에는 고인을 잃은 상실감과 안타까움의 사정私情이 드러나 있다. 앞서 사제문에서 보여준 공식적이고 정형화된 애도와 추숭과는 결을 달리 하고 있음을 알 수 있다. 이는 제문의 창작자가 그만큼 고인과 친분 관계에 놓여있다는 동시에 사제문의 엄격성, 규범성, 전형성이라는 제약으로부터 자유로웠기 때문으로 이해된다.

3. 애도를 통한 위로와 치유治癒

『시경詩經』에는 "시는 뜻이 가는 바이며 정情이 마음속에서 움직여 말로 형용되는 것이며 말이 부족할 때 탄식하는 것이다."[37]라고 한 바 있다. 다시 말해 시詩란 마음속에 품

---

37)『詩經』, "詩, 志之所之也. 情動於中, 而形於, 之不足, 故嗟嘆之."

고 있는 뜻을 발하는 것이다. 이러한 점에서 시를 포함한 문학文學은 마음속에 품고 있는 억눌린 감정이나 상처, 회한, 슬픔 등을 드러냄으로써 스스로 치유되기도 하고, 상처 입은 타인을 위로할 수도 있기에 근본적으로 치유治癒의 효과를 지닌다고 할 수 있다. 더욱이 죽음을 계기로 창작된 제문은 다른 어떤 문예양식보다도 '치유治癒'의 기능을 다분히 함유하고 있다. 그렇다면 송상현을 애도한 제문에는 고인을 어떻게 위로하고 또 그 속에서 어떻게 위로 받고 상흔傷痕이 치유되는 기능이 존재하는 것일까?

첫째, 사제문은 임금이 신하에게 내린 제문으로써, 여기에는 군주로서의 위엄을 드러내는 동시에 국가적 차원에서 백성의 눈물을 닦아주고 위무하였던 의례적 문예양식이라고 할 수 있다. 송상현에게 내려진 사제문에 특별히 눈에 띄는 다음의 표현을 인용해 본다.

> ○ 충의는 능히 세상에 드러났지만 포상은 아직 절의에 부합되지 못했네. 한 잔의 술로 제사를 드리니 어찌 애통하고 슬픈 마음을 다하랴.[38] <선조 을미 사제문>
> ○ 돌아보건대 저 사우는 아직도 은총을 내림이 빠져 소관 부서에서 장계를 올려 주달奏達하니 나의 마음이 깊이 감동되어 이에 사신詞臣에게 명하여 두 글자로 표시한다.[39] <인조 갑자 사제문>
> ○ 옛날을 어루만지는 감회가 있어 그대의 장손을 녹용錄用하노라. 상당한 것은 아니나 보답이니, 내 마음을 나타낸 것이라. <순조 임진 사제문>[40]

송상현이 순절한 이듬해인 1593년에 절의를 인정받았지만[41] 국가로부터 공식적인 포상을 받지 못하고 있다가 1595년 송상현의 주검을 청주 가포리로 반장返葬하면서 드디어 사제문이 내려졌다. 이것이 <선조 을미 사제문>이다. 그 사제문에 '포상이 절의에 부합되지 못하였다'는 글귀를 넣었다. 그 후 1605년에 동래부사 윤훤이 건립한 송공사에 충렬忠烈이라는 사액이 내려지면서 이 때의 사제문에도 '아직도 은총을 내림이 빠져 있어'라는 글귀를 넣는다. 국가적인 차원에서 송상현 절의에 대한 포상과 궐전闕典의 문제를 운

---

38) 「宣廟乙未 賜廟祭文」"忠能出世, 賞未孚節. 一杯奠酹, 豈盡痛恨."
39) 「仁廟甲子 賜墓祭文」"睠彼祠宇, 尙欠寵賜, 所司狀聞, 粢感予意, 爰命詞臣, 表以二字."
40) 「大行朝壬辰賜東萊壇祭文」"撫舊之感, 錄爾遺昆. 匪直也報, 庸表乎心."
41) 『조선왕조실록』 <선조 26년 계사(1593) 10월 29일(기유)> "동래 부사(東萊府使) 송상현(宋象賢)과 회양 부사(淮陽府使) 김연광(金鍊光)은 모두 순국(殉國)하여 절의가 칭송할 만한데도 장계(狀啓)에 드러나지 않았기 때문에 지금까지 포장(褒獎)받지 못하고 있어 인정(人情)이 매우 답답해합니다. 이밖에도 반드시 포장할 만한 사람이 있을 것이니, 해사로 하여금 시급하게 실적을 조사하여 일체 포장하고 증직함으로써 충혼을 위로하게 하소서."가 보인다.

운함으로써 그의 죽음에 대한 평가와 가치를 거듭 언급하고 있는 것이다. 최후에 내려진 <순조 사제문>에도 후손을 녹용한다는 내용을 공포하였다.

송상현에 대한 포상은, 치제는 물론 시호를 내리고[42], 묘소에 비석을 세우게 하고[43], 송상현의 부인이 죽자 휼전을 베풀고[44], 자손을 녹용하고[45], 부조전을 허락하는[46] 것으로 정신적, 물질적, 제도적인 측면에서 지속적으로 확대되었다. 임진왜란은 조선인에게 심각한 '정신적 충격'을 남겨준 역사적 트라우마였다. 전쟁으로 인한 공포, 두려움, 무력감, 우울증, 타인 기피증 등 수없이 파생된 병리적 현상은 결코 짧은 시간 안에 치유될 수 없는 성질의 것이었다. 이러한 과정 속에서 순절자에 대한 어떠한 형태의 위무慰撫든 이것은 임진왜란으로 인해 '정신적 충격'을 받은 모든 이들에 대한 위무라고 확대 해석할 수 있다.

물론 국가가 이렇게 하는 이유는, 이념적으로는 신종추원愼終追遠이 최종적으로 백성의 교화를 목적으로 한다는 유가적 관념이 바탕에 깔려 있는 동시에 정치적으로는 무너진 통치 질서의 확립과 이반된 민심의 수습에 있다고 할 수 있다. 또한 의리명분론을 강화하고 절의와 충렬을 강조하면서 정통성을 내세우려는 정치적 맥락과[47] 전쟁의 기억을 통해 지역민의 정서를 대민통치에 활용하기 위한 정치적 수단과도[48] 무관하지 않다. 이와 같은 이념적, 정치적 목적성을 함유하고 있음에도 불구하고 사제문은 그것 자체로 백성의 트라우마를 치유하는 순기능의 역할을 하는데 일조하였다고 보인다.

사제문에 빈번하게 나오는 '내 이 비통한 애사哀辭'[49], '나의 마음이 깊이 감동되어'[50], '더욱 나의 마음이 아프다'[51], '송백과 같은 절개를 그리워하여'[52], '아직도 충절을 흠숭

---

42) 『조선왕조실록』<효종 8년 정유(1657, 순치) 11월 4일(임인)>

43) 『조선왕조실록』<효종 9년 무술(1658, 순치) 6월 2일(무진)>

44) 『조선왕조실록』<광해군 14년 임술(1622, 천계) 6월 24일(무자)>

45) 『조선왕조실록』<선조 38년 을사(1605, 만력) 8월 2일(갑진)> 이때 아들 송인급이 부친의 순절로 벼슬을 증직받았다고 하였으며, <영조 39년 계미(1763, 건륭) 3월 12일(기사)> 송상현의 봉사손을 등용하게 했다는 기록이 있다.

46) 『조선왕조실록』<영조 42년 병술(1766, 건륭) 1월 24일(갑오)>

47) 노영구, 「공신선정과 전쟁평가를 통한 임진왜란 기억의 형성」, 『역사와 현실』51집, 한국역사연구회, 2003. 23쪽.

48) 변광석, 「임진왜란 이후 동래부사의 동래지역 인식과 기억사업」, 『지역과 역사』26집, 2010, 196쪽.

49) 「宣廟乙未 賜廟祭文」 "諒予悲辭"

50) 「仁廟甲子賜墓祭文」 "罙感予意"

51) 「顯廟乙巳賜墓祭文」 "增予心惻"

52) 「英廟御製壬辰 賜廟祭文」 "思切松栢"

하지 못한다'[53]와 같은 표현을 통해 작게는 송상현과 그들 가문의 슬픔을 어루만져 주고, 크게는 임진왜란의 상흔을 겪은 조선의 백성들을 보듬어주는 계기가 되었다고 할 수 있다. "어려서 몽매할 때부터 왜적을 물리친 기록을 보았는데, 저 동래의 일을 보고는 절개를 지킨 경을 흠모했었소."[54]라고 한 <영조 어제문>에도 임진왜란과 그 순절자에 대한 끊임없는 관심이 표명되어 있다. 여기에는 기본적으로 연민과 아픔에 대한 공감이 내재해 있다. 이 '연민'과 '공감하는 마음'이야말로 사제문이 문학적 가치를 지닌 양식임을 보여주는 것이다. 또한 이것은 국가가 백성에게, 창작자가 독자에게 말 걸기 하는 일종의 '소통의 방식'이다. 상대방의 아픔에, 특히 수직 사회였던 조선시대에 국가가 백성의 아픔에 관심갖고 귀 기울이는 공감 행위 자체와 끊임없이 소통하려는 제스처는 상흔을 치유하는 일 단계라고 할 수 있다. 제문이 제의에 쓰이고 제의의 현장에서 공개적으로 낭독된 글이라는 점을 상기한다면, 그것이 갖는 힘과 파급력을 짐작할 수 있게 한다. 또한 시대를 달리하였음에도 불구하고 대동소이한 내용을 담고 있는 9편의 사제문이 계속해서 내려진 이유 역시 상처를 보듬고자 하는 '어루만짐'의 한 방편이었다고 보인다. 부연하자면, 사제문은 표면적으로 애도를 내세우면서 국가가 지향하고자 하는 이념에 걸맞은 인물을 끊임없이 표상하여 추숭하는 한편 국가적 차원에서 백성의 눈물을 닦아주고 위무하였던 고도의 정치적 문학양식이었다고 할 수 있다.

둘째, 애제문에서 고인을 잃은 상실의 슬픔을 언표言表하는 그것 자체로 '자기 위로와 치유'가 된다고 할 수 있다. 노베르트 엘리아스Norbert Elias는 "죽음 자체는 위협적이지 않다. 두려운 것은 사랑하는 사람이 죽었을 때 산 자의 상실감이다."[55]라고 한 바 있듯이, 산 자가 겪는 상실감이 죽음의 또 다른 이름이다. 그렇다면 애도를 '상실의 반응'[56]이라고 하거나 '박탈에 대한 정서적 고통의 반응'[57]이라고 한 분석은 상당히 유의미하다. 어떠한 형태의 애도든 그것은 죽음을 맞닥뜨린 자가 겪는 상실을 직간접적으로 드러낸 것이기 때문이다. 흔히 정신적 충격을 크게 받았을 때 사람들은 마음의 문을 닫는다. 그와

---

53) 「正廟癸卯 賜崇節祠祭文」 "倘不褒欽"
54) 「英廟御製壬辰賜廟祭文」 "自幼昧古, 只見懲錄, 瞻彼東萊, 慕鄕守節."
55) Elias(김수정 역), 『죽어가는 자의 고독』, 문학동네, 1998, 85쪽.
56) Sigmund(윤희기·박찬부 역), 『정신분석의 근본개념』, 열린책들, 1997, 244쪽.
57) David K.Switzer(최혜란 역), 『모든 상실에 대한 치유, 애도』, 학지사, 2011, 19쪽.

더불어 말문도 함께 닫는다. 따라서 괴롭고 슬픈 일에 대하여 말문을 트게 하는 행위 자체는 심리 치유에서 중요한 과정이다. 이런 면에 비추어 볼 때 제문은 죽음을 맞닥뜨린 자가 상실감을 토로하기 위해 행하는 말문트기이기도 하다.

○ 통곡하며 고개를 돌리니 산에 걸린 해가 황혼이로다. <정사호의 제문>[58]
○ 나 인백 같은 사람은 무상無狀하여 임금께서 욕을 당하셨음에도 오히려 살아남았으니 훗날 지하에서 무슨 말로 변명하랴. 30년간의 교우交友에 사사로운 정이 진실로 간절하여 오늘 산마루에서 한잔을 공손히 들어 공의 충절에 절하여 곡하노라. 오, 슬프다! <민인백의 제문>[59]
○ (이 글은) 심중으로 쓰고 변변치 못한 재물로 갈무리하노라. <민유중 제문>[60]
○ 나는 또 탄식하고 흐느껴 울며 그 자리에 머뭇거리어 떠나지 못하고 눈물이 평평 바닷물처럼 솟았다. <오숙 제문>[61]
○ 신하가 되어 충을 다하였으니 형님이 돌아가셨다고 어찌 한탄하랴. 자식이 되어 효도를 하지 못한 아우의 인생 역시 구차하노라. <송상인 제문>[62]
○ 운명이로다 이분이 상서롭지 않은 일 당한 것이. 양친이 하물며 고당에 계심에랴! <이해수 조사>[63]
○ 해운대 하늘가는 일찍이 공이 노닐던 곳, 슬피 동남쪽 보며 수건 가득 눈물 적시네. <이정암 애사>[64]

위의 제문에는 통곡, 한탄, 비탄, 부끄러움, 안타까움, 슬픔, 구차함 등의 다양한 감정을 토로함으로써 이 세상에 남아 있는 자와 저 세상으로 간 고인을 동시에 위로하고 있다. 훌륭한 자는 죽고 이와 반대로 무상無狀하고 졸렬한 자는 살아남았다는 미안함과 죄의식을 드러내기도 하고, 살아남아서 제 역할을 충실히 하지 못했다는 부끄러움과 자책을 드러내기도 하였다. 또한 양친이 살아 계시는데 상서롭지 못한 일을 당한 것은 운명일 수밖에 없다는 좌절과 낙담, 애석함이 드러나기도 했다. 타인의 죽음을 경험한 사람들의

---

58) 鄭賜湖, 「祭宋泉谷象賢文」『禾谷集』 "痛哭回首, 山日黃昏."
59) 閔仁伯, 「祭忠烈公宋象賢文」『苔泉集』 "如伯無狀, 主辱猶活, 他年地下, 何以自說. 三十年交, 私情固切, 今日山椒, 敬擧一酌, 拜公之忠, 哭公之節. 嗚呼哀哉."
60) 閔維重, 「祭泉谷宋先生象賢墓文」『文貞公遺稿』 "寫以肝膈, 藏以菲薄."
61) 吳翻, 「東萊忠烈祠. 祭宋公象賢文」『天波集』 "玆又不佞, 歔欷感發, 盤桓不去, 而淚汪汪, 注于海者也."
62) 『泉谷先生集』 "爲臣止忠, 兄死何歎. 爲子未孝, 弟生亦苟."
63) 李海壽, 「弔宋東萊象賢」『藥圃遺稿』 "命矣斯人逢不祥, 雙親況復在高堂."
64) 李廷馣, 「哀東萊府使宋象賢」『四留齋集』 "海雲天外曾遊地, 悵望東南淚滿巾"

일반적인 심리상태를 이 같은 언어로 쏟아낸 것이 제문이다. 이렇게 쏟아내는 행위는 일종의 '카타르시스'가 된다. 카타르시스는 우리 몸에 무엇인가 막히거나 체한 것을 풀어주는 물리적인 '치료 행위'라 할 수 있다.[65] 제문이라는 문학양식에는 이와 같은 치유의 기능이 함유되어 있으므로, 이를 통해 송상현을 잃은 상실감, 나아가 임진왜란과 관련된 상흔이 해소될 수 있는 계기가 될 수 있었던 것으로 보인다.

4. 맺음말

이상에서 논의된 내용을 정리해 보면 다음과 같다.

첫째, 송상현에게는 200여 년 동안 일곱 임금에 의하여 9차례의 사제문이 내려졌다. 이 9편의 사제문에는 살신성인殺身成仁, 의중은경義重恩輕, 단좌부동端坐不動, 안고경顔杲卿 등의 몇 개의 핵심 키워드를 지속적으로 중복, 변주함으로써 절사節士의 이미지가 고착화되었다. 이는 구체적 개성을 지닌 한 개인이었지만 시대를 거듭하면서 관념화된, 규범화된, 정형화된 절의節義의 표상으로 추숭하고 있다는 것으로 해석된다. 아마도 송상현 사후 200여 년 동안의 조선 사회에서 그가 취한 대의大義라는 가치를 높이 선양할 목적과 이유가 분명히 있었으며, 국가는 사제문을 통해 이를 적극 활용하였다고 볼 수 있다.

둘째, 사제문과 달리 일반 애제문에서는 송상현의 죽음 자체를 애도하고 슬퍼하는 사정私情이 표출되었음을 알 수 있었다.

셋째, 사제문은 표면적으로 애도를 내세우면서 국가가 지향하고자 하는 이념에 걸맞은 인물을 끊임없이 표상하여 추숭하는 한편 국가적 차원에서 백성의 눈물을 닦아주고 위무하였던 고도의 정치적 문학양식이었다고 할 수 있다.

넷째, 애제문에서 고인을 잃은 상실감을 통곡, 한탄, 비탄, 부끄러움, 안타까움, 슬픔, 구차함 등의 다양한 감정으로 언표言表하였는데, 그것 자체로 '자기 위로와 치유'가 된다고 할 수 있다. 이렇게 쏟아내는 행위는 일종의 '카타르시스'가 되기 때문이다.

애제문이 실제 창작의 영역에서 사라졌지만 그것이 주는 문학적 감동과 죽음을 둘러싼 다양한 해석은 오늘날에도 유효하다. 이러한 사실만으로도 애제문에 대한 연구는 지속되

---

65) 김동우, 「시적 카타르시스의 이중적 개념과 문학치료」, 『문학치료연구』21, 한국문학치료학회, 2011, 69~71쪽.

어야 하며, 지속될 것으로 보인다. 본 연구에서는 송상현을 애도한 애제문만을 그 대상으로 하였으나 차후 임진왜란을 계기로 죽음을 맞은 이들에 대하여 연구 범위를 확대한다면 임진왜란이라는 동일한 시대적 배경 하에 창작된 제문의 일반적 특징과 유형성, 그리고 수사적 특성을 도출해 낼 수 있을 것이며, 그 과정 속에서 제문이 주는 문학 치유의 관련성을 보다 선명하게 제시할 수 있을 것으로 보인다. 이에 대한 것은 후속 연구로 남겨둔다.

[참 고 문 헌]

1. 자료

閔維重,『文貞公遺稿』(한국문집총간 137)

閔仁伯,『苔泉集』(한국문집총간 59)

全湜,『沙西集』(한국문집총간 67)

宋象賢,『泉谷集』(『한국문집총간』58)

鄭賜湖,『禾谷集』(한국문집총간 속 8)

吳翻,『天波集』(한국문집총간 95)

李沃,『博泉集』(한국문집총간 속 44)

李廷馣,『四留齋集』(한국문집총간 51)

李恒福,『白沙集』(한국문집총간 62)

李海壽,『藥圃遺稿』(한국문집총간 46)

忠北大 人文學研究所編,『泉谷先生集』, 清州市, 2001.

조영임·서대원·이영남 공역,『泉谷手筆』, 국학자료원, 2017.

劉勰,『文心雕龍』

『국역 조선왕조실록』

『논어』,『맹자』,『시경』

2. 논저

김동우,「시적 카타르시스의 이중적 개념과 문학치료」,『문학치료연구』21, 한국문학치료학회, 2011.

노영구,「공신선정과 전쟁평가를 통한 임진왜란 기억의 형성」,『역사와 현실』51집, 한국역사연구회, 2003.

변광석,「임진왜란 이후 동래부사의 동래지역 인식과 기억사업」,『지역과 역사』26집, 2010.

심경호,『한문 산문의 미학』, 고려대 출판부, 1998.

오인택,「조선후기 '忠烈公 宋象賢 敍事'의 사회문화적 성격」, 역사와 세계 40, 효원사학회, 2011.

이은영,「조선초기 제문 연구」이화여대 박사논문, 2001.

이은영,「애제문의 특징과 변천과정」,『동방한문학』31집, 동방한문학회, 2006.

장도규,「회재 이언적의 정의적 제문 연구」,『한국의 사상과 문화』, 2006.

전송희,「동래성 전투에 대한 기억서사와 표상-공간의 형성과정 연구」, 부산대 석사논문, 2013.

정홍준,「임진왜란 직후 통치체제의 정비과정」『규장각』11, 1988.

Elias(김수정 역),『죽어가는 자의 고독』, 문학동네, 1998.

David K.Switzer(최혜란 역),『모든 상실에 대한 치유, 애도』, 학지사, 2011.

Sigmund(윤희기·박찬부 역),『정신분석의 근본개념』, 열린책들, 1997.

|박덕준|

현재 서예가이며 서법이론가로 활동하고 있다. 중국 전통 서법에 대한 새로운 해석을 가미한 창작활동을 꾸준히 하고 있으며, 지난 2019년에 제7회 개인전을 개최한 바 있다. 또한 추사선생이 사용했던 조선의 전통종이 한지와 송연묵에 적합한 필법을 정리하는 일과 秋史 서법을 서법 이론으로 해설하는데 관심을 두고 있다. 월간지 기고문에 「秋史서법」 연재(2016.2 ~ 2016.12)가 있고, 작품집『觀濤思劃展』(2008),『박덕준 묵서집 歸』(2019)두 권을 출간하였다. 저서에『筆墨法散稿』(2012), 공저에『장맹룡비(張猛龍碑)』(2003),『장맹룡비(張猛龍碑)해설서』(2004) 등이 있다.

천곡泉谷 송상현宋象賢
유묵의 서법 연구

|박 덕 준|

천곡泉谷 송상현宋象賢
유묵의 서법연구

Ⅰ. 머리말

송상현宋象賢(1551~1592)의 자는 덕德求, 호는 천곡泉谷이며 본관은 여산礪山이다. 41세인 1591년에 동래부사東萊府使로 부임하였고 이듬해 1592년(임진년) 4월 13일 임진왜란이 발생하였다. 14일 부산진이 함락되고 15일 동래성이 위태로웠다. 송상현은 군민을 이끌고 성에 올라 결사 저항했으나 성을 세 겹으로 포위하고 압박하는 왜적을 막아내지 못하였다. 마침내 북향 4배하여 부친께 보낼 글을 혈서로 쓴 후 그 자리에서 순절하였다. "외로운 성에 달무리지고, 여러 진들은 단잠에 빠져 있네. 군신의 의리가 중하니 부모의 은혜는 오히려 가볍다孤城月暈 列鎭高枕 君臣義重 父子恩輕"이때 나이 겨우 42세였다. 왜란이 일어나자 조선 관군은 제대로 방어조차 해보지 못하고 무너졌다. 초기에 거의 유일한 방어 저항이 동래성 전투였다. 송상현의 저항과 순절은 각지의 의병이 일어나는 도화선이 되었고 조헌, 이순신과 함께 가장 뛰어난 임란의 무장이요 충신이라 칭송되고 있다.

송상현은 26세 문과에 급제하여 출사하였다. 1591년 통정대부에 오르고 동래부사에 제수되었다. 당시 조정에서는 왜적이 침입할 때 동래가 첫 번째 공략처가 되는 까닭에 송상현이 문무의 재략을 겸비하였다는 평계로 제수한 것이다. 송시열宋時烈은 그가 지은 공의 행장行狀에서 이를 두고 '선의는 아니었던 것이다.實非善意也'라고 기록하였다. 송상현은 부임하자 백성을 다스리고 직무를 수행함에 진심과 믿음으로 하여 벼슬아치와 백성들이 모두 부모처럼 받들었다. 이때 정산正山 군수로 있는 사계沙溪 김장생金長生 (1548~1631)에게 시를 보내 왜구가 쳐들어오면 반드시 죽음을 각오하고 싸울 뜻을 표하였다. 김장생은 평소 그의 충정과 의분을 사모하였기에 그의 시를 새겨 벽에 걸어두었다. 이는 송상현이 죽음으로써 성을 지키고 다른 마음을 품지 않을 것임을 믿었기 때문이다. 송상현은 뒤에 이조판서, 좌찬성에 추증되었고 부산 충렬사, 개성 숭절사 등에 제향되었으며 시호는 충렬忠烈이다. 국가를 위기에서 구하고자 했던 송상현의 충의는 오늘날까지 경모의 대상으로 추앙되고 있다.

최근 『근묵槿墨』과 『해동역대명가필보海東歷代名家筆譜』라는 서첩에 송상현의 묵적이 실려 있는 것을 발견하였다. 『근묵』은 위창葦滄 오세창吳世昌(1864~1953)이 고려 말부터 조선말까지 600여 년에 걸쳐 쓰인 1,136인의 묵적(편지와 시고, 제발 등)을 34책에 수록한 서첩이다. 『해동역대명가필보海東歷代名家筆譜』는 1926년 백두용白斗鏞이 우리나라 역대 필적을 모아 엮은 책이다. 삼국시대부터 한말에 이르기까지 역대 서예가의 인명을 나열하고 수적을 수록하였다. 적을 막아 싸우다 순절한 송상현이 남긴 유묵은 그 자체로 충의를 담고 있다. 이 사실 만으로도 송상현의 유필이 역대 서법가의 묵적 서첩에 실려 있는 것은 당연하다.

그러나 본고에서는 서법적 관점에서 의미를 살펴보고자 한다. 송상현의 유묵을 오로지 서법적으로 분석하고 서법상 특징을 정리할 것이다. 나아가 그의 서법이 조선 서법사에서 차지하는 서법적 위치와 의미를 조명하고자 한다.

한두 점 정도밖에 남아 있지 않은 송상현의 묵적으로 서법을 쓸 당시 상황을 조명하기는 어렵다. 더구나 누구에게 보낸 서간문인지 등의 정보를 알 수 없다면 더욱 난감하다. 이를 보완하기 위하여 동시대 지인의 묵적을 살펴보고자 한다. 지인의 묵적과 비교를 통하여 선생의 서법을 좀 더 살펴볼 수 있다. 더불어 전후 시기 인연이 닿은 이들의 서법 묵적을 살펴 송상현 서법의 맥락을 더듬어 보고자 한다.

II. 송상현의 묵적墨跡 분석

1. 묵적 소개

송상현의 친필유묵으로 현재까지 발견된 것은 극소수에 불과하다. 『천곡수필』이라는 필사본 책이 한 권 전해오고 있을 뿐이다. 이 밖에 간찰 묵적 두 점이 책에 실린 사진으로 발견된 것은 최근의 일이다.

1) 혈선도血扇圖 16자

1592년 임진년 4월 15일 동래성이 함락되기 직전 송상현이 죽기를 결심하였을 때 부친에게 보낸 글귀다. 부채 면에 혈서로 쓴 글귀는 16자이다.

孤城月暈 列鎭高枕   외로운 성에 달무리 지고 여러 진들은 단잠에 빠져있네
君臣義重 父子恩輕   군신의 의리가 중하나 부모의 은혜는 오히려 가볍다.

아래 16자는 죽음 앞에서도 흔들리지 않는 군건한 기개가 넘쳐나고 있다. 선생의 삶을 상징적으로 나타내주는 귀중한 유품이다. 그러나 현재 남아 있는 이 부채는 그 후에 그린 것으로 천곡선생의 친필은 아니다.

혈선도 16자, 천곡기념관

2) 간찰(1)

아래는 <근묵槿墨>에 실려 있는 송상현의 간찰묵적[1] 이다.

송상현 간찰 1

3) 간찰(2)

아래는 『해동역대명가필보海東歷代名家筆譜』에 실려 있는 송상현의 간찰 묵적이다.[2]

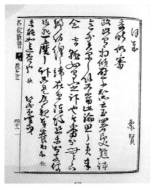

송상현 간찰 2

---

1) 위 간찰의 전문 해석은 다음과 같다. "마침 지나는 길에 찾아뵈었는데 지나치게 후한 접대를 받았으니 감사한 마음과 친근한 정이 평일보다 배나 간절합니다. 비록 다시 찾아뵈옵고 인사드리지 못하나 한번 종을 시켜 인사드림이 어찌 소홀히 여기는 생각에서 한 일이겠습니까? 객지에서 불편함이 많아 오래도록 뜻대로 되지 않습니다. 지난번에 한 번 뵙고 조용히 말씀도 못 드렸으니 한이 없겠습니까? 맑은 가을 날씨에 형께서는 어른을 모시는 외에 공부하시는 일은 어떠한지요? 그리움이 항상 간절합니다. 저는 오래도록 침체 된 나머지 이번 초 6일에 비로소 서쪽 지방의 행차를 하게 되었으니 이 뒤의 모습은 보는 일이 더욱 묘연할 것입니다. 우선 가는 인편으로 인하여 그대에게 안부를 전합니다. 나머지는 모두 말하지 않고 상상에 맡깁니다. 다만 계절에 따라 몸을 아끼기를 바랍니다. 이만 줄입니다. 즉일 상현. (便路就拜過蒙寵接 感懷親情 倍切於平日 雖不能再造以謝 而一番伻候 是豈忽念齋? 而客寓難便 久未遂焉 頃獲一拜 亦欠從容 茹恨何如 即惟淸秋 兄侍奉外 做況何苦 僕慕恒切 弟久滯之餘 今初六日 始作西行 此後音容 尤極杳然姑仍便信 以候 左右餘萬都在不言中 只冀若序珍嗇 伏惟 即 象賢)" (조영임 편저, 『천곡 송상현 선생의 삶과 추숭』, 2013. 참고)

2) 위 간찰의 전문 해석은 다음과 같다. "삼가 보내주신 편지를 받들어 정사의 일이 순조로움을 알았으니 위로되어 드릴 말씀을 알지 못하겠습니다. 옥당(홍문관)의 추천 점수를 받은 것은 진실로 뜻밖입니다. 오래도록 한 산한 나머지에 또 논사(論思:자문)의 책무를 맡으니 거취에 염려가 됩니다. 반드시 계획을 정함이 있을 것입니다. 이번에는 시골로 내려가 방황하는 일은 없을 것이니 서울에서 상소를 올리는 것이 어떠할까요? 제가 지방관이 되려는 계책은 다만 부모님의 봉양을 위함인데 뜻대로 되고 안 되는 일은 할 수 없습니다. 잠깐 이만 올리고 편지를 줄입니다. 상현. (奉委帖 仍審政況有相傾慰不知所云 玉堂受點 誠意外 久閑之餘 又當此論思之責 奉念去就 必有定計也 今番則無下鄕彷徨之端 在京陣疎 恐未知若何陋拙一麾之計 足是爲親奉養 而不知能如意否也. 暫此不宣式. 象賢)" (조영임 편저, 같은 책에서 참고)

4)『천곡수필』

청주에 있는 천곡 기념관에는 한 권의 필사본 책이 진열되어 있다. 이 책은 표지에 천곡 송상현이 직접 손으로 쓴 책이란 뜻인 '천곡수필泉谷手筆'이라 쓰여 있다.

> "이 책은 종가에 전해오는 천곡 선생의 유필로 추정되는 불 분권 1책의 필사본이다. 개인적인 처신과 정치 및 학문에 관한 사항들을 당시 여러 선생에게 묻고 답한 것을 기록한 책이다. 전체 50장 1책으로 표지에는 '천곡수필泉谷手筆'이라 되어 있다.…(중략)…이 책의 필사 시기와 그 경위는 분명치 않다. 그러나 후손이 쓴 발문에서 언급하고 있듯이 종가에서 전해오던 것이니 만큼 선생이 직접 정리하고 쓴 것임은 분명하다."[3]

또한 이 책의 서체는 일정하고 글자의 크기와 자간 행간이 매우 정돈되어 있다. 많은 내용을 비교적 짧은 시간에 집중하여 쓴 것으로 보인다. 이 책의 많은 글자는 송상현의 평소 필체를 참고하는데 매우 유용하다. 사진이 아닌 실물 묵적으로 유일하다. 임진년에 순절하여 친필이 거의 남아 있지 않은 현실에서 평소 필법의 연원을 밝히는 생생한 정보를 제공해주고 있다. 뿐만 아니라 이 책에서 자주 사용하는 문자에 특별한 자형이 보인다. 16세기 당시 자형을 참고하는데 유용한 자료가 될 수 있을 것이다.

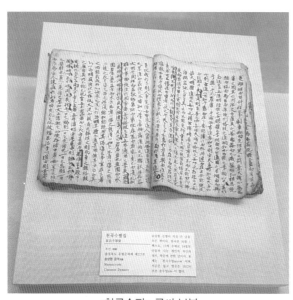

<천곡수필> 글씨 부분

<천곡수필> 글씨 부분

---

3) 조영임, 『천곡 송상현 선생의 삶과 추숭』, 천곡 종중, 2013.

2. 송상현 묵적 분석

필자는 서법을 3개의 영역으로 구분하고 이를 서법유삼書法有三이라 정리하고 있다. 첫째는 필묵筆墨이고, 둘째는 문자文字이며, 셋째는 문장文章 영역이다. 분석의 목적에 부합하기 위하여 본고에서는 세 개 영역 중 <필묵筆墨>에 한정하고자 한다. 붓과 먹을 사용하여 화면에 시각적으로 나타내는 것을 필묵의 영역이라 한다면 <필법筆法>과 <화면구성> 두 가지는 <필묵> 영역 분석을 위한 기준이 될 수 있다. <필법筆法>은 개별 필획을 구현하는 방법이고 <화면구성>은 이들을 배치하고 연출하는 일이다. 분석대상은 <근묵>에 실려 있는 자료(간찰1)를 중심으로 한다. 유묵 중 가장 완성도가 높고 비교적 늦은 시기에 제작된 것으로 보기 때문이다.

1) <필법> 분석 기준

'필획은 하나의 생명체'로 느껴져야 한다'"신神 /기氣 /골골骨 /육육肉 /혈혈血" 다섯 가지는 필획이 갖추어야 할 기본조건이다. 따라서 필법이란 이 다섯 가지 조건에 부합하는 필획을 실현하는 방법이라 할 수 있다. 필법을 분석하는 기준으로 <원圓, 방方, 곡曲, 직直> 4가지가 기본이다.[4] 이밖에 <행필行筆과 붓의 진행 방향>에 의한 분석과 <수필收筆과 마무리 동작>에 따른 분석 등을 첨가할 수 있다.

<원圓·방方 : 기필起筆동작을 기준으로 하는 분석>

하나의 필획은 기필起筆과 행필行筆 그리고 수필收筆이라는 세 가지 동작으로 이루어진다. 기필은 붓을 들어 처음 시작하는 동작으로 방법에 따라 '원필圓筆'과 '방필方筆'이 있다. 원필圓筆은 시작하는 붓의 방향이 진행 방향과 같은 '순방향'으로 하는 기필법이다. 행초서에서 잘 쓰는 필법이라 하지만 그 근원은 전서篆書 필법에 있다. 이 필법으로 쓴 필획은 순방향 진행으로 필획이 부드럽고 중후하고 안으로 수렴하는 성격이며 통나무 같은 느낌이 있다고 평가한다. 방필方筆은 붓이 진행 방향과 다른 '90도 방향'으로 시작하는 기필을 사용한다. 종이와 붓의 마찰이 크고 강하며 필획의 밀도기 높아 밖으로 발산

---

4) 졸고 <나의 추사필법론> 중 '필법 일반론' 참고

하는 성격이며 널빤지와 같은 느낌이 있다고 평가한다. 정서正書 쓰기에 좋은 필법이라 하지만 그 필법의 근원은 예서隸書에 있다.

<곡曲 · 직直 : 연결방법에 의한 분석>

한편 가로획과 세로획 두 개의 필획을 연결하는 방식에 두 가지 방법이 있다. 이를 '곡曲', '직直'이라 한다. 전서와 같이 원필圓로 쓴 필획은 둥글曲게 연결되는 것을 기본으로 하고 있는데 이를 '곡曲'이라 하고, 예서에서와 같이 방필方로 쓴 필획은 모나게直 연결되는 것을 기본으로 하는데 이를 '직直'이라 한다. 필자는 이 네 가지 '원圓, 방方, 곡曲, 직直'⁵⁾을 필법 분석을 위한 중요 기준으로 삼고 있다.

<기타 첨가할 수 있는 분석 기준>

— 행필行筆과 붓의 방향에 의한 분석

행필이란 기필한 후 붓을 진행하는 동작이다. 진행 동작이 원필의 성격을 띠고 있는가 아니면 방필의 성격으로 구사하고 있는가를 파악하는 점이 관건이다. 행필은 기필 방향을 그대로 유지하는 것을 기본으로 한다. 그러나 모나게 기필을 하였으나 행필 시 순방향으로 진행한다면 원필로 보아야 하고 반대로 둥글게 기필하였으나 행필 시 실제 마찰 되는 방향으로 진행 한다면 방필로 보아야 한다는 점은 유의할 일이다.

— 수필收筆과 마무리 동작에 의한 분석

수필이란 마무리 동작이다. 수필은 붓의 호毫를 다시 세워 처음 쓸 때와 같은 상태로 돌아가게 하는 역할을 한다. 뿐만 아니라 이 동작의 결과 필획은 더욱 생기 있고 윤기 나게 된다. 수필은 크게 두 가지 방법이 있다. '거두어들이는' 방법과 '뽑아내는' 방법이다. 전자는 수로垂露(이슬이 맺혀있는 듯)라 하고 후자는 현침懸針(바늘이 매달려 있는 듯)이라 한다. 전자는 수렴, 절제의 동작이고 후자는 발산, 표출의 동작이다

---

5) 孫過庭, 『서보(書譜)』 "하나의 필획을 시작하는 방법은 모남[方]과 원만함[圓]이라는 법칙[規矩]속에 있고, 필획을 연결하는 요령은 둥글게 굽어짐[曲]과 직각으로 꺾임[直]이라는 준칙[鉤繩] 속에 숨어 있다(泯規矩於方圓遁鉤繩之曲直)"

2) 송상현 묵적의 <필법> 분석

가. < 원圓·방方·곡曲·직直> 기준 분석

유묵(간찰1)의 필획은 원필과 방필이 혼재되어 있다. 기필만을 떼 내어 본다면 모가 난 형태인 방필보다는 부드럽게 곡선으로 시작한 원필이 더 많아 보인다. 그럼에도 불구하고 방필의 필세가 전 화면에 강하게 나타난다. 기필 후 진행하는 행필이 방필의 성격을 띄고 있기 때문이다. 즉, 필획을 긋는 동작은 기본적으로 방필의 개념을 가지고 있음을 알 수 있다. 분명히 보이는 것은 於아래 [平]의 첫 가로획이다. 강한 방필로 구사하였다. [一番에서 一] 또한 시작은 45도 이하로 부드럽게 했지만 이후 방필로 진행하였다. 그 밖에 많은 가로획이 이와 같은 방필의 성격이다. [一拜]에서 연결되는 좌 삐침획과 [亦]에서 아래 제1점이 방필이다. 세로획은 [情], [造] 등에서 방필을 사용하고 있고 이 밖에 많은 세로획에서도 방필이 보인다.

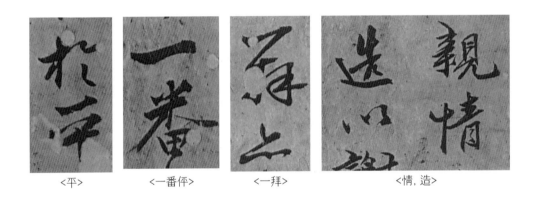

| <平> | <一番伴> | <一拜> | <情, 造> |

한편 곡曲, 직直의 기준으로 보면 대부분 직直을 위주로 하고 있다. 가장 눈에 띄는 것은 역시 가로와 세로의 결합이다. 아래 [卽]에서 첫 부분 강한 연결이 직直이다. [客과 寓]에서 [宀]우측 연결부 처리가 또한 직直의 대표적인 방법이다. [珍], [嗇]에서 연결 부분도 직直으로 처리한 방식이다. 또한 [惟]에서 초서의 연결부 처리는 모두 강한 꺾임이 작용하여 직直의 역할을 하고 있다. 이밖에 필획의 연결은 대부분 '꺾여' 있는데 바로 직直의 연결법이라는 범주에 속한다. 그 결과 화면에 골기가 가득한 필세를 느낄 수 있다.

<卽 惟>　　　　　<客 寓>　　　　　<珍 嗇>

　방필과 직直은 『천곡수필』에서 더 명확히 보인다. [之], [六], [其], [昔]에서 가로획이 모두 방필이고, [盡], [往], [則], [到]에서 세로획이 모두 방필이다. 이들의 연결부는 역시 직直이다.

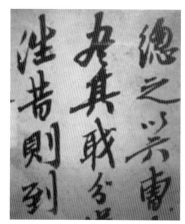

<천곡수필집 글씨 부분>

나. <수필收筆>기준 분석

　수필의 능숙한 동작은 필획의 품격을 높여준다. [一番의 一]에서 분명한 마무리 동작이 대표적이다. 또한 [雖], [候]에서 세로획은 수로垂露가 확연히 보인다. 수필 동작이 이미 익숙하게 체득되어 있음을 알 수 있다. 뿐만 아니라 특히 눈에 띄는 점은 좌측 삐침의 수필 동작이다. [客]에서와 같이 좌 삐침을 뽑아내지 않고 거두어들인 동작은 송상현 필법의 특징이다. 이밖에 [倚], [兄], [慕], [餘], [今], [査], [都], [序] 등에서도 이러한 현상은 자주 볼 수 있다.

<_一番>

<候, 雛>

<客>

또한 일반적으로 파책은 '뽑아내기'로 처리하는 데 비하여 송상현의 필획에서는 '거두어들이는' 방식의 처리(수렴) 등을 다양하게 사용하고 있다. 이처럼 '다양한 형태로 쓰기'는 송설체와 대비되는 왕희지 행초서류의 방법이다.

<從容>

<造>

<杳>

[從]에서 파책은 거두어들인 방법이고 [容]에서 파책은 뽑아낸 처리이다. [造]에서 쓴 아래 파책은 두 가지가 혼합된 형태다. 이밖에 수렴으로 처리한 파책은 [懷], [念], [便], [久], [邃], [獲], [從], [限], [慕], [餘], [今], [杳] 등에서도 찾아볼 수 있다. 반면에 뽑아내기(현침)의 방법이라고 볼 수 있는 것은 [番], [是], [客], [容] 정도이다. 파책 뿐만 아니라 좌삐침 등에서도 길게 뽑지 않고 가능한 절제하는 모습이 역력하다.

3) 서법의 <화면구성> 분석 기준

점획을 구조화하여 하나의 문자를 구성하는 방법을 결구법結構法이라 하고, 한편의 글을 지면에 표현하는 방법을 장법章法이라 한다. 결구법과 장법은 전통적 서법에서 논하는 일반적인 방법이다. '화면구성'이란 결구법과 장법 양자를 모두 포함하는 개념이다.

하나의 문자도 한편의 문장도 모두 점획을 이용하여 화면을 구성하는 요소일 뿐이다. 이는 필자의 서법 작업에 적용해온 익숙한 방식이다. 화면 분석은 화면구성 방식을 분석하는 것이다. 화면은 흑黑과 백白 두 가지로 구성된다. 흑黑은 필획의 문자이고 백白은 필획이 없는 공간이다. 따라서 화면은 역시 흑黑과 백白 두 가지 관점에서 분석할 수 있다.

<흑백 대비 기준 분석>

서법에서 화면 전체를 흑과 백의 대비 관계로 파악한다.

<흑黑의 관점에서 화면 분석>

전체 화면구성에서 '필획'의 역할을 분석하는 것이다. 필획은 강强하고 약弱한 역할이 있고 크고[大] 작은[小] 역할이 있다. 먹의 양이 많은 필획[閏]과 먹이 적은 필획[渴]의 역할이 있다. 그은 속도가 느린 필획[遲]과 빠른 필획[速]의 역할 관계가 있는 등이다. 이와 같이 화면에서 필획들이 서로 관계하는 정도가 어떠한가를 분석하는 것이다. 즉 관계중심 화면인가 또는 그 반대인가를 평가할 수 있다.

관계중심 화면을 좀 더 구체적으로 분석하는 방식에 두 가지가 있다. 하나는 한 글자 내에서 필획 간의 관계를 분석하는 것이고, 또 하나는 글자와 글자 간에 관계를 분석하는 것이다. 전자를 <내기>라 하고 후자를 <외기>라 한다. <내기內氣>와 <외기外氣>로 논하는 방식은 추사秋史의 방법이다.[6]

<白의 관점에서 화면 분석>

전체 화면구성에서 '공간'의 역할을 분석하는 것이다. 필획 뿐만 아니라 공간 또한 화면구성의 한 주인공이다. 그 공간이 많으면 '성글다[疎]'라 하고 공간이 적으면 '긴밀하다

---

6) 金正喜, 『阮堂集』 권8 "한 글자에서는 8면이 유통하니 이를 <내기>라 하고, 한 편의 글씨에서는 전체의 장법으로 조응하니 이를 <외기>라 한다. <내기>란 한 글자 내에서 획이 소와 밀, 경과 중, 비와 수의 관계에서 나온다고 말할 수 있다. 평편하게 의미 없이 흩어져있기만 하다면 무슨 울림(기운)이 있겠는가? (一字八面流通爲內氣。一篇章法照應爲外氣。內氣言筆畫疎密輕重肥瘦。若平板散渙。何氣之有), "<외기>란 한편 전체에서 글자들이 허와 실, 소와 밀, 관과 속의 관계에서 나온다고 할 수 있다. 상하 글자 간에서 그런 관계가 있어야 하고, 또는 좌우간(映帶)에도 그런 관계로 서로 섞여(錯綜)야 한다. 첫 번째 글자를 쓴 뒤 두 번째 글자는 (이런 관계를 생각해서 대응해야지) 똑같은 방식으로 쓰면 접상체하(接上遞下)에 의한 상하자간의 외기를 이루지 못하고, 첫째 행을 쓰고 난 뒤 둘째 행을 쓸 때는 역시 첫째 행과 똑같은 방식으로 쓰지 말아야 착종영대(錯綜映帶)에 의한 좌우행간의 외기를 이룰 수 있다.(外氣言一篇有虛實疎密管束。接上遞下。錯綜映帶。第一字不可移至第二字。第二行不可移至第一行)"

[密]'고 한다. 전자는 허虛와 같고 후자는 실實과 통한다.[7] 즉, 화면이 성근 곳은 성근 대로 긴밀한 곳은 긴밀한 대로 각각의 역할이 있다. 화면구성은 이들 간의 관계를 도모한다. 공간의 소밀 관계를 추구하는가 아니면 일률적인가에 따라 화면구성의 의도를 파악할 수 있다.

관계중심 화면에서 공간을 좀 더 구체적으로 분석하기 위하여 세 가지로 나누어 살펴 보는 방법이 있다. 추사는 이를 포백유삼布白有三[8]이라 하였다. 하나는 한 글자 내에서 필획 간에 공간 소밀 정도가 어떤가 하는 것(자중字中의 포백)이고, 또 하나는 글자 상하 간 에 공간 소밀 정도를 살펴보는 것(축자逐字의 포백)이고, 셋째는 좌우 행간의 공간 소밀 정 도를 보는 것(행간行間의 포백)이다. 서법에서 공간白이란 기운이 흐르는 장場으로 파악한 다. 공간은 글씨를 쓰다 보니 남게 되는 그런 "여백餘白"이 아니라 필획과 같이 적극적 의지로 의미 있게 구성할 대상이다.

4) 송상현 유묵의 <화면구성> 분석

가. <黑白 대비 기준 분석>

<간찰1> 서법의 화면에서 총량으로 대비되는 흑백의 기세는 서로 팽팽하다. 흑이 가득 하여 충실한데도 공간이 시원하게 보인다. 뿐만 아니라 가늘지만 굳센 필획의 기세가 화 면 전체를 지배하여 공간을 장악하고 있다. 그 결과 줄 바꿔 쓰기로 비워둔 공간마저 의 미 있는 비움이 되었다.

나. <黑의 관점에서 화면 분석>

<간찰1>은 전체 화면에서 '필획'이 서로 관계에 있는 관계중심 화면이라는 점은 이미 알 수 있다. 이를 <내기>, <외기>로 나누어 좀 더 구체적으로 살펴보기로 한다. 개별 문

---

7) 董其昌,『畵眼』"허실(虛實)이란 화면에서 용필(用筆)의 詳과 略을 말한다. 詳한 곳이 있으면 반드시 略한 곳이 있 어야 허실이 互用한다. 疎하기만 하면 깊지 못하고 密하기만 하면 풍운(風韻)이 없다. 단지 허실을 깊이 살펴서 그 뜻을 취한다면 畵는 저절로 奇하게 된다.(虛實者各段中 用筆之詳略也 有詳處必要有略處 虛實互用 疎則不深邃 密 則不風韻 但審虛實 以意取之 畵自奇矣)"

8) 金正喜,『완당집』"서법에서 화면을 백(白)의 관점에서 파악하는 것을 포백(布白)이라 한다. 포백이란 필획과 필 획 사이에 있는 공간이 의미 있는 공간이 되도록 필획을 배치하는 것이다. 포백에 3가지가 있다고 한 것은 역시 추 사의 방식이다. 한 글자 내에는 자중(字中)의 포백이 있고, 글자 상하 간에 축자(逐字)의 포백이 있고, 좌우에는 행 간(行間)의 포백이 있다.(布白有三° 字中之布白° 逐字之布白° 行間之布白)"

자 내에서 필획을 보면 [獲]에서는 필획 간에 강약의 관계가 있다. [冀]는 두텁고 강하며 속도의 느리고 빠름遲速의 관계가 있다. [作]은 가늘고 강하며 속도의 빠르고 느림의 관계가 있다. 그 결과 하나의 글자 내에서도 필획은 서로 어떤 관계로 연결되어 울림을 만들고 있다. 즉 <내기>의 측면에서 본 분석이다.

다음은 상하 글자 간의 관계를 보는 것은 <외기> 측면의 분석이다. [始作]에서 [始]는 세로로 길고 좁게 처리한 후 그 아래 [作]은 좌우 넓게 처리하여 상하 간 상대적 관계가 있고, [杳然姑]는 두텁고 강한 [杳], 좁고 얇은 [然] 그리고 또 두텁게 쓴 [姑]사이에는 상하 간 유기적 관계가 있는 등이다. 특히 마지막 [只]의 아래 두 점은 그 아래 [冀]와의 관계가 아니라면 그렇게 넓게 배치할 생각은 하지 못했을 것이다. 그 결과 <외기> 측면에서도 관계중심 구성을 따르고 있다.

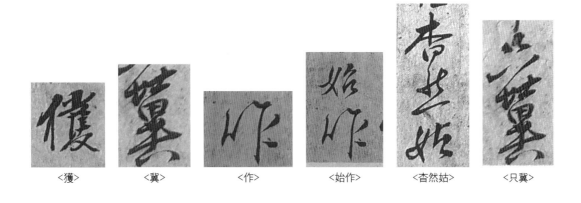

<獲>　　<冀>　　<作>　　<始作>　　<杳然姑>　　<只冀>

다. <白의 관점에서 화면 분석>

<간찰1>의 전체 화면에서 '공간'은 소밀의 관계에 있다는 점은 이미 알고 있다. 이를 좀 더 구체적으로 분석하기 위하여 포백유삼布白有三 즉, 세 가지 포백布白으로 구분해서 살펴보기로 한다.

― 한 글자 내에서 공간 소밀 관계字中之布白의 경우

위에서 살펴본 [獲], [冀], [作]을 공간의 입장에서 다시 보면 [獲]은 밀密한 곳과 성근疏 곳이 한 글자 내에 동시에 존재한다. [冀]는 공간이 좁은 밀密로 처리하여 긴밀하게 관계한 경우이고, [作]은 공간이 넓은 소疏로 처리하여 성글게 관계한다. 한 글자 내에서도 공간은 관계중심으로 구성되어 있음을 알 수 있다.

— 상하 글자 간 공간 소밀 관계逐字之布白의 경우

[從容] 상하 두 글자 간에 공간의 긴밀한密 관계는 마치 한 글자와 같은 어울림이 있다. [滯와 之]는 공간을 크게 만든 경우이고, 반면에 [小와 言]은 상하 거리를 가까이 배치하여 공간을 밀집되게 쓴 경우 등이 이런 관계에 해당한다. 특이한 점은 [兄侍奉外]에 보이는 [侍]의 우측 부 위치이다. 윗 글자 [兄]에 밀착되어 있는 정도가 단독으로 있을 경우에 쓰지 않을 만큼 우측만 위로 배치되어 있다. 이 경우 좌측 부亻는 상하 공간을 성글게 하는 역할이 있고 우측 부寺는 밀착되게 하는 이중적 역할을 한다. 이는 관계중심 화면에서 보이는 독특한 구성으로 19세기 추사秋史 서법에서도 자주 보이는 방식이다.

   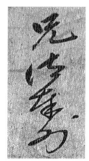

<從容>　　　　　<滯之>　　　　　<小言>　　　　　兄侍奉外

— 좌우 행간의 공간 소밀 관계行間之布白의 경우

좌우 행간의 공간도 역시 서로 긴밀하기도 하고 성글기도 한다. 아래 4.5.6행에서 좌우가 긴밀한 관계의 경우이고 2.3.4행에서는 성근 경우이다. 좌우 공간을 좁히거나 기세를 강하게 하면 관계는 긴밀해지고 반대로 공간을 넓히거나 기세를 약하게 하면 관계는 성글어진다. 소疎와 밀密은 화면구성의 전통적 방식이며, 서법가의 성정性情과 애락哀樂이 바로 이 소밀상간疎密相間에 서려 있다고 인식한다.

<4.5.6행에서 행간>　　　　　< 2.3.4행에서 행간>

서법 작품을 어떻게 분석할 것인가 하는 기준은 여러 가지가 가능하지만 필자는 필묵 영역에서 크게 두 가지 관점 –<필법>과 <화면구성>–으로 구분하여 기준을 제시하였다. 이 기준에 따라 분석한 결과 송상현의 묵적은 <필법>에서 방필方筆과 골기를 위주로 하고 있으며 능숙한 수필收筆에 의한 품격 있는 필획을 구사하고 있으며, <화면구성>에서 필획과 공간이 엮은 관계중심 서법을 연출하고 있다. 젊은 시절 선생이 익힌 서법인식의 근저를 살펴보기에 부족함이 없다. <간찰1>은 매우 수준 높은 서법작품으로 전통서법을 대표할 만한 요소를 갖추고 있다.

Ⅲ. 조선 서법사에서 송상현 묵적의 의미

1. 송설체松雪體와 조선 전후기 서법

가. 조선전기 서법

조선 서법은 개국 시기를 전후로 크게 변화한다. 이전까지 고려 서법(12~14세기)은 신라 이래 전래한 당의 구양순 등 초당 삼 대가와 이들이 해석한 왕희지 서법을 바탕으로 하고 있었다. 고려 말 원元에서 유입된 조맹부趙孟頫(1254~1322)의 서체(송설체)는 이전 서법과 다르다. 송설체松雪體는 이전 송宋의 서법과 달리 왕희지 서법 자형字形에 근거한 새로운 서체로 돌아갈 것을 주장한 당시 원元의 선진서법이다. 조선을 개국한 신진 사대부들은 이 서체를 받아들여 적극적으로 장려 확산하였다.

이전 시기 상의서법尙意書法[9]의 반동으로 출발한 조맹부의 송설체는 화면구성보다 결자結字[10]를 중시하는 서법이다. 네모난 칸을 긋고 그 안에 가장 합당한 크기의 글자를 쓰

---

9) 상의서법(尙意書法)이란 서법에서 작가의 마음(意)과 정신을 중시하는 것이라는 상의(尙意)라는 말에서 유래한다. 진(晉)나라의 글씨는 운(韻)을 중시하고(晉人尙韻)이고 당(唐)나라의 글씨는 법(法)을 중시(唐人尙法)하며, 송(宋)나라의 글씨는 의(意)를 중시(宋人尙意)한다는 명(明)나라 동기창(董其昌, 1555~1636)의 견해가 있다. 법도를 중시한 기초위에 정신(意)을 표현함으로써 진운(晉韻)을 추구한다는 서법인식이다. '글씨를 배우는 요점은 오직 정신과 기운을 취하여 아름답게 하는 데에 있다. 만약 형상과 모양만을 모방한다면 비록 형태는 같을지라도 정신이 없게 되어 글씨가 이루어진 바를 알지 못할 따름이다.' 형태가 아닌 정신과 기운을 강조하는 송(宋)나라 채양(蔡襄, 1012~1060)의 언급이다. 이러한 의(意) 중시 서법은 소식(蘇軾)·황정견(黃庭堅)·미불(米芾)에게 영향을 줌으로써 송(宋)의 '상의' 서법이 형성되었다. 소식(蘇軾, 1036~1101)은 '상의' 서풍의 대표자이며, 그의 서론은 '통기의'(通其意)라는 사상을 기본으로 삼고 있다. 서예의 전반적인 것을 먼저 파악하여 그 본말을 이해한 다음 자기의 뜻을 나타내어 창신(創新)을 꾀하려는 것이다. 19세기 조선의 추사(秋史)는 '품격의 높고 낮음은 형태의 흡사함에 있는 것이 아니라 바로 의(意)에 있다.'라고 하는 입장에서 상의서법의 맥락을 따르고 있다.(필자 주)

10) 趙孟頫는 《蘭亭13跋》에서 서법의 시대적 가치는 結字에 있다는 입장을 취하였다. "서법은 용필을 중요하게 여긴

는 형식이 성행한다. 송설체의 이러한 특징은 조선에서 성리학적 인식과 부합되어 오히려 더 강조된 측면이 있다.

'마음이 바르면正 글씨가 바르게 된다正.'라고 흔히 해석하는 심정필정心正筆正[11]은 대표적인 성리학적 인식이다. 이른바 좋은 글씨는 '바른 글씨', '옳은 것'이라는 등식으로 '正(바르다)'에 대한 성리학적 의미가 부여된다. 그것은 첫째, 바른 내용의 문장을 써야 한다. 유학적 문장을 쓰는 것이 법도이다. 둘째, 글자 형태는 표준(제시된 교본)에 가장 근접한 것이 좋은 글씨이다. 셋째, 처신과 몸가짐이 옳지 못하면 바른 글씨를 쓸 수 없다.

좋은 글씨는 반듯한正 것이라는 심정필정心正筆正적 서법 인식은 성리학이라는 당시의 입장에서는 일견 높이 평가된 측면이 있다 하더라도 이는 서법의 고전적 인식과 근본적 차이가 있다. 고전주의 서법[12]에 따른다면 '글씨는 마음 상태가 그대로 표현되는 것'이다. '바른 것正'만을 요구하지 않는다. 마음의 진솔한 표현이면 '좋은 것'이다. 따라서 좋은 글씨는 '옳은 것'이 아니라 '자신의 성정性情과 애락哀樂이 그대로 표현되는 것'이라 할 수 있다. 조선전기 형성된 성리학적 입장에서 보는 서법 인식은 이후 조선에서 성리학의 심화와 함께 오랜 기간 동안 광범위하게 확산되었다. 서법 입장에서 볼 때 그것은 비판의 대상이다. 가장 큰 비판은 서법이 성리학의 범주 내에서 이해되었다는 점이다. 조선 후기 서법이 서법 자체의 영역으로 발전하는 데 한계로 작용하였다.

다. 그러나 결자(結字) 또한 모름지기 공교히 운용해야 한다. 대개 결자(結字)는 시대에 따라 (다르게) 전해오고 용필은 천고에도 변하지 않는다. 우군(왕희지)의 결자는 고법을 일변하였으나 그 웅장하고 빼어난 기세는 천연에서 나온 까닭에 예나 지금이나 배우는 법으로 삼았지만 제량시대 결자는 고법 아닌 것이 없지만 기세는 부족하다. (第七跋) 書法以用筆爲上而 結字亦須用工 蓋 結字因時相傳 用筆千古不易 右軍字勢古法一變 其雄秀之氣 出於天然 故 古今以爲師法 齊梁間人 結字 非不古 而乏俊氣 此又存乎其人然古法終不可失矣也-廿六日 濟州南待閒題)"
(필자주)

11) 심정필정(心正筆正)은 유공권(柳公權 778~856)의 용필법(用筆法)에 대한 언급에 나온다. 다양한 해석이 가능하다. '마음으로 용필의 원리를 정확하게 이해하면 필법을 정확하게 구사할 수 있다' (필자주)

12) '고전주의 서법'이란 서법을 문자발전과 달리 예술적 인식이라는 관점에 따른다면 서법의 사조는 크게 세 가지 시기로 구분된다. 위진(魏晉)으로부터 시작하여 북송(北宋)에 이르는 시기로 이를 <고전주의(古典主義) 서법>이라 하고, 조맹부의 송설체 이후 원.명시기를 <복고주의 서법> 그리고 서법영역을 확장시킨 청대이후를 <서법 부흥시기>라 한다면 <고전주의 서법>은 초기 서법 사조로 고전주의(古典主義) 또는 고전적(古典的)서법에 해당한다. 漢末 魏晉시기로부터 시작된 <고전주의 서법>은 당(唐)을 지나 송(宋)까지를 포함하고 있다. 韻을 중시한 위진 서법(진인상운(晉人尙韻)과 法을 중시한 당의 서법(당인상법(唐人尙法)), 意로 표현되는 송의 서법(송인상의(宋人尙意))은 모두 고전주의 서법에 속한다. 의(意)를 중시하는 송대의 서법을 특히 상의서법(尙意書法)이라 하여 고전주의 서법의 가장 고조된 경지로 본다.(필자주)

나. 조선 후기서법

　17세기에 들어 송설체의 영향은 더욱 증가하였다. 임란 이후 성리학적 서법 인식은 반성의 대상이 되지 못하고 오히려 심화 되었다. 송설체의 범주에 속한 석봉 한호韓濩(1543~1605) 서체 확산은 결국 송설체 영향의 확대일 뿐이다. 이 서체는 송시열宋時烈(1607~1687), 송준길宋浚吉(1606~1672)과 그의 문인들에 의해 더욱 확산된다. 송시열은 글씨에서 예藝와 그 사람의 덕성德은 서로 상관이 있다고 하는 '예덕상관론藝德相關論'을 주장하였다. 조선 전기 형성된 '심정필정心正筆正', '서여기인書如其人'의 인식과 같은 성리학적 서법 인식의 연장선상에 있었다.

　18세기 들어 고법(왕희지)에 대한 조선의 독자적 탐구 현상은 성리학적 서법에 대한 반동이다. 이 시기 석봉체의 바탕인 조맹부와 왕희지는 더 이상 전범典範이 아니라 반성의 대상이었다. 그동안 조선에 알려진 왕희지는 조맹부가 해석한 왕희지였다. 조맹부에 의한 해석이 아닌 독자적으로 접근하려는 등 근본적인 탐구가 필요하다는 인식이 있었다. 대표적인 서법가에 옥동 이서李漵(1622~1713), 공재 윤두서尹斗緒(1668~1715)가 있다. 독자적 탐구 현상의 또 다른 하나는 문징명, 동기창에 이어 미불米芾(1051~1107)이라는 선진 서법의 탐구이다. 백하 윤순尹淳(1680~1741), 원교 이광사李匡師(1705~1777), 표암 강세황姜世晃(1713~1791)은 선진서법을 수용하여 창의적 서법을 추구하였다. 그러나 정조正祖는 국초 조맹부 송설체의 전아함으로 돌아갈 것을 강조하고書體反正 윤순尹淳 등의 새로운 서풍을 비판하였다. 이처럼 성리학적 서법 인식에 의한 <심정필정心正筆正>의 논리는 여전히 강하게 작용하고 있다.

　19세기 조선의 서법은 명明·청淸 교체기의 서법의 영향하에 있었다. 이 시기 나타난 현상 중 하나는 기존 서법의 조선화朝鮮化 시도이고 또 하나는 청의 신진 서법 사조 수용이다. 전자는 원元·명明 시기 서법 인식에 뿌리를 둔 서법이다. 조맹부, 문징명, 동기창 그리고 한석봉 등 기존의 서법은 모두 왕희지를 종주로 한다. 반면 후자는 청의 새로운 서법 사조 수용이다. 이는 기존 왕희지에 대한 반성으로 출발한다. 전자인 기존 서법의 조선화는 새로운 성과를 보지는 못했다. 원교 이광사 등의 서법은 필법에서나 또는 다른 점에서도 진수를 얻어 진일보 한 점은 없기 때문이다. 유독 서법에서 발전이 없었다는 비판은 성리학적 서법 인식의 한계를 넘지 못했다는 뜻으로 이해할 수 있다.

"유교의 조선 왕조는 모든 예술에 까지 조선 독자적인 것을 낳았다. 그중에는 글씨처럼 옥말려 들기만 하여 정상적인 미를 잃은 예도 있지만, 도자기 같이 조선 독보로 자랑 삼을 만한 미술도 나타났다."[13]

서법 사조는 청淸 대에 획기적으로 변화하였다. 이 시기 청의 새로운 서법 사조를 수용하여 혁신적 서법탐구를 시도한 서법가는 추사 김정희金正喜(1786~1856)이다. 추사는 예서隸書와 북비北碑를 정통서법으로 인식하고 깊이 탐구하였다. 또한 왕희지에 대해서도 조선의 기존 인식과 다른 입장에서 접근한다. 마침내 추사는 청의 서법을 수용하여 당을 넘어 그 이상으로까지 나아갔다. 그의 지향점은 송의 상의서법尙意書法에 있었다. 조맹부가 비판한 그 상의서법은 추사에 의해 다시 실현되었다.

2. 조선 서법사에서 송상현 묵적의 의미

임란 이전(15~6세기) 조선 서법은 왕조의 적극적 장려에도 불구하고 송설체보다 기존의 서법 인식하에 있었다는 사실은 조전 전기 서법의 새로운 발견이다. 송설체가 심화 된 시기는 조선 전기가 아니라 임란 직후 17세기 전후로 보인다. 송상현 묵적은 바로 임란 이전 시기인 조선 전기서법에 해당한다.

조선 전기서법의 특징을 살펴보면 비송설체적 현상은 이미 뚜렷하다.

첫째 초서의 성행이다. 이 시기 초서는 당唐의 장욱張旭(?~?)과 명明의 장필張弼(1425~1487)에 영향을 받아 개성 있는 광초서를 즐겨 썼다. 대표적인 서법가로 김구金絿(1488~1534), 양사언楊士彦(1517~1583), 황기로黃耆老(1521~?) 등이 있다. 광초서 성행은 성리학적 서법 인식과 다른 현상이다. 법을 벗어나고 고정된 틀에 얽매이지 않으며 또한 정형화되지 않고 창의적인 세계를 구현하는 것은 바로 조선 전기 초서가 지향한 정신이다. 이는 성리학적 서법 인식에 의한 조선의 송설체와 다른 현상이다.

둘째 조선 전기에 활동한 특출한 서법가 중 많은 이들이 송설체의 영향하에 있지 않았다. 추사 선생의 견해다.

---

13) 김용진, 『조선미술대요』, 열화당, 2001, 229쪽.

"우리나라는 신라 고려 이래로 구양순의 필법을 익혀 따랐으나 조선전기에 안평대군에 의하여 송설체가 도입되어 유행하였다. 그러나 이 시기에도 송설체의 영향에 있지 않으면서 특출한 서법가들이 활동하였다. 신장申檣(1832~1433), 성임成任(1421~1484), 성달생成達生(1376~1444) 등이다. 숭례문崇禮門 편액은 신장申檣의 글씨인데 깊이 구양순의 진수에 들어가 있다. 성임成任이 쓴 홍화문弘化門 편액과 대성전大成殿 편액은 다 남북조 시기 북조의 비의碑意가 들어 있으며, 또 성삼문의 조부 성달생成達生 같은 이는 서법이 특출하였으나 세상에 그를 알아주는 이가 없었는데 그 역시 송설의 문호에서 나온 것이 아니다."[14]

셋째 당시 중앙과 지방의 공문서에 사용된 고문서 서체를 연구한 자료[15]에 따르면 대개 16세기까지는 기존의 서체가 사용되었으며 송설체 영향은 17세기 이후부터 집중적으로 나타난다는 사실을 확인하였다. 여말선초에 송설체가 유행하였다는 학설과는 다른 결과다.[16]

조선 초기에는 왕실 최고의 공식문서인 교지教旨조차 초서로 작성되었다. 이 교지에 송설체가 사용된 가장 이른 시기를 15세기로 본다면 송설체가 일반화된 시기는 그 이후일 것이다. 따라서 송설체는 15세기 전후까지 왕실에서조차 일반화되지 못했다. 또한, 동 연구 자료에 우리나라 고유의 공문서 행정제도인 입안立案[17]에 대한 검토가 있다. 지방의 서체 확산 정도를 살펴볼 수 있는 내용이다. 이에 따르면 입안에 사용된 서체의 시기별 흐름을 대략 세 가지로 정리한다. 고려말에서 조선 전기(16세기)까지는 기존에 사용하던 전통적인 초서를 쓰고 있다. 원필보다는 방필을 사용하였고 좌우 장방형의 자형이다. 그 후 17세기에는 송설체의 영향을 받아 정방형의 단정한 초서가 사용되었으며 18세기 이후는 화면구성에 단정함을 피하고 자형 또한 좌우 장방형을 띄고 있다.

조선 전기 사용된 자형이 '좌우장방형'이란 의미는 화면구성에서 상하 자간을 긴밀하게 하고 좌우 행간이 서로 의미 있게 관계하고 있다는 뜻이다. 즉 관계중심의 화면구성에 사용된 자형이며 기존 서법과 송설체를 구분하는 중심개념에 속한다. 위 내용에 따르면 조선 전기 지방의 공문서에 사용된 서체는 송설체와 거리가 먼 고려 이래 전래 된 기존의 행초서체가 사용되었다. 따라서 여말선초에 송설체가 유행하였다는 지금까지의 학설과는 다소 다른 결과라고 결론짓고 있다.

넷째 조선 전기 간찰쓰기에도 비송설체적 서풍으로 쓴 간찰이 압도적으로 많다. '간찰 쓰기'란 요즘 말로 하자면 '예술적 쓰기'라 할만하다.

> "시 짓기(쓰기)나 편지 쓰기는 품위 있고 고상한 행위였기 때문에 아무 종이에 적지 않았다. <중략> 단지 멋을 내자는 것이 아니라 자신의 행위를 좀 더 의미 있게 하거나 상대방에 대한 친근한 정을 담고자 한 것이다."[18]

조선 시기 간찰의 대표적 선집인 <근묵槿墨> 자료를 통해 간찰 서체를 살펴볼 수 있다. 필자가 이 자료를 분석한 결과에 따르면 조선 전기 간찰 묵적은 성리학적 인식에 의한 송설체류보다 조선 전기 이전의 서풍으로 쓴 작품이 압도적으로 많다. 총 4권 중 15~16세기에 해당하는 <仁>편은 282인의 묵적이 수록되어 있고[19] 이 중 송설체 영향으로 보이는 서법은 불과 몇 수에 그친다.

이상으로 임란 이전 조선 전기서법의 특징을 비송설체적 현상으로 정리하였다. 이 시기 비송설체적 현상이란 곧 고려 이전의 서법 특징이며 중국 서법사에서는 고전주의 서법에 해당한다. 19세기 이후 추사가 다시 찾은 상의서법과도 일맥 상통하는 점이 있다. 앞서 천곡 선생의 묵적을 분석한 결과는 바로 이 시기 비송설체적 현상과 일치한다.

원圓, 방方, 곡曲, 직直으로 분석한 필법에서 원필보다 방필, 곡曲보다 직直을 사용한다는 점과 수필收筆부분에서 송설체와 대비되는 처리는 고전주의 서법에 해당한다. 또한 외기外氣와 내기內氣의 분석을 통해 필획은 서로 관계중심으로 구성되어 있다는 점을 확인 하였고 포백布白의 3가지 분석을 통해 공간의 소밀에 대한 인식을 살펴본 결과 송설체의 화면과는 다른 오히려 추사의 상의서법적 인식과 통한다는 사실을 알 수 있었다. 즉, 선생의 유묵은 시기적으로도 조선 전기서법에 해당할 뿐만 아니라 내용 측면에서도 비송

---

18) 진경환, 『조선의 잡지』, 소소의 책, 2018, 115쪽.
19) 『근묵(槿墨)』은 오세창(吳世昌, 1864~1953)이 고려 말부터 조선 말까지 600여년에 걸쳐 씌어진 1,136인의 묵적(편지와 시고 제발 등)을 34책에 수록한 서첩이다. (2009년 성균관대학교 박물관에서 총 4권(仁.義.禮.知)으로 재편집 출간.)

설체적 현상에 속하는 동시대의 서법 특징을 간직하고 있어 임란 이전(15~6세기) 시기 서법을 대표할 만한 유묵에 속한다고 평가할 수 있다.

IV. 송상현과 교유交遊한 지인知人의 서법 묵적

조선 전기 송상현과 교유한 몇몇 지인들의 묵적을 살펴보고자 한다. 짧은 생애를 마친 송상현은 교우 간에 주고받은 서간이 더 이상 발견되지 않았다. 그러나 선생과 가까이 지내던 이들이 남긴 서간 등 묵적은 살펴볼 수 있다. 물론 이런 묵적은 송상현과 관계없이 작성되었지만 젊은 시절을 같이 지낸 이들의 유묵을 통해 송상현의 서법을 좀 더 이해할 수 있을 것이다.

우선 동시대 막역지우로 지낸 이들이 남긴 서법을 간단히 살펴보기로 한다. 김장생, 이항복, 신흠, 김집 네 사람을 선정하였다. 가장 가까이 지내던 인물 중 <근묵槿墨>에 실린 묵적을 확인할 수 있는 경우다. 다음으로는 송상현 전후 시기에 관련된 이들이 남긴 서법이다. 이를 통해 송상현 서법의 맥락 관계를 추정해 보고자 한다. 앞선 시기에 송익필, 송한필, 그리고 임란 이후에 송시길과 그 이후 송상휘가 있다.

1. 동시대 막역지우의 서간 묵적

먼저 김장생金長生(1548~1631)을 살펴본다. 그는 송익필宋翼弼과 이이李珥의 문인이다. 그의 문인으로 송준길, 송시열이 있고 아들 김집이 있다. 송상현은 사계沙溪 김장생과 매우 친하여 허물없는 친구가 되었다. 처음 동래에 부임하여 시를 적은 편지를 김장생에게 보내 장차 예상되는 왜구의 침략에 대해 죽음으로 맞서 싸울 뜻을 보이는 등 막역한 관계이다. <근묵>에 실려 있는 김장생의 묵적(아래 사진 간찰)은 매우 자유분방하다. 먹의 농담 대비가 가장 두드러지게 보인다. 행초서로 쓴 필법에 기세가 있으나 모나지 않고 담담한 묵운墨韻이 있다. 화면 전체를 볼 때 관계중심 화면구성이라는 서법 인식이 있다. 송상현 서법에 비해 부드럽고 속도가 빠른 편이나 화면구성은 선생과 같은 인식이다.

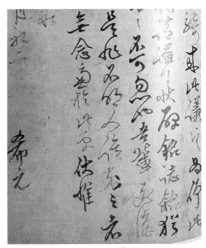

<김장생의 묵적(『근묵』)>

　다음은 이항복李恒福(1556~1618)이다. 그는 1595년 적중에 있는 공(송상현)의 관을 고향 청주에 묻도록 하였을 때 재상 이항복이 접반사로서 의령에 머물다가 와서 관에 나아가 그를 위해 제문을 짓고 제를 지냈다. 평소의 막역지우로 굳은 심지를 잘 알고 지내온 백사白沙 이항복은 그의 마음을 위로하였다. 혼란의 때를 당하여 의연히 대처할 수 있었던 것은 평소 그런 마음의 준비 없이는 있을 수 없는 일이라 했다. <근묵>에 보이는 이항복의 묵적(아래 사진)은 한 편의 7언 시다. 말미에 쓴 방서에 1598년이란 기록이 있다. 본문에 필운弼雲과 현옹玄翁을 포함하고 있고 방서에 또 현옹(신흠)에게 준다고 하였으니 작별시가 아닐까 추정한다.[20]

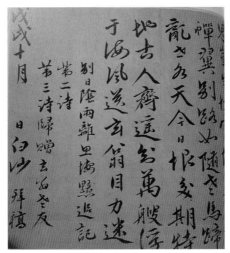

<이항복의 묵적(『근묵』)>

20) 필운(弼雲)은 이항복의 별호, 현옹(玄翁)은 신흠(申欽, 1566~1628)의 별호.

방필에 원필이 첨가된 굳센 필치가 있고 연결부에 직直보다 곡曲을 위주로 처리하여 모가 나지 않고 원만하다. 행초서를 해서의 풍으로 쓰는 등 화면구성은 관계중심과 형태 중심이 혼재되어 있어 기존 서풍에 송설체의 영향이 추가된 현상으로 추정된다. 임란이 막 끝난 시기에 해당하는 이 묵적(1598년)은 송상현의 서간과 시기적으로 거의 동시대에 해당한다. 그럼에도 이 두 사람 간의 묵적이 비교적 서로 다른 서풍으로 보이는 것은 송설체 영향의 유무에 따른 차이로 보인다.

신흠申欽(1566~1628)은 송상현보다 15년 연하다. 신흠申欽의 〈상촌선생집〉에 송상현 순절과 관련된 4인의 전기가 전하고 있다. 천곡 선생이 임진년에 순절한 내용을 담은 〈송동래전宋東萊傳〉, 공의 두첩이 절개를 지켜 목숨을 잃은 내용의 〈김섬전金蟾傳〉과 〈이양녀전李良女傳〉, 그리고 수행인으로서 공을 따라 동래에 왔다 공과 함께 죽은 〈신여로전申汝櫓傳〉이다.[21] 연배가 선생보다 아래이지만 신흠의 위 4인전 기록이나 신흠과 이항복간의 관계를 볼 때 선생과 신흠간의 교유交遊 정도 또한 막역하였다고 짐작된다.

<신흠의 묵적(『근묵』)>

신흠의 묵적(위 사진)은 상대의 안부를 묻는 간단한 간찰로 연면체의 활달한 초서다. 운필이 자유롭고 붓끝에 날이 살아있다. 필세는 힘차고 먹색의 농담 변화가 크다. 소밀疎密의 운용이 조화롭고 상하 자간이 긴밀하고 좌우관계의 착종영대錯綜映帶[22]는 세로선이 있음에도 선의 경계를 허물고 있다. 기세와 운을 위주로 하는 전형적인 관계중심 화면구

---

21) 충북대 인문학연구소, 『천곡선생집』, 2011, 50쪽. (〈송동래전(宋東萊傳)〉, 〈김섬전(金蟾傳)〉 〈이양녀전(李良女傳)〉, 〈신여로전(申汝櫓傳)〉21). (주 16) '錯綜映帶' 참조

22) 주6) '錯綜映帶' 참조.

성이다. 작은 종이에 몇 자 되지 않는 서법이지만 송설체적 인식과는 대조적인 서법을 보여주는 사례다. 마지막 관지에 현옹玄翁이라 쓴 점, 내용에도 '상산의 노인'이란 표현 등으로 볼 때 후기의 작품으로 추정된다. 젊은 시절 배우고 익힌 서법이 조선 전기 서체였다면 특별한 일이 없는 한 대체로 지속된 그런 사례로 보인다.

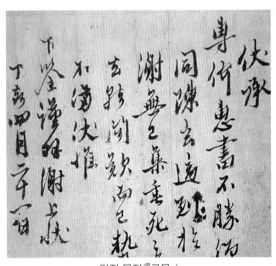

<김집 묵적(『근묵』)>

마지막으로 김집金集(1574~1656)을 살펴본다. 김집은 송상현과 막역한 친구 김장생의 아들이다. 한때 신독재愼獨齋 김집은 젊어서 송상현에게 가르침을 받았는데 그 추복하는 정성이 늙도록 쇠하지 않았다 한다. 뿐만 아니라 그는 이이, 송익필 그리고 부친 김장생으로부터 가르침을 받은 바 있고 그의 학문은 송시열에게 전해진다. 김집의 묵적(아래 사진)은 가늘고 강한 방필의 필세가 긴밀하고 연결 부분은 곡曲, 직直이 혼재해있다. 상하 자간과 좌우 행간은 적절한 관계를 유지하고 있다. 송상현에 비해 비교적 후기의 묵적으로 추정되지만 조선 전기의 서풍에서 크게 벗어나지 않는다.

2. 송상현 전후 시기 서법가의 묵적

첫 번째로 살펴볼 인물은 송익필宋翼弼(1534~1599)이다. 송상현의 친구 김장생의 스승이기도 한 송익필은 서법에 조예가 깊다. 그의 서법은 송상현의 서법 연원을 살펴볼 수 있는 중요한 근거가 된다. 위에 보이는 그의 묵적은 가늘지만 매우 강한 필획을 사용하고 있다. 연결부는 분명한 직直을 사용하여 강한 필세를 더욱 강조한 점은 당唐대 필법의 정수다. 좌 삐침을 수렴으로 처리하는 회봉은 송상현 서법에서도 그대로 나타나는 기존 서법의 특징이다. 화면구성에서도 상하 자간의 긴밀한 관계와 좌우 행간의 큰 공간 운용이 돋보인다. 기세와 운을 추구하는 관계중심 화면구성의 한 면을 볼 수 있다.

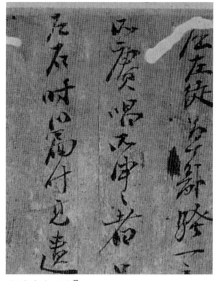

<송익필의 묵적(『근묵』)>

두 번째 살펴볼 인물은 송한필宋翰弼(1536~?)이다. 송익필의 동생으로 서법이 특출하다. 역시 송상현의 서법은 송한필과 무관할 수는 없었을 것이다. 그의 묵적(아래 사진 左)은 행간의 공간이 매우 좁다. 뿐만 아니라 상하 자간도 긴밀한데 초서로 쓴 자형 또한 좌우로 넓은 형태다. 필획을 보면 강한 방필을 쓰지 않은 곳이 없고 붓을 힘차게 눌러 실實하지 않는 순간이 없다. 기세는 매우 훌륭하여 전체 화면에 가득하다. 그러나 약간의 허虛가 좀 더 있었다면 금상첨화라 하겠다. 송상현의 두 간찰 중 다른 한 작품(간찰2, 사진 右)은 송한필의 이 작품과 매우 흡사하다. 초서로 쓴 간찰 서체의 한 형식으로 볼 수 있다.

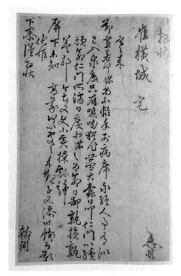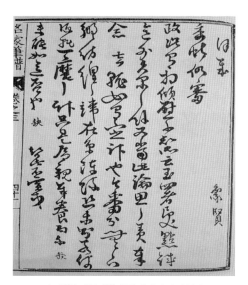

<송한필의 묵적(『근묵』)>   <송상현의묵적(『해동역대명가필보』)>

135

다음은 송상현 이후 활동한 서법가로 송시길宋時吉(1597~1656)이 눈에 띤다. 본관은 여산廬山이다. 임란 이후 17세기 서법임에도 한 세기 전인 송상현과 가장 유사한 서법이 아닐까 한다. 강한 필세와 상하 좌우 관계는 기세와 운을 위주로 한 전기의 비 송설체적 서법이다. 이 시기 간찰(근묵)의 일반적인 서풍은 이미 임란 이후 후기 서법에 접어들었고 송설체의 영향은 더욱 확대된다. 송준길과 송시열은 이 시기 성리학적 서법 인식을 확대한 주역으로 활동한다. 그럼에도 이와 동시대인 송시길의 서법에서 조선전기 서법의 면모를 볼 수 있는 점은 특별하다. 전기 서법을 간직한 가문의 서풍이 이어진 것이 아닐까 추정해 본다.

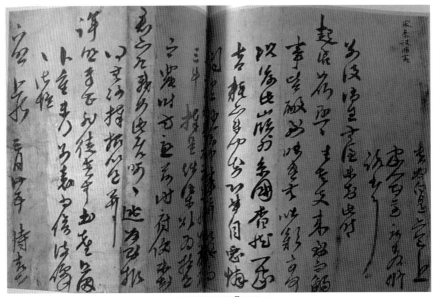

<송시길의 묵적(『근묵』)>

마지막으로 살펴볼 인물은 송상휘宋尙輝(?~ ?)다. 그는 혈선도血扇圖 16자 대자大字 휘호를 쓴 서법가이다. 집안에 전해오던 혈선 16자를 다시 쓴 송상현의 7대손이다. 선조께서 부채에 쓴 글이 세월이 오래되면 유실될까 염려되어 다시 쓴 것으로 원본은 천곡기념관에 진열되어 있다. 이 글씨를 쓴 시기는 1756년(영조 31)으로 송상현 사후 164년이 지난 후의 일이다. 18세기에 쓴 글씨에서 송상현 시절의 전기 필법이 연상된다. 이 시기 조선 서법은 이미 송설체적 분위기로 바뀌었다. 하지만 송설체로 바뀐 서풍은 대체로 세필 간찰 등의 필법에서 잘 나타나지만 대자大字를 쓰는 필법에서는 쉽게 바뀌지 않는다. 대자 서書에서는 과거의 필법이 대체로 유지된 것으로 볼 수 있다. 특히 두터운 한지에 진한 농묵으로

쓴 이 정도 큰 붓글씨는 요즘 사용하는 화선지에 쓰는 글씨와 달리 특별한 필법이 필요하다. 이 경우는 필법뿐만 아니라 묵법墨法 또한 크게 작용한다. 가로획과 세로획 그리고 이들의 연결부에서 기필은 당唐의 구양순 필법과 조금 다르게 변화되었지만 우리나라 한지에 쓰는 대자 글씨에 흔히 보이는 모습이다. 전체적으로 방필법과 직直을 기본으로 하는 굳센 필법을 따르고 있다. 한지韓紙에 쓰는 대자 필법은 한국서법만이 가질 수 있는 독특한 분위기가 있다. 종이가 다르기 때문이다. 그러나 종이가 한지韓紙에서 화선지畵宣紙로 대체 된 이후 현재 이 필법은 점차 잊혀가고 있다. 송상휘의 16자 글씨는 한지에 쓴 대자 서법으로 18세기 서법의 원본이 남아 있다는 점에서 의미 있는 자료라 본다.

<송상휘 16자 부분 '孤城月暈 列鎭高枕 君臣義重 父子恩輕'
천곡기념관>

이상에서 살펴본 바와 같이 동시대 지인의 서법과 비교에서 송상현 서법의 특징을 좀 더 발견할 수 있다. 서법 인식의 관점에서는 막역지우 4인 중 이항복과는 다른 점이 있고 신흠 등 3인과는 유사한 면이 있다. 필법 수준에서는 송상현 필법이 동시대 지인에 비해 전통 서법의 진수를 얻은 사실을 확인할 수 있다. 또한 송상현 전후 시기 서법의 맥락을 살펴보면 송상현 보다 앞선 시기에 송익필, 송한필 형제가 있고 선생 후에 송시길이 있다. 뿐만 아니라 그로부터 164년 후 18세기에 혈선도 16자 대자를 쓴 송상휘가 있다. 이들은 모두 여산송씨礪山宋氏 가문으로[23] 조선 전기서법의 전통이 이어진 흔적으로 보인다.

---

23) 송익필(宋翼弼, 1534~1599), 송한필(宋翰弼, 1536~?), 송상현(宋象賢, 1551~1592), 송시길(宋時吉, 1597~1656), 송상휘(宋尙輝, ?~?)의 본관은 여산(礪山)이다.

V. 맺음말

글씨를 서법으로 대하는 관점에 크게 두 가지가 있다. 하나는 글자를 각각 독립적 형태미로 보는 방식이고, 또 하나는 여러 문자가 서로 어울림에 의한 울림이 있다고 보는 것이다.

> "예쁘기는 하늘 끝에서 막 올라오는 초승달 같고 드문드문하기는 뭇별이 모여 은하수
> 가 된듯하다." "纖纖乎 似初月之出天崖 落落乎 猶衆星之列河漢"[24]

당唐의 손과정孫過庭(648~704)이 지은 『서보書譜』의 한 글귀다. 개별 글자는 초승달에 비유하고 무리 지은 글자는 은하수에 비유한다. 개별 문자는 문자대로 아름답게 쓰고 개별 문자가 모여 한편의 문장이 되면 뭇별이 은하수가 된 듯 표현해야 한다는 취지이다. 송설체松雪體는 전자에 치우친 점이 있고 상의서법尙意書法은 후자를 중시한다.

조선은 고려 이전과 달리 송설체가 성행하였다. 전기에는 왕조의 적극적 장려에도 불구하고 송설체보다 기존의 서법 인식이 강하게 남아 있었다. 송설체가 심화 된 시기는 임란 후 17세기 후로 보인다. 임란 이전 조선 전기서법의 특징을 비송설체적 현상으로 정리하였다. 이 시기 비송설체적 현상이란 곧 고려 이전의 서법 특징이며 중국 서법사에서는 고전주의 서법에 해당한다. 19세기 이후 추사가 다시 찾은 상의서법과도 일맥 통하는 점이 있다. 이 시기 보이는 비송설체적 현상은 앞서 천곡선생의 묵적을 분석한 결과와 일치한다.

원圓, 방方, 곡曲, 직直으로 분석한 필법에서 원필보다 방필, 곡曲보다 직直을 사용한다는 점과 수필收筆부분에서 확연히 차이나는 처리는 송설체와 대비되는 고전주의 서법이다. 또한 외기와 내기의 분석을 통해 필획은 서로 관계중심으로 구성되어 있다는 점을 확인하였고 포백의 3가지 분석을 통해 공간의 소밀에 대한 인식이 송설체의 화면과 다른 추사의 상의서법적 인식과 통한다는 사실을 살펴보았다. 즉, 선생의 유묵은 시기적으로도 조선 전기서법에 해당할 뿐만 아니라 내용 측면에서도 비송설체적 현상에 속하는 동

---

24) 孫過庭, 『서보(書譜)』, "纖纖乎 似初月之出天崖 落落乎 猶衆星之列河漢,

시대의 서법특징을 간직하고 있어 임란 이전(15~6세기) 시기 조선 서법을 대표할 만한 유묵에 속한다고 평가할 수 있다.

이러한 사실은 동시대 막역지우들의 묵적과 비교에서도 확인된다. 임란 이전 조선 전기라는 시기에 멈춘 선생의 서법이 그 이후를 살아간 교우들의 서법에 비해 얼마나 전기적 특징을 가지고 있는가를 알게 해 준다. 젊은 시절의 서법은 서법가에게 기초를 다지는 과정이다. 역량이 나타나는 시기를 대개 50대 이후로 본다면 30대 중후반에 쓴 것으로 보이는 선생의 서법이 고려 이전부터 내려오는 전승서법의 중심에 있다는 점은 높이 평가할 만하다. 당시보다 훗날을 더 기약할 수 있는 이유이기도 하다.

송상현이 익힌 고전적 서법의 전형은 구봉龜峯 송익필에서 연원을 살필 수 있다. 이는 조선 전기 기존 서법을 대표할 서법전통을 간직하고 있는 이유이기도 하다. 구봉 이후 천곡 선생의 필적이 있고 뒤이어 임란 후 17세기 송시길에서 천곡 선생과 가장 흡사한 묵적이 발견된다. 송시열, 송준길은 송설체 심화를 주도한 반면 같은 시기 송시길은 고법을 지키고 있었다는 점은 특기할 만하다. 즉 송익필 이후 이들이 익힌 서법은 가문에서 전승해오던 전통 서법일 가능성이 있다. 이 사실은 송상현 사후 164년이 지나 18세기에 쓴 송상휘의 대자 서書에서도 발견된다. 송설체가 글씨 변화에 지대한 영향을 준 것은 간찰체의 세필 글씨이다. 그러나 대자 서書에서 필법은 쉽게 바뀌지 않고 여전히 기존 필법 그대로 유지한다.대자 서書에서 조선 전기의 전승필법을 18세기에도 볼 수 있는 이유라 본다.

성리학적 서법 인식에 의한 조선 서법의 한계는 마침내 19세기 추사 김정희에 의해서 극복되었다. 그는 청의 신진 서법 사조를 넘어 상의서법을 지향하고 있었다. 추사가 실현한 상의서법은 조선 전기 이전까지 축적해온 기존 서법과 통한다. 조선 전기서법은 서법 고유의 고전적 개념에 닿아있다. 가문에 전승된 서법일 것으로 추정되는 송상현이 익혔던 서법은 이러한 고전적 서법의 중심에 있다. 짧은 생애로 인해 그 이후 서법의 성장을 보지 못하는 점이 안타까울 뿐이다.

[참 고 문 헌]

宋象賢, 『泉谷手筆集』(泉谷紀念館).

忠北大 人文學研究所編, 『泉谷先生集』, 淸州市, 2001.

成均館大學校博物館編, 『槿墨』, 2009.

孫過庭(唐), 『書譜』.

趙孟頫(元), 『蘭亭題十三跋』.

金正喜, 『阮堂全集』卷7「書贈洪祐衍」권8「雜識」(고전번역원역).

김용진, 『조선미술대요』, 열화당, 2001.

董其昌, 『동기창의 화론 畵眼』, 시공사, 2003.

박덕준, 「나의추사필법론」, 『항백 박덕준 묵서집 歸』, 2019.

심영환, 『조선 시대 고문서 초서체 연구』, 소와당, 2008.

정혜린, 『추사 김정희의 예술론』, 신구문화사, 2008.

조영임, 『천곡 송상현 선생의 삶과 추숭』, 천곡 종중, 2013.

진경환, 『조선의 잡지』, 소소의 책, 2018.

| 이상훈 |

　현재 육군사관학교 육군박물관 부관장으로 재직 중이다. 임진왜란사를 전공하였으며, 무기사와 군사제도에도 관심을 가지고 관련 전시 기획과 연구를 진행하고 있다. 저서로 〈충무공 이순신−삶에서 신화까지−〉, 〈다시찾은 우리 문화재 선무공신 김시민교서〉, 〈충무공 이순신〉(공저), 〈임진왜란과 권율장군〉(공저), 〈임진왜란과 한일관계〉(공저), 〈동아시아 세계와 임진왜란〉(공저), 〈임진왜란과 진주성전투〉(공저), 〈한국문화와 유물유적〉(공저) 등이 있다.

천곡 송상현
순절의 의미와
임진왜란

|이 상 훈|

천곡 송상현
순절의 의미와 임진왜란

1. 머리말

1592년 4월 13일 신시申時(13:00~15:00) 부산 가덕도 응봉봉수대를 관장하는 봉수감고 이등李登과 연대감고 서건徐巾은 바다를 뒤덮은 채 부산포를 향해 몰려오는 수를 헤아릴 수 없는 선단을 발견했다. 이들은 상관인 가덕진첨사 전응린田應麟과 천성보만호 황정黃珽에게 긴급히 보고했고 이 사실은 다시 당일로 경상우수사 원균에게로, 전라좌수사 이순신에게로 전해졌다.[1]

임진왜란의 서막이었다. 부산 앞바다에 정박한 채 밤을 보낸 다음날 일본군은 4시간 만에 부산진을 함락시켰고, 이튿날은 동래부를 초토화시켰다. 이후 파죽지세로 북상한 일본군은 20일 만에 서울로 진격하였다. 맥없이 무너지고 있는 조선의 초반 대응에, 평소 군사적 강국으로 여기고 있던 명나라에서는 원군을 파견하기 전 관리를 파견하여 전황을 확인하는 사태가 벌어지기도 했다.

사실 임진왜란은 단순한 한일 간의 전쟁이 아니었다. 조선이 초반 무력하게 당한 이면에는 '대항해시대'를 열고 아시아로 진출한 스페인, 포르투갈의 무역과 예수회의 선교 활

---

1) 『壬辰狀草』 「萬曆25年4月15日戌時啓本<倭警待變狀(1)>」 등 연속으로 올린 3통의 장계.

동이 있었고, 100여 년에 걸친 내란을 막 끝낸 일본의 막강한 도요토미 히데요시豊臣秀吉의 등장이 있었다. 이탈리아를 중심으로 시작된 르네상스 시대 이래 유럽에서는 화약과 나침반을 장착한 대형 범선이 세계를 일주하였고 이를 통한 동아시아와의 교역을 성사시켰다. 스페인과 포르투갈은 각각 필리핀과 마카오를 거점으로 삼았다. 이곳은 상업의 기지였을 뿐만 아니라 종교개혁의 여파로 위기감을 느낀 카톨릭의 미지의 세계에 대한 선교의 본부이기도 했다. 한편 동아시아는 분쟁의 소용돌이 속에 있었다. 중국의 명은 북쪽 타타르, 오이라트와의 분쟁, 동쪽에서 새로운 세력으로 부상한 여진, 남쪽 해안을 침공하는 왜구 문제로 골머리를 앓고 있었으나, 여전히 동아시아의 맹주로서의 힘을 지니고 있었다. 일본은 남북조시대 이래 약 백여 년의 내란기를 끝내고 오다 노부나가와 도요토미 히데요시에 의한 통일의 길로 들어서고 있었다. 결국 이런 흐름 속에서 발발한 임진왜란은 단순한 도요토미 히데요시의 야욕에 의한 침략전쟁을 넘어 세계사적 전쟁의 의미를 지니게 되었다.

일본이 침입하면서 시작된 부산지역에서의 전투는 첫 전투의 의미를 지니고 있었기 때문에 그간 전투의 경과나, 관련 인물에 대한 연구, 특별전시를 통한 유물 중심의 고찰이 있었다. 또한 동래읍성의 해자를 발굴하면서 전쟁의 흔적과 관련된 유물이 다량 출토되어 이를 통한 부산지역에서의 전투도 조명되었다.

이 글에서는 이를 종합하여, 동래성 전투의 경과와 이 전투에서 동래부사 송상현이 순절함으로써 임진왜란 중 미친 영향 등을 살펴보고자 한다.

2. 임란 전 국내외 정세

도요토미 히데요시는 임란 6년 전, 1백여 년간 군웅이 서로 할거하던 일본의 전국시대를 통일하는 과정 중에도 '대명정벌大明征伐'을 호언했다고 한다. 히데요시는 일본 전국을 통일하고 대마도주로 하여금 명나라를 정벌하기 위해 길을 빌리자는 구실로 조선에 사신을 파견하면서 조선침략을 구체화해갔다. 그는 조선에 보낸 국서에 "사람이 세상에 태어나 장수한다고 해보았자 옛날부터 백세를 넘기지 못하니, 어찌 이 일본같이 조그만 섬에만 국척跼蹐(웅크리고 조심스럽게 다님)하여 있으랴! 그러므로 나는 국가 간의 간격이나

산과 바다의 거리를 거리낌없이 단번에 뛰어 대명국에 쳐들어가 일본의 문화와 풍속을 대륙 4백여 주州에 펴서 우리 정치를 억만년 두고 시행하려 한다. 귀국은 그 의도를 잘 이해하고 길을 빌려주고 대명국에 쳐들어가는 데 앞장서 주기 바란다."라고 하였다. 이로 미루어 침략초기 히데요시의 야망은 실제 중국으로 진출하는 것이었음을 엿볼 수 있다.

조선왕조의 기본적인 대외정책은 사대事大와 교린交隣이라고 할 수 있었다. 이중 일본과는 교린정책을 폈는데 주로 왜구를 막기 위해 회유와 견제를 통한 기미羈縻 정책이 기본이었다. 그러므로 조선은 경계는 하였지만 일본이 적극적으로 교섭하여 오지 않는 한 먼저 나서서 저들의 국내정세를 굳이 알려고 하지 않는 소극적인 외교관계를 유지하였다. 양국의 외교관계는 주로 조선이 세견미를 하사하고 무역 특혜를 인정한 대마도주 소씨宗氏를 중계로 하여 전개되었는데, 조선은 일본과의 외교를 교린이라 하여도 상국으로서 자처하는 것으로 만족하였다.

고려말 극성을 부리던 왜구의 침탈은 조선초에 이르러 점차 진정되었다가 중종무렵 시작된 후기 왜구의 침탈로 삼포왜란(1510, 중종 5), 을묘왜변(1541, 중종 36) 등으로 단절에 가까운 상태에 놓이게 되었다.[2]

16세기의 일본 사회는 오닌의 난(1467~1477) 이후 약 100여년 간 하극상의 동란기인 전국시대로 들어갔다. 종래의 무로마치막부의 중신이었던 슈고다이묘守護大名들이 약화 내지 소멸되고 세코큐다이묘戰國大名라 불린 세력들이 등장하였다. 이들이 자신의 영지 집권을 강화하면서 영주국내에는 '죠카마치城下町'가 형성되었다. 이곳은 다이묘들이 외적의 침입으로부터 영지를 지키는 곳인 동시에 정치와 상업의 중심지였다. 전국시대에는 여러 형태의 도시가 생겼는데 항구에는 무역항이 번성하게 되었다.

포르투갈·스페인 등 서양세력의 진출로 이들과의 교역이 활발해지고 서양 문물이 전래되어 사회 전반에도 큰 영향을 미쳤다. 1543년 포르투갈 상인이 다네가시마種子島에 도착하여 신무기인 뎃뽀鐵砲, 鳥銃가 전래되었다. 당시의 일본은 전국시대 말의 혼란기였기 때문에 조총은 빠른 속도로 보급되었고, 자체 생산도 이루어지기 시작하였다. 전투도 형태가 바뀌어 조총의 보급은 종래와 같은 전문 전투 집단보다는 조총으로 무장한 보

---

2) 최영희, 「임진왜란」(『신편한국사』29, 국사편찬위원회, 1995), 13~22쪽.

병 집단에 의한 전투가 중요하게 되었다.

한편 천주교단의 예수회 전래도 또한 일본 사회에 큰 변화를 불러 일으켰다. 예수회의 프란시스코 자비에르Francisco Xavier 1549년 포교의 허가를 얻고자 교토에 도착하였으나 포교가 여의치 않자 야마구치에서 포교의 허가를 얻었다. 규슈지방의 다이묘들은 외국과의 무역에 큰 관심을 가지고 자기 영토에 무역선을 유치하기 위해 예수회에 대해서도 호의적인 태도를 취하기도 했고 일부 다이묘는 개종을 하였다. 그러나 임진왜란이 일어나기 2년 전인 1587년 도요토미는 선교사의 국외추방을 명하고 나가사키를 예수회의 수중으로부터 빼앗아 직할영으로 삼음으로써 일본의 천주교는 약화되었다. 다이묘 중 고니시 유키나가小西行長는 대표적인 가톨릭 영주였고 조선 침략군 중 약 2천명의 장병이 영세를 받았다.

일본 전국시대의 통일은 오다 노부나가織田信長에 의하여 추진되어 도요토미 히데요시에 의하여 완성되었다. 오다가 1582년 살해당하자 도요토미가 후계자의 지위를 확립하면서, 오사카성을 쌓고 본거지로 삼았다. 그리고 간토의 도쿠가와 이에야스德川家康와 화평을 맺는 한편 천황을 옹호하면서 1585년 7월 백관을 통솔하고 국정을 총괄하는 간바쿠關白가 되었다. 1587년에는 구주정벌을 끝내고 그 여세를 몰아 국내 통일사업을 완수해 나갔다. 그리고 그는 전국의 통일이 끝나자 구상 중이었던 대륙의 침략을 실행에 옮기기 시작하였다.[3]

임란 개시 6년 전인 1586년 4월 오사카성 예수회 부관장인 페로에스가 도요토미를 심방했을 때 도요토미는 전국을 통일한 뒤에는 조선과 중국을 정벌코자 하는데 그 때는 2천척의 함선을 만들고, 요구대로 줄 터이니 무장된 포선葡船(포르투갈 배, 서양선박)을 사도록 주선해 달라고 부탁한 일이 있었다고 한다. 그러나 이듬해 규슈원정을 끝내고 돌아오던 도중에 하카다博多에서 포르투갈 선박의 매입을 시도했으나 불발로 끝나고 말았다.

도요토미가 정식으로 원정을 결정하고 대륙침공 준비에 착수한 것은 임진왜란 개전 한 해 전인 1590년 정월의 일이었다. 전국에 선박 건조령을 발포하여 군사와 군량을 운반하는 운송선을 연해 제번諸蕃의 매 만석에 대하여 대선 2척씩 장납조미藏納租米(전비로 납부

---

3) 임진왜란 전 일본 내 통일과 임진왜란의 준비 과정에 대해서는 中村榮孝, 『日鮮關係の硏究(中)』(吉川弘文館, 1969), 池內宏, 『文祿慶長の役(正編)』(吉川弘文館, 1936) 참조.

하는 쌀)는 매 10만 석에 대하여 대선 3, 중선 5척씩을 제조케 하고 수수水手(선원)는 매 백 호에 10인씩을 제공케 하고 선두船頭는 보이는 대로 전부 징발하였다. 그리고 그 이듬해까지 항구 섭주攝州, 파주播州, 천주泉州에 도착하도록 총동원되었다.

조선령造船令과 징병령에 이어 다시 8월에는 침략의 전초기지인 히젠肥前 나고야名護屋에 성을 쌓았고, 12월에는 관백직을 조카인 도요토미 히데츠쿠豊臣秀次에게 물려주고 자기는 직접 진두지휘할 작정이었다. 군용으로 금은화를 주조하여 군량을 수집하고 다량의 말먹이도 준비하였다. 제반 준비가 진행됨에 따라 선발군 약 14만 명을 6군으로 나누어 제 1군은 소서행장, 제 2군은 가등청정이 인솔하고, 예비군 약 6만 명을 3군으로 나누어 나고야에 대기시켰다. 1590년(선조 24) 8월에 이르러 도요토미는 조선침략을 위한 총동원령을 내렸다. 1591년 정월 전국에 걸쳐 군량·병선·군역의 수를 할당하였으며, 8월 23일에는 조선 침공의 날짜를 다음해 3월 1일로 결정하였다.

1592년 정월에는 수륙침공군의 편성을 마치고 다시 3월에 재편하였다. 이를 살펴보면 육병은 침공군인 1번대에서 9번대까지 총 15만 8천 7백 명이고, 나고야를 비롯한 일본국내 잔류병력은 11만 8천 3백여 명이었다. 그리고 이중에서도 선봉대로서 최전선에 투입된 병력은 고니시를 주장으로 하는 1번대의 1만 8천 7백 명, 가토 기요마사加藤淸正가 주장인 2번대의 2만 2천 8백 명과 구로다 나카마사黑田長正의 3번대 1만 1천 명 등 5만 2천 5백 명이었다. 그리고 구키 요시타카九鬼嘉隆·와키자카 야스하루脇坂安治·가토 요시아키라加藤嘉明·도도 다카도라藤堂高虎 등의 영주가 별도로 수군을 편성하고 있었다. 일본군은 치밀한 침공계획하에 중계지인 대마도로 속속 집결하여 도요토미의 '바다를 건너는 가운데는 한 필의 군마도 손실하여서는 안된다'는 엄명에 따라 침공의 날을 기다리게 되었다.[4]

조선에서는 임란 1년 전부터 만일에 대비한 방어책을 세웠다. 첫째는 각도의 성곽을 수축하고, 둘째 무기를 점검하고, 셋째 무신 중에 뛰어난 재질이 있는 자는 서열에 구애받지 않고 발탁하는 일이었다. 특히 조정에서는 왜가 육전보다는 수전에 능하다는 판단 아래 전국, 그 중에서도 경상·전라도의 성곽 수축에 힘쓰라는 명령을 내렸다. 이에 따라 영

---

4) 池内宏, 『文祿慶長の役(別編第一)』, 吉川弘文館, 1936 참조.

천·청도·삼가·대구·성주·부산·동래·진주·안동·상주·좌우 병영의 성을 증축하고 해자를 깊이 파게 되었다. 이에 대해 일부 양반들은 왜군이 침공하지 않을 것이라고 반대하였고, 성곽 수축과 군사 훈련에 동원된 백성들은 지방 통치관인 수령과 군사지휘관인 병사 등에게 원망을 품게 되었다. 임란이 일어나기 1개월 전 3월에 전라도 강진에서는 서울에서 내려온 순찰사 신립申砬의 독촉으로 성곽을 수축하는 승군과 군사훈련에 원성이 높았다고 했는데 이는 경상도도 거의 같았을 것으로 생각된다. 다만, 서열에 관계없이 무장을 발탁하여 이중에서 이순신·권율 등과 같은 인물이 발탁되었다.[5]

국방 전략상으로 조선은 진관법 체제를 유지하다가 을묘왜변(명종 10년, 1555) 이후 제승방략으로 개편하였고 임진왜란 전에 다시 진관법으로 돌아가자는 논의가 있었으나 그대로 시행되고 있었다. 이 제승방략은 적의 침략이 있으면 지방의 농민들이 군대로 편제되어 약속한 곳으로 집결하면 중앙에서 지휘관을 파견하여 지휘하는 체제였다.

3. 부산지역에서의 임진왜란 전투

1) 부산진과 다대포전투 (1592년 4월 14일)

일본군 1번대인 고니시군은 1592년 4월 13일 부산진에 기습 침공하였다. 1번대는 총 18,700명으로 대마도주 소 요시토시宗義智 5,000명, 히고 우토성주肥後宇土城主 고니시 유키나가 7,000명, 히젠 히라도성주肥前 平戶城主 마츠라 호인松浦鎭信 3,000명, 히젠 츠마바라성주肥前 島原城主 아리마 하루노부有間晴信 2,000명, 히젠 오무라성주肥前 大村城主 오무라 요시아키大村喜前 1,000명, 히젠 후쿠가와성주肥前 福江城主 고토 스미하루五島純玄 700명 등의 부대로 총병력이 18,700명으로 구성되어 있었다. 선조 25년(1592) 4월 13일 병선 700여 척에 분승하고 진각辰刻(오전 7~9시) 대마도를 출발하여 신미申尾(오후 3~5시)에 부산진 앞바다에 도착하였다.[6]

이때 다다대포 방면 응봉봉수대 봉수감고 이등과 거제도 연대봉수대 감고 서건은 추이

---

5) 최영희,『임진왜란사 연구』, 최영희선생10주기추모위원회, 2015, 27~34쪽.

6) 부산성 전투에 대해서는 최영희, 「임진왜란 첫전투에 대하여」,『水邨朴永錫華甲論叢』韓國史學論叢 上(동 간행위원회, 1992) 참조.

도를 지나 부산포로 가는 일본군 선단 90여척을 발견하여 경상우수군 소속 가덕진첨사 전응린과 천성보만호 황정에게 알렸고 그들은 경상우수사 원균에게 보고하였다. 원균은 그 정보를 장계로 작성하여 경상우수영, 전라좌수영, 경상감사, 조정 등에 보냈다. 하지만 점점 늘어나는 일본군 선단을 보게 되어 전응린은 2번째로 150여 척의 일본군 선단이 해운대와 부산진으로 향하는 것을 발견했고 박홍의 경상좌수군은 박홍의 경상조수군은 세 번째로 일본군 선단 350척의 부산포 건너편에 도착한 것을 살핀 결과 최종적으로 일본군 선단 400여 척을 탐지하였다. 하지만 부산 앞바다에 나타난 일본군의 배는 700여 척에 이르렀다.[7] 이날 일본군은 부산 절영도 앞바다에서 정박하였고 소오요시토시가 일부병력을 상륙시켜 부산진을 살피게 하였다.

일본군이 부산 앞바다에 도착한 때 부산진첨절제사 정발鄭撥은 절영도絶影島(현재의 영도)에서 사냥하다가 미지의 선단이 부산을 향해 오는 것을 보았는데, 처음에는 세견선으로 추측했지만 곧 사태가 심각함을 알아차리고 부산진성으로 귀환하였다. 정발은 성 밖에 있는 군졸들과 백성들을 독촉하여 입성하게 하였는데 수비를 강화시키고 백성들을 보호하려는 것이었다. 그리고 왜관에 남아 있던 일본인 4명을 잡아 가두었는데 침략군과 내통하는 것을 막기 위해서였다. 또한 부산진에 소속된 전선 3척에 구멍을 뚫어 침몰시키고 경상좌수사 박홍朴泓에게 일본군의 침입을 알리면서 부산 앞바다에 정박한 일본군 선단을 야습해줄 것을 건의했지만 박홍은 요청을 거절했다.

다음 날인 4월 14일 새벽, 고니시 유키나가군은 전투준비를 마치고 부산진성으로 향했다. 일본군이 부산진성에 도착하니 성 앞에는 마름쇠가 깔려 있었고 성을 지키는 조선군은 흉갑과 철모를 갖춰 입고 승자총통과 활 등으로 무장하고 있었다. 일본군은 우선 부산진성을 겹겹이 포위하고 성 주변의 마을을 불태웠다. 오전 6시, 일본군 제1번대는 산등선을 이루고 있는 북쪽을 제외하고 세방면에서 부산진성을 공격하기 시작했다. 일본군은 해자와 마름쇠에 판자를 깔아 무력화시켰고 성 뒤쪽에 진을 쳐 성 주변의 높은 지점(부산지성 서문지점)을 장악하고서 총을 쏘며 성을 공격하니, 정발은 남문에서 서문으로 왕복하며 일본군을 상대로 용감하게 싸웠다.

---

7) 『壬辰狀草』「萬曆25年4月15日戌時啓本<倭警待變狀(1)>」 등 연속으로 올린 3통의 장계.

151

이때 부산진성에 배치된 조선군은 불과 6백여 명에 불과했지만 정발은 검은 전복을 입고 활을 쏘아댔다.8) 그리고 부사맹 이정헌李庭憲도 참모로서 부산성에 머물다가 참전하였다. 조선군의 저항 속에 일본군은 지형을 믿고 방비가 허술한 북쪽을 공격하여 마침내 성안으로 침입하였으며 성안에서 치열한 전투가 벌어졌다. 이 무렵 정발 휘하의 비장은 정발에게 성 밖으로 피하여 원군을 기다리라고 했으나 정발이 "나는 마땅히 마지막까지 이 성을 지킬 것이다! 남아대장부는 적을 앞에 두고 죽기로 싸울 뿐이다."라고 하고 휘하 장졸들을 독려하였다. 하지만 정발은 머리에 조총을 맞았으며, 곧 절명하고 말았다.

정발이 전사한 후에도 휘하 장수들과 병사, 백성들은 항전을 계속하니 일본군은 이들을 전멸시키고 나서야 부산진성을 장악할 수 있었다. 성이 함락되는 것이 확실해지자 정발의 소실 애향愛香은 목을 매달아 자결하니 그녀의 나이 18세였으며 애향의 몸종 용월龍月도 일본군과 싸우다가 죽었다. 부사맹 이정현과 중위장 장희식도 전사 했다. 기장사람 신옥은 부산진 소동으로 성이 함락될 때에 일본군에게 잡히자 항거하다가 마침내 참수되었다. 아버지의 전사 소식을 들은 아들 신기운은 겨우 13세의 어린 나이에도 불구하고 부산진성으로 달려갔고 잡혀서 일본으로 끌려갔다. 그는 6년 뒤인 19살 때에 몰래 조각배를 훔쳐 타고 일본에서 탈출했다. 일본인들이 쫓아오니 조각배를 버리고 바닷속에 뛰어들어 며칠 동안 망망대해에서 표류하다가 다행히 어선에 구조되어 부산으로 돌아올 수 있었다.

덴케이天征가 쓴『서정일기西征日記』에는 부산진에서 조선인 3,000여 명을 참살했다고 기록했으며 포르투갈 선교사 루이스 프로이스가 쓴『일본사』에는 소수의 조선군과 여인들과 아이들이 일본군에게 잡혔는데 여인들은 일본군에게 잡히지 않으려고 솥과 냄비의 검댕이로 얼굴을 칠하고 혹은 초라하고 남루한 의복을 입어 신분을 속이려고 하였고 어떤 여인은 갑작스럽고 엄청난 재앙을 맡아 눈물로 범벅이 되어 하늘을 향해 소리를 지르고 울부짖으며 항복하기도 했으며 귀하고 용모 단정한 아이들은 부모가 가르쳐 준 대로 일부러 발을 절뚝거리며 절름발이 행세를 하고 어떤 아이들은 미친 것처럼 입에 경련을 일으켰지만 일본군은 속임수를 눈치채고 그들을 계속 포로로 잡았다고 기록했다. 이때 부산진성 전투에 참전한 토병 가은산 등 3인은 성이 함락될 때에 시체더미에 숨어 있

---

8) 정발의 인상깊은 분전에 일본군은 그를 흑의장군이라 부르게 되었다.

다가 고니시가 살육을 멈추게 할 무렵에 기어 나와서 항복했다. 그들은 일본군 배에서 억류되어 있다가 탈출한 뒤에 정발이 부산진전투를 증언하였다.

부산진성이 함락한 4월 14일, 이날 일본군은 다대포와 서평포도 공격하였다. 이때 다대포첨사 윤흥신尹興信은 4월 13일 오후에 응봉봉수대에서 일본군 선단 침입을 보고 받은 이후에 함대를 바다에 띄워 경계태세를 갖추고 있었다. 그가 이끄는 조선 수군은 일본군이 부산에 나타난 4월 13일부터 일본군과 맞서 싸웠으나, 윤흥신과 그의 동생 윤흥제尹興悌는 전사하였으며 다대포와 서평포는 점령되고 말았다.

2) 동래성전투(1592년 4월 15일)

부산진 전투 다음날 일본군은 동래부로 몰려갔다. 일본군은 성을 겹겹이 포위하고 남문 밖에 "싸우고 싶으면 싸우고, 싸우고 싶지 않으면 길을 빌려 달라[戰則戰矣 不戰則假道]"는 목패木牌를 세웠다. 이에 송상현 부사는 "싸워서 죽기는 쉬우나 길을 빌려주기는 어렵다[戰死易 假道難]"고 글을 써서 성문 밖으로 던지고 항전을 시작했다.

전투의 상황에 대해 『선조실록』에는 비교적 간략히 서술하였으나 『선조수정실록』은 이를 보충하여 자세한 기록을 남겼다. 이후 신흠의 『송동래전宋東萊傳』이나 『임진록壬辰錄』 등의 대부분의 기록들이 유사하기 때문에 『선조수정실록』을 인용하는 것으로 동래성 전투의 전모를 살펴보도록 한다.

> 14일 왜적이 크게 군사를 일으켜 침략해 와서 부산진釜山鎭을 함락시켰는데 첨사僉使 정발鄭撥이 전사하고, 이어 동래부東萊府가 함락되면서 부사 송상현宋象賢도 전사하였다. 평수길平秀吉이 우리나라가 그들에게 명나라를 공격하는 길을 빌려주지 않는다는 이유로 마침내 여러 섬의 군사 20만을 징발하여 직접 거느리고 일기도一岐島까지 이르러 평수가平秀家 등 36명의 장수에게 나누어 거느리게 하고, 대마 도주 평의지平義智와 평조신平調信·행장行長·현소玄蘇를 향도로 삼아 4~5만 척의 배로 바다를 뒤덮고 와 이달 13일 새벽 안개를 틈타 바다를 건너왔다. 부산에서 망을 보던 관리가 처음에 먼저 온 4백여 척을 보고 주진主鎭에 전보轉報하였는데, 변장邊將이 단지 처음 보고받은 것을 근거로 이를 실제 수효로 여겼다. 그리하여 병사兵使가 장계하기를 '적의 배가 4백 척이 채 못 되는데 한 척에 실은 인원이 수십 명에 불과하니 그 대략을 계산하면 약 만 명쯤 될 것이다.'고 하였으므로, 조정에서도 그렇게 여겼다.
>
> 부산 첨사 정발은 절영도絶影島에 사냥하러 갔다가 급히 돌아와 성에 들어갔는데 전

선戰船은 구멍을 뚫어 가라앉히게 하고 군사와 백성들을 모두 거느리고 성가퀴를 지켰다. 이튿날 새벽에 적이 성을 백 겹으로 에워싸고 서쪽 성 밖의 높은 곳에 올라가 포砲를 비오듯 쏘아대었다. 정발이 서문西門을 지키면서 한참 동안 대항하여 싸웠는데 적의 무리가 화살에 맞아 죽은 자가 매우 많았다. 그러나 정발이 화살이 다 떨어져 적의 탄환에 맞아 전사하자 성이 마침내 함락되었다.

동래 부사 송상현은 적이 바다를 건넜다는 소문을 듣고 지역 안의 주민과 군사 그리고 이웃 고을의 군사를 불러 모두 몰고 성에 들어가 나누어 지켰다. 병사 이각李珏도 병영兵營에서 달려왔으나 조금 지나서 부산이 함락되었다는 소식을 듣고는 겁을 먹고 어쩔 줄 모르면서 핑계 대기를 '나는 대장이니 외부에 있으면서 협공하는 것이 마땅하다. 즉시 나가서 소산역蘇山驛에 진을 쳐야 하겠다'고 하였다. 상현이 남아서 같이 지키자고 간청하였으나 그는 따르지 않았다. 성이 마침내 포위를 당하자 상현이 성의 남문에 올라가 전투를 독려했으나 반일半日 만에 성이 함락되었다. 상현은 갑옷 위에 조복朝服을 입고 의자에 앉아 움직이지 않았다. 도왜島倭 평성관平成寬은 일찍이 동래에 왕래하면서 상현의 대접을 후하게 받았었다. 이때에 이르러 그가 먼저 들어와 손을 들고 옷을 끌며 빈 틈을 가리키면서 피하여 숨도록 하였으나 상현이 따르지 아니하였다. 적이 마침내 모여들어 생포하려고 하자 상현이 발로 걷어차면서 항거하다가 마침내 해를 입었다.

성이 장차 함락되려고 할 때에 상현은 면하지 못할 것을 알고 손수 부채에다 '달무리처럼 포위당한 외로운 성 대진의 구원병은 오지 않는데, 군신의 의리는 중하고 부자의 은혜는 가벼워라[孤城月暈 列鎮高枕 君臣義重 父子恩輕]'고 써서 가노家奴에게 주어 그의 아비 송복흥宋復興에게 돌아가 보고하게 하였다. 죽은 뒤에 평조신이 보고서 탄식하며 시체를 관棺에 넣어 성 밖에 묻어주고 푯말[標]을 세워 식별하게 하였다. 상현에게 천인賤人 출신의 첩이 있었는데, 적이 그를 더럽히려 하자, 굴하지 않고 죽었으므로 왜인들이 그를 의롭게 여겨 상현과 함께 매장하고 표표를 하였다. 또 양인良人 출신의 첩도 잡혔으나 처음부터 끝까지 굴하지 않자 왜인들이 공경하여 별실別室에 두었다가 뒤에 마침내 돌아가게 하였다.

송상현은 기국器局이 탁월하였으며 시詩를 잘하는 것으로 이름이 났다. 경인년에 간관諫官이 되고, 신묘년에 부사로 나갔는데, 실상은 배척당한 것이었다. 갑오년에 병사兵使 김응서金應瑞가 울산蔚山에서 청정淸正을 만났을 때 청정이 그가 의롭게 죽은 상황을 갖추어 말하고, 또 집안사람이 시체를 거두어 반장返葬하도록 허락하는 한편 경내를 벗어날 때까지 호위하여 주었는데, 적에게 함락된 유민들이 길에서 옹위하여 울며 전송하였다. 이조 참판에 추증하고 그의 아들 한 사람에게는 벼슬을 내리도록 명하였다. 서인庶人인 신여로申汝櫓가 상현을 따랐었는데 상현이 돌려보냈었다. 그러나 그는 도중에서 부산이 함락되었다는 소식을 듣고 사람들에게 말하기를 '내가 난리를 당하여 은혜를 저버릴 수 없다.' 하고 도로 성으로 들어가 함께 죽었다고 한다.[9]

---

9) 『선조수정실록』 권26, 선조 25년 4월 14일 계묘.

민간인 피해가 얼마나 심했는지 훗날 양산 군수 조영규의 아들이 아버지의 시신을 찾으러 동래성에 왔다가 시신이 너무 많아 찾지 못했다고 했으며 매년 4월 15일이면 성 안 거의 모든 집안이 다 제사를 지냈으며 일가가 모두 사망하여 제사를 못 지내는 집도 있을 정도였다고 한다.[10]

2005년부터 2008년 사이에 동래구 수안동 지하철 건설과정에서 동래읍성 남문 밖 해자가 일부 발굴되었는데 이곳에서는 조선군의 무기로 찰갑과 투구, 환도, 낫, 화살촉과 활, 창 등 각종 무기류와 대접, 숟가락 등의 생활용품 외 100여 구 이상의 인골이 발굴되었다. 이 인골 중 일부는 둔기에 함몰되거나 총알에 의한 관통상을 입은 것이 있으며, 칼과 같은 예리한 무기에 의해 베인 것도 있어 당시 전투의 치열함과 처참함을 보여주고 있다.[11]

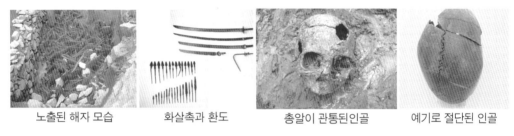

| 노출된 해자 모습 | 화살촉과 환도 | 총알이 관통된인골 | 예기로 절단된 인골 |

<그림 6> 동래읍성 해자 발굴과 출토무기 및 인골

4. 임진왜란 중 송상현 순절의 영향

송상현宋象賢(1551년~1592년 4월 13일)은 조선 중기의 문신으로 자는 덕구德求, 호는 천곡泉谷·한천寒泉이며 시호는 충렬忠烈이다. 그의 본관은 여산礪山이며, 아버지는 평강, 용안 등에서 현감을 지낸 송복흥宋復興이고, 할아버지는 송전宋琠이며, 증조할아버지는 송승은宋承殷이다. 부인은 성주이씨星州李氏로 이문건李文健의 손녀이다. 전라북도 정읍에서 태어나, 어려서부터 남달리 재주가 뛰어나 10여세에 경사經史에 통달하였다. 15세에 승보시陞補試에 장원하면서 문장을 떨쳤고 김장생金長生과 우의를 맺었다. 1570년(선조 3) 진사시에 입격하여 진사가 되고, 1576년 문과에 병과로 급제하여 승문원 정자에 보임되었으며, 승정원주서, 경성판관, 사헌부지평 등을 거쳐 호조·예조·공조의 정랑, 공조

---

10) 李安訥,『東岳集』「壬辰孟夏有憾」

11) 경남문화재연구원,『동래읍성 해자 발굴보고서』, 2009 참조.

좌랑과 군자감정 등을 지냈다. 1584년 종계변무사질정관으로 명나라에 다녀왔다.[12] 이러한 관력에서 보면 그는 일찍이 문장에 소질을 보이고 있었으며, 이를 인정받아 종계무변을 성사시키기 위한 중요한 중국사행에 참여한 것이었다. 조선시대 질정관은 기예가 출중한 당하관에서 임명되었는데 모호한 한자나 단어의 뜻을 명확히 조사하는 것, 중국의 학문적 경향을 파악하는 것, 중국의 정치적 동향을 파악하는 것을 담당하는 중요한 임무를 띠었다.[13]

송상현이 동래부사로 임명된 것은 임진왜란이 일어나기 꼭 1년 전인 1591년 4월이었다.[14] 전년 경인통신사로 갔던 황윤길과 김성일이 돌아오고 한 달 뒤로 가져온 국서와 일본의 침략 가능성 여부를 놓고 조정의 논란이 큰 시기였다. 전쟁이 예고되고 전국이 전비의 점검으로 소란스러웠던 이 시기 조정은 일본과 통하는 관문인 동래에 문장과 외교에 밝은 그를 부사로 임명한 것은 그만큼 신망이 두터웠던 것을 의미한다고 할 수 있을 것이다.

송상현의 순절은 전쟁의 혼란 속에서 정확히 알려지지 않았던 것 같다. 전쟁이 발발하고 7개월이 지난 시점에서도 한편으로는 살아있다고 하고, 일본군이 목을 잘라 대마도로 전송했다고 하는 이야기가 조정에서 언급될 정도였다.[15] 따라서 조정에서는 순절한 지 1년이 지난 시점에서 포상으로 증직하는 일에 대해 선조는 잘 알지 못한 일로 다시 살펴서 조처하라고 하고 있다.[16]

순절 당시 정황이 일본군 장수에 의해 정확히 알려진 것은 명과 일본 간의 화의가 한참 진행된 이후였다. 1594년 11월 경상우병사 김응서와 일본군의 장수 고니시와 소 요시토시 등이 함안 지곡현地谷峴에서 만나 화친에 대한 회담을 했다. 이때 고니시는 원래 일본은 명에 조공을 하기 위해 군대를 파견한 것이라고 강변하면서 부산진에서도 먼저 문서를 보였으나 정발이 보지도 않고 응전한 것이며, 동래에서도 문서를 보였으나 답하지 않고 마구 일본군을 쏘므로 부득이하게 성을 함락시킬 수밖에 없었다고 했다. 그러면서 송상현의 최후의 모습과 순절 후 상황을 이야기했다.

---

12) 송상현의 생애와 관력에 관한 사항은 송상현의 문집인『泉谷集』권2「부록」의 '傳' '行狀' '神道碑銘' '東萊南門碑記' '壬辰遺聞' 등을 참조하였음.
13) 조헌이 1574년 사행 후 올린『질정록』참조.
14)『선조실록』권25, 선조 24년 4월 4일 기해.
15)『선조실록』권32, 선조 25년 11월 25일 신사.
16)『선조실록』권43, 선조 26년 10월 29일 기유.

동래부사가 갑옷 위에다 홍단령紅團領에 사모紗帽를 쓰고 손을 모아 교의交椅에 앉아 일본 군사가 칼을 휘두르며 돌입하여도 조금도 요동함이 없이 목을 베려 하는데도 조금도 안색을 바꾸지 않고 한 번도 눈을 들지 아니하고 입을 다물고 말이 없으므로 무지한 왜병이 머리를 베어 나에게 바쳤습니다. 나는 동래 태수에게 전부터 은혜를 입었으므로 곧 염습하여 동문 밖에 묻고 기둥을 세웠으니, 이것은 요시라가 자세히 압니다. 만약 유족이 있어 해골을 찾는다면 가리켜 드릴 생각입니다. 그의 첩은 여종 네 사람·남종 두 사람을 거느렸는데 더러운 욕을 보이지 않고 대마도로 들여보냈더니 관백關白께서 말씀하시기를, '재상의 첩을 데려오는 것은 옳지 못하다.' 하여, 도로 동래로 보내어 조선에 넘겨주려 하였으나 그때에는 조선 사람이 하나도 출입하지 않으므로 통지할 수가 없어 그대로 부산에 두었다가 금년 3월에 관백이 도로 데려 왔습니다. 이 여인은 나이 30여 세인데 아들이 있다 합니다.. 하였다. 병사가 말하기를, "어떤 사람이 관계하였는가?"하니, 답하기를, "재상의 고물故物이라 하여 더럽혀 욕보이지 아니하고 그 노비奴婢를 시켜 보호하고 있으면서 다행히 만약 화친이 되면 내보낼 생각입니다."하고, 또 말하기를, "동래성이 함락할 때에 울산 군수로 이름은 모르나 수염 많은 자가 일본 군사에게 잡혀서 항복을 빌며 살려 달라 하므로 내가 일본이 요구하는 일과 조선의 화복禍福을 말한 서한書翰을 주어 내보냈는데, 그 사람도 역시 조정에 전하지 않아서 이 지경이 되었으니, 후회 막급입니다. 그 사람이 살았는지요? 이것은 우리가 조선을 괜히 해치려 하는 것이 아닙니다."[17]

일본군은 고니시의 주도로 송상현의 주검을 동래성 동문 밖에 묻고 말뚝을 박아 표시를 하였으며, 포로로 잡은 소실은 일본에 머물게 하고 있다고 그의 죽음에 대한 상황을 전한 것이다. 이 사실이 알려지자 조정에서는 '각별히 그를 포증褒贈하고 그 자손을 녹용錄用함으로써 그의 충절을 표명하고, 출신出身으로 상주尙州·함창咸昌 등에서 유생들을 취합하여 향교를 차지한 적과 힘껏 싸우다 죽은 송건섭宋健燮을 위문하여 포상하는 것'에 대해 임금의 윤허를 받았다.[18] 송상현 순절의 정황은 비로소 인근에 정확히 전해지기 시작했다. 함양에 거주하던 정경운鄭慶雲도 이즈음 이 사실을 들은 것을 일기에 적었다.[19]

이런 조정의 조처와 포상 분위기 조성은 전국적으로 다시 한번 송상현의 순절을 되새기게 하였고, 조정은 이후 일본군에 저항하다 순절한 대표적인 예로 전쟁 기간 중 전투를 회피하려는 또는 화의에 동조하려는 관리들을 독려하는 사례로 이용하였다.[20]

---

17) 조경남, 『난중잡록』권3, 갑오 11월 21일.
18) 『선조실록』권58, 선조 27년 12월 13일 병진.
19) 정경운, 『고대일록』권2, 1594년 12월 17일 경신
20) 오인택, 「조선후기 '忠烈公 宋象賢 敍事'의 사회문화적 성격」, 『역사와 세계』40, 효원사학회, 2011.에서는 이를

한편 송상현의 순절은 일본군 점령지역인 부산을 비롯한 영남지방에서 관리들과 백성들의 저항의 동력이 되었다. 부산진전투와 동래성 전투로 부산의 주민들은 전쟁 개시와 더불어 수많은 전사자와 학살을 당했으나, 이후 각지로 흩어져 투쟁을 계속하였다. 대표적인 사람들이 동래의 별전공신別典功臣이다. 이들은 일본군이 점령한 고향을 떠나 각지에서 봉기한 의병 진영에 참가하여 일본군과의 투쟁을 전개하였으며, 그 가운데 공신녹권에 실린 공신은 66명에 이르렀다. 이들의 신분은 양반인 경우도 있지만, 천민이나 농민들도 있었다. 1609년 동래부사로 부임한 이안눌李安訥이 여러 노인에게 문의하여 66명 중에서 24명을 선정하였는데 이들을 별전공신 또는 24공신이라고도 한다.[21] 한편 부산에는 남동해의 해상 방어를 담당했던 좌수영이 있었다. 임진왜란 발발 시 좌수사 박홍朴泓은 개전과 함께 도주하여 수영성은 쉽게 적의 수중으로 넘어가고 말았다. 이곳에 주둔한 일본군은 백성의 재산과 가축을 탈취하고 인신을 겁탈하는 등 온갖 만행을 저질렀다. 자연히 일본군의 치하에서 이곳에 잔류한 백성과 수졸들을 중심으로 자발적인 항전이 전개되었다. 이를 좌수영성전투라고 하는데 이 가운데 뛰어난 활약을 했던 사람을 수영 25의사라 한다.[22]

임진왜란으로 조선에 파병을 결정한 명은 과거 중국과의 투쟁에서 쉽사리 항복하지 않았던 기억이 강했기 때문에 임진왜란이 일어나고 조선이 쉽사리 일본에게 점령당하고, 때마침 일본의 중국침입에 조선이 앞잡이로 나섰다는 소문마저 떠돌자 의심의 눈초리를 거두지 않았다. 또한 일본도 강화과정에서 침략의 의도가 없었고 단지 중국에 조공하기 위한 길을 확보하려는 것이라 주장했다. 이에 조선 조정은 중국의 오해를 풀기 위해 적극 변명하지 않으면 안 될 처지에 놓였다. 이때 일본과 한통속이 아니라는 증거로 활용된 것이 정발과 송상현의 순절이었다. 1593년 6월 명의 경략 송응창과 만난 선조임금은 면전에서 다음과 같이 발언하였다.

> 경략이 "제독의 보첩報帖에 의하면 귀국이 부산을 분할하여 왜적에게 내어주고 또 계패界牌까지 세웠다고 하는데 사실이 그렇습니까?"하니, 상이 말하기를 "부산은 동래와

군률로서의 충의로 정의하였다.

21) 이들은 임진왜란 이후 향반(鄕班)으로서 동래 지역의 향권을 주도하였다.

22) 임진왜란 후 동래부사로 부임한 이안눌이 이들의 행적을 발굴하여 『정방록(旌傍錄)』을 지었으며, 1793년 수군절도사 장인식이 지은 「수영의용비명」에 사적이 기록되어 있다.(부산박물관, 『임진왜란, 임진왜란7주갑 특별기획전』, 2012, 74쪽).

연결된 땅인데 우리나라가 어찌 원수 왜적에게 떼어줄 리가 있겠습니까. 우리나라는 강토를 우리 선조 때부터 중국에서 받았는데 어찌 사사로이 마음대로 떼어 주겠습니까. 땅을 떼어 적에게 주면 마침내는 나라를 보존할 리가 없으니 우리가 비록 어리석다 하지만 어찌 이런 것조차 알지 못하겠습니까."하였다.

경략이 말하기를 "나도 믿지 않았습니다."하고, 또 말하기를 "왜노들의 말에 의하면 그 수가 30만 혹은 40만이라 하지만, 이는 과장한 말에 불과하니 두려워할 것이 없습니다. 지금 제독이 이미 왕경으로 돌아왔다고 하나 유정劉綎 등이 지금 영외에 머물러 있으며 또 남방에 포수가 있어서 서서히 처리할 방도가 있을 것이니 군량 등에 대한 일을 진력하여 하십시오. 또 해야 할 일이 있으니, 부산에 계패를 세우지 않은 것과 일찍이 땅을 떼주시노 않았다는 등의 일을 다시 회자回咨하십시오. 나는 이미 알고 있어 별도로 할 일이 있으므로 재삼 말씀드리는 것입니다."하니, 상이 심희수에게 이르기를 "경략의 의심이 아직도 풀어지지 않은 듯하니 상세히 변명하지 않아서는 안 될 것이다."하였다. 상이 말하기를 "우리나라가 과연 부산을 떼어서 왜적에게 주었다면 본진의 첨사 정발과 동래 부사 송상현 등이 어찌 왜적에게 전사했을 리 있겠습니까. 연전의 자주咨奏를 살펴보면 명백하여 의심이 없을 것입니다. 더구나 우리나라와 일본과는 큰 바다로 떨어져 있는데 저들이 어떻게 바다를 건너와서 거주할 수 있겠습니까. 실로 그럴 수는 절대로 없습니다."[23]

또한 기회가 있을 때마다 중국에 문서를 보내 이를 적극 변무하는데 송상현의 순절을 적었다.[24]

전쟁이 끝난 뒤 송상현의 순절에 대한 숭양 사업은 본격화되었으며, 이는 문관으로서 순절했다는 점과 순절의 과정에서 부모에 대한 효나 임금에 대한 충절을 강조하는 행동들이 전범이 되었다. 특히 그의 숭양은 그가 속한 서인을 중심으로 진행되었다.[25]

1595년 선조 28년에 묘소를 청주로 이장하고 충신문을 세웠으며, 1605년(선조 38) 동래 부사로 부임한 윤훤은 그의 사당인 '송공사宋公祠'를 설치했다. 1610년(광해군 2)에는 충렬사忠烈祠가 창건되었다. 또 이 시기에 신흠이 『송동래전宋東萊傳』을 저술하였다.

국가적 편찬사업으로 1617년(광해군 9) 『동국신속삼강행실도』가 편찬되었다. 이 책에는 孝子 724명(新羅 4명·高麗 61명·나머지는 朝鮮), 忠臣 94명(新羅 10명·百濟 2명·高句麗 3명·高麗 17명·朝鮮 62명), 烈女 7백79명(新羅 4명·高麗 22명·나머지 朝鮮) 등 모두 1,597명의 행적이 수

23) 『선조실록』 권26, 선조 25년 4월 13일 임인.
24) 崔岦, 『簡易集』 제5권 「槐院文錄」 중 '宋經略에게 회답한 咨文' 등.
25) 오인택은 앞 논문에서 이를 '유교적 영웅화로서의 절의'로 규정하였다.

록되어 있다. 이 삽화는 대부분 임진왜란 중의 충절을 다루고 있는데 임진왜란 직후 성리학적 질서의 회복을 위한 국가의 시책으로 간행된 것이었다.[26] 이중에는 당연히 동래성에서 순절한 송상현의 행적이 임진왜란 충신으로는 가장 앞쪽에 수록되어 있다. 송상현의 순절에 대한 그림과 설명은 한문과 함께 한글로도 달아 놓았는데 그 내용은 다음과 같다.

> 부사 송상현 서울 사람이니 임진왜란에 동래부사하여서 성을 지켜 힘이 감당못하니 손수 두어 자를 쥐었던 부채에 써 종자로 하여금 자기 아비께 전하여 이르되, 달무리같이 싸인 외로운 성에 도적 막을 모책謀策이 없으니 이 시절을 당하여서는 부자의 의는 경하고 군신의 의는 중하다 하다. 성함城陷하매 상현이 관디를 정제하고 북녘으로 바라보며 재배再拜하고 굳이 앉아서 죽었는데 그 첩이 또 사절死節하거늘 도적의 장수가 그 의義에 감격하여 두 주검을 거두어 합장하고 입표立標하니라. 그 때의 밀양사람 노개방盧蓋邦이 고을 교수되어 성묘聖廟 위판位版을 메고 성에 들어가 한가지로 죽으니라. 소경대왕[선조]이 이조판서를 증직하시고 금상조[광해군]에 정문하시니라.[27]

송상현이 그의 부친에게 보낸 것으로 알려진 유시도 이때쯤 보급된 것으로 보인다.

孤成月暈	고립된 성을 적이 달무리처럼 에워쌌고
列鎭高枕	여러 진은 여전히 태평스럽구나
君臣義重	군신 간 의리는 무겁고
父子恩輕	부모의 은혜는 가볍도다[28]

조선후기 송상현에 대한 추모사업은 끊이지 않고 계속되어 1742년(영조 18) 송상현이 순절한 정원루가 있던 곳에 송공단宋公壇을 만들어, 매년 음력 4월 15일에 동래기영회에서 제사를 올리고 있다. 또, 개성의 숭절사崇節祠, 청주의 신항서원莘巷書院과 충렬사忠烈祠, 정읍의 정충사旌忠祠, 경성鏡城의 화곡서원禾谷書院 등 전국에 걸쳐 제향되었다.

---

26) 정홍준, 「壬辰倭亂 직후 統治體制의 整備過程 : 性理學的 秩序의 强化를 중심으로」, 『규장각』 제11집, 규장각 한국학연구소, 1988 참조. 『동국신속삼강행실도』에 관한 연구는 역사, 문학, 언어, 여성학 등 다양한 분야에서 이루어지고 있으며 최근 성과로는 이광렬, 「광해군대 《동국신속삼강행실도》 편찬의 의의」, 『서울말연구』 제53집, 서울대학교, 2007과 정지영, 「임진왜란 이후의 여성교육과 새로운 '충'의 등장 :『동국신속삼강행실도』를 중심으로」, 『국학연구』 제18집, 한국국학진흥원, 2011 및 金子祐樹, 「東國新續三綱行實圖』野史忠臣像」, 『한국어문학국제학술포럼학술대회요지집』, 2010 등 참조.
27) 『동국신속삼강행실도』 권9 「충신편」 중 '상현충렬'
28) 이익, 『성호전집』 제8권 「海東樂府」 '金蟾曲'.

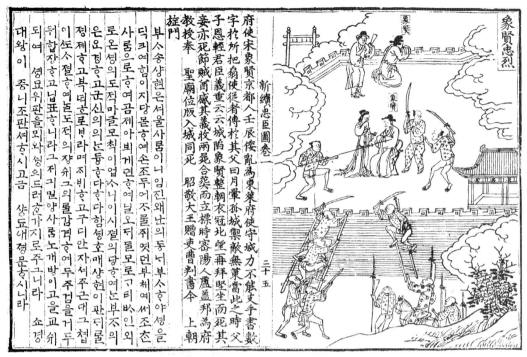

<그림 2> 『동국신속삼강행실도』 중 「상현충렬」

5. 맺음말

이상으로 부산지역에서의 임진왜란 시 전투와 송상현의 순절과정을 살펴보았다. 송상현은 임진왜란이 일어났을 때 42세의 신망이 두터운 중견 관리였는데 일본과의 불안한 정세 속에 동래부사로 1년 전부터 부임하여 일본의 동향을 파악하고 외교적 난제를 해결하였다. 임진왜란이 일어나자 문관임에도 불구하고 항전 속에 순절하자 국가에서는 여러 가지 추숭사업을 하였다.

한편 그의 순절은 국가에서는 전쟁 기간 중 다른 관리와 백성들의 전투 회피와 화의에 동조하는 것에 대해 일침을 가하는 데 이용되었다. 또한 부산 지역의 관리와 주민들은 그의 순절에 자극받아 치열한 항쟁을 해나가는 하나의 동력이었다. 조선이 일본과 동맹하여 중국을 치려 한다는 의심을 불식시키는데도 송상현의 순절은 항상 인용되는 사례였다.

마지막으로 송상현에 대한 당시의 인물평을『선조실록』을 편찬한 사관의 기록을 통해 살펴보기로 한다.

송상현은 비록 활 쏘고 말 타는 재주는 있었으나 본디 선비의 명망은 없었는데 하루아침에 조용히 의리를 위해 목숨을 끊기를 이처럼 고결하게 하였으므로 비록 흉적이라 하더라도 역시 그를 의롭게 여긴 것이다. 청성靑城 이 시랑李侍郞 한 사람이 있었으나 이보다 낫지는 않았다.[29]

---

29) 『선조실록』 권59, 선조 28년 1월 12일 을유.

[참 고 문 헌]

〈사료〉

『宣祖實錄』

『宣祖修正實錄』

『東國新續三綱行實圖』

宋象賢, 『泉谷集』

李舜臣, 『壬辰狀草』

鄭景雲, 『孤臺日錄』

崔岦, 『簡易集』

李安訥, 『東岳集』

趙憲, 『質正錄』

李肯翊, 『燃藜室記述』

趙慶男, 『亂中雜錄』

李瀷, 『星湖全集』

北島万次, 『豊臣秀吉朝鮮侵略關係史料集成』, 東京: 平凡社, 2017.

〈단행본〉

경남문화재연구원, 『동래읍성 해자 발굴보고서』, 2009.

김강식, 『임진왜란과 경상우도의 의병활동』, 혜안, 2001.

부산박물관, 『임진왜란, 임진왜란7주갑 특별기획전』, 2012.

이형석, 『임진전란사』, 임진전란사간행위원회, 1968.

최영희, 『임진왜란 중의 사회동태』, 한국연구원, 1975.

中村榮孝, 『日鮮關係の研究(中)』, 東京: 吉川弘文館, 1969.

池內宏, 『文祿慶長の役』, 東京: 吉川弘文館, 1936.

池內宏, 『文祿慶長の役』, 吉川弘文館, 1914.

有馬成甫, 『朝鮮役水軍史』, 東京: 海と空社, 1942.

中野等, 『文祿・慶長の役』, 東京: 吉川弘文館, 2008.

〈연구논문〉

김진수, 「임진왜란 초 관군의 재편과 성격에 대한 재인식」, 『한일관계사연구』63, 한일관계사학회, 2019.

오인택, 「조선후기 '忠烈公 宋象賢 敍事'의 사회문화적 성격」, 『역사와 세계』40, 효원사학회, 2011.

이광렬, 「광해군대《동국신속삼강행실도》편찬의 의의」, 『서울말연구』53, 서울대학교, 2007.

정홍준, 「壬辰倭亂 직후 統治體制의 整備過程: 性理學的 秩序의 强化를 중심으로」, 『규장각』11, 규장각 한국학연구
　　　소, 1988.

최영희, 「임진왜란 전의 국내정세」『신편한국사』29(조선 중기의 외침과 그 대응), 탐구당, 1995.

최영희, 「임진왜란 첫 전투에 대하여」『水邨朴永錫華甲論叢』韓國史學論叢 上, 동 간행위원회, 1992.

|이현주|

현재 문화재청 문화재 감정위원으로 재직 중이다. 조선시대 및 근대 미술사 연구자이다. 저서로『조선후기 경상도지역 화원 연구』(단독, 석당학술원, 2016),『좌천동 가구거리와 자개골목』(단독, 국립민속박물관, 2020),『동아시아 불교와 원효대사의 위상 : 元曉』(공저, 삼성현역사박물관, 2017),『부산의 전시공간』(공저, 부산중앙도서관, 2017),『피란수도 부산의 문화예술』(공저, 부산발전연구원, 2015),『옛사람들의 삶과 꿈』(공저, 문화재청, 2010) 등이 있으며, 논문으로는「『蓬萊酬唱錄』(「附東萊府治圖」)에 관한 일고찰」,「부산 불교무형문화유산의 연구방향과 과제」,「조선통신사 유네스코 등재대상 회화연구」,「晴斯 安光碩의 生涯와 篆刻藝術」,「임진왜란 기록화의 제작양상과 시선의 차이」,「조선후기 통제영 화원 연구」,「문화재와 미술사적 패러다임」,「조선후기 동래와 근대 부산의 회화」,「대한도기-근대도자산업과 예술의 경계를 너머」,「송상현 동상 - 역사인가 예술인가」 등이 있다.

충절의 서사적 표상, 천곡 송상현과 동래부순절도

|이 현 주|

충절의 서사적 표상,
천곡 송상현과 동래부순절도*

1. 머리말

임진왜란 당시 초유사招諭使 학봉鶴峯 김성일金誠一(1538~1593)의 막료로 전쟁의 현장 기록을 남긴 송암松巖 이로李魯(1544~1598)는 그의 저서 『용사일기龍蛇日記』에서 '왜적들이 쳐들어와서 곧 웅거할 뜻을 가지고 부녀자들은 잡아 처첩妻妾으로 삼고, 장정들은 모두 죽여 한 사람도 남기지 않았으며, 여염집들도 다 불태워 버리고 공사의 재물은 전부 자신들 소유로 돌려서 독한 기운이 사방에 가득하고 피는 천 리나 흘러 생민生民의 재난이 이루 말할 수가 없다'[1]고 기록하고 있듯이 전쟁은 참혹 그 자체였다.

임진왜란 때 영남의 72개 고을이 모두 기침 소리 한 번 제대로 내지 못하고 괴멸壞滅되었는데, 동래지역에서는 수령守令, 군관軍官, 관속官屬이 모두 직무를 지키며 순사殉死하였으며 일반 백성마저도 거의 순국의 길에 뛰어들었다. 이 같은 사실의 중심에는 당시 동래부사로 봉직한 천곡泉谷 송상현宋象賢(1551~1592) 공의 충절이 있었기 때문이다.

---

* 이 논문은 『한국고지도연구』 3집1권(2011. 6.)에 게재된 것을 수정 보완한 것으로, 2018년 11월 9일 충북대학교 우암연구소가 주최한 <천곡 송상현의 학문과 사상> 학술대회에서 발표되었음.

1) 『龍蛇日記』, '惟此染齒之徒 一入我地 便有雄據之地 繫搏婦女 作爲妻妾 屠戮丁壯 靡有子遺 撲地閭閻 盡付烈炎 公私蓄藏 擧爲其有毒遍四域 血流千里 生民之禍 可因言哉'

송상현에 대해 우암尤庵 송시열宋時烈은 '덕성심후德性深厚 도량굉위度量宏偉 [어질고 너그러움이 깊고 넓은 마음과 생각은 크다]'라고 공의 행장에서 밝히고 있다. 송상현은 동래에 부임한 지 1년에 불과한 짧은 기간이었지만 성의 사면에 참호를 파게 하여 방책防柵을 만들고 성벽을 수리하고 군기軍器를 정비하였으며, 군사의 조련에도 힘을 써 방위 태세를 강화하면서 목민牧民에 전념하였다.[2] 그러나 동래부에 적병이 다투어 쳐들어왔을 때 그 기세를 막을 수 없었으며, 이미 성중城中이 가득하여 움직일 수 없을 정도였다고 한다.[3] 송상현의 충의와 인덕은 동래부민들에게 널리 알려져 있었고 백성을 어버이같이 진심으로 아꼈기에 임진왜란이 일어나자 인근 부민들은 한결같이 성안으로 군집하여 성안에는 사람이 움직이기에 비좁을 정도였다고 한다.

1731년(영조 7) 동래부사 정언섭鄭彦燮(1686~1748)이 동래성을 고치려고 옛 남문 터를 파다 형태가 완연한 유해와 수많은 잔해를 함께 수습하여 여섯 개의 무덤을 만들어 임진전망유해지총壬辰戰亡遺骸之塚 또는 육총묘六塚墓라 하였으며, 1788년(정조 12) 동래부사 이경일李敬一(1734~1820)이 우물을 파던 중 유골을 수습하여 육총 곁에 모셨기에 칠총묘七塚墓라 하였다. 2005년부터 2008년에 걸친 5차례의 부산 지하철 4호선 공사의 동래읍성 해자 발굴 조사에서는 최소 157개체 이상의 인골이 확인 출토되었다.

동악東岳 이안눌李安訥(1571~1737)은 「동래맹하유감東萊孟夏有感」이란 시에서 '4월 보름날 집집마다 곡소리가 일어나 하늘과 땅이 소슬蕭瑟하고 처참한 바람이 숲을 진동하기에 놀라서 노리老吏에게 물으니 바로 이날이 임진년 성 함락일이라 한다. 송 부사를 쫓아 성중에 들어온 백성들이 같은 시간에 피로 바뀌어 쌓인 시체 밑에서 천 백 명 중에서 한 두 명이 생을 보전할 정도이며, 조손 부모 부부 형제 자매간에 혹시 살아남은 이들이 이 날에 죽은 친족을 제사지내고 통곡한다는 것이라 한다. 이 말을 듣고 눈물이 흘러내리니 노리가 다시 말하기를 곡哭을 해주는 사람이 있다는 것은 오히려 슬픔이 덜한 편입니다. 휘두르는 적의 시퍼런 칼날 아래 온 가족이 다 죽어 곡해줄 사람조차 남기지 못한 집이 얼마나 많은지 모른다.'고 하였다.

---

2) 『寄齋史草』임진왜란 발발 당시 假注書로 史官을 겸했던 朴東亮(1569~1635)이 쓴 史草인 「임진일록」에 '繕治粗完 訓練軍兵 日亦不足 嘗於城外四面 治壍設柵 極其堅固'라 기록되어 있다.

3) 『老峯集』卷十 壬辰遺聞, '城小人衆……城中塡塞 莫能轉動'.

동래로서는 이러한 비분悲憤과 비장悲壯을 결코 잊을 수가 없었기에 그림으로 남겨 오래 기억하려 한 것이 바로 순절도殉節圖이다. 그래서 동래부순절도東萊府殉節圖를 두고 동래부사 홍명한洪名漢(1724~1774)은 '이 그림은 깊은 참호나 높은 성벽이나 굳은 갑옷, 날카로운 병기보다 나은 것'이라 하였던 것이다.

한 인간으로서 죽음을 선택하기란 결단코 어려운 일이다. 송상현은 경상좌병사 이각李珏이 동래성을 구원하려 왔다가 퇴각하는데도 함께 따르지 않았으며, 조방장 홍윤관洪允官이 소산역蘇山驛으로 옮겨 싸우자는 제안도 거절하였으며, 왜적에게 동래성이 함락되었을 때 평소 사신으로 동래에 들렀던 왜의 장수가 퇴로를 알려 주었는데도 마다하며 스스로 장엄한 죽음을 택하였다.

1592년 음력 4월 14일 부산진 공격을 시작으로 4월 15일까지 단 이틀 만에 함락되었던 이 같은 동래부에서의 전란은 동래부사를 비롯하여 최후까지 항전한 사실을 바탕으로 거룩한 순절의 역사로 기록되었다. 이러한 정황 아래 동래부는 임진왜란이 끝나고 비교적 이른 시기에 순절도를 제작하여 송상현과 함께 죽음을 맞이한 이들의 충절을 기억하고자 했으며, 세월에 의해 그림이 낡아지자 주기적으로 새로이 순절도를 이모移模하여 충의의 역사를 잊지 않고자 하였다.

16세기 말에 일어났던 동래부의 임진왜란은 17세기를 즈음하여 충절의 서사적 표상으로서의 기록이 본격화되는 양상을 보여주는데, 역사의 기록은 표현 방식에 따라 '텍스트'와 '이미지'로 대별될 수 있다. '텍스트'는 서장, 축문, 유사, 묘비, 묘갈, 신도비문, 행장 등의 기록으로 남겨진 것이고, '이미지'는 회화나 조형물 등 문자를 넘어 형상을 가진 미술품으로 전달되는 것이다. 동래부사 권이진權以鎭(1668~1734)의 동래부순절도 화기畫記에 '사당을 세워도 부족하여 또 비석을 세우고, 비석을 세워도 부족하여 또 그림을 그려서 이 도리를 함께하는 품성으로 감격해 하고자 한다'고 한 것이 '텍스트'에서 '이미지로의 전환'인 것이다.

현재 임진왜란과 관련하여 동래지역 전투를 시각 이미지로 재현한 국내 작품으로는 동래부순절도와 부산진순절도釜山鎭殉節圖 계열이 대표적이다.[4] 송상현 종가소장본 <동래

---

4) 충렬사에 변박이 그린 순절도의 당시 명칭은 癸未使行(1763)의 製述官 南玉은 <宋忠烈城陷殉身圖> <鄭忠壯城陷殉身圖>으로 표현하였다. 이후 <동래부순절도> 연구의 최초 연구자로 알려져 있는 일본인 池內宏은 1936년 그의 논고에서 각각 <東萊府城陷落圖>와 <釜山鎭陷落圖>라 명명한 바 있다. 그러나 1963년 육군박물관의 허선도

부순절도>⁵⁾, 변박卞璞이 개모改模한 <동래부순절도>와 <부산진순절도>⁶⁾, 그리고 이시
눌李時訥의 <임진전란도>와 변곤卞崐의 <동래부순절도>, 와카야마현립박물관和歌山縣
立博物館) 소장 <壬辰倭亂圖屛風> 등이 그 예이다.⁷⁾

충절의 서사적 표상으로서의 송상현의 절의節義에 관한 '텍스트'와 '이미지'의 기록 과
정은 사실의 정보 전달뿐 아니라 역사 인식의 변천 과정 또한 살펴볼 수 있다. 그러므로 본
고에서는 이들의 상호관계 그리고 전쟁 이후 시간의 추이에 따른 역사인식 변화와 이로 말
미암은 이미지 재현의 간극에 주목해 보고자 하였다. 또한 여타의 기록화와 달리 어떤 연
유로서 동래부순절도가 수백 년간 지속적으로 제작되었는지를 살펴보고 더불어 동래부순

는 두 작품의 내력과 내용을 소개하는 글에서 그림의 명칭이 <陷落圖>가 아니라 <殉節圖>임을 강조하였고 이후
학계에서 일반적으로 통용되고 있다. 池內宏, ;「東萊의 安樂書院과 釜山東萊二城 陷落圖」,『靑丘學叢』26, 1936,
37~72쪽.; 허선도,「殉節圖와 民族正氣(上)」,『國防』제133호, 國防局政訓局, 1963.4, 108~115쪽.; 허선도,「殉節
圖와 民族正氣(下)」,『國防』제134호, 國防局政訓局, 1963.5, 108~118쪽.

5) 종가소장본 <동래부순절도>는 1972년 2월 25일 忠北 淸原郡 江西面 江村里 송상현의 13대손 宋繼鏞이 보관하고
있던 것을 당시 부산시 문화재전문위원 朴鑌柱에 의해 발견되었다. 당시 송계용씨 집에서 직접 작품을 접한 박진
주 문화재전문위원은 변박의 <동래부순절도>보다 51년 앞선 그림으로 보았다. 한편 조선일보에서는 보물392호
로 지정된 동래부순절도 원본이 2월24일 청원군 강서면 강촌리 송해만(宋海萬 45세)씨 집에서 발견된 것으로 기
사화하였는데, 육군박물관 소장본보다 54년 앞선 원본으로 보았다. 1978년 충렬사정화 이후에 이모본을 그려 종
가에 주는 대신 종가소장본<동래부순절도>를 빌려 충렬사기념관에 줄곧 전시하다가 2005년 5월 청주의 충렬묘
(忠烈廟)정화에 따라 여산송씨문중이 되찾아가 현재 청주고인쇄박물관에 기탁보관중이다.「새 東萊府殉節圖發見」,
『月刊文化財』, 1972년 3월호, 4쪽. :『조선일보』, 1972.2.25.

6) 부산 충렬사·안락서원이 보관하던 변박의 <동래부순절도>와 <부산진순절도>는 1963년 숭무(崇武) 정신 현양을
위해 육군사관학교로 이관된 후 보물 제392호와 제391호로 지정된 상태이다.「석 점의 동래부순절도 '부산엔 없
다'」,『부산일보』, 2010.5.28. 그리고 1963년 육군박물관으로 이봉한 직후 안락서원측과의 약속대로 동양화가 남
계(南溪) 이규선(李圭鮮)교수에 의해 이를 개모하여 같은 해 4월 4일 이봉 한 것이 있다. 이강칠,「宋象賢 府使와
東萊府殉節圖」,『월간문화재』, 1979, 13쪽.

7) 이 외에 송상현 종가소장본과 그 구성과 화풍이 동일한 <동래부순절도>가 1979년 이강칠에 의해 잠시 소개된 바
있었으나 현재 작품의 현상 및 소장처를 확인할 수 없다. 이강칠,「宋象賢 府使와 東萊府殉節圖」,『월간문화재』,
1979, 9~14쪽.
和歌山縣立博物館 소장 <壬辰倭亂圖屛風>은 연구 초기 일본학계에서는 제1차 진주성전투도로 인식하였으나 근래
노영구에 의해 동래부전투로 새롭게 해석되고 있다. 笠谷和比古·墨田耕一,『秀吉의 野望과 誤算-文祿..慶長의 役과 關
ヶ合戰』, 2000, 72~74쪽. : 高橋 修,「壬辰倭亂에 關する繪畵資料에 ついて」,『倭城의 研究』第4號, 161~170쪽.
노영구,「壬辰倭亂초기 양상에 대한 기존인식의 재검토-和歌山縣立博物館소장 <壬辰倭亂圖屛風>에 대한 새로운
　　이해를 바탕으로」,『한국문화』31호, 서울대학교 규장각 한국학연구원, 2003, 169~193쪽. 동래부순절도
　　에 관한 연구로는 권소영,「<동래부순절도>의 제작배경과 내용에 관하여」, 서울여자대학교 석사학위논
　　문, 2002.
_____,「육군박물관소장「東萊府殉節圖」연구」,『사서화류 특집』학예지 제10집, 육군박물관, 2003, 1~46쪽.;
이현주,『조선후기 경상도지역 화원연구』, 동아대학교 석당학술총서, 도서출판 해성, 2012.
_____,「朝鮮後期 在地畵員 小考-18세기 東萊 在地畵員 卞璞의 官需繪畵 연구」,『文物研究』제14호, (재)동아시
　　아문물연구학술재단, 2008, 165~211쪽.
_____,「경험과 인식, 그리고 이미지의 간극 : 동래부순절도」,『한국고지도연구』Vol.3 No.1, 한국고지도연구학
　　회, 2011, 19~41쪽.
정길자,「송상현 공 종가소장 東萊府殉節圖 研究」,『대학발전연구 논문집』제20집, 부산경상대학, 2000, 148~208
　　쪽.: 조행리,「조선시대 전쟁기록화 연구 : <동래부순절도>작품군을 중심으로」, 서울대학교 석사학위논
　　문, 2010 등이 있다.

절도의 중심에 위치한 상징적 존재로서의 천곡 송상현의 의미를 고구해 보고자 한다.

2. 동래부 전투와 천곡 송상현의 순절

송시열이 지은 「동래부사 증이조판서 천곡 송공 행장東萊府使贈吏曹判書泉谷宋公行狀」
에는 '송상현은 동래부사로 부임하여 백성을 다스리고 직무를 수행함에 오로지 성의와
신의로만 하여 이민吏民들이 송공을 사랑하고 존경하는 것이 부모와 같이 하였다.[8]'고
기록하고 있다.

송상현이 부민들에게 존경과 숭앙을 받은 사실은 송공의 친우인 상촌象村 신흠申欽
(1566~1628)이 지은 「송동래전宋東萊傳」에서는 동래에 가매장되었던 송공의 시신을 청주
淸州 가포곡加布谷으로 반장返葬할 때 왜적의 점령지 아래서 '송공의 의義에 감복하여 곡
성哭聲을 내고 백 리 밖까지 송별한 자가 70여 인이 되었다[9]'는 것이나, 앞선 송시열의 천
곡 행장에 '송공의 관구가 돌아올 때 유민이 서로 따르는데 손을 치고 호곡하며 백 리 밖
까지 추송한 자가 거의 백인이나 되었다[10]'는 글에서 동래부에서의 송공의 인망을 짐작
케 한다.

학문에 있어서도 송공의 행장에서 밝혀져 있듯이 '지금 신독재愼獨齋 김집金集이 소시
에 송공에게 수학하여 울연蔚然히 일세의 유종儒宗이 되었으니 그의 학문이 비록 송공에
게서 다 나온 것이 아닐지라도 송공에게서 연원하였음을 알 수 있다'는 데서 그의 학문적
깊이를 가늠해 볼 수도 있다.

송상현의 평소 가정에서의 처신은 그의 행장에 '어버이가 계시면 비록 모진 추위와 모
진 더위에도 갓과 띠를 벗지 않고 종일토록 시립하였다. 동생 상인象仁과는 우애가 지극
하였고, 큰 누님이 과부가 되어 여러 자식을 데리고 송상현공에게 의탁하였는데 공은 모
시기를 매우 삼가하고 오래 되어도 쇠하지 않았으며, 그 아이들을 보살펴 양육함이 조금
도 자기 자식과 다름이 없으니 고을 사람들이 감탄하여 칭찬하였는데 모두 말하기를 아

---

8) 宋時烈 撰 「東萊府使 贈吏曹判書泉谷宋公行狀」, '公旣至治民莅職', 一以誠信 吏民愛戴如父母焉.

9) 申欽 撰 「宋東萊傳」, '公之返葬也 遺民之服 公義號哭追送于百里外者 幾七十餘人'.

10) 宋時烈 撰 「東萊府使 贈吏曹判書泉谷宋公行狀」, '遺民相率 拚號追送于 百里外者 幾百人'.

무도 이에 따를 수가 없다고 하였다.'라 기록되어 있다. 이로 볼 때 송상현은 효도와 우애가 특별히 남달랐음을 반추할 수 있다.

적에게 성이 포위당하자 송상현은 성의 남문에 올라가 전투를 독려하였으나 반일半日만에 성이 함락되자, 갑옷 위에 조복朝服을 입고 의자에 앉아 움직이지 않았다. 일찍이 동래를 왕래하면서 송상현의 대접을 후하게 받았던 도왜島倭 평성관平成寬이 그에게 피하여 숨도록 권했으나 따르지 않고 죽음을 택했다.[11] 적들도 송상현의 평소 인품에 감화하여 그의 의로운 죽음을 높이 평가하였다. 송상현이 죽은 후 평조신平調信이 탄식하며 시체를 관棺에 넣어 성 밖에 묻어주고 푯말[標]을 세워 식별하게 하였다.[12] 1594년(선조 27) 병사 김응서金應瑞가 울산蔚山에서 가토 기요마사加藤清正를 만났을 때 가토 기요마사는 그가 의롭게 죽은 상황을 갖추어 말하고, 더불어 집안사람이 시체를 거두어 반장返葬하는 것을 허락하는 한편 경내를 벗어날 때까지 호위하여 주었는데, 적에게 함락된 유민들이 길에서 옹위하여 울며 전송하였다.[13] 또한 송상현의 치적과 인품이 고매하였기에 주변 양산군수인 조영규趙英圭도 이곳에 합류하였고 밀양에 있었던 동래 향교 교수 노개방盧蓋邦도 급거 동래로 돌아와 순절하였음은 익히 알려진 사실이다.

송준길宋浚吉의 『동춘당집同春堂集』 제16권 잡저雜著 「청주서원清州書院에 천곡泉谷 송공宋公을 추향追享하는 일에 관한 통문 목백牧伯을 대신해 지음 清州書院泉谷宋公追享通文代牧伯作」에는 '송상현의 노복이나 비첩들까지 모두 목숨을 버리고 의리를 취하는 분수를 알아서 원수에게 몸을 더럽히지 않고 함께 절개를 온전히 하였으니, 공의 절개가 남에게 감화를 끼친 것이 이와 같았다. 그러므로 화이華夷와 부녀자와 아이를 막론하고 칭송하며 감탄하지 않는 자가 없었으니, 이 어찌 고금에 더욱 드문 일이 아닌가.'[14]라 평하였다.

그중 가장 돋보이는 자는 신여로申汝櫓이다. 상촌 신흠의 「송동래전」에 '신여로는 공을 따라 동래에 왔다. 공은 여로에게 어머니가 있으므로 적에게 죽게 될 것을 걱정하여

---

11) 『宣祖修正實錄』 26권, 선조25년(1592) 4월 14일 '城遂被圍, 象賢登城南門, 督戰半日, 而城陷, 象賢甲上被朝服, 坐椅不動, 島倭 平成寬曾往來東萊, 象賢待之厚, 至是, 先入擧手牽衣指隙地, 使避匿, 象賢不從'.

12) 『宣祖修正實錄』 26권, 선조25년(1592) 4월 14일 '旣死, 平調信見之嘆悼, 爲棺斂埋於城外, 立標以識之'.

13) 『宣祖修正實錄』 26권, 선조25년(1592) 4월 14일 '甲午兵使金應瑞見清正於蔚山, 清正具述其死義狀, 且許家人收尸返葬, 衛以出境, 遺民陷賊者, 擁路哭送'.

14) 『同春堂集』 제16권 雜著 '且其僕妾之賤, 皆知取捨之分, 不汚於讎虜而俱全其節, 公之所以有於己而及於人者如此, 亡論華夷婦孺, 罔不稱誦而噴噴焉'.

어머니에게로 돌려보냈다. 여로는 도중에서 적이 부산을 함락하였다는 소식을 듣고 사람들에게 말하기를 `나는 공에게 후한 은혜를 입었거늘 난에 임하여 감히 죽음을 아낄까 보냐' 하고 마침내 되돌아와 공을 뵈옵고 같이 죽었다.[15] 신여로의 행실도 충의에 따른 것이나 송상현 역시 죽음의 문턱에서 한 명의 조력자도 절실한 상황에서 자신의 안위는 살피지 않고 노모가 있다는 연유로 겸인傔人 신여로를 돌려보내고자 결정한 것은 자신보다 남을 위하는 애민정신과 대승적 결단을 보여주는 행동이라 할 것이다. 위급한 상황에서 신여로가 죽음을 쫓아 신의를 따른 것도 평소 공의 인품에 감화했기 때문이다. 주변 권속 중 한 명의 이탈자 없이 모두 의로운 길을 택하여 비첩婢妾인 김섬, 이양녀, 노복奴僕인 철수, 매동, 습득격와拾得擊瓦의 이촌녀 등이 모두 의리를 지켰다는 사실로도 송상현의 인품을 짐작하게 한다.

하루아침에 비분강개하여 목숨을 버리기도 어려울 뿐 아니라, 하물며 환난이 닥쳤을 때 초연히 죽음을 맞이하기란 더욱 어려운 일일진대 이를 주저함 없이 실천한 이가 송상현이다. 따라서 동래로서는 패전의 기억보다 의로이 순절을 택한 송상현이 충절의 표상이자 흠모의 대상이 되었다.

3. 경험과 기억의 서사적 기록

1) 텍스트에서 이미지로

1592년 일어난 임진왜란 이후 전쟁 복구를 위해 조정은 많은 노력을 해야 했다. 전쟁으로 피폐된 동래는 전쟁 이후에도 일본과의 지리적 인접성 때문에 일본에 대한 경계를 늦출 수 없었고 빠른 시기 내에 방어대책과 수성체제를 새롭게 구축하여야 했다. 왜란 이후 부임한 동래부사 역시 전후복구와 민간치세 이외에도 임진왜란의 순절자들과 의병 등의 현창사업에 주력하였다.

동래부의 주요 현창사업과 '텍스트'로의 기록은 다음과 같다.

1605년 윤훤尹暄(1573~1627)은 동래부 남문 내에 송부사 사당을 건립하여 1642년 충렬

---

15) 『宣祖修正實錄』 26권, 선조25년(1592) 4월 14일 `庶人申汝櫓從象賢, 象賢遣歸, 途中聞釜山陷 謂人曰: 吾臨亂, 不可負恩, 還入城, 同死云'.

사忠烈祠로 사액이 내려졌으며, 1652년 윤문거尹文擧(1606~1672)는 남문 안이 번잡하여 선령을 봉사하는 곳으로 부적당하다 하여 동래부에서 동으로 약 5리 떨어진 안락동으로 옮기고 소줄당昭崒堂이라는 강학 공간에 동·서재의 숙사 등 교육시설의 기능을 덧붙여 '안락서원安樂書院'으로 불리게 되었다. 1658년 8월부터 약 8개월 동안 재임한 부사 민정중閔鼎重(1628~1692)은 송부사宋府使, 정첨사鄭僉使 이하 제공諸公의 순절 사적이 후세에 전하지 못할 것을 염려하여 전래하는 고로故老의 말을 모으고 서책을 찾아 문헌상 정리된 기록으로 「임진동래유사壬辰東萊遺事」를 남겼다. 그로부터 10여 년 후 이지익李之翼(1625~1694)은 민정중이 추진하였던 비 세우는 일을 성취시키고자 민정중에게 당시의 사료를 받아서 송시열에게 비문을 의뢰하였다. 그리고 송시열은 동래에서 송상현과 함께 순절한 양산군수 조영규의 사실을 추기追記하여 비문을 작성하였다.[16] 다음 동래부사였던 정석鄭晳(1619~?)은 이 비문을 가지고 1670년 농주산弄珠山에 송준길宋浚吉 서書, 이정영李正英 전篆의 비를 세우게 된다. 1709년 11월 하순 부사 권이진權以鎭(1668~1734)은 송宋·정공鄭公 두 분만 모심을 안타까워하며 남문 내에 새로 별사를 지어 조영규 이하 김상金祥에 이르는 영위靈位를 모시고, 농주산의 비를 별사別祠 뜰로 옮겨 비각을 지었다.

이 같은 지속적인 역사기록과 사적비들의 현창사업에도 불구하고 몇몇 동래부사는 문자기록을 통한 기념과정에 한계를 인식하였고, 그리하여 '문자' 기록에서 '그림'이라는 시각 이미지의 역사기록방식의 감계적 효과에 눈을 돌리기 시작하였다. 동서양을 막론하고 회화의 여러 분야 중에서도 과거의 이야기를 주제로 하여 상상력을 통해 정확하게 구성해 낸 역사화를 고귀한 것으로 간주해왔다. 역사화란 문서로 쓰인 이야기, 즉 텍스트를 이미지란 시각적으로 재현한 것이며 역사화를 본다는 것은 거기에 묘사된 이야기를 읽어 내는 것과 다르지 않기 때문이다.[17] 그런데 '그림으로의 전환'은 대상의 수용자들에게 이야기의 시간적 경과가 '결정적 순간'으로 응축됨으로써[18] 강한 메시지의 전달이 가능한 장점을 가지고 있다. 문학적 소양을 겸비한 문관직인 동래부사들 역시 이 같은 회화의 매력을 잘 활용하였던 것으로 파악된다.

---

16) 『尤庵集』, 卷一六 「東萊南門碑記」.

17) 가토 테추히로, 「이미지와 텍스트-이야기 회화와 해석의 문제」, 『미술사논단』 제10호, 한국미술연구소, 2000, 340쪽.

18) 가토 테추히로, 앞의 글, 356쪽.

지금까지 동래부에서 임진왜란의 기억이 그림으로 그려졌던 정황은 문헌과 남아 있는 작품에 의해 세 차례로 비정되어져 왔다. 첫째는 민정중 부사시절, 둘째는 권이진 부사시절, 세 번째는 홍명한 부사 시절이다. 그런데 민정중 부사 시절의 경우는 학자들의 해석에 관한 이견을 가지고 있는 부분이다.

　필자는 전하는 문헌자료와 순절도 작품들을 근거로 동래부 순절의 기억이 임진왜란 이후 그림으로 제작되었던 시기를 대체로 다섯 시기로 비정하였다. 첫째는 민정중 동래부사 재임 시인 1658년경에 그렸다는 정황과 둘째 1670년 정석부사 재임 시에 그렸다는 정황, 그리고 권이진 부사의 주도하에 1709년에 그렸다는 것과 1760년 홍명한 부사 재임 시에 그린 것, 그리고 1834년 박대규朴大圭(1768~1833)부사 시절 제작한 작품이 바로 그것이다.

　『충렬사지忠烈祠志』에 의하면 가장 먼저 시각화작업의 중요성을 인식한 사람은 민정중 부사이다. 1668년 그가 직접 썼다는 「임진동래유사壬辰東萊遺事」에는 '…이에 다시 널리 캐어묻고 믿을 만한 증거가 있는 것을 취하여 일통一通의 기록을 만들고 새길 돌을 구하여 사적事蹟을 싣고 또 수간數間의 집을 관도官道의 옆에 세워 화공畵工을 시켜 그 자취를 그리게 하여 보고 느끼는데 도움을 주고자 하며 또한 부성府城을 개축하고 병기를 수선하고자' 하였다. 즉 민정중은 송부사宋府使, 정첨사鄭僉使 이하 제공諸公의 순절 사적이 사라져 후세에 전하지 못할 것을 두려워 전래하는 고노故老의 말을 모으고 서책을 뒤져 기록으로 남기는 일과 더불어 화공으로 하여금 그 자취를 그리게 한 것이다.[19] 그러나 비석을 세우고 수 칸의 집을 짓는 일은 완성하지 못하였는데 그림을 그리는 일은 완성되었을 가능성이 크다. 당대 경향의 문장가에게 비문을 받고 두전頭篆과 글씨를 받아 비석을 세우고 수 칸의 집을 짓는 일은 시간과 비용이 많이 소요되는 반면에 그림을 그리는 일은 상대적으로 시간적, 금전적 소모가 적은 까닭에 제작이 용이했을 것이다.[20]

---

19) '乃復廣加採詢取其信而有證者錄爲一通 謨欲求刻石以載其事 且造數間屋子 於官道之傍 令畵工圖其跡 以爲觀感之助 又欲改築府城繕修兵器矣'『忠烈祠志』卷六「壬辰東萊遺事」, pp. 105~106. 원문해석에 있어 '謨欲'이 '以爲觀感之助'까지 걸치는 해석도 가능하나 '令畵工' 앞에서 끊어질 수도 있다. 비석을 세우고 집을 짓는 못하였으나 그림 또한 그리지 못한 사실을 기록하고자 했다면 '令畵工'을 빼고 '且造數間屋子 於官道之傍圖其跡 以爲觀感之助'라는 문장이 옳을 것이나 굳이 '화공으로 하여금' 그 흔적을 그리게 하였다는 언급은 그려진 사실을 명시하는 것으로 볼 수 있다.

20)『東萊府誌』三十九 各廳武夫 將校條에 의하면 조선후기 동래부 무청에는 中軍1명 千摠1명, 把摠2명內, 旗穀官2명內, 知穀官2명內, 將官15명內 등 23명의 장관이 있었고, 旗牌官62명, 軍官335명內, 別武士266명內, 別騎衛 233인內, 都訓導10명, 山城都訓導11명 등 수 백명의 군관이 배치되었다. 또한 四十九條 人吏官屬雜差에 의하면 奴書者7명, 鄕廳書員16명 등으로 글씨만을 전문으로 쓰는 사람도 동래부 소속으로 21명이나 되었다. 동래부소속의 글씨 쓰는 사람과 그 수를 비견해 보거나 무청직책이 상당수에 이른 것으로 미루어 그림을 그릴 수 있었던 사람도 적

한편 1957년 간행의 『여산송씨지신공파보礪山宋氏知申公派譜』에도 민정중이 순절도 3폭을 그리하게 하여 1폭은 조정朝廷에, 1폭은 송상현공 본손 가문에, 1폭은 민정중 자신의 집에 소장하였다는 기록이 전한다. 『여산송씨지신공파보』의 수록내용에 관해서는 일제시대 속찬되었기 때문에 일부 학자들은 의구심을 가지고 있다. 그러나 문중 세보世譜의 경우 벼슬이 없는 자를 모록冒錄하거나 조상을 현달顯達하게 하는 경우는 있으나 그림을 그렸다는 사실을 기재하기 위해서는 집안의 구전口傳이나 증명될 만한 가전家傳 없이 추기推記한 것으로 보기는 어렵다. 다만 민정중이 연고도 없는 그림을 자신의 집안에 가지고 갔다는 것은 원 제작처인 동래부나 충렬사에 보관한 것의 잘못된 기록일 수도 있다. 또한 1979년 『월간문화재』에 잠시 소개된 <동래부순절도>가 종가소장본<동래부순절도>와 거의 유사한 화면을 지니고 있었다는 점으로 미루어 학계에 알려지지 않은 종가소장본 <동래부순절도>의 또 다른 이본異本이 현존하고 있을 여지도 배제할 수 없다.(<표1>)

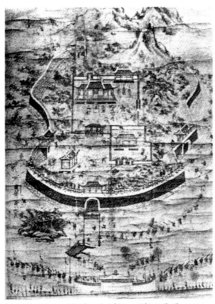

종가소장본 <동래부순절도> 견본채색, 147×112cm [1972년 문화재전문위원 박진주에 의해 『월간문화재』(1972.3) 소개]

소장처미상 <동래부순절도>, 견본채색, 160×120cm [1979년 전 군사박물관장 이강칠에 의해 『월간문화재』(1979) 소개]

<표1> 1972년과 1979년 『월간문화재』에 소개된 두 점의 <동래부순절도>

지 않았을 것으로 생각된다. 동래부 무청 내에서 그림을 그렸던 사람의 경우 '화원' 또는 '화사'의 직책이 따로 있었던 것은 아니며 무청의 장교나 군관이 겸직하였다.

또한 같은 시기(1668년) 기록된 송시열의 「충렬비기忠烈碑記」의 내용을 살펴보더라도 비석과 집을 세우는 일은 착수하지 못했으나 이각의 도망하는 모습을 그려 권선징악의 마음을 가지게 한다는 구체적인 도상의 언급이 제시된 점에서는 순절도 제작의 가능성을 제시해 준다.

'숭정 무술년에 민정중이 동래부사가 되어 당시의 일을 물어보니 노인으로서 아직 남아 있는 자들은 눈물을 흘리면서 하는 말이 이와 같았다. 드디어 돌을 쳐서 장차 그 사적을 싣고 또 장차 집을 세워 이것을 그려 <u>병사兵使 이각李珏의 도망가는 모습을 함께 나타내어</u> 사람들로 하여금 권선징악勸善懲惡의 마음을 가지게...... (중략).'[21]

이 점은 권이진 동래부사 재임 시에 그린 순절도보다 41년 전에 그린 그림에서도 송상현의 순절장면뿐만이 아니라 이각의 도망가는 장면을 함께 묘사한 것으로 그림제작이 있었음을 알려주는 내용이다. 지금까지는 「임진동래유사」의 끝부분에 '이 일을 착수하지 못하고 민부사가 교체되어 떠나니 부인府人들이 모두 이를 애석하게 여겼다'[22]는 기록에서 순절도까지 그리지 못한 것으로 유추해 왔다. 그러나 비석만 구해두고 세우지 못한 것이지 기록의 정황상 그림은 그려졌다고 보아야 전후 사정에 부합된다.

민정중 다음 두 번째로 순절도가 제작되었을 가능성은 1670년 동래부사 정석 시절이다. 1708년부터 1711년까지 동래부사를 역임한 권이진이 외조부인 송시열로부터 비문을 받아 충렬비를 세울 때 순절도가 그려진 것으로 여겨지는 기록이 권이진의 「화기畵記」에 보인다.

'또 장차 외조부인 우암尤庵 송문정공宋文正公 시열時烈선생에게서 빌어서 그 사적을 전하고 부사府使 정석鄭晳은 비석을 세워 그 글을 오래가게 하였으며 또 장차 그 사적을 그림으로 그리려 하였다.'[23]

---

21) 『忠烈祠志』券六「始享錄-忠烈碑記」'崇禎戊戌 閔侯鼎重爲東萊府使 訪問當時事 其老人尙有遺在者 其涕泣言如此 遂伐石將載其事 <u>又將立屋圖畵之 並著李珏遁走之狀 使人有勸懲之心</u>'.

22) 閔鼎重「壬辰東萊遺事」'然事未就而閔侯遞去 府人咸惜之'.

23) 『忠烈祠志』卷七「分享錄-畵記」, '又乞文於外王考尤齋宋文正公先生 以傳其事 鄭侯晳立碑以壽其文 <u>又將圖畵其事</u>' '將'은 조동사로서 '...하려고 한다' 또는 '하게 되다', '할 수 있다'는 뜻을 지닌다. 金元中 編著, 『虛辭辭典』, 현암사, 2001, 735~741쪽. 앞으로 그림을 그리게 할 것으로 볼 수도 있지만 먼저의 순절도가 10여년 밖에 되지 않았고 그림을 그리는 사실이 많은 인력을 필요로 한 것이 아니고 긴 세월을 두고 하는 일이 아닌 까닭에 관에서 주관하여

또한『동래부지東萊府誌』사묘祠廟조에 의하면 '현종 경술년 정석부사가 농주산에 충렬비를 세웠고 다시 집을 세워 덮었다. 그리고 무진년에 부사 이덕성이 중창하였다. 그리고 기축년에 권이진이 남문내로 이건했다'[24]고 하였다. 정석이 충렬비와 함께 집을 지었기 때문에 비각碑閣안에 걸어 두었을 그림을 그렸을 개연성이 있는 것이다. 이때는 민정중부사 시절 그린 순절도에서 불과 10여 년이 지난 시점으로 어떠한 연유에서 얼마 되지 않아 다시 그린 것인지 명확히 알 수 없다. 민정중부사 시절에 그린 순절도를 현괘懸掛할 수 있도록 한 것인지, 새로운 사실의 고증에 따라 새 순절도의 필요가 있었는지, 화마火魔나 수재水害로 앞선 순절도가 훼손되었는지는 문맥상 확인되지 않고 있다. 그러나 동래부사로 문적이 정확히 남아 있는 상태에서 충렬사에 봉안된 여러 사람의 현창사업 일선에 선 권이진이 민정중과 정석을 오해하여 쓴 화기로는 보기 힘들다.

1658년 민정중 부사 시절과 1670년 정석 부사 당시는 순절도가 그려졌을 정황만이 포착되는 반면 권이진 부사시절에는 두 폭의 순절도를 그린 사실이 명확히 기록되어 있다. 1709년 11월 비각을 짓고 순절도를 그려 함께 봉안하였으며 「화기畵記」도 남겼다. 권이진은 '그림'이란 시각적 장치가 충의와 절의를 상기시키는데 문자보다 효과가 있다고 믿었던 것이다.

한편 네 번째인 홍명한 부사는 기록과 더불어 작품까지 전하고 있다. 그는 권이진과 마찬가지로 동래부 현창사업의 일환으로 '그림'의 직접적인 효과를 지적하였다. 이백 년이 지난 임란의 충격이 어제 일처럼 생생하게 비치는 이유는 바로 이를 재현한 그림이 있기 때문으로 보았다. 그는 한 폭의 그림이 깊은 참호와 높은 성담과 굳은 갑옷, 날카로운 병기보다 훨씬 더 나은 것으로 여겼고, 시간을 거슬러 망각을 우려하고, 그에 대비한 기억장치로 '도상'을 선택한다.

'임진난에 순절한 일은 천백 년을 지나서도 하루와 같을 것이니 어찌 도상이 이 또한 도움됨이 없는 것이 아니라고 하지 않으리오.'[25]

그렸을 경우에는 그려졌을 개연성이 있다고 볼 수 있다. 또 실제 그림을 그리지 않고 생각만 하거나 말로만 언급했던 사실을 10여년이 지난 시점에 고증이 뒤따르는 화기에 부기할 필요는 없었을 것이다.

24)『東萊府誌』二十二, 祠廟. '顯宗 庚戌 府使鄭晳立忠烈碑于弄珠山 又建閣覆之 戊辰 府使 李德成重創 己丑 府使權以鎭移建于南門内'.

25)『忠烈祠志』卷八「合享錄-本府殉節圖序」, '壬辰殉節之事歷千百季如一日矣此 豈非像亦不爲無助者耶'.

홍명한은 비각을 중수하면서 해가 지날수록 두 순절도가 알아보기 어렵게 되자 동래부 무임이었던 변박에게 다시 그리게 하여 안락서원에 수장한 것이다. 그리고 「본부순절도서本府殉節圖序」와 「부산순절도서釜山殉節圖序」를 지어 당시 순절모습과 두 순절도의 제작의도를 설명하였다.

'지금은 임진난을 지난 지 거의 이백 년에 가까운데도 사람들의 이목에 어제 일같이 생생하게 비치는 것은 이 그림이 있기 때문이다. 이 그림을 보면 비록 어리석은 지아비와 어리석은 지어미도 충량忠良을 본받고 정렬貞烈을 흠모할 줄 알지 않음이 없을 것이며 또한 모두가 적으로 인하여 임금을 버림은 수치스러운 일이므로 하여서는 안 된다는 것을 알 것이다. 이로 말미암아 뭇 사람들이 제각기 성을 이루는 마음이 있고 백성이 모두 임금을 호위하는 의리를 알게 될 것인즉 한 폭의 그림[丹靑]이 깊은 참호와 높은 성담과 굳은 갑옷과 날카로운 병기보다 훨씬 나은 것이라 하겠다. 아아, 동래부에 어찌 하루라도 이 그림이 없으리오. 애석하게도 해가 오래됨에 변하고 해어져 가니 나는 적이 아주 흐려져서 분별할 수 없게 될까 두려워하여 드디어 읍에 머물고 있는 사람[邑寓人] 변박을 시켜 다시 모사하고 새로 장정하게 하니 만약에 뒷사람으로 하여금 지금 이 그림을 보는 것을 지금에 옛 그림을 보는 것과 같이 할 수 있다면 이 그림은 장차 오래오래 전해질 것이요.'[26]

미술사가이자 비평가인 마이클 프리드는 '회화의 욕망은 보는 사람과 자리를 맞바꾸고, 보는 사람을 마비된 것처럼 그 자리에 멈추게 하여 그림을 응시하도록 하는 것'이라 지적한 바 있다.[27] 이것이 곧 시각 이미지가 가지는 일종의 보는 사람에 대한 지배력이며, '텍스트'의 자리를 대신한 역사화의 역할이기도 하다. 게다가 홍명한은 동래부에 한시라도 없어서는 안 될 기념비적인 기록화제작에 한층 더 중요한 의미를 부여하였는데, 평화로운 시기에 자칫 방심하는 실수를 견지하고, 용맹하고 충성스런 인물을 지도하고 양성하고자 함이었다.

26) 『忠烈祠志』 卷八 合享錄, 「本俯殉節圖序」, 142~143쪽.
27) 마이클 프리드는 회화의 '원초적 관습'을 이렇게 간결하게 요약한다. '회화는 …일단 보는 사람을 끌어당겨야했고, 그 다음에는 그를 사로잡아 마침내 매혹시켜야 했다. 즉 회화는 누군가를 불러 세워 자기앞에 멈춰서게 하고, 마치 마법에 걸려 꼼짝할 수 없는 것처럼 붙들어 놓아야 한다.' Michael Fried, Absorption and Theatricality, Chicago : University of Chicago Press, 1980, 92쪽. : W.J.T미첼 지음, 김전유경 옮김, 『그림은 무엇을 원하는가-이미지의 삶과 사랑』, 그린비, 2010, 64쪽.

'이제 임진난을 겪은 지 오래되어 평화가 계속되고 해상海上이 무시하여 남쪽 요분妖氛이 성盛하지 않으나 이 적賊은 잊을 수 없고 이 곳은 소홀히 할 수 없음이라. 공公을 이어 변성邊城을 지키는 자 모두가 공公의 충용忠勇으로써 스승으로 삼아 지도하고 양성하여 때를 기다린다면 왕사往事가 반복하지 않음이 없을 것이며 하늘도 반드시 임진난 때 한 것과 같지는 않을 것이니 이미 인사人事를 다하고 또 천시天時를 얻으면 공公의 못 다한 일을 이루 수 있을 날이 올 것이다. 순절도를 길이 전함은 어찌 타일他日에 좌계左契가 되지 않을 것을 알리오. 다시 그러서 보관함은 후일의 충용忠勇한 사람을 힘쓰도록 함이다.'[28]

마지막으로 확인되는 제작사례는 1834년 박대규 부사시절(재임 1833년 7월~1834년 6월) 변곤과 이시눌에 의한 작품이다.[29] 두 작품 모두 1834년 4월과 6월에 각각 제작되었으며 변곤은 '본부本府 천총千摠'으로, 이시눌은 '본부本府 군기감관軍器監官'으로 참여하였다. 변곤의 <동래부순절도>는 변박의 전통을 잇는 그림으로, 변박의 경우와 마찬가지로 동래부 무임직의 화사가 그린 동래부의 역사役事였다.

이상과 같이 텍스트로부터 분리된 동래부에서 제작된 일련의 동래부순절도는 대략 50~70년의 편차를 가지고 제작되어 왔다. 전쟁이 끝난 60여 년 후 1658년 민정중 부사의 주도하에 그려진 순절도는 50여 년 뒤 1709년 권이진의 동래부사 재임 시 새로이 그려지고, 다시 50여 년 후 홍명한 부사 때 변박에 의해 다시 그려졌으며, 약 70여 년 이후 제작된 박대규 부사 시절 변곤에 의해 제작되었고, 과거에도 그랬듯이 안락서원에 수장되어 동래부의 사람들로 하여금 임란의 교훈을 본받게 하였다.

2) 텍스트와 이미지의 상호의존성

한편 동래부에서의 임진왜란 역사는 시각 이미지의 효과를 인식하고 텍스트를 현현화顯現化시킨 이미지로 구현되어 감계적 효과를 높였으나, 텍스트로부터 완전히 독립되지는 못하였다. 『충렬사지』에 의하면 권이진과 홍명한의 경우 그림과 함께 「화기畵記」와

---

28) 『忠烈祠志』卷八 合享錄,「釜山殉節圖序」, 143쪽.
29) 조행리는 이시눌의 <임진전란도>의 제작을 李鐸遠(1777~1840) 동래부사시절로 보았다. 조행리, 「조선시대 전쟁 기록화 연구 : <동래부순절도>작품군을 중심으로」, 서울대학교 석사학위논문, 2010. 그러나 이탁원은 박대규의 후임으로 온 1834년 6월 2일에 임명받고 7월에 동래부에 도임한 인물이다. 변곤의 <동래부순절도>가 4월에 제작된 것으로 미루어 7월에 부임한 이탁원 부사가 4월과 6월에 제작된 그림을 그리게 하였다고는 볼 수 없다. 변곤의 <동래부순절도>의 발굴로 박대규 부사 시절에 제작된 것으로 보아야 타당할 것이다.

「순절도서殉節圖序」를 남겼는데, 권이진의 「화기」는 나무편액의 형태로 새겨 충렬사 내에 걸어두었다.[30] 반면 홍명한 시절의 「순절도서」는 어떠한 형태로 제작되었는지 알 수 없으나 충렬사의 사당 내에 작품과 함께 볼 수 있도록 배치했을 것으로 추정된다.[31] 계미 사행단의 제술관이었던 남옥南玉은 동래에 도착하여 1763년 8월 22일 충렬사를 참배하고 두 순절도 <송충렬정충장성함순신도宋忠烈鄭忠壯城陷殉身圖>를 보았다. 남옥은 그의 『일관기日觀記』에 <동래부순절도>에 관한 기록을 부기하였는데 이는 『충렬사지』의 「본부순절도서本府殉節圖序」의 일부 내용과 일치하기 때문이다.

'옛적 임진난에 동래성이 함락하던 날, 부사 송충렬공과 양산군수 조공趙公과 교수 노공盧公과 비장 송봉수 김희수 유생 문덕겸 등과 향리 송백, 겸인 신어로 및 송공의 첩 김섬과 읍인邑人 김상 이촌녀二村女 등에 이르기까지 모두가 순절하였다. 대절大節은 밝게 죽백竹帛에 실려 있고 그 상세한 것은 비문[貞珉]에 새겨져 있으니 어찌 홀로 동래부 사람들만이 오늘에 이르도록 이를 칭송하리오. 무릇 우리 해동海東 사람이면 누구나 다 들어 알고 있음이라. 그러나 상상하여 흥기함은 눈으로 보고 감흥함만 못함이라. 동래부에 오래 전부터 순절도가 있음은 뜻이 여기에 있는 것이라 하겠다. 펴서 보면, 종용히 조복을 입고 북향하여 공손히 손을 모으고 있는 사람은 송공이고 반걸음도 떨어지지 않아 비분강개하며 함께 죽은 사람은 조양산이며 곁에 모시고 떠나지 않은 사람은 겸인 신여로이고 곁에 있어 육박하고 혈전하는 사람은 송 김 양兩 비장과 향리 송백이며 누하樓下에서 선성先聖의 위판을 모시고 예배하는 사람은 노교수와 두 사람의 유생이요, 담을 뛰어넘어 함께 목숨을 끊고자 하는 사람은 송공의 첩 김섬이며 기왓장을 걷어 적을 치는 사람은 읍인邑人 김상金祥과 두 촌녀村女이다. 오직 저 갑옷을 걷고 병기를 버리고 말을 달려 북쪽으로 달아나는 자는 좌병사 이각李珏이다.'[32]

그러므로 1760년 순절도의 당시 화기는 그림에 별폭을 부착하여 현시하도록 했을 가능

30) 권이진의 나무편액 「畵記」는 일제시대까지 충렬사에 보존되어 있었으나 현재는 소장처를 알수 없다. 김동철, 「동래부사 權以鎭의 對日인식과 활동」, 제14회 도산학술연구원 학술강연회, 도산학술연구원, 안동권씨 탄옹공파 종중, 2009.5.8, 25쪽. : 池内宏, 『文祿.慶長の役』別編第一, 吉川弘文館, 1936.(1987복간), 8~9쪽. : 『忠烈祠志』卷七 「分享錄-權以鎭이 別祠에 扁額을 請하는 狀啓」, 116~117쪽.

31) 남옥 저, 김보경 역, 『붓 끝으로 부사산 바람을 가르다』, 소명출판, 2006, 197~198쪽.

32) 『忠烈祠志』卷八 合享錄 [本俯殉節圖序] '昔在壬辰萊州城陷之日府使宋忠烈公梁山郡守趙公教授盧公暨神將宋鳳壽 金希壽 儒生 文德謙 等鄉吏宋伯傔人申汝櫓及宋公之妾金蟾邑人金祥二村女等俱以身殉焉大節昭揭于竹帛其詳具載於 貞珉豈獨萊之民至于今稱之凡我海東之人孰不聞而知之然而像想而興起猶不如目寓而觸感故萊府舊有殉節圖意蓋在也 披而見之則從容朝服北向者宋公也不離跬步慷慨同歸者趙梁山也侍側而不去者傔人申汝櫓也在傍而肉薄血戰者宋金兩裨與鄉吏宋伯也禮拜於奉位板之樓下者盧教授及二儒生也踰墙而欲與之倂命者宋公之妾金蟾也撤瓦而擊賊者邑人金祥與兩村女也惟彼捲甲棄兵躍馬而北走者其左屏使李珏乎'.

성도 생각해 볼 수 있다.[33] 시각 이미지가 민중에서 유용한 메시지의 전달수단이었던 반면 문자 즉 '텍스트'는 지식인들에게 여전히 유용한 전달매체였던 것이다.

그런데 청주시 충렬묘의 관리자인 송원섭宋元燮의 증언에 의하면 현재 종가소장본 <동래부순절도>(현재 청주 고인쇄박물관 보관)은 1970년 초 도난되었다가 되찾은 적이 있었는데 그 와중에 그림 상단에 기록된 화기가 잘려나갔다고 한다. 최근 후손들에게 배포할 목적으로 제작된 종가소장본 <동래부순절도> 인쇄본 상단에 잘려나간 화기의 내용을 옮겨 적었는데 남옥이 변박의 <동래부순절도>를 보며 기록한 부분과 동일하다.

이 같은 정황은 역사적 사건을 이미지로 전환하였지만 여전히 보완적 매개체로서 '텍스트'가 함께 공존하고 있었던 점을 알려주며, 나아가 이시눌의 <임진전란도>에서는 아예 한 폭에 합체된 양상을 보여준다. 역사화에 있어서는 순수하게 시각적이거나 언어적인 예술은 없으며 모든 역사화는 텍스트와 이미지가 결합된 복합예술임을 다시금 상기시키는 대목이다.[34]

그런데 1834년 변곤과 이시눌 그림은 새로운 텍스트에 대한 새로운 이미지의 필요성에 의해 제작된 것이다. 1760년 변박의 두 순절도 제작 이후 동래부에서는 경상감사를 비롯한 동래부사 및 부산진첨사와 다대첨사 등 이 지역을 관할하던 수장들에 의해 임진전란 현창사업에 다시금 박차를 가한다.[35] 18세기까지 지속되던 임진전란 현창사업의 결실로 1767년 동래부사 엄린嚴璘은『충렬사지忠烈祠志』2책을 편찬하였고, 오한원吳翰源 부사의 노력으로 1808년 드디어『충렬사지』가 목판본으로 간행되었다.

임진왜란 숭앙사업에 있어 텍스트로서의 집대성이 이 같은 1808년 오한원 부사 시절『충

---

33) 남옥, 앞의 책, 196쪽. : 김동철, 「그림으로 보는 조선 후기의 부산」,『사진과 그림으로 보는 부산의 역사』, (사)부경역사연구소 역사강좌, 26쪽.

34) W.J.T미첼 지음, 김전유경 옮김, 앞의 책, 514쪽.

35) 1765년(영조 41)에는 다대첨사 李海文이 윤공단을 세웠고 1766년(영조 42) 부산진첨사 李光國은 임진왜란 때 부산첨사 정발이 순절한 옛 부산진성의 유지에 정공단을 만들었다. 윤홍신은 1592년 음력4월13일 부산에 상륙한 왜의 대군이 14일 오전 부산진성을 함락시킨 후 다대진을 공격하자 그의 동생 興悌와 군·관·민을 이끌고 막강한 왜군에 맞서 싸우다 장렬하게 전사한 인물이다. 임진전란이 끝난 후 다대진만 임진전란 때의 사적이 세상에 알려지지 않았으나 1763년(영조 39) 경상감사 趙曮이 계미사행으로 일본을 방문하여 임진난을 회상하매 분하고 한탄스러워 돌아온 후 윤공의 충의가 잊혀져 감을 개탄하여 '다대포첨사윤공전망사적서'(1766)를 썼으며 함께 간 이해문이 다대첨사가 되어 그 뜻에 공감하여 윤공단을 세우게 된 것이다. 1766년(영조 42)에는 동래부사 姜必履가 만세덕이 우리나라에 끼친 은공에 보답하고 일본에 대한 복수심을 고취시키기 위해 그의 기공비가 있는 자성(지금의 자성대)위에 단을 쌓아 만공단을 만들었고, 1798년 鄭運 장군의 8대손인 鄭爀이 다대첨사가 되자 그의 임지 내의 명소인 몰운대를 택하여 鄭運公殉義碑를 세웠다.『忠烈祠志』卷三「尹公遺事-尹公死節記」, 71쪽. :『충렬사정화지』, 부산직할시, 1980, 57쪽.

렬사지』의 간행이라면 시각 이미지로서의 집대성은 바로 1834년 박대규朴大圭 부사 시절에 제작된 변곤의 <동래부순절도>이다.

4. 충절과 존모尊慕의 서사적 표상

1) 실증의 장소에서 충절의 공간으로

1834년 변곤의 <동래부순절도>를 포함한다면 동래부 주관으로는 앞장에서 언급한 두 차례의 제작정황과 1709년과 1760년 작품까지 보태어 총 다섯 차례의 순절도가 제작되었을 것으로 상정해 볼 수 있다. 그리고 최초 제작 순절도와 유사한 시기로 추정되는 종가소장본 <동래부순절도>가 있어 동래부 주도와는 별개로 종가에서 제작한 것으로 여겨지는 작품이 전한다.

그런데 이렇게 제작된 <동래부순절도>들은 화면구성방식에 따라 크게 두 가지로 분류 가능하다. 하나는 화면 안에 명기銘記없이 화면밖에 화기畵記 또는 서序를 기록하여 남겨두는 것이며, 다른 하나는 화면 내 개개의 인물과 산수에 명기銘記가 있는 것이다. 전자의 경우는 1709년 <동래부순절도>와 변박의 <동래부순절도>이고 후자의 경우는 종가소장본 <동래부순절도>와 변곤의 <동래부순절도>가 이에 해당된다. 권이진본과 변박본, 그리고 종가소장본, 변곤본으로 지칭하여 비교해 보고자 한다.

일련의 모든 <동래부순절도>는 공통적으로 화면 중앙에 임란의 중심 무대였던 동래읍성을 부감시로 배치하고 남문 앞에는 '가아도假我途', '가도난假途難'이라는 서신교환으로 전투의 시작을 알린다. 그리고 성 외부에는 이미 성을 포위하고 동문을 넘어 공격하는 왜군과의 전투를, 성 내부에는 격전의 마지막 '순절'장면을 묘사하고 있다. 화면 향 좌측으로는 좌병사 이각과 이를 따라 도망가는 군사들을 잊지 않고 그렸다. 한 화면에 사건의 흐름을 점이적으로 표현하는 이 같은 동도이시법同圖異時法은 역사화에서 서사적 서술을 위해 즐겨 사용하는 기법으로, 여기서도 순절의 'story'를 시각적으로 서사화시켜주는 역할을 한다.

먼저 전자의 권이진본은 현재 전하지는 않지만 작품의 면모는 대략 유추 가능하다. 권이진본은 화면 중심에 송상현이 홍포紅袍에 오모烏帽를 쓰고 북쪽을 향해 구부리고 있으며, 시첩侍妾 김섬金蟾은 적에게 잡힌 형상으로 그려졌다. 또한 교수敎授 노개방盧蓋邦과 교생校生 문덕겸文德謙은 객관 좌측 정원루靖遠樓에 난간에 누워 있는 시체로 묘사하였고, 양조한梁潮漢은 전하는 기록이 상세하지 않아 함께 병렬하지 못했다. 즉 양조한은 그리지 않고 두 명만을 순절한 모습으로 그린 것이다. 그리고 지붕 위에 올라가서 기와를 던지는 김상金祥을 돕는 두 여인 중 한 명은 기와를 걷고 한 명은 기와를 건네주는 형상으로 묘사하였다.[36] 앞서 언급한 이 같은 내용들은 1709년 작품으로 이것을 임모한 것으로 여겨지는 변박본이 전하고 있다. 변박본은 그림 밖에 「본부순절도서本府殉節圖序」를 남기고 있으며, 그 기록에서 이전의 순절도가 낡아 임모하여 새롭게 장정한다는 내용이 있어 1709년의 순절도와 유사한 구도임이 추정가능하다.[37] 다만 앞서 언급한 1709년 본의 도상구성이 변박본과의 차이점일 것이다. 변박본에서는 노개방 이하 문덕겸과 양조한 세 명 모두 위패를 모시고 있는 형상이며, 김섬은 담을 뛰어넘어 송상현에게로 달려가고 있다. 김상을 돕던 지붕 위 이촌녀二村女는 직접 기와를 던지는 급박한 형상으로 전환되었다.

한편 화면 내 인물 명기銘記가 특징적인 종가소장본과 변곤본의 경우 화풍 차이와 더불어 명기銘記의 기록방식 차이로 두 작품의 선후관계가 추정가능하다. <표2>를 참고하여 화면에 부기된 명기銘記를 비교해보면 종가소장본에는 순절당시의 직책이 명시된 반면 변곤본에서는 임란이후의 증직명을 부기하고 있다. 송상현은 1681년(숙종 7)이 되어 숭정대부崇政大夫 의정부議政府 좌찬성左贊成에 가증加贈되었고 문덕겸은 1748년(영조 13) 호조좌랑에 증직되었다. 이미 17세기 후반 이들의 충절을 숭앙하여 증직이 이루어졌으나 1834년 변곤본에 와서야 이 같은 명기銘記의 변화가 나타나는 것이다.

---

36) 『忠烈祠志』卷七「分享錄-畵記」, '妓娉小娥乘衛之墙 將就使君 爲賊所執則 侍妾金蟾雖妓亦烈 靖遠一樓當客館之左 中有二人橫屍其欄者奕盧公敎授 是邑奉侍位板在職死職 弟子文生 不負所學 又有梁潮漢者同死云 傳者不能詳 不敢並列 嗚呼惜哉'.

37) 『忠烈祠志』卷八「合享錄-本府殉節圖序」, 142~143쪽.

작품		종가소장본 <동래부순절도>	卞璞 필 <동래부순절도>	卞崑 필 <동래부순절도>
제작시기			1760년	1834년 4월
재질 및 크기(화면)		견본채색 147×112cm	견본채색 145×96cm	견본채색 134×90cm
문화재지정현황		충북 도유형문화재 제223호	보물 제392호	울산시유형문화재 제30호
소장처		宋忠烈公 泉谷先生宗家收藏本 청주고인쇄박물관 기탁보관	육군박물관	울산박물관
畫記				萬曆壬辰二百四十三年甲午四月 日 畵師本府千摠卞崑
人物銘記	府使 宋象賢	宋公 名 象賢 萊伯 礪山 號 泉谷		贈左贊府伯 謚忠烈宋公
				泉谷
	從行人 申汝櫓	申汝櫓		贈參奉傔人申汝櫓
	梁山郡守 趙英圭	趙英圭		贈參判趙梁山英圭
	裨將 宋鳳壽	宋鳳壽		贈判官裨將宋鳳壽
	裨將 金希壽	金希壽		贈判官裨將金希壽
	鄕吏 宋伯	宋伯		贈主簿鄕吏宋伯
	敎授 盧蓋邦	盧敎授		贈知申盧敎授盧蓋邦
	校生 文德謙	文德謙		贈佐郎儒生文德謙
	敎生 梁潮漢	梁潮漢		贈正郎儒生梁潮漢
	金蟾	金蟾		宋公妾咸興妓金蟾
	金祥	金祥		贈參奉府民金祥
	二村女	二村女		拾瓦擊賊二村女
	左兵使李珏	左兵使李珏		左兵李珏

그런데 변곤본은 명기銘記가 있다는 특징 이외에도 화면구성이나 조망시점, 건물묘사 방식, 인물배치와 자세, 그리고 산수표현방식에 있어서도 변박본보다는 종가소장본과 훨씬 밀접한 유사성을 보여준다. 우선 변곤본을 변박본과 비교해 보면 변박본보다 하향 된 조망시점으로 동래성의 전투를 그려냈는데 변박본이 파죽시세로 몰려오는 왜군과 당

시의 급박했던 전장의 장면을 강조하여 '격전지'라는 장소성을 부여한 반면 종가소장본과 변곤본은 동문을 넘는 왜군만을 다소 역동감 있게 그렸으며 동래성을 둘러싼 왜군의 도열은 마치 '순절지'의 배경으로서 상징성만을 부여해 주는 듯하다. 이미 성벽을 넘은 왜군들은 성을 지키던 몇 명의 동래군민들과 격전하는 장면을 그렸으나 인물과 건물이 생략되고 순절의 마지막 장면으로 시선을 유도하였다. 이야기의 시간적 경과가 '결정적 순간'에 집약되는 것이다. 그리하여 성안은 마치 장엄하고 엄숙한 성지聖地로서의 상징성이 강하게 부각되어 있다. 세부적으로는 역사적 사건의 배경적 역할을 하는 산수표현의 경우 변박본이 마치 회화식 지도처럼 비교적 정확한 지리적 형세를 반영하고 있는 반면 변곤본의 산수는 비교적 소략해져 있다. 또한 건물묘사 역시 변박본에 비해 생략된 부분이 많으며, 순절장면 이외에 불필요한 배경을 과감히 배제하였고 순절의 공간이 되는 몇 개의 장소만을 크게 확대하여 공간을 구성하였다. 전쟁이 있어났던 구체적인 '장소'가 순절을 상징하는 인식의 '공간'으로 전환되고 있는 것이다. 즉 변박본이 치열했던 전투상황을 재현하여 '실증'을 강조한 반면 변곤본에서는 실증을 토대로 하되 '의미'에 초점을 맞추어 이미지를 구현한 것이다.

한편 이 같은 양상은 변곤본과 종가소장본을 비교해 보았을 때도 변곤본에서 더욱 두드러져 보인다. 변곤본과 종가소장본은 성 외곽에 왜군에 의해 도열한 모습, 순절공간의 확장, 배경산수의 간략화, 건물묘사의 평면화 등 화면구성과 기법에서 상당히 닮아있다. 특히 화면 상단 원산 뒤편과 화면 하단에 묘사된 총칼의 묘사방식은 이 두 작품이 같은 계열임을 증명해 준다. 그러나 종가소장본보다 더욱 배경산수가 소략해지고 순절공간이 확장되었으며, 불필요한 배경들은 생략된 양상을 보여준다. 또한 색채에서도 밝은 백록의 사용으로 주색과의 대비 효과, 보라색 사용이 돋보인다. 화면의 인물명을 부기하는 방식뿐 아니라 건물배치 및 묘사방식 등으로 미루어 변박본보다는 종가소장본과 훨씬 연관성이 크며, 작품제작의 선후관계에 있어서는 화면구도와 채색의 변화, 인물표현의 도식화, 인물에 부기된 명기銘記의 내용 등으로 미루어 종가소장본보다 변곤본이 후대의 것이라 할 수 있다.

다시 권이진본으로 돌아가 본다면 종가소장본과 변박본, 그리고 변곤본을 거치면서 '전쟁'이라는 '사건의 재현'은 '순절'이라는 '의미의 재현'으로, 그리고 실증적 장소에서 충절의 성지聖地로서 서사적 표상이 전환되고 있음을 확인할 수 있다.

　그러므로 변곤본에서 증직贈職을 명기記銘한 점, 불필요한 인물과 배경의 생략, 주요 순절장면의 확대 등 이전 순절도와는 다른 묘사방식은 충절의 상징이 극대화되고 있음을 암시한다.

　이 같은 변화는 종가소장본과 변박본 등 18세기 그림이 임란직후 '경험적 기억'에 의해 서술된 1차적 텍스트를 토대로 제작된 것이라고 한다면 19세기의 그림인 변곤본은 순절과 숭앙의 결과를 인식한 '재생산된 기억'을 바탕으로 제작되었기 때문이라 할 것이다. 더욱이 엄밀히 말하자면 종가소장본이 '순절'의 인식공간을 재현하였다면 변곤본은 '임진왜란 현창사업'의 인식공간을 재현하였다고 해도 과언이 아닐 것이다.(<표3>)

<표3> 동래부순절도, 충절의 서사적 표상의 추이

17세기 : 경험적 기억, 전쟁의 장소
↓
18세기 : 1차 텍스트에 의한 기억, 순절의 장소
↓
19세기 : 재생산된 기억, '聖地'로서의 인식공간 현창사업地로서의 공간

2) 장소와 공간의 상호의존성

　그런데 일련의 <동래부순절도>가 텍스트에서 이미지로 전환되긴 하였으나 여전히 상호의존적인 것처럼 인식의 변화에 따라 공간의 의미가 달라지고 있지만 여전히 역사적 장소성 즉 '지리성'은 변하지 않고 있다. 임진왜란으로 폐허가 된 동래읍성은 오랫동안 방치되었다가 1731년(영조 7)에 이르러서야 개축되었다. 이후에도 몇 차례의 축성역이 있어 왔으나 이 가운데 1731년 정언섭 동래부사의 발의에 의해 시작된 당시의 축성역은 동래부읍성을 확장하여 새로 쌓는 대규모 토목공사였다.[38]

　동래읍성의 축성은 무신난 이후 관방시설의 강화와 영조의 탕평책의 정치적 의도가 개입된 역사였다. 영조 연간 이후 도성을 방어하는 체제는 도성자체를 수비하는 방식으로

---

38) 윤용출, 「조선후기 동래부 읍성의 축성역」, 『지역과 역사』 21, 2007, 184쪽.

전환되는데, 동래부의 관방시설이 금정산성에서부터 동래읍성으로 무게 중심을 옮기게 된 것이 그 일례이다. 이인좌의 난을 계기로 변란이 일어났을 때 도성을 버리고 피난하기보다는 도성민이 함께 지킨다는 전략을 채택한 것이다.[39] 전란이 일어났을 때 이 성을 지키며 싸운 사례가 바로 동래성전투였다. 또한 동래읍성의 재축조 당시 왜란 당시의 전망자 유해를 발굴하여 분묘를 조성, 비석을 세움으로써 송상현과 함께 절개를 지켜 목숨 바친 무명용사들을 추모하였다. 이 또한 치열했던 전투와 동래부민의 절개와 충성을 다시 한번 각인시켜주는 계기가 되었다.

하지만 동래부가 임란 이후 조선과 일본의 교류에 있어 유일한 통로인 까닭에 국방과 선린 외교 사이에서 늘 경계를 늦추지 않아야 했던 지역적 특성도 작용했을 것으로 여겨진다.[40] 통신사와 문위행, 연례송사, 차왜 같은 외교사절과 왜관에서의 상시적인 왜인과의 접촉으로 동래부에서의 임진왜란은 잊을래야 잊을 수 없는 전쟁의 기억이 되고 있었다.

동래읍성은 임진왜란의 치열한 격전지이자 패배의 장소이며 동시에 순국의 현장이기도 하다. 동래읍성의 축조는 과거 역사적 장소의 시각화 과정이자 군과 민이 결집하여 왜적에 맞싸웠던 동래부 역사인식의 기초작업이 되었다. 임진왜란 이후 폐허가 되어 있던 동래읍성이 임진왜란 이전보다 훨씬 큰 규모로 축조되면서 역사적 장소가 재현되지만 역사적 사건의 재현은 여전히 회화가 담당해야 할 부분이었다.

그런데 이들 일련의 <동래부순절도> 작품들은 1731년 동래부 읍성이 이전의 조선 전기 읍성에 비해 6배 정도 확장되면서 새롭게 증축하게 되었음에도 불구하고 화면에서는 임진왜란 당시의 동래읍성을 배경으로 삼고 있다. 1731년(영조 7)에 이루어진 동래부 읍성은 동북쪽의 구릉성 산지를 포함해서 타원형의 평산성으로 조성되었다.[41] 새로운 읍성은 성터를 넓혀서 건설하였는데, 문헌에 기록된 성곽의 둘레에는 체성體城뿐 아니라 치성雉城, 옹성甕城 등의 길이를 모두 합산하였기 때문에 새로운 동래부 읍성은 종전에 비해서 주곽圍郭이 6배 이상 확대된 것으로 나타났다.[42]

---

39) 윤용출, 「조선후기 동래부의 축성논의」, 『부산지역연구』 제10권, 부산지리연구소, 2004, 21쪽.

40) 김동철, 「'東萊府使接倭使圖'의 기초적 연구」, 『역사와 세계』 37, 효원사학회, 2010.6, 69~103쪽.

41) 김기혁·김성희, 「조선-일제강점기 동래읍성 경관변화 연구」, 『대한지리학회지』 제37권 4호, 대한건축학회, 2002, 35~38쪽.

42) 조형래, 서치상, 「1731년의 東萊邑城 修築工事에 관한 硏究」, 『대한건축학회논문집』 제20권 12호, 대한건축학회, 2004, 163쪽.

19세기에 제작된 변곤본을 살펴보면 동래읍성의 성축 바깥으로 마안령馬鞍嶺이 자리 잡고 있으며, 성곽 안으로 발리봉鉢里峰이 있다. 발리봉은 『동래부지』에도 명기되지 않은 지명이다. 한편 잘 알려진 마안령은 복천동고분군 뒤편이며, 다른 동래부의 회화식 지도에 등장하는 망월산은 안락서원 뒤편이다. 그런데 이 작품에서 마안령이 동래읍성 밖에 위치한 것으로 보아 이 임진전란을 재현한 지리적 상황은 조선 전기 읍성의 형태를 재현한 것이다.

그렇다면 성축 안에 자리 잡은 발리봉은 학소대鶴巢臺의 이명異名으로 추정된다.[43] 현재 조선 전기 동래읍성과 <동래부순절도>를 비교해 볼 때 조선 전기 동래읍성에서 위치 비정이 가능한 장소는 동래남문과 그 앞의 농주산의 위치이다. 여기서 남북의 축을 따라 북쪽 맨 끝에 있는 건물이 정원루이다. 현재 정원루의 자리는 송공단으로 그 위치는 변하지 않는다. 전기 읍성 형태에서 동래읍성의 남문에서 동래시장 쪽으로 가는 길이 성안의 남북을 관통하는 간선로인 반면 향좌측의 서문쪽 옹성에서 현재 동래부 동헌을 가로질러 가는 길이 성안의 동서를 관통하는 간선로이다. 이 같은 위치 속에서 <동래부순절도>의 발리봉 위치를 비정해본다면 현재 법륜사가 있는 학소대 위치이다.

전기 읍성 안에서 제일 높은 산은 학소대였다.[44] 그런데 이렇게 발리봉이 학소대라면 현재 발리봉 앞에 그려진 산을 어떻게 해석해야 할 것인가? 학소대 앞의 산은 학소대의 능선이 완만하게 앞으로까지 연결되어 있고 산이 있었을 개연성은 드물다. 이 산은 위치상 옆의 낮은 구릉이 화면구도상 정원루 옆으로 그리기 협소하여 앞으로 옮겨 그렸을 개연성이 크다.

변박본과 종가소장본, 변곤본에 그려진 동래읍성의 형태와 산의 배치는 동일하다. 일부 연구에는 변박작품에 나타난 두 개의 구릉을 마안산과 망월산으로 보기도 하였다.[45] 그러나 동일한 전기 읍성을 배경으로 그린 변곤의 그림에서 이미 성축 밖에 마안령을 기

---

43) 이처럼 지명이 異名으로 불리는 예는 흔히 찾아볼 수 있다. 지금의 해운대 莨山은 蓬萊山 또는 높은 산이라는 의미에서 上山이라고 불리었고, 배산성지가 있는 尺山자산은 그 모양 때문에 盃山이라고도 불리었으며, 지금의 승학산은 『東萊府誌』에 의하면 勝岳山으로 기록되어져 있다. 『東萊府誌』九 山川, 『港都釜山』 제1호, 부산시사편찬위원회, 1962, 100쪽.

44) 학소대는 官奴山으로도, 망월사는 萊山이라 불리기도 하였다. '官奴山 在府東一里 (鶴巢臺), 萊山 在府東二里 下有忠烈祠 (望月山), 甑山 在府東二里 上有將臺 下有城隍祠, 城隍祠 在府東甑山下.' 『東萊府誌』九 山川, 『港都釜山』제1호, 부산시사편찬위원회, 1962, 100쪽, 109쪽.

45) 권소영, 「육군박물관소장 「東萊府殉節圖」 연구」, 『사서화류 특집』 학예지 제10집, 육군박물관, 2003, 8쪽.

입하고 있을 뿐 아니라 앞선 학소대의 위치 비정에 의해 <동래부순절도>는 19세기까지도 전기 읍성의 지리성을 고수하는 전통성과 보수성을 보여주고 있음을 확인할 수 있다.

한편 19세기(1813년 이후) 동래읍성을 그린 또 다른 작품인 <동래부사접왜사도>의 경우 국립중앙박물관 소장본이나 국립진주박물관 소장본 모두 증축된 후기 읍성의 형태를 그리고 있다. 또한 1872년 지방지도 가운데 동래부지도에서도 마안령과 성황사城隍祠, 적취정積翠亭 등을 포함시키고 있을 뿐 아니라 최근 이시눌의 작품으로 비정된 동아대학교 박물관 소장 <동래부고지도>에서도 북문 쪽으로는 북문과 장대將臺를 포함한 마안령, 동문쪽으로는 망월산의 일부를 포함한 후기 읍성의 성축을 묘사하고 있다. 이처럼 19세기의 동래부지도와 회화식 지도형식을 차용한 <동래부사접왜사도>가 새롭게 증축된 후기 읍성을 화면배경으로 선택한 반면 동시기에 그려진 역사화 <동래부순절도>는 여전히 과거의 제작전통을 수용하여 임진왜란 당시 읍성의 형태를 화면배경으로 삼고 있다.

이 같은 양상은 시간적으로 규정된 특정 장소가 사건을 인지하는 시선과 인식의 차이로 공간의 재현 이미지가 달라질 수 있지만, 역사적 사건이 발생한 지리적 장소로서의 위치성은 변치 않는 역사화의 특수성을 반영해주는 것이라 할 것이다.

5. 맺음말

동래부는 임진왜란 당시 왜적의 초정지로 가장 먼저 함락되었다는 사실로 동래도호부에서 군郡보다 낮은 동래현으로 강호降號되고 목민관의 위상도 당상堂上의 통정대부에서 종5품의 봉직랑奉直郞으로 강등되었다. 그러나 패전보다 순절의 사항이 부각됨으로써 국가적, 도덕적, 윤리적으로 다시 우위를 점하게 된 것이다. 이와 같은 충절은 송상현의 인품에서 기인된 부분이 많으며 이들이 채록되어 '텍스트'로 수많은 문적을 생산하게 하였다. 그러나 대체로 한문의 소양이 부족한 대중에게 보다 효과적 접근을 위하여 시각화 작업으로 구현된 것이 순절도였다.

동래부순절도는 사사로운 감상화가 아니라 충렬별사나 충렬사에 현괘되어 일반 사람들이 볼 수 있게 펼쳐져 있는 감계화인 까닭에 회화의 특성상 외부에 노출되어 수십 년이 지나면 바탕과 색조가 바래게 된다. 그로 인해 교화와 감흥을 일으키기에 부족하면 감계화는 다시 모사를 거쳐 새롭게 단장한다.

지금까지는 현존하는 그림을 토대로 동래부사 권이진의 화기, 홍명한 부사 시절 변박이 그린 순절도. 박대수 시절 변곤이 그린 순절도의 3본만 공식적으로 인정되어 왔다. 그러나 여러 전하는 문헌 속의 문맥이나 종가소장본 <동래부순절도>와 유사한 그림자료의 발굴로 민정중의 재임 시절에 3점의 순절도가 그려졌음이 명확하게 확인되었으며 정석의 재임 시에도 그려졌을 개연성이 높아졌다.

염헌恬軒 임상원任相元이 쓴 「별전청서別典廳序」에 '동래부민으로 선무원종공신녹권에 실려 있는 자가 무려 66인이나 되니 족히 일주一洲의 수치를 씻고 먼 지역의 민속까지 풍미한다'[46]고 하였다. 이처럼 동래지방에서의 공신 배출 원동력에는 송상현의 치적과 순절이 시사하는 바가 크다. 임진왜란의 일본 측 기록인 『요시노일기吉野日記』에 의하면 '부산성을 함락시킨 왜군은 군신軍神의 혈제血祭라 하여 부녀자 아이뿐만 아니라 개, 고양이 할 것 없이 모두 살해하였다'고 하였으며 우리 기록인 이정헌李庭憲 『사적事蹟』에는 '만영滿營에 해골만 가득 쌓였다.'고 기술되어 있다. 이렇듯 인구가 전멸한 상태에서도 동래지방에서 많은 선무원종공신이 배출된 것은 일본의 가학성보다 동래부의 순절이 돋보였음을 부인할 수 없다. 이를 토대로 관방을 굳건히 하는 방책으로 순절도가 등장하고 감개의 동력을 높이기 위하여 반복하여 새로이 제작되었을 것으로 추론된다.

이러한 연유로 동래부의 충렬사에는 국가적 은전이 지속적으로 내려졌고, 대한제국기에도 순행길에 순종 또한 충렬사를 방문하여 그 충의를 기렸다. 순종은 '나라에 몸 바친 외로운 충성은 해와 별처럼 밝으며, 영명하고 씩씩한 영혼은 천고千古에 살아있는 듯하니, 이 고장을 지나면서 더욱더 감회가 일어난다. 충렬공 송상현과 충장공忠壯公 정발鄭撥의 사당에 지방관을 보내어 제사를 지내도록 하라'[47]는 교지를 내린다.

예로부터 인재는 다른 시대에서 빌릴 수 없는 일이라[48] 하였다. 충렬공 송상현이 있었기에 임진왜란은 치욕의 역사에서 벗어나 인륜人倫과 국맥國脈을 지켜낸 역사로 거듭날

---

46) 任相元, 『恬軒集』, 「東萊別典廳序」.

47) 『承政院日記』3228책 순종2년(1908) 12월 18일 '殉國孤忠, 皎若星日, 英靈毅魄, 千載如生。 駕過此鄉, 尤庸興感。 故忠烈公宋象賢·忠壯公鄭撥[忠壯公鄭撥]祠板, 遣地方官致祭ᄒ라신 旨믈 奉홈'.

48) 『宣祖實錄』81권, 선조29년(1596) 10월 21일 '自古人材, 不借於異代'.

수 있었다. 당송팔대가의 수장인 퇴지退之 한유韓愈의 이제송夷齊頌에서 '소호일월昭乎
日月 부족위명不足爲明 줄호태산崒乎泰山 부족위고不足爲高'라 하여 백이숙제伯夷叔齊의
충절이 해와 달보다 밝고 태산보다 높다고 칭송하였다.

그러므로 한유의 이제송에서 연유한 충렬사 안락서원에 건립된 강학공간인 소줄당昭
崒堂과 더불어 동래부순절도는 송상현의 충절이 백세百世의 사표師表로서 후세에 일깨
워주는 주요한 표징이라 할 것이다.

[참 고 문 헌]

『宣祖實錄』

『宣祖修正實錄』

『承政院日記』

『礪山宋氏知申公派譜』

閔鼎重,『老峯集』

朴東亮『寄齋史草』

宋時烈,『宋子大全』

宋時烈,『尤庵集』

宋浚吉,『同春堂集』

申欽,『象村稿』

李魯,『龍蛇日記』

任相元,『恬軒集』

趙曮,『海槎日記』

부산직할시,「東萊府誌」,『항도부산』제1권, 1962.

礪山宋氏知申公派譜刊行會,『礪山宋氏知申公派譜』, 1957.

忠烈祠 安樂書院 編,『忠烈祠志』, 民學社, 1978.

김강식,「壬辰倭亂 前後 釜山地域의 社會變化」,『항도부산』제22호, 부산시사편찬위원회, 2006.

김기혁, 김성희,「조선-일제강점기 동래읍성 경관변화 연구」,『대한지리학회지』제37권 4호, 2002.

김기혁・윤용출 외,「조선 후기 군현지도의 유형 연구 -동래부를 사례로」,『대한지리학회지』제40호, 2005.

김동철,「그림으로 보는 조선 후기의 부산」,『사진과 그림으로 보는 부산의 역사』, 2003.

_____,「倭館圖를 그린 卞璞의 대일 교류 활동과 작품들」,『조선통신사 사행록 연구총서』10. 2008.

_____,「東萊府使接倭使圖의 기초적 연구」,『역사와 세계』37, 2010.6.

권소영,「육군박물관소장 東萊府殉節圖연구」,『사서화류 특집 학예지』제10집, 2003.

이강칠,「宋象賢 府使와 東萊府殉節圖」,『월간문화재』, 1979.

이정수,「임진왜란과 정유재란의 戰鬪記錄畵 연구」, 홍익대학교 석사학위논문, 2016.

이현주,『조선후기 경상도지역 화원연구』, 동아대학교 석당학술총서, 도서출판 해성, 2012.

_____,「朝鮮後期 在地畵員 小考-18세기 東萊 在地畵員 卞璞의 官需繪畵 연구」,『文物研究』제14호, 2008.

_____,「경험과 인식, 그리고 이미지의 간극 : 동래부순절도」,『한국고지도연구』Vol.3 No.1, 한국고지도연구학회, 2011.

전송희,「동래성전투에 대한 기억서사와 표상」, 부산대학교 석사학위논문, 2013.

정길자,「송상현 공 종가소장 東萊府殉節圖 研究」,『대학발전연구 논문집』제20집, 2000.

조행리,「朝鮮時代 戰爭記錄畵 研究-<동래부순절도>작품군을 중심으로」, 서울대학교 석사학위논문, 2010.

최해군,「임진항쟁 관련 선열과 유적」,『항도부산』제9호, 1992.

허선도,「殉節圖와 民族正氣(上)」,『國防』제133호, 1963.4.

_____,「殉節圖와 民族正氣(下)」,『國防』제134호, 1963.5.

_____,「壬辰倭亂 東萊(釜山)에서의 여러 殉節과 그 崇揚事業에 대하여(上)-<釜山鎭殉節圖> <東萊府殉節圖> 및 <釜山鎭.多大鎭殉節圖>를 중심으로」,『한국화논총』10집, 1998.

|정 수 환|

　현재 한국학중앙연구원 책임연구원으로 재직 중이다. 조선시대사를 연구하고 있으며, 토착 농촌사회의 실태와 현대 농촌으로의 전환에 대한 연구에 관심을 기울이고 있다. 저서에 『조선왕실의 의례와 재원』(2019), 『조선후기 화폐유통과 경제생활』(2013), 공저에 『쉽게 읽는 서울사』(2019), 『도동서원 무성서원』(2019), 『분재기에 나타난 조선 중기 상속 문화와 가족제도』(2019), 『선비의 답안지』(2018), 『도산서원』(2018), 『녹우당에서 고산을 그리다』(2018) 등이 있다. 번역서에 『조선시대 시권』(2017), 『부안 우반 부안김씨 고문서 역주』(2017) 등이 있다.

17세기 淸州 莘巷書院과 宋象賢 추모의 정치적 함의

― 송상현 祠廟와 書院을 중심으로―

|정 수 환|

17세기 淸州 莘巷書院과
宋象賢 추모의 정치적 함의*
― 송상현 祠廟와 書院을 중심으로―

Ⅰ. 머리말

이 연구는 송상현이 임진전쟁 당시 동래성에서 세상을 떠난 뒤 전개된 그를 향한 포양과 추모를 17세기 사회와 관련하여 의미를 추적하기 위한 과정이다. 이와 관련하여 송상현을 위한 전국적인 사우祠宇와 사묘祠廟의 건립 동향이 청주 신항서원莘巷書院에서 출발하고 있으며, 청주 사림의 그를 향한 추모는 또한 중앙 정계와 연계한 활동의 결과임을 살펴보고자 한다. 연구 결과는 조선전기와 달리 조선후기 성리학적 질서와 정치현실에서 '충忠'의 가치 형상화 과정을 규명하는데 기여한다.

미증유의 전란으로 기록되고 있는 임진왜란, 임진전쟁에 대한 연구는 전쟁사적 관점에서 전쟁의 양상이나 전쟁으로 대두한 사회 현상에 대한 연구에서 출발했다.[1] 이후 전쟁 당시 의병의 활약에 대해 주목하면서도 관군의 활약에 새로운 조명을 시도하고 있다.[2]

---

* 이 글은 2019년 충북대학교 우암연구소 특별 학술대회 "천곡 송상현의 학문과 사상"(2019.12.6.) 발표문을 바탕으로 수정하여 『서원학보』제9호(2019년 12월 간행)에 원고를 전재한 것이다. 이남옥 선생의 토론과 익명의 심사자들 의견은 원고의 보완에 많은 도움이 되었다.

1) 李烱錫, 『壬辰戰亂史』上・下, 서울大學校出版部, 1967; 陸軍本部, 『韓國軍制史』近世朝鮮後期篇, 陸軍本部, 1976; 崔永禧, 『壬辰倭亂中의 社會動態』, 1975.

2) 李樹健, 「月谷 禹拜善의 壬辰倭亂 義兵活動-그의 『倡義遺錄』을 中心으로-」, 『民族文化論叢』13, 1992; 임진왜란사

그리고 임진전쟁을 전후한 시기 사회적 실상과 현실 대응에 대한 실체에 접근하기 위해 일기를 분석하거나 매매명문 등의 고문서를 활용한 연구 성과가 축적되는 등 연구 영역과 자료가 확장되고 있다.[3] 이러한 임진전쟁 관련 연구 경향과 관련하여 인물에 대한 연구는 전란 중 활동에 대해 주목했다.

천곡泉谷 송상현宋象賢(1551~1592)은 전쟁 '영웅' 중 한 명으로 조선 후기 동안 추숭 받았다. 먼저 그의 사상에 대해서는 『천곡수필』을 분석함으로써 성리학적 가치에 충실했던 충의정신을 추적하거나 그가 남긴 한시 28수를 이용하여 젊은 시절의 결기를 추출해 내어 형상화했다.[4] 전란 중 그의 행적에 대해서도 전쟁 당시 동래성의 실상에 대한 복원 시도와 함께 일기에 서술된 송상현 관련 기록과 그를 향한 애제문哀祭文을 바탕으로 그의 죽음을 '절의節義'로 평가했다.[5] 전쟁 이후 송상현에 대한 평가와 그 의미에 대한 연구가 있었다. 전쟁 당시 부산진과 동래성 전투를 묘사한 순절도殉節圖에 묘사된 사실을 밝혀 전후 숭양崇揚 양상을 추적하는 과정에서 송상현을 분석했다.[6] 임란 직후 17세기 초 동래부사로 부임한 이안눌의 시를 분석하여 전후 재건의 입장에서 송상현을 표상했던 시대 배경을 규명하려는 시도가 있었다.[7] 그리고 그의 죽음에 대해 조선후기 '충절'의 상징으로 나타나는 현상을 유교적 영웅화의 결과로 분석하면서, 선조대의 자율적 충성으로 평가하던 경향이 효종대 의리와 명분에서 강조된 사실을 규명하기도 했다.[8]

임진전쟁이라는 전란과 전쟁영웅 발굴의 성과로서 송상현에 대해 분석한 연구 방법과

연구회, 『임진왜란과 전라좌의병』, 보고사, 2011; 장준호, 「임진왜란시기 朴毅長의 慶尙左道 방위활동」, 『군사』76, 2010; 정해은, 「임진왜란 초기 경상도 수령의 동향과 의병지원 활동」, 『朝鮮時代史學報』70, 2014.

3) 박병련, 『『孤臺日錄』에 나타난 정치사회적 상황과 의병활동의 실상」, 『南溟學』15, 2010; 신병주, 「16세기 일기자료《瑣尾錄》연구-저자 吳希文의 피난기 생활상을 중심으로」, 『朝鮮時代史學報』60, 2012; 정수환, 「왜란과 호란기 매매와 분재, 그리고 家計운영-평산신씨 申礦 宗家 고문서 사례」, 『역사와 실학』66, 2018.

4) 박동천, 「천곡 송상현의 사상과《천곡수필》」, 『국학연구』38, 2019; 조영임, 「泉谷 宋象賢에 대한 哀祭文 연구」, 『東方漢文學』76, 2018.

5) 민덕기, 「임진왜란기 정경운의『孤臺日錄』에서 보는 아래로부터의 聞見정보」, 『한일관계사연구』45, 2013; 崔孝軾, 「임란 초기 동래성의 항전에 대하여」, 『新羅文化』26, 2005; 조영임, 「泉谷 宋象賢의 한시 연구」, 『大東漢文學』57, 2018.

6) 許善道, 「壬辰劈頭 東萊(釜山)에서의 여러 殉節과 그 崇揚事業에 대하여(上)」, 『韓國學論叢』10, 1988.

7) 변광석, 「임진왜란 이후 동래부사의 동래지역 인식과 기억사업」, 『지역과 역사』26, 2010. 한편, 임란 당시 무장을 읊은 시를 분석하여 작자는 17·8세기 정치적 부침이 격심한 현실을 대변하고자 했다(장미경, 「壬亂 武將의 상징화 양상」, 『열상고전연구』23, 2006).

8) 오인택, 「임진왜란기의 삶과 죽음, 그 표방 방식-김해부사 백사림과 동래부사 송상현을 중심으로」, 『동아시아의 인물과 라이벌』, 2008; 오인택, 「조선후기 '忠烈公 宋象賢 敍事'의 사회문화적 성격」, 『역사와 세계』40, 2011.

성과를 바탕으로 그의 행적에 대한 평가와 의미를 정치사적 관점에서 서원 및 사우와 연계하여 분석할 수 있다. 먼저, 송상현이 순절로 평가된 후 전국적으로 전개된 추모의 한 양상으로서 사우 건립과 사액 운동의 추이를 살펴본다. 이러한 현상의 배경을 추적하기 위해 전란 중 그의 죽음에 대한 평가의 변화 양상과 순절로 귀결되는 과정 및 추숭의 배경을 살펴보고, 송상현 현창의 중심인 청주와 신항서원을 중심으로 지역 사림과 송시열 등 중앙정계 인사의 관련성을 검토한다.

II. 천곡泉谷 송상현宋象賢과 사묘祠廟

송상현이 동래부사로 전사한 뒤 청주에 묻히고 충렬사에 향사하면서 그의 자손들은 청주의 사족 일원으로 활동했다. 임란이 종결된 17세기 이후 송상현을 추모하고 그를 향사하는 움직임이 그와 그의 가계 인물과 관련이 있는 지역에서 다발적으로 일어났다. 여기에는 그의 죽음이 순절로 평가되고 그를 충절의 상징으로 전통화하려는 의도가 작동하고 있었다. 이러한 배경을 추적하기 위해 그를 향사하고 있는 사우와 사묘가 설치된 전라도 고부, 평안도 개성, 경상도 동래 그리고 충청도 청주를 순차적으로 살펴보고 이들 사묘의 특징을 추적한다.

송상현의 본관은 여산礪山이며, 그의 고향은 전라도 고부였다. 1610년(광해군 2) 간행한 여산송씨 초간보에는 시조 송유익宋惟翊(?~?)을 여량현礪良縣 향역鄕役을 수행하다 등과하였으며, 사후에 여산군礪山郡 동진산東鎭山에 묻힌 것으로 적고 있다.[9] 그 후 송송례宋松禮(1207~1289)와 그의 아들 송분宋玢(?~1318)이 고려조에 사환한 후 장단長湍에 분묘가 설치된 사실 또한 초간보에서 밝히고 있는 내용이다. 그러나 조선 개국 후 송희宋禧(1342~1425)가 "고부전사古阜田舍"를 따라 귀향한 이래로 그의 직계 후손들은 고부에 세거하면서 "천곡탑동泉谷塔洞" 선영을 경영했다.[10] 송희의 역대 후손들은 물론, 송상현 부모 분

---

9) 『礪良宋氏族譜』(丙午譜), 宋惟翊條. 이 초간보는 宋言愼(1542~1612)이 1606년(선조 39) 편집한 내용을 바탕으로 1610년(광해군 2) 宋駬(1557~1640)이 청주목사 재임시 宋克訒(1573~1635) 등 인근의 동종 수령들과 함께 청주목에서 간행했다. 한편 송유익은 진사로 고향에 은거하였으며, 아들 宋淑文도 礪良縣 호장을 지내다가 문과에 급제했다(한희숙, 「17세기 礪山 宋氏 愚谷 宋亮의 家系와 사회적 위상」, 『韓國系譜研究』8, 2018, 71쪽).

10) 『礪山宋氏泉谷派譜』(己巳譜), 宋禧條.

묘 또한 이곳 정읍 '천곡泉谷'에 마련되었으므로 이곳은 송상현의 고향이었다(표1 참조).

송상현의 고향 전라도 고부에 그를 향사하기 위한 사우가 설립되었다. 고부의 송상현 사우는 1656년(효종 7) 경 편집한『동국여지지東國輿地誌』에는 모충사慕忠祠, 1759년(영조 35) 경 작성한『여지도서輿地圖書』에는 정충사旌忠祠로 건립되었음을 밝히고 있다.[11] 일찍이 1633년(인조 11) 고부의 유생 조극눌趙克訥(?~?) 등은 송상현을 위한 사우를 건립하고 사액을 청원하기도 했다.

> 조선 천지의 먼 곳에서도 또한 듣고서 그들을 슬퍼하는데 하물며 같은 社에서 같은 우물을 사용하는 사람들이겠습니까? 저희들은 세월이 멀어져 사람들이 죽고 사적이 매몰될까 두려워해서 올해에 비로소 사우를 처음 만들고는 송상현과 金浚의 위판을 두어 제사를 지내는 곳으로 삼았습니다. '宇'를 이루었지만 이름이 없고 '祠'의 제사 의식을 잘못 빠뜨렸으니 褒忠하고 旌悊에 의거하여 특별히 사액하시어 성대하게 하는 영광을 바라나이다.[12]

고부에서는 임란과 호란에 순절한 지역 출신 인사로 송상현과 김준金浚(1582~1627)에 대한 향사를 위한 사우를 같은 해에 마련하고 사액을 요청했다. 이들은 왜란과 호란에서 목숨을 걸고 나라를 지킨 고부 출신 인사들에 대한 포충과 정려의 전례를 적용해 줄 것을 언급했다. 그러나 정묘호란 직후 김준에 대한 평가가 완료되지 않은 사정으로 인해 사액을 성취하지는 못했다. 그 후 1657년(효종 8) 고부 유학 김량기金良器(?~?) 등은 전쟁에 공이 있는 신하의 고을에 사당을 세우고 사액한 전례에 따라 송상현과 함께 신호申浩(1539~1597), 김준을 위한 사우에 대한 사액을 요청하는 상소를 올렸다.[13] 임진전쟁 중 산화한 송상현, 신호와 함께 호란에서 목숨을 잃은 김준에 대한 평가가 이루어짐에 따라 사액이 결정될 수 있었다. 따라서 송상현을 위한 사우 건립과 사액은 1633년(인조 11) 1차시도 당시 김준에 대한 평가가 확정되지 않아 보류되었으나, 1657년(효종 8) 향사 인물 모두에 대

---

11) 『東國輿地誌』, 全羅道 古阜, 祠廟條; 『輿地圖書』, 古阜郡邑誌, 書院條. 『동국여지지』는 1656년 유형원이 편집한 전국 지리지이다(박인호, 「유형원의 동국여지지에 대한 고찰」, 『淸溪史學』6, 1989). 『여지도서』는 1757~1765년 경 작성되었으나(崔永禧, 「解說」, 『輿地圖書』, 國史編纂委員會, 1973, 4쪽) 환곡 현황은 1759년을 기준으로 하고 있다(문용식, 「《輿地圖書》를 통해 본 18세기 조선의 환곡 운영 실태」, 『한국사학보』25, 2006, 502~503쪽).

12) 『인조실록』권34, 인조 11년 12월 기묘.

13) 『효종실록』18권, 효종 8년 2월 갑오. 사액 후 서원은 院任 3人, 額內儒生 20人, 額外儒生 15人 중심으로 운영했다(『輿地圖書』, 古阜郡邑誌, 書院條).

한 포충이 되면서 사액이 달성되었음을 알 수 있다. 이로 본다면 송상현 사우는 고부의 인사들이 1633년(인조 11) '모충사慕忠祠'를 먼저 건립하고 24년 뒤 '정충사旌忠祠'로 사액 받았다고 볼 수 있다. 고부에서는 "충신절사지향忠信節士之鄕"에 사우를 세우는 통례를 강조하면서 충신 송상현을 위한 사우에 사액을 요청함으로써 고부가 그의 고향이라는 인연이 있음을 강조했다. 그리고 송상현이 그의 고향 선영의 지명 '천곡'을 따서 자호한 것도 그의 고향의식을 반영한 사실로 볼 수 있다.[14]

송상현의 고향뿐 아니라 그의 선대와 인연이 있는 것으로 주장하는 지역에서도 사우를 건립했다. 개성부에 송상현을 향사하기 위한 사우가 설립되었다. 송상현의 조부 송전 宋琠(1505~1534) 부부의 묘역은 실전하고 개성부 고려 태종릉太宗陵 경내에 존재했던 것으로 전하고 있다.[15] 송상현과 개성부와의 인연은 그의 사후에 지속적으로 지역에서 '전통'으로 강조하고 있었다. 유형원은 『동국여지지』에 개성에 '송상현사宋象賢祠'와 개성의 인물로 그를 소개하면서 "아버지가 일찍이 우거했다. 송상현이 개성에서 생장生長했는데 그 집이 북부의 안장리鞍子里에 있다."라고 밝혔다.[16] 그가 송상현을 개성에 우거한 인물로 분류한 이유는 이러한 내용이 17세기 개성에서는 지역의 전통으로 인식했기 때문이었다. 이러한 전통은 18세기에도 이어졌다. 1731년(영조 7) 개성유수로 재임한 박사익 朴師益(1675~1736)은 송상현의 집터를 찾지 못하자 구리舊里에 유허비를 세움으로써 개성을 송상현 고향으로 형상화했다.[17] 이를 계기로 송상현과 개성과의 인연은 확고부동의 사실로 정착했다.

> 개성부에 崇節祠가 있는데, 부사 송상현, 부사 金鍊光, 부원수 劉克良은 이 땅에서 生長 하다가 임진년에 절의를 지켜 죽은 사람들로 조정에서 사액하여 제향을 하게 했습니다.[18]

14) 趙炳喜, 「壬辰倭亂의 殉節功臣 泉谷 宋象賢」, 『全北人物志』(下), 113~114쪽. 송상현은 고부 천곡 출신으로『호남 절의록』(1799刊)에 수록되어 있다.

15) 『礪山宋氏泉谷派譜』(己巳譜), 宋琠條.

16) 柳馨遠, 『東國輿地誌』, 開城府, 祠廟・流寓.『동국여지지』가 1656년(효종 7)에 편집된 점을 고려했을 때 적어도 이 전에 '송상현사'가 존재했음을 알 수 있다. 한편, 이와 달리 송상현 종가는 "泉谷 出生地 京城 皇華坊"이라 하여 한양에서 그가 출생한 사실을 계승하고 있다.

17) 宋象賢, 『泉谷先生集』, 「松都遺墟碑記」(留守 朴師益). 박사익은 송전이 본래 송도 사람으로 그곳에서 세상을 떠나 자 송복흥이 봉사조로 전민(田民)을 개성에 두었다. 이러한 내용으로 인해 당시 송도 사람이 송상현을 송도 사람 이라고 여기고 있다고 서술했다. 이와 관련하여 송전은 부인 화산(안동)전씨의 고향 개성에서 살다가 세상을 떠났 으며, 이러한 사유로 그의 분묘가 개성에 마련된 것이라고 전하고 있다.

18) 『정조실록』16권, 정조 7년 7월 계묘.

위의 1783년(정조 7) 개성부 유수 서유방徐有防(1741~1798)이 올린 상소에는 임진전쟁 때 전사한 개성출신 인사들에 대한 인식을 보여준다. 개성이 송상현의 생장지라는 전통에 따라 개성부는 일찍이 1666년(현종 7) 송상현과 더불어 김연광金鍊光(1524~1592), 유극량劉克良(?~1592)을 지역 출신 인물로 규정하고 사우를 건립했으며, 그 후 사우는 1694년(숙종 20) '숭절사崇節祠'로 사액 받았다.[19]

송상현의 고향과 선대 연고지의 사우 건립과 더불어 전사지에도 사묘를 건립했다. 임진전쟁 개전 초기 정발鄭撥(1553~1592)이 지키던 부산진이 함락된 다음날 4월 15일 송상현은 동래성에서 죽음을 맞이했다.[20] 동래부는 전쟁이 종결된 뒤 전란 당시 전사한 인사들, 특히 송상현에 대한 현창과 추숭에 집중했다. 동래부사 윤훤尹暄(1573~1627)이 1605년(선조 38) 남문 안에 묘廟를 설치하였으며, 그 뒤 1624년(인조 2)에 '충렬사忠烈祠'로 사액 받았다.[21] 그리고 윤문거尹文擧(1606~1672)는 동래부에 부임하고 1년 뒤 1652년(효종 2) 8월에 충렬사를 이건했다.

천곡 송상현은 임진왜란 때 동래 부사로 殉節했다. 정발도 부산첨사로 또한 난리에 죽었다. 고을 사람들이 祠堂을 세워 제사를 지냈는데 건물이 초라하여 여러 곳에 물이세고 기울었다. 마침 한 갑자가 지난 때가 되었기에 절개를 드러내어 풍속을 일으키고자 가능하지 않은 것이 없었다. 동래부의 동문 밖에 자리를 구해서 祠宇를 이건하여 규모와 제도를 확대하고 사우를 서원으로 바꾸며 강당과 재사 그리고 의절이 비로소 갖추었다. 그리고 관재를 덜어서 雇役을 썼으므로 사람들은 역사가 있는지를 몰랐다.[22]

윤문거는 전쟁 발발 주갑周甲을 기념하여 사우를 동문 인근으로 이건하면서 규모를 확장하고 서원으로 개편하는 것은 물론 향사를 위한 의절을 정비했다.[23] 이어서 그는 송상현에서 발원하는 '순절'의 가치가 정발로 이어진다고 강조하면서 동래부 교수 노개방盧蓋邦(1563~1592)에게도 이를 확장 및 소급하여 그를 송상현의 묘우廟宇에 배향配享하고자

---

19) 鄭昌順 補編(1782),『開城府誌』권2, 學校-崇節祠條. 숭절사 賜額 당시 致祭文에도 송상현이 거주한 인연을 강조했다.

20)『선조실록』26권, 선조 25년 4월 임인;『선조수정실록』26권, 선조 25년 4월 계묘.

21)『輿地圖書』, 東萊鎭東萊都護府, 壇廟條.

22) 尹文擧,『石湖先生遺稿』권7, 附錄上-年譜(崇禎25년 8월).

23) 安樂書院에 忠烈祠를 移安할 당시 역사를 도운 부내 유생은 朴友桂, 宋繼商, 李培成, 宋興殷 등이었다(宋象賢,『泉谷先生集』卷2, 祝文, 安樂書院記實文(俞棨)).

했다. 충렬사 사액과 안락서원 중수 후 윤문거는 추숭 범위 확장을 시도하고 있었다.

송상현에서 출발한 임진전쟁 당시 동래부 일대 전사자들에 대한 추숭과 향사 범위의 확산이 18세기에도 지속되었다. 동래부사 권이진權以鎭(1668~1734)은 1709년(숙종 35) 이전하고 남은 옛 충렬사 터에 별사別祠를 마련하고 교수 노개방을 비롯하여 양산군수 조영규趙英圭(?~1592)를 향사했다. 나아가 그는 별사에 대한 사액을 요청하며 "미천한 비리神吏나 천한 하인들도 나라의 어려움에 같이 목숨을 걸고 의리義理를 위해 절개를 지켰으니 같이 표양하여 인륜의 당연한 도리를 북돋울"것을 청원하는 장계를 올렸다.[24] 이를 계기로 이듬해 사액을 받았다. 1742년(영조 18) 동래부사 김석일金錫一(1694~1742)은 송상현이 전사한 객사의 정원루靖遠樓 터에 '송공단宋公壇'을 설치했다.[25] 그리고 경상감사 민응수閔應洙(1684~1750)는 "절의를 포양하는데 문무의 차별과 존비의 등급이 같이 절개를 지킨 사람에게 구별하는 것은 옳지 않다."는 장계를 올려 별사를 충렬사에 합사하는 조치를 내렸다.[26] 이와 같이 17세기의 추숭 분위기 연장으로 18세기까지 송상현을 중심으로 전란 당시 동래부를 지킨 인사들에 대한 포양을 실시했다.

고향, 선대 연고지 그리고 전사지에서 진행된 송상현에 대한 향사와 더불어 그의 묘역이 조성된 청주에서도 묘우를 건립했다. 송상현이 동래성에서 전사한 후 반장返葬을 실현하여 청주에 묘역을 조성했다. 이에 앞서 1594년(선조 27) 병사 김응서金應瑞(1564~1624)가 울산에서 가등청정加籐淸正(1562~1611)을 만나 반장에 대해 담판이 있었다.[27] 1595년(선조 28) 반장을 계기로 충신문을 건립하고, 1610년(광해군 2) 충렬묘忠烈廟 설치가 순차적으로 진행되었다. 송상현의 묘역은 청주목淸原郡 가포곡에 설치되었다. 이와 관련하여 선조가 명나라 지관 두사충杜師忠(?~?)으로 하여금 전국의 명당에서 송상현의 장지를 정하도록 하였다고 가전하는 이야기가 있다.[28] 그러나 청주에 그의 묘역을 정하게 된 배경은 송상현의 가내 상황과 관련하여 이해할 필요가 있다.

24) 『忠烈祠志』卷7, 分享錄, 別祠・府使權以鎭別祠請額狀啓(己丑10月)・賜額忠烈別祠・府使權以鎭上疏(辛卯).

25) 『輿地圖書』, 東萊鎭東萊都護府, 壇廟條.

26) 『忠烈祠志』卷8, 分享錄, 觀察使閔應洙狀啓.

27) 『선조수정실록』권26, 선조 25년 4월 계묘.

28) 宋象賢, 『泉谷先生集』(家藏本)卷5, 年譜.

<표 -1> 여산송씨 송상현 가계도[29]

```
                                    坡平尹宣佐 딸    金東全舜弼
                                    金承碩        金  欽(1537~1529) — 金直哉(1537~1529)
                                                 安東金氏(1527~1597)
                                                                    딸 張彦悟(鎭川人)
        宋承殷(1505~1534) — 宋 眞(1505~1534)  宋復興(1527~1594)   宋象賢(1551~1592) — 宋仁及(1576~1608)
        潘南朴基 딸         松京실전           문과, 송화현감       문과, 동래부사       문과, 사간원정언
        (1482~1557)       安東全叔 딸          泉谷            返葬 淸州(1595)      赴燕
        泉谷              (1510~1531)                        旌忠祠, 崇節祠       文化柳昕 딸
                         泉谷                               忠烈祠(東萊)         (1579~1602)
                                                          忠烈廟, 莘巷書院      全州崔德峋 딸
                         李文楗(1494~1567) — 李 溫(1518~1557)  星州李氏           淸州
                         安東金彦黙 딸                        (1555~1622)        宋孝及(1579~1606)
                                                          淸州西面加布谷        진사
                         金增壽(淸州梧根居) — 金海金氏         別室 韓金蟾        高靈申活-딸
                                           槐山大明里         妾 李良女           淸州
        金 墀(1455~1534) — 安東金氏                          딸 韓孝祥(淸州人)
        晋州柳塾                                            宋象仁(1569~1631)
        淸州梧倉                                            宋象元
```

* 범례: '배'=配位, '묘'=墓所, ' ‖ '=혼인관계

　　송상현이 전장에서 1592년(선조 25) 세상을 떠나고 1595년(선조 28) 반장을 실시하기까지 배위 성주이씨 부인의 역할이 있었다. 성주이씨 부인은 이문건李文楗(1494~1567)의 손녀로 그녀의 선대 성주이씨 일족은 충청도 괴산에 세전하는 터전을 유지하고 있었다. 성주이씨 부인의 외가도 청주 일대를 기반으로 하고 있었다. 성주이씨 부인의 외조부는 청주 오근촌梧根村, 즉 오창梧倉에 기반을 둔 김해김씨 김증수金增壽(?~?)로 이 혼사는 이문건의 처 안동김씨 부인이 주관한 것이기도 했다.[30] 청주 일대에는 안동김씨들이 세거하고 있었다. 성주이씨 부인의 조모는 괴산과 청주의 세족이었던 안동김씨 김언묵金彦黙(1472~1506)의 딸이었다.[31] 뿐만 아니라 그녀의 외외가 또한 안동김씨로 오창에 세거하고 있었다(표-1 참조). 성주이씨 부인은 송상현 사후 젊은 시동생들을 대신하여 시모 안동김씨 부인과 가계를 운영할 수밖에 없었으며, 그 과정에서 친정, 외가 등이 포진하고 있던 청주를 반장지로 선택했다.[32] 특히, 성주이씨 부인의 시모도 안동김씨로, 김승석金承碩(?

---

29) 『礪良宋氏族譜』(丙午譜), 淸州牧, 1610년(광해군 2); 『礪山宋氏泉谷派譜』(己巳譜), 淸州 1989년.; 『星州李氏大同譜』

30) 金素銀, 「李文楗家의 경제 운영과 지출-槐山入鄕을 관련하여」, 『古文書硏究』21, 2002, 35쪽.

31) 金素銀, 앞의 논문, 32~34쪽.

32) 이문건이 경상도 성주에서 유배 생활을 하는 동안 그의 처 안동김씨 부인도 1546년 경 친정이 있는 충청도 괴산으로 돌아왔다(金素銀, 앞의 논문, 34쪽). 이와 같이 혼인 및 상속 관행과 관련하여 16세기 남편 유고 시 부인이 친정과의 관련 속에서 가계를 운영한 사실은 송상현의 처 성주이씨 부인의 사례에서도 확인할 수 있다. 물론, 여기에는 16세기 자녀균분상속(子女均分相續)의 특징을 고려할 경우 일대에 토지와 노비가 산재해 있다는 점도 고려되었다. 그리고 그녀의 이러한 보이지 않는 기여가 그녀가 세상을 떠나자 도승지 이덕형의 청에 따라 공신의 조애(助哀)하는 예를 준용하여 휼전을 내리는 데에도 작용했다. 내용은 목(木) 5필, 관(棺) 1부(部), 지(紙) 7권(卷), 유

~?)의 큰딸이 청주의 세족 충주지씨 지란池蘭(?~?)에게 출가하는 등 청주 일대 그녀의 혈연적 기반이 확고했다.[33] 송상현 사후 성주이씨 부인은 친정과 시외가의 기반이 있는 충청도 청주를 반장지로 결정하였다. 이를 계기로 그녀가 며느리들을 청주의 세력가인 전주최씨와 고령신씨에서 맞이함으로써 여산송씨 일족이 청주 지역사회에 뿌리내리는 데에도 기여했다.

송상현 사후 그를 향한 추모와 향사는 그와 인연이 있는 각처에서 진행했으며, 17세기 전반 이후 이러한 움직임이 본격화했다. 그의 선영이 있는 고향 전라도 고부에서 사우를 건립하고 1657년(효종 8) 정충사旌忠祠로 사액 받았다. 뿐만 아니라 송상현의 조부 묘역이 존재한다는 이유로 개성부에서는 그와 관련한 유허를 주장하고 1656년(효종 7) 이전 '송상현사宋象賢祠'를 건립한 뒤 1694년(숙종 20) 숭절사崇節祠로 사액 받았다. 그리고 송상현이 순절한 동래에 부사가 1605년(선조 38) 그를 위한 묘廟를 설치하고 1624년(인조 2) 충렬사忠烈祠로 사액 되자 순절 주갑周甲을 계기로 1652년(효종 2) 서원으로 개편했다. 이러한 일련의 송상현을 위한 추모와 현창 움직임은 인조조에 시작하여 효종조에 활발하게 전개하고 있음을 알 수 있다. 그 출발은 송상현을 청주에 반장返葬한 데 있었으며, 본격적인 추모와 추숭 운동은 17세기 전반 이후 송상현 후손들과 청주지역 사족, 그리고 중앙 정계의 연대를 통해 실현될 수 있었다.

Ⅲ. 순절殉節, 신항서원莘巷書院 그리고 송시열宋時烈

1) 순절殉節의 형상화, 송상현宋象賢

전란 초기 송상현의 죽음에 대한 인식은 혼란상을 보이고 있었다. 왜군이 부산포를 함락했다는 소식은 4월 17일 상주 · 함창 일대까지도 알려지면서 관군의 대응 움직임이 있었다.[34] 전쟁의 개시와 부산의 상황은 전국에 빠르게 전파되고 있었음을 알 수 있다. 경상도 함창 일대 의병장으로 활약한 곽수지郭守智(1555~1598)는 동래와 부산포 함락 소식

둔(油芚) 등의 물력이었다(『광해군일기(중초본)』권178, 광해군 14년 6월 무자).

33) 李政祐, 「17-18세기초 淸州地方 士族動向과 書院鄕戰」, 『朝鮮時代史學報』11, 1999, 129쪽.

34) 郭守智, 『浩齋辰巳日錄』卷1. 壬辰 4월 17일.

으로 지역에 큰 혼란이 초래되는 것은 물론, 많은 헛소문이 횡행하고 있다고 지적했다.[35] 이런 현실에서도 시간이 지남에 따라 동래부사 송상현의 죽음에 대한 보다 자세한 정보가 유통되기 시작했다.

> 4월 14일 부산포가 함락되고 잇달아 동래부사 송상현이 살해되었다. 나머지 군관과 사졸들도 죽은 자를 헤아릴 수 없었다.[36]

개전 초 송상현의 단편적인 죽음에 덧붙여 동래성의 상황에 대한 추가 내용이 가미되어 동래성의 참상이 급속히 전파되고 있었음을 알 수 있다. 시간이 지나고 전황이 복잡하게 전개되면서 송상현이 동래부에서 세상을 떠난 사실에 대한 논란이 있었다.『선조실록』의 기사이다.

> ① 적이 이제 동래에 다다르자 송상현은 서문 밖에서 패해서 북문으로 들어갔습니다. 그런데 적이 작은 돈대에 올라서는 수 없이 포를 쏘아대니 사람들이 도저히 성을 지킬 수가 없었습니다. 적이 바야흐로 성에 들어오자 송상현과 高允寬은 모두 죽음을 당했습니다.[37]
> ② 정발, 송상현이 어떤 이는 죽지 않았다고 말하지만 죽은 것은 의심할 것이 없습니다. 말이 잘못 전해져 송상현이 賊將이 되었다고 일컫는데 이르렀으나 전혀 그렇지 않습니다. 포위당했을 때에 洪允寬이 성을 나갈 것을 권하자 바로 송상현이 "지금 비록 성을 나가더라도 장차 안전하게 갈 곳이 있겠느냐?"라고 말했다고 합니다. 그리고 남문에서 손을 모으고 앉아 있자 적이 들어와서는 그를 죽여서 바로 머리를 대마도로 보냈다고 합니다.[38]

동래부 함락 소식이 1592년(선조 25) 4월 조정에 전달된 뒤에도 선조는 전황에 대한 파악을 계속 시도했다. ①은 김해부사 김경로金敬老(?~1597)가 1592년 8월 선조에게 아뢴 송상현 최후의 모습이다. 그는 송상현이 서문 밖에서 전투를 하였으나 중과부적 상황에서 분전하다가 성이 함락되면서 죽음을 맞이했다고 진술했다. 그러나 이로부터 3개월 뒤 11월의 기록 ②는 경상감사를 역임했던 김수金睟(1547~1615)가 송상현의 죽음을 의심하

---

35) 郭守智,『浩齋辰巳日錄』卷1. 壬辰 4월 19일·5월 17일.
36) 郭守智,『浩齋辰巳日錄』卷1. 壬辰 5월 6일.
37)『선조실록』권29, 선조 25년 8월 갑오.
38)『선조실록』권32, 선조 25년 11월 신사.

는 선조의 물음에 대한 답이다. 그는 송상현의 죽음 및 행적을 둘러싸고 와전된 풍문이 사실이 아님과 더불어 출성出城 권유를 뿌리치고 전장에서 적에게 죽임을 당한 사실을 확인했다. 전란 초기 송상현의 최후와 행적에 대한 논란이 정리되면서 그의 죽음에 대해 평가할 수 있는 실마리가 마련되었다.

송상현의 최후와 관련한 정보의 제한으로 인해 그의 생사여부와 대처에 대한 논란이 있었으나, 이 부분이 정리되고 전쟁이 소강기에 접어들자 그의 죽음에 대한 의미가 부여되기 시작했다. 송상현에 대한 평가는 1594년(선조 27) 경상우병사 김응서가 현장을 조사하여 적장도 "종용취사從容就死"한 내용을 언급한 장계를 근거로 송상현을 "포중褒贈"하여 "표충表忠" 할 것을 건의한 홍문관 수찬 정경세鄭經世(1563~1633)의 입장에서 잘 드러난다.[39] 동래부에서의 송상현의 죽음을 충절로 간주하는 분위기는 이듬해 1595년(선조 28) 선조가 송상현의 영정에 내린 사제문賜祭文에 잘 드러난다.

> 구차하게 사는 것을 수치스럽게 여기고 죽는 것을 영광으로 여겼으니 가벼운 육신은 태산처럼 무거우며 義를 중하게 여기고 목숨을 가벼이 여겼도다! 어찌 전쟁을 당해 忠을 위해 죽은 것이 드러나지 않겠는가? 만나서 충성스런 죽음이 드러나지 않았는가? 이때 일을 듣게 되어 비로소 褒典을 시행하여 忠을 세상에 드러내게 되었다.[40]

선조는 송상현이 전장에서 목숨을 아끼지 않은 것을 "충운忠殞"이라 평가하고 그의 행위는 "의중義重"의 발로라고 칭송했다. 이에 따라 그의 죽음을 충의로 규정하고 이를 포중함으로써 소강상태였던 전쟁을 대비하려는 의도를 드러냈다. 동래부에서 청주로 실시된 1595년(선조 28)의 송상현에 대한 반장도 전쟁 극복에 필요한 전장에서의 충신을 형상화하려는 의도가 반영된 결과였다. 이러한 배경에 따라 그의 반장에 30년 지기 청주목사 민인백閔仁伯(1552~1626) 등은 제문을 올려 그의 충의를 칭송해 마지않았다.[41]

충의의 상징으로 평가된 송상현의 이미지는 빠르게 현장에 확산되었다. 경상도 함양 일대 의병으로 활동한 정경운鄭慶雲(1556~1610)은 1594년(선조 27) 12월 일기에 송상현이

---

39)『선조실록』권58, 선조 27년 12월 병진.

40) 宋象賢,『泉谷先生集』卷2, 賜祭文-宣廟乙未 賜廟祭文(車雲輅 製進).

41) 박종천, 앞의 논문, 2019, 259쪽.

절개를 지키며 죽음을 맞이하자 왜장인 소서행장小西行長(?~1600)마저도 동문 밖에 시신을 묻어 주었다고 하는 당시의 소문을 기술했다.[42] 정경운은 송상현이 "견절불변堅節不變"한 행위에 대해 적장이 "표현表賢"한 것으로 당시의 평가를 요약했다. 이를 계기로 그의 마지막 순간에 대한 상세한 정황이 재구성되기 시작했다. 정경운이 이듬해 봄에 접한 송상현의 최후의 모습은 다음과 같았다.

> 적들이 서문을 넘어서 들어오자 사졸들이 모두 흩어졌지만 송상현은 갑옷을 입고 투구를 쓰고 굳게 앉아 움직이지 않았다. 왜적 5명이 남문으로 돌입해서는 상현을 참수하여 깃대 위에 걸고 깃발로 말아서 왜장에게 달려가 바쳤다.[43]

영천永川 유생 유옥경兪玉卿(?~?)으로부터 전해 들은 송상현의 최후 모습이 이와 같았다. 유옥경이 전한 이야기는 결연한 장수 송상현과 야만적인 왜군의 만행을 대비한 구조로서 송상현에 대한 현창과 왜군에 대한 적개심을 고취하고 있었다. 이는 1597년(선조 30) 정유재란이 일어나기 전까지 임진년 전쟁 당시 충의를 상징하는 송상현에 대한 조정의 현창노력이 현장에서도 효과를 나타내고 있음을 보여준다. 정운경은 유옥경의 이야기를 듣고 송상현을 "절의지사節義之士"로 칭송하면서 놀라워 모골이 송연해진다고 밝히고 있는데, 이러한 기록은 당시 송상현 죽음을 둘러싼 평가와 인식의 실체를 잘 보여주고 있다.

임진전쟁이 종료된 후 다시 송상현의 충의와 절의에 대한 평가가 시도되었다. 유성룡柳成龍(1542~1607)은 송상현의 죽음이 있은 현장을 전쟁 종료 후 다음과 같이 정리했다.

> 왜적이 동래에 들이닥치자 송상현은 성의 남문에 올라 반일 동안 독전하였으나 성이 함락되었다. 송상현은 굳게 앉아 칼을 받고 죽었다. 왜인들도 死守한 것을 기려서 관에 넣어 성 밖에 묻고 나무를 세워 그것을 표시했다.[44]

류성룡의 기록은 전란 당시의 상황은 물론 종전 후의 평가가 결합된 결과였다. 송상현

---

42) 鄭景雲, 『孤臺日錄』卷2, 萬曆甲午(1594) 冬12月 17日 庚申. 全有亨은 4월 15일 동래부사 송상현이 왜군에 맞서 장렬하게 죽음을 맞이하자 왜군이 관을 갖추어 장사를 지내준 내용을 그의 일기에 적었다(全有亨, 『鶴松集』, 「鶴松日記」).

43) 鄭景雲, 『孤臺日錄』卷2, 萬曆乙未(1595) 春3月 2日 甲戌.

44) 柳成龍, 『懲毖錄』卷1, 4월 15일.

이 동래부를 목숨을 걸고 끝까지 지켰으며, 이러한 무장의 모습을 왜군들도 존중했다는 내용으로 요약할 수 있다. 특히 류성룡은 송상현의 죽음을 절의나 충의로 직시하기보다 사실 서술에 집중하되, 왜군이 그를 묻어 준 행위에 대해 성을 "사수死守"한 무장에 대한 존중의 발로로 평가함으로써 충절忠節을 알지 못하는 그들의 야만성을 암시했다. 송상현에 대한 이러한 평가를 반영하듯 전쟁 후 이정암李廷馣(1541~1600)은 전장에서 생을 마감한 8인을 시로 읊으면서 송상현을 "의백충혼義魄忠魂"으로 상징했다.[45]

송상현의 죽음을 절의를 향한 순절로 규정하는 흐름에도 불구하고 전란 후 편찬한 실록에는 미묘한 입장 차이를 보이고 있다.

> ① 송상현은 비록 활 쏘고 말 타는 재주는 있었으나 본디 사림의 명망은 없었다. 그런데 하루아침에 '從容就義'한 것이 이처럼 우뚝하여 흉악한 왜적마저도 그를 '義'롭게 여겼다.[46]
> ② 요즘 우리나라의 褒忠하는 은전은 그때그때 거행하지 않을 수 없습니다. (중략) 송상현, 金鍊光과 같이 성을 지켜 굴복하지 않고 죽은 사람은 모두 '忠義'가 매우 뛰어난 자들입니다.[47]

인용문 ①은 전란 후 1610년(광해군 2) 북인 정권 주도로 편찬한 『선조실록』이다. 내용은 "사절死節"한 송상현을 적장도 칭송하였다고 기술한 뒤 이어진 사관의 평가이다. 사관은 송상현을 사림의 중망 없이 무예를 갖춘 인사였음에도 동래성에서의 '의義'로운 행적으로 갑자기 높은 명망을 얻었다고 평가절하하고 있다. 반면, 인조반정 후 1657년(효종 8) 편찬한 『선조수정실록』의 기록 ②는 사뭇 분위기가 다르다.[48] 송상현이야말로 '충의忠義'가 뛰어난 사람으로 포상해야 마땅한 인물이라는 사실임을 강조하고 있다. 무엇보다 주목할 사실은 이러한 주장을 한 인물이 바로 우참찬 성혼成渾(1535~1598)이라는 점이다. 성혼은 자신의 「편의시무便宜時務」 9조에서 유극량, 고경명高敬命(1533~1592), 조헌趙憲

---

45) 李廷馣, 『四留齋集』卷4, 七言律詩. 이정암이 읊은 8인은 전사 시점에 따라 宋象賢, 高敬命, 趙憲, 金千鎰, 崔慶會, 金德齡, 李舜臣 순이었다.

46) 『선조실록』59권, 선조 28년 정월 을유.

47) 『선조수정실록』권26, 선조 25년 12월 정해.

48) 송상현이 대마도 사람의 권유에도 피하지 않고 죽음을 맞이하자 대마도 도주의 가신이 시신을 관에 넣어 푯말을 세운 것으로 구체화한 것은 『선조수정실록』에서였다(민덕기, 앞의 논문, 2013, 147쪽).

(1544~1592)을 전장에서 전사한 인물로, 송상현과 김연광을 전장에서 '불굴不屈'한 인사로 구분하면서 송상현을 적시하여 포충 할 것을 주장했다.

　동래부에서 송상현의 전사를 둘러싼 미묘한 입장의 차이는 어디에서 나오는가? 이 점은 광해조 정치적 전개 속에서 피화된 송상현의 아우 송상인宋象仁(1569~1631)과 관련이 있었다. 인조반정 뒤 서용된 송상인에 대한 『인조실록』 기사는 아래와 같았다.

> 　송상인은 송상현의 아우인데, 본성이 본디 剛直하고 깨끗하여 탐욕 없는 것이 남과 달라서 布衣 시절에 동지들을 이끌고 소장을 올려 선현 成渾의 억울함을 호소하니 士論이 옳게 여겼다. 광해군 때 壬子년의 獄事로 화를 입어 제주도에 유배되었고, 반정 뒤에 바로 부름을 받아 서용되었다.[49]

　'임자년의 옥사'는 바로 1612년(광해군 4)에 있었던 이른바 '김직재金直哉의 옥사獄事'를 지칭한다. 이옥사는 김직재金直哉(1554~1612)가 순천군順和君(?~1607)의 양자 진릉군晉陵君(1594~1612)을 왕으로 추대하려 역모를 꾀했다는 내용의 무고를 대북파가 정치적으로 이용하여 소북파, 남인과 서인들을 대거 숙청한 사건이었다.[50] 김직재는 바로 송상현과 송상인의 외사촌이었다(〈표1〉 참조). 송상인은 공초에서 김직재와 이성사촌제異姓四寸弟로 골육간의 도리가 있으나 무고와 관련이 없음을 강력 주장하면서 송상현의 동생임을 적극 강조했다.[51] 이로 인해 송상인은 제주도에 10년간 유배되었다. 그리고 이에 앞서 1601년(선조 34) 성균진사 송상인은 당시 기축옥사己丑獄事와 관련하여 성혼이 최영경崔永慶(1529~1590)의 죽음과 관련이 있다는 혐의에 대해 적극 비호한 사실도 있었다.[52] 송상인의 성혼을 향한 이러한 행적은 인조반정 주도세력인 서인들에게 중요한 의미-서인 도통의 축을 이루는 성혼에 대한 비호-를 갖고 있음에 따라 반정 후 바로 서용되는 것은 물론 그가 가지고 있는 가치, 바로 임란 당시 충의忠義를 지킨 송상현의 아우라는 사실이 부

---

49) 『인조실록』권3, 인조 1년 윤10월 정해.

50) 신병주, 「광해군대의 정국과 李德泂의 정치, 외교활동」, 『朝鮮時代史學報』67, 2013, 237~239쪽.

51) 『광해군일기』50권, 광해군 4년 2월 정해.

52) 張維, 『鷄谷先生集』卷12, 墓碣-故通政大夫守全羅道觀察使宋公墓碣銘 幷序. 그의 妹兄 韓孝祥 또한 성균관에서 성혼에 대해 송상인과 같은 행보를 이어갔다. 인조반정 이후 이이와 성혼에 대한 문묘 종사 움직임에 대해 기축년, 즉 1649년(인조 27) 영남 남인은 기축옥사 당시 성혼의 행적에 대한 논란을 제기하여 서인 노론세력을 압박했다(김정신, 「기축옥사(己丑獄事)와 조선 후기 서인(西人) 당론(黨論)의 구성, 전개, 분열-노(老)·소(小)분기 과정에서 성혼(成渾)에 대한 논란과 평가를 중심으로」, 『韓國思想史學』53, 2016, 128~129쪽).

각되었다. 특히, 송상현에 대한 포양을 성혼이 제기했다는 사실도 반정세력에 있어서는 주목할 내용 중 분명 하나였다.

17세기 초 송상현 가계는 청주를 지역 기반으로 하면서 안동김씨, 청주한씨 등 서인 세력과 혈연적으로 연결되어 있었다. 뿐만 아니라 이러한 가치를 뒷받침할 성혼을 중심으로 한 송상인의 학통 및 정치적 함의도 반정 세력에게는 중요한 의미로 작용했다. 이에 따라 인조조에는 송상현에 대한 추숭이 본격화했다. 인조반정 직후 1624년(인조 2) 동래에 정충사忠烈祠에 대한 사액이 내려지는 것은 물론 송상현에 대한 적극적인 휼전恤典이 검토되었다.[53] 1633년(인조 11)에는 지방 중 고부에서 그를 향사하기 위한 사우, 모충사慕忠祠를 건립했다. 그리고 이 사우에 대한 사액을 청원한 상소에 대해 조정에서는 송상현에 대한 향사는 인정하되 안주목사 김준을 송상현과 대등하게 대우할 수 없다고 지적함으로써 송상현의 "수의불굴守義不屈"을 강조했다.[54] 그리고 송상현에 대한 시호 추증 논의가 비로소 촉발되었다.[55] 송상현에 대한 추모와 추숭은 인조반정을 계기로 서인세력에 의해 현실화하고 있었다. 이제 청주에 세거하고 있던 송상현의 후손들은 지역의 사족, 특히 노론 성향 사족들과 연대를 통해 송상현에 대한 추숭과 서원 향사 실현을 도모했다.

2) 신항서원莘巷書院과 송상현宋象賢 그리고 송시열宋時烈

17세기 중엽 산림 송시열宋時烈(1607~1689)의 후원으로 1650년(효종 1) 송상현이 유정서원有定書院에 추향追享되는 것은 물론 이 서원은 후일 신항서원莘巷書院으로 사액 되었다. 이러한 움직임의 출발은 효종의 즉위 이후부터 본격화했다. 1653년(효종 4) 송상현에게 증시贈諡하려는 움직임이 있었으며, 1657년(효종 8) 비로소 그에게 '충렬忠烈'의 시호가 내렸다.[56] 뿐만 아니라 응교 조복양趙復陽(1609~1671)의 건의에 따라 1658년(효종 9) 효종은 송상현의 충절을 상징하는 묘표석을 세우도록 조치했으며, 이는 효종의 행장에도

---

53) 『인조실록』권7, 인조 2년 10월 계묘; 『인조실록』권15, 인조 5년 3월 계유.

54) 『인조실록』권28, 인조 11년 12월 기묘. 실록의 기사 중 송상현의 죽음에 대해 최초로 '순절(殉節)'이라 명시한 내용은 1681(숙종 7) 강화유수 이선(李選)이 임란 중 순절한 인사를 언급한 데서 찾을 수 있다(『숙종실록』권11, 숙종 7년 5월 계유).

55) 『인조실록』권44, 인조 21년 4월 병자.

56) 『효종실록』권10, 효종 4년 3월 경오; 「효종실록」권19, 효종 8년 11월 임인. 시호 '충렬(忠烈)'에 대한 시주(諡註)는 "危身奉上忠, 剛克爲伐烈"이다(『忠烈祠志』卷1, 議諡).

비중 있게 언급되었다.[57] 그리고 1660년(현종 1) 현종의 즉위와 함께 유정서원이 신항서원으로 사액되었다. 이와 같은 일련의 송상현에 대한 추모와 추숭의 움직임은 효종과 송시열 그리고 유정서원에서 시작했다.

유정서원 창건을 주도한 인사는 조강趙綱(1527~1599), 변경수卜景壽(1529~?), 이득윤李得胤(1553~1630) 등의 청주 사림들이었다. 유정서원 건립 배경은 선조 즉위 후 이황李滉(1501~1570)·이이李珥(1536~1584)에 의해 기묘·을사사화에 연루되었던 사림에 대한 복권시도와 궤를 같이하고 있었다. 이러한 배경 속에서 청주지역 사림은 지역 인사 중 기묘명현 박훈朴薰(1484~1540)과 을사명현 송인수宋麟壽(1499~1547)에 대한 제향을 도모했다.[58] 조강은 명종조이던 1563년(명종 18) 청주지역에 향약이 실시되자 유력 사족의 일원으로 참여하고 주도한 뒤 스승 송인수가 복위되는 것을 계기로 1570년(선조 3) 유정서원 건립을 성취했다.[59] 유정서원은 창립 당시 경연慶延(?~?), 박훈, 송인수를 향사하다가 임란 후 서원을 개건改建하면서 김정金淨(1486~1521)을 추향했다. 그리고 1632년(인조 10)에 한충韓忠(1486~1521) 그리고 1650년(효종 1)에 송상현과 이득윤, 이이, 이색李穡(1328~1396)을 다시 추향했다.[60] 송상현 향사 결정 이후 10년 뒤, 유정서원 창건으로부터 90년 뒤가 되는 1660년(현종 1)에 신항서원으로 사액되었다.

송상현을 유정서원에 추향한 배경 중에는 임진정쟁과도 관련이 있었다. 유정서원 창립을 주도한 변경수의 동생 변경복卜景福(1538~1629)은 임란 때의 효행으로 그의 행적이 『삼강행실도三綱行實圖』에 수록되었다.[61] 조강은 유정서원을 건립한 후 임란이 발발하자 66세의 나이에 의병을 창의하여 공주 일대에서 항전하였으며, 그의 문인 중에는 송상현의 아들 송인급宋仁及(1576~1608)을 비롯하여 13명이 임란 공훈으로 관직을 역임한 특징이 있었다.[62] 송상현이 유정서원에 향사되는 것도 이러한 배경을 이해할 필요가 있다. 그

---

57) 『효종실록』권20, 효종 9년 6월 무진; 『효종실록』권1, 「孝宗宣文章武神聖顯仁大王行狀」
58) 이재학, 「조선시대 청주 莘巷書院」, 『실학사상연구』21, 2001, 103쪽.
59) 金義煥, 「慕溪 趙綱의 鄕村社會 活動과 淸州士林의 動向」, 『朝鮮時代史學報』32, 2005, 71~73쪽.
60) 『莘巷書院誌』, 「莘巷書院沿革」. 서원과 관련해서는 책판과 서원 운영 관련 기록자료를 들 수 있으나 대부분의 서원은 자료의 망실과 산실이 심한 상황이다(이수환, 「서원 기록자료의 정리현황과 과제」, 『韓國書院學報』2, 2013, 8~10쪽. 신항서원 또한 서원의 운영상을 담고 있는 자료가 일천한 현실이다.
61) 이재학, 앞의 논문, 111쪽.
62) 金義煥, 앞의 논문, 79~80쪽.

럼에도 불구하고 송상현에 대한 향사와 그에 이은 추숭 배경으로 가장 중요한 부분은 이미 언급한 바와 같이 성혼과의 인연, 인조반정으로 이어지는 일련의 인연이었다.

1650년(효종 1) 송상현을 신항서원에 추향하고 서원에서의 입지를 강화한 인물은 송준길宋浚吉(1606~1672)과 송시열이었다. 특히 송시열은 그의 종중조부 송인수를 향사하는 유정서원에 송상현을 추향하고, 사액서원으로 승격시킴과 동시에 송상현에 대한 절의의 가치 증대를 도모했다. 1650년(효종 1) 유정서원에 송상현을 추향하는 통문은 송준길이 청주목사를 대신하여 지었으며, 이 글에 그의 송상현에 대한 평가와 추향의 당위성이 서술되어 있다.

> 이 통문은 세상을 떠난 동래부사 송상현의 순수한 충정과 위대한 절의精忠大節가 너무도 빛나게 사람들의 이목에 남아 지금 장차 斯文의 公議로서 이 청주 고을의 유정서원의 祠宇에 醶享하기 위해서이다. (중략) 선생은 보잘 것 없는 일개 수령으로 처음 적을 맞이함을 당해서 앞장서서 절의를 지켜 항거해서抗義 죽는 것을 고향으로 돌아가는 것으로 여겼다. 이로부터 앞 뒤 수십 년 어짊을 이루고 의로움을 취成仁取義하여 사람의 기강을 드러내고, 國脈을 심고 가꾼 사람이 진실로 한 둘이 아니었지만 진실로 선생이 강장 먼저이다. 그러하므로 국가를 얻어 지금이 있는 것이 아! 누구에게 힘입은 것이겠는가? (중략) 일찍이 잠시 관리와 사림의 이야기를 들었더니 모두가 선생의 수립한 내용이 이미 하늘과 땅에 우뚝하고 달과 태양처럼 빛이 나서 스스로 영원이 밝게 비춰 백세의 스승으로 표본師表百世이 된다고 여기고 있었다. 그러므로 슴享 하는 일을 금석에 물어 보아도 거의 의심할 바가 없을 것이다.[63]

송준길은 송상현을 유정서원에 추향하고 봉안례를 알리는 이 통문에서 청주 사림의 공의에 따라 시행된 당연한 귀결임을 먼저 상기시켰다. 그리고 송상현이 전란 중 국가를 위해 목숨을 바치고 의리를 지킨 무거운 공이 있음을 강조한 뒤, 이는 곧 백세의 사표로 의미를 부여했다. 송준길의 송상현에 대한 평가는 결국 "정충대절精忠大節"과 "사표백세師表百世"로 요약되었다.

효종조 이후 송상현에 대한 추숭은 청주를 중심으로 지속했다. 청주지역 사림은 유정서원의 사액 이후 신항서원의 위차를 둘러싼 논쟁으로 향전이 발발하기 전까지 적어도

---

63) 宋浚吉, 「同春堂集」권16, 雜著-淸州書院泉谷宋公追享通文 代牧伯作.

1650년(효종 1) 송상현이 유정서원에 제향 될 때까지 지역 안에서 큰 갈등은 없었다.[64] 이러한 배경에서 송준길과 송시열이 주도한 송상현의 추숭은 무리 없이 진행되었다. 그러나 효종조 중앙정계의 비중이 상승한 송시열과 송준길이 1654년(효종 5년) 유정서원에 대한 사액을 추진하면서 청주지역에서의 영향력을 높여가다가 1660년(현종 1) 사액이 달성되자 이이에 대한 향사 문제를 둘러싸고 일대의 서인 세력과 남인·소론과의 갈등이 시작되었다.[65] 그럼에도 불구하고 송준길과 송시열은 중앙 정계의 영향력을 배경으로 송상현에 대한 추숭을 멈추지 않았다.

현종은 신항서원을 사액할 당시 서원에 내린 치제문에서 서원 향사 인물들과 관련한 치제의 취지를 "尊道尙賢 王政之大, 表忠旌孝 民彝是楷"로 밝힘으로써 송상현의 충효를 암시했다.[66] 그리고 송상현을 치제했다.

위태로움에 처하여 절의를 지켜 깨끗이 정도를 지키고, 조용히 칼날을 받아 이 의로운 목숨을 편안히 하였으니 이 풍성風聲이 미치는 곳에 누가 생각을 일으키지 않으리오.[67]

신항서원 사액의 명분과 관련하여 목숨으로 절의를 지킨 송상현을 형상화하고 있었다. 사액 후에도 1665년(현종 6) 송준길의 건의에 따라 기묘·을사사화에 연루된 명현 김정과 송인수를 송상현과 함께 치제하기도 했다.[68]

청주 지역과 중앙 정계의 동향과의 관련 속에서 신항서원에 대한 송시열의 영향력은 확대하고 있었으며, 송상현에 대한 추숭도 그 궤와 함께하고 있었다. 송시열은 1673년(현종 14) 4월 신항서원을 중수할 때 기문을 통해 향사 인물들의 "精忠高節 震耀今昔"을 강조하는 과정에서 송상현을 忠節로 묘사했다.[69] 뿐만 아니라 김수항金壽恒(1629~1689)은 신항서원이 사액된 뒤 이건할 때 지은 상량문에서 송상현에 대해 "泉谷之殉節 可與日月

---

64) 이재학, 앞의 논문, 127~128쪽.

65) 李政祐, 앞의 논문, 101~102쪽.

66) 『莘巷書院誌』, 「懸鍾朝御製 賜額莘巷書院致祭文」.

67) 『泉谷先生文集』卷2, 「顯廟庚子 賜額莘巷書院文(尹鑴製進)」.

68) 『현종개수실록』권13, 현종 6년 5월 임인.

69) 宋時烈, 『宋子大全』卷143, 記-淸州莘巷書院重修記.

而爭光 君臣父子之間 判輕重於恩義"라고 평가하면서 순절과 의리를 강조했다.[70] 효종조에 착수한 송상현에 대한 충절의 평가는 현종조 순절로 귀결되어 정리되었으며, 그 배경에 송시열이 있었다.

송시열이 정치적 수세에 있을 때에도 청주를 중심으로 한 송상현 추숭은 지속했다. 재지사족 간의 갈등이 폭발한 것은 2차 예송논쟁의 전개와 궤를 같이하면서 1675년(숙종 1)부터 전개되었다. 당시 송시열은 바로 신항서원의 원장院長이었다. 신항서원을 둘러싼 지역 사림의 갈등은 송시열을 중심으로 한 노론의 정치적 부침에 따라 대립의 양상에 변화를 수반하였으며, 여기에는 중앙 정계의 동향과 더불어 지역에서 혈연적으로 연결된 정치적 성향이 작용한 결과였다.[71] 그럼에도 불구하고 송시열은 1685년(숙종 11) 신항서원 묘정비에서 송상현을 "有成仁就義之懿"로 집약했다.[72] 송상현에 대한 추숭과 현창, 그리고 서원향사 및 사액과 관련해서는 송시열을 중심으로 한 서인의 가치가 투영되어 있었다.

청주 지역 사림에서 출발한 송상현에 대한 현창이 서인, 특히 노론의 정치적 대두를 계기로 고부, 개성, 동래는 물론 청주에서의 서원과 사우 향사로 파급되었다. 이러한 정치적 목적과 더불어 송상현 현창의 배경은 17세기라는 시대적 배경도 작용했다. 17세기는 왜란 이후 사회적 혼란과 두 번의 호란으로 큰 파장을 불러왔으며, 17세기 중반 대외정세의 불확실성과 도적 창궐로 인한 사회적 불안에 이어 17세기 말 대기근으로 불안 요소가 끊이지 않았다.[73] 이러한 위기적 상황에서 이른바 북벌北伐을 통해 사회를 결속시키고 정치적 명분을 확보하려 했던 송시열에게는 송상현이 필요했다. 이 시기 정몽주에 대한 의리를 주도한 점도 충효 가치를 점유하기 위한 포석의 일환이었다.[74] 따라서 송준길과 송시열은 17세기 중엽 이른바 북벌의 분위기 속에서 송상현과 같은 충절 인사의 발굴과 현

---

70) 金壽恒, 『文谷集』권25, 上梁文-莘巷書院重建上梁文.

71) 李政祐, 앞의 논문, 107~108쪽.

72) 宋時烈, 『宋子大全』卷171, 碑-莘巷書院廟庭碑. 그는 신항서원의 춘추향사에 쓴 글에서도 송상현의 節義와 綱常을 강조했다(宋象賢, 『泉谷先生集』卷2, 祝文-莘巷書院春秋享祀文).

73) 정수환, 「17세기 경주 국당리(菊堂里) 동계(洞契)의 전통과 호혜 원리」, 『한국학』42-4, 2019, 46~48쪽.

74) 정몽주 종가의 계후와 관련해서도 17세기 중반 송시열은 정몽주의 의리를 강조하고 현창했다(김학수, 「18세기 圃隱家門 繼後의 정치사회적 의미」, 『圃隱學研究』10, 2012, 224~228쪽.

창을 지속했다.[75] 서원 향사를 통한 추모뿐만 아니라 그의 행적에 대한 형성화와 의미 부여도 동시에 진행했다. 송준길은 1650년(효종 1) 신항서원 사액에서 향중에 보낸 통문의 내용에 송상현의 행적 중 '충'을 우위에 둔 '효'의 실천과 관련한 행적을 언급했다.

> 동래성이 함락되려 할 때 공복을 갑주 위에 걸치고 왕이 있는 북쪽을 향해 절을 마치고 그의 아버지에게 서신을 보냈는데 "포위된 외로운 성에 달그림자 드리웠는데 여러 진영은 편안해 보이는구나. 임금과 신하의 의리는 중하고君臣義重 부자의 은혜는 가볍도다父子恩輕."라고 읊었다. 그가 읊조린 말은 천년이 지나도 또한 반드시 감격하여 분발해서 흐르는 눈물을 스스로 멈추지 못할 자가 있을 것이다.[76]

송준길은 전장에서 끝까지 국왕을 위해 예의를 갖추었으나 부모에게는 도리를 다할 수 없었던 상황에 직면한 송상현을 서술했다. 송준길이 드러내고자 했던 사실은 '충'을 위해 '효'를 다하지 못할 수밖에 없었던 비분강개한 상황에 대한 공감을 서술함으로써 국가적 위기에서 송상현의 결단을 존중하고 표상으로 제시하는 데 있었다. 송준길의 이러한 입장과 행보의 이면에는 역시 송시열이 있었다.

송시열은 행장을 통해 전란 당시 송상현의 행적을 1655년(효종 6)에 정리하였으며, 이 내용을 1657년(효종 8) 송상현 신도비명에도 그대로 전개했다.[77] 송시열이 정리한 송상현의 행적 내용은 서인들에 의해 1657년(효종 8) 완성한 『선조수정실록』에 그대로 반영되었다.[78] 송시열이 서술한 송상현 행적이 반영된 실록에서 송상현의 주요 행적들을 분류하면 다음과 같다

① 왜군의 침입소식을 듣고 부민들을 통솔하여 성을 굳게 지켰으며, 그 과정에서 병사 李珏과의 갈등이 있었음.
② 성이 포위당하자 성에 올라 전투를 독려하다 반일 만에 성이 함락되면서 갑옷 위에

---

75) 송시열이 송상현을 위해 지은 묘갈명은 북벌의식을 고취시키고자 임란당시 목숨을 바친 인물들을 칭송하면서 忠君愛國정신을 강조했다(趙赫相, 「忠壯公 鄭撥에 대한 再考察」, 『東方漢文學』60, 東方漢文學會, 2014, 153쪽. 송시열은 효종조 동안 존주론을 주도하면서 정치적으로 북벌론을 거듭 전개했다(李迎春, 「尤庵 宋時烈의 尊周思想」, 『清溪史學』2, 1985, 151~152쪽; 李京燦, 「조선 효종조의 북벌운동」, 『清溪史學』5, 1988, 244~246쪽.

76) 宋浚吉, 『同春堂集』卷16, 雜著-清州書院泉谷宋公追享通文 代牧伯作.

77) 『忠烈祠志』卷1, 「東萊府使贈吏曹判書泉谷宋先生行狀(宋時烈)」; 宋時烈, 『宋子大全』159, 碑-泉谷宋公神道碑銘 幷序. 신도비명은 1657년(효종 8)에 지었으나 신도비 건립은 1661년(현종 2) 실행했다.

78) 『선조수정실록』26권, 선조 25년 4월 계묘.

조복을 입고 의자에 앉아 죽음을 기다렸다.

③ 친분 있는 왜군의 도망 조언을 듣지 않고 항거하다 죽음을 맞았다. 죽음에 앞서 아버지에게 부채에 '포위당한 외로운 성에 달빛은 희미한데 큰 진영의 구원병은 오지 않네, 군신의 의리는 중하고 부자의 은혜는 가벼워라'라는 시구를 보냈다.

④ 그가 의연히 죽음을 맞이하자 왜군도 그의 죽음을 의롭게 여겨 그를 죽인 왜군을 죽이고, 그의 시체를 관에 넣어 묻은 뒤 標를 세웠다.

⑤ 왜장이 返葬을 허락하자 성중의 유민들이 울면서 전송했다.

송시열은 송상현의 최후에 대한 서사를 다섯 주제로 분류하였다. 전쟁 초기 그의 전사와 행적에 대한 논란을 모두 일소한 정리된 입장을 기초로 하면서 몇 가지 추가된 사실을 포함하였다. 류성룡이 서술했던 '사수死守'의 모습과는 다른 '충절'을 향한 죽음, 즉 순절을 암시했다. 즉, 송시열이 서술한 송상현의 행적은 전란 초기 단순한 죽음 묘사와는 상이하며, 인조조 이래 절의로 평가된 상황에 대한 묘사가 주를 이루고 있다. 특히, 중요한 부분은 송준길도 강조한 사실과 동일하게 "君臣義重 父子恩輕"의 가치를 중심에 두고 있다는 점이다.

송시열이 형상화한 송상현은 의리의 상징으로 이를 선점한 노론의 정치적 성취였다. 송시열은 새로운 '충신忠臣'의 모습을 형상화함으로써 이제 송상현은 17세기적 충신, 즉 국가적 위기에 부모에 대한 효보다는 국가와 국왕에 대한 충을 강조하는 인간상을 창출하였다. 이러한 그의 의도는 17세기 중엽 이미 정몽주 등으로 상징되는 의리를 상징하는 인물에 대한 추숭 작업의 연장선에서 송상현을 새로운 의리의 인물로 승화시키는 데 있었다. 즉, 17세기 중엽 북벌이라는 정치적 명분 속에 사회적으로 송상현의 죽음을 순절로 평가하고 그의 의리가 바로 충에 있음을 강조한 결과로 송시열은 정치적 명분과 의리를 모두 취하고자 했다. 송시열의 이러한 평가는 빠르게 전파되고 공유하고 있었다.

> 고부의 유학 金良器 등이 소하였다. (중략) 송상현은 대간 출신으로 외직으로 나와 동래부를 지켰습니다. 임진년의 난에 먼저 왜적의 선봉을 맞아 공복을 입고 상에 의지해서 몸소 적들을 쏘았습니다. 그리고 君臣義重, 父子恩輕하여 임금이 있는 북쪽을 향해 두 번 절하고 결코 물러서지 않았습니다. 적들도 이것을 '義'롭게 여겨서 그를 시해한 자를 가려서 죽이고 시신을 수습해서 검장斂葬하고 나무를 심어 그곳을 표시했습니다.[79]

---

79) 『효종실록』18권, 효종 8년 2월 갑오.

송상현의 충효가치 실현과 순절의 평가 분위기에 따라 그의 고향 고부에서 1633년(인조 11) 시도되었던 사우에 대한 사액 시도가 비로소 1657년(효종 8) 실현될 수 있었다. 인용문은 사액이 이루어질 당시 고부 유학 김양기가 올린 상소의 내용으로, 송시열이 정리한 사실을 바탕으로 서술하고 있다. 특히, 상소 내용은 송상현이 충효를 실현하는 과정을 상술하면서 그의 최후를 묘사하였다. 이로써 왜군들마저도 그를 의롭게 여긴 점이 바로 이러한 충절에 있음을 독자들에게 암시하는 구조이다.

1655년(효종 6)~1657년(효종 8) 집중 실현된 송시열의 송상현에 대한 추숭은 이후 지속되었다. 1658년(효종 9) 동래부사 민정중閔鼎重(1628~1692)이 임란 당시 동래성의 상황을 잘 아는 노인의 묘사를 토대로 「동래부순절도」를 그려 송상현의 순절을 시각화했다.[80] 그리고 1670년을 전후한 시기 송시열은 「동래남문비기東萊南門碑記」를 통해 송상현의 순절에 따른 일화를 추가했다.

> 절을 마치고 편지를 써서 그 아버지에게 이별하고 그 아랫사람에게 일러 "너는 나의 배 아래의 사마귀로 나를 찾아라."고 하였다. (중략) 동래부 아전 宋伯, 관노 鐵壽와 邁수이 공의 시신을 거두어 체를 거두어 北山의 栗林에 임시로 묻으니 적들도 그 喪을 돕고 글을 지어서 祭를 올렸다. 또한 金蟾도 함께 묻으면서 적중에서 공을 해친 자를 끌어내어 무참히 죽였다. 이때부터 남문 위에 항상 보랏빛 상서로운 기운이 하늘에 뻗쳐서 여러 해 동안 사라지지 않았다. 갑오년(1594)에 조정에서 帥臣으로 하여금 적장에게 말해서 송상현의 家人에게 적의 점령지에 가서 공의 관을 맞아오게 하였다. 적장이 이 행렬을 우연히 만나자 말에서 내려 경의를 드러내었다.[81]

송시열은 송상현의 죽음에 대한 평가와 정리 작업을 주도하여 일단락한 뒤에도 극적인 죽음의 비애, 그리고 사후의 순절에 감응한 상서로운 기적을 묘사했다. 이를 통해 송상현의 순절을 천인감응으로 묘사하여 17세기 후반의 내외적 위기와 국내적 정치 상황에 대한 충의의 가치 확산을 모색했다. 대외적 위기는 청淸과의 대립이었으며, 정치 상황은 대외적 환경과 연계하고 사문난적斯文亂賊으로 상징되는 사상 무장의 강화였다. 이러한 체제에서 송시열은 자신이 확보한 정치적, 학문적 위상을 송상현에 대한 현창과 충절의 형

---

80) 민정중은 순절도(殉節圖) 3개에 대해 1개는 조정에, 1개는 본손가 그리고 1개는 자신의 집에 보관했다.

81) 宋時烈, 『宋子大全』卷171, 碑-東萊南門碑.

상화에 투여했다.

IV. 맺음말

이 연구는 양란이라는 조선 17세기적 상황을 내부적으로 혼란과 위기의 시대로 보고, 송상현의 죽음과 그에 따른 평가의 추이를 분석함으로써 17세기 영웅상의 확립이 갖는 역사적 의의를 발견하고자 했다. 이를 위해 송상현을 추모하는 사우祠宇와 묘우廟宇의 분포와 성격들을 살펴본 다음 전란 중 그의 행적이 형상화되는 과정을 청주의 신항서원을 중심으로 추적했다. 그리고 이러한 추숭의 배경이 바로 17세기적 정치 상황 속에서 송시열로 상징되는 학문적·정치적 주도권을 장악한 인물에 있었음을 살펴보았다.

임진전쟁 이후 1624년(인조 2)에서 1694년(숙종 20)까지 송상현을 위한 사우와 서원의 건립이 이어졌다. 특히, 1657년(효종 8)을 전후한 시기에 송상현의 고향인 전라도 고부를 비롯하여 선대의 유업이 있는 것으로 형상화된 개성, 그리고 그가 세상을 떠난 동래에 사우와 서원이 각각 건립되었다. 이러한 17세기의 집중적인 송상현 사묘 건립과 서원 향사 배경은 인조반정에서 출발했다. 이와 관련해서는 송상현의 처 성주이씨 부인이 친정 청주에 반장返葬을 결정하고 지역사회에서 중첩적인 혼인관계를 형성하는 과정에서 서인과의 연계된 사실이 있었다. 그리고 무엇보다 성혼이 송상현에 대한 표충을 건의했고, 송상현의 아우 송상인이 성혼을 적극 비호하거나 김직재의 옥사에 연루되어 유배 간 행적은 반정세력으로 하여금 송상현에 대한 표충에 집중하게 한 배경이었다.

선조조에 그의 죽음에 대한 평가는 일시적으로 논란을 일으켰으나 전장에서 충의忠義를 지켰다는 선에서 의미가 소극적으로 정리되었다. 인조반정 후에는 송상현 후손가가 내재하고 있는 정치적 입지에 따라 노론 세력에 의해 그의 죽음을 순절殉節의 가치로 격상시켰다. 이 과정에서 송시열은 자신의 학문적·정치적 권위를 바탕으로 송상현의 행적을 정리하고 이를 확산하고자 했다. 청주의 대표적 서원인 유정서원有定書院에 송상현을 병향並享한 뒤 신항서원莘巷書院으로 사액 받는 과정도 그 일환이었다. 비록 서원을 둘러싸고 지역 사족과 중앙 정계와의 갈등이 노정되기는 하였으나 17세기 동안 신항서원은 송시열의 지속적인 지원으로 노론서원으로서의 정체성을 유지했다. 이를 통해 송상현은 충효忠孝라는 절의節義를 위해 순절한 영웅으로 형상화되었다.

송상현의 동래성에서의 순절은 전란 당시에는 전란 극복을 위한 충의지사忠義之士로 추숭되었으며, 전란 이후에는 선비이자 무장으로서 절의를 지킨 모델이 되었다. 이 과정에서 송시열은 위기상황으로 분석한 동 시기를 타개하기 위한 새로운 '충'의 가치를 송상현에서 발견하고 이를 위해 지속적인 추모와 현창을 시도하고 있었다. 이러한 송시열의 활동은 청주의 신항서원을 중심으로 전개되었으며, 그 과정에서 송상현과 인연이 있는 각지에 사우와 사묘가 건립되었다.

[참고문헌]

『輿地圖書』,『開城府誌』,『東國輿地誌』

『礪良宋氏族譜』(丙午譜),『礪山宋氏泉谷派譜』(己巳譜),『星州李氏大同譜』

『莘巷書院誌』,『忠烈祠志』

金壽恒,『文谷集』

李廷馣,『四留齋集』

宋象賢,『泉谷先生文集』

宋時烈,『宋子大全』

宋浚吉,「同春堂集」

張維,『鷄谷先生集』

金義煥,「慕溪 趙綱의 鄕村社會 活動과 淸州士林의 動向」,『朝鮮時代史學報』32, 朝鮮時代史學會, 2005.

김정신,「기축옥사와 조선후기 서인 당론의 구성, 전개, 분열」,『韓國思想史學』53, 韓國思想史學會, 2016.

김학수,「18세기 圃隱家門 繼後의 정치사회적 의미」,『圃隱學硏究』10, 圃隱學會, 2012.

민덕기,「임진왜란기 정경운의『孤臺日錄』에서 보는 아래로부터의 聞見정보-實錄의 관련정보와의 비교를 중심으로」,『한일관계사연구』45, 한일관계사학회, 2013.

박종천,「천곡 송상현의 사상과《천곡수필》」,『국학연구』38, 한국국학진흥원, 2019.

신병주,「광해군대의 정국과 李德泂의 정치, 외교활동」,『朝鮮時代史學報』67, 朝鮮時代史學會, 2013.

李京燦,「조선 효종조의 북벌운동」,『淸溪史學』5, 淸溪史學會, 1988.

이수환,「서원 기록자료의 정리현황과 과제」,『韓國書院學報』2, 한국서원학회, 2013.

李迎春,「尤庵 宋時烈의 尊周思想」,『淸溪史學』2, 淸溪史學會, 1985.

이재학,「조선시대 청주 莘巷書院」,『실학사상연구』21, 무악실학회, 2001.

李政祐,「17-18세기초 淸州地方 士族動向과 書院鄕戰」,『朝鮮時代史學報』11, 朝鮮時代史學會, 1999.

정수환,「17세기 경주 국당리(菊堂里) 동계(洞契)의 전통과 호혜 원리」,『한국학』42-4, 한국학중앙연구원, 2019.

趙赫相,「忠壯公 鄭撥에 대한 再考察」,『東方漢文學』60, 東方漢文學會, 2014.

한희숙,「17세기 礪山 宋氏 愚谷 宋亮의 家系와 사회적 위상」,『韓國系譜硏究』8, 韓國系譜硏究會, 2018.

|박찬기|

　목포대학교 일어일문학과 교수로 재직 중이다. 일본근세문학 전공이며, 조선통신사와 일본근세문학과의 관계를 지속적으로 연구하고 있다. 최근에는 중국고전을 출전으로 하는 일본근세문학에 대해서도 관심을 갖고 연구 영역을 넓혀가고 있다. 단독 저서로는 한일 양국 언어로 작성하여 보고사에서 출판한 『『항해헌수록』의 역주와 연구』(2020년도 세종도서 우수학술도서), 일본어로 작성하여 臨川書店에서 간행한 『江戶時代の朝鮮通信使と日本文学』(2006), 보고사 출판 『조선통신사와 일본근세문학』(2001)이 있다. 특히 이 저서는 2001년도 학술원 우수학술도서로 선정되었다. 이외에도 공저로 『青本.黒本の研究と用語索引』(1992), 『문학으로 보는 일본의 온천문화』(2012), 『조선통신사 사행록 연구총서』(2008) 등 8권이 있고, 연구논문으로 「에도시대(조선 후기) 조선통신사와 일본 학사의 교류」(2019), 「계림 <첩채산 전설>의 유포와 일본근세문학으로의 수용」(2019) 등 60여 편이 있다.

일본 근세 문학에 나타난
도요토미 히데요시와
송상현

|박 찬 기|

일본 근세 문학에 나타난 도요토미 히데요시와 송상현*

1. 머리말

1592년(선조25)에 일어난 임진왜란은 조선을 침략한 일본과의 전쟁을 가리키는 말이지만, 조선의 원군으로서 명나라도 참전한 거대 전쟁이었다. 이 전쟁은 자그마치 7년이라는 긴 시간 동안 지속되면서 전쟁 이전까지 지속되어 왔던 동아시아 질서를 깨트리는 미증유의 큰 사건으로 비화한다.

임진왜란 초기 조선은 일본군의 기습적인 공격에 속수무책으로 무너지고 말았지만, 그러나 일본군의 강력한 전투력에 대항하여 순절한 다수의 무장들이 있어, 후대의 우리들에게 많은 교훈을 남겨주고 있다. 그중 천곡 송상현宋象賢(1551~1592)은 동래부사로 재임 중 일본군과의 전투에서 죽음을 두려워하지 않고 싸우다 순절한 충의의 표상으로 우리들의 기억에 남아 있다.

---

* 이 글은 기발표된 졸고(2019) 「일본 근세문학에 나타난 도요토미 히데요시와 천곡 송상현」(『일본어문학』 제83집, 한국일본어문학회)를 수정 보완한 것이다.

임진왜란[1]을 소재로 한 일련의 작품군이 일본의 근세기에 가나조시仮名草子, 조루리浄瑠璃, 우키요조시浮世草子, 요미혼読本, 쿠사조시草双紙, 군기軍記 등 다양한 형태로 성립 유포되었다. 이러한 일련의 작품군을 〈조선군기물〉이라 한다. 임진왜란을 소재로 한 〈조선군기물〉과 〈태합기물〉에 관한 연구는 구와다 다다치카桑田忠親(1985), 기타지마 만지北島万次(1982), 아베 가즈히코阿部一彦(1997)[2] 등의 논고가 있는데, 그 대부분이 『태합기』(1625)를 비롯한 『조선정벌기』(1644), 『조선기』(1823) 등의 전기 또는 사료를 논거로 언급하는 역사학적 접근 방법을 활용한 논문이 다수를 차지하고 있다. 또 이들 논문의 대부분이 논거를 〈전사물〉의 일부로 파악하여 논술하고 있으며, 일본의 학자들에 의하여 연구되었다. 그런 의미에서 최근의 김시덕[3]의 연구는 한·일 양국의 자료를 통하여 일본의 조선 침략 전쟁의 흐름을 파악하고, 일본 근세 문학 작품에 나타난 전쟁의 모습을 파악하고 있다는 점에서 시사하는 바가 크다.

또 필자에 의한 「『회본조선군기絵本朝鮮軍記』의 번각과 연구」[4]도 있어, 근세에서 근대기에 이르는 〈태합기물〉과 〈조선군기물〉 작품군을 소개하고 있다. 이 연구에서는 필자에 의한 상기의 논고와 일부 중복되는 부분도 있기는 하나, 임진왜란을 소재로 하여 기술된 일련의 〈조선군기물〉 작품군이 시기에 따라 도요토미 히데요시의 영웅담 창출에 어떻게 기여하는가에 대하여 논증하려 하므로 그 계보를 정리하여 기술하려고 한다.

마지막으로 〈조선군기물〉에는 동래성 전투의 장면과 송상현에 대한 평가가 어떻게 그려지고 있는가에 대하여 고찰하려고 한다. 이어서 송상현과 관련된 조선과 일본의 인물들이 어떠한 관계로 묘사되고 있는가에 대하여도 언급하려고 한다.

---

1) 도요토미 히데요시의 2차에 걸친 조선 침략 전쟁을 우리는〈임진왜란·정유재란〉이라 칭한다. 일본에서는 이를 〈분로쿠·게이초노 에키(文禄·慶長の役)〉라 한다. 또 히데요시의〈조선 출병·침략·정벌〉등 그 의도나 목적에 따라, 또는 역사적 인식의 차이에 따라 호칭이 달라진다. 이 논문에서는 편의상 〈히데요시의 조선 침략 전쟁〉 또는 〈임진왜란〉을 혼용한다. 이 전쟁의 다양한 호칭에 대해서는 阿部一彦(1997)『『太閤記』とその周辺』和泉書院。(189~190쪽)을 참조 바람.

2) 阿部一彦, 『『太閤記』とその周辺』和泉書院, 1997.
   桑田忠親, 『『太閤記』の研究』德間書店, 1985.
   北島万次, 『『朝鮮日日記·高麗日記』』そしえて, 1982.

3) 김시덕, 「近世文学における東アジア文学の影響―朝鮮軍記物(壬辰倭亂作品群)と懲毖錄-」, 『日本近世文學會春季大會要旨集』日本近世文學會, 2007.
   _____, 「太閤記物·朝鮮軍記物近代」, 『日本学研究』제 37집, 단국대학교 일본연구소, 2012.

4) 박찬기, 「『繪本朝鮮軍記』의 번각과 〈조선군기물〉 연구」, 『比較日本学』제27집 한양대학교 일본학국제비교연구소, 2012.

2. 〈태합기물〉과 〈조선군기물〉의 계보

임진년(1592)부터 시작된 도요토미 히데요시豊臣秀吉의 조선 침략 전쟁(임진왜란·정유재란)을 소재로 한 일련의 작품군이 일본의 근세기에 다수 저술되었다. 17세기 초에 성립된 『태합기』(1625), 『조선정벌기』(1644) 등이 있고, 18세기 초에 성립된 『조선태평기』(1705), 『조선군기대전』(1705), 그리고 19세기 초기에 성립된 『회본조선군기』(1800), 중기에 성립된 『회본조선정벌기』(1853~1854) 등이 그것이다.

뿐만 아니라 도요토미 히데요시를 소재로 하여 성립된 문헌을 조사해 보면, 히데요시의 출생에서 일본 전국통일의 과정에 주목하여 기술된 것과 히데요시의 조선 침략 전쟁과 그의 사망에 이르는 과정을 기술한 것으로 더욱 다양한 형태의 작품이 존재한다. 전자를 소위 〈태합기물太閤記物〉, 후자를 〈조선군기물〉이라 칭한다. 또 〈태합기물〉도 『태합기』와 같이 히데요시의 출생에서 천하통일의 과정, 임진왜란의 기술 등을 다룬 광의의 〈태합기물〉과 임진왜란의 기술을 생략한 협의의 〈태합기물〉로 나누어 생각할 수 있다.[5] 그러나 이 논문에서는 일본 근세 문학에 나타난 임진왜란을 중심으로 고찰하려 하므로, 협의의 〈태합기물〉은 제외한다.

그러면 우선 광의의 〈태합기물〉과 〈조선군기물〉의 작품에는 어떠한 것이 있는지 근세와 근대로 나누어 각 작품을 소개하고 그 영향 관계를 정리한다.

1) 근세기의 〈태합기물〉

근세기에 성립된 〈태합기물〉에 해당하는 작품으로는 다음과 같은 것이 있다.

　一. 오제 호안小瀬甫庵 (1625년)『태합기太閤記』22권,(전기)
　一. 작자 미상 (1654년)『태합군기太閤軍記』4권(가나조시)
　一. 작자 미상 (1698년)『태합기太閤記』7권.(조루리)
　一. 작자 미상 (1703년)『태합기太閤記』(우키요조시)
　一. 지카마쓰 몬자에몬近松門左衛門(1719년 초연)『본조삼국지本朝三国志』5단,(조루리)
　一. 나미키 쇼조竝木正三(1772년 초연)『삼천세계상왕래三千世界商往来』7막,(조루리)

---

5) 주 3)과 같은 책. 참조.

一. 나미키 센류並木千柳(1799년 초연)『당사직일본수리唐士織日本手利』7단, (조루리)
一. 다케우치 가쿠사이武內確齋작, 오카다 교쿠잔 삽화(1797~1802년)『회본태합기絵本太閤記』(요미혼)
一. 작자 미상(간행년도 미상)『회본태합기대전絵本太閤記大全』.(전기)

〈태합기물〉의 최초는 오제 호안의 『태합기』(1625년)이며, 이후 성립된 작품『태합군기』(1654년) 등은 줄거리가 『태합기』와 거의 유사하며, 체재만을 달리하고 있어, 그 영향 관계를 인정할 수 있다. 그러나 조루리로 상연된 작품, 예를 들어『당사직일본수리』(1799 초연)는 도요토미 히데요시의 조선 침략과 조선통신사 방일의 유래, 〈도진고로시〉의 요소, 덴시치 다카오의 사랑 이야기, 혼혈아의 요소 등 다양한 일화를 혼합한 형태로 전개[6]되고 있어,『태합기』의 부분적인 수용에 지나지 않는다. 어떻든 상기의 작품군은 양이 많든 적든 도요토미 히데요시의 조선 침략 전쟁을 수용하고 있으며, 묘사의 근사성으로 봐서 『태합기』와의 영향 관계를 인정할 수 있다.

또 〈태합기물〉의 문헌이 번각된 가장 전형적인 예는 오제 호안의『태합기』와 다케우치 가쿠사이 작, 오카다 교쿠잔 삽화의『회본태합기』가 있다. 특히『회본태합기』에 대해서 나카무라 유키히코씨는 "근세에 아니 그 이후 오사카에서 출판된 책으로 가장 널리 높은 평판을 얻은 작품으로", "태합기물의 문학에 있어서도 원류의 하나"[7]라고 높이 평가하고 있다.

2) 근세기의 〈조선군기물〉

근세기에 성립된 〈조선군기물〉로는 다음과 같은 작품이 있다.

一. 호리 쿄안堀杏庵(正意)(1644년)『조선정벌기朝鮮征伐記』9권.(전기)
一. 오가와치 히데모토大河內秀元(1662년)『조선물어朝鮮物語』2권.(전기)
一. 샤쿠세이키釋姓貴(1705년)『조선군기대전朝鮮軍記大全』.(전기)
一. 바바 노부노리馬場信意(1705년)『조선태평기朝鮮太平記』.(잡사)
一. 작자미상, 곤도 기요노부 삽화(1713년)『조선태평기朝鮮太平記』7권, (고조루리)

---

6) 朴贊基,「浄瑠璃「唐人殺し」の世界」『江戸時代の朝鮮通信使と日本文学』, 臨川書店, 2106, 163~174쪽. 참조.
7) 中村幸彦,「絵本太閤記について」『中村幸彦著述集』6 , 中央公論社, 1982, 331쪽.

—. 아키자토 리토秋里籬島(1800년)『회본조선군기絵本朝鮮軍記』10권. (요미혼)
—. 미나모토 마사야스源正靖『조선기朝鮮記』1823년. (전기)
—. 쓰루미네 시게노부鶴峯戊申, 하시모토 교쿠란橋本玉蘭 삽화(1853~1854년)
—. 『회본조선정벌기絵本朝鮮征伐記』(요미혼)

샤쿠 세이키의 『조선군기대전』(1705년)과 바바 노부노리에 의한 『조선태평기』(1705년)의 줄거리는 거의 유사한 것으로 상호 영향 관계를 인정할 수 있으나, 이것에 대해서는 후술하기로 한다.

또 곤도 기요노부 삽화 고조루리 『조선태평기』(1713년)는 〈조선군기물〉의 계보를 계승하면서도 조선통신사 행렬의 삽화, 『오도기보코』(1666년)의 6화의 괴이담 및 이향방문담의 요소[8]를 첨가하고 있다.

이상과 같이 근세기에 성립된 임진왜란을 소재로 하여 성립된 작품으로는 〈태합기물〉과 〈조선군기물〉로 나누어 생각할 수 있고, 또 출판의 시기에 따라 도요토미 히데요시 사후 근세 초기, 중기, 후기의 작품으로 구분하여 생각할 수 있다.

3) 근대기의 〈조선군기물〉

명치(1868년) 이후 성립된 〈조선군기물〉의 계통을 잇는 작품에 대해서는 김시덕(2012)[9]의 논고가 있어 일단의 계보를 확인할 수 있다. 김시덕의 지적에서 제외된 작품으로, 조사에 미친 것을 연대순으로 정리하면 다음과 같다.

—. 사가노 마스타로嵯峨野增太郎(1885년)『회본조선군기』日月堂.
—. 이토 류키치伊東留吉(1886년)『회본조선군기』春陽堂.
—. 아라카와 토베荒川藤兵衛(1887년)『회본조선군기』錦耕堂.
—. 쓰루미네 시게노부鶴峯戊申(1887년)『회본태합기조선군기繪本太閤記朝鮮軍記』
   銀花堂.
—. 오카모토 센스케岡本仙助(1888년)『회본조선군기』偉業館.
—. 마키 킨노스케牧金之助(1888년)『회본조선군기』深川屋.

---

8) 朴贊基,「古浄瑠璃『朝鮮太平記』に見る朝鮮通信使」『江戸時代の朝鮮通信使と日本文学』, 臨川書店, 2006, 66~94
   쪽 참조.
9) 주3)과 같은 책.

―. 이토 쿠라조伊藤倉三(1891년)『회본조선군기』金盛堂.

『회본조선군기』라는 제명으로 성립된 다수의 작품은 근세기로부터 근대에 이르기까지 다양한 작품이 존재했음을 알 수 있다. 이 작품들은 모두 삽화를 포함하고 있어 일본 근세문학의 특징인「그림을 읽다」는 요소도 그대로 수용하고 있다고 볼 수 있다.

상기의 일곱 작품 중 사가노 마스타로, 이토 류키치, 오카모토 센스케, 이토 쿠라조에 의한 네 작품의 내용과 체재는 거의 유사하여 다케우치 가쿠사이의 요미혼『회본태합기』(1797~1802년)의 계보를 잇는 것으로 그 영향 관계를 인정할 수 있다.

이와 같이 〈조선군기물〉작품군은 근세에서 근대에 이르기까지 또한 동경, 오사카 등지에서 읽을거리로 성립 유포되었으며 도요토미 히데요시의 다양한 인물상의 정립, 특히 「비천한 출신으로 태어난 신분을 극복하고 출세하여 일본을 장악하고 조선까지도 침략하여 전공을 세운」통이 큰 영웅담의 창출에 기여하고 있다고 할 수 있다.

3. 일본 근세 문학에 나타난 도요토미 히데요시

그러면 여기에서 일본 근세 문학에 나타난 도요토미 히데요시의 평가는 어떠한가에 대하여 근세 초기, 중기, 후기로 나누어 고찰하기로 한다. 이미 언급한 듯이 근세 초기의 작품으로는 오제 호안의『태합기』(1625년 서문), 호리 쿄안의『조선정벌기』(1644년 성립, 1659년 간행) 등이 있다.

『태합기』에는 히데요시의 조선 침략 전쟁을 "히데요시 공은 뜻이 큰 분이므로 요리토모 공과 같이 후지산 사냥[10] 정도의 스케일이 큰일을 저지를 것이라고는 생각했지만, 조선, 중국에까지 건너가 고생시킬 것이라고는 생각하지 않았다. 좀 이해하기 어려운 분이다."라고 비웃는 자도 있고, "실로 불굴의 의지를 가진 자이다. 무사는 편안함에 안주해서는 안 된다."라고 감탄하는 사람도 있었다고[11] 기술하고 있다. 또 히데요시의 교만과 광기에서 기도된 것으로, 일본 백성을 곤궁에 빠트리고 국가 재산을 헛되이 낭비했다고

---

10) 미나모토노 요리토모(源賴朝)가 1193년에 후지산 기슭에서 펼친 사냥을 말함.
11) 桧谷昭彦^江本裕,『新日本古典文学大系　太閤記』60, 岩波書店, 1996, 347~348쪽.

부정적으로 비판하고 있다.

그러나 한편으로는 무용과 지략은 뛰어나고, 게다가 조선을 굴복시켰다는 긍정적 평가도 있어, 도요토미 히데요시에 의한 조선 침략 전쟁을 자국민의 입장에서 부정적으로 평가하고는 있지만 일본군의 무위의 우월성을 강조하며, 침략 행위를 반드시 악한 것으로만 평가하고 있지는 않다.

중기에는 유성룡의 『징비록』(1647년 간행, 일본판 『조선징비록』(1695))이 일본에서 간행된후 성립된, 샤쿠 세이키의 『조선군기대전』(1705)과 바바 노부노리 『조선태평기』(1705)에는 침략 전쟁으로 인한 조선 국토의 황폐, 조선 백성의 기아의 참상이 비교적 상세하게기술되어 있다. 또 선량한 조선 백성을 마구 살해한 것에 대한 비판도 기술되어 전쟁 그자체에 대한 본질을 언급하고 있는 부분도 있어 주목된다.

후기에는 다케우치 가쿠사이武內確齋작, 오카다 교쿠잔 삽화 『회본태합기』(1797~1802년성립)가 유포되어 요미혼으로 성립되었고, 또 삽화가 들어간 우키요에의 체재도 성행하였다. 이 작품에 대해서 이치노세 치에코一瀬千恵子는 "1705년에 간행된 샤쿠 세이키釋姓貴의 『조선군기대전』은 바바 노부노리의 『조선태평기』의 줄거리를 계승하고 있다."고지적하고 있다. 이어서 "『조선군기대전』 간행의 100년 후에, 축소판이라고 할 수 있는아키자토 리토 『회본조선군기』10권(1800년 간행)이 삽화 포함 한자 히라가나 혼용 표기로출판되었다."[12]고 지적하고 있다. 또 이치노세씨는 도표를 삽입하여 『회본조선군기』에대해서도 직접적으로는 『조선태평기』로부터의 영향 관계를 인정하면서도 부분적으로는『조선군기대전』과도 영향 관계에 있다[13]는 지적이 있어 〈조선군기물〉의 대강의 계보를추정할 수 있다.

여기에서 주목하고 싶은 것은 후기 〈조선군기물〉에 나타난 도요토미 히데요시의 묘사이다. 『회본조선군기』(1800)의 기술을 인용하면 다음과 같다.

> 성자필멸의 이치는 본래 인간이 피할 수 없는 것이라 했던가, (중략) 후시미의 성에서
> 서거하시다니 참으로 슬픈 일이다. (중략)

---

12) 一瀬千恵子, 『文禄·慶長の役の伝承—『朝鮮軍記大全』と『朝鮮太平記』—』, 一橋大学機関リポジトリ, 2008, 72쪽.
13) 위의 책 도표 참조. 70쪽.

실로 태합은 1536년 정월 1일 비슈(尾州, 지금의 아이치, 나고야 지역의 옛 이름) 해동군 나카무라에서 탄생하여 일세를 풍미한 영웅이다. 비천한 신분으로 태어났으나 벽촌인 고향을 떠나 출세하여 만민의 위에 군림하여 세간의 부러움을 사고, 무위를 일본 육십여 주(전지역)에 떨치며, 그 용맹함을 외국에까지 뻗쳐 만 리에 무위를 빛낸 큰 도량이나, 민심을 읽는 인자한 군주의 길에 있어서도 가장 뛰어난 위치에 서지 않았던가. 어쨌든 영웅호걸다운 모습은 고금에 비할 바 없고, 강하고 굴하지 않는 기상은 군건하여 도량이 넓으며,(중략)

안타깝게도 이방의 사람들까지도 두려워 떨었던 호기가 하루아침의 바람과 같이 사라져 버리고 영화도 하룻밤의 이슬과 같이 사라져 버렸다.[14]

히데요시의 사망을 애도하며 비천한 신분을 극복하고 무력으로 일본국 전 지역을 손안에 넣은 입지전적인 영웅호걸로 그리고 있다. 이것 또한 근세 초기, 중기의 작품에 나타나는 히데요시 평가와는 다른 것으로 후기에 나타난 히데요시 평가의 변화로 추정할 수 있다. 근세 후기 인쇄술의 발달로 인하여 대량 출판이 이루어지고, 이로써 독자층이 확대된 것과도 관련이 있을 것으로 추정되나. 이것에 대해서는 금후 실증적인 고찰이 필요할 것이다.

더욱이 『회본조선군기』의 이러한 묘사는 샤쿠 세이키의 『조선군기대전』과 거의 유사한 것이어서, 그 영향 관계를 확인할 수 있다. 인용하면 다음과 같다.

성자필쇠의 이치는 본래 인간이 피할 수 없는 것이라 했던가.(중략) 후시미에 신축한 성에서 서거하시다니 참으로 슬픈 일이다. (중략)

실로 한 세상의 영웅인 그는 신분이 비천한 출신으로 태어나 벽촌인 고향을 떠나 출세하여 만민의 위에 군림하며 세간의 부러움을 사고, 무위를 일본 육십여 주에 떨쳤을 뿐만 아니라, 그 맹위를 외국에까지 뻗쳐 만 리에 무위를 더럽히기에 이르러 도량이 크다고는 하나, 민심을 읽는 인자한 군주의 길에 있어서는 가장 아름답지 못한 것일까. 그렇다고는 하지만 영웅호걸다운 모습은 고금에 비할 바 없고, 강하고 굴하지 않는 기상은 군건하여 도량이 넓으며,(중략)

안타깝게도 이방의 사람들까지도 두려워 떨었던 호기가 하루아침의 바람과 같이 사라져 버리니 영화도 쇠함도 하룻밤의 이슬과 같은 것이다.[15]

---

14) 아키자토 리토(1800년) 『회본조선군기』서울대학도서관 소장. (권 10 / 27ウ 豊臣秀吉公薨去)

15) 『朝鮮軍記大全』卷37 / 10「太閤薨去」, 日本国会図書館所蔵 特別買上文庫 3828.

이것 또한 히데요시의 죽음을 애도하며 그의 생전의 모습을 도량이 넓은 입지전적인 영웅의 모습으로 그리고 있다. 그러나 『조선군기대전』(1705년)의 줄 친 부분「만 리에 무위를 더럽히기에 이르러」라는 기술은 『회본조선군기』(1800년)에는「만 리에 무위를 빛낸」으로 바뀌어 버렸다. 즉 『회본조선군기』는 『조선군기대전』으로부터 영향을 받은 것이지만, 히데요시 평가의 부분에 있어서는 약간의 변모를 보이고 있는 것이다.

따라서 근세 후기에 성립된 일련의 〈조선군기물〉 작품은 도요토미 히데요시의 조선 침략 전쟁이 초래한 전쟁의 피해나 황폐, 기아의 참상, 선량한 조선 백성의 무참한 살해 등의 실상을 그리기보다는 히데요시의 비천한 출신으로 성장하여 천하를 통일하고 조선까지도 침략한 도량이 넓은 입지전적인 영웅담의 창출에 기여하고 있다고 할 수 있을 것이다.

4. 일본 근세 문학에 나타난 송상현

송상현의 순절과 동래성 전투의 참상에 대해서는 많은 사료가 산재해 있어 그 사료를 종합해 보면 그 사실 관계를 확인할 수 있다. 그러면 여기에서 조선과 일본의 사료를 근간으로 필자가 확인한 동래성 전투의 사적을 간략하게 더듬어 보기로 하자.

1592년 4월 13일 부산 첨사 정발은 부산포의 절영도에서 사냥을 하고 있었다. 이날 저녁 정발은 수평선 먼 곳으로부터 왜선이 바다를 뒤덮은 듯 다가오는 모습을 목격한다. 이것은 소 요시토시宗義智와 고니시 유키나가小西行長가 인솔하는 선발대 일만 수천 명[16]에 이르는 왜군[17]이었다. 왜군의 침략을 목격한 정발은 허둥지둥 부산성으로 돌아가지만, 바로 그 뒤를 따라 수많은 왜군이 육지로 올랐다. 사방에서 마치 구름처럼 몰려든 왜군은 삽시간에 성을 에워쌌고 성은 함락되고 말았다. (『징비록』)정발은 물러나지 않고 끝까지 싸우다 14일 적의 총탄에 맞아 장렬히 전사했다.(「조선왕조실록」)고니시는 부산성 공략의 때 군사를 나누어 부산포의 서남에 있는 서평포와 다대포로 향했다. 다대포의 첨사 윤홍신과 그 휘하 병사들의 항전에도 불구하고 서평포와 다대포도 일본군의 수중에 떨어

---

16) 『태합기』, 『태합군기』에 의하면, 임진왜란에 참전하기 위하여 현해탄을 건넌 병사는 205,570명이고, 큐슈 나고야에 대기한 병사는 102,415명으로 도합 307,985명의 도요토미 히데요시 수하 병사가 동원되었던 것을 알 수 있다.

17) 편의에 따라 왜군 또는 일본군으로 표기한다. 이것은 사료 내지는 〈조선군기물〉의 작품군에도 혼용되고 있다.

졌다.(『朝鮮陣記』,『징비록』)

일본군의 위력을 본 경상좌수사 박홍은 경상도 좌수영의 성을 버리고 도망쳤고, 또 경상좌병사 이각은 왜군이 쳐들어 왔음을 알고 동래성으로 왔지만 부산성 함락 소식을 듣고 두려워한 나머지 성을 빠져나와 송상현에게는 일본군을 협공하겠다는 핑계를 대고 소산역蘇山驛으로 도망쳐 버렸다.(『징비록』)

다음날 15일 소 요시토시, 고니시 유키나가 군은 동래성으로 다가와 포위하고 성을 공략한다. 동래성을 포위한 일본군은 성의 남문에서「戰則戰矣 不戰則假我道」라는 목패를 던진다. 이것에 대하여 송상현은「戰死易 假道難」이라 쓴 목패를 던져 항전의 뜻을 굽히지 않는다.(『壬辰遺聞錄』) 부사 송상현은 성의 남문에 올라가 전투를 독려하였으나 반나절 만에 성은 함락된다. 부사 송상현은 갑옷 위에 조복을 입고 의자에 앉아 움직이지 않았다. 대마도의 다이라노 나리히라平成寛는 전에 동래를 왕래하였을 때 상현에게 후한 대접을 받은 바 있어, 그런 연유로 의자에 앉아 있는 상현의 옷을 당기며 틈을 봐서 도피시키려 하였다. 그러나 상현은 이를 거절하고, 의자에서 내려와 북쪽의 조정을 향해 네 번 절하고 국왕에게 하직의 예를 올렸다. 예를 마친 후 송상현은「孤城月暈, 列鎭高枕, 君臣義重, 父子恩輕」이란 한시를 지어 고향에 계신 아버지에게 보내 하직 인사를 하고 죽음을 각오한다. 적병은 상현을 둘러싸고 생포하려 하였으나 다가오는 적병을 발끝으로 걸어차며 저항하다가 결국 적병의 칼에 사절되었다. 다이라노 시게노부平調信는 이 광경을 보고 탄식하며 애도의 표시로 관을 준비하여 성 밖에 묻고 묘비를 세워 표시하였다.(『朝鮮陣記』,『선조수정실록』,『징비록』)

동래부사 송상현은 문사로 동래부의 지방 행정 장관이었다. 송상현은 무관인 경상좌병사 이각에게 함께 동래성을 지키자고 제안하였지만, 이각은 이 제안에 응하지 않았다. 뿐만 아니라 병영으로 돌아가 가장 먼저 한 일이 자신의 첩을 탈출시키고 자신도 도망친 것이었다.(『징비록』) 이리하여 부산성과 동래성은 소 요시토시, 고니시가 이끄는 일본군에 의하여 불과 이틀 만에 함락되었고, 향후 7년간에 걸친 히데요시의 조선 침략 전쟁의 서막이 열린다는 전개이다.

이와 같은 역사 인식을 전제로 〈조선군기물〉에 나타난 천곡 송상현의 묘사는 어떠한가에 대하여 고찰하기로 한다.

〈조선군기물〉에 나타난 송상현에 대한 기술은 대단히 단편적이며, 그 분량도 적어 구체적인 인물상의 접근에는 한계가 있다. 그럼에도 불구하고 조사한 바에 따르면, 동래성 전투와 송상현의 죽음을 묘사한 작품으로는 『태합기』(1625년), 『조선태평기』(1705년), 『회본조선군기』(1800년)가 있다.

그러면 여기에서 일본군에 의한 부산, 동래 기습과 송상현의 순절에 대해서 위의 세 작품에는 어떻게 묘사되고 있는가를 연대순으로 살펴보기로 하자.

우선 『태합기』의 묘사를 인용하면 다음과 같다.

권 십삼 ○명호옥에서 각각 출선하는 일

곧 두 번째 세 번째 외성으로 진입하여 4, 5시경 본성을 빼앗고 장졸 팔천오백여 명을 베어 죽였다. 그 외에 생포한 자가 이백여 명이었다. 그 중 통역을 불러 근처 상황을 물으니 여기에서 삼십 리 북서쪽에 동래라는 성이 있다고 한다. (중략)

동래성을 공략하여 타국의 성을 하루에 두 곳을 탈취하고 많은 적을 포획하여 일본으로 보내 본대의 뜻에 따르려고 조금의 방심함이 없도록 독려하니 모두 활기차게 이를 따랐다. 그러면 서둘러 준비하여, 말도 먹이를 주어 출진 채비를 하도록 전하고 정오를 지나 동래에 이르러 쳐들어가니 부산성의 함락과 많은 장졸이 살해당했던 것을 두려워했는지 나와 싸우려 하지도 않고 모두 도망처 버렸다. 고니시 가즈사노스케, 기도 사쿠에몬 등이 병력을 이끌고 추격하여 구백여 명의 수급을 취하고 그날 밤은 이 성에 진을 치고 모두 쉬도록 했다.[18](번역과 밑줄은 필자에 의함.)

부산성, 동래성에서의 장면을 일련의 전투로 묘사하고 있으며, 「나와 싸우려 하지도 않고 모두 도망처 버렸다.」는 기술은 사실과 다른 전기 작가 오제 호안의 역사 인식에 의한 묘사이다. 즉 동래성의 부사 송상현은 성을 포위한 일본군에 대항하여 남문에 올라 군사들을 독려하며 끝까지 싸우다 적병의 칼에 사절되었다는 사실을 확인한다면, 위의 묘사는 일본군의 용맹함과 전공만을 기술한 것으로, 일본군의 무위의 우월성을 강조한 묘사라 할 수 있을 것이다. 또 가나조시 『태합군기』(1654) 4권 제2의 「名護屋より 各出船之事」도 거의 중복되는 기술로 두 작품의 영향 관계를 인정할 수 있다. 즉 〈태합기〉계열의 작품군에는 부산성, 동래성 전투의 장면을 기술하고 있기는 하나 일련의 연속된 전투로 취

---

18) 주11)와 같은 책. 364쪽.

급하고 있고, 동래성 전투에서의 송상현 등 조선 병사의 기술은 확인할 수 없다.

다음으로 에도 중기에 성립된『조선태평기』(1705년)의 묘사는 어떠한가?

> 4월 13일의 일이다. (중략)좌수사 박홍은 왜병의 수가 많음을 보고 감당할 수 없을 것이라 판단했던지, 군이 병사를 내지도 않고 성을 버리고 도망쳐 버렸다.
>
> 첨사 정발의 병력 이만여 명은 방어 태세를 갖추고 비가 내리듯이 독화살을 쏘며 항전하였다. 왜군의 공세도 조총을 쏘면서 일시에 함락시키려 전투가 벌어졌다. (중략) 성안의 병사들이 견디기 어려워 사방으로 흩어지고, 성의 대장 첨사 정발은 곧 총탄에 맞아 쓰러지니, 점점 공세는 강해져 이윽고 팔천오백여 명이 살해되고 이백여 명이 생포됐으며 성은 함락되고 말았다.
>
> 유키나가는 또 군사를 나누어 서평포와 다대포를 함락시킨다. 다대포의 첨사 윤흥신은 용맹함을 발휘하여 싸우지만 순직한다. (경상)좌병사 이반[19]은 적이 몰려온다는 소식을 접하고 두려워하여 싸우지도 않고 병영을 버리고 동래성을 향하여 도망쳐 버린다. (중략)
>
> 좌병사 이반은 동래에 있었지만 부산성 함락 소식을 듣고 두려워 아무것도 하지 않고 도망칠 궁리만 하고 있었다. 부사 송상현은 지략과 용맹함을 겸비한 자였는데, 이반이 의기소침하여 허둥대는 것을 보고 훈계하기를 "왜군의 군세는 두려워할 것 없다. 나는 이 성을 굳게 지켜 방어할 것이다. 아군 또한 사력을 다하여 용맹함을 나타내면 왜군의 조롱거리가 되지 않을 것이다." 이반은 이 말에 따르지 않고 거짓으로 말하기를 "왜군이 틀림없이 성을 공격할 것이니, 나는 외곽에서 기습하여 적을 교란하여 치겠다."고 핑계를 대고 성을 빠져나가 소산역에 진을 쳤다.(중략)
>
> 부사 송상현은 남문에 올라 지휘를 하며 군사를 독려했지만 군세는 왜병의 기세에 눌려 무너지고, 도저히 버틸 수 없게 되어 뿔뿔이 흩어지니 불과 반나절 만에 성이 함락되었다. 상현은 당당히 의자에 앉아 적의 칼날에 도륙되었다. 고니시 가즈사노스케 기도 사쿠에몬 등이 패잔병을 추격하여 구백여 명의 수급을 취했다. 유키나가는 송상현의 죽음을 무릅쓴 사수에 감복하여 시체를 관에 넣고 성 밖에 묻고 푯말을 세워 표시했다.[20]

첨사 정발의 적의 총탄에 의한 사망, 첨사 윤흥신의 순직 등의묘사는 비교적 역사적 사실에 근거한 묘사로 요미혼 작자의 역사 인식의 근사성을 엿볼 수 있는 부분이 있다.

즉 조선의 경상좌수사 박홍의 "병사를 내지도 않고 성을 버리고 도망쳐 버렸다."는 묘

---

19) 임진왜란 당시 경상좌병사의 이름은 이각(珏)이었으나, 이 작품에서는 이반(珏)으로 기술하고 있다. 한자의 유사성에서 초래된 요미혼 작자의 착오일 것으로 판단된다.

20) 馬場信意『朝鮮太平記』卷四、日本国会図書館所蔵, 1705, 107～109쪽.

사나, 좌병사 이각의 "적이 몰려온다는 소식을 접하고 두려워하여 싸우지도 않고 병영을 버리고 동래성을 향하여 도망쳐 버렸다."라든지 "부산성 함락 소식을 듣고 두려워 아무것도 하지 않고 도망칠 궁리만 하고 있었다."라는 묘사는 『징비록』 등에서도 확인할 수 있는 역사적 사실이고, 부사 송상현에 대해서도 "지략과 용맹함을 겸비한 자"라든지 "사력을 다하여 용맹함을 나타내면 왜군의 조롱거리가 되지 않을 것"이라 판단한 묘사 등을 통하여, 송상현의 기개를 높이 평가하고 있는 것으로, 객관적 사실에 근거한 묘사라 할 수 있을 것이다.

또 조선군의 요직에 있었던 무관인 경상좌수사 박홍이나 경상좌병사 이각, 밀양 부사 박진, 김해 부사 서례원 등의 이와 같은, 일본군의 위세를 두려워하여 도망친 행위는 스스로의 책무를 방기한 것으로 초기 전투에 있어서 가장 큰 패인의 하나이기도 하였다.

그러나 그것에 비하면 문관인 동래부사 송상현의 방어 태세와 절의는 비장한 것이어서 끝까지 싸우다 적의 칼에 사절되었다는 행위는 가히 조선군의 귀감이라 할 수 있을 것이며, 『조선태평기』의 묘사도 송상현의 이러한 행위를 자세하게 묘사하고 있는 것이다.

이어서 에도 후기에 성립된 『회본조선군기』(1800)에는 고니시에 의한 부산포 기습에 대하여 다음과 같이 기술하고 있다.

> 고니시 쓰노가미 유키나가는 이미 해상의 역풍을 극복하고 4월 13일 오전8시 부산포에 도착했다. 여기서 우선 부산포의 왜관에 상주하는 왜인 수십 명이 모두 도망치고 왜관에는 한 사람도 머무르는 자가 없이 비어있는 것을 사람들이 이상히 여겨 어떻게 된 일인가 생각하고 있었는데 왜인의 군선이 대마도 방향으로부터 그 수가 몇 천인지 알 수가 없다.[21]

부산 앞바다에 수천 척의 배를 이끈 고니시의 부산포 상륙이 그려진다. 이때 부산 첨사 정발은 부산포의 절영도에서 사냥을 하고 있었고, 수평선 저편에서 밀려오는 수천 척 일만 수천의 일본 선단을 발견한다. 이 장면에 대한 묘사는 유성룡『징비록』의 기술과도 일치하는 부분이다.

부산성 함락, 서평포, 다대포까지 빼앗긴 이내 살해당한 조선 병사의 수는 8,500여 명,

21) 주 14)와 같은 책.(2권 1 8 ウ － 2 0 オ)

일본 근세 문학에 나타난 도요토미 히데요시와 송상현―박찬기

포로된 자는 200여 명이라 기술되어 있다.

이어서 14일 고니시는 동래성을 함락시킨다. 동래성 함락에 대해서『회본조선군기』에
는 다음과 같이 묘사된다.

동래성의 좌병사 이각이라는 자는 부산성에 왜병이 대군을 이끌고 공격해 와 함락되
었다는 소식을 듣고, 동래성에서도 사람들의 풍문이 돌자 난처해하며 겁을 먹고 어찌할
바를 몰라 하던 중, 성안의 아군 병사들이 적에게 둘러싸여 있고, 원군이 없는 상황에서
는 속수무책이나 다름없다고 판단한다. 따라서 자신은 성 밖으로 나가 적병을 기다리다
앞뒤에서 공략하는 것이 승리할 수 있는 길이라 하자, 부사 송상현은 이 말을 듣고, "이
것은 잘못된 지략이다. 신하로서 성곽을 지키는 것이 급한 데, 적의 동태도 살피지 않고
성을 비우는 것은 충성스런 신하의 도리가 아니다. 나라가 위기에 처했을 때는 목숨을
던질 수밖에 없는 것이다." 성을 베개 삼아 지키자고 재삼 말렸으나, 결국 듣지 않고 군
세를 나누어 빠져나가 소산역이라는 곳에 진을 쳤다. (중략)

상현은 방어할 병사가 적고 수성이 어려운 상황이었지만, 이미 전부터 죽음을 각오
한 상태이므로 스스로 성의 남문에 올라가 목숨을 걸고 병졸을 독려하며 싸웠다. 그러
나 이미 측근의 병졸들마저 쓰러지고 마지막까지 힘을 다했지만 역부족이었으므로, 상
현은 성의 본청에 자리를 잡고 앉아 적에게 참수당할 것을 각오하고, "나는 이 성의 성
주다. 나의 목을 취해서 공적을 올리도록"하고 목을 내밀자 왜병이 다가와 목을 취했다.
유키나가는 상현의 절의에 감탄하여 관을 준비하여 시체를 하관하고 장지를 물색하여
장사 지내고 예를 갖춰 "충신 상현묘"라 표지를 세우고 그 뜻을 중히 여기니, 그 정이야
말로 대단한 것이라 전해진다. 이 성은 반나절 만에 함락되었다.[22]

---

22) 주14)와 같은 책. (2권 23オ～ウ)
   삽화는 동래성을 포위하고 있는 고니시 유키나가가 이끄는 일본군의 공격 장면을 묘사하고 있다. 삽화 속의 표기
   는「유키나가 동래성을 함락하다」라 기술되어 있다.

이와 같이 부산성 동래성은 소 요시토시, 고니시 유키나가가 이끄는 일본군에 의하여 불과 이틀 만에 함락되고, 이후 7년간에 걸친 조선 침략 전쟁의 참상이 묘사되는 것이다.

『회본조선군기』에 나타난 위의 묘사는 대단히 구체적인 기술로『징비록』을 비롯한 사료의 내용과도 거의 유사하며, 그 표현은 역사적 사실에 근거한 기술로 파악할 수 있다.

그러나 근세 초기에 성립된『태합기』의 "원래 조선은 무위가 약하며 오랫동안 전투에 익숙하지 않으므로", "일본의 수년간 조련된 병사들을 감히 대적할 수 있겠는가"라는 표현은 일본의 히데요시 수하 장수들의 용맹함을 표현함과 함께 일본의 〈무위의 우월성〉을 표출하는 것으로 일본형 중화주의[23]의 한 단면을 엿볼 수 있는 창작 의도로 지적할 수 있다. 즉 〈태합기물〉의 최초라 할 수 있는『태합기』(1625년)를 비롯한 근세 초기의 작품군과 비교하면,『조선태평기』(1705년),『회본조선군기』(1800년)의 부산성, 동래성 전투의 묘사는 비교적 역사적 사실에 근거한 객관적 묘사로 근세 초기 작품의 기술과는 다른 상이함을 확인할 수 있다.

환언하면, 근세 초기에 성립된『태합기』를 비롯한 〈태합기물〉의 작품군에는 일본군의 지략과 용맹함을 바탕으로 한 전공에 초점을 맞춘 〈무위의 우월성〉을 의식한 표현이 두드러진다고 할 수 있다. 그러나 근세 중기, 후기에 나타난『조선태평기』(1705년),『회본조선군기』(1800년)에는 "볼품없는 면이 노출된 조선군이었지만 그중에는 기개가 있는 인물도 있었다."라든지 "일본의 지휘관은 문관인 동래부사 송상현의 용맹함에 감복하여 그를 정중히 매장하고 묘비를 세워 〈충신 송상현의 묘〉란 목패를 세워 두었다."라는 등의 기술을 통하여, 단편적이기는 하지만 조선군에 대한 객관적인 묘사도 읽을 수 있다. 즉 적군이지만 부사 송상현에 대한 절의는 높이 평가되고 있는 것이다.

5. 맺음말

도요토미 히데요시에 의하여 발발된 임진왜란을 소재로 하고 있는 일본 근세 문학 작품군은 〈태합기물〉, 〈조선군기물〉로 나누어 생각할 수 있고, 또 다양한 장르의 작품이 존

---

23) 근세기의 일본사상가 야마가 소코(山鹿素行)에 의하여 형성된 일본의 우월성은 그 근거를 易姓 없이 이어지는 〈皇統의 일계성〉과 〈武威의 우월성〉에 두고 있다. (엄석인, 「사토 나오카타의 화이론-에스노센트리즘을 넘어서-」『동아시아트랜스내셔널리즘의 양상』, 한국일본사상사학회, 제27차 국제학술대회, 2010 참조.

재한다. 그만큼 임진왜란이 갖는 의미는 한국에서뿐만 아니라 일본에 있어서도 큰 역사적 사건이었고, 많은 전설적 일화를 수용 또는 창출하고 있다. 그 중 〈신공황후의 삼한정벌〉 전설과 〈태합 전설〉[24]의 수용과 창출에는 많은 해석과 의미를 내포하고 있고, 일본의 〈신국 의식〉[25]과도 결부되는 것이다.

그러나 동래성 전투에서 끝까지 항전하다가 전사하여, 한국에서는 충의의 표상으로 존경받는 천곡 송상현에 대한 묘사는 『조선태평기』(1705년), 『회본조선군기』(1800년)를 제외하면 거의 찾아볼 수 없으며, 적군의 순절이나, 전쟁의 폐해, 전투의 참상 등에 대한 묘사는 일부를 제외하면 거의 확인할 수 없다. 그것은 말할 것도 없이 〈태합기물〉, 〈조선군기물〉의 일본 근세 문학 작품군이 일본군의 전투에서의 지략과 용맹함을 표출하는 소위 〈무위의 우월성〉을 그리는데 주안점을 두고 있다는 것으로 해석될 수 있을 것이다.

또한 〈태합 전설〉을 수용함으로써 임진왜란의 정당성과 도요토미 히데요시의 다양한 일화를 근간으로 하는 영웅담의 창출에 기여하고 있다고 할 수 있다. 따라서 〈태합기물〉, 〈조선군기물〉의 묘사는, 시기에 따라 정도의 차이가 있기는 하나 근세기 전반에 걸쳐서, 임진왜란이라는 전쟁의 실상을 그리고 있다기보다는 일본군의 무위의 우월성과 도요토미 히데요시의 영웅담의 창출에 초점이 맞춰져 있다고 할 수 있을 것이다. 즉 〈태합기물〉, 〈조선군기물〉의 일본 근세 문학 작품군을 통하여 일본형 중화주의의 한 단면을 읽을 수도 있는 것이다.

---

24) 도요토미 히데요시의 태양수태설과도 결부되는 것으로, 일본측의 입장에서 조선침략 전쟁이 정당화되는 이데올로기로 작용하고 있다.
   주 4)와 같은 책, 130~134쪽 참조.
25) 〈태합기〉, 〈조선군기물〉등의 전기물에 근세기 전반에 걸쳐 나타나는 것으로, 일본의 대 조선 인식의 한 단면을 읽을 수 있는 키워드로 판단된다.

[참고문헌]

秋里籬島(1800), 『絵本朝鮮軍記』 서울대학도서관소장. 淸原宣明編, 村田嘉言畫片野達郞,.

阿部一彦(1997), 『『太閤記』とその周辺』和泉書院.

荒川藤兵衛(1887), 『繪本朝鮮軍記』錦井堂.

石原道博(1963), 『文祿·慶長の役』塙書房.

一瀬千恵子(2008), 『文祿·慶長の役の伝承―『朝鮮軍記大全』と『朝鮮太平記』―』一橋大学機関リポジトリ.

伊藤倉三(1891), 『繪本朝鮮軍記』金盛堂.

伊東留吉(1886), 『繪本朝鮮軍記』日月堂.

大河内秀元(1662), 『朝鮮物語』일본 국회도서관 소장.

大關定祐(1916), 『朝鮮征伐記』일본 국사연구회.

岡本仙助(1888), 『繪本朝鮮軍記』偉業舘.

小瀬甫庵(1625), 『太閤記』新日本古典文學大系, 岩波書店

北島万次(1982), 『朝鮮日日記, 高麗日記』そしえて.

桑田忠親(1985), 『『太閤記』の研究』德間書店.

近藤淸信(1713), 『朝鮮太平記』와세다대학 도서관 소장.

近藤淸春(1630), 『太閤軍記』東北대학도서관 소장.

近藤芳樹(미상), 『征韓起源』동경 도립중앙도서관 소장.

嵯峨野增太郞(1885), 『繪本朝鮮軍記』日月堂.

中村幸彦(1982), 「『絵本太閤記』について」(『中村幸彦著述集』6, 中央公論社,)

姓貴(1705), 『朝鮮軍記大全』일본국회도서관 소장.

竝木千柳(1799), 『唐土織日本手利)』일본국회도서관 소장.

牧金之助(1888), 『繪本朝鮮軍記』深川屋.

김문수 엮음 (유성룡 원저), 『징비록』, 돌을새김, 2009.

김시덕, 「近世文学における東アジア文学の影響―朝鮮軍記物(壬辰倭乱作品群)と『懲毖錄』―」(『日本近世文学会春季大会要旨集』日本近世文学会, 2007.

_____, 「太閤記物·朝鮮軍記物近代」『日本学研究』제37집, 단국대학교 일본연구소. 2012..

朴賛基, 『江戸時代の朝鮮通信使と日本文學』臨川書店, 2006.

_____, 「『繪本朝鮮軍記』의 번각과 〈조선군기물〉 연구」제27집, 한양대학교 일본학국제비교연구소, 2012.

엄석인, 「사토 나오카타(佐藤直方)의 華夷論-에스노센트리즘을 넘어서-」(『동아시아트랜스내셔널리즘의 양상』한국일본사상사학회 제27차 국제학술대회, 2010.

|이영남|

　현재 중국 광서사범대학 한국어학과 교수로 재직 중이다. 중·한, 한·중 번역을 지속적으로 하고 있으며, 중국 청대실학과 한국실학과의 관계 연구; 다산 정약용의 문학연구에 관심을 두고 있다. 저서로는『다산 정약용의 문학과 중국문학 관련 연구』(2016),『다산의 한시와 청대문화와의 관련연구』(2009) 등이 있으며, 번역서에『마르코폴로의 연인』(2019),『한국의 멋과 미를 찾아서』(2018),『황금의 향기가 땅에 떨어졌을 때』(2016),『삼성웨이』(2017),『중국 과학 고고학의 홍기』(2015),『정약용 철학사상 연구』(2013) 등이 있다.

중국에서의 '임진왜란' 연구 현황과 전망

현황과 전망

— 송상현 관련 연구를 중심으로—

|이 영 남|

중국에서의 '임진왜란' 연구 현황과 전망

― 송상현 관련 연구를 중심으로―

1. 머리말

'임진왜란(1592~1598)'은 16세기 말, 일본의 도요토미 히테요시가 일으킨 침략전쟁이다. 당시 조선왕조는 정치가 부패하고 군사력이 많이 약해진 상황이었기 때문에 적극적이고 효과적인 대응이 불가능했으며 적을 만난 군사들은 사처로 도망가기에 급급했다. 조선은 국가의 사직이 위태롭게 되었고 왕자가 붙잡혔으며, 팔도강산이 적군에게 점령당하는 비참한 운명에 처하게 되었다. 당시 국왕이었던 선조는 전쟁에서 패한 후 하는 수 없이 요동으로 피신하게 되었다. 이렇게 되자 명나라 장수 이여송李如松이 조선을 지원하라는 조정의 명을 받고 군사를 이끌고 조선으로 오게 되었으며 평양, 개성, 벽제 등 세 곳에서 일본군과 맞서 싸우게 되었다. 기세에 눌린 왜군은 부산으로 철수하였고 반 이상의 영토를 수복할 수 있었다. 요동에서 말을 타고 싸우던 명나라 정예부대는 산세가 험하고 땅이 질척한 조선 땅에서 기동력이 많이 떨어지고 춥고 비가 많이 내리는 산간벽지의 초봄 날씨로 전투력도 많이 약화되었지만, 조선 백성들과 합심하여 혁혁한 전공을 세웠다. 관련 사적들은 조선의 역사서나 문집들에 많이 기록되어 있지만 명나라 문헌들에서는 그 흔적을 찾아보기 힘들다. 심지어 관련 내용들을 회피하는 경우도 있었다. "송응창宋应昌이 조선에서 양초와 무기, 병사들과 군량미를 조달하여 3개 고을을 함락하고 절반의 강산을 수복하였으니 그 공적을 기록해야 함이 마땅하나 『명사明史』에는 오히려 기록을 찾아보기 힘들고, 책망하는 내용이 더 많이 나타난다经略朝鲜, 多方调度粮草、器械、兵晌, 而至三都恢复, 半壁江山失而复得, 功绩可圈可点, 而『明史』并无立传, 只存片语只言, 亦多议和误国之词"고 기록되거나 "조선전쟁을 마친 후, 송응창은 고향에 은거하면서 조선전쟁에 관련된 내용은 일절 함구하였다东征役毕, 宋应昌退守田园, 朝鲜之事只字未提"고 했으며, 이여송은 벽제대첩 후 평양으로 후퇴하였으며, 전사자가 많이 나왔는데李如松之碧蹄一战, 虽退守平壤, 但斩级颇多, 조선의 역사서와 비교해 보면, 『명사』의 기록은 일부 오류가 있음을 알 수 있다. 이를테면, 양호杨镐의 울산蔚山대첩에 관한 『명사』의 기록은 왜곡되고 거짓된 부분이 많으나 조선의 역사서에는 아주 자세히 기록되기도 했다.

현재 국내외에서 관련 내용에 대한 연구는 비교적 많이 진행되고 있는 편이다. 이를테면, 전반 동아시아의 정세에 대한 연구시각에서 명나라와 일본, 명나라와 조선, 일본과 조선 등 양자 비교연구가 많이 진행되고 있을 뿐만 아니라 3개국이 참여한 임진왜란과 관련된 연구도 적지 않다. 다만 관련 연구가 비교적 분산되고 단편적이며 언어소통과 정보교류의 한계 등으로 인해 관련 연구에 대한 수집과 정리가 완벽하지 못하다. 하지만 일부 연구가치가 있는 성과들을 수집할 수 있었는데 국가별로 정리하면 다음과 같다.

중국의 경우, 임진왜란 관련 연구는 상대적으로 분산되어 있으며 대부분 연구는 임진왜란의 원인 등 일부 단편적인 내용을 중심으로 진행되었다. 때문에 연구 체계가 형성되지 못한 아쉬움이 있다. 대표적 연구로 임진왜란의 원인에 대해 사료적 고증을 진행한 「조선 임진왜화 연구朝鲜壬辰倭祸研究」[1]와 16세기 말 조선왕조의 외교활동에 대해 논의한 『명대 중일관계 연구明代中日关系研究』[2], 「일본의 '가도입명'에 대한 조선의 대응朝鲜对日本,假道入明,的应对」[3], 그리고 명나라와 조선왕조의 왕래에 관한 연구로 『임진왜란 시기 조선과 명나라의 관계사 연구壬辰倭乱时期朝明关系史研究』[4] 등이 있다. 이상의 연

---

1) 李光涛, 「朝鲜壬辰倭祸研究」, 台北 : 『中央研究院历史语言研究所专刊』, 之六十一, 1972.
2) 郑樑生, 『明代中日关系研究』, 台北 : 文史哲出版社, 2009.
3) 刁书仁, 「"万历朝鲜之役"四百二十年祭朝鲜对日本假道入明的应对」, 『读书』, 2012.
4) 刘保全, 『壬辰倭乱与朝明关系研究』, 北京 : 民族出版社, 2005.

구는 중화 중심주의를 주장했던 명나라와 주변 국가인 조선, 일본과의 관계에 대한 논의가 동북아의 국제정세에 따른 심화된 연구에까지 이르지 못한 한계를 가지고 있다.

한국의 경우, 임진왜란의 직접적인 피해 당사자였기 때문에 관련된 연구는 그 범위가 넓을 뿐만 아니라 주목할 만한 성과도 많은 편이다. 구체적 연구로, 임진왜란의 원인과 과정 및 결과를 전체적으로 다룬『임진왜란사壬辰倭乱史』[5),『임진왜란사연구壬辰倭乱史研究』[6)가 있으며, 동아시아 국제정세를 다룬『임진왜란 직전 동아시아 정세壬辰倭乱前的東亚形势』[7)와 주변 시각으로 화이華夷질서를 고찰한『주변의 시각으로 본 조공관계: 조선왕조의 화이질서의 운용从周边视角来看朝贡关系ーー朝鲜王朝对华夷秩序的运用』[8) 등이 대표적이다. 대부분의 연구는 전쟁의 참혹상을 묘사하고 새로운 연구시각과 연구관점을 제시하는 데 중점을 두고 있으며 한·중·일 삼국의 외교정책을 분석하는 등 국제관계 속에서의 임진왜란을 다룬 연구는 상대적으로 부족한 편이다.

일본의 경우, 한국·중국·일본의 문헌자료들에 대한 정리가 잘 되어 있으며 성과도 많은 편이다. 이러한 연구들은 향후의 연구를 위해 필요한 사료를 제공해 주었다. 자료 수집과 문헌정리가 주로 이루어진 연구로『일본전쟁사·조선전쟁日本战史·朝鲜役』[9)과『조선통신사와 임진왜란: 일조관계사론朝鲜通信使と壬辰倭乱：日朝関系史论』[10) 등이 있으며, 조선과 일본의 관계를 연구한 성과들로는『14~15세기 동아시아 해역과 한일관계14-15世纪東アシアの海域世界と韓日关系』[11)와『조선 국왕의 사신과 무로마치 막부朝鲜国王使と室町幕府』[12) 등이 있다. 관련 연구들은 조선왕조와 일본, 명나라와의 복잡한 외교관계를 깊이 있게 논의하지 못한 아쉬움이 있으며 동북아 국제정세의 복잡한 변화양상에 대해 논의하지 못한 한계가 있다.

지금까지 성과들을 보면, 임진왜란 관련 연구는 주로 전쟁의 원인, 과정, 결과에 대한

5) [韩] 李炯锡,『壬辰倭乱史』,韩国国会图书馆收藏,壬辰战乱史刊行委员会, 1976.

6) [韩] 李章熙,『壬辰倭乱史研究』,首尔：亚细亚文化社, 1972.

7) [韩] 韩明基,『壬辰倭乱前的东亚形势』,『韩日关系史研究』第43期, 2012.

8) [韩] 郑容和,『从周边视角来看朝贡关系—朝鲜王朝对华夷秩序的运用』,『国际政治研究』, 2006.

9) [日] 日本参谋本部编,『日本战史朝鲜役』,东京：偕行社, 1924.

10) [日] 仲尾宏,『朝鲜通信使と壬辰倭乱：日朝関系史论』,东京：明石书店, 2000.

11) [日] 佐伯弘次,『14-15世纪东アシアの海域世界と韓日关系』,日韩历史共同研究会 2002-2005.

12) [日] 桥本雄,『朝鲜国王使と室町幕府』,日韩历史共同研究会 2002-2005.

분석과 문헌수집 및 정리 그리고 두 나라 간의 외교관계에 대해 논의하였으며, 한·중·일 세 나라 학자들의 상호교류가 많지 않았기 때문에 공동연구나 협업이 이루어지지 못한 등 한계점이 존재한다. 동북아 국제정세나 임진왜란이 동북아 정치구도에 미친 영향 등 방면에 대한 연구는 아직도 미흡한 상황이다. 그리고 관련 인물에 대한 연구도 일부 대표적 인물이나 자국의 인물에 대한 연구에 치중되어 있을 뿐 보다 넓은 영역까지 이루어지지 못하고 있는 실정이다.

따라서 본 논문에서는 중국의 연구현황에 대해 검토하는데 주로 16세기 동아시아 정치구도와 '원조援朝전쟁'과 관련된 논의 및 중국 학자들의 '임진왜란'에 대한 인식 등에 대해 집중적으로 조명하고자 하며 아울러 항왜抗倭 영웅 송상현에 관한 중국 내의 연구현황에 대해 살펴보고자 한다. 이를 통해, 한국 학계에 중국에서의 임진왜란 관련 연구 진행 상황을 소개함으로써 상호인식의 목적에 도달하고자 하며 한중 양국 학자들의 공동연구를 이끌어 내고 기존 연구 성과들에 대한 정리와 더불어 현재 떠오르고 있는 동북아 정세 연구에 필요한 경험을 제공해 주고자 한다. 그 외, 임진왜란 관련 인물 연구도 별로 많지 않은 점을 감안하여 전쟁 중 순국한 한국과 중국의 영웅들에 대한 연구의 일환으로 전쟁초기에 순국한 동래부사 송상현에 대한 중국 내의 연구를 함께 논의함으로써 향후 연구에 새로운 연구시각과 연구공간을 제공해 주고자 한다.

2. '임진왜란'에 대한 인식: 16세기 동아시아 정세와 '원조援朝전쟁'

'임진왜란'이 터진 후, 명나라의 개입은 양자 간 전쟁인 '한일'전쟁에서 일약 그 범위를 동북아시아까지 확대시켰고 인류 전쟁사에 기록될 만한 큰 전쟁으로 확장시켰다. 이 전쟁으로 국력에 큰 타격을 입은 명나라는 동북지역에서 발원한 만주족의 공격을 이겨내지 못하고 멸망하게 되었으며 중원의 주인은 한족에서 만주족으로 바뀌게 되었다. 이러한 역사적 대사변들은 '임진왜란'에 대한 학계의 관심을 불러일으켰으며 전쟁의 원인, 과정, 영향 등 방면에 대한 연구가 지속되게 하였다. 그리하여 괄목할만한 성과들도 적지 않게 나왔는데 본 논문에서는 중국과 한국, 중국과 일본의 관계를 비롯하여 '임진왜란'을 둘러싸고 진행된 중국 내의 연구현황과 추세에 대해 분석해보고자 한다.

우선, 중국의 경우를 보면 주요한 역사서들에 전쟁과 관련된 기록이 많이 나온다. 대표적으로 『명사明史』에 나오는 『조선전朝鮮傳』과 『일본전日本傳』에 관련 기록이 실렸으며 그 외에도 『명실록明實錄』, 『명사고明史稿』, 『명사기사본말明史記事本末』, 『만력삼대정고萬曆三大征考』, 『명경세문편明經世文編』, 『경략복국요편經略復國要編』, 『사암실기思庵實記』 등에서 관련 내용을 다루고 있다.

명나라 만력 연간의 '원조전쟁' 원인에 관한 대표적인 연구로는 난카이南開대학교 왕지야화王家驊 교수의 논문 『도요도미 히테요시의 조선침략 원인에 대해 논함略論豊臣秀吉侵朝的原因』[13]을 들 수 있다. 논문에서는 도요도미 히테요시가 중앙집권을 강화하기 위한 조치로 전쟁을 일으켰다고 보았으며 전쟁의 원인이 도요도미 히테요시의 동북아 정세에 대한 주관적 판단과 분석에 있다고 보았다. 하지만 현 시점에서 보면, 논문은 동북아의 조공체계나 조선왕조와 명나라의 국력에 대한 객관적 인식 등 주요 요인을 분석하지 못한 아쉬움이 있다.

전쟁 중 '화의和議'를 위한 중국의 노력에 관한 연구도 중국 내에서 많이 이루어지고 있는데, 대표적인 연구를 보면 다음과 같다. 장칭저우張慶州의 논문 『항왜抗倭 원조援朝전쟁 중에 진행된 명일明日 화담和談 내막內幕 연구』[14]에서는 회담의 성공이 절대로 불가능함에도 불구하고 당사자(명나라 사신)들이 조정을 기만하고 진실을 덮어 감추기에 급급하다 보니 엄중한 후과를 초래하게 되었고 그 피해가 막심했다고 보고 있다. 주야페이朱亞非의 논문 『명대明代의 원조援朝전쟁과 화의和議문제에 관한 새로운 담론』[15]에서는 거시적 측면에서 '화의'문제를 논의하였다. 논문에서는 '화의' 성공 가능성과 실패의 원인 및 전반 과정에 대한 평가 등에 대해 다루었는데, 학계로부터 과거에 논쟁의 대상이었던 '화의'문제에 대한 해석이 자세하다는 평가를 받고 있다. 쑨원양孫文良의 논문 『명대의 "원조축왜援朝逐倭"전쟁에 대한 탐구』[16]에서는 『사암실기思庵實記』로부터 시작하여 전쟁의 원인 및 명나라와 조선의 관계, 전쟁 중 추진했던 '의화義和' 및 명나라가 제공한 인력과 물력 등에 대해 자세히 설명하고 있다. 천푸우광陳福廣은 논문 『명대의 '원조어왜援朝

13) 王家驊, 『略论丰臣秀吉侵朝的原因』, 日本研究, 1985.

14) 张庆洲, 『抗倭援朝战争中的明日和谈内幕』, 辽宁大学学报(哲学社会科学版), 1989.

15) 朱亚非, 『明代援朝战争和议问题新探』, 中国史研究, 1995.

16) 孙文良, 『明代"援朝逐倭"探微』, 社会科学辑刊, 1994.

御倭'전쟁에 대한 재탐구』[17]에서 '의화'의 영향에 대해 논의하고 있는 것이 특징인데 전쟁과정에 대한 전반적인 연구를 진행하고 있다. 논문에서는 심유경沈惟敬과 '의화'에 대해서도 자세히 다루고 있다. 좀 더 살펴보면, 심유경의 두 차례에 걸친 '의화'과정과 영향 및 외교적 측면에서의 효과 등에 대해 자세히 설명하고 있으며, 명나라 원군의 참여가 전반 전쟁에 미치는 영향에 관해서는 동아시아의 정세와 명나라, 조선, 일본에 각각 미친 영향으로 나누어 논의했다. 그 중, 일본에 관해서는 전쟁을 통해 명나라와 조선의 선진적인 문물이 일본에 전파되었다고 보고 있었다.

전쟁에서 취한 정책이나 이념 등을 다룬 연구도 적지 않다. 예하면, 양스러陽仕樂의 논문『중국 문화와 중국의 대외행위: '흥멸계절興滅繼絶'의 이념과 조선의 '임진왜란'에 관하여中国文化与中国对外行为: "兴灭继绝,理念与朝鲜,壬辰倭乱"』[18]에서는 명나라가 취했던 '흥멸계절'의 외교정책 즉 '이미 망한 나라를 다시 일으켜 세워야 함'에 대해 논의하고 있는 것이 특징이다. 리이멍멍李蒙蒙의 논문『임진왜란 전야 조선왕조의 대일외교 정책의 우유부단함에 대해 논함壬辰倭乱前夕朝鲜王朝对日交往政策的摇摆(1587~1592)』[19]에서는 조공외교 테두리 안에서의 조선왕조가 테두리 이외의 일본과의 외교정책에 대해 논의하였는데 그 과정에서 '멸시하거나 멀리하는'정책을 취하다가 다시 '일본과 서로 소통하였으며' 나중에 다시 일본과 '결렬'하게 되는 복잡한 과정에 대해 설명하고 있다. 이러한 우유부단한 외교정책은 임진왜란을 가속화시키는 효과를 불러일으켰으며 명나라와의 외교관계에 있어서도 신임위기를 초래하였다고 보고 있었다. 무뱌우穆彪는 논문『임진왜란 배후의 명나라와 일본의 외교관계壬辰倭乱背后的明朝日外交』[20]에서 임진왜란의 배후에 존재하는 수많은 외교적 사안에 대해 논의하고 있는데 그 중에는 일본이 조선과의 우호관계를 이용하여 '길을 빌려 명나라를 공격'하는 음모를 비롯하여 조선이 일본의 침략 의도를 의식하고도 명나라에 알리지 않았던 고민 등에 대해 설명하고 있다. 쓰쏘우잉石少穎은 논문『'임진왜란' 중의 명나라와 일본에 대한 조선의 '조공과 책봉'문제 교섭에

---

17) 陈福广,『明代援朝御倭战争再探析』, 山东师范大学, 硕士论文, 2013.

18) 杨仕乐,『中国文化与中国对外行为: "兴灭继绝"理念与朝鲜"壬辰倭乱"』, 政治科学论丛, 2016.

19) 李蒙蒙,『壬辰倭乱前夕朝鲜王朝对日交往政策的摇摆(1587~1592)』, 黑龙江史志, 2015.

20) 穆彪,『壬辰倭乱背后的明朝日外交』, 安徽文学(下半月), 2017.

대한 논의试论,壬辰倭乱,中明朝与朝鲜对日本,封贡,问题的交涉』[21]에서는 '임진왜란'에서 체현된 명나라와 조선의 모순 발생의 원인이 일본과의 '조공과 책봉'에 있음을 논의한 것이 주목된다.

'임진왜란'에 관련된 연구 중 대표적인 것은 그 영향에 관한 연구이다. 예하면, 진홍페이金洪培의 논문『만력 연간 조선전쟁 및 그 전쟁이 동아시아 국제정세에 미친 영향万历朝鲜役及其对东亚政治格局的影响』[22]에서 조선전쟁은 명나라 운명의 전환점이었으며 동시에 여진족의 세력발전에 큰 영향을 주었다고 보았다. 황준앤黄尊严의 논문『임진왜란이 명나라에 미친 소극적 영향을 논함试论壬辰战争对明朝的消极影响』[23]에서 전쟁이 오랜 시간 지속되면서 명나라의 국력이 많이 떨어졌으며 국내의 정세가 혼란을 빚게 되었다고 설명하고 있다. 그리고 리조우시李兆曦의 논문『임진왜란 중 중조 문화교류 양상을 논함试论壬辰倭乱中中朝文化的交流』[24]에서는 문화적 측면에서 임진왜란이 중, 한 양국에 미친 영향에 대해 논의하였다. 리쇼우밍李晓明은 논문『만력 연간 '원조전쟁'이 당시 동아시아 정세에 미친 영향을 논함浅析万历援朝战争对当时东亚政治格局的影响』[25]에서 전략을 정하는 과정과 전술 등이 향후 동아시아 형세에 어떤 영향을 미쳤는지에 대해 논하고 있다. 푸우앤펑付艳朋은 논문『만력 연간 '원조전쟁'이 명나라와 조선에 미친 영향을 논함浅论万历援朝之役对两国的影响』[26]에서 전쟁이 중, 한 두 나라에 미친 영향에 대해 논하고 있다.

관련 논의 중 가장 대표적인 연구는 뚱씽화董兴华의 논문『'임진왜란'으로부터 본 16세기 동아시아 국제정세』[27]를 들 수 있다. 이 연구는 7년간 지속된 임진왜란이 16세기 동아시아 정세에 미친 중대한 영향에 대해 전면적 논의를 전개하였다. 저자는 글에서 임진왜란 전의 동아시아 정세와 전쟁이 한, 중, 일 3국에 미친 영향을 분석하였는데, 전쟁 전의 일본은 세력이 점차 강해지면서 명나라의 '조공질서'에 도전하고자 했으며 자신들 중심

---

21) 石少颖, 『试论"壬辰倭乱"中明朝与朝鲜对日本"封贡"问题的交涉』, 许昌学院学报, 2010.

22) 金洪培, 『万历朝鲜役及其对东亚政治格局的影响』, 延边大学东疆学刊, 2007.

23) 黄尊严, 『试论壬辰战争对明朝的消极影响』, 烟台大学学报(哲学社会科学版), 2009.

24) 李兆曦, 『试论壬辰倭乱中中朝文化的交流』, 卷宗, 2016.

25) 李晓明, 『浅析万历援朝战争对当时东亚政治格局的影响』, 北方民族大学文史学院编. 北方民族大学文史学院学生实践作品集 史海钩沉, 2016.

26) 付艳朋, 『浅论万历援朝之役对两国的影响』, 青年文学家, 2014.

27) 董兴华, 『从"壬辰倭乱"看16世纪的东亚国际格局』, 史志学刊, 2013.

의 동북아 질서를 새롭게 구축하려는 야심을 가지고 있었다고 보았다. 또한 명나라는 외유내환을 겪고 있었으며 중, 한 두 나라 정세도 불안한 상태였기 때문에 국경에서는 위기상황이 자주 발생하였고 북동지역의 여진족이 점차 잠재적 위협 존재가 되었다고 보았다. 그리고 조선 왕조는 학문만 중시하고 군사력 강화를 경시하였으며 붕당정치가 판을 치고 있었기에 전쟁에서 큰 피해를 보게 되었다고 분석하였다. 그 외, 연구에서는 임진왜란이 한·중·일 3국에 미친 큰 영향에 대해서도 분석하고 있다. 명나라는 7년간의 전쟁을 겪으면서 국력 소모가 심해져 이미 기울기 시작한 나라의 운명이 더욱 위태롭게 되었다. 여진족은 이 시기를 틈타 세력을 불려 중국의 북동지역에서 시작하여 수십 년간의 전쟁을 통해 명나라를 정복하고 최종 청나라를 세우게 된다. 뿐만아니라 중국의 남동지역도 서방 식민지 세력의 공격을 받아 정세가 위태로워졌으며 백여 연간의 내전을 종식한 일본의 막부정권이 명나라에 우호적인 태도를 보였으나 명나라 조정이 이를 거들떠보지 않으면서 중일관계가 악화되었다. 만주족이 세운 청나라는 일본, 조선 등 국가의 조공을 바랐으나 조선과 일본이 만주족을 오랑캐라고 보면서 거부하였다. 따라서 중일관계는 청나라에 이르러서도 계속 냉담하였고 그런 상황은 근대까지 지속되었다. 또한 연구에서는 '원조전쟁'의 원인과 영향에 대해서도 언급하였는데, 명나라 조정이 조선에 군사를 보낸 것은 조공朝贡관계 속에서 조선은 사대주의에 따른 충성심을, 명나라는 주변 속국의 안위를 걱정하는 마음을 가지고 있었기에 가능했으며 7년 간의 전쟁은 승리로 결속되었다고 보았다. 그리고 명나라와의 깊은 감정은 조선으로 하여금 존명尊明사상과 사대주의가 깊이 뿌리를 내리게 하였으며 후금後金의 침입을 받아 굴복하는 수모를 당하게 된 것 역시 명나라에 대한 충심을 깊게 하는 요인으로 작용하였다고 보았다.

왕량王亮은 논문『임진왜란과 명나라의 '항일원조'전쟁을 논함』[28]에서는 사료와 문헌에 근거하여 명나라의 '원조전쟁'에 대해 논의하였다. 연구에서는 임진왜란을 몇 단계로 나누어 논의하였는데 주로 전쟁의 원인과 일본의 침략과정, 명나라의 '원조', 명나라가 전쟁 중 곤경에 빠지게 된 과정 및 명나라의 2차 군사파견 등으로 나누어 설명하였으며 그 외에도 각종 역사서와 문헌을 대조하면서 전쟁 중에 소비한 물자 상황을 통계하고 '항

---

28) 王亮,『壬辰倭乱与明人抗日援朝』, 内蒙古师范大学, 硕士论文, 2011.

왜원조'전쟁이 명나라에 미친 영향에 대해 분석하였다.

천쌍써엉陈尚胜의 논문『자소와 국가이익: 조선의 임진왜란에 대한 명나라의 대응에 대한 성찰』[29]에서는 임진왜란에 대한 명나라의 대응과정에 대해 분석하였는데 '조공관계'하에서의 국가이익과 국가 내정의 자주성 문제에 대해 집중적으로 논의하였다. 논문은 전반 전쟁과정에서 명나라의 태도가 어떻게 변화되었는지에 대한 논의에 치중하다 보니 임진왜란이 일어나기 직전 조선이 명나라를 몰리고 일본과 내통한 사실에 대해서는 해당 사실의 존재와 성격에 대해 간단히 언급했을 뿐 심화된 논의를 전개하지 못한 한계를 가지고 있다.

우초우吳超는『16세기에서 17세기 말에 이르기까지 동아시아에서의 일본의 화포의 유포와 영향을 논함』[30]에서는 일본의 화포 개진과 지역에서의 유포가 보여주는 군사적 의미 외에도 이 시기 동아시아 정치구조와 세력구도의 변화에 따른 지역 정세의 변화에 대해 논의하고 있다. 13세기부터 17세기까지 중국은 줄곧 동아시아의 핵심적 지위를 유지하고 있었으나, 16세기부터 17세기에 이르는 동안 일본이 내전을 종식하고 열도를 통일한 후 이 체계에 도전장을 내밀었다고 보면서, 이는 전반 동아시아가 격변기에 들어섰음을 말해주며 이 과정에서 화포의 개진과 보급과정을 자세히 설명한 것이 특징이다. 이 논문은 임진왜란이 동아시아 정세에 미친 영향에 대해서 너무 간단하게 취급한 점이 아쉽다.

그 외에, 양퉁팡杨通方의 논문『명나라와 조선의 임진년 위국爲國전쟁』[31], 리꽝토우李光涛의 논문『조선 '임진왜란' 사료 연구』[32], 저우일량周一良의 논문『명나라 원조항왜援朝抗倭 전쟁』[33], 류우즈민刘子敏, 묘우웨이苗威의 논문『명나라 항왜원조抗倭援朝 전쟁』[34], 리쑤우퉁李树桐의 논문『명나라 시기 중, 일, 조선 전쟁』[35], 쑨위이창孙与常의 논문『명나라 만력 연간 요동인들의 '항왜원조' 투쟁』[36], 쩡리양썽郑梁生의 논문『도요토미 히

29) 陈尚胜,『字小与国家利益：对于明朝就朝鲜壬辰倭乱所做反应过程的透视』,社会科学报刊, 2008.

30) 吳超,『16至17世纪日本火器在东亚区域的流布与影响考述』,东方论坛, 2013.

31) 杨通方,『明朝与朝鲜的壬辰卫国战争』,当代韩国, 2001.

32) 李光涛,『朝鲜,壬辰倭乱,史料』,南港:中央研究院 历史语言研究所, 1970.

33) 周一良,『明代援朝抗倭战争』,日本史与中外文化交流史, 1998.

34) 刘子敏·苗威,『明代抗倭援朝战争』,香港亚洲出版社, 2006.

35) 李树桐,『明代中日朝鲜战争』,文史杂志, 1941.

36) 孙与常,『明万历年间辽东人民的抗倭援朝斗争』,社会科学辑刊, 1985.

태요시의 대외침략』[37)과 『임진왜란 중에 진행된 화담의 시말』[38), 완밍万明의 논문『만력 연간의 원조전쟁과 명나라 후기 정치태세政治态势』[39) 등 연구가 임진왜란에 대한 담론으로 이루어져 있다.

이 외 한·중·일 3국의 관계에 대한 연구도 돋보이는데 이를테면, 예차이핑叶菜萍은 논문『임진왜란 직전의 조선과 명나라 그리고 일본과의 관계(1568~1592)』[40)에서 중국과 조선의 관련 문헌을 대조하면서 명나라와 조선, 그리고 조선과 일본이 왕래한 상황의 전모를 분석하고 있다. 양융징杨永亮은 논문『임진왜란 중에서의 금의위锦衣卫의 활동을 논함』[41)에서 대량의 군사 분야 정보원들이 정보수집과 정찰활동에 종사한 상황에 대해 논의하였으며 명나라의 금의위들이 임진왜란에서 정보탐색과 군사정벌 과정에서 중요한 역할을 하였다고 주장하고 있다.

3. 동아시아 질서에 대한 전망: '임진왜란'에 대한 평가

천광푸우陈广福는 논문『명대 원조어왜援朝御倭전쟁에 대한 재탐구』[42)에서, 임진왜란은 일본의 조선반도 침략 야망을 꺾어놓았고 도요토미 히테요시의 야심찬 꿈을 물거품으로 만들어 놓았으며, 전쟁이 가져다준 피해로 인해 일본이 대규모 전쟁을 일으킬 수 있는 힘을 잃어 동아시아의 정세가 당분간 안정을 회복하게 되었으며 명나라를 중심으로 하는 조공체계가 잠시나마 유지될 수 있게 되었다고 보았다. 논문에서는 전쟁을 통해 조선은 평화와 독립을 이룩하였고 일본의 기염을 꺾어놓음으로써 명나라와 조선의 국경은 당분간 안정을 되찾는 효과가 있었다고 주장했다. 그리고 일본은 전쟁에서 실패한 교훈을 찾는 대신 불만 정서가 고조되어 동아시아 정세에 잠재된 불안을 조성하는 효과가 있었다고 분석하였다.

---

37) 郑梁生,『丰臣秀吉的对外侵略』, 台北文史哲出版社, 2000.
38) 郑梁生,『壬辰倭乱间的和谈始末』, 台北文史哲出版社, 2000.
39) 万明,『万历援朝之役与明后期政治态势』,『中国史研究』, 119.
40) 叶菜萍,『壬辰倭乱前朝鲜与明朝、日本的关系(1568~1592)』, 史辙(东吴大学历史学系研究生学报), 2009.
41) 杨永亮,『试论锦衣卫在壬辰倭乱中的活动』, 资治文摘, 2016.
42) 陈广福,『明代援朝御倭战争再探析』, 山东师范大学, 硕士论文, 2013.

왕위이췬王裕群은 논문 『1592~1598년 일본의 도요도미 히테요시가 일으킨 침략전쟁 및 그 결과』[43]에서 조선 수군이 장수 이순신의 인술 하에 일본 침략군에 큰 타격을 가했으며 그 해전을 계기로 조선 수군은 해상통제권을 장악하게 되면서 일본의 보급원을 차단하여 일본의 침략계획이 큰 차질을 빚었다고 주장하였다. 또한 명나라의 적극적인 후원은 조선의 입장에서 인력과 물력 등 모든 면에서 큰 힘이 되었으며 양국 국민이 힘을 합쳐 적을 물리칠 수 있어 전쟁의 최종 승리를 이룩하였다고 피력하고 있다.

뚱씽화董兴华는 논문 『'임진왜란'으로 본 16세기 동아시아 정세』[44]에서 임진왜란이 한·중·일 3국을 포함한 동아시아 정세에 심원한 영향을 미친다고 보았다. 명나라의 입장에서 보면, 7년 간의 전쟁으로 국력이 크게 약화되고 국고가 텅텅 비다 보니 명나라 조정에서는 가중한 부세정책을 취할 수밖에 없었으므로 백성들의 삶은 더 힘들어졌고 자연재해까지 겹치면서 허술해진 중앙집권 정치가 풍전등화마냥 위태로워졌다고 했다. 전쟁으로 인해 명나라 요동변방의 방어력이 약해진 틈을 타서 여진족이 여러 곳에 널려 있던 부족을 통일하고 강대한 세력을 형성할 수 있었으며 나중에는 명나라를 멸망시키고 청나라를 세울 수 있었다고 보았다. 논문에서는 당시 명나라는 국운이 기울어져, 북동지역뿐만 아니라 남동지역의 정세도 불안했다고 분석했다. 남동지역에서는 해적들이 수시로 출몰하였으며, 서방의 식민지세력이 침투하게 되면서 지역정세가 불안정해졌다. 일례로 포르투갈이 기만적 수단으로 중국에서 마카오를 빼앗아 식민지로 만들었고, 스페인이 필리핀을 점령한 뒤 대만과 팽호彭湖열도 지역을 넘보기 시작했다. 임진왜란에서 패한 뒤, 일본은 다시 내부 투쟁을 거쳐 도쿠가와 이에야스가 에도 막부시대를 열었고 그 뒤로 수차례 명나라와의 교류를 원하면서 두 나라 관계를 개선하고 양국의 무역과 교류를 회복할 의지를 보였으나 명나라의 소극적인 대응으로 두 나라의 관계도 개선되지 않았으며, 이런 상황은 근대까지 지속되었다고 분석하였다.

루청허우陆成侯는 논문 『도요도미 히테요시의 죽음과 임진왜란의 결과』[45]에서 7년간 진행된 "원조항일援朝抗日"전쟁의 종식은 조선과 명나라 군인들이 용감하게 침략자들과

43) 王裕群,『1592~1598年日本丰臣秀吉的侵朝战争及其结局』, 史学月刊, 1956.
44) 董兴华,『从"壬辰倭乱"看16世纪的东亚格局』, 史志学刊, 2013.
45) 陆成侯,『丰臣秀吉之死与壬辰倭乱的结局』, 史学月刊, 1956.

맞서 싸운 결과라고 긍정하면서, 도오도미 히테요시의 죽음이 전쟁의 결과에 미치는 영향은 별로 크지 않았다고 보고 있었다. 그가 죽기 3개월 전에 이미 철수한 일본군 병력이 4만 명에 달했으며 또한 당시에 이미 도요도미 히테요시가 전군의 철수를 계획하고 있었다는 사실을 들면서 그가 이미 전쟁의 실패를 인정하고 있었음을 주장하였다.

무뾰우(穆彪)는 논문 『임진왜란 배후의 명나라와 조선의 외교관계』[46]에서 임진왜란을 둘러싼 조선과 일본의 외교관계, 조선이 일본의 야심을 충분히 알고 있으면서도 해당 상황을 명나라에 알리지 않은 점, 임진왜란 초기의 명나라와 조선의 외교상황, 일차 교전 시 명나라와 일본의 '의화'외교 등 4개 방면에서 임진왜란 초기 명나라와 조선 그리고 일본 등 3개국의 복잡한 외교관계에 대해 분석하였는데 한마디로 종합하면, 이들은 서로 나름대로 이익계산을 앞세워 외교를 전행하였음을 알 수 있다고 피력하였다.

리멍멍李蒙蒙의 논문 『임진왜란 직전 조선왕조의 우유부단한 대일외교정책(1587~1592)』[47]에서는 당시 조선왕조가 명나라와 일본의 외교관계 단절이 가져다주는 위험한 후과를 무시하고 도요도미 히테요시의 위협과 유혹에 휘둘려 일본과의 관계개선에 주목하면서, 일본이 명나라를 침략하려는 야심을 가지고 조선왕조를 향해 길을 빌려달라고 요구했고, 이에 대해 조선왕조는 우왕좌왕하다가 명나라가 이미 이 사실을 알고 있음을 인지한 뒤에야 부랴부랴 명나라에 이 사실을 보고했다고 보았다. 이에 불만을 품은 명나라가 조선의 지원요청에 응대를 안 하다가 전쟁의 피해를 더 키웠다고 설명했다. 이러한 상황분석을 통해 논문에서는 당시 동아시아의 주요한 외교정책이었던 조공체계가 이미 취약해졌다고 보았다. 즉, 조선의 우유부단한 외교정책이 전쟁의 도화선이 되었고, 조선왕조의 운명에 큰 영향을 미쳤으며, 동북아시아 지역의 정세에 큰 변화를 일으켰다고 보았던 것이다.

예위이叶漁의 글 『4백 년 전 동아시아 정세를 바꾼 "지진"─'임진왜란'이 한·중·일 3국에 미친 영향』[48]은 저자가 한국 동아시아문화교류학회 회장인 고려대학교 최관崔官교수에 대한 인터뷰 내용을 기록한 것이다. 최교수는 임진왜란이 동아시아 질서에 큰 영향을 미쳤다고 보았으며 전쟁의 결과로부터 보면, 임진왜란은 비록 각국의 영토에는 그 어

---

46) 穆彪, 『壬辰倭乱背后的明朝日外交』, 安徽文学(下半月), 2017.
47) 李蒙蒙, 『壬辰倭乱前夕朝鲜王朝对日交往政策的摇摆(1587~1592)』, 黑龙江史志, 2015.
48) 叶漁, 『四百年前的东亚秩序"地震"----"壬辰倭乱"对中日韩三国的影响』, 21世纪经济报道, 2013.

떤 변화도 가져다주지 않았고 확실한 승자도 없는 전쟁이었으나 동아시아 정세에 큰 영향을 미친 것만은 틀림없다고 피력하였다. 최교수는 '임진왜란'은 근대 한·중·일 3국 관계에 있어 새로운 시작점이 되었다고 보았다. 명나라는 이 전쟁에 근 20만 명이나 되는 지원군을 파병하면서 군수물자 보급 등에서 부담을 느끼게 되었고 국가 재정이 큰 타격을 입으면서 만주족의 진공에 맞서 싸울 능력을 상실하였고, 조선은 전쟁의 직접적 당사자로서 인구가 급격히 감소하고 나라의 생산력이 대폭 퇴보하였다. 그리하여 지금까지도 비록 한국과 일본 양국은 현실적으로 긴밀한 관계를 유지하고 있으면서도 상대 국가에 대한 인식에 있어서는 거리감이 큰 것이 사실이라고 보았다. 또한 최교수는 한·중·일 3국은 응당 평화 공존을 기반으로 선린우호의 외교관계를 위해 상호 협력해야 하며 이를 위해서는 역사를 제대로 인식해야만 현실적으로 발전이 가능해질 수 있으며 진정한 동아시아 정세의 발전을 이룩할 수 있다고 주장하였다.

양하이잉杨海英은 『임진왜란에서 갑오전쟁까지 500년이 준 계시』[49]에서 명나라 지원군과 조선 군민이 합심하여 생명의 댓가를 치르면서 전쟁에서 최종 승리를 거두었지만 만력 연간의 거대한 인력과 물력 지출로 인해 명나라는 원기를 상하게 되면서 여진족의 침입을 막지 못하고 20년 후에 청나라에 의해 멸망되었다고 하면서, 300년이 지난 후, 일본이 다시 조선을 점령하고 1937년, 중국과 전면적 전쟁을 일으켰는데 만약 중국 군민의 목숨 건 저항이 없었더라면 또는 전 세계 반파쇼인사들의 도움이 없었다면 일본 제국주의가 야망을 달성했을지도 모른다고 하였다. 그러면서 올바른 역사인식과 주변국가에 대한 객관적 이해가 있어야 하며 자강의 길을 걸음으로써 국력을 키워야만 치욕적인 역사를 되풀이하지 않을 수 있다고 호소했다.

왕즈웨이王志伟는 논문 『명·청시기 조선반도의 지리적 위치와 전략적 지위 분석』[50]에서 조선반도가 국가의 통일과 안정을 유지할 수 있었던 이유는, 농경문화의 발전과 함께 중국문명을 적극적으로 수용하였기 때문이라고 보았으며 이러한 조치들은 중국 북동지역의 안정을 유지하는 데 도움이 되었을 뿐만 아니라 중요한 지리적 요충지 역할을 수행하였다고 보았다. 그리고 임진왜란은 비록 조선에 큰 타격을 주고 조선인들을 도탄에 빠

---

49) 杨海英, 『从壬辰战争到甲午战争回望500年的启示』, 雪莲, 2014.

50) 王志伟, 『明清时期朝鲜半岛的地缘战略地位分析』, 朝鲜·韩国历史研究, 2012.

지게 하였으나 조선반도의 지리적, 전략적 지위를 변화시키지는 못했다고 하면서 조선반도의 지리적, 전략적 위치는 평형을 유지할 수 있는 평화적인 것이라고 보면서, 이러한 평형은 조선반도의 평화와 안정에 도움이 될 뿐만 아니라 경제, 정치, 문화를 발전시키는 데 유리한 환경을 제공해 줄 수 있으며 조선반도의 안정은 또한 중국에 중요한 의미가 있는데 이를 유지하는 것은 중국의 책임이며 동북아의 당사국인 한국, 중국, 일본의 책임이기도 하다고 주장하고 있다.

4. 주요 역사 인물 재현: 항일 의사 송상현

송상현宋象賢(1551~1592)은 동래부사로서 임진왜란 초기에 적들과 싸우다가 장렬히 희생된 장수이다. 지금도 고향 개성에는 그의 사적을 기록한 사적비가 보존되어 있다. 송상현은 국문소설『임진록』에 제일 먼저 애국 장수로 등장한다. 비록 관련 기록이 길게 나와 있지 않으나 그 사적은 감동적이었다.

중국 북경대학교 웨이쉬썽韋旭升 교수의 40년 연구 생애를 기록한 문집『웨이쉬썽 문집』[51] 제2권『항왜연의抗倭演义: 임진록 연구』에 보면, 전쟁 중 인물들에 대한 내용에 동래부사 송상현에 관한 기록이 있는데 그는 적과 싸우다 순국한 영웅인물로 기록되어 있다. 연구에서는 충성을 다해 성을 지키고 끝까지 싸운 의사, 적들의 회유를 물리치고 순국을 선택한 의사라고 평가하였으며, 그의 순국과 애국주의 정신은 그의 후손들과 부하들에게 큰 감동을 주어 교육적 역할을 하였다고 평가하였다. 또한 송상현의 충직함과 영웅정신은 백성들에게 칭송되었으며 동래부 백성들이 그의 항거에 감동받아 죽기를 결심하고 결사적으로 적들과 싸웠을 뿐만 아니라 적들마저 송상현의 정신에 감동을 받을 정도였다고 당시 기록을 들어 추가로 설명하였다. 이 네 가지 측면에서의 평가는 웨이교수의 연구가 시종 역사서와 문헌자료에 근거한 사실적인 것임을 감안하면 송상현이 중국 학자들로부터도 충분한 긍정을 받았음을 알 수 있다.『항왜연의 연구』는 조선의 문헌자료(주로 국문소설『壬辰錄』)를 참고하여 실마리를 찾았으며 역사사실과 소설문학을 함

---

51) 韋旭升,『韋旭升文集 朝鮮学-韩国学研究 第2卷 朝鮮中国联合抗倭 壬辰战争 文学 作品研究、翻译、古籍整理』, 北京 : 中央编译出版社, 2000.

께 참고하여 비교하는 방법으로 첫 역사소설 『임진록』의 내용을 충분히 체현했다. 저자는 연구에서 "소설 『임진왜란』에 기록된 송상현과 관련된 내용은 역사적인 사실에 입각한 것으로서, 대부분 사실과 부합되며 다만 인물형상을 묘사함에 있어 보다 구체적이고 자세한 부분이 나오는데 이는 소설로서의 특색을 살린 것"이라고 보면서 역사 사실보다 송상현의 영웅적 형상을 잘 체현하였다고 하였다. 그러면서 소설 『임진왜란』이야말로 송상현의 애국형상을 역사적 진실보다 더 잘 구현하였고 문체 또한 간결하고 힘이 넘친다고 높이 평가했다.

마버유웅馬伯庸과 한치잉汗靑이 저술한 『제국의 마지막 영광: 대명제국의 1592년 항일 원조抗日援朝 전쟁 임진왜란』[52]은 중국에서 처음 출판된 한·중·일 3국의 7년 동안의 전쟁을 논의한 저서로, 오랜 세월이 흐르는 동안 사람들에게 잊혔거나 왜곡된 역사의 진실을 재현한 것으로 그 의미가 있다. 저술에서는 한국과 일본에 소장된 300여 만자에 달하는 문헌자료를 직접 검토하였는데 그 중 일부는 중국 학계에 처음 소개되는 자료들이 었으며 명나라 만력 연간에 치러진 7년 동안의 전쟁 상황을 자세히 기록해 놓은 것으로 학술적 가치가 인정되기도 한다. 이 책의 제5장 50쪽에 동래부사 송상현에 관한 기록이 나오는데 "일본군이 승리의 기세를 몰아 동래부 성 앞에 이르자 부사 송상현은 상황을 두려워하지 않고 영웅의 기개를 잃지 않고 끝까지 성을 지켰다日军携胜之威, 杀到东莱城前, 宋象贤不惧战况, 坚定守城的英雄形象. 그는 투항을 권하는 일본군을 항해 '전쟁에서 싸우다 죽을지언정 절대로 길을 내줄 수는 없다战死易,假道难'고 맞받아치면서 마지막까지 싸웠는데 아주 인상적이다. 결국 송상현은 장렬히 희생되고 성은 함락되고 말았다"고 송상현의 형상을 묘사했다. 또한 『壬辰遺聞』[53]의 노봉집老峰集 제19권에 기록된 "일본 군인들이 성으로 몰려오자 송상현은 조복을 단정히 차려입고 교의에 앉아 죽기를 작정하고 침착한 모습을 하고 있었고, '외로운 성은 어지럽고 다른 마을은 깊은 잠에 빠졌네. 군신의 의는 중하고 부자의 은혜는 가볍게 여겼네孤城月晕, 列镇高枕, 君臣义重, 父子恩轻'라는 유언을 남겼다. 그의 태연자약함에 감동된 적장이 송상현의 목을 벤 장수를 찾아 그 목을 처서 송상현에게 제를 올렸다"는 내용에 대해 언급하면서 이 부분에 대한 역사적 진실에

---

52) 马伯庸 · 汗青, 『帝国最后的荣耀 大明1592 · 抗日援朝 壬辰倭乱』, 太原 : 山西人民出版社, 2012.

53) [韩]闵鼎重, 『壬辰遗闻』, <노봉집老峰先生文集>, 국립중앙도서관.

회의적인 시각을 가지고 있었다. 그럼에도 불구하고 일본이 보이고 있는 이러한 적장에 대한 숭배는 임진왜란에 관한 기록에서 자주 등장하고 있는데, 그 이유는 조선의 영웅형상을 미화하기 위한 노력의 일환이었다고 인정하고 있었다. 그리고 전쟁 중의 부동한 역할을 했던 인물들도 함께 취급하고 있었는데, 정발鄭撥과 송상현宋象賢, 원균元均과 박홍朴泓, 이옥李珏 등 대표적인 관료들을 예로 들어 설명하고 있다. 이들은 긍정, 또는 부정적인 형상으로 인식되고 있었는데, 이들의 노력에도 불구하고 전세를 바꾸는 데는 역부족이었다고 보았다. 논문에서는 임진왜란 초기의 영웅인 송상현에 대해 특히 따로 취급하고 있었는데, 송상현이 흘린 피는 결국 침략자들의 수많은 죽음과 바꾼 것이었으며, 침략자들의 비극적인 결말을 예언한 것이라고 높게 평가하고 있다.

리호우바이李浩白가 쓴 책『만력 이십 년 "항일원조"전쟁』[54]의 제2장 "왜구가 조선을 침략하다倭寇侵朝鮮"에서는 도요토미 히데요시의 서정西征은 조선을 침략하고 명나라를 공격하고자 하는 야심이 서려 있었다고 보았다. 바로 그 당시 조선의 궁중에서 3년에 한 번씩 열리는 '수녀선발대회秀女擢選盛会'가 열리고 있었는데, 송상현의 장녀 송정아宋貞娥가 칼춤을 선보였다. 그 모습이 아름답고 자세가 뛰어나 일등수녀第一秀女에 선발되었는데 상을 받고자 나가려는 순간, 류성용柳成龍에게서 송상현이 순국했다는 비보를 전해 듣게 된다. 이에 송정아는 비통함을 금치 못하고 머리카락을 잘라 부친의 원수를 갚을 것을 결의하고 결연히 복수하러 떠났다,고 적고 있다. 저자는 책에서 송상현의 장녀 송정아의 형상을 아주 생동감 있게 묘사하고 있다. 그녀는 다른 집 자식들처럼 나약하지 않았고 용맹하고 강직한 성품을 가진 모습으로 묘사되었는데, 이는 다른 측면에서 송상현의 영웅적 형상을 보여주고 있는 부분으로서, 훌륭한 가문은 자손들까지 그 기상을 이어받고 있음을 보여준 것이 인상적이다. 다만, 이 책의 관련 내용은 문헌적 근거나 사료에 대한 설명이 없어서 어떤 사실에 근거한 것인지 고증을 거쳐야 할 필요가 있다.

우칭띠이吳庆第의 논문『한국의 "충렬사忠烈祠"와 "충렬문화忠烈文化"』[55]에서는 임진왜란 때 부산지역에서 치러진 전쟁 양상에 대해 논의하였는데 주로 "충렬사"와 "충렬문화"에 대해 다루었다. 논문에서는 다음과 같이 적고 있다. 1605년 동래부사가 동래읍성

---

54) 李浩白,『万历二十年 抗日援朝』, 北京联合出版公司, 2015.

55) 吴庆第,『韩国的"忠烈祠"与"忠烈文化"』, 큐根, 2007.

의 남문에 '충렬공' 송상현의 영패를 모신 '말공사末公祠'를 수건하고, 1624년 선위사宣慰使 이매구李每求가 건의하여 그 이름을 '충렬사'로 바꾸면서 원산금사 충장공忠壯公 정발 장군의 패위를 함께 모시게 되었다. 1652년에 충렬사를 지금의 자리로 옮기게 되었고 선열들의 호국정신과 고상한 품성을 대대로 후손들에게 전해주기 위해 강당과 동재, 서재를 추가로 수건하고 '안락서원'이라고 이름 지었다. 이렇게 '충렬사'는 사당과 서원의 기능을 함께 할 수 있게 되었다. 1709년 '송공사宋公祠'의 옛 자리에 다시 별사別祠를 수건하여 송상현, 정발과 함께 순국한 양산군수 조영규趙英圭와 동래교수东莱教授인 노개방卢盖邦 등 영웅들의 위패를 함께 모시기 시작했으며 1736년에는 별사別祠에 모셨던 위패를 다시 '충렬사'로 옮겨왔고 1772년에는 다대염사多大念使 윤흥신尹兴信 공의 위패를 추가로 모시게 되었다. 일제시기에 이르러 제사 행위를 금하게 되자 서원과 사당은 보수가 불가능하게 되면서 점차 무너지기 시작했으며 1976~1978년에 이르러서야 대규모 보수작업이 이루어지게 되었다. 그 뒤 수차례의 보수작업을 거쳐 지금의 충렬사의 모습을 갖추었다. 충렬사는 선열들의 혼령을 기리고 민족정신을 고양하는 장소로, 이곳에서는 봄과 가을에 정규적으로 제사를 지내는 외 평소에는 출렬사 광장에서 전통혼례를 치르기도 하는데 이 역시 볼만한 인문경관이라고 충렬사에 대해 집중적으로 설명하였다.

리지인란李锦兰의 논문『조선역사군담소설연구』[56]에 보면 제4장에서 집중적으로 전쟁 중의 영웅들을 묘사하고 있는데 그 속에 송상현에 관한 취급이 나온다. 저자는『임진록』에 나오는 영웅들을 소개하면서 송상현을 제2부류에 포함시키고 있었다. 송상현은 적과의 싸움에서 용맹하였다고 평가했는데 희생을 두려워하지 않는 하층민 또는 병사나 시종들도 함께 묘사하고 있었다. 저자는 소설에서는 이들에 대한 묘사에 많은 필묵을 들이지 않았지만 이들에 대한 존경심과 경의가 넘쳐 흐른다고 평가하였다. 또한, 소설에서의 관련 기록에 대해서 다시 인용하면서 동래부사 송상현이 적들과 최후의 혈전을 벌이다가 주변을 둘러보니 병사들은 거의 다 희생되고 군관인 김상윤과 시종 열댓 명만 남았는데 이들도 이미 기진맥진한 모습이었다고 묘사하였다. 그러면서 비록 몇 글자에 불과한 묘사였지만 이들에 대한 경의가 넘쳐흘러 미친 듯이 달려드는 적들 앞에서 백성을 버리고

---

56) 李锦兰,『朝鲜朝历史军谈小说研究』, 延边大学硕士论文, 2013.

도망친 박홍, 이옥과 같은 무리들과 비교되는 송상현의 형상이 돋보였다고 설명하였다.

왕이지야王乙珈의 석사학위논문『한국 한문소설 임진록 연구』[57]의 제2장 왜란倭乱소설『임진록』의 인물형상 연구에서 송상현과 관련된 기록이 보인다. 논문에서는 송상현을 "손가락을 깨물어 혈서를 쓰고, 죽음으로 나라를 위해 보답하는" 영웅인물로 묘사하였다. 이순신과 같은 장군들에 대한 묘사를 집중적으로 묘사함과 동시에, 동래부사 송상현宋象贤, 의병장 조호익曹好益, 정문부郑文孚, 김제군수 정남郑南, 변응정边应井, 변방장수 원위元纬, 윤천부사 변응성边应诚 등 인물들에 대한 평가도 함께 진행하고 있었다. 이들은 죽기를 다짐하고 적과 싸웠으며 충의로서 나라에 보답하고자 했던 영웅인물들이라고 긍정적인 평가를 내리고 있다. 또한 저자는『임진록』에 기록된 인물들은 역사사실을 근거로 하고 있어 역사적 진실에 가깝기는 하지만 "문학적 형상은 실제 생활에서 비롯되었으나 허구적인 요소가 가미된 형상"이기 때문에 역사소설 속의 인물은 역사와 일정한 차이가 있기 때문에 보다 깊은 연구가 필요하다고 하였다.

그 외, 썽치양盛强의 박사학위논문『임진왜란시기 전쟁체험을 소재로 한 한시 연구』[58], 완치잉촨万晴川의 논문『한, 중, 일 3국의 명청소설을 소재로 하는 희곡 속에 나타난 임진왜란』[59] 등에서도 동래부사 송상현의 영웅적 형상을 논의한 부분들이 보이기는 하지만 기존의 연구와 비슷하며 임진왜란의 영웅형상을 논의하는 과정에서 다른 영웅들과 함께 논의를 진행하고 있었다.

5. 맺음말

이상, 임진왜란 관련 중국에서의 연구에 대해 살펴보았다. 비록 한국이나 일본에 비해 연구 분량이나 그 깊이가 부족한 면이 있으나 중국에서의 연구는 나름대로 의의와 가치가 있다. 우선, 16세기 동아시아라는 역사적 시각에서 한·중·일 세 나라의 대외관계에 대해 논술한 부분과 임진왜란의 원인과 과정 및 결과에 대한 객관적인 분석은 임진왜란

---

57) 王乙珈,『韩国汉文小说_壬辰录_研究』, 上海师范大学硕士论文, 2017.
58) 盛强,『壬辰倭乱时期战争体验汉诗研究』, 延边大学博士论文, 2016.
59) 万晴川,『中朝日三国明清小说戏曲中的_壬辰倭乱』, 文学遗产, 2017.

에 대한 중국 학자들의 관심을 보여주는 부분이라고 할 수 있으며 학계의 연구에 필요한 부분들이라고 할 수 있다. 다음, 조선 동래부사 송상현에 대해 여러 곳에서 다루고 있었다는 점은 중국 학자들이 단순히 임진왜란과 관련된 국가 간의 대외관계나 전쟁과 관련된 외교, 군사, 정치와 같은 거시적인 내용에만 관심을 가진 것이 아니라 전쟁 속에서 순국한 조선 의병들에 대해서도 어느 정도 관심을 보이고 있었음을 알 수 있다. 이는 관련 역사기록에 대한 발굴과 정리는 충분하게 가치가 있으며 향후의 연구방향을 제시하고 있다는 점에서 그 의미가 있다.

연구자의 한계로 말미암아 자세하고 심화된 연구가 이루어지지 못한 아쉬움이 있다. 지금까지 중국 학자들의 연구를 살펴보면 한국이나 일본학자들과 마찬가지로 아직도 부족한 부분이 많으며 앞으로 관련 연구가 지속적으로 진행되어야 한다. 이를테면, 당시 한중, 한일관계가 가지는 의미와 현재 동북아 정세에 주는 계시에 대한 연구, 한·중·일 3개 나라 학자들로 구성된 연구팀이 자국 역사의 일부분이기도 한 임진왜란에 대한 전 방위적이고 구체적인 연구가 필요하며 전쟁 중에 중요한 역할을 했던 인물들을 나라별로 정리하고 관련 연구를 공동으로 진행하는 등 향후 지속적인 연구가 필요하다고 본다.

[참고문헌]

(중국 연구목록)

<석사학위논문>(38편)

卢丙生, 『壬辰倭乱期间朝鲜遣使中国研究』, 吉林大学硕士论文, 2013.

李蒙蒙, 『壬辰倭乱前夕朝鲜王朝对明、日交往政策的,摇摆性,(1587-1592年)』, 暨南大学硕士论文, 2015.

王 亮, 『壬辰倭乱与明人抗日援朝』, 内蒙古师范大学硕士论文, 2011.

王亚楠, 『壬辰倭乱时期俘房体验文学研究 : 以『看羊录』、『锦溪日记』、『月峰海上录』为中心』, 南京师范大学硕士论文, 2014.

田润辉, 『以壬辰倭乱为背景的汉文小说中的中国形象』, 山东大学硕士论文, 2014.

金洪培, 『壬辰倭乱与朝鲜文化对日本的传播』, 延边大学硕士论文, 2004.

路 冰, 『朝鲜汉文小说中的"华夷观"研究―以倭乱和胡乱小说为中心』, 上海师范大学硕士论文, 2017.

王乙珈, 『韩国汉文小说『壬辰录』研究』, 上海师范大学硕士论文, 2017.

金 丹, 『『刀之歌』中李舜臣形象研究』, 延边大学硕士论文, 2014.

杨晓云, 『月沙李廷龟的儒学思想研究 : 以『大学讲语』与『筵中讲义』为中心』, 山东大学硕士论文, 2014.

朴益信, 『再论明代兵部尚书石星在朝鲜历史上的地位』, 浙江大学硕士论文, 2013.

陈丽娟, 『朱之蕃的『奉使朝鲜稿』研究』, 山东大学硕士论文, 2017.

池龙浩, 『韩国跆跟运动发展及其文化特征研究』, 延边大学硕士论文, 2017.

芮赵凯, 『『全浙兵制考』研究』, 东北师范大学硕士论文, 2016.

李 岩, 『明万历年间朝鲜人鲁认的『锦溪日记』研究』, 浙江工商大学硕士论文, 2015.

全银花, 『朝鲜时期中国江南体验文学研究――以崔溥、李邦翼、崔斗灿、鲁认为中心』, 南京师范大学硕士论文, 2016.

刘高峰, 『壬辰倭乱时期时期对日本政策研究』, 吉林大学硕士论文, 2008.

孙 畅, 『『事大文轨』与明鲜"事大字小"关系』, 山东大学硕士论文, 2015.

金国君, 『<再生缘>中韩异本的结尾构造比较研究』, 曲阜师范大学硕士论文, 2015.

刘 杰, 『寒冈郑逑的礼学实践研究』, 山东大学硕士论文, 2015.

常 靓, 『明末清初才子佳人小说对朝鲜朝后期爱情小说的影响研究』, 延边大学硕士论文, 2015.

金民主, 『萨尔浒之战前后朝鲜光海君两端外交研究』, 山东大学硕士论文, 2014.

王伟伟, 『韩国的关公信仰研究』, 中国海洋大学硕士论文, 2014.

王 琪, 『明清小说与韩国汉文小说女将形象比较研究』, 大连大学硕士论文, 2015.

张 舵, 『韩国现代诗歌中的大海意象研究』, 中国海洋大学硕士论文, 2013.

梁美娜, 『<海行总载>中的日本人形象研究 : 以朝鲜通信使眼中的日本人服饰为中心』, 延边大学硕士论文, 2013.

陈福广, 『明代援朝御倭战争再探析』, 山东师范大学硕士论文, 2013.

杨 璨, 『17世纪的朝鲜宗教及对外关系 : 以『哈梅尔游记』为中心』, 浙江大学硕士论文, 2012.

文 璨, 『朝鮮時代冊版目錄研究 : 以『考事撮要・八道程途』所載中國冊版為中心』, 南京大学硕士论文, 2012.

孙　丹,『朝鲜朝梦字类汉文长篇小说研究：兼谈与中国文学的关联』, 延边大学硕士论文, 2012.

张子平,『万历援朝战争初期明日和谈活动的再探讨：以万历二十一年的"龙山谈判"为中心』, 复旦大学硕士论文, 2011.

金香花,『新井白石的朝鲜观』, 东北师范大学硕士论文, 2011.

吴文亮,『朝鲜朝末期国文小说中的满洲族形象研究：以『朴氏夫人传』与『林庆业传』为中心』, 延边大学硕士论文, 2009.

陈宪雨,『康熙前期(1662-1683年)清与朝鲜的关系探析』, 延边大学硕士论文, 2009.

鞠文俐,『论朝鲜时代后期传统家具：兼论与明式家具的关系』, 清华大学硕士论文, 2008.

陈宥任,『丰臣秀吉的大陆政策研究－－以万历朝鲜之役为中心』, 淡江大学硕士论文, 2014.

金明奎,『朝鲜诗坛对杜甫的接受』, 烟台大学硕士论文, 2013.

叶菜萍,『壬辰倭乱时期的明鲜关系(1592-1598)』, 东吴大学硕士论文, 2010.

<박사학위논문>(12편)

盛　强,『壬辰倭乱时期战争体验汉诗研究』, 延边大学博士论文, 2016.

李钟九,『壬辰倭乱时期全罗道社会状况与义兵运动研究』, 延边大学博士论文, 2010.

杜彦松,『郑蕴汉诗研究』, 延边大学博士论文, 2017.

金　辉,『洪世泰文学研究』, 延边大学博士论文, 2017.

张克军,『朝鲜朝中期山水记游散文研究—兼论与中国山水记游散文的关联』, 延边大学博士论文, 2016.

仲光亮,『日本江户幕府搜集中国情报研究』, 山东大学博士论文, 2015.

崔松虎,『15世纪后期－17世纪初期朝鲜语的历时变化研究：以『杜诗谚解』初・重刊本的比较为中心』, 延边大学博士论文, 2014.

黄修志,『明清时期朝鲜的"书籍辨诬"与"书籍外交"』, 复旦大学博士论文, 2013.

陈　放,『朝鲜与女真、满族诸政权关系变迁研究』, 延边大学博士论文, 2012.

胡秀娟,『<朝鲜古写徽州本朱子语类>研究』, 浙江大学博士论文, 2012.

李华彦,『崇祯朝蓟辽兵变与饷税重整』, 台湾清华大学博士论文, 2013.

申泰秀,『民族语文学的解构性与汉字文明圈的裂变』, 四川大学博士论文, 2010.

<학술지논문>(113편)

穆　彪,『壬辰倭乱背后的明朝日外交』[J], 安徽文学(下半月), 2017.

万晴川,『中朝日三国明清小说戏曲中的"壬辰倭乱"』[J], 文学遗产, 2017.

董兴华,『从"壬辰倭乱"看明代山东的战略地位』[J], 科教导刊(中旬刊), 2013.

董兴华,『从"壬辰倭乱"看16世纪的东亚国际格局』[J], 史志学刊, 2013.

李蒙蒙,『壬辰倭乱前夕朝鲜王朝对日交往政策的摇摆(1587~1592)』[J], 黑龙江史志, 2015.

王金霞,『朝鲜朝中期"壬辰倭乱"素材梦游录小说的主题意蕴』[J], 辽东学院学报(社会科学版), 2015.

杜慧月,『以"小华"观"中华"－－壬辰倭乱后朝鲜战俘鲁认的中国之行』[J], 古代文明, 2016.

刘宝全,『壬辰倭乱时期的朝鲜<朝天录>研究』[J], 社会科学战线, 2011.

金洪培,『壬辰倭乱与朝鲜朱子学的东渐』[J], 东疆学刊, 2004.

松浦章·郑洁西,『万历年间的壬辰倭乱和福建海商提供的日本情报』[J], 明史研究论丛, 2010.

靳大成,『走出东北亚历史叙事的迷雾：<壬辰倭乱>中译本序』[J], 文化纵横, 2013.

韩东育,『"万历朝鲜之役"四百二十年祭—"壬辰倭乱"与明廷的"朝鲜保全"』[J], 读书, 2012.

石少颖,『试论"壬辰倭乱"中明朝与朝鲜对日本"封贡"问题的交涉』[J], 许昌学院学报, 2010.

陆成侯,『豊臣秀吉之死与壬辰倭乱的结局』[J], 史学月刊, 1956.

柳树人,『「壬辰倭乱」和中朝人民的抗战』[J], 历史教学, 1952.

柳树人,『「壬辰倭乱」和中朝人民的抗战(续)』[J], 历史教学. 1951.

柳树人,『「壬辰倭乱」和中朝人民的抗战(续)』[J], 历史教学. 1952.

陈尚胜,『字小与国家利益：对于明朝就朝鲜壬辰倭乱所做反应的透视』[J], 社会科学辑刊, 2008.

王裕羣,『1592−1598年日本豊臣秀吉的侵朝战争及其结局—兼对陆成侯先生"丰臣秀吉之死与壬辰倭乱的结局"』[J], 史学月刊, 1956.

孙　逊,『朝鲜"倭乱"小说的历史蕴涵与当代价值—以汉文小说为考察中心』[J], 高等学校文科学术文摘, 2016.

孙　逊,『朝鲜"倭乱"小说的历史蕴涵与当代价值—以汉文小说为考察中心』[J], 文学评论, 2015.

杨海英,『从壬辰战争到甲午战争回望500年的启示』[J], 雪莲, 2014.

刁　书,『壬辰战争中日本"假道入明"与朝鲜的应对』[J], 外国问题研究, 2017.

沈胜求·韩玲,『朝鲜时期武庙的性质和关王庙的变迁』[J]. 温州大学学报(社会科学版), 2016.

卜永坚,『万历朝鲜战争第一阶段(1592−1593)的明军：以<中国明朝档案总汇>卫所选簿为中心之考察』[J], 明史研究论丛, 2014.

(韩国)文智成,『韩国人对陈璘的回忆机制:神宗皇帝八赐品』[J], 赣南师范学院学报, 2012.

全哲洪,『电影：<鸣梁海战>(2014)』[J], 海洋世界, 2015.

喵星人,『<鸣梁：旋风之海>：必死则生.幸生则死』[J], 电影世界, 2014.

许　轫,『以万历朝鲜战争历史题材为主题的近代绘画作品回顾』[J], 长江丛刊, 2016.

屈广燕,『朝鲜王朝的西湖诗文及其内涵分析』[J], 宁波大学学报(人文科学版), 2017.

文智成,『韩国人对陈瞒的回忆机制：神宗皇帝八赐品』[J], 赣南师范学院学报, 2012.

雪　琪,『朝鲜自诩小中华』[J], 国家人文历史, 2016.

李夏恩,『朝鲜:万国来朝第一号』[J], 科学大观园, 2015.

海金滋,『借天时地利人和.打一场"大海战"』[J], 电影世界, 2015.

红　鱼,『专访『鸣梁海战』导演金汉民:我也是港片影迷』[J], 电影世界, 2014.

金美兰,『朝鲜朝时期战争小说中的异国形象研究』[J], 青年文学家, 2011.

李智裕·高辉,『明代辽东东部山区开发考略』[J], 东北史地, 2011.

毛翰,『扶持自有宗祧力,会见松都业更昌』[J], 安徽理工大学学报·社会科学版, 2009.

丁宥希,『进击的辣椒』[J], 科学大观园, 2018.

罗　净,『朝鲜半岛对中国的长远影响』[J], 丹东海工, 2009.

丁宥希,『进击的辣椒 这种年轻的舶来品.是如何上位的呢』[J], 科学大观园, 2018.

杜慧月,『<东国史略>的版本及其流传』[J], 文献, 2018.

孙卫国,『<纪效新书>与朝鲜王朝军制改革』[J], 南开学报(哲学社会科学版), 2018.

马东峰,『朝鲜权跸<周生传>的文化诠释』[J],延边大学学报(社会科学版),2017.

李善洪,『清代朝鲜"犯禁"问题研究—以<同文汇考>所载军需品相关文书为中心』[J],北华大学学报(社会科学版),2017.

徐　昊,『万历年间的朝鲜战争』[J],人间,2016.

杨海英,『万历援朝战争中的南兵』[J],军事历史,2016.

赵　现,『晚明东亚海域地缘政治变迁与天津镇、登莱镇的建立』[J],国家航海,2015.

文钟哲,『东援朝鲜功垂青史——李如松平壤战役"杀朝鲜人冒功"之疑案辨析』[J],辽东学院学报(社会科学版),2016.

连晨曦·林明太·高琳,『萨琉之役对中琉日关系的影响』[J],佳木斯大学社会科学学报,2018.

罗　玲,『关公崇拜从中国到韩国的传播与演变』[J],广东第二师范学院学报,2015.

徐高嵩·张辉·马金科,『朝鲜宣祖朝汉语官话质正制度研究』[J],鸡西大学学报,2015.

王伟伟,『关公信仰在韩国的传播及影响』[J],鸭绿江(下半月版),2014.

Han Dongyu,The Hidden Logic of Japan's Foreign Wars：1592-1945[J],中国社会科学(英文版),2014.

韩东育(LiJingfeng),『日本对外战争的隐秘逻辑(1592－1945)』(英文)[J],中国社会科学(英文版),2014.

刘海洋,『鸣梁海战』[J],电影,2014.

魏志江,『论柳成龙<惩毖录>的史料价值—兼论柳成龙关于明朝江南人沈惟敬的评价』[J],社会科学战线,2013.

刘旭东,『李化龙与平播战争』[J],乐山师范学院学报,2013.

韩东育,『日本对外战争的隐秘逻辑』(1592～1945)[J],文化纵横,2013.

朱声敏,『明神宗与援朝抗倭战争』[J],文史天地,2013.

韩东育,『日本对外战争的隐秘逻辑』(1592～1945)[J],中国社会科学,2013.

刘晓东,『"万历朝鲜之役"四百二十年祭,扶危字小,与万历出兵朝鲜』[J],读书,2012.

陆林森,『迷失"景福宫"』[J],国际市场,2012.

胡秀娟,『<朝鲜古写徽州本朱子语类>的传播过程考订』[J],学术界,2012.

叶永烈,『用妓女头像作市徽的韩国城市』[J],经典阅读,2012.

邸笑飞,『纸千年』[J],看历史,2012.

朴尚春,『朝鲜族王姓的异化』[J],寻根,2013.

申斗焕,『韩国儒学的发展现状与当代价值』[J],东岳论丛,2011.

程国赋,『资料完备史论结合：评<韩国所见中国古代小说史料>』[J],洛阳师范学院学报,2013.

龚红林,『屈原作品在朝鲜半岛的接受与屈原精神域外文化凝聚力的探讨』[J],云梦学刊,2011.

金敏镐,『韩国古小说里的中国—以赵纬韩的<崔陟传>为中心』[J],明清小说研究,2012.

赵维国,『论<三国志通俗演义>对朝鲜历史演义汉文小说创作的影响』[J],文学评论,2010.

曹春茹,『韩国小说<万福寺樗蒲记>的中国文化因素』[J],现代语文(文学研究版),2008.

徐宝康,『抗倭7年歼日舰400多 朝明联军大胜侵朝日军』[J],老年健康,2007.

廉松心,『试论朝鲜王朝时期山台傩礼的变迁』[J],延边大学学报社会科学版,2006.

王明兵,『藤原惺窝的东亚观—对明朝、朝鲜、安南三国的省视』[J],台湾东亚文明研究学刊,2015.

本刊编辑部,『央视将与KBS、MBC合拍纪录片』[J],综艺报,2014.

王志伟,『明清时期朝鲜半岛的地缘战略地位分析』[J],朝鲜·韩国历史研究,2012.

李贵永,『韩国入丝工艺的传统和传承现况』[J],非物质文化遗产研究集刊,2009.

叶永烈,『韩国人眼中的中国和日本』[J], 特别文摘, 2010.

李永春,『试论朝鲜后期釜山倭馆贸易』[J], 韩国学论文集, 2003.

郑乐薫, 余银珍.『乐烧』[J], 景德镇陶瓷, 1995.

陆成侯,『丰臣秀吉之死与壬辰倭乱的结局』[J], 新史学通讯, 1956.

陈文寿,『试论壬辰倭乱后日朝初期议和交涉』[J], 韩国学论文集, 2002.

崔孝轼『明朝出兵参与平定壬辰倭乱缘起考』[J], 韩国学论文集, 2000.

王裕群,『1592-1598年日本丰臣秀吉的侵朝战争及其结局—兼对陆成侯先生,丰臣秀吉之死与壬辰倭乱的结局,一文作
       初步商讨』[J], 新史学通讯, 1956.

王裕羣,『1592-1598年日本豊臣秀吉的侵朝战争及其结局—兼对陆成侯先生"丰臣秀吉之死与壬辰倭乱的结局"一文作
       初步商讨』[J], 史学月刊, 1956.

杨　璐,『朝鲜王朝对明王朝的"再造之恩"意识』[J], 卷宗, 2015.

吴　岩,『明亡以来的朝鲜"尊周思明"思想』[J], 中外交流, 2017.

郑炳喆, 王桂东.『明末辽东沿海一带的"海上势力"』[J], 中国边疆民族研究, 2016.

王永一,『朝鲜中期韩籍日裔将军?忠善研究』[J], 韩国学报, 2010.
       『丰臣秀吉侵略朝鲜期间日军在朝鲜半岛之筑城—以日本史料为核心』[J], 汉学研究, 2012.

张金英,『浅析万历朝鲜战争爆发的原因』[J], 环球人文地理(评论版), 2017.

李愚辰,『湛轩洪大容的科举制批判及人才录用改革方案』[J], 科举学论丛, 2017.

张金英,『浅析万历朝鲜战争爆发的原因』[J], 环球人文地理, 2017.

杜慧月,『以"小华"观"中华"』[J], 古代文明, 2016.

文智成, 韩国人对陈 [J], 赣南师范学院学报, 2012.

朴现圭,『韩国古文献中出现的宋辛弃疾词的记录』[J], 上饶师范学院学报, 2004.

邢丽菊,『朝鲜朝时期"人物性同异"论争的理论来源及其差异:巍岩李柬与南塘韩元震之人物性同异论比较』[J], 哲学
       研究, 2008.

柳　斌,『明万历援朝抗倭与韩国之浙籍华人』[J], 浙江档案杂志, 2003.

刘秉虎,『建州女真与朝鲜交涉之研究—以『建州探情记轴』为中心』[J], 大连大学学报, 2003.

崔溶澈,『红楼梦』在韩国的流传和翻译—乐善斋全译本与现代译本的分析 [J], 红楼梦学刊, 1997.

祁庆富,『权纯姬.关于明代吴明济『朝鲜诗选』的新发现』[J], 当代韩国, 1998.

韩　英,『试论丁若镛对朱子学的批判』[J], 当代韩国, 2003.

姜春爱,『韩国关庙与中国关庙戏台』[J], 戏剧杂志, 2003.

张庆洲,『抗倭援朝战争中的明日和谈内幕』[J], 辽宁大学学报(哲学社会科学版), 1989.

宋载邵,『李簌衡著『茶山丁若镛经学研究』』[J], 当代韩国, 1997.

李兆曦,『试论壬辰倭乱中中朝文化的交流』[J], 卷宗, 2016.

杨永亮,『试论锦衣卫在壬辰倭乱中的活动』[J], 资治文摘, 2016.

董兴华,『从"壬辰倭乱"看16世纪的东亚国际格局』[J], 沧桑, 2013.

杨仕乐,『中国文化与中国对外行为:「兴灭继绝」理念与朝鲜「壬辰倭乱」』[J], 政治科学论丛, 2016.

叶菜萍,『壬辰倭乱前朝鲜与明朝、日本的关系(1568~1592)』[J], 史辙(东吴大学历史学系研究生学报), 2009.

<학술대회 발표논문>(12편)

刘宝全,『"壬辰倭乱"时期的朝鲜"朝天录"研究』,韩国研究『第十辑), 2010.

松浦章,郑洁西,『万历年间的壬辰倭乱和福建海商提供的日本情报』,明史研究论丛(第八辑)—明代诏令文书研究专辑, 2010.

卜永坚,『万历朝鲜战争第一阶段(1592~1593)的明军—以『中国明朝档案总汇』卫所选簿为中心之考察』,明史研究论丛, 2014.

王志伟,『明清时期朝鲜半岛的地缘战略地位分析』,朝鲜.韩国历史研究, 2012.

李铁匠,『万历朝鲜之役真相』多元视角中的中外关系史研究--中国中外关系史学会第六届会员代表大会论文集, 2005.

朴现圭,『壬辰倭乱明水将季金的遗址和朝鲜文士的酬唱诗文』,第十五届中国航学国际研讨会论文集.语言文字卷(韩国研究丛书之五十六), 2014.

梁承睦,『朝鲜后期现实和"寻找乌托邦":十胜地论的展开为中心』,"东方古典学的新视野"国际学术讨论会, 2016.

姜羚·刘宝全,『<壬辰倭乱时期日本"耳塚"的修筑>』,2016年中国朝鲜史研究会学术年会, 2016.

朴永焕,『十六世紀末韓國與中國福建交流及友好的歷史:以魯認『錦溪日記』為中心』,北京论坛(2014)文明的和谐与宫体繁荣—中国与世界:传统、现实与未来, 2014.

曹国庆,『明将刘綎与朝鲜义僧四溟堂的协同抗倭』,第十一届明史国际学术讨论会, 2005.

朴现圭·徐宝平,『清朝初年中国人编纂的朝鲜诗选集』,第二届韩国传统文化学术研讨会, 1997.

金甲周·徐宝平,『18世纪末岭南士林集团意识之一斑—以壬乱义兵将领权士敏的褒赠问题为中心』,第二届韩国传统文化学术研讨会, 1997.

"壬辰倭乱", 在中国的研究现状及展望
— 兼论抗倭义士宋象贤

绪 论

"壬辰倭乱(1592~1598)", 是十六世纪末日本的丰臣秀吉挑起的对朝鲜的侵略战争。因当时朝鲜政治腐败, 军备松弛, 其国将士一接兵锋便四散奔逃, 以致朝鲜国宗祀被焚, 王子遭俘, 八道尽丧敌手。国王宣祖被迫避乱辽东, 险遭渡海之虞。朝鲜失国, 明将李如松奉旨东征朝鲜, 平壤、开城、碧蹄三战, 倭人胆寒被迫退守釜山, 朝鲜半壁江山失而复得。明军千里东征, 天时、地理皆无优势。明军入朝时, 恰值朝鲜沼泽冰融、春雨连绵、道路泥泞的时期, 辽东铁骑多为明军精锐, 惯于平原野战厮杀, 而朝鲜地况则以丘陵为主, 加上遭遇如此气候, 其作战能力受到很大限制。然其战果辉煌, 实为朝鲜人共。明人抗倭援朝之功勋, 多载于东国史册或文集之中, 而明时诸书多隐而不彰, 甚至避而讳之。如宋应昌经略朝鲜, 多方调度粮草、器械、兵饷, 而至三都恢复, 半壁江山失而复得, 功绩可圈可点, 而《明史》并无立传, 只存片语只言, 亦多议和误国之词。东征役毕, 宋应昌退守田园, 朝鲜之事只字未提。李如松之碧蹄一战, 虽退守平壤, 但斩级颇多, 对照东国诸史, 《明史》之记载有失偏颇。杨镐蔚山会战, 明史所录多有诬枉之处, 鲜有东国史料之详实记载。

目前国内外学术界相关研究成果丰硕, 诸如整个东亚格局下的明朝与日本、明朝

与朝鲜、日本与朝鲜等双边外交关系研究, 以及三国参与的壬辰战争研究等。因研究成果较为零星分散, 加之语言障碍和信息交流不便, 笔者尚未全面具体整理完相关研究, 但也收集到一些具有研究价值的成果, 具体如下:

中国方面看, 有关壬辰倭乱的研究相对分散, 大部分的研究多从壬辰倭乱原因等某一侧面展开, 所以研究尚未形成体系。主要成果有对壬辰倭乱爆发的原因进行史料考证的《朝鲜壬辰倭祸研究》(李光涛), 探讨16世纪末的朝鲜王朝外教活动的《明代中日关系研究》(郑樑生)、《朝鲜对日本"假道入明"的应对》(刁书仁)和分析明朝与朝鲜王朝的往来关系的先生在《壬辰倭乱时期朝明关系史研究》(刘保全)等。但是以上研究并没有探讨华夷秩序下朝鲜与明、日关系, 其研究高度尚未上升到东北亚国际秩序的层面。

韩国方面看, 作为壬辰倭乱的直接当事人和受害者, 对壬辰倭乱的研究, 范围非常广泛而且成果显著。其主要成果有研究整个壬辰战争的原因、过程、结果的《壬辰倭乱史》(李炯锡),《壬辰倭乱史研究》(李章熙), 对东亚国际形势进行分析的《壬辰倭乱前的东亚形势》(韩明基), 以周边视角考察历史上华夷秩序的《从周边视角来看朝贡关系——朝鲜王朝对华夷秩序的运用》(郑容和)等。大部分的研究侧重点放在对战争情况的描述, 提供新的研究视野和观点等, 并未上升到中日朝三国交往政策的分析层面。

日本方面看, 学者们较多地利用中、韩、日三国文献史料, 著述量非常可观, 其研究也为后来的学者研究奠定了很好的基础。收集到的资料主要有梳理史料为主的《日本战史·朝鲜役》、《朝鲜通信使と壬辰倭乱：日朝関系史论》, 主要研究朝鲜和日本关系的《14-15世纪东アンアの海域世界と韩日关系》(佐伯弘次)、《朝鲜国王使と室町幕府》(桥本雄)等。这类研究未触及朝鲜王朝与日本、明朝的复杂关系, 更未能探讨当时东北亚国际态势的复杂变化。

综上所述, 目前学界对壬辰倭乱的研究主要停留在对战争的原因、过程、结果的分析, 文献的收集、整理, 对双边关系的分析等层面, 同时三个国家的学者对彼此的了解较少, 尚未形成三国学者共同探讨、国际合作的研究局面。所以对华夷秩序下的东北亚国际态势或此次战争对当下东北亚政局的启示以及借鉴等方面的研究尚未形成规模。

因此,论文拟以中国的研究情况为例,主要探讨16世纪东亚割据与"援朝战争"、中国学者对"壬辰倭乱"的评析,同时兼论抗倭义士宋象贤的研究情况来再现当时的主要历史人物。研究目的在于为韩国学界介绍中国国内的研究情况,达到相互认知,实现中韩学者们的协同研究,同时重新梳理现有研究成果,为当前东北亚政局提供借鉴。此外,前期研究中关于战争中的人物研究并不多,而且基本以日本的学者对本国的丰臣秀吉研究为主,涉及战争中殉国的朝鲜和中国义士的研究并不多见。所以论文兼论国内对宋象贤的研究情况,为今后学界对壬辰倭乱中的主要历史人物的研究提供新的视角和空间。

1. 对壬辰倭乱的审视:16世纪东亚格局与"援朝战争"

明代援朝御倭战争涉及到中日朝三国,在古代东亚历史上产生了广泛而深刻的影响。在学术界,这场战争也引起了学者的高度重视,从原因、过程、影响等方面进行了研究,取得了一定研究成果。现从中国和日朝两个方面概述对这场战争的研究现状和趋势。

中国古代史料方面,主要记载战争的过程,如《明史》中的《朝鲜传》与《日本传》都有记述,在《明实录》、《明史稿》、《明史记事本末》、《万历三大征考》、《明经世文编》、《经略复国要编》、《思庵实纪》等都有涉及。

关于万历援朝战争原因的研究,如南开大学王家骅在《略论丰臣秀吉侵朝的原因》一文中,认为丰臣秀吉发动战争是为了加强中央集权。从研究成果看,主要集中于丰臣秀吉的主观原因分析,缺乏从神国思想、东亚朝贡体系、中朝国力等客观因素展开的分析。

关于战争中和议的研究,如张庆洲在《抗倭援朝战争中的明日和谈内幕》中,认为和议本无成功可能,执行者却欺上瞒下,掩盖真相,欺君误国,后果严重,贻害无穷。朱亚非在《明代援朝战争和议问题新探》中,对和议问题进行了宏观探讨,从和议成功的可能性、失败原因、评价等方面进行了全新论述。过去备受争议的和谈逐渐得到了更加全面的认识。孙文良在《明代"援朝逐倭"探微》中, 从《思庵实纪》谈起, 对战争的起因与明朝关系、战争中的议和以及明朝提供的人力物力进行了分析。陈福广在《明代援朝御倭战争再探析》中, 在议和、影响等方面进行了系统、全面的研究, 详细论述了沈惟敬与议和问题, 包括沈惟敬两次议和的影响及其外交表现。其次论述了援朝抗倭战争的影响。包括东亚格局以及对具体国家(包括中国、韩国、日本)的影响。重点讲述了日本通过战争从中国和韩国吸收先进文化等内容。

关于战争政策观念的研究, 如杨仕乐在《中国文化与中国对外行为: "兴灭继绝"理念与朝鲜"壬辰倭乱"》中提到了"兴灭继绝"理念。李蒙蒙在《壬辰倭乱前夕朝鲜王朝对日交往政策的摇摆(1587—1592)》中提到处于朝贡体制圈内的朝鲜王朝, 对圈外日本的交往政策出现了由"蔑视疏远"到"与日互通"再到"与之决裂"的复杂变动, 这一政策变动不仅加剧了壬辰倭乱爆发, 更造成了明鲜关系的信任危机。穆彪在《壬辰倭乱背后的明朝日外交》中提出这场战争的背后存在着许多外交上的细节, 有日本以与朝鲜邦交修好为名假道进攻明朝的阴谋, 有朝鲜得知日本的侵明意图却迟迟不报的顾虑等等。石少颖在《试论"壬辰倭乱"中明朝与朝鲜对日本"封贡"问题的交涉》中, 提到壬辰倭乱中朝存在分歧的原因之一是日本的"封贡"问题。

关于战争影响的研究, 如金洪培的文章《万历朝鲜役及其对东亚政治格局的影响》, 论述到战争是明朝与朝鲜发展的转折点, 并且女真趁此机会发展壮大。黄尊严在《试论壬辰战争对明朝的消极影响》一文, 认为战争的旷日持久消耗了明朝的国力, 引发了国内叛乱。李兆曦则在《试论壬辰倭乱中中朝文化的交流》中从文化层面分析壬辰倭乱对中朝两国的影响。李晓明在《浅析万历援朝战争对当时东亚政治格局的影响》中从战略过程、战争对三国的影响研究了万历援朝战争对东亚政治格局的影响, 其中也提到了战争中的战略与战术部分。付艳朋在《浅论万历援朝之役对两国的影响》中也提到了战争对中朝两国的影响。董兴华在《从"壬辰倭乱"看16世纪的东亚国际格局》中, 表明壬辰倭乱历时七年对16世纪以后的东亚格局产生了重大影响, 他在文中分析了壬辰倭乱之前的东亚格局, 以及战争对各方的影响。战争爆发之前, 日本势力逐渐强大, 试图挑战明朝的朝贡体系, 建立以自己为中心的东亚新秩序,而明朝内忧外患,朝中政局不稳,边境危机爆发,女真族成为潜在威胁。朝鲜李氏王朝重文轻武,朝堂党争不断。壬辰倭乱历时七年,对中日韩三国都产生了重大影响,对明朝而言,七年的战争消耗了明朝大量国力,使本就虚弱的统治更加危险,壬辰一战,辽东军力不足,使女真有机可乘,发动长达数十年的对明战争最终建立清朝。不仅如此,东南沿海受到西方殖民势力威胁也岌岌可危。日本再次陷入战乱之中,后江户幕府虽向明朝示好,但明朝对其不予理会。这种态度严重影响了中日正常交往,清朝入关后曾试图通过导日来朝,但朝鲜和日本均视满清为夷狄,双方皆加以抵制,中日关系日趋冷淡,这种情况一直持续到近代。此外,文章中也提出"援朝战争"的出发点以及影响。明政府之所以援朝,是由于朝贡体系中,朝鲜事大以诚,明朝字小扶危。援朝战争历时七年最终以胜利告终,明朝对朝鲜的援助之情使朝鲜的尊明思想与事大主义根深蒂固,即使遭到后金入侵而被迫屈服也是对明一片丹心。

王亮在《壬辰倭乱与明人抗日援朝》中从史料文集入手分析明人援朝战争,研究了壬辰倭乱的各个阶段,主要分为壬辰倭乱的缘起、日本出兵朝鲜、明军援朝、明军入朝困境、明君再度入朝等阶段进行论述。此外还结合史料文集对照明朝诸史,分析明人援朝所费粮饷,还分析了抗倭援朝对明朝的影响。

陈尚胜的《字小与国家利益:对于明朝就朝鲜壬辰倭乱所做反应过程的透视》通过对明朝就朝鲜壬辰倭乱所做反应过程的分析,提出了封贡关系下的国家利益与内政自主的问题。但因作者侧重阐述明朝在整个壬辰倭乱过程中对待朝鲜态度的变化,故对壬辰战争前夕的朝鲜隐与日沟通只是略微提及,并未进行深刻分析。

吴超在《16至17世纪日本火器在东亚区域的流布与影响考述》一文中,除了分析日本火器改良与区域流布的军事意义外,还从中窥探出这一时期东亚政治版图内部的势力消长与格局变化。他指出火器的改良与对抗后反映的是东亚各方势力的消长,从13到17世纪,中国始终处于东亚格局的中心,其中16到17世纪,日本重新统一后开始挑战这一中心体系,这一时期整个东亚版图都处于激烈变动中,火器在这变动中也得到改良与推广。此论文由于中心为日本火器在东亚的流布与影响,所以对壬辰倭乱的东亚格局影响也只是一笔带过。

此外, 还有杨通方的《明朝与朝鲜的壬辰卫国战争》、李光涛的《朝鲜"壬辰倭乱"史料》、周一良的《明代援朝抗倭战争》、刘子敏、苗威的《明代抗倭援朝战争》、李树桐的《明代中日朝鲜战争》、孙与常的《明万历年间辽东人民的抗倭援朝斗争》、郑梁生的《丰臣秀吉的对外侵略》、郑梁生的《壬辰倭乱间的和谈始末》、万明的《万历援朝之役与明后期政治态势》等对这场战争进行过论述。

除上述几个方面外还有中日韩三国关系等研究, 如叶菜萍在《壬辰倭乱前朝鲜与明朝、日本的关系(1568—1592)》中通过中韩相关史料互相对比, 分析明朝与朝鲜的往来及朝鲜与日本的往来, 从中了解战争全貌。杨永竞在《试论锦衣卫在壬辰倭乱中的活动》中提到大量军事情报人员在隐秘的战线内进行情报搜集和侦查活动, 其中锦衣卫在壬倭之乱中也有做出有益的情报刺探和军事征伐等贡献。

2. 对东亚秩序的展望：对"壬辰倭乱"的评析

陈广福在《明代援朝御倭战争再探析》中提出, 壬辰倭乱战争破灭了日本占领朝鲜半岛的企图, 葬送了丰臣秀吉称霸亚洲的梦想, 战争的巨大创伤使日本再无法发动大规模战争, 使得东亚格局暂时获得稳定, 尤其是以明朝为核心的朝贡体系暂时得到保障；另外, 也使朝鲜获得和平和独立, 打压了日本的嚣张气焰, 使明朝边境获得安宁。但战败后的日本没有对战争进行反思, 而是集聚不满情绪, 使东亚局势存在潜在的不安全因素。

王裕群《1592-1598年日本丰臣秀吉的侵朝战争及其结局》中谈道, 朝鲜水军在李舜臣将军的带领下, 给日本军队以沉重的打击, 此次海战后, 朝鲜水军基本控制了海上, 断绝了日本的援军, 打乱了丰臣秀吉的侵略计划表；而明军的积极援朝, 给朝鲜人力物力上提供了的巨大支持, 两国人民同仇敌忾, 沉重打击了日本军队, 并最终取得了战争的胜利。

董兴华《从"壬辰倭乱"看16世纪的东亚格局》一文中提到, 壬辰倭乱对中日韩三国及东亚的国际格局产生了重大而深远的影响。对明朝而言, 耗时七年的战争大大地消耗了明朝的国力, 国库空虚使得明政府不得不增加赋税, 人民苦不堪言, 加上天灾不断,使原本虚弱的统治更加岌岌可危。七年苦战使得辽军伤亡惨重,精锐几乎损失殆尽,女真抓住这一有利时机,遣人入朝暗察明军的步法战阵,并迈出了统一女真各部的步伐,并于万历四十六年与明朝反目,发动了长达数十年的对明战争,最终取代明朝建立了清朝。而在东南沿海地区,海上海盗横行,尤其是西方殖民势力东来后,使得东南沿海的局势极不稳定,葡萄牙人以欺骗手段占据澳门,西班牙占领菲律宾后,也不时窥视台、澎沿海一带。对日本而言,侵朝战争失败后,丰臣家内部出现了斗争,遭到德川家康的利用,建立了江户幕府,其掌权后多次向明朝通款示好,以缓和两国的关系,恢复两国的贸易,但明朝对日本的印象恶劣,对示好之举不予理会。中日两国的政治关系日趋冷淡,这种情况一致持续到近代。

陆成侯《丰臣秀吉之死与壬辰倭乱的结局》认为,七年的援朝抗日战争的终结,是由于中朝战士们的英勇战斗给侵略者以决定性的打击所换来的。丰臣秀吉之死与战争的结束没有多大的关系,早在他死前三个月,已经撤退侵朝军队四万人,还一直计划着撤回全部军队,说明他已经清楚地看到战争的结局。

穆彪在《壬辰倭乱背后的明朝日外交》中,围绕着壬辰倭乱前夕的朝日外交、朝鲜对明朝隐瞒日本的野心、壬辰战争爆发初期的明朝外交、第一次交战之际的明日议和外交等四个部分简单地介绍了壬辰倭乱时期明朝、朝鲜、日本三国之间错综复杂的外交关系,一言以蔽之,就是各怀鬼胎。

李蒙蒙在《壬辰倭乱前夕朝鲜王朝对日交往政策的摇摆(1587-1592)》中提到,朝鲜王朝无视明日两国间的断交关系,面对丰臣秀吉的威逼利诱,与日本交好,面对日本假道入明的倭情,朝鲜王朝就是否陈奏明朝而摇摆不定,后来传来朝鲜王朝与日本私通的传言引起明朝的猜忌和误会,使得后来壬辰倭乱暴发后朝鲜请求支援,明援军迟迟不肯出兵,暴露出朝贡关系体制的脆弱性。另一方面,朝鲜王朝无视日本的野心,心存侥幸心理,导致朝鲜对倭乱军备不足,再加上朝鲜没有及时向天朝禀报倭情,错失了依靠明朝早备战事的时机,面对突如其来的倭乱,不得不屡屡败退。说明壬辰倭乱前夕朝鲜王朝对日交往政策的摇摆,是引起倭乱的重要原因,对朝鲜王朝的命运产生了深远的影响,也改变了东亚的政治格局。

叶渔《四百年前的东亚秩序"地震"————"壬辰倭乱"对中日韩三国的影响》通过对

韩国东亚文化交涉学会会长、高丽大学崔官教授的采访,讨论了壬辰倭乱对东亚秩序的影响。从战争的结局来看,壬辰倭乱没有带来任何领土上的变化,也没有明确的胜利者,但却毫无疑问地引起了东亚格局的新变动。可以说"壬辰倭乱"成为近代中、日、韩三国关系的新起点。明朝为救援朝鲜,派遣超过20万大军,军需物资亦不堪重负,战争消耗了国力,财政衰退,因而无法抵御满族军队的进攻。而朝鲜也面对着战争带来的灾难,人口剧减、生产落后。时至今日,韩日两国现实中是紧密的友好关系,但在相互的认识上确实相距遥远。对于今后三国发展的期望,崔教授说道,中日韩三国应以和平为基础,致力于友好协作关系的发展。他认为,不能正确地认识过去,就无法正视现在,那么将无法开创真正的东亚时代。

杨海英《从壬辰战争到甲午战争回望500年的启示》提到,明朝援军联手朝鲜军民,付出了巨大的生命和物质财富代价,最终打败了丰臣秀吉的日本军队,在"壬辰倭乱"中取得战争的胜利。但万历援朝东征,耗费了明朝的元气,致使无法自如抵御关外的女真,仅在战争结束20年后就灭亡。而且在300年后,日本征朝成功后一举入侵中国,于1937年与中国爆发全面战争,如果不是中国人民浴血奋战与世界反法西斯力量的支持,日本的帝国主义将会成为可能。因此,我们要正确认识历史,认识邻居,同时增强我们自己的实力,避免让历史重演。

王志伟《明清时期朝鲜半岛的地缘战略地位分析》,认为朝鲜半岛能够维持国家的统一和稳定,推动农耕经济的发展,并且乐于接受中国文明,这能够保障中国东北的安全,具有重要的地缘战略作用。壬辰倭乱尽管对朝鲜予以重创,使人们陷入战争的泥潭中,但也不能根本上改变朝鲜半岛的地缘战略地位。朝鲜半岛处于平静状态,有利于保证朝鲜半岛和平、安全和独立的内外环境,对于推动其经济、政治、文化的发展具有积极意义。因此,朝鲜半岛的和平稳定对于中国具有重要的意义,致力于维护朝鲜半岛的和平稳定,是中国的责任,也是东亚各国的责任。

3. 主要历史人物再现：抗倭义士宋象贤

宋象贤是东莱府使,是第一批誓死力战英勇牺牲的将领之一。至今他的故乡开城还保留着刻有他壮烈牺牲事迹的石碑。小说《王辰录》最先出场的爱国将领正是他。虽然落墨不多，但他的形象是感人的。

北京大学韦旭升教授40年来治学的结晶——《韦旭升文集》的第二卷《抗倭演义（王辰录）研究》中，在梳理人民英雄人物时，就曾根据相关史料记载，整理了宋象贤这一英雄人物坚决抗敌的事迹和有关历史情况。书中概括为四点：第一点是忠于职守，坚持斗争。第二点是耻于接受敌人的"宽容"，以身殉国。第三点是宋象贤誓死抗敌的精神，教育了他的家属和部下。第四点是宋象贤的忠直和英勇就义的行为感动了人民，东莱人为他之死悲哀万分，甚至连凶恶的敌人也不得不在这位爱国者的面前低下头。该书按照这四点分别展开来叙述。我们知道韦旭升教授的文学研究，始终坚持史论结合的原则。《〈抗倭演义〉研究》是据朝鲜的文献（尤其是据朝鲜文本《王辰录》）及进行实地考察而写成的，它以史实与小说相对比的方式，全面论述了朝鲜文学史上第一部讲史小说。他在《抗倭演义（王辰录）研究》中提到，小说《壬辰倭乱》里有关宋象贤的部分基本上是按史实写的，但有些地方描绘得更为具体些，具有小说的特色，让这位英雄人物威武不能屈的形象更好地展现在读者面前。小说《壬辰倭乱》对宋象贤形象的塑造可谓是忠于史实又高于史实，行文亦简洁有力。

马伯庸、汗青的《帝国最后的荣耀 大明1592·抗日援朝 壬辰倭乱》一书，是国内第一部讲述中、朝、日三国七年战争的专著，揭开被时间迷雾掩盖和人为歪曲了的历史真相，采集了韩国、日本所藏的300多万字史资，其中大量史实是国内从未披露的一手资料，并藉此完整再现了明万历年间长达七年的抗日援朝战争。该书第五章中第50页处是根据有关史料记载了：日军携胜之威，杀到东莱城前，宋象贤不惧战况，坚定守城的英雄形象。他以"战死易，假道难！"的霸气回击日军，尤为令人印象深刻，可虽有一腔热血最终还是被攻城落败。另根据《壬辰遗闻》老峰集卷十杂著中记载"日军杀入城内的时候，发现宋象贤身着朝服，穿戴整齐，端坐在胡床之上，从容就义。他临死前留下了十六个字的遗言：'孤城月晕，列镇高枕，君臣义重，父子恩轻'。他的镇定，让宗义智也为之动容，亲自找出杀害宋象贤的日军士兵，杀而祭之。"但是对于这个细节的历史真实性，马伯庸、汗青两作者尚且存疑，虽然这一细节出现在韩国文献资料记载中，但是他们认为这是由于日军惯于惺惺作态，而朝鲜人又喜欢无限美化殉城而死的官员，类似这样的传说也还有许多。郑拨和宋象贤，元均和朴泓、李珏，这两组官员恰好代表了朝鲜军政官员们在壬辰战争初期的两种典型结局：要么壮烈战死，要么一溃千里。但无论这些官员的个人品行是忠勇还是怯懦，都已无法改变朝鲜在这一时期的悲惨命运。釜山之役的胜利和血、激起了日本这头战争猛犬的狂暴兽性，很快闪电霹雳就落在三千里江山上。

李浩白的《万历二十年 抗日援朝》第二章 "倭寇侵朝鲜"中写到丰臣秀吉宣布西征，势必要夺取朝鲜，横扫大明的决心。而此刻的朝鲜宫中正在举办三年一度的"秀女擢选盛会"，宋象贤长女宋贞娥挥剑起舞，巾帼英姿脱颖而出被选为全国第一秀女。即将上前听封时，柳成龙前来禀报宋大人牺牲噩耗，她当即痛苦削发立誓，若不能为父报仇，必为此发绝不独生。随后便越众而出，只身离开寻找倭寇报仇而去。此书中这段关于宋象贤长女宋贞娥的描写，活灵活现写出了一位性情刚烈的巾帼女英形象。不同于其他官家小姐闺中贤静柔弱，确是带有英烈之后的独特刚烈性情。这也是侧面表现宋象贤这位抗倭英雄的英勇不屈，正是这样的豪门烈杰才会育出这样刚烈性子的后代。

吴庆第的《韩国的"忠烈祠"与"忠烈文化"》论文也以"壬辰卫国战争"时期釜山地区史迹为中心，对韩国的"忠烈祠"与"忠烈文化"做了简略的介绍。1605年，东莱府使尹在东莱邑城的南门内修建了供奉忠烈公宋象贤灵位的宋公祠。1624年，在宣慰使李每求的建议下，赐名忠烈祠，并增补了原山金使忠壮公郑拨将军的灵位。1652年，忠烈祠迁移到现在的位置。为了使先烈的护国精神与高尚品行代代相传，增建了讲堂和东西斋，并命名其为安乐书院，使其具备了祠堂与书院的功能。1709年，在宋公祠的旧址上修建了别祠，以供奉同宋象贤、郑拨一起殉国的梁山郡守赵英圭、东莱教授卢盖邦等人的灵位。1736年，供奉在别祠里的灵位移至忠烈祠，并于1772年增奉了多大念使尹兴信公的灵位。日本殖民统治时期，阻止祭祀活动，书院祠宇得不到修缮而逐渐倒塌。1976~1978年经过大规模修建，后又多次扩建，形成了如今忠烈祠堂面貌。忠烈祠是祭奠先烈、弘扬民族精神的场所，也是弘扬传统文化的场所。除了上面谈到的春秋祭祀外，在忠烈祠广场举行的韩国传统婚礼，也是一道人文风景。

李锦兰的《朝鲜朝历史军谈小说研究》论文中第四章赞美歌颂平民英雄的时候，也提到了宋象贤。作者列举《壬辰录》中的英雄人物，将宋象贤列为第二类平民英雄，即奋勇杀敌，敢于牺牲的底层士兵或仆从。小说对他们的描述并不是很多，但我们依然能从文字间看出作者对他们的深深敬意。小说中有一段是东莱府使宋象贤坚守城池，英勇地与蜂拥而至的倭军进行顽强抵抗的场面："宋象贤见势不可挡，乃环视左右，只见士兵皆已战死，军官金相伊及仆从十余人亦皆筋疲力尽。"文中对这些士兵和仆从的描写仅仅几个字而已，但我们依然可以看出，在倭兵疯狂进攻之际，守城的官员朴兴、李钰等人不顾百姓和士兵死活仓皇逃跑。反倒是城中的士兵百姓英勇杀敌顽强反抗。

王乙珈的《韩国汉文小说_壬辰录_研究》在第二章"倭乱小说《壬辰录》人物群体研究"中的爱国将领部分也提到了宋象贤，认为其是破指血书，以身殉职的英雄。除了重点描写李舜臣将军，对于东莱府使宋象贤、义兵将曹好益、郑文孚，金堤郡守郑南、边应井，驻防将元纬、伊川府使边应诚等抗倭战争中重要的爱国将领也多多少少有所提及。在他们身上闪现着誓死为国、忠义勇敢、刚毅果断等不同品质，是倭乱时期正面反抗侵略的军人代表。

还有在金成基的《韩国军谈小说分析研究——以壬辰录和朴氏夫人传为中心》、金亨俊的《壬辰录的人物研究》、盛强的《壬辰倭乱时期战争体验汉诗研究》、万晴川的《中朝日三国明清小说戏曲中的_壬辰倭乱》等等论著中多多少少都提到抗倭英雄宋象贤。

结　论

综上，本文对中国国内壬辰倭乱的相关研究进行分析，虽然相比日本和韩国，国内的研究不是很多，研究的深度也不够，但国内的研究也有其意义与价值。首先，从16世纪东亚历史角度来看，有对中日韩三国的对外关系进行论述的，有对壬辰倭乱原因、过程及结果进行客观分析的，通过这些研究可以看出中国学者对壬辰倭乱是感兴趣的, 也可以说这些研究是对壬辰倭乱进行相关研究的必要组成部分。其次, 朝鲜东莱府使宋象贤的相关研究可以表明中国学者不单单只是研究壬辰倭乱中的国家间对外关系和与战争相关的外交、军事、政治等宏观内容, 在某种程度上也对战争中殉国的朝鲜义兵感兴趣。这也证明了对相关历史记录进行发掘和整理是很有价值的, 对指导今后的研究方向也是具有深远意义的。

由于本人能力有限, 很遗憾没能详细深入地进行研究, 目前纵观中国学者的研究可以发现其和韩国日本的相关研究一样, 还是有很多不足的部分。今后, 壬辰倭乱的相关研究是有必要继续进行的。对此今后的研究方向及可能性有以下几个方面, 诸如可以研究当时中朝与朝日关系的意义和对当今东北亚格局的启示, 中朝日三国学者组成研究组对各自国家战争史上的壬辰倭乱进行全方位的具体研究, 并对战争中起过重要作用的人物按国家进行分类整理研究。

|백 용 식|

　현재 충북대학교 러시아언어문화학과 교수로 재직 중이다. 러시아 문학과 역사를 공부했으며, 논문과 번역을 발표했다. 논문으로는 『A. 체홉과 A. 콘찰롭스키의 <바냐 아저씨 연구>』(2016), 『레프 톨스토이의 희곡 <계몽의 열매>에서 사건과 상황』(2017), 『H. 디야코노프의 스탈린상 수상 희극 <결혼지참금> 연구』(2018) 등이 있다. 번역으로는 『아나키즘』(2009), 미하일 조셴코의 『감상소설』(2011) 등이 있다.

문화콘텐츠의 입장에서 본
천곡 송상현의 가치와 활용

|백 용 식|

문화콘텐츠의 입장에서 본
천곡 송상현의 가치와 활용

1. 문화콘텐츠와 스토리텔링

'문화'와 '콘텐츠'의 합성어 문화콘텐츠는 문화에 콘텐츠를 덧붙임으로써 문화의 규범, 기능, 가치 변화를 야기하려는 의도를 갖는다. 특히 20세기 후반 이 합성어가 우리 사회에 등장하고 개념의 영역을 확대한 것은 매우 중요하다. 왜냐하면 문화콘텐츠란 용어의 등장은 문화에 대한 태도의 변화를 의미하기 때문이다. 이때 '내용'뿐만 아니라, '내용의 쓸모'가 관심의 초점이 되었다. 그러나 엄밀한 의미에서 문화콘텐츠란 용어는 일종의 동의어 반복이다.

> "자연 상태에서 벗어나 삶을 풍요롭고 편리하고 아름답게 만들어 가고자 사회 구성원에 의해 습득, 공유, 전달이 되는 행동 양식. 또는 생활 양식의 과정 및 그 과정에서 이룩해 낸 물질적, 정신적 소산을 통틀어 이르는 말. 의식주를 비롯하여 언어, 풍습, 도덕, 종교, 학문, 예술 및 각종 제도 따위를 모두 포함한다."[1]

> "문화는 자연에 대립되는 말이라 할 수 있고, 인류가 유인원의 단계를 벗어나 인간으로 진화하면서부터 이루어낸 모든 역사를 담고 있는 말이라 할 수 있다. 여기에는 정치

---

[1] 다음(daum.net) 한국어 사전.

나 경제, 법과 제도, 문학과 예술, 도덕, 종교, 풍속 등 모든 인간의 산물이 포함되며, 이는 인간이 속한 집단에 의해 공유된다. 문화를 인간 집단의 생활양식이라고 정의하는 인류학의 관점이 이런 문화의 본래 의미를 가장 폭넓게 담은 것이라 할 수 있다."[2]

"문화는 인간 생명활동의 조직과 발전을 위한 특별한 방법이다. 이 방법은 물질적 정신적 노동의 산물 속에, 사회규범과 제도 속에, 인간의 자연에 대한 태도의 총체 속에 표현된다."[3]

인용문에서 문화의 정의는 조금씩 다르지만, 문화는 인간이 만들어낸 '산물'이며 자연과 구별된다는 점에서는 세 가지 정의는 모두가 동일한 입장을 보인다. '행동양식', '물질적, 정신적 소산', '인간 집단의 생활양식', '물질적 정신적 노동의 산물'과 같은 표현들은 문화에 포함된 내용들을 일반화한다. 문화는 그 자체가 '내용'의 총체이고, 엄밀한 의미에서 문화는 내용이며, 문화는 내용과 분리되지 않는다.

이런 관점에서 문화콘텐츠(문화내용)란 합성어는 부자연스럽지만, 별문제 없이 우리 삶의 모든 분야에서 사용되고 있다. 이러한 현상을 설명하기 위해서는 용어의 옳고 그름이 아니라, 용어의 등장 이유를 따져볼 필요가 있다.

문화가 이미 '콘텐츠'임에도 불구하고, '문화콘텐츠'란 용어를 사용하게 된 것은 문화에서 콘텐츠를 특별히 강조할 필요성에서 비롯되었다. 우리는 문화 속에서 살지만 대부분의 경우 그것을 문화로 의식하며 살지는 않는다. 예를 들어, 전통적인 시골 마을에는 정자나무에 전해내려 오는 전설이 하나 정도는 있다. 마을 주민들은 정자나무와 전설을 알고 자라지만, 그것을 특별히 문화라고 구분하여 인식하지 않는다. 나무와 전설은 일상의 일부고, 그 자장 안에 사는 사람들에게 그것은 특별히 '문화'로 인식되지 않는다. 마치 늘 김치를 먹으면서도 김치를 '문화'로 인식하지 않는 것과 유사하다. 그러나 어느 날 그 마을에 민속학자들이 방문하여 전설을 채집하고, 연구서를 발행하면 그것은 점차 '문화'로 특별히 인식되기 시작하고, 그 마을이 속한 지자체는 정자나무의 전설을 '문화콘텐츠'로 발굴, 수집, 가공하여 홍보하거나, 여러 가지 축제, 관광 상품, 토산품 등으로 상품화(브랜드화)한다.

문화콘텐츠란 개념에는 일상 속의 문화를 일상에서 분리하여 특별한 의미를 부여하려

---

2) 한국민족문화대백과사전, 한국중앙연구원, https://100.daum.net/book/624/list.

3) Философский энциклопедический словарь, Москва: <советская энциклопедия>, 1989, 293쪽.

는 의지가 담겨있다. 이렇게 김치는 음식문화 콘텐츠가 되고, 제주도의 오름은 관광문화 콘텐츠가 된다. 문화콘텐츠라는 용어는 문화 속에서 문화를 의식하지 않던 상태에서, 문화의 특정 내용을 의식하고 강조하는 방향으로 인식의 전환이 이루어졌음을 보여준다. 인식전환은 정치경제사회에 변화와 파급 효과를 가져온다. 특히 효과는 경제분야에서 두드러진다. 이 과정을 통해 문화는 문화콘텐츠가 되고 문화상품이 되기 때문이다. 바꿔 말하면 문화의 상품화를 위해서 문화의 콘텐츠에 대해 주목하는 과정이 필요했다고도 할 수 있다. 이 지점에서 문화콘텐츠는 문화의 내용뿐만 아니라, 문화의 상품화 개념으로 확장된다. 문화가 다양한 매체(문학, 연극, 만화, 영상, 영화, 발레, 상품브랜드, 광고 등)로 가공되어 상품화됨에 따라, 문화콘텐츠는 문화의 내용 자체뿐만 아니라 '내용이 매체로 표현된 것'을 의미하게 되었다.

문화콘텐츠의 대두와 함께 등장한 개념이 '스토리텔링'이다. 스토리텔링은 문화콘텐츠 표현의 방법이라 할 수 있다.

> "스토리텔링이란 스토리story와 텔링telling의 합성어로서 상대방에게 알리고자 하는 바를 재미있고 생생한 이야기로 설득력 있게 전달하는 행위의 총체다."[4]

인용이 보여주듯이, 스토리텔링은 <이야기하기>란 뜻으로 이야기 내용과 전달 중에서 <전달 행위>가 강조되는 개념이다. 스토리텔링 그 자체는 새로운 것은 아니다. 구술문화에서 모든 이야기는 '말하기telling'을 통해 전해졌기 때문이다. 현대의 '스토리텔링'은 그러나 '구전'에 한정되지 않는다. 특정 대상에 관한 이야기가 '말'뿐만 아니라, 문자, 사진, 영상 등의 매체로 표현될 때에도 스토리텔링의 개념이 적용된다. 스토리텔링은 전적으로 <발화자-정보-수화자>의 의사소통구조를 강하게 의식한 개념이며, 말과 문자를 비롯하여 음향, 회화, 영상 등 모두가 정보전달 기호가 된다.

인용에서는 두 가지 사항이 강조된다.

첫째는 '상대방에게 알리고자 하는 바'다. 이것은 이야기의 창작단계로부터 '알리는 행위'를 염두에 두고 있음을 의미한다. 학문연구의 행위와 관심이 대중독자보다는 연구 자

---

4) 김의숙, 이창식, 『문학콘텐츠와 스토리텔링』, 서울:역락, 2008, 103쪽.

체에 집중되는 반면, 스토리텔링은 대중독자와 청중을 강하게 의식한 의사소통이다. 스토리텔링은 이야기 창작 초기 단계부터 대중의 기대와 반응을 고려해야 한다.

둘째는 '재미있고 생생한 이야기로 설득력 있게 전달'이란 것이다. 재미있고 생생해야 한다는 것은 단지 이야기가 '오락적'이고 흥미로워야 한다는 것 이상의 것을 의미한다. 이것은 청중의 관심과 집중력을 높이는, 청중의 시선(관심)과 마음을 사로잡을 수 있는 내용구성과 말하기 방식이 적용되어야 한다는 것을 의미한다. 이것이 전제가 될 때 '설득력 있는 전달'도 가능해진다. 상대를 설득하기 위해서는 논리적인 내용만으로 부족하다. 무미건조하고 차가운 논리는 상대를 압도하고 승복시킬 수 있지만, 상대의 마음을 얻기는 (설득하기는) 어렵다. 반면 오락만이 강조된다면 존중받기 어렵다. 성공적인 스토리텔링은 청중을 교육하고 즐겁게 하는 동시에 감동을 통해 마음을 얻는 것을 목표로 한다. 그러므로 교육(교훈)과 오락뿐만 아니라 감동의 효과를 획득할 수 있는 말하기가 성공적인 스토리텔링의 조건이다. 즉,

"누군가의 마음을 움직인다는 것. 그것은 이야기가 가진 특별한 힘이다."[5]

이야기는 많은 것을 할 수 있다. 수용자를 웃게 하고 울리고 비판하고 비위를 맞추고 때로 속이고 기만할 수도 있다. 그러나 스토리텔링의 개념에서 언급했듯이, 이야기의 이 모든 능력은 사람의 마음을 움직이는 것을 목표로 한다. 설득하고 마음을 움직이는 이야기의 힘이 부정적으로 사용될 수도 있지만, 이야기의 잘못이라기 보다는 이야기하는 사람의 의도가 문제라 할 수 있다. 이야기는 부정적으로 사용될 수 있는 잠재력을 갖고 있다는 점에서 조심스럽게 다루어야 하는 칼과 같다.

2. 천곡 송상현 서사

천곡 송상현의 죽음은 이미 초기부터 서사의 대상이 되었다. 오인택은 논문 <조선후기 '충렬공 송상현 서사'의 사회문화적 성격>에서 이 주제를 상세히 다루었다. 송상현은 왜란

---

5) EBS 다큐프라임 '이야기의 힘' 제작팀, 서울:황금물고기, 2012, 23쪽.

초기, 즉 두 번째 전투인 동래성 전투에서 1552년 4월 15일 순절했다. 조명연합군은 1553년 1월 8일 평양성을 탈환하고 왜와 협상에 들어갔다. 송상현 서사가 본격적으로 시작된 것은 그의 순절 후 2년이 지난 1954년 말 이후였다. 선조 27년인 1554년 화의협상의 조선측 대표였던 경상우병사 김응성은 일본 측 대표인 왜장 고니시 유기나가(소서행장)에게서 송상현의 죽음에 대한 소상한 이야기와 찬사를 들었다. 김응성은 송상현의 죽음을 중앙에 보고했고, 이것을 계기로 송상현의 충절에 대한 조선조정 차원의 공론이 형성되었다.[6]

이후 동래성 전투를 중심으로 송상현의 순절서사가 다양하게 진행되어, 개인적 혹은 국가적 차원의 기록을 통해 전승되었다. 이 과정에서 순절의 의미도 갱신되고 두터워졌다. 처음에 송상현의 순절은 이항복에 의해 '절의節義'로 규정되었다.[7] 다시 순절은 광해군대에는 충렬로 평가되었고,[8] 1657년의 <선조수정실록>에서도 송상현은 충절의 모범으로 묘사되었다. 그리고 송상현은 송시열에 의해(<행장>(1655), 〈신도비명(송시열, 1658)〉) "단순한 충신이 아니라 성리학적 인의仁義를 실천한 상징적 인물"로[9] 추앙되었다. 이렇게 조선시대에 송상현의 순절은 서사를 통해 절의, 충렬, 인의로 평가절상의 과정을 겪었고, 이러한 관점은 지금까지도 유지되는 것으로 보인다.

송상현의 서사화가 국가적 차원의 다양한 (문화)사업을 동반한 것은 당연하고 자연스러웠다. 그는 사후에 이조판서, 좌찬성에 추증되었다. 부산의 충렬사, 개성의 숭절사, 청주의 신항서원, 고부의 정충사, 청원의 충렬묘 등에 제향되었고, 충렬이란 시호를 받게 되었다.

현대에 이르러서도 천곡 송상현 문화사업은 계속되고 있다. 2014년 6월에 송상현 광장이 서면에서 부산광역시시청 방향으로 이어지는 삼전교차로에서 송공삼거리까지 조성되었다. 규모와 내용에서 송상현 광장은 대규모 예산이 투입된 문화사업의 산물이다. 광장의 명칭이 공모를 통해 정해졌다는 사실은 송상현에 대한 시민들의 인식과 이해 그리고 존경의 수준을 보여준다. 이 외에도 부산광역시와 부산은행이 공동 제작한 국악칸타타 <동래성 붉은 꽃>이 2011년 초연되었고, 2013년에 재 공연되었다. 이외에도 유튜브에는 동래성전투와 관련된 동영상이 다수 올라와 있다. KBS의 <영상한국사 I 131 임진왜

---

6) 오인택, 「조선후기 '忠烈公 宋象賢 敍事'의 사회문화적 성격」, 『역사와 세계』 40, 효원사학회, 2011, 37~39쪽.

7) 근거가 된 송동래전(宋東萊傳)은 1605-1612 사이에 집필된 것으로 추정된다. 오인택, 위의 논문, 43쪽.

8) 오인택, 위의 논문, 45쪽.

9) 오인택, 위의 논문, 48쪽.

란 개전 - 부산진 전투와 동래성 전투>은 전투장면 재현과 설명이, KBS의 <영상한국사 I 130 동래 전투 - 부산 동래성 해자에서 발굴된 패전의 기억>은 해자를 중심으로 동래성 전투를 재구성하고 설명을 곁들였다. 또한 <제21회 동래읍성역사축제 - 동래성 전투 재현> 동영상을 유튜브에서 확인할 수 있고, KBS 드라마 <징비록> 13회에서는 송상현과 동래성전투가 집중적으로 다루어졌다.

이상에서 알 수 있듯이 천곡 송상현의 문화콘텐츠는 이미 수백 년에 걸쳐 개발되고 활용되었다. 순절은 서사화뿐만 아니라, 다양한 방식의 문화콘텐츠가 되었으며, 이러한 점에서 천곡 송상현의 문화적 가치는 논란의 여지가 없다 하겠다.

3. 송상현 서사의 한계

오랜 그리고 활발한 송상현 서사와 문화사업에도 불구하고, 기존의 방법과 내용이 21세기 한국사회에서도 여전히 효과적인가란 질문이 제기될 수 있다. 특히 지금까지의 송상현 서사가 '스토리텔링'의 관점에서 효과적인 이야기의 형식을 갖추고 있는지, 문화적 가치의 활용과 확장에 충분히 기여할 수 있는 내용을 갖추었는지의 문제는 추가적 논의가 필요하다.

송상현 서사 중 대표적인 것으로는 상촌 신흠의 전傳(송동래전)을 들 수 있다. 전이라는 장르 표기에서 알 수 있듯이, 신흠의 전은 인물의 생애에 대한 기록이 중심이 된다. 신흠은 송동래전에서 천곡의 성장과 경력, 동래성 전투와 순절, 경상절도사 김응서의 순절서사 발굴과 국가의 추증, 이장移葬, 이항복의 제문을 기록하고, 이에 추가하여 송상현의 첩 함흥 기생 김섬, 이양녀 그리고 송상현의 겸인傔人 신여로의 전을 짧게 소개하고, 송상현의 순절에 대한 칭송으로 결어를 삼았다.

신흠의 전은 발생한 사실에 대한 연대기적 기록이며, 내용의 서술은 매우 간결하고 압축적이다. 동시에 신흠은 이항복의 제문을 길게 인용하여 송상현의 순절과 기개에 대한 추모와 애통을 강조하였다. 이것은 동시대의 정서를 소개하고, 공감을 확장하는 효과와 의도를 갖지만, 서사구조의 균형을 위태롭게 한다. 송동래전은 생애를 압축적으로 소개하고 추모하는 '전'의 규범을 따르고 있으나, 현대적 의미의 이야기에는 도달하지 못하고 있다고 평가할 수 있다. 엄격히 말해 그의 전은 역사와 이야기의 절충적 형식이다. 예를 들어 김섬, 이양녀, 신여로 이야기는 그 자체로 감동적이며 나아가 송상현의 인품과 감화 능력을 강조한다. 그러나 <송동래전>에서 네 인물의 행적은 하나의 이야기로 통합되지 못하고 병렬적으로 배치됨으로써, 서사의 단일성과 통일성을 약화시키는 결과를 낳았다.

전체적으로 기존의 송상현 서사들은 동래성 전투를 중심으로 송상현의 순절을 소개하고, 유교적 가치와 의미의 설명 그리고 해석을 반복하는 구조를 갖는다. 전자는 사실의 기록이고, 후자는 유교적 세계관에 근거한 신화화며, 둘은 통합되어 유교적 왕조체제를 존속시키고 강화하는 기능을 했을 것이다. 그러므로 기존의 서사는 주로 이야기 효과 중에서 교육(교훈)에 중점을 두었으며,[10] 반면에 즐거움을 주는 오락과 독자(청중)의 마음을 사로잡는 감동에서는 충분했다고 할 수 없다. 이야기가 되지 못한 송상현 서사의 한계라 할 수 있다.

4. 서사구조와 스토리텔링

```
                                        행위
                          사건
                                        환경
                스토리
                                        인물
                          존재
서사텍스트                                배경


                          서사전달구조-화자
                담론
                          표현수단(언어, 영상, 발레 등)
          서사텍스트의 구조Chatman
```

천곡 송상현의 문화적 가치는 이미 인정되었고, 그것의 활용도 확인된다. 이 장에서는 가치와 활용의 확장 가능성을 서사이론과 스토리텔링을 통해 살펴보도록 한다.

채트먼의 서사텍스트의 구조는[11] 한편의 서사텍스트를 스토리(내용)와 담론(형식)으로

---

10) "조정은 이후 일본군에 저항하다 순절한 대표적인 예로 전쟁 기간 중 전투를 회피하려는 또는 화의에 동조하려는 관리들을 독려하는 사례로 이용하였다." (이상훈, 천곡 송상현 순절의 의미와 임진왜란. 2018년 가을 우암연구소 특별 학술대회 논문집《천곡(泉谷) 송상현(宋象賢)의 학문과 사상》. 42쪽.)

11) Chatman, S. Story and discourse. Narrative Structure in Fiction and Film. Ithaca and London:Cornell University

구분하여 제시한다. 그의 다이어그램에 따르면 인물과 배경은 변화하지 않는 존재요소이며Existen), 행위와 환경은 변화하는 요소로서 사건Event에 속하고, 이야기는 이 네 요소들로 구성된다. 스토리(내용)와 달리 담론은 이야기가 표현되는 형식을 다루며, 그것은 서사전달구조Structure of narrative transmission와 언어, 영화, 만화, 발레 등의 표현수단으로 구분된다. 이야기에서 인물은 자신을 둘러싼 환경과 마주하여 행위하고, 이로부터 사건이 발생한다. 다음에서는 기존의 송상현 서사가 이야기로 전환될 수 있는 가능성을 채트먼의 서사텍스트의 구조를 중심으로 검토하고자 하며, 송상현을 주인공으로 하는 이야기 구성요소를 파악하는 것이 목표다.

1) 인물

인물의 성격은 인물 특징들의 총체다. 기존의 정보를 근거로 다음과 같이 송상현의 성격을 구성할 수 있다.

송상현은 충효로 표현되는 유교적 세계관과 인품의 소유자였다. 15세 때(명종20, 1565) 승보시 장원 후 지은 송상현의 첫 번째 한시 「절구불음주絕口不飮酒」에서는 15세 청년의 나라를 위한 장대한 포부와 결연한 의기를 읽을 수 있다. 특히 '피 한 말[血一斗]', '담 한 말[膽一斗]', '삼백 잔[三百杯]'과 같은 어구들에서 웅대한 기상과 젊은 혈기를 느끼게 한다.[12] 나라를 위해 공을 세울 때까지 금주하겠다는 충의 결기를 보여주는 시다.

송상현은 동래성 전투에서 생의 마지막을 예감하고 피의 순절시를 남겼다. 그가 "君臣義重 父子恩輕(군신의 의가 중하니 부모의 은혜는 오히려 가볍다.)"고 쓴 것은 부모은혜의 가벼움을 말하는 것은 아닐 것이다. 효의 중함을 알되 부모보다 먼저 죽어야 하는 처지를 사죄하고 애통하는 것이고, 효보다 충을 강조함으로써 그의 죽음에 절의의 원리가 자리하고 있음을 선언한다. 흥미로운 것은 '충'이 송상현의 첫 시와 마지막 시 모두를 관통하고 있다는 것이다. 그가 조선시대의 유교적 세계관에 얼마나 충실했는가를 보여준다.

더욱 흥미로운 것은 국왕과의 관계에서 보여준 송상현의 '충'의 표현 방식이다.

Press. 1980, 19쪽.

12) 조영임, 「천곡 송상현(宋象賢)의 한시 연구」, 2018년 가을 우암연구소 특별 학술대회 논문집 《천곡(泉谷) 송상현(宋象賢)의 학문과 사상》.

충의사상은 임금의 실정失政에 대한 날카로운 사회적 비판보다는 자기 성찰을 통해 임금에게 선한 영향력을 끼치는 방향으로 전개되었다. 민인백이 '고요하고 올바른 지조를 견지하는 태도'[靜正自持]를 송상현의 자세로 지목했듯이, 송상현은 불의에 굴복하는 일도 없었지만, 임금을 포함하여 남을 비판하기보다는 자기성찰에 관점에서 조용히 올바른 지조를 견지하는 자세로 일관했다.[13]

임금을 포함하여 밖을 향한 비판보다 내면적 자아 성찰을 우위에 놓은 삶의 태도가 송상현의 '충'이 표현되고 실현되는 방식이었다. 자기 성찰과 올바른 지조의 견지는 송상현의 처세 원리가 되었던 것으로 보인다.

이상훈은 송상현이 동래부사에 임명된 것에 대해 "전쟁이 예고되고 전국이 전비의 점검으로 소란스러웠던 이 시기 조정은 일본과 통하는 관문인 동래에 문장과 외교에 밝은 그를 부사로 임명한 것은 그만큼 신망이 두터웠던 것을 의미한다고 할 수 있을 것이다."[14]라 했다. 그의 부사 임명이 '신망'에서 비롯되었다는 설명은 일리가 없다고 할 수는 없겠지만, 다른 견해가 있는 것도 사실이다. 예를 들어 송시열은 행장에서 "동래는 왜적이 침입할 첫머리가 되는 까닭에 공이 문무의 재략을 겸비하였다는 평계로 이곳 수령으로 제수되었던 것이니 실로 이 처사는 선의가 아니었던 것이다."라[15] 기록한 것을 보면 송상현의 관로가 늘 공정한 것은 아닌 것 같다.

송상현의 친구였던 청주목사 민인백은 1595년 송상현을 위한 제문에서 이렇게 기록했다.

아첨을 좋아하지 않고 고요하며 바르게 지조를 지켰으며 經筵에 참석하여 聖德을 善養했네. 그 무용이 있음을 천거하여 이에 戎幕에서 벼슬을 하셨으니 스스로는 다 마땅하다고 하였으나 남들은 좌천이라고 생각하네.[16]

당파가 싸우던 시절이니 권모와 술수가 없을 수 없었을 것이다. 모든 것을 묵묵히 수용하는 송상현의 덕과 도량이 돋보이는 대목이다. 그는 좌천이 권모의 결과였지만, 국왕의

13) 박종천, 「『천곡수필』과 천곡 송상현의 사상」, 2018년 가을 우암연구소 특별 학술대회 논문집 《천곡(泉谷) 송상현 (宋象賢)의 학문과 사상》, 54쪽.

14) 이상훈, 앞의 논문, 41쪽.

15) 충북대학교 인문학연구소, 『泉谷先生集』, 2001, 56쪽.

16) 충북대학교 인문학연구소, 『泉谷先生集』, 2001, 144쪽.

결정이니 '마땅하다고' 수용한 것으로 보인다. 그러나 그런 그에게도 마음의 애통이 없지는 않았을 것이다. 송상현의 시는 마음의 편린을 드러내 보인다.

> …
> 젊은 시절의 장한 마음 보옥寶玉과 같건만
> 타향에서 살쩍 세어 거울 보는 것이 두려워라.
> …
> 문장이라는 것도 천고에 다만 헛된 이름뿐이라네.

"가슴에 품은 웅지雄志를 펼칠 수 없는 당시의 처지에 대한 한탄인 동시에 아무것도 이루지 못한 채 늙어갈까 하는 미래에 대한 걱정과 두려움이 내포되어" 있는 시편이다. "1586년 송상현의 나이 36세에 당시 이발李潑 등의 미움을 받아 은계도찰방 북도평사로 부임하였던 당시에 지은 것"이니,[17] 마음속 깊은 곳에서까지 좌천을 '마땅하다고' 할 수는 없었던 것 같다. 더구나 문장도 헛되다고 했으니, 그의 서정은 한탄과 자괴감도 감추지 않는다. 그의 의지와 정서가 일치하지 않는 순간이다.

결국 순절에 이르게 한 강직이 송상현의 유교적 세계관과 인품의 한 면을 표현했다면, 감성(서정)은 다른 면을 구성하는 특징이었다. 이것은 기존의 송상현 서사가 간과하는 측면이기도 하다. 희로애락과 연민을 느끼는 마음의 상태가 감성의 영역에 속한다면, 그것을 인간미로 바꿔 부를 수도 있을 것이다. 강하고 냉철하고 인내하며 홀로 자신의 내부로 침잠한 유교적 지사의 성품 안에 부드럽고 따뜻하며 아파하고 그리워하는 감성이 숨겨져 있었고, 그것은 시의 서정으로 표현되었다.

출사 후에 쓴 여러 시들은 "객수, 향수, 짙은 외로움과 그리움이라는 애상적인 정조"를[18] 드러내고 있다. 30대 초반 송상현이 함경북도 종성에서 경성통판으로 있던 시절에 지은 「수주 객사에서 짓다題愁州客舍」는 변방에서 겪은 외로움을 주제로 하고, 같은 시절 지은 「수성관輸城館」은 술 함께 마실 친구 없음을 아파하고, 외직을 떠도는 고달픔과 고독은 "떠돌기에 지친 심사 누구와 더불어 논할까?"라는[19] 한탄으로 표현된다. "만 리에 나그네로 떠돌아 백

---

17) 모든 인용, 조영임, 「천곡 송상현(宋象賢)의 한시 연구」, 2018년 가을 우암연구소 특별 학술대회 논문집 《천곡 (泉谷) 송상현(宋象賢)의 학문과 사상》, 86쪽.

18) 조영임, 위의 논문, 86쪽.

19) 1585년(선조 18)에 다시 질정관에 차임되어 중국에 갔을 때 지은 작품의 한 구절이다.(「重出塞上 乙酉 ○ 再赴京師時」)

발만 생기고/한 해 좋은 시절, 노란 국화도 저버렸네."에서도 동일한 주제가 반복된다.[20]

송상현 서사 중 감동적인 것은 그의 순절뿐만 아니라, 주변 인물들의 자발적 헌신과 희생이다. 특히 김섬, 이양녀, 신여로 등이 스스로 살길을 버리고 죽음의 길을 간 것은 권위에 대한 복종 혹은 이념과 신념의 공유만으로 설명할 수 없으니, 그것은 천곡의 인품에서 비롯되었을 것이다. 그들을 죽음도 불사하게 만드는 감화력은 송상현의 다정다감과 의리와 같은 인간적 면모에서 유래했을 것이다. 이 점에서 감성의 인간미는 송상현 성격의 중요한 구성요소가 되지만, 기존의 송상현 서사에서는 충분히 반영되지 않았다.

송상현을 주인공으로 하는 이야기의 인물 구성은 송상현 하나 만으로 충분하지 않다. 기존의 송상현 기록이 본격적 서사로 발전하지 못한 것은 송상현 일인 중심의 일인만을 위한 서사였기 때문이었다. 대부분의 이야기에는 주인공과 적대자가 존재하며, 주인공의 조력자와 적대자의 조력자가 추가된다. 특히 송상현의 기록이 서사로 발전하기 위해서는 방해하고 경쟁하는 적대자의 존재가 필요하다. 적대자는 실제인물일 필요는 없다. 허구로서의 이야기는 허구적이지만 개연성만으로도 충분하기 때문이다.

송상현이 서인에 속했고, 그의 관로에 부정적 영향을 주었던 이발 등의 세력은 동인이었다. 주인공 송상현이 서인에 속한다면 적대자는 동인에 속한 인물로 설정하는 것이 좋을 것이다. 이것은 역사적 사실과도 부합하고, 이야기의 자연스러운 흐름을 가능하게 할 것이다. 송상현의 조력자로는 서인 세력과 친구들 그리고 김섬, 이양녀, 신여로 등의 주변인물들이 있고, 적대자의 조력자로는 동인의 거두 이발을 비롯하여 가상 혹은 실제인물을 선택할 수 있다.

2) 환경

채트먼이 'Happening'이라 표현한 환경은 "인물이 그 속에 얽혀 살아가야 하는 일종의 그물망"이다. 환경은 자연환경과 사회환경으로 구분되며, 후자는 "인간관계의 그물망으로 존재한다."[21] 예들 들어, 자연재해, 기후조건, 지형지물은 자연환경에 속하며, 정치, 사회, 경제적 조건 혹은 도덕규범과 이념 혹은 자동차 사고, 화재 등은 사회환경에 속한다.

---

20) 모든 인용 그리고 송상현 한시 분석 참고, 조영임, 위의 논문, 81~86쪽.
21) 나병철, 『소설의 이해』, 서울:문예출판사, 1998, 105쪽.

인물들은 "환경 안에서 혹은 환경과 함께 행위하며, 그것에 반응하거나 반응하지 않거나 혹은 그것을 받아들인다."[22] 환경에 반응하지 않고 수동적으로 수용하는 인물은 "환경에 즉해 있는 인물"이며, 능동적으로 반응하는 인물은 "환경에 대해 있는 인물"이다.[23]

송상현을 둘러싸고 있는 환경은 유교적 세계관과 체제가 지배하는 왕조국가 조선이며, 핵심 행동원리는 충과 효다. 또한 임진왜란 직전의 국내정세가 있다. 당시 일본은 명나라 원정을 빌미로 길을 내어줄 것을 요구했고假道入明 조선 조정의 입장은 왜의 침략 가능성을 두고 분열되어 있었다. 특히 오래 지속된 평화에 익숙해진 조정은 일본의 정세에 어두웠고, 긴박한 현실을 외면하려는 경향도 있었다. 지배계층은 당쟁으로 분열되었고, 전세는 문란했으며, 조정은 개혁능력을 상실했다. 군정의 폐단과 행정체계의 붕괴는 극에 달했고, 농민의 상황은 각종 수탈뿐만 아니라 천재와 유행병으로 최악의 상태였다. 이런 상황에서 조정은 백성에 대한 통제력을 상실했고, 백성은 스스로 생존을 모색해야 하는 경우가 흔했다. 경상,전라 연해안의 지방민들도 예외는 아니었다. 왜구에 대한 공포와 종군으로 지방민들은 이중의 부담을 지게 되었고, 급기야 탈출하여 왜구에 붙는 어민도 증가했다. 조정은 임진왜란 1년 전에야 대비책을 마련했다. 유능한 무장을 기용했고, 성과 참호를 구축했으나, 이것도 군기문란과 민심이반으로 제대로 실행되지 않았다.[24]

반면 조선과 비교해 왜의 군사력은 압도적이었다.

> 왜군은 오랜 전국 시대를 겪는 동안 전쟁의 경험을 쌓았고 숫자적으로도 압도적이며 조직화된 정예군이었기 때문에 조선군은 이들을 지탱할 수 없었던 것이다. 더욱이 그들의 새로운 무기인 조총의 위력은 조선군의 전의를 상실케 하였으며 공포 상태에 빠지게 한 것이었다. 당시 이일은 왜군을 가리켜 '신병과 같다'고 하였으며, 그들의 조총을 '귀신과 같은 무기'라고 할 만큼 위협적인 것이었다.[25]

송상현을 둘러싼 환경은 유교적 세계관과 체제의 수호, 국내정치의 분열, 민심의 이반, 약화된 군사력과 사기, 그리고 일본의 압도적인 군사력이었다. 이러한 환경에서 송상현

---

22) Romananalyse, 『Literaturwissenschaft im Grundstudium』 12, Tübingen:Gunter Narr Verlag, 1989, 146쪽.
23) 나병철, 잎의 책, 105쪽.
24) 임진왜란 직전의 국내상황은 <최영희, 임진왜란, 서울:세종대왕기념 사업회, 1974, 34~43쪽> 참조.
25) 최영희, 임진왜란, 서울: 세종대화기념 사업회, 1974, 46쪽.

은 국내상황의 불리함에도 불구하고 유교적 세계관과 체제의 수호를 택하고, 일본의 압도적인 군사력에 대립하는 태도를 취하게 된다.

기존의 송상현 서사는 그러나 그를 둘러싼 환경에 대한 서술을 매우 축소시켰다. 임란 이후 국가가 주도한 송상현 서사가 조선조정의 치부를 드러내기는 어려웠을 것이고, 왜의 압도적 군사력을 강조하기도 쉽지 않았을 것이다. 왜를 언급하는 경우에도 압도적인 무력과 전횡에 대한 서술은 간단하고, 송상현 순절에 대한 왜 측의 증거와 증언은 상세하다. 특히 순절의 결정적 증거와 서사의 계기로 삼은 것은 왜장의 진술인 것처럼 보이며, 기존의 서사는 왜장의 결정적 역할을 숨기지도 않았다. 아마 적장도 존중한다고 함으로써, 송상현 행적의 위대함을 강조하고 돋보이게 하려는 의도가 있었을 것이다. 기존의 송상현 서사는 송상현의 환경에 대해 솔직하지 못하거나 언급을 회피했고, 송상현 서사에서도 주체적이지 못했다.

3) 사건

송상현은 유교적 세계관을 가진 인물이며, 충효의 실현에 중심 가치를 두었다. 동시에 겉으로 드러난 강직한 성품의 내면에는 희로애락과 연민의 인간적 풍모를 갖고 있다. 그는 처세와 권모술수에 능하지 않았으며, 때로 관로에서 적대자들의 희생이 된다. 그러나 그는 불리한 상황에서도 거부하거나 저항하는 대신 내면의 성찰을 통해 자신의 처지를 수용하고 의무를 다한다. 왜가 부산을 침략했을 때 조선의 국내정치는 분열되어 있었으며, 군사력은 최악이고 민심은 이반되어 있었다. 송상현이 처한 내외면적 상황을 표로 그리면 다음과 같다.

개인적 요소	장	유교적 세계관(충효), 강직, 문무겸비, 감화력, 감성
	단	처세에 능하지 않음, 권모수술에 취약.
환경적 요소	유	친우들, 가문, 헌신적인 주변 인물(김섬, 이양녀, 신여로)
	불리	국내정치(조정)의 분열, 군사적 취약, 민심이반. 왜의 막강한 군사력

표를 정리하면 송상현은 처세에 능하지 않고 권모술수에 취약함에도 불구하고, 유교적

세계관과 강직한 성격, 문무를 겸비한 감화력과 감성을 활용하여, 불리한 국내정치적 조건과 왜의 막강한 군사력을 극복해야 하는 상황에 처해 있다. 친우, 가문, 주변 인물들의 헌신이 있었으나, 그의 인생에서 결정적인 역할을 한 것 같지는 않다. 천곡은 불리한 환경과 개인적 단점을 스스로 넘어서야 했으며, 그의 선택과 행위는 사건이 된다.

서사이론은 세상에서 일어나는 모든 일들을 사건이라 부르지 않는다. 로트만에 따르면[26] 2차 모델링 체계로서의 예술작품 속 공간은 서로 대립하는 가치를 갖는 두 하부공간으로 구분된다. 두 하부공간은 서로 교차하지 않으며, 경계로 구분된다. 이야기 텍스트에서 등장인물들은 각각의 하부공간에 속하고, 인물들이 자신의 공간에 머무는 동안 사건은 발생하지 않는다. 이때 공간은 안정성과 질서를 유지하며 인물들은 정적이다. 그러나 텍스트에는 정적인 인물만이 아니라 동적인 인물도 존재하며, 사건은 동적인 인물이 두 하부공간 사이의 경계를 침범하여 다른 공간으로 이동할 때 발생한다.[27] 즉 사건은 "금지된 영역의 침범이며."[28] 그러므로 안정된 세계상과 비교할 때 사건이 있는 슈제트는 "혁명적 요소다."[29]

이순신의 남은 배 13척을 로트만의 사건 개념으로 설명하면 다음과 같다.

이순신	왜
13척	133척
약	강

이순신은 '약'의 상황에도 불구하고, 경계를 넘어 '강'과 싸웠고, 승리했다. 대부분의 사람들은 '약'이 '강'을 이길 것이라고 생각하지 않는다. 그것이 일반태도(규범/통념)이다.

---

26) 로트만의 사건 개념은 <백용식, 「A.가이다르의 『전쟁의 비밀』에 나타난 사건과 상황연구」, 『러시아어문학연구논집』 46, 2014.>의 31~32쪽을 요약한 것임.

27) 슈퍼맨이 탄생하는 사건: 사람과 자동차를 비교할 때, 사람은 '약'의 공간에 자동차는 '강'의 공간에 속하는 것이 통념(규범)이다. 통념으로서의 규범에 따르면 사람과 자동차가 충돌할 때 사람이 죽는 것이 일반적이다. 이것은 불행하지만, 규범적이며 이때 이것은 사고, 즉 자동차 사고가 된다. 아직 사건은 아니다. 반면 둘이 충돌하여 자동차가 완파되고 사람은 전혀 다치지 않는다면, 이것은 비규범적인(통념에 반하는) 현상이며, 슈퍼맨이 탄생하는 사건이 된다.
이런 방식으로 옛이야기 <토끼와 거북이>에서는 느림의 공간에 속한 거북이가 빠름의 공간으로 넘어가 토끼를 이김으로써 사건이 발생하며, <춘향전>에서는 기생의 공간에 속한 춘향이가 사대부의 공간으로 넘어감으로써 신분한계 극복과 신분상승의 사건이 발생한다.

28) Лотман, Ю.М., "Структура художественного текста", Лотман, Об искусстве, (Сант-Петербург: Издательство 《Искусство-СПб》, 1998, 229쪽.

29) Лотман, Ю.М., "Структура художественного текста", Лотман, Об искусстве, (Сант-Петербург: Издательство 《Искусство-СПб》, 1998, 228쪽.

그러므로 약한 군영에서는 탈영하고 이탈하는 장수와 병사들이 발생한다. 이순신이 약의 공간에 머물고, 전투를 피했다면 아무런 일도 일어나지 않았을 것이다. 이순신은 일반규범을 파괴했고, 그 결과로 승리를 쟁취했다. 결과인 승리가 사건이 아니라, 이순신이 경계를 넘은 것 자체가 사건이다. 승리의 결과를 내기 위해서는 우선 '약'이 '강'을 이길 수 없다는 규범을 넘어서야 했다. 그러므로 경계를 넘은 이순신의 행위 자체가 '13척의 사건'이며, 승리는 선택과 행위의 결과일 뿐이다.

이것과 유사한 것으로 계백의 사건이 있다.

계백	신라
약	강

계백은 '약'의 상황에도 불구하고, 경계를 넘어 '강'과 싸웠고, 패배했다. 패배했음에도 불구하고 계백의 행위는 사건이 된다. 왜냐하면 그가 '약'의 공간에 남기를 거부하고, 경계를 넘어 '강'과 대결했기 때문이다. 패했음에도 불구하고, 경계를 넘었다는 점에서 계백의 행동은 사건이다. 패장 계백이 영웅으로 남은 것은 그의 행위가 사건이었기 때문이다.

이순신과 계백의 사건은 두 유형의 영웅서사를 보여준다. 첫째는 약함을 무릅쓰고 승리한 것이고, 다른 하나는 약함을 무릅썼지만 실패한 경우다. 결과는 다르지만 두 유형은 모두 영웅서사로 남아 있다. 그들이 자신의 한계를, 공간의 경계를 넘어섰기 때문이다.

이순신과 계백이 죽음을 무릅쓰고 한계(약함)를 넘어설 수 있게 한 동인은 무엇일까? 사랑의 개념에서 찾을 수 있을 것이다. 모든 사랑은 사건이다. 왜냐하면 주체가 자신의 경계를 넘어 타자(사랑의 대상)의 세계를 지향하고, 경계를 초월할 뿐만 아니라, 타자와 정신적으로 육체적으로 완전하고 영원한 합일을 시도하기 때문이다. 거의 매번 실패함에도 불구하고, 사랑이 사건인 이유는 사랑은 한 번 시작되면 언제나 주체와 타자의 경계를 초월하려 하기 때문이다.

주체	타자(사랑의 대상)

사랑의 궁극적인 형식은 타자(대상)를 위한 주체의 완전한 헌신, 희생, 소멸이다. 예를 들어 '나 그대에게 모두 드리리.'와 같은 노래가사나 '당신을 위해 목숨까지도 바치겠습

니다.'와 같은 무모한 고백은 상투적임에도 불구하고, 사랑에 빠진 주체의 심리상태와 각오를 잘 표현한다. 이런 발화의 중심에는 자신의 소멸을 두려워하지 않는 헌신과 희생의 자발성이 있다. 인간 사이에서만 그런 것은 아니다. 신에 대한 사랑의 극치는 '순교'로 나타난다. 이순신과 송상현의 경우 '사랑'의 대상은 국가(임금-충)며, 그것은 '죽음'과 관련되어 있다. 이순신은 '약'의 상황에서 죽음을 무릅썼고 승리했다. 송상현도 '약'의 상황에서 죽음을 무릅썼고, 패배하여 전사했다. 그는 국가를 위해 죽었으며, 그의 죽음은 국가에 대한 사랑에서 비롯되었다. 종교(신)를 위한 죽음이 '순교殉敎'가 된다면, 같은 이유로 국가를 위한 송상현의 죽음은 순국殉國이 되며, 그의 죽음은 조선시대의 언어로 '순절殉節'이 되었다. 순교와 순절의 동기가 죽기까지의 '사랑'이라면, 현대의 언어로 송상현의 죽음은 애국, 애족의 발로라 할 수 있다. 송상현의 순절 사건은 애국애족의 발로였으며, 애국과 애족은 송상현 서사의 핵심주제가 된다.

4) 표현

서사이론에서 담론은 이야기의 내용이 아니라 서술방식을 다룬다. 그 중 첫째는 화자의 서사방법이다. 둘째는 표현매체(수단)이다. 송상현 서사에서 주목할 것은 표현매체다. 매체로는 문학(소설, 시, 희곡), 무용, 발레, 영화, 만화 등이 있다. 매체 역사에서 대표적인 표현수단은 문자기호를 사용한 문학이며 그 중심에 소설이 있다. 지금까지 송상현 서사의 매체는 '전'이었으며, 이것은 산문인 소설에 가깝다고 할 수 있다.

송상현 서사의 현대화와 확산의 관점에서 표현매체의 문제는 언어 자체에 있다. 예를 들어 조선시대에 송상현 서사의 표현매체는 한문이었고, 최근에는 한문의 번역 소개가 주를 이룬다. 한문의 번역과 그것을 정리한 송상현 서사의 예 둘을 비교하면 다음과 같다.

1) 상촌 신흠의 '傳'

公이 부임한 다음 해에 賊은 온 나라에 入寇하였는데 東萊는 해변이므로 먼저 적을 맞이하였다. 성이 함락되려하자 공은 죽음을 면치 못할 것을 일고 급히 朝服을 가져오게 하여 갑옷 위에 입고 의자에 걸터앉아 적이 밀어닥쳐도 미동도 하지 않았다. <중략> 공은 의자에서 내려와 북쪽을 향하여 拜禮하고는 그의 父親 復興에게 글을 씨시 기로되,

"외로운 성에 달무리지고, 여러 진들은 단잠에 빠져있네. 君臣의 義가 중하니 父母의 은혜는 오히려 가볍다."하고는 결국 적에게 해를 당하였다. 공이 돌아가시기 전에 그 휘하에게 말하되 "내 허리 밑에 콩만한 사마귀가 있으니 내가 죽으면 그것으로 표적을 삼아 내 시체를 거두라."고 하였다.

잠시 후에 平義智, 玄蘇 등이 공의 죽음을 듣고 모두 탄식하고 애석해 하며 공을 살해한 자를 찾아 죽이고 공의 시체와 공의 妾의 시체를 찾아 東門 밖에 장사시내고 나무를 세워 표시를 하였다.[30]

2) 천곡 선생의 환로宦路와 임진년의 순절(조영임)

1591년 통정대부通政大夫에 오르고 동래부사가 되었다. <중략> 때마침 왜적이 침입할 때 동래가 첫 번째 공략처가 되는 까닭에 선생께서 문무의 재략을 겸비하였다는 평계로 이곳 수령으로 제수되었던 것이다. <중략> 이듬해 4월 13일 임진왜란이 일어나고, 14일 부산진성을 침범한 왜군이 동래성으로 밀어닥쳤을 때 <중략> 그 뒤 적군이 성을 포위하기 시작하고 15일에 전투가 시작되었다. <중략> 그리고는 북향하여 사배하고 부친 송화공께 "외로운 성에 달무리지고, 여러 진들은 단잠에 빠져있네. 군신의 의리가 중하니 부모의 은혜는 오히려 가볍다.孤城月暈. 列鎮高枕. 君臣義重. 父子恩輕"라는 글을 보내고, 조복朝服을 덮어 입고 단좌端坐한 채 순사하셨다. <중략>

선생께서는 휘하에 말씀하시기를 "내 허리 밑에 콩만한 사마귀가 있으니 내가 죽으면 이것을 징표로 시체를 거두라"고 하셨다. 얼마 후에 왜장 히라요시平義智 등이 선생의 충렬을 칭찬하며 탄복하고는 선생을 살해한 적을 끌어다가 죽였다고 한다.[31]

두 인용 중에서 전자는 신흠의 전을 국역한 것이고, 후자는 전승된 전을 바탕으로 풀어 정리한 것이다. 신흠의 번역은 한자와 한글을 혼용하여, 한자를 배우지 않은 한글세대를 위한 가독성을 매우 약화시킨다. 또한 한문번역 특유의 문체도 현대한국어의 문체와는 거리가 있으며, 초중등학생을 비롯한 비전공 대중에게는 낯설다.

"천곡 선생의 환로宦路와 임진년의 순절"은 번역이 아니고, 상당 부분 번역투를 탈피하고 있음에도 불구하고, 여전히 번역투 혹은 문어체를 벗어나지 못하고 있다. 이야기, 즉 소설이나 위인전이 구어체에 가까운 문체를 사용하는 것을 고려할 때 여전히 개선이 필요하다. 또한 위인전을 많이 읽는 한글세대 초중등학생들에게 '제수', '북향하여', '사배', '송

30) 충북대학교 인문학연구소, 『泉谷先生集』, 2001, 50쪽.
31) 조영임, 『泉谷 宋象賢 先生의 삶과 追崇』, 礪山 宋氏 知申公派 忠烈公 泉谷宗中, 2013, 15~16쪽.

화공께', '단좌端坐', '순사', '충렬' 등의 개념과 표현은 어렵거나 낯설 것으로 보인다. 익숙한 단어를 선택하거나 풀어쓰고, 현대 한글의 문체를 적극 활용하는 작업방식이 필요하다.

천곡 송상현의 연구와 발굴이 '가치와 활용'을 강화하고 확장하는 목표를 갖고 있다면, 현대의 노소 독자대중이 쉽게 접근할 수 있는 표현매체와 문체의 선택도 차후의 작업에서 중요하게 다루어져야 할 것이다.

5. 결론

모든 예술은 교육(교훈), 오락(재미), 감동의 효과를 추구한다. 송상현의 삶과 죽음은 이러한 효과 생산의 가능성을 두루 갖추고 있음에도 불구하고, 기존의 서사는 주로 교육(교훈)의 효과에 한정되었다. 가치의 활용과 확산을 위해서는 오락과 감동의 효과를 배가하는 전략과 실천이 필요하다고 판단된다.

천곡 관련 활동이 지금까지 주로 발굴과 연구에 비중이 주어졌다면, 이제는 문화적 접근이 강화되어야 할 것이다. 이야기 즉 스토리텔링은 다양한 문화매체 작업과 콘텐츠 개발을 위한 기초자료가 된다. 이러한 점에서 현대적 감각과 문체로 표현된, 교육적이고 흥미진진할 뿐만 아니라 감동적인 송상현 이야기가 창작되어야 하며, 이것을 바탕으로 송상현 서사는 만화, 연극, 영화, 드라마, 뮤지컬 등의 문화콘텐츠 분야로 확장될 수 있을 것이다.

이러한 목적을 생각할 때 기존의 송상현 서사는 많은 한계를 노출한다. 송상현 서사는 여전히 전통적인 방식의 '전'을 넘어서지 못하고 있다. 대부분의 송상현 서사는 한문 텍스트의 번역이거나, 번역을 정리한 것으로, 번역투에서 완전히 벗어나지 못하는 한계를 보인다.

이야기로서의 기존 서사는 송상현 개인의 생애와 순절을 중심으로 전개되고, 그에 조선시대의 세계관과 가치관이 첨부되는 형식을 갖는다. 이에 따라 기존 서사는 인물의 성격, 인물과 대립하는 인물들, 인물들 사이의 갈등, 인물과 환경의 대립관계 등의 표현에서 상당한 약점을 보인다. 이런 이유로 송상현의 삶과 죽음은 교육과 오락 그리고 감동의 요소를 포함하고 있으나, 기존 서사에서는 소재의 장점이 충분히 발휘되지 않았다 할 수 있다.

전체적으로 기존의 송상현 서사는 '전'의 범주를 벗어나지 못하고 있으며, 그것이 이야기로 발전하기 위해서는 새로운 관점과 접근이 필요하리라 생각된다. 이러한 시도는 송상현의 가치와 활용 나아가 전파와 확산을 위한 작업의 토대가 될 것이다.

[참 고 문 헌]

김의숙·이창식,『문학콘텐츠와 스토리텔링』, 서울:역락, 2008.

다음 한국어사전. (https://dic.daum.net/word/view.do?wordid=kkw000094795&supid=kku000117919) (검색일시:2019.11.14.)

나병철,『소설의 이해』, 서울:문예출판사, 1998.

오인택, 「조선후기 '忠烈公 宋象賢 敍事'의 사회문화적 성격」, 『역사와 세계』 40, 효원사학회, 2011.

EBS 다큐프라임 '이야기의 힘' 제작팀, 서울:황금물고기, 2012.

박종천, 「『천곡수필』과 천곡 송상현의 사상」, 2018년 가을 우암연구소 특별 학술대회 논문집《천곡(泉谷) 송상현(宋象賢)의 학문과 사상》.

이상훈, 「천곡 송상현 순절의 의미와 임진왜란」, 2018년 가을 우암연구소 특별 학술대회 논문집《천곡(泉谷) 송상현(宋象賢)의 학문과 사상》.

조영임, 「천곡 송상현(宋象賢)의 한시 연구」, 2018년 가을 우암연구소 특별 학술대회 논문집《천곡(泉谷) 송상현(宋象賢)의 학문과 사상》.

충북대학교 인문학연구소, 『泉谷先生集』, 2001.

조영임, 『泉谷 宋象賢 先生의 삶과 追崇』, 礪山 宋氏 知申公派 忠烈公 泉谷宗中, 2013.

최영희, 『임진왜란』, 서울 : 세종대왕기념사업회, 1974.

한국중앙연구원, 한국민족문화대백과사전, https://100.daum.net/book/624/list. (검색일:2019.11.24.)

Chatman, S. Story and discourse. Narrative Structure in Fiction and Film, Ithaca and London:Cornell University Press, 1980.

Romananalyse, 『Literaturwissenschaft im Grundstudium』 12, Tübingen:Gunter Narr Verlag, 1989.

Лотман Ю., "Структура художественного текста", Лотман, Об искусстве, Сант-Петербург: Издательство《Искусство-СПб》, 1998.

Философский энциклопедический словарь. Москва: <советская энциклопедия>, 1989.

|오인택|

　현재 부산교육대학교 사회교육과 교수로 재직 중이다. '조선후기의 농업사 · 사회사' 와 '초등학교 역사교육' 관련 주제를 연구한다. 저서로는 『조선후기 경자양전 연구』 혜 안, 2008(공저)이 있고, 농업사 연구 논문에는 「18 · 19세기 수도건파법의 지역적 전개 와 농법의 성격」(1991), 「숙종대 양전의 추이와 경자양안의 성격」(1992), 「17세기 후 반 남해현용동궁양안을 통해서 본 갑술양안의 성격」(2011), 「조선후기의 고구마 전래 와 정착 과정」(2015), 「조선후기 감자의 전래와 전파」(2019) 등이 있으며, 사회사 연구 논문에는 「숙종대 국행 기우제에 나타난 한재 대응방식의 정치성」(2007), 「19세기 말 엽 경상지역의 향촌사회 지배조직과 수령권」(1996) 등이 있으며, 역사교육 연구 논문 으로는 「역사적 사고력 배양을 위한 박물관 학습 방안-초등학생의 복천박물관 견학을 중심으로」(2003), 「탑파 문화재의 지식 구조와 교육 방안 문화재 교육의 이론화 시론」 (2014) 등이 있다.

조선후기
'충렬공 송상현 서사'의
사회문화적 성격

|오 인 택|

조선후기
'충렬공 송상현 서사'의
사회문화적 성격*

1. 머리말

1592년부터 1598년까지 7년 동안 조선이 겪었던 일본과의 전쟁은 '임진왜란'이란 이름으로 기억된다. 전쟁 동안 수많은 사람들이 죽거나 다쳤다. 대부분 이름 없는 병사와 백성들이었다. 그들은 참혹한 전쟁, 일본 침략의 희생자였다. 하지만 그들 개개인은 전쟁이 끝나고 시간이 흐르면서 조선후기의 공식 기록에서 잊혀졌다. 대신 임진왜란 영웅들의 서사가 만들어졌다. 조선후기의 대표적인 임진왜란 영웅들이 고경명, 조헌, 이순신, 송상현이었다.

최근 들어 이러한 임진왜란 영웅 가운데 이순신의 서사가 재검토되었다.[1] 서사의 성립 과정에서 끊임없이 작용하던 사회문화적 성격이 주목된 것이다. 대체로 영웅 서사 만들기 주체는 정부, 사족, 문중이지만 이들의 배후에는 일정한 사회문화적 경향이 작용하기 때문이다. 이렇게 보면 임진왜란 이후의 공적 기록이나 사적 기록에서 지속적으로 거론

---

* 이 논문은 2011년 『역사와 세계』 40에 게재되었음.

1) 노영구, 「역사 속의 이순신」 『역사비평』 69, 2004; 정두희, 「이순신에 대한 기억의 역사와 역사화」 『임진왜란, 동아시아 삼국전쟁』 정두희, 이경순 엮음, 서울: 휴머니스트, 2007.

되는 '임진왜란의 영웅 서사'는 정적인 듯 보이지만 상당히 동적이었다. 그 의미가 시간과 공간에 따라 다를 수 있기 때문이다.

본고는 이러한 관점에서 임진왜란의 동래읍성전투(1592.04.15)에서 전사하였던 동래부사 송상현의 서사를 검토하려는 것이다.[2] 송상현에 대한 기존 연구가 없지 않지만 전쟁사이거나 서사의 평면적인 소개에 그치므로 재검토할 필요가 있다고 보았다. 검토 순서는 먼저 조선후기 '충렬공 송상현 서사'가 어떻게 성립하였는가를 살펴보고, 이어서 조선후기 '충렬공 송상현 서사'의 사회문화적 성격을 파악하기 위하여 두 가지 측면을 검토하였다. 군율로서의 충의忠義, 유교적 영웅화로서의 절의節義가 그것이다. 이러한 검토 과정을 통하여 점차 임진왜란 영웅 서사의 사회문화적 성격에 접근해갈 수 있을 것으로 기대한다.

2. '충렬공 송상현 서사'의 성립 과정

1592년(선조 25) 4월 15일 2만여 명의 고니시 유기나가[小西行長]군대는 동래읍성을 점령하였다. 일본 측 기록에 따르면 동래읍성 전투에서 조선군은 주장이었던 송상현 동래부사와 함께 3천여 명 이상이 전사하였으며, 500여 명이 포로로 잡혔다.[3] 1593년(선조 26)의 『선조실록』기록에는 "동래도 함락되었는데 부사 송상현, 교수 노개방, 양산군수 조영규 이하 죽은 장관·군민이 수만 명"이라고 기록되었다.[4] 두 기록 가운데 일본 측 기록이 실제에 가깝다고 생각된다. 조선 측 기록 가운데 동래읍성 전투에서 몇 명이 사망하고 몇 명이 포로로 잡혔는지를 기술한 것은 없다. 당시 정부와 사회는 그런 문제에 전혀 관심이 없었던 것이겠다.

동래읍성 전투 상황과 결과에 대한 구체적인 기록이 전혀 없는 가운데 송상현 동래부사, 동래읍성과 그 외 동래부 지역의 전투 참여자들에 관한 전문과 기록이 부분적으로 수

---

2) 정중환, 「임진왜란과 부산사적-시민의 날 제정에 즈음하여」『박원표선생회갑기념 부산사연구논총』박원표선생회갑기념논문집편찬위원회, 1970; 최효식, 「임란 초기 동래성의 항전에 대하여」『신라문화』26, 2005.; 오인택, 「임진왜란기의 삶과 죽음, 그 표상 방식-김해부사 백사림과 동래부사 송상현을 중심으로」『동아시아의 인물과 라이벌-조동원교수정년기념논총』조동원교수정년기념논총간행위원회, 서울: 아세아문화사, 2008.

3) 이형석, 『壬辰戰亂史』중, 서울: 충무회, 1975.

4) 『宣祖實錄』권45, 선조 26년 윤11월 14일조.

집되어, 『충렬사지』(엄린, 1768)로 집대성되기에 이르렀다.[5] 전투가 끝난 지 176년이 지나서 '동래읍성 전투'가 아니라 '동래읍성 전투의 충렬 서사'가 종합 정리된 것이다. 『충렬사지』(엄린, 1768), 『천곡선생집』(송달호, 1835)[6]을 바탕으로 하고 『난중잡록』(조경남), 『상촌집』(신흠) 등 각종 문집과 『조선왕조실록』 등의 관찬 연대기를 참고하여 '충렬공 송상현 서사'의 성립 과정을 연표로 정리하면 아래와 같다.

> 1592 임진 선조 25, 동래성 함락
> 1594 갑오 선조 27, 경상우병사 김응서에게 적장이 송상현의 순절 사실을 전달
> 1594 갑오 선조 27, 조경남(1570-1641)의 『난중잡록』(권2 갑오 10월 11일)에 김응서
> 　　　　　　　　　 와 적장의 만남이 서술됨
> 1595 을미 선조 28, 동래에서 송상현 시신을 청주로 반장(返葬), 이항복이 제사하고
> 　　　　　　　　　 제문을 지음
> 1605 을사 선조 38, 동래부사 윤훤이 송공사를 건립
> 1609 기유 광해 1, 『선조실록』 편찬
> 1605-1612 선조 38~광해군 4, 신흠(1566-1628)이 『송동래전』 편찬
> 1612 임자 광해군 4, 조정에서 정문(旌門)을 내림
> 1617 정사 광해군 9, 『동국신속삼강행실도』 편찬(충신도에 송상현 수록됨)
> 1624 갑자 인조 2, 송공사가 충렬(祠)로 사액됨
> 1643 계미 인조 21, 『선조수정실록』 수정이 시작됨[1657(효종8) 완간]
> 1651 신묘 효종 2, 동래부사 윤문거가 충렬사를 안락서원으로 이건함
> 1653 계사 효종 4, 송상현에게 충렬 시호를 추증
> 1655 을미 효종 6, 송시열이 송상현 행장을 찬함
> 1658 무술 효종 9, 동래부사 민정중이 동래읍성전투의 구전을 수집함
> 1658 무술 효종 9, 송시열이 송상현의 「신도비명」을 찬함
> 1668 무신 현종 9, 민정중이 「임진동래유사」를 편찬함
> 1670 경술 현종 11, 송시열이 「동래남문비」(「충렬비기」, 송준길 글씨) 찬함
> 1709 기축 숙종 35, 동래부사 권이진이 「순절도화기」를 찬함
> 1768 무자 영조 42~44, 동래부사 엄린이 『충렬사지』(미간행)를 편찬
> 1806 병인 순조 8, 동래부사 오한원이 『충렬사지』 간행

동래읍성 전투에서 송상현이 전사하였다는 소식이 공식적으로 알려진 것은 1592년(선

---

5) 엄린(정중환·김석희 역), 『忠烈祠志』, 부산: 충렬사안락서원, 1978.
6) 송달호(임동철 외 편역), 『泉谷先生集』, 충북대학교 인문학연구소, 2001.

조 25) 11월 무렵이었다.[7] 이 무렵 알려진 것은 동래읍성이 함락될 때 부사 송상현도 전사했다는 단순한 사실이다. 그 이듬해 10월 무렵에는 동래부사 송상현과 회양부사 김연광이 순절자로 인식되기에 이르렀다.[8] 동래읍성과 회양읍성에서 각각 의연하게 죽음을 맞았다는 전문傳聞이 '순국하여 절의가 칭송'할 만하다고 『선조실록』에 수록된 것이다. 이 무렵 정부가 인식한 송상현의 순절은 김연광과 함께 '의연한 죽음'의 순절로 인식된 차원이어서 특별한 의미가 부여된 것으로 보기는 어렵다.

그런 가운데 '충렬공 송상현 서사'가 형성되는 과정에 결정적인 역할을 한 것은 1594년 (선조 27) 경상우병사 김응서였다. 김응서는 화의 협상 때문에 1594년(선조 27) 11월 22일 함안군 지곡현地谷峴(창원군 내서면)에서 고니시 유기나가[小西行長], 승려 겐소[玄蘇]와 치쿠케이[竹溪] 등을 만났다(함안회담).[9] 『선조수정실록』에는 김응서가 울산성에서 가토 기요마사[加藤淸正]를 만난 것으로 기술되었다.[10] 어느 쪽 기록이 정확한 지 확인하기 어렵지만 별다른 문제가 없을 거라 판단하여 고니시 유기나가[小西行長]를 선택하였다. 이 회담에서 고니시 유기나가[小西行長]가 송상현의 죽음에 관해서 김응서에게 언급한 내용은 조경남의 『난중잡록』에 다음과 같이 기록되었다.[11]

동래부사는 갑옷 위에 홍단령紅團領을 입고 사모紗帽를 썼으며 팔짱을 끼고 의자에 앉았는데 일본병이 검을 휘둘러서 돌입하나 조금도 동요하지 않고 조금도 변색하지 않았으며 눈을 떠보지도 않고 입을 다물고 말도 하지 않거늘 우열한 병졸이 머리를 베어 이 사람에게 가져왔으므로, 이 사람이 동래태수에게는 이전부터 은혜를 받았는지라 곧 염殮을 하여 동문 밖에 매골埋骨하고 말뚝을 세웠으니 이것은 여기 있는 저 사람 요시라要時羅가 잘 알 것이외다. 귀족들이 뼈를 찾아간다면 허락하도록 할 생각이며 그의 첩은 비녀婢女 4명과 종 2명을 거느리고 오욕汚辱도 받지 않고 쓰시마對馬島에 보냈던 바 관백關白이 말하기를 재상의 처를 데리고 오는 것은 불가하다 하여 동래에 도로 보내어 드리고자 하였소이다. 그러나 그 때 조선 사람이 한 사람도 출입하지 않아서 통지할 길이 없어 부산에 두었다가 금년 3월 관백關白이 모두 데려가게 하였는 바 이 여인은 나이 30여 세로서 아들이 있다 합니다. 우병사가 어찌 이렇게 좋게 할 수 있으리오 하고 물으

7) 『宣祖實錄』 권32, 선조 25년 11월 25일조.
8) 『宣祖實錄』 권43, 선조 26년 10월 29일조.
9) 이형석, 『壬辰戰亂史』 중, 서울: 충무회, 1975.
10) 『宣祖修訂實錄』 권26, 선조 25년(1592) 4월 14일조.
11) 『亂中雜錄』은 『국역 대동야승』 민족문화추진회(1972)를 참고히 였다.

니 고니시小西行長가 대답하기를 '재상의 가족이니 오욕汚辱하지 않고 그 종과 비녀로 지키게 하고 있는 바 다행하게도 화의가 이룩된다면 내보낼 작정입니다.'… 玄蘇가 홀로 '재상 자제로서 잡혀서 여기 와 있는 사람은 밤낮을 가리지 않고 찾아내어 보내드릴 것이옵고 또 이미 일본에 들어가 있는 사람도 의당 보내 드릴 것이온데 이미 죽은 사람은 할 수 없는 일이외다.'[12]

조경남의 『난중잡록』은 일기 형식의 기록이므로 그 내용은 1594년(선조 27) 당시의 전문에 해당되며, 경상우도의 전쟁 상황에 관한 기사는 사료적 신빙성이 높은 사료로 평가받는다.[13] 주요 내용은 '죽음을 대하는 송상현의 태도'와 '송상현의 첩 이양녀李良女' 이야기이다. 전자에서는 갑옷 위에 조복과 사모를 썼다는 복장과 의자, 그리고 의연한 죽음이 묘사되었다. 후자에서는 이양녀가 비녀 4명과 종 2명과 함께 재상가족 포로로서 보호받고 있음을 나타낸다. 위에 언급된 『난중잡록』의 내용은 후대의 서술 내용과 비교하면 부분적인 차이는 있어도 근간은 동일하였다. 특히 후술할 「송동래전」(신흠, 『상촌집』)과 비교하면 『난중잡록』은 아직 정리되지 않은 상태로 유통되던 1차 사료적 전문을 보여준 것으로 판단된다. 송상현이 동래읍성이 함락되기 직전에 집으로 써 보낸 '절명시(혈선시血扇詩)'나 '동래읍성 남문 위의 서기瑞氣'가 왜군 측에서 거론되지 않았음도 주목된다. 왜군 측에는 알려지기 어려운 사실들로 보이기 때문이다.

『난중잡록』에서 확인된 1594년(선조 27)의 김응서 장계 내용은 『선조수정실록』에서 확인할 수 있다.[14] 그러나 『선조수정실록』은 1643년(인조 21) 편찬이 시작되어 1657년(효종 8)에 완료되었기 때문에 1594년(선조 27)의 김응서 장계 내용이 당시 사회에 어떻게 유통되었는지를 보여주지 못한다. 김응서의 장계를 직접 수록하지는 않았지만 1609년(광해군 1)에 편찬된 『선조실록』이 유용한 사료이다. 아래의 『선조실록』 두 기사에서 김응서의 장계 내용을 간접적으로 확인할 수 있다.

---

12) 조경남, 『亂中雜錄』 권2 갑오(1594) 10월 11일.

13) 정구복, 「『亂中雜錄』의 사학사적 고찰」 한국사학사학보 23, 2011.

14) 갑오년(1594)에 병사 김응서가 울산에서 淸正을 만났을 때 淸正이 그가 의롭게 죽은 상황을 갖추어 말하고, 또 집안 사람이 시체를 거두어 返葬하도록 허락하는 한편 경내를 벗어날 때까지 호위하여 주었는데, 적에게 함락된 유민들이 길에서 옹위하여 울며 전송하였다. 이조 참판에 추증하고 그의 아들 한 사람에게는 벼슬을 내리도록 명하였다. 庶人인 신여로가 상현을 따랐었는데 상현이 돌려보냈다. 그러나 그는 도중에서 부산이 함락되었다는 소식을 듣고 사람들에게 말하기를 '내가 난리를 당하여 은혜를 저버릴 수 없다' 하고 도로 성으로 들어가 함께 죽었다고 한다(『선조수정실록』 권26, 선조 25년 4월 14일).

정경세가 아뢰기를, "병사의 장계에 적힌 적장의 말을 보면, 송상현의 죽음은 비록 조금도 두려워하지 않고 태연히 죽어간 옛사람이라 하더라도 이 보다는 더 낫지 못할 것이라고 합니다. 각별히 그를 포증褒贈하고 그 자손을 녹용錄用함으로써 그의 충절을 표명하소서" 하니, 상이 이르기를, "의당한 일이다" 하였다.[15]

오억령이 아뢰기를, "인심이 무너져서 군부를 위해 죽을 사람이 없는데, 동래 부사 송상현은 성이 함락되자 절의를 위하여 죽었으므로 적의 추장까지도 칭찬하였으니, 포상하지 않을 수 없습니다" 하니, 상이 이르기를 "방문하여 처리하라" 하였다.[16]

정경세의 언급은 1594년(선조 27) 우병사 김응서가 왜장에게서 획득한 송상현의 죽음에 관한 정보를 중앙에 보고했음을 말해준다. 오억령의 언급은 1595년(선조 28)에 이미 왜장의 칭찬으로 인하여 송상현의 충절에 대한 정부의 공론이 형성되었음을 알려준다.

송상현 서사에 관한 2차 사료 가운데 가장 중요한 기록은 「송동래전宋東萊傳」이다.[17] 「송동래전」은 서술 시기가 알려져 있지 않지만 대략 그 시기를 추정해볼 수 있다. 우선 서술된 내용 가운데 시간적으로 가장 늦은 것은 동래부사 윤훤이 1605년(선조 38)에 송공사宋公祠를 건립한 사실이다. 따라서 1605년(선조 38) 이후에 서술되었다고 볼 수 있다. 또 하나 중요한 사실은 1612년(광해군 4)에 있었던 송상현 문중의 정문旌門 하사와 이후 편찬된 『동국신속삼강행실도』(1617)에 송상현이 수록된 것이다. 이 사실이 누락되었다는 점에서 「송동래전」의 편찬 시기는 1612년(광해군 4) 이전으로 보는 것이 타당할 것이다. 따라서 「송동래전」은 1605~1612년 사이에 서술된 것으로 추정된다. 「송동래전」의 중심 내용은 다음과 같다.

1) 송동래(송상현)의 간략한 소개
2) 임란 직전 일본의 동태와 송상현의 사수死守 각오
3) 송상현이 조복朝服을 입고 호상胡床에서 죽음을 맞음, 평조익平調益, 平調信의 구조를 거절함, 부채에 절명시를 남김
4) 평의지平義智와 현소玄蘇 등이 송상현을 살해한 왜병을 참수, 송상현과 김섬을 동문밖에 장사 지내줌

---

15) 『선조실록』 권58, 선조 27년 12월 13일.
16) 『선조실록』 권59, 선조 28년 1월 12일.
17) 申欽(1566-1628)의 문집인 『상촌집』에 수록되었다. 『상촌집』은 『국역 상촌집』 민족문화추진회(1990)을 이용하였다.

5) 갑오년에 김응서는 적장加藤淸正이 송상현을 칭송한 사실을 조정에 보고, 이조판
   서 증직함

6) 부민 매동은 송상현의 휘일과 절진을 맞아 해마다 제사를 지냄(후일 송상인과 만
   나 애도함)

7) 을미년(1595) 상소하여 청주 가마곡에 반장返葬 동래 유민 70여 인이 곡함, 평의
   지平義智가 예를 표함

8) 반장返葬시 접반사 이항복이 제문을 지어 제사함

9) 을사년(1605) 부사 윤훤이 송공사를 건립함

10) 두 첩(김섬, 이양녀)은 수절, 종자 신여로가 송상현과 함께 전사

11) 김섬전, 이양녀전, 신여로전을 별도로 찬함

신흠이 「송동래전」의 자료를 어떻게 수집하였는가에 관한 사료가 『상촌집』(신흠)에는 나타나지 않는다. 하지만 내용 구조에서 추론의 실마리를 찾을 수 있다. 위의 내용 구조에서 핵심적인 부분은 5), 6), 7), 8)이며, 특히 5), 7)이 중요하였다. 5)가 중요한 까닭은 김응서가 갑오년(1594)에 적장加藤淸正에게 얻은 송상현 정보를 조정에 장계함으로써 '의연한 죽음' 이미지가 정치·사회적으로 공인되었기 때문이다. 이는 7)의 을미년(1595) 반장返葬을 성립시킨 동력이기도 하였다.

7)은 5)로 인하여 촉발된 사건이지만 그 나름의 중요한 의미도 있었다. 반장返葬 과정에서 동래읍성 전투에서 생존한 인물들 사이에 떠돌던 다양한 형태의 전문이 송상현 문중에 생생하게 채록될 수 있는 기회였기 때문이다. 동시에 반장返葬 과정을 통해서 송상현 이미지는 결집되고 확산될 수 있었다. 이는 "공의 반장返葬에 유민이 그의 의義에 감복하여 곡성을 내고 백 리 밖까지 따라가 송별한 자가 거의 70여 인이었다. 평의지平義智는 공의 관棺을 만나자 말에서 내려 고삐를 당겨 피하며 전송하였다"[18]에서 엿볼 수 있다. 요컨대 5), 7)을 통하여 3), 4)의 이미지는 역사적 사실로서 확정되고 사회적으로 공유될 수 있었다 하겠다. 아울러 5), 7)은 6)과 8)의 사건을 파생시키기도 하였다.

6)은 부민 매동이 해마다 송상현 기제일의 제사를 지냈으며, 후일 송상현의 아우인 송상인을 만나서 송상현을 애도했다는 일화이다. 이 일화는 어떤 형태로든 송상현 집안에 수집된 것으로 볼 수 있으며, 그 계기는 역시 5), 7) 사건이었다고 추론하는 편이 자연스

---

18) 충북대학교 인문학연구소, 「宋東萊傳」『泉谷先生集』, 2001.

럽다. 8)은 이항복이 반장返葬을 위하여 돌아오는 도중에 송상현의 관에 나아가 제사를 올리며 지은 제문을 소개한 것이다. 따라서 7)의 반장에서 파생된 사건임이 틀림없지만 제문 가운데는 특별히 주목해서 검토할 부분이 있다.

> "宋君의 遺骸가 적중에서 돌아와 鄕里의 들에 返葬하려 할 제 …… 그 넋을 불러 제사를 지낸다. (가)아아 달무리와 같이 적이 둘러싼 외로운 성에 담소하며 軍民을 지휘한 것은 공의 烈이 아니고 무엇이랴. (나)시퍼런 칼날이 눈앞에 스치는데도 단정히 두 팔을 마주 끼고 움직이지 않은 것은 公의 節이 아니고 무엇이랴. 이는 말할 것도 없이 (다)平生의 所養이 혼란을 당하여 나타난 것이니 사람은 淺見으로써 알 수 없다. …… (라)밤마다 南門 위에 떠오른 자줏빛 瑞氣가 바로 솟아 北斗를 찌르는 것은 公의 精氣가 아니던가. 구름을 잡아타고 바람에 나부끼어 限없이 올라가서 천궁의 첫문을 밀치고 九天에 호소하여 雷師와 癘鬼를 몰아 妖孼을 三南에서 소탕하고 陰風과 猛雨를 몰아다가 四方의 피비린내를 씻은 뒤에 표연히 내려와서 八荒을 두루 돌아 못 갈 데가 없고, 어떤 때는 녹아서 川과 개천이 되기도 하고 뭉치어서 山嶽이 되어 남쪽 변방을 막고 싶은 것이 公의 平生 소원이던 것을 못하고 돌아가서 精靈으로 나타났소이다. 항복은 …… 만리 밖에서라도 고향을 생각하며 머리를 돌리소서."[19]

위의 이항복 제문은 망자를 위한 지극히 주관적이고 형식적인 문투이지만, '송상현 서사' 성립과정에서 보기 드문 1차 사료이다. 이에서 주목되는 바는 다음의 네 가지이다. (가)절명시, (나)의연한 죽음 이미지, (다)송상현의 의연한 죽음이 '평생의 소양所養'이라는 해석, (라)'남문 위에 떠오른 자줏빛 서기瑞氣'가 그것이다. (가)에서 절명시는 청주의 여산송씨 문중에 보관 중인 송상현의 유품 혈선시血扇詩로 확인된다.[20] (나)의 의연한 죽음 이미지는 앞에서 언급된 김응서의 장계에서 드러난 내용이다. (다)와 (라)는 뒤에서 구체적으로 검토할 필요가 있는 부분이다. 제문에 언급된 네 가지는 모두 1595년(선조 28) 당시에 정부·동래부·송상현 집안이 공유하던 내용이므로 이항복은 송상현 집안을 통해서 인지한 정보라고 볼 수 있다. 요컨대 송상현 집안에 수집된 정보가 송상현의 벗이었던 이항복에 전달되어 제문의 기록으로 정착된 것이다.

---

19) 이항복 제문은 「祭宋東萊文」이란 제목으로 『泉谷先生集』에 수록되었다.
20) 송상현이 순절 직전에 부채에 써서 집으로 보내서 현재 문중에서 보관 중인 혈선시(血扇詩) 내용은 다음과 같다. '孤城月暉 列陣高枕 君臣義重 父子恩輕'. 『선조수정실록』(권26, 선조 25년 4월 14일조)과 『輿地圖書』(송도 충신조 에는 '孤城月暈 大鎭不救 君臣義重 父子恩經'으로 기재되었다. 문중 기록이 1차 사료이므로 문중 기록을 따르는 것이 타당할 것이다.

(다)에서 주의를 요하는 부분은 송상현의 의연한 죽음이 '평생의 소양所養'이라는 이항복의 해석이다. 즉 송상현이 읍성을 사수하면서 보여준 '열烈'과 '절節'은 평생의 성리학적 실천 수양으로 얻어진 인격의 산물이라는 것이다. 이항복이 송상현의 죽음을 절의節義로 규정하고 그것이 평소 쌓아온 학덕의 결과라고 평가한 것은 이항복의 정치적 지위나 위상으로 볼 때 중요한 의미를 갖는다. 이항복이 조헌과 고경명의 죽음에 대해서 "세상에서 조헌과 고경명의 죽음을 절의節義라고 하는데, 만일 왕사王事에 죽었다고 한다면 괜찮겠지만 절의라고까지 칭하는 것은 안될 말이다."[21]라고 평가하였음을 고려하면 더욱 그러하다.

(라)도 '남문 서기' 설화에 관한 최초의 기록이라는 점에서 특별하다. '남문 서기' 설화란 송상현이 전사한 후에 오랫동안 남문 위에 서기가 비추어 왜군이 두려워했다는 이야기이다. '남문 서기' 설화는 그 성격상 점령지의 동래부민 사이에서 만들어진 것으로 보인다. 동래부에서 생성된 설화가 반장 과정에서 송상현 집안에 전달되고 송상현 집안에서 이항복 제문으로 이동하면서 기록으로 정착된 것이다. 요컨대 구전되던 '남문 서기' 설화는 이항복의 제문을 통하여 기록으로 정착되었고, 이로써 이후 다른 기록으로 전이될 수 있었다 하겠다.

이상과 같이 신흠의 「송동래전」 내용을 검토해보면 「송동래전」의 원천 사료는 5), 7), 6), 8)이며, 이들 자료는 모두 송상현 문중과 직간접적으로 연관되었다. 즉 「송동래전」의 서술 자료는 송상현 문중의 적극적 협조 없이는 수집이 불가능한 것이다. 추측건대 송상현 문중이 수집한 자료를 신흠에게 제공하여 「송동래전」의 편찬을 요청하였을 것이다.

이상과 같이 추론한다면 송상현 문중이 「송동래전」의 편찬을 절실하게 필요로 하던 시점을 주목해야 한다. 1605년(선조 38)에 동래부에 송공사宋公祠가 건립된 이후 「송동래전」의 편찬을 가장 필요로 하였던 사건은 1612년(광해군 4)의 정문旌門 하사와 1624년(인조 2)의 충렬사 사액이다.[22] 사액도 중요하지만 정문이 시기적으로 앞서는 사건이므로 더 중요하다. 특히 1612년(광해군 4)의 정문旌門은 당시 편찬 작업 중이던 『동국신속삼강행실도』(1617, 이하 『동국신속』)[23]에 송상현을 수록하기 위한 조처였다는 점에서 「송동래전」

---

21) 『白沙集』 별집 권4, 雜著 記夢.

22) 1624년에 사액되었지만 1622년에 사액이 청원되었다. 사액 청원은 송상현 문중과의 교감을 필요로 하므로 문중은 사액 청원 사실을 인지하였다고 볼 수 있다.

23) 『동국신속삼강행실도』(1617) 편찬 과정에 관해서는 이광렬, 「광해군대 『동국신속삼강행실도』 편찬의 의의」 『한

의 편찬 필요성이 가장 컸던 사건이라 하겠다. 요컨대 1605년(선조 38) 송공사가 건립된 이후 송상현 문중은 「송동래전」을 편찬하여 정부의 정문(1612) 하사와 『동국신속』(1617) 편찬에 대비하였고 이는 1624년(인조 2)의 충렬사 사액에도 도움이 되었을 것이다.

「송동래전」(1605-1612, 신흠) 이후의 송상현 행적 기록으로는 『동국신속』(1617), 『선조수정실록』(1643-1657), 「송공행장」(송시열, 1655), 「임진동래유사」(민정중, 1668), 「신도비명」(송시열, 1658), 「충렬비기」(「동래남분비기」, 송시열, 1670), 「순절도화기」(권이진, 1709) 등을 들 수 있다.

『동국신속』(1617)은 광해군이 성리학적 윤리를 확립하여 임란으로 무너진 국가의 기강을 세우고 왕권을 강화하기 위하여 편찬·간행하였다.[24] 대대적으로 임란 중의 충·효·절 인물을 조사하여 수록한 것이다. 『동국신속』(1617)의 충신도에는 임란 중의 순절자 60명이 수록되었다. 그 가운데 충렬이란 명분으로 기재된 경우는 <상현충렬象賢忠烈>·<조헌충렬趙憲忠烈>·<경명충렬敬命忠烈>·<정암충렬廷馣忠烈>의 4명이다.[25] 이후의 평가에 나오는 이순신 대신에 이정암이 포함된 것이 특징이다. 이는 아직 '임란 4충절'의 이미지가 형성되지 않았음을 뜻하였다. 광해군대의 평가에서도 송상현은 절의보다는 충렬로 분류되었으며, 아래 기록에서 보듯이 송상현 서사에 특별한 의미가 부여되지는 않았다.

> 부사 송상현은 경도인京都人이다. 임진왜란 때 동래부사로서 성을 지켰으나 지탱하지 못하자 손수 두어 자를 쥐고 있던 부채에 써서 종자로 하여금 그의 부친에게 전하게 하였다. 부채에 이르기를, '月暈孤城 禦敵無策 當此之時 父子恩輕 君臣義重'[26]이라 하였다. 동래읍성이 함락되자 상현은 조복을 입고 북향재배北向再拜한 후에 굳건하게 앉아서 전사하였다. 그의 첩 역시 사절死節하였다. 왜장이 그 의로움에 감동하여 두 시신을 모아서 합장하고 표지를 세웠다. 그때 밀양인 노개방은 동래부의 교수였는데, 성묘 위판聖廟位版을 받들어 동래성에 들어가서 함께 전사하였다. 선조가 이조판서를 추증하였다. 현재 임금 광해군 때 정문旌門을 내렸다.[27]

국사론』 53(2007) 참조.

24) 박주, 「임진왜란과 정표」 한국전통문화연구 8(1993); 김항수, 『삼강행실도』 편찬의 추이」 『진단학보』 85(1998); 노영구, 「공신 선정과 전쟁 평가를 통한 임진왜란 기억의 형성」 『역사와 현실』 51(2004); 이광렬, 「광해군대 『동국신속삼강행실도』 편찬의 의의」 『한국사론』 53(2007).

25) 『東國新續三綱行實圖』忠臣(홍문각, 1992).

26) 송상현 문중에 보관된 혈선시(血扇詩)와 비교할 때 앞부분이 다르지만 뒷부분 '父子恩輕 君臣義重'은 동일하다.

27) 『東國新續三綱行實圖』忠臣(홍문각, 1992), 1584쪽.

이에 따르면 정부가 공인한 송상현 서사 내용의 핵심은 1) 부사 송상현은 경도인京都人, 2) 절명시를 남김, 3) 의관 정제 후 북쪽을 보고 재배한 후 전사, 4) 그의 첩도 사절, 5) 왜장이 송상현과 그의 첩이 보인 의로움에 감동하여 합장, 6) 동래부 교수 노개방도 향교의 성묘위판聖廟位版을 받들어 송상현과 함께 전사 등 여섯 가지이다.

정부가 편찬한 서사에서 중요한 특징은 네 가지이다. 하나는 송상현의 거주지를 경도인京都人으로 기재한 점이다. 이는 서사 작성의 주체가 누구인가에 따라서 달라지는 당시의 사회문화를 반영하는 것이다. 즉 정부가 송상현을 인식하는 경우 송상현은 현직 관료로서 경도인京都人이었던 것이다. 둘째는 절명시와 조복을 입고 북쪽에 재배하는 것인데, 내용 중에서 중요한 부분은 북쪽으로 재배하였다는 것과 '父子恩輕 君臣義重'이다. 송상현이 왜적에게 굽히지 않고 저항하며 전사한다는 것을 명백히 보였기 때문이다. 셋째는 4)와 6)인데, 이들은 송상현의 첩이나 수하 인물로서 송상현과 함께 생사를 같이 한 것이다. 여기에는 송상현의 인격으로 인하여 그러한 일이 일어났다는 당시 사회의 통념이 숨어있다. 넷째는 5)인데 송상현과 그 첩의 의로움에 왜장이 감동했다는 것인데 송상현의 충절을 왜장이 보증하였다는 것이다.

결국 정부가 공인한 송상현 충렬 서사의 핵심은 절명시를 남긴 것, 조복 입고 북쪽을 향하여 재배한 것, 왜장이 감동한 것이라고 할 수 있겠다. 여기서 주목할 사실은 『동국신속』(1617)이 편찬되기 전인 1615년(광해군 7)에 찬집청撰集廳이 부산진첨사 정발이 송상현과 함께 왜적에게 죽었으니 함께 수록하는 것이 어떻겠냐고 보고하여 윤허를 받았다는 점이다.[28] 이는 정발과 송상현의 전사가 동일하게 인식되었음을 말해준다. 하지만 완성된 『동국신속』(1617)에 정발은 수록되지 않았다. 그 까닭은 직접 기록에 남지는 않았지만 찬집청이 1616년(광해군 8)에 '表表抗節之跡者 不可盡爲撰集'[29]이라 하였음에서 엿볼 수 있다. 즉 송상현과 정발의 차이는 항절抗節의 흔적 여부였던 것이며, 송상현의 항절 흔적은 앞서 언급된 절명시와 조복을 입고 북향재배北向再拜한 것, 왜장의 감동이었다.

공적인 송상현 서사로서 『동국신속』(1617)과 더불어 중요한 의미를 갖는 것이 『선조수정실록』(1657)이다. 『선조수정실록』(1657)의 편찬은 1643년(인조 21)부터 시작하여 1657

---

28) 釜山僉使鄭撥 與宋象賢 同死於賊 亦令禮曹 訪問入啓 收錄何如 傳曰允(『東國新續三綱行實圖』 撰集廳儀軌 乙卯 十一月 二十二日 本廳, 홍문각, 1992).

29) 『東國新續三綱行實圖』 撰集廳儀軌 丙辰 一月 二十六日 本廳(홍문각, 1992).

년(효종 8)에 완료되었으며, 인조반정으로 집권한 서인이 편찬하였다. 따라서 『동국신속』(1617)과 『선조수정실록』(1657)의 내용 비교는 의미있는 작업이다. 편찬하는 붕당과 송상현 서사 내용이 상호 어떻게 연관되는지를 알 수 있기 때문이다. 『선조수정실록』(1657)의 내용 요점을 『동국신속』(1617) 내용을 염두에 두고 정리하면 아래와 같다.

> 1) 갑옷 위에 조복을 착용하고 의자에 있음
> 2) 송상현이 도왜島倭 평성관平成寬의 도움을 거절함
> 3) 부채의 절명시(孤城月暈 大鎭不救 君臣義重 父子恩輕)를 부친 송복흥宋復興에게 전하
>   고 전사
> 4) 송상현의 첩도 사절
> 5) 평조신平調信이 송상현과 첩의 시신을 묻고 표지를 세움
> 6) 송상현의 양인 첩은 포로가 되었으나 굳게 수절하므로 왜인이 공경하여 송환함
> 7) 기요마사淸正가 울산에서 병사 김응서에게 송상현 충절을 전함, 시신의 반장을 허함
> 8) 서인庶人인 신여로申汝櫓가 송상현과의 의리를 지켜 전사함

『선조수정실록』(1657)은 『동국신속』(1617)에 비하여 내용이 구체적이고 몇 가지 새로운 내용도 있지만 서사의 근간은 동일하였다. 즉 1)·3)·4)·5)는 『동국신속』(1617)과 동일한 내용이며, 2)·6)·7)·8)은 『선조수정실록』(1657)에만 수록된 내용이다. 하지만, 2)는 송상현 충절의 강직함을 보충하며, 6)과 8)은 4)와 마찬가지로 송상현의 인격에 감화되어 사절한다는 의미이고, 7)은 동래읍성 내의 송상현 행적이 조정에 알려지게 된 사건이므로 이들 내용이 없다고 하더라도 송상현 서사의 근간은 전혀 영향을 받지 않는다. 요컨대 『선조수정실록』(1657)과 『동국신속』(1617)의 서사는 내용이 대동소이하여 공적 서사로서 공통점이 있으며 모두 송상현의 충절을 묘사한 것이었다.

『선조수정실록』(1657) 전후의 송상현 서사는 대체로 두 유형의 내용으로 나뉘어졌다. 하나는 「송동래전」(신흠, 1605~1612)의 서사를 기본으로 하여 1605년(선조 38) 이후의 관련 사건을 첨가하는 형태였다. 또 하나는 송상현의 서사를 중심으로 하면서도 동래읍성의 여러 순절자와 부산진첨사 정발을 포함하는 형태였다.

전자의 계열로는 「행장」(송시열, 1655), 「신도비명」(송시열, 1658)을 들 수 있다. 이는 송상현 개인의 행장과 신도비명이라는 특수성이 작용하는 것이다. 두 기록은 모두 효종 대에 송시열(1607~1689)이 찬술하였다는 점에서 주목된다. 주지하듯이 두 기록의 찬술 당시

송시열은 기축봉사己丑封事(1649)에서 존주대의尊周大義와 복수설치復讐雪恥를 역설하여 효종이 추진하던 북벌론의 중심 인물로 부상한 시기였다. 이 무렵 송시열은 존주대의尊周大義에 입각한 의리명분을 강조하였다. 이 점을 염두에 두고 먼저 「송동래전」과 「행장」을 비교해 보면 몇 가지 특징이 드러난다.

「행장」은 「송동래전」 내용과 동일하지만 그 이후 발생한 사건이 덧붙여 기술된 점이 다르다. 아울러 송시열은 「행장」에서 송상현 서사의 의미를 새롭게 부각시켰다. 우선 송상현의 교화가 강조되었다. 동래부에 선정을 베풀어서 아전과 백성吏民에게 부모처럼 존경받았다는 점을 부각시켜 그와 함께 전사한 아전과 백성吏民이 교화의 산물임을 지적하였다. 또 송상현의 첩, 시녀侍女, 종자 등도 평소 송상현에게 교화되어 함께 순절하였다고 보았다. 심지어 왜적조차도 송상현에게 감화되었다고 보았다. 두 번째 특징은 송상현의 순절은 평소의 소신이었다는 점을 강조한 것이다. 임란 직전에 송상현이 김장생에게 보낸 시에서 그런 기개가 명료하게 표현되었다거나 동래읍성 함락 직전에 송상현이 그의 종자에게 신하의 의리명분을 다하고 죽겠다고 다짐했다는 내용이 그것이다. 셋째 특징은 역대 국왕과 사림이 그의 충성과 절의를 높게 추앙하였음을 강조한 것이다. 선조와 인조가 내린 제문을 인용한 것과 동래·청주·고부의 서원에서 행해진 송상현의 제향을 소개한 것이 그것이다. 요컨대 송시열은 송상현을 단순한 충신이 아니라 성리학적 인의仁義를 실천한 상징적 인물로 높였던 것이다. 이러한 점을 송시열은 다음과 같이 묘사하였다.

> 아아 산 사람의 도리는 인仁과 의義뿐이니 인은 부자 사이보다 더 큼이 없고 의는 군신 사이보다 더 무거움이 없다. …… 이미 이해에 처하고 사변을 당함에 이르러서는 낭패를 당하여 어찌할 도리가 없어 놀라고 겁을 먹는 까닭에 중국으로서 이적夷狄에 빠지고 인류人類로서 금수에 빠져 들어가는 것이 도도함은 모두 이 때문이니 한탄스럽도다. 공과 같은 사람은 학문의 본말本末을 닦았어도 후학이 찾아볼 수는 없으나 그 볼만한 것으로써 미루어 본다면 그 학문을 한 까닭에 세상에서 장구章句와 문사文辭의 일에 종사하여 벼슬을 구하고 세상에 영합하는 것으로써 밑천을 삼는 사람과 다름이 명백하다. 그러므로 그 나아간 바가 이와 같이 뛰어난 것이었으며, 지금 신독재愼獨齋 김집金集이 어릴 적에 공에게 수학하여 크게 자라서 온 세상의 큰 학자儒宗가 되었으니 그의 학문이 비록 모두 공에게서 나온 것이 아닐지라도 공에게서 근원을 찾을 수 있음을 오히려 대략 알 수 있다.[30]

---

30) 「行狀」 『泉谷先生集』.

송시열은 송상현이 후세에 학문적 업적으로 남긴 것은 없지만 실천한 인의仁義를 보건대 학문적 식견이 탁월하였다고 평가하였다. 이러한 점을 뒷받침하기 위하여 송상현은 김장생의 교우였으며 당시의 유종儒宗으로 추앙되던 김장생의 자식인 김집金集의 소시적 스승이었음을 언급한 것이겠다. 김집은 송시열의 스승이기도 하였다.

송시열이 행장을 지으며 참고한 자료는 스스로 밝혔듯이 송상현 문중의 가승(家乘), 신흠의 송동래전, 이항복의 제문 등 제공諸公의 서술이었다.[31] 기록된 자료에 근거하여 행장을 서술하였다는 것이다. 하지만 행장에는 '명성이 조금 난 한 두 가지를 참작하였다'[32] 언급되었듯이 송시열 자신의 상상적 추론도 작용하였으며, 이에서 송상현은 탁월한 학문에 기초한 인의仁義의 실천자가 된 것이다.

행장에 나타난 송시열의 인식은 이후의 기록인 「신도비명」에 그대로 반영되었다. 「신도비명」에서 "절의를 말하는 자는 비록 부녀자일지라도 반드시 송동래(송상현)를 말한다고 한다[33]"라거나 "한 몸으로 수 백 년의 인륜 도리綱常를 버티었으니[34]"와 같은 서술 내용에서 그러한 점을 확인할 수 있다. 김장생과의 교우 관계에 대해서도 "(송상현과) 매우 친하여 허물이 없는 친구[35]"라고 하였고, 김집에 대해서도 "일찍이 공(송상현)에게 가르침을 받았는데, 그 받들어 모시는 정성이 늙도록 쇠하지 않았다[36]"고 서술되었다.

한편 「임진동래유사」(민정중, 1668), 「충렬비기」(「동래남문비기」 송시열, 1670), 「순절도화기」(권이진, 1709) 등의 기록은 송상현 서사를 중심으로 하면서도 동래읍성의 여러 순절자, 부산진첨사 정발 등 동래부의 임란 순절자 전체를 포괄하는 경향을 보였다.

민정중은 서인으로서 송시열의 제자였다. 그는 1658년(효종 9) 동래부사로 재직하면서 구전되던 임란 중의 충의로운 행적을 수집하였으나 병으로 파직되어 1668년(현종 9) 편찬을 완료한 것이 「임진동래유사」(민정중, 1668)이다.[37] 서술된 송상현 서사는 기본적으로 「송동래전」과 동일하며, 부산진 첨사 정발의 순절 행적이 상세히 서술되었다는 점이 다르다. 그 외

---

31) 「行狀」『泉谷先生集』.
32) 「行狀」『泉谷先生集』.
33) 「神道碑銘」『泉谷先生集』.
34) 「神道碑銘」『泉谷先生集』.
35) 「神道碑銘」『泉谷先生集』.
36) 「神道碑銘」『泉谷先生集』.
37) 「壬辰東萊遺事」『泉谷先生集』.

에 송상현과 함께 순절한 이들의 성명과 행적이 구체적으로 언급되었다. 군관 송봉수·김
희수, 향리 대송백大宋伯·소송백小宋伯, 관노 철수·매동 등이 그들이다. 부민府民의 충절
로는 김상과 두 여인이 왜적과 싸우다 전사한 행적을 서술하였고, 동래부 교수 노개방이 제
생諸生 문덕겸·양통한과 함께 향교에 있던 성인의 위패를 지키다 순절한 행적을 담았다.[38]
「임진동래유사」(민정중, 1668)에 등장하는 다양한 순절자는 부사 정발을 제외한다면 송상현
의 교화를 받은 동래부의 교수·군관·향리·관노·부민이었다고 평가되었다.

송시열의 「충렬비기」(1670)는 동래읍성 남문에 세웠기 때문에 「동래남문비기」로도 불
린다. 내용은 「임진동래유사」(민정중, 1668)와 동일하지만 몇 가지 사실이 추가되었다. 민
정중이 수집한 기록이 비문으로 새겨지는 과정에 기여한 인물들이 구체적으로 언급되었
고, 송공사宋公祠가 충렬사로 사액되어 안락서원으로 확장되는 과정을 기술하였으며, 양
산군수 조영규가 송상현과 함께 순절한 사실을 확인하여 비문 끝에 추기하였다. 「충렬비
기」(송시열, 1670)의 비문 글자는 송준길이 썼다. 송준길은 송시열과 더불어 김장생의 제자
로서 서인의 중심 인물이었다. 따라서 송상현 서사는 「충렬비기」(송시열, 1670)를 통하여
조선후기 충렬과 절의 교화의 상징으로 굳어졌다 할 수 있다.[39]

「순절도화기」(권이진, 1709)는 동래부사 권이진이 「충렬비기」(송시열, 1670)의 내용을 순
절도로 그리게 하고 그 내용과 제작 과정을 서술한 것이다. 민정중은 「임진동래유사」
(1668)를 편찬할 때 그 내용을 그림으로 그릴 생각을 밝혔고, 동래부사 정석이 남문에 충
렬비(송시열, 1670)를 세울 때도 그림을 그리려 하였으나 실행되지 못하였다. 이에 송시열
의 손자였던 권이진이 충렬비의 비각을 세우고 그 벽에 「충렬비기」(송시열, 1670)의 내용
을 순절도로 그리게 한 것이다.[40] 그림의 의미는 권이진이 "어찌 이 그림을 보고도 임금
에게 충성하고 윗사람을 위해 죽을 마음이 생겨나지 않겠는가"[41]라고 서술하였음에서 엿
볼 수 있듯이 충렬과 절의의 교화를 위한 것이다.

---

38) 「壬辰東萊遺事」『泉谷先生集』. 후일 양통한은 양씨 문중의 문제 제기에 의하여 양조한으로 수정되었다가 논란이
   계속되자 영조대에는 두 명 모두 순절자로 인정된다.
39) 『輿地圖書』 하, 경상도 동래 명환조에서 송상현에 관한 내용의 서술에서 「忠烈碑記」를 인용하였고, 『輿地圖書』
   하, 함경남도 함흥부읍지 열녀조에서 송상현의 첩 김섬에 대한 기술에서 「東萊南門碑記」를 인용하였음은 그러한
   사실을 뒷받침한다.
40) 「殉節圖畵記」『泉谷先生集』.
41) 「殉節圖畵記」『泉谷先生集』.

3. '충렬공 송상현 서사'의 사회문화적 성격

1) 군율로서의 '충의'

앞 장에서 '충렬공 송상현 서사'가 형성되고 확장되는 과정을 검토하였다. 서사의 원형은 「송동래전」(1605-1612, 신흠)에서 형성되어 「충렬비기」(송시열, 1670)로 확장되었다. 임란이 끝난 후에 서사의 원형이 정리되고 세월이 흐르며 그 의미가 확장된 것이다. 하지만 임란 중의 초기 서사는 단순하였고 정치·사회적으로 특별히 주목되지도 않았다. 이 때문에 1595년(선조 28)에 있었던 송상현의 추증도 선조대의 일반적인 포장 정책에 불과하였다.[42] 당시는 의연한 죽음이라는 충절보다는 혁혁한 전과에 기초한 군공軍功이 크게 주목받았기 때문이다.[43] 임란 중의 초기적인 송상현 서사의 의미는 정부 포장정책이란 맥락에서 파악될 수 있으므로 이를 면밀히 검토하도록 하겠다.

임란 초기에 동래·밀양·경주 등 몇 개 군현을 제외하면 대부분의 수령과 장수들이 싸우지 않고 도주하였지만, 처벌받은 도주자는 경상좌병사 이각 외에는 거의 없었다.[44] 선조가 불과 20일 만에 도성을 비웠고 이후 평양을 거쳐 의주로 피난함으로써 정부의 통치체제가 붕괴되었을 뿐만 아니라 민심도 잃었기 때문이었다. 이러한 사정은 1592년(선조 25) 5월 9일 있었던 대사간 등의 간단한 상소箚字와 선조의 응답에서 엿볼 수 있다.

> 행 대사간…등이 아뢰기를, "삼가 생각하건대, 국운이 극도로 비색하여 왜구가 쳐들어옴에 각 고을이 모두 소문만 듣고도 무너지는 판국입니다. … 지금의 계책으로는 성상께서 뜻을 안정하시어 인심을 얻는 것이 상책입니다. 성상의 뜻이 이미 정해졌고 인심이 이미 수습되면 아무리 위급한 처지에 있더라도 모두 구제될 것입니다. … 묘당의 대신들은 오직 안일을 일삼아 형적形迹을 피할 뿐 다시 충의忠義를 발휘하여 떨쳐 일어날 생각은 아예 갖지 않고 있습니다. 이 모두가 기필코 지키겠다는 전하의 확고한 뜻이 없는 데서 비롯된 것입니다. 이것이 바로 신들이 가슴을 치며 통탄해 마지 않는 까닭입니다. 성명께서는 유의하소서" 하니, 답하기를, "차자箚字를 보니 충의를 알겠다. 국사

---

42) 『宣祖實錄』 권59, 선조 28년 1월 12일조 및 권65, 선조 28년 7월 19일조.

43) 노영구, 「공신 선정과 전쟁 평가를 통한 임진왜란 기억의 형성」 『역사와 현실』 51, 2004.

44) 경상 좌병사 이각, 수사 박홍, 방어사 성응길, 조방장 박종남·변응성, 안동부사 정희적 등이 모두 근왕(勤王)을 핑계대고 진을 버리고 재를 넘어 도망하였다. 희적은 처자를 거느리고 멀리 길주로 들어갔으며 이각은 김명원에게 주벌(誅罰)되었다(『선조실록』 권26, 선조 25년 5월 1일조).

가 이 지경에 이르렀으니 천지 사이에 설 면목이 없다. 다만 한번 죽지 못한 것이 한이
다. 다시 통렬히 자책하는 바이다" 하였다.[45]

선조가 민심을 잃고 통치 능력을 상실한 가운데 흩어진 관군은 다시 모으기 어려웠다.
이리하여 각 군현에서 군사를 모으는 임무를 띠고 내려갔던 경상우도 초유사 김성일이 6
월 말경에 "아무리 되풀이해서 알아듣도록 설득해도 응모하는 사람이 없었다"고 보고하
기에 이른 것이다.[46]

하지만 1592년(선조 25) 6월경부터 전국에서 의병이 일어나고, 7월에 조선 수군이 한산
대첩으로 크게 승리하여 제해권을 장악하면서 상황이 크게 변하였다.[47] 이 무렵부터 정
부는 통치권을 정비하기 시작하였다. 동년 7월 25일에 비변사가 선조에게 공주 목사 허
욱, 직산 현감 박의, 함안 군수 유숭인의 전공戰功과 장지현의 '정의감 넘치는 기개義烈'
를 포장하도록 건의하고 있음에서 그러한 징후를 엿볼 수 있다.[48] 이 무렵 처음으로 전공
과 포장이 논의되기 때문이다. 의병장 고경명이 금산전투에서 전사하여 추증된 것도 이
무렵이다. 고경명은 최초로 창의하여 다른 의병운동을 추동한 인물로서 높이 평가되었
다. 이 무렵 거론되는 포장 대상자의 미덕은 용맹성과 전공이었다. 즉 타의 모범이 될 만
큼 용맹한 정신을 보였느냐와 어떤 전공을 세웠느냐는 것이다. 의병이었던 군위현의 교
생 장사진과 훈련 봉사 김호의 포장은 그러한 사정을 잘 보여준다. 장사진은 창의하여 전
사한 후에 수군절도사로 추증되었는데, 거론된 전공은 '전후로 사살한 적이 매우 많았다'
는 것과 '한쪽 팔이 잘렸는데도 쓰러지지 않고 남은 한쪽 팔로 계속 용맹스럽게 공격하였
던 용맹성이었다.[49] 김호는 '충성과 용맹이 군중에서 현저히 뛰어날 뿐만 아니라 그가 이
룬 공도 보통으로 포장해서는 안 된다'고 평가되었다.[50] 김호의 경우에서 주목할 것은 용
맹이 충성과 함께 거론된 점이다. 전투에서의 용맹성은 충성의 표현으로 인식되기 때문
이다.

---

45) 『宣祖實錄』 권26, 선조 25년 5월 9일조.
46) 『宣祖實錄』 권27, 선조 25년 6월 28일조.
47) 이형석, 『壬辰戰亂史』 중. 서울: 충무회. 1975.
48) 『宣祖實錄』 권28, 선조 25년 7월 25일조.
49) 『宣祖實錄』 권26, 선조 25년 9월 1일조.
50) 『宣祖實錄』 권30, 선조 25년 9월 14일조.

1592년(선조 25) 6월 이후부터 정부는 용맹성과 전공을 중심으로 적극적으로 포상을 시행하였다. 그런 가운데 충의를 권장하기 위하여 정의감 넘치는 기개義烈를 드러낸 전사자에 주목하기 시작하였다. 양사가 선조에게 건의한 다음 내용은 그러한 사정을 말해 준다.

> 양사가 아뢰기를, "사변이 발생한 뒤에 국사로 죽은 자가 진정 한두 사람이 아닙니다만, 그 가운데 정의감 넘치는 기개義烈가 환히 드러난 자로서 지적할 만한 사람이 있습니다. 그러나 혹 포증褒贈이 미치지 않기도 하였고 이미 포증은 되었으나 물정이 아직 부족하게 여기기도 합니다. 그러고서 어떻게 충의로운 사람을 격려하고 권장할 수 있겠습니까. 유사有司에게 일일이 자세하게 살펴서 속히 거행하게 하소서" 하니 상이 따랐다.[51]

위의 사료는 용맹성과 전공을 강조하던 포장 방식에서 드러난 용맹성과 전공이 없었다 하더라도 정의감 넘치는 기개義烈가 드러난 충의도 포장을 하는 방식으로 전환됨을 보여 준다. 정부의 포장대책이 전공 중심에서 충의 권장 방식으로 전환되어 적극성을 보인 것이다. 이와 같이 정부의 포장대책이 변화하면서 아래와 같이 다양한 포장 대상자들이 등장하였다.

> 비변사가 아뢰기를, "상운도 찰방 남정유는 적군과 마주쳐 죽음을 당하였는데 '충의의 절개'가 옛사람에 부끄럽지 않습니다. 그 아들 남철은 끝까지 그의 아비를 안고 부축하다 두 곳에 창을 맞았습니다. 원주 목사 김제갑은 산성을 굳게 지키다가 적의 칼에 죽었고 온 집안이 도륙 당하였습니다. 해당 부서로 하여금 특별히 포장하여 증직하게 하고 남철에게는 벼슬을 제수하소서. 또 봉상시 첨정 조헌은 힘껏 싸우다 진중에서 죽었고 의병 승장僧將 영규도 적들과의 싸움에 나아갔다 죽었으니 아울러 포장하여 증직시키소서, 하니, 상이 따랐다.[52]

위의 사료에서 조헌과 영규는 2차 금산전투에서 전사한 경우로서 뚜렷한 전공과 용맹성이 인정된 경우에 속하지만, 상운도 찰방 남정유 부자, 원주목사 김제갑과 그 가족은 뚜렷한 전공이나 용맹성이 드러나지 않았지만 '충의의 절개'가 인정된 경우였다.

1592년(선조 25)의 포장 대책에서 포장 대상이 용맹성과 전공에서 '충의의 절개'로 확대

---

51) 『宣祖實錄』 권29, 선조 25년 8월 8일조.
52) 『宣祖實錄』 권29, 선조 25년 8월 8일조.

되었지만 포장은 거의 공로에 맞도록 관계를 높여주는 포증褒贈에 그쳤다. 아직 사액·시호·정려 등과 같은 방식은 나타나지 않았다. 그런 가운데 임란 이후의 군정軍政 전반에 대한 검토가 이루어지면서 무너진 군율軍律 문제가 가장 절실한 과제로 지적되었다. 상과 벌은 자율적 충성과 강제적 충성으로 나타나며 궁극적으로 군율의 문제였기 때문이다.

> 사헌부 집의 이호민, 장령 이시언, 지평 유몽인이 간단한 상소(차자)를 올리기를, "… 신들이 근일의 군대 정황을 보건대 한갓 그릇되게 적의 형세만 과장하고 조정을 경시하여 '내가 비록 뒤로 빠진다 하더라도 군율이 나를 어쩌겠는가' 하여 비록 후일 무거운 죄가 미치더라도 우선은 목전의 일만 구차하게 면할 계책을 하고 있습니다. … 지금 군율을 엄하게 밝혀 면모를 일신하지 않으면 앞으로 있을 큰 싸움에서도 전철을 따르게 될까 염려됩니다. 전 수사 박홍은 적이 나오는 관할 도에서 한 차례도 싸우지 않고 천리 밖으로 물러나 있어 남쪽 지방 사람들이 지금까지도 그의 살점을 씹고자 하니, 그의 죄는 한결같이 이각과 다르지 않은데도 아직껏 사형을 면하여 반년 동안 목숨을 보전하고 있습니다. 군율이 이러하니 나라가 어찌 나라꼴이 되겠습니까. 박홍의 전의 죄를 소급하여 군율에 의하여 처단하시고 이후부터 패군한 장수는 한결같이 군율대로 시행하여 조금도 용서하지 말아 군법을 엄하게 하소서. …" 하니, 상이 이르기를, "이 차자의 말을 보건대 조목마다 모두 합당하다. 그러나 반드시 의논해 처리해야 한다. 비변사로 하여금 회계하게 하라" 하였다.[53]

사헌부 이호민 등은 상소에서 관군이 전투를 회피하거나 소극적인 것은 군율을 엄하게 하지 않은 까닭이라고 보았다. 이리하여 전 수사 박홍과 같이 전투를 회피하여 도망 다니는 인물들이 아직도 살아있으며, 이 때문에 인심이 떠난다는 것이다. 아울러 패전 장수에게도 군법에 따라 그 책임을 엄하게 물어야 할 것을 건의하였다.

같은 시기에 성혼은 선조에게 올린 편의시무便宜時務에서 군율을 엄하게 하고 충의를 권장해야 할 것을 강조하였다. 임란 초기처럼 관군의 통제권을 잃지 않고 효과적으로 왜군을 물리치기 위하여 한편으로는 군율을 엄히 하고 다른 한편으로는 충의를 권장할 방도를 찾아야 한다는 것이겠다. 그 내용은 다음과 같다.

1. 우리나라는 군법이 서지 않아 패전한 장수에게 털끝만큼의 벌칙도 없이 예전대로 군사

---

53) 『宣祖實錄』 권32, 선조 25년 11월 15일조.

를 거느리며 직책을 수행케 하고 있습니다. 진격하여 싸우면 반드시 죽을 걱정이 있고 퇴각하여 피하면 그렇게 안전할 수가 없는데, 그 누가 힘껏 싸우면서 위태로운 지경에 들어가려 하겠습니까. 이것이 싸울 때마다 패하여 왜적이 무인지경처럼 치닫게 된 이유입니다. 이제부터 여러 장수들 중에서 드러나게 싸우지 않고 먼저 도망한 정상이 있는 자는 즉시 군법을 시행하여 군율을 밝혀야 합니다.

1. 신라는 풍속이 가장 아름다워 충의에 죽은 인사가 전후로 많은데 그 임금 또한 높은 관작과 중한 상을 아끼지 않고 포장하여 드러내며 높이고 영화롭게 하였기 때문에 그런 아름다운 풍속을 이루어 그 나라가 그 덕으로 천년이 넘는 역사를 갖게 되었습니다. 오늘날 우리 국가에서도 충절을 포장하는 전례를 서둘러 거행하지 않을 수 없습니다. 유극량劉克良 · 고경명高敬命 · 조헌趙憲 · 변응정邊應井처럼 힘껏 싸우다 전장에서 전사한 사람이나 송상현宋象賢 · 김연광金鍊光처럼 성을 지키다 굴하지 않고 전사한 사람들은 모두 충의가 뛰어난 자들입니다. 기타 각처에서 절개를 지키다 죽은 자도 반드시 많이 있을 것이니 진실로 찾아내어 일일이 포장 추증하고 그들의 처자를 보살펴서 저 충성스런 영혼을 위로하고 큰 공적을 분명하게 보답하여 한 시대 충의의 기상을 격려하도록 해야 할 것입니다.[54]

성혼은 편의시무에서 '유극량 · 고경명 · 조헌 · 변응정처럼 힘껏 싸우다 전장에서 전사한 사람'은 용맹성과 전공, '송상현 · 김연광처럼 성을 지키다 굴하지 않고 전사한 사람'은 충의를 다한 사람으로 인식하였다. 송상현과 김연광은 후일 송도 숭절사에 배향된 인물로서 상호 유사한 행적을 남겼다.

회양부사 김연광은 홀로 회양성 문앞에 정좌한 채 왜적에게 참살당한 인물로서 왜적의 침범을 당하게 되자, 군사와 무기 등이 없었으므로 대적하기 어려움을 알고 죽음으로써 지킬 것을 맹세하여 절명시 한 수를 써놓은 인물이다. 또, 왜적이 경내에 쳐들어오는 것이 임박하자 조복을 갖추고 단정히 앉아 있었는데, 왜적이 위협하려고 먼저 손가락을 찍었으나, 분연히 꾸짖으며 조금도 굴하지 않았다는 일화도 남긴 인물이다.[55] 하지만 김연광은 송상현처럼 영웅화되지는 못하였다.

1592년(선조 25) 12월 무렵 성혼과 같은 일부 관료들에게 송상현은 김연광과 함께 절개를 지킨 충의적 인물 유형으로 인식되었다. 하지만 당시 정부는 동년 11월까지도 송상현의 전사 사실조차도 확인하지 못하였다. 그런 사정은 1592년(선조 25) 11월에 선조가 경상

---

54) 『宣祖修訂實錄』권26, 선조 25년 12월 1일조.
55) 한국정신문화연구원, 『한국민족문화대백과사전』한국정신문화연구원, 1991.

감사에게 "정발과 송상현은 과연 죽었는가"라고 묻고 있음에서 엿볼 수 있다.[56] 당시에는 여러 가지 부정확한 소문이 떠돌고 있었다. 다음과 같은 경상감사 김수의 언급은 그러한 사정을 말해 준다.

정발과 송상현이 혹자는 죽지 않았다고 하지만 죽은 게 틀림없습니다. 잘못 전해진 말 가운데 심지어는 송상현이 적장이 되었다고 하지만 전혀 그렇지 않습니다. 포위를 당했을 때 홍윤관이 성밖으로 나가기를 권했으나 상현은 말하기를 "지금 성을 빠져 나가더라도 어디로 간단 말이냐?"하고는 남문 위에 팔짱을 끼고 앉아 있으니 적이 들어와 죽이고, 바로 그의 목을 대마도로 전송했다고 합니다.[57]

김수의 언급에서 간접적이지만 몇 가지 사항을 확인할 수 있다. 첫째, 정발과 송상현이 죽지 않았다는 소문이 있다. 둘째 송상현이 적장이 되었다는 소문이 있다. 셋째 송상현은 남문에서 죽음을 맞이하였고 그의 수급은 대마도로 전송되었다는 소문이다. 이에서 김수는 첫째와 둘째는 사실이 아니라고 판단하였지만, 셋째는 사실이 아님에도 불구하고 사실로 받아들였다. 그만큼 당시는 사실 확인이 쉽지 않았던 것이다.

이듬해인 1593년(선조 26)에 송상현이 동래읍성을 사수하다 전사한 사실이 간접적으로 조정에 전해졌다. 비변사가 보고한 다음 내용에서 그러한 사실을 엿볼 수 있다.

동래 부사 송상현과 회양 부사 김연광은 모두 순국하여 절의가 칭송할 만한데도 장계에 드러나지 않았기 때문에 지금까지 포장받지 못하고 있어 인정이 매우 답답해 합니다.[58]

비변사가 어떤 경로를 통해서 소식을 접수했는지는 알 수 없다. 하지만 이에서 확인할 수 있는 것은 송상현의 순절에 관한 공식적인 장계가 없었다는 점, 송상현의 순절에 관한 향촌사회 여론이 이미 형성되어 있었다는 점이다. 위의 비변사 보고 내용은 1592년(선조 25) 12월에 있었던 성혼의 편의시무 내용과 일치하였다. 이런 가운데 1594년(선조 27)에 병사 김응서의 장계로 인하여 송상현의 순절 사실이 공식적으로 확인되었다.

---

56) 『宣祖實錄』 권32, 선조 25년 11월 25일조.
57) 『宣祖實錄』 권32, 선조 25년 11월 25일조.
58) 『宣祖實錄』 권32, 선조 26년 10월 29일조.

장계에 따르면, 1594년(선조 27)에 병사 김응서가 울산에서 기요마사淸正를 만났을 때 기요마사가 송상현이 의롭게 죽은 상황을 갖추어 말하고, 또 집안사람이 시체를 거두어 반장返葬하도록 허락하였으며, 경내를 벗어날 때까지 호위하여 주었는데, 적에게 함락된 동래 유민들이 길에서 옹위하여 울며 전송하였다고 한다.[59]

장계를 통해서 송상현의 순절이 확인된 점이 의미 있지만, 왜장이 송상현의 의연한 순절에 대해 증언했다는 점도 매우 중요하다. 이로써 송상현의 순절이 특별한 의미를 갖도록 하기 때문이다. 이 장계를 근거로 하여 조정은 1595년(선조 28) 송상현에게 이조판서를 추증하고 자녀에게 음직을 내렸다.[60] 전공과 순절에 대해 추증과 음직으로 포장하던 관례에 따른 것이다. 아직 정부 차원의 송상현 서사가 형성되지 않았던 것이다.

이후 10년이 지난 1605년(선조 38) 동래부사 윤훤이 동래읍성 남문 쪽에 송공사宋公祠를 건립하였다.[61] 이 시기는 임란 직후로서 무너진 통치 질서를 바로 세우고 이반된 민심을 수습하던 시기였다. 정부는 전란이 끝난 후부터 통치 질서를 확립하기 위한 교화정책의 하나로 포장의 중요성을 인식하고 충신·효자·열녀에 해당하는 사례를 지속적으로 정리하였다.[62] 그런 가운데 각 지방에는 임란 순절자를 위한 사우와 서원이 건립되고 있었다. 이는 수령과 재지사족의 이해관계가 맞물린 결과였다. 수령은 순절한 지방관을 제향함으로써 지방민의 충성심을 결집시킬 수 있었다. 재지사족 역시 제향에 참여함으로써 순절의 의미를 공유하면서 지배층으로서의 입지를 강화시킬 수 있었다.[63] 1605년(선조 38)에 동래부사 윤훤이 송공사宋公祠를 건립한 것도 이러한 추세를 반영한 것이었다.

이상에서 살펴보았듯이 선조대 송상현 순절에 관한 포장은 임란 과정과 임란 이후에 정부가 통치체제를 정비하는 과정에서 충의심을 권장하려는 차원에 머물렀다. 즉 충의에 대한 단순한 포장 차원이었으며, 그것도 송상현만이 특정된 것이 아니라 김연광과 동일한 유형으로 인식되었다. 이는 아직 조선후기에 통용되던 충렬공 송상현 서사가 만들어지지 않았음을 뜻하며 단순히 군주에 대한 충의를 권장한다는 의미였다. 군율이 강제적

59) 『宣祖修正實錄』 권26, 선조 25년 4월 14일조.
60) 『宣祖實錄』 권59, 선조 28년 1월 12일조 및 권65, 선조 28년 7월 19일조.
61) 신흠, 「송공전」 『泉谷先生集』; 송시열 찬, 「충렬비기」 『泉谷先生集』.
62) 정홍준, 「임진왜란 직후 통치체제의 정비과정」 규장각 11(1988).
63) 장동표, 「16, 17세기 청도지역 재지사족의 향촌지배와 그 성격」 『부대사학』 22(1998); 「조선중기 고성지역 재지사족의 형성과 발전」 『지역과 역사』 6(2000); 「임진왜란 전후 밀양 재지사족의 동향」 『역사와 현실』 55(2005).

충성을 요구하는 것이라면 순절의 포상은 자율적 충의를 권장한다는 점에서 이 시기에 포장된 송상현의 충의는 넓은 의미의 군율적 충의라 하겠다.

2) 유교적儒敎的 영웅화로서의 절의節義

송상현이 유교적 영웅으로 각별한 평가를 받게 되는 과정의 출발점은 1605년(선조 38)의 송공사 건립이었다. 동래부사와 사족의 제향을 받는 사우인 송공사의 존재는 끊임없이 임란 때의 희생과 고통을 반추하도록 하였고, 그 과정에서 다양한 임란 중의 일화들이 송상현 서사로 결집될 수 있었기 때문이다. 또 하나 중요한 사건은 1612년(광해군 4)의 정문旌門 하사였다. 이는 『동국신속삼강행실도』(1617, 광해군 9)를 편찬하기 위한 사전 절차였다. 정문旌門을 하사받은 인물들이 충신도忠臣圖에 수록되었기 때문이다. 송공사 건립과 정문旌門 하사의 분위기는 송상현의 절친한 벗이었던 신흠으로 하여금 「송동래전」(1605~1612)을 편찬하게 하였다. 이로써 송상현 서사의 원형이 형성된 것이다. 비록 사회적으로는 여전히 유교적 절의보다는 충의가 부각되었지만 유교적 절의가 강조될 경우 「송동래전」의 서사는 충분한 논거를 제공할 수 있었다. 그런 가운데 1624년(인조 2)에 송공사에 충렬忠烈이란 사액이 내려졌다.

사액을 처음 청한 것은 1622년(광해군 14) 선위사 이민구였다. 그는 이순신·이억기의 충민사, 김천일·최경회의 충렬사 등과 같이 송상현의 사우 송공사에 사액을 내리고, 부산진 첨사 정발을 함께 배향하게 해달라고 건의하였다.[64] 이순신과 김천일 사우의 사액에 대해서는 선조대에 논의된 적이 있었다. 송상현 사우에 대한 사액 건의는 이민구가 처음한 것이다. 하지만 광해군대에는 사액되지 않았고, 인조가 즉위한 직후에 사액을 내렸다. 인조는 반정 직후 이괄의 난(1624.1)을 경험하면서 민심 수습 차원에서 충성을 권장할 필요성이 커진 것인데, 마침 송상현 사우에 대한 사액 청원이 있었던 것이다. 이러한 사정은 엄성의 언급에서 확인할 수 있다.

> 신이 일찍이 송상현의 사우에 사액해 줄 것을 진달하여 윤허를 받았는데, 해조가 아직도 거행하지 않고 있습니다. 국가에서는 반드시 절의를 숭상해야 하는 것인데 이런 일

---

64) 「宣慰使李敏求請賜額兼請鄭公並享狀啓(天啓二年 光海君十四年 壬戌)」『泉谷先生集』.

을 보통으로 놔두고 있으니, 어떻게 온 세상을 용동시킬 것을 바랄 수 있겠습니까. 지난 번 이괄의 변 때만 보아도 절의가 국가에 관계되는 것이 컸으니, 반드시 평소에 격려하여 권장하는 바탕을 삼도록 힘써야 할 것입니다.[65]

정부가 송상현 사우에 사액을 내리는 것은 절의 숭상책의 일환이며, 절의 숭상책이 절실한 것은 '이괄의 난(1624년)'과 같은 변고를 예방하기 위함이라는 것이다. 반정 직후여서 통치체제를 정비할 필요가 있었는데 이괄의 난까지 겹쳐서 그 필요성이 더욱 커진 것이다. 이 경우 절의는 국왕에 대한 충성의 의미를 갖는다. 동래부사가 동래 사민士民의 뜻으로 세운 송공사에 정부가 사액을 내린다는 것은 사우의 권위를 공인하는 동시에, 사우의 순절 이미지를 향촌사회에 권장하여 내면화한다는 것을 뜻한다. 이는 조선후기 들어 정부가 끊임없이 충절 이미지를 확산시킨 주된 목적이었다. 이리하여 1624(인조 2) 정부는 동래부의 송공사에 '충렬'이란 사액을 내렸다. 동래 충렬사가 탄생한 것이다.

동래 충렬사는 서원이 아니라 사우에 불과했지만 명문 사족이 없었던 동래부에서 향반층을 결집시키는 구심점이었다. 따라서 동래의 향반층은 점차 충렬사의 의미를 다각적으로 확장하기 위하여 노력하였다. 송상현의 시호, 충렬사의 서원화가 그것이다. 동래부 사족인 박우계의 상소로 1653년(효종 4)에 송상현의 시호가 내려졌음은 그러한 사정을 말해 준다.

> 故 동래 부사 송상현에게 忠烈이란 시호를 추증하였다. 동래의 士人 박우계 등이 상소하기를, "故 충신 송상현은 외로운 성을 지키다가 나라 일을 위해 죽었으므로 그 義烈이 환히 드러났는데도 易名의 법전이 지금까지 없었으니, 충신과 의사의 기대에 답할 수가 없습니다. 그리고 그때의 敎養官인 노개방도 의를 지켜 떠나지 않고 先聖의 위판 아래에서 죽었으니, 아울러 송상현의 묘우에 從享하게 하여 주소서, 하였는데, 이일을 예조에 내리니, 예조가 노개방의 일에 대해서는 본도에 하문하고 송상현에게 시호를 내리는 일은 대신들에게 의논할 것을 청하였다. … 지금 이 송상현은 조헌·고경명과 조금도 다를 것이 없으니 의당 시호를 내리는 가운데 들어가야 합니다, 하고, 다른 대신들도 옳게 여겼는데, 영돈령부사 이경석이 이어 해조로 하여금 그의 자손들을 錄用하게 할 것을 청하니" 상이 모두 따랐다.[66]

---

65) 『仁祖實錄』 권7, 인조 2년 10월 22일조.
66) 『孝宗實錄』 권10, 효종 4년 3월 4일조.

박우계는 송상현의 시호를 청하면서 송상현과 함께 순절한 교수 노개방을 충렬사에 종향從享하도록 고하였다. 이에서 충렬사를 통하여 동래부의 향반층이 결집되고 있음을 엿볼 수 있다. 아울러 대신의 논의 중에 주목되는 부분이 있다. "지금 이 송상현은 조헌·고경명과 조금도 다를 것이 없으니 의당 시호를 내리는 가운데 들어가야 합니다"라고 한 부분이다. 조헌과 고경명은 의병을 일으켜서 금산전투에서 전사한 의병장이다. 이들은 서인계 의병장으로서 1642년(인조 20) 5월 이순신과 함께 시호를 받았다.[67] 그후 10년이 지나서 송상현도 시호를 받은 것이다. 이로써 조헌·고경명·이순신·송상현의 조선후기의 '임란 4충절'이 형성된 것이다. 병자호란(1636)을 겪은 후에 사회적으로 충절을 강조할 필요가 커졌기 때문이다. 1643년(인조 21) 무렵 송상현의 시호 문제도 논의되어 인조가 동의하였지만 시행되지는 않았다.[68]

효종대의 송상현은 이순신·조헌·고경명과 동격으로 인식되었다. 효종대에 들어서 송상현의 이미지가 크게 부각된 것이다. 효종과 송시열을 중심으로 한 서인들의 북벌론이 추진되면서 절의를 강조할 필요가 커짐에 따라 서인계 송상현이 크게 부각된 것으로 볼 수 있겠다. 요컨대 인조반정으로 집권한 서인은 병자호란(1636)을 겪은 후에 이순신·조헌·고경명의 충절을 부각하였고, 효종대에 이르러 송상현의 절의가 강조되면서 이순신·조헌·고경명·송상현이라는 충절 상징이 구성된 것이다. 효종대는 '충렬공 송상현 서사'가 완성된 시기였다. 시호의 하사와 더불어 충렬사의 이건과 서원으로의 승격, 「행장」·「신도비명」의 편찬이 이루어졌기 때문이다.

동래부사 윤문거는 1651년(효종 2)에 기존의 충렬사를 보다 넓고 조용한 공간으로 이건하면서, 강당과 재실을 갖추어 '안락서원'으로 확장하였다.[69] 송시열은 「충렬사이안문忠烈祠移安文」을 통해서 동래부의 사족이 안락서원의 송상현을 추모하여 '충의'와 더불어 '인의'를 배울 것을 언급하였다.[70] 송시열은 송상현 현창의 의미를 '충의'에서 '인의'로 확대 해석한 것이다.

송시열은 1655년(효종 6) 송상현의 「행장」도 찬술하였다. 이에서도 송시열은 송상현

67) 『仁祖實錄』 권43, 인조 20년 5월 13일조.
68) 『仁祖實錄』 권44, 인조 21년 4월 13일조.
69) 『泉谷集』 권2, 부록 「행장」.
70) 송시열 찬, 「忠烈祠移安文」 『泉谷先生集』.

의 학행을 높이 평가하였다. 김장생의 자식인 김집이 어릴 적에 송상현에게 가르침을 받아 유종儒宗이 되었음을 언급한 부분이 그 점을 말해준다. 이러한 경향은 1658년(효종 9)에 송시열이 찬하고 송준길이 글씨를 쓴 「신도비명」에도 나타난다. 다음은 송시열이 신도비명에 인용하여 쓴 송상현 증손의 언급으로서 부각된 효종대 송상현 이미지의 성격을 단적으로 보여주는 것이다.

> 공의 증손 문병, 문전 등이 계속 또 와서 재촉하여 말하기를 "우리 할아버지께서는 한갓 목숨을 버린 충성만이 아니고 기타의 문행이 위연히 사림의 사법이 되었던 까닭에 동래·청주·고부 등지에 전후하여 제사를 모시고 있으며, 이제 이 돌에 쓰는 글은 많은 인사들이 또한 바라는 바입니다."[71]

송상현은 충절뿐만 아니라 학행도 '사림의 사법'이었다는 증손의 언급이 신도비명에 기재됨으로써 송시열의 추인을 받았다고 볼 수 있다. 효종대에 들어서 송상현의 성리학적 학행이 부각되면서 그의 충절은 평소 쌓았던 '인의'의 산물로 인식되기 시작한 것이다. 이리하여 송상현 서사는 조헌·고경명·이순신 서사와 더불어 조선 후기 충절의 상징으로 완성되었다. 영조와 이조판서 김치인이 나눈 다음 대화는 그러한 사정을 잘 보여준다.

> 이조판서 김치인이 말하기를, "세갑歲甲이 거듭 돌아와서 다시 이 해 임진년을 만나게 되었습니다. 당시의 일을 생각하면 인심이 갑절이나 격렬해집니다. 허다하게 순국한 사람들을 일일이 두루 아뢸 수는 없지만, 그 가운데 가장 탁이卓異한 사람은 후손을 녹용錄用하여 풍성風聲을 영구히 수립하는 일이 있어야 마땅합니다" 하니, 임금이 말하기를, "누구인가" 하매, 김치인이 "조헌·이순신·송상현·고경명"이라고 우러러 대답하였다. 임금이 말하기를, "경이 아뢴 바가 아니면 거의 잊을 뻔하였다. 봉사손奉祀孫을 해조로 하여금 녹용하게 하고, 제문을 마땅히 지어서 내릴 것이니, 예관을 보내어 치제하게 하라" 하였다.[72]

위의 기사는 임란 중에 순국한 인물 중에 가장 탁이卓異한 인물은 '조헌·이순신·송

---

71) 송시열 찬, 「신도비명」『泉谷先生集』.
72) 『英祖實錄』 권118, 영조 48년 1월 5일조.

상현·고경명'이라는 인식이 영조대 상식임을 보여준다. 이 상식이 완성되는 데 가장 중요한 역할을 한 것은 효종대 송시열이었다. 당시 사림 가운데 가장 큰 영향력을 행사하였던 송시열이 송상현의 행장과 신도비명을 찬하여 충절과 성리학적 학행을 보증함으로써 '사림의 사표' 송상현이라는 인식이 확고해졌기 때문이다. 이러한 인식은 1670년(현종 11) 송시열이 찬한「동래남문비(충렬비기)」를 통해서 전국적으로 확산되었다. '충렬공 송상현 서사'를 언급한 후대의 각종 기록이 송시열의「동래남문비(충렬비기)」를 근거로 삼고 있음에서 그러한 사실을 엿볼 수 있다.

4. 맺음말

조선후기에 일반화된 '충렬공 송상현 서사'의 성립과정과 사회문화적 성격을 검토하였다. 검토 결과를 요약하여 맺음말에 대신하고자 한다.

조선후기 '충렬공 송상현 서사'의 성립과정에서 중요한 사건은 1594년(선조 27) 경상우병사 김응서의 장계, 조경남의『난중잡록』, 1595년(선조 28)의 반장返葬, 그리고 1595년(선조 28) 이항복의 제사와 제문이었다. 이러한 사건들을 통하여 동래읍성 전투의 생생한 사실들이 수집되고 서사의 각 요소가 결집되어 기록으로 정착되었다. 결정적인 것은 김응서의 장계와『난중잡록』에 소개된 왜군 장수의 증언이었다. 이로써 송상현 순절은 조야의 주목을 받았기 때문이다. 반장도 중요한 역할을 하였다. 그 자체로도 하나의 대사건이었지만 왜군에 점령된 동래읍성에서 만들어진 갖가지 송상현 이야기가 수집될 수 있었기 때문이다. 이항복의 제사와 제문은 이항복과 송상현 문중이 공유한 각 서사 요소가 해석되는 과정이며, 이후 점차 서사가 확대 해석될 수 있는 기초였다. 이항복의 정치적 입지와 인간관계가 서사를 증폭시킬 수 있었기 때문이다.

초기에 수집된 서사의 각 요소는 먼저 문중의「가장家狀」으로 정리되었을 것이다. 이는 후일「가장家狀」을 참고하여「행장」을 작성하였다는 송시열의 언급에서 추론될 수 있다. 이후「가장家狀」은 송상현의 벗이며 당시 사림의 신망을 얻었던 신흠에게 전해져서「송동래전」으로 정리되었다. 이는 서사의 원형이 정착됨을 뜻하였다.「송동래전」(1605~1612)은『동국신속삼강행실도』(1617)와『선조수정실록』(1657)과 같은 이후의 공적 기록을 낳았다. 효종대 들어서서 구전되던 동래 군관민의 다양한 순절자들 일화가 민정중의 「임진 동래유사」(1668)에 수록되었다. 수록 과정에서 순절자들은 송상현의 교화를 받은 것으로 해석되었다. 「송동래전」(1605-1612)과 「임진동래유사」(1668)의 서사는 당시 조야에 막강한 영향력을 행사하던 송시열이 찬술한 「행장」(1655)과 「신도비명」(1658)을 통하여 보증되었다. 이로 인하여 송상현은 충절·인의와 고고한 학행을 갖춘 사림의 사표로 현창될 수 있었다.

임란 중에 행해진 송상현의 증직贈職에는 특별한 의미가 담기지 않았다. 무너진 기강의 확립과 충절의 권장 차원에서 포장된 것이기 때문이다. 1605년(선조 38) 동래부사가 송상현을 위한 사우인 송공사를 건립하지만 이것 또한 충절의 추모를 통해서 임란 직후의 민심을 수습하려는 차원에 머물렀다. 동래읍성 전투에서 희생된 수천 명의 제향이 송공사로 표현된 송상현의 충절에 대한 제향으로 대치된 것이다. 이러한 의미에서 선조대 송상현의 포장은 자율적 충성을 권장하려는 '군율적 충의' 차원이라 할 수 있으며, 송상현 서사의 미완성 상태를 보여주는 것이었다.

반정으로 집권한 인조는 즉위 초에 이괄의 난(1624)을 겪었다. 이로 인하여 사민의 충절교육을 강화할 필요가 커졌다. 같은 해에 송공사가 충렬사로 사액된 것은 그러한 정치적 분위기를 반영한 것이다. 광해군대에 『동국신속삼강행실도』(1617)가 간행되었지만 반정의 정치적 분위기 속에서는 사용될 수 없었다. 따라서 『동국신속삼강행실도』(1617)를 대체할 교화 수단이 필요해졌으며 이에서 충렬사 사액의 의미를 찾을 수 있다. 충렬사 사액에 반영된 서사의 성격은 효종대에 완간된 『선조수정실록』(1657)의 송상현 기사에서 엿볼 수 있었다. 『선조수정실록』(1657)의 기록은 「송동래전」(1605-1612)의 서사를 계승하면서도 충절 교화에 역점을 두었기 때문이다.

효종대에 들어서서 분위기가 일변하였다. 인조대의 병자호란(1636)을 겪으면서 집권한 효종은 북벌을 계획하면서 송시열을 중용하였다. 송시열은 의리명분을 강조하면서 교화를 위한 현창을 강조하였다. 이러한 추세 속에서 점차 충절과 더불어 의리명분이 부각되었고, 충절은 의리명분 차원에서 새롭게 재평가되기 시작하였다.

효종대에 들어 먼저 송상현의 격이 높여졌다. 송상현은 충렬 시호를 받으며 조헌·고경명·이순신과 함께 '임란 4충절'로 평가되기 시작한 것이다. 그런 가운데 충렬사가 안락서원으로 격상되었다. 교육 공간을 확보함으로써 송상현의 교화적 이미지가 확립된 것이다. 이와 더불어 서사 내용도 민정중과 송시열을 통해서 확장되었다.

송시열의 제자인 민정중은 구전하던 동래읍성 전투의 순절자 일화들을 1658년(효종 9)에 수집하여 「임진동래유사」(1668)로 정리하였다. 이에서 송상현 기록은 「송동래전」(1605~1612)과 동일하였고, 정발의 순절 사실이 상세히 기술되었으며, 군관민의 다양한 순절자 일화도 구체적으로 서술되었다. 하지만 군관민의 다양한 순절들이 모두 송상현의 인격에 교화된 결과로 해석되었다는 점에서 서사는 확장되었다. 이렇게 확장된 서사는 송시열의 「충렬비기」(1670)와 그의 손자 권이진의 「순절도화기」(1709)를 통해서 보증되고 확정되었다.

한편 송시열은 「행장」(1655)과 「신도비명」(1658)을 찬술하면서 충절과 더불어 학행과 인의를 부각시켰다. 송시열의 스승인 김집이 송상현의 가르침을 받았다는 점, 김집의 스승인 김장생이 송상현의 절친한 벗이라는 점 등을 부각시킨 것이다. 이로써 송상현은 평소 깊은 학덕을 쌓은 인물이며 충절은 그러한 학덕의 결과라는 것, 군관민을 포함한 주변 인물들의 순절도 송상현의 인의와 충절에 교화된 것으로 해석될 수 있었다. 즉 송상현은 충절과 더불어 학행이 탁월한 사림의 사표라는 것이다. 유교적 영웅 서사가 완성된 것이다.

[참고문헌]

『國譯 象村集』

『亂中雜錄』

『宣祖實錄』

『宣祖修訂實錄』

『英祖實錄』

『白沙集』

『仁祖實錄』

『孝宗實錄』

『泉谷先生集』.

김항수, 「《삼강행실도》 편찬의 추이」 진단학보 85, 1998.

노영구, 「공신 선정과 전쟁 평가를 통한 임진왜란 기억의 형성」 역사와 현실 51, 2004.

노영구, 『역사 속의 이순신』, 역사비평 69, 2004.

박 주, 「임진왜란과 정표」 한국전통문화연구 8, 1993.

엄린(정중환·김석희 역), 『忠烈祠志』, 충렬사안락서원, 1978.

오인택, 「임진왜란기의 삶과 죽음, 그 표상 방식-김해부사 백사림과 동래부사 송상현을 중심으로」 『동아시아의 인물과 라이벌』, 조동원교수정년기념논총간행위원회, 서울: 아세아문화사, 2008.

이광렬, 「광해군대 《동국신속삼강행실도》편찬의 의의」 『한국사론』 53, 2007.

이형석, 『壬辰戰亂史』, 서울: 충무회, 1975.

임동철 외 편역, 『泉谷先生集』, 충북대학교 인문학연구소, 2001.

장동표, 「16, 17세기 청도지역 재지사족의 향촌지배와 그 성격」 부대사학 22, 1998.

정구복, 「亂中雜錄의 사학사적 고찰」 한국사학사학보 23, 2011.

정두희 편, 「이순신에 대한 기억의 역사와 역사화」 『임진왜란, 동아시아 삼국전쟁』, 휴머니스트, 2007.

정중환, 「임진왜란과 부산사적-시민의 날 제정에 즈음하여」, 『박원표선생회갑기념 부산사연구논총』, 박원표선생회갑기념논문집편찬위원회, 부산: 1970.

정홍준, 「임진왜란 직후 통치체제의 정비과정」, 규장각 11, 1988.

최효식, 「임란 초기 동래성의 항전에 대하여」 신라문화 26, 2005.

한국정신문화연구원, 『한국민족문화대백과사전』, 1991.

| 필자소개 |

| 박종천 | 고려대학교 민족문화연구원 교수
| 서대원 | 충북대학교 창의융합교육본부 교수
| 조영임 | 광서사범대학 한국어학과 교수
| 박덕준 | 서예가
| 이상훈 | 육군박물관
| 이현주 | 문화재청 문화재감정위원
| 정수환 | 한국학중앙연구원 책임연구원
| 박찬기 | 목포대학교 일어일문학과 교수
| 이영남 | 광서사범대학 한국어학과 교수
| 백용식 | 충북대학교 러시아언어문화학과 교수
| 오인택 | 부산교육대학교 사회교육과 교수

천곡 송상현의 학문과 사상

초판 1쇄 인쇄일 | 2020년 9월 09일
초판 1쇄 발행일 | 2020년 9월 15일

지은이 | 조영임 · 서대원 · 박종천 외 공저
펴낸이 | 한선희
편집/디자인 | 우정민 우민지
마케팅 | 정찬용 김보선
영업관리 | 정진이 정구형
책임편집 | 우민지
인쇄처 | 신도인쇄
펴낸곳 | 국학자료원 새미(주)
            등록일 2005 03 15 제251002005000008호
            경기도 고양시 일산동구 중앙로 1261번길 79 하이베라스 405호
            Tel 02 442 4623 Fax 02 6499 3082
            www.kookhak.co.kr
            kookhak2001@hanmail.net

 ISBN | 979-11-90988-72-8 *93800
 가격 | 28,000원